桃花满天红

丁 松/著

重庆大学出版社

图书在版编目（CIP）数据

桃花漫天红 / 丁松著. -- 重庆： 重庆大学出版社，
2025.1. -- ISBN 978-7-5689-4885-2

Ⅰ . I230

中国国家版本馆CIP数据核字第2025YU1303号

桃花满天红
TAOHUA MANTIANHONG

丁 松 著

策划编辑：张慧梓

责任编辑：李桂英　　装帧设计：张　晗
责任校对：刘志刚　　责任印制：张　策

*

重庆大学出版社出版发行
出版人：陈晓阳
社址：重庆市沙坪坝区大学城西路21号
邮编：401331
电话：（023）88617190　88617185（中小学）
传真：（023）88617186　88617166
网址：http://www.cqup.com.cn
邮箱：fxk@cqup.com.cn（营销中心）
全国新华书店经销
重庆正文印务有限公司印刷

*

开本：787mm×1092mm　1/16　印张：30　字数：566千
2025年1月第1版　2025年1月第1次印刷
ISBN 978-7-5689-4885-2　定价：89.00元

序

风雨戏剧心

丁松先生告诉我说，他准备出一本戏剧小说作品集。我多少有些讶异，因为这么多年来，他的影视剧和舞台剧创作倒是不少，但他显然有一种写了就写了、演了就演了的心态，似乎更中意"羚羊挂角，无迹可寻"的洒脱状态。

老丁希望我给作品集写一个序，我笑着说你找重量级的人写嘛。我固辞，老丁固请，实在辞让不过我就接受了。心想，好吧，老丁到了这把年岁，是希望我这个布衣朋友能够对他的生活与创作尽量说些真心话吧，毕竟我和老丁共事和相识几十年，在一起吃酒也吃了几十年了。

我和老丁相识于 20 世纪 90 年代初期，那是一个戏剧式微而市场经济呼啸而至的喧嚣年代。就是在那样一个特殊年代，老丁放弃了在沿海发家致富的机会，回到了家乡重庆，进入了刚刚成立不久的重庆市川剧研究所工作；也是在那时，我放弃了别人艳羡的警察职业来到这家研究所。由此，我和老丁便多少有些惺惺相惜的意思，自然也就熟识起来。

老丁回到重庆，在清贫的川剧研究所进进出出，但始终保持一种心如止水般的淡定，而我在那个时候，为生活所迫，渐渐地躁动起来，去社会上做一些兼职赚钱，蜕变成了戏剧的逆子贰臣。记得到老丁家吃酒，看见他那张淡黄色的书桌，因长期伏案写字，漆面已经开始剥落，对比之下，我惭愧万分。后来我就把它作为对我儿子从小进行励志教育的活道具了，时不时地提到"老丁的桌子"。

当然，老丁当年给我的深刻印象，更多的还是来自他在日常生活中的言行。多年以后，我才逐渐领悟到，老丁的日常话语在很大程度上是一种戏剧文学叙事，散发着鲜明的审美特征，而他也乐得徜徉在这样一套话语体系中，从而获得"某种更高生活"的想象性满足。语言是存在的家园，语言代表着人的独特性的存在。比如，有一次我们聊到国外某著名现代作家曾经的一段错失情感，他把酒杯一放，用正宗的重庆方言评论道："记得小苹初见，两重心字罗衣。琵琶弦上说相思。当时明月在，曾照彩云归。"彼时彼景那种强烈的穿越感、话语本身带来的悲情感以及莫名生出来的喜剧感，直到今天都让我记忆犹新。后来，我懂了，其实老丁很多时候都是游走在他的戏剧文学叙事之中，更准确一点讲，那是典型的戏剧场面叙事，他总是在为自己构筑一个又一个情感充沛的戏剧场面，并通过场面中的情境营造，为我们讲述一个个独特环境下的某个事件，以及在这些事件中的人与人之间关系的生动变化。如果认识到这一点，也就不难理解老丁为什么这么多年来始终高举一种戏剧文学的"原教旨主义"旗号，也就是说，他将对戏剧文本的尊崇和敬畏都贯穿在了自己几十年的戏剧创作中，并与漫溢到一地鸡毛的日常生活中形成互文，从未改变。

于是，我们很有幸就看到了《桃花满天红》这样的戏剧大美之作。离这部作品进入国家舞台艺术精品行列，已经过去了 20 年，但今天看来，其深厚的文学价值依然熠熠生辉。老丁当年完成这部作品的时候，刚刚 30 岁出头，其汪洋恣肆的才华于此显露无遗。这是一部标准的三幕话剧，思想、结构、情节、人物、语言等要素，无一不精，全剧还体现出鲜明的地域特征、时代氛围和生活质感，生动诠释了老丁心目中优秀戏剧文本的典型范式。即便不看舞台演出，仅仅阅读剧中人物的台词，就能够感受到人物之间矛盾冲突和关系转化的戏剧性，体味到戏剧文学妙语珠玑带来的齿颊流芳的愉悦感，机趣、幽默、睿智，并且诗意盎然，就像畅饮剧中的桃花酒，痴迷但恐梦醒，沉醉不知归路。这就是戏剧文学的价值，是戏剧创作的核心和本源。比如这一段对白：

【桃花身体一晃，似欲摔倒。

桃花　（醉态优美，且醉且舞）禁了好，禁了好，人有悲欢离合——把酒问青天——劝君更尽一杯酒——醉累月轻王侯——借酒消愁愁更愁——（喝酒）醉卧沙场君莫笑——（喝酒）东篱把酒黄昏后——浓睡不消残酒——（喝酒）——谢他酒朋诗侣——（喝酒，尖声喊道）借问酒家何处有！

【桃花踉跄摇晃，范文举一把抢过酒壶。

范文举 （脱口而出）给范某留一口！

这不是我们古典传奇里的"集句"炫技，而是剧作家借酒使气的精彩篇章，不仅文辞华美，而且直接推动范秀才打破代理镇长身份的假正经，发出了"给范某留一口"的由衷呼唤。这是剧中同时充满文学性和戏剧性的神来一笔，也是人物鲜活起来后的性格自然流淌。

同样，话剧《调查》也堪称戏剧文本的上乘之作，其小而深的创作切口和视角，人物关系的微妙和对比，场面情势的步步紧逼，以及台词对白的幽默和反讽等，都足以令这部作品成为戏剧文学创作的优秀范本。特别难得的是，剧作家经过岁月的磨砺，思想更加成熟，让这部剧承载了更加深刻的哲学思考。虽然看起来仅仅是大学校园里的一次关于考试作弊问题的内部调查，但作品触及了当代人与时代和环境无法弥合的紧张关系，以及个体生命与强大的异己力量间的矛盾冲突等重大议题。作品中的冯瓦莎很有些卡夫卡小说《城堡》中的土地测量员K的影子（集子里的另外一部作品《大学的江湖》里的大学也叫作K大，剧作家是有意的吗？），使剧作带上了明显的当代艺术的审美特性。

如果说对戏剧文学价值的高扬，是老丁几十年戏剧创作的主体姿态，那么，通过戏剧创作表达艺术家对于人类社会的忧患意识，则是他戏剧作品一以贯之的主旋律。老丁早年的戏剧处女作叫作《大神之死》，通过对"杞人忧天"这个成语的深度解读，发现了人对自身现实生活之外的关注和焦虑，并为这种关注和焦虑被社会所耻笑和扼杀而感到不平和悲悯。这部作品虽然没有收入这个集子中，但其间所传递出的对人类生存状态的忧患意识和悲悯情怀则一直延续下来，并不断深化，不断抵达最新的社会问题和生存困境。

我们曾经聊过梦想，老丁说他其实很想当一名海军陆战队士兵，携带各种先进的单兵装备，戴一副墨镜，从武装直升机上索降而下，手持自动突击步枪率先向强敌猛烈开火。这是一个超燃的人生理想，很难想象为什么会诞生在一个嗜书如命的眼镜书生心中（他说他读大学时很强壮，曾是系足球队的守门员）。不过，那种"男儿何不带吴钩"的梦想或许就在他的脑海里徘徊生根，转化为文字，去直面人生的苦难，去关注破碎的灵魂，去激发诚实的勇气。

　　《今夜有人敲门》是老丁又一部值得重视的代表作。这是一部非常典型的表现主义戏剧作品，深刻揭示了现代社会的异化和残酷，人性的复杂和撕裂，以及人们对自我救赎的渴望。我猜测，奥尼尔、卡夫卡和迪伦马特，一定是影响老丁艺术创作最为重要的几位作家。在该剧中，烘托庄家众人那黑暗而破碎灵魂的，是一直下个不停的雨，加上深夜里若有若无的敲门声，游泳池不断膨胀起来的绿萍，以及人物之间机械而碎片似的话语，共同营造出浓郁的表现主义的戏剧美学特征，让观众陷入窒息和钝痛的情感状态中，引发他们对生命价值等人生终极问题的深度思考。

　　《大学的江湖》是一部轻松好玩的作品，它抽取出了金庸多部作品中的几组重要人物关系进行戏仿和重构，既是向经典作品致敬，更是聚焦现实生活的再创作，同时也显示出了剧作家的喜剧才华。在此基础上，剧作家也同样表达了对社会现实的深刻反思和担忧。该剧在演出的时候，场内的笑声掌声此起彼伏。在当下校园戏剧创作也渐趋宏大空洞的背景下，这样直面现实、揭示问题的诚意之作显得弥足珍贵。

　　而小剧场话剧《脚要跟心走》讲述了一个非常真实的现实生活中的婚外恋故事，但剧作家的艺术处理却是非传统的当代戏剧的表现手法。全剧最震撼人心的部分其实是在结尾处，两个准备私奔的情人终于挣脱了各自的羁绊，相约来到机场，准备去往他们梦寐以求的开启幸福生活的远方。然而，在一阵紧似一阵的飞机轰鸣声中，他们却始终无法挪动脚步去购买机票，他们只是不停地机械地彼此重复说着"好，我们去买票""我们真的去买票""我们一起去""我爱你""我也爱你"之类的车轱辘话，但并没有发生任何实质性的行动，就像《等待戈多》里两个流浪汉之间重复说着的单调乏味的话语一样。这让人感受到一股难以遏制的绝望和凄凉，从内心中油然而生。老丁就是这样，用一个表面看起来司空见惯甚至有些狗血的婚外恋故事，表达出了当代人不能爱、爱无能的无法逃避又无所适从的现实困境。

　　如果说弘扬戏剧文学是老丁戏剧创作的姿态，表达对人类社会的忧患意识是他戏剧创作的主旋律，那么，保持独立思考下的批判精神，就是他戏剧创作的基本态度。所以，老丁很赞同这样一句话：写什么不重要，怎么写才是最重要的。《魂断东土岭》就是他独辟蹊径创作出的一部抗战题材戏剧作品，体现出了他对这类题材戏剧创作的独立思考，也在一定程度上呈现出抗战题材乃至战争题材戏剧作品该有的样子，那就是在战争状态下对人性的反思。

真正难忘的战争题材艺术作品，一定是反战的，一定是揭示战争对人的吞噬、对生命的戕害，即便是对非正义一方，艺术家也应该更多地从绑缚在战争机器上的一个个鲜活的生命入手，去剖析他们被扭曲被毁灭的人性质变过程，从而揭露战争的本质和真相，批判战争对人类的加害，其创作着眼点，永远都是战争中活生生的人。《魂断东土岭》就是这样一部立意新颖、视角独特的抗战戏剧作品。这部剧罕有地把全剧的焦点集中在日军俘虏身上，表现宫本等人在侵略战争的裹挟下的毁灭过程，同时更是从日本侵略军的视角出发，对日本侵华战争展开了无情的批判与反思。

作为一个剧作家，老丁觉得一个创作者，特别是青年创作者，对于戏剧创作技巧的把握当然会有一个过程，这需要时间和耐心，但创作能力是一回事，戏剧审美观则是另一回事。老丁认为，加强戏剧基本功的训练，尊重戏剧创作规律，永远关注人和生命价值的艺术良知等等，这些原则却是不应该偏离的。而当下的一些戏剧创作，恰恰在这些方面走入了一条歧路，在基本的戏剧审美观上，给一些戏剧初学者形成了某种误导。至于还有人把艺术创作当作谋取个人利益的手段和阶梯，对戏剧艺术缺乏最起码的敬畏和良知，这些现象自然更是让老丁有些出离愤怒了。

这是一种全方位的戏剧批判精神，它让人时刻保持清醒，时刻警惕自己的创作初心。毕竟，文章千古事，得失寸心知。所以，我认为老丁的戏剧批判精神在今天尤显可贵。当然，他直率坦诚的评说似乎不怎么让一些人受用，这也从一个侧面解释了老丁的戏剧作品在本土上演并不多的原因——但我始终认为像《桃花满天红》《今夜有人敲门》《调查》等剧目被戏剧界低估了、忽略了，它们不仅应该搬上大舞台，而且完全有资格成为戏剧院团常演常新的保留剧目。

其实，老丁对这些倒也并不怎么在意。他在大学教书，亲自创办了方舟剧社，他想知道文本离舞台到底有多远，于是就自己做起了导演，组织学生排戏。我曾经有幸在剧场看过他自编自导的几部戏，老丁所表现出来的导演才华不禁让我有些吃惊。无论是舞台调度、节奏把控、演员调教还是细节处理、舞台表现力等方面，无不显示出他对话剧导演艺术苦心孤诣的追求和匠心独运。一句话，他导的戏很好看，很有张力。我想，这些大抵都源自他对文本深刻独到的理解，并且用富于想象力的方式把它们在舞台上呈现了出来。

唐朝诗人崔珏有诗："虚负凌云万丈才，一生襟抱未曾开。"我很愿意把这两句诗转送给老丁，不知道他愿不愿意接受。但我坚决认为，在这个属于"戏剧外省"的地方，老丁和他的作品在很大程度上是被辜负了！不过，被辜负是一回事，继续写作是另一回事。前些天我们一起吃酒，酒酣耳热之际，老丁说生命不息，写作不止。说完我们会心地大笑，惹得老板娘在一旁久久地注视着我们。

关于集子里的小说《城市与老虎》，我就简单说几句，这是一部把我的思绪搅乱、把我的心捏痛的小说，读完木了好一阵子，种种难以释怀，它有一种很诱人的悲情色彩在里面，也有强烈的现实感，同时又有让人忍俊不禁的喜剧效果。一句话，这部小说跟老丁的戏剧很相似，既有机趣睿智的文字快感，又有意蕴深藏的思想撞击。不多说了，我不如老丁那样能干，可以横跨小说、戏剧的创作，这部小说就由读者自己去感悟和品评吧。

拉杂行文至此，收光。

是为序。

黄　波

2024 年 5 月 9 日于 Twoone

自序

戏剧写作是一种严肃的事业

不管戏剧观念和形式如何演变，戏剧所要表达的主题无非就是人生的处境和世界的变迁。

人类在两千多年前就发明了戏剧，并逐步使它趋于成熟。面对悲喜人生和大千世界，人们需要表达与言说。神话和史诗当然是重要的表达，但相比而言，戏剧的表达从一开始就更加直接，因而所要表达的主题思想也更加明确。

上大学的时候我并不怎么热衷于戏剧。后来考研，却阴差阳错地选择了戏剧，并且不可救药地喜欢上了这种靠对话表达人生与世界的艺术形式。

在阅读一本关于中国神话的学术著作的时候，我被书中论及的"杞人忧天"的寓言故事所蕴含的意义所打动。古代中国人第一次对自身以外的事情感兴趣，最后却沦落成一个家喻户晓的笑话，这给予了我极大的震撼和创作灵感。我想探寻"杞人"的心路历程和他悲剧性结局的成因，于是我据此创作了我的第一个剧本《大神之死》。可惜流年，忧愁风雨，这个剧本几经折腾，终究还是没有摆脱被锁在抽屉里的命运，只好让它一蓑烟雨任平生啦。

但是，这部学生时代的作品确立了我未来创作的基本审美姿态和思维向度。

德国作家托马斯·曼说过一句话：作家就是写作困难的人。是的，对于一个作家来说，写出真正的好作品是不容易的。如果只是为了谋求某种显而易见的好处而写作，或者为了赶时髦随大流轻飘飘地就开写，又或者是专门为了评论家而写，脱离读者观众、无休止地炫技、观念主义和形式主义大行其道，那这样的写作当然是不困难的，因为这种写作没有灵魂、没有思考，也没有人性的广度和深度，更没有穿透历史与现实迷雾的力度，只有呼吸没有生命，已经失去了对写作起码的敬畏之心。

因此，对优秀的作家来说，写作确实是一件困难的事情，而且永远是困难的。

虽然我自己写剧本，也做过好几部戏的导演，甚至还登台做过演员，但我在这里真不是帮着写剧本的人说话，我坚定并且固执地认为戏剧中最重要的构成元素应该是文本。文本在戏剧中高于一切。

远的且不说，熟悉戏剧史的人都知道，百余年来戏剧史上最重大的三次变革都是由剧作家完成的。这充分证明，文本在戏剧中举足轻重的地位和作用。

戏剧的变革、根本意义在于文本。如果没有出色的文本，就没有出色的戏剧，舞台呈现就会索然无味、苍白无趣。是文本而不是舞台呈现才是戏剧繁荣、强大、深刻的标志，是文本给予了舞台呈现以灵感和灵魂！

优秀的剧本取决于剧作家在多大程度上真切地听到和看到他所处时代的人类的基本状况。他们的写作有对人生价值的探索，有对复杂的心灵维度的表达，有锐利深邃的精神通道，有对精神型文化溃退的反思，还有强大的文学性。如此，他们的写作格局和气象就显得广阔得多，作品的精神容量也就更大，心灵维度也足够丰富。

对我的戏剧创作帮助最大的当然就是戏剧文本的阅读了，但是我必须承认，阅读小说也使我的戏剧创作受益匪浅。小说里面精彩细腻的细节和有力生动的人物刻画让我若有所悟。写剧本的闲暇之余，我也写点小说，比如在出版的这个集子中的《城市与老虎》。朋友读了之后戏称我是一个被戏剧耽误了的小说家。我哈哈一笑，我对戏剧无悔！

从自己的创作中选出六个剧本和一部小说，对我而言是一件心情复杂的事情。虽然我很乐意把所有的剧本都选进来，但最终还是选择了应该选择的作品。它们风格各异，但对精神空间的追求却是一脉相承的。我必须对艺术负责，对读者负责，也要对自己负责。戏剧写作是一种严肃的事业，它关乎我们的心灵、关乎对人类精神的探索。从精神层面上来说，我愿意拒绝单一的、只有浅表性心灵空间的作品。

人类怀着惊喜与不安的心情进入了 21 世纪，高科技的迅猛发展令人瞠目结舌。文学改变不了什么，戏剧也改变不了什么，但人类还是始终以不屈不挠的意志和积极的生活态度探索着人类自身，探索着人的精神复杂性，探索着人类的未来。无论如何，这是令人欣慰和感动的。

丁　松

2024 年 5 月 8 日于家中

目录

剧 本

桃花满天红 / 003

今夜有人敲门 / 058

魂断东土岭 / 078

脚要跟心走 / 106

调查 / 137

大学的江湖 / 170

小说

城市与老虎 / 215

剧

本

桃花满天红

（三幕话剧）

人物

孟怀风　桃　花　范文举　田守业　田家昌　马婆婆

刘国龙　黄太辉　孔连开　孔　妻　二　黑　刘国虎

酒客甲、乙、丙及女客及数名随从等

第一幕

第一场

【故事发生在重庆近郊一个叫作龙泉镇的地方。时间是一九三九年秋天。

【龙泉河边的一家吊脚楼酒馆。从撑开去的镂空雕花窗户望出去,可以看到满山坡的桃树,但此时却呈一派凋零之状。

【右侧是一道木梯通向楼上。木梯左旁是柜台,上面放着三个一样大的酒坛。酒馆中间呈"品"字形放着三张桌子。椅子是清一色的竹制靠背椅。

【酒馆的门在右侧。柜台的左边有一道白底蓝花的门帘。当门帘掀开时,可以看见破旧的酿酒作坊一角。

【"一品居"的匾额已是很脏很破旧。整个酒馆看上去经营无方,显得毫无生气。

【幕启时,田守业坐在桌前用长烟杆抽叶子烟。一不小心呛着了,便使劲咳嗽。他约莫六十岁,但看上去更老,显得闷闷不乐。

【田家昌掀帘上,端着一碗酒。他走过来把碗放在桌上。他二十五六岁,身子有些瘦削,神情有点阴,一双小眼睛闪烁不定。

田家昌　(有些兴奋地)这是我刚酿出来的酒,你尝尝。

【田守业用手指在碗中浸了浸,然后放进嘴里抿了抿,缓缓地摇了摇头。

田家昌　爸,你再尝一口嘛。

田守业　(推开酒碗)家昌,你坐下。从光绪十八年起,我们田家就有了这份酿酒的产业。你的曾祖父、你的爷爷酿的酒好喝,我酿的酒也好喝。如今到了你手里,酒不是苦就是辣,刮喉咙不说,喝一口,心头难受脑壳昏。

田家昌　你说得太刮毒了……

田守业　鸭子死了嘴壳子还硬!

田家昌　我还不是跟你学的手艺!龙泉镇只有我们田家酿酒,他们不喝也得喝!

田守业　睁起眼睛说瞎话!龙泉镇的人嘴巴刁得很啊。都中午了,该喝酒了,你看不看得到一个人影子朝我们一品居走?

田家昌　爸,我酿的酒是不是真的很难喝?

田守业　看到一品居一天不如一天,我死也闭不上眼睛……

田家昌　你不要动不动就死呀活的，烦得很！你咋不各人来酿酒呢？

田守业　你没看到这两年我一直在生病吗？你不学会这份手艺，咋个保得住这份产业呀！

田家昌　爸，你也没教给我啥子秘诀嘛。

田守业　（叹气）我，我也酿不出啥子好酒了。人老了，手艺生了……家昌，我有个打算，又怕你不愿意。我想请一个人来帮忙……

田家昌　（打断）不要说了，我晓得你想请哪个。他算啥子东西？！

田守业　（有些激动痛苦地）孟家的手艺是要比我们田家好一点呀！

田家昌　（阴阴地）我不服这口气！

田守业　（压低声音）你听我说，我有个两全之策……

　　　　【范文举上。他五十多岁，穿灰色长衫，颇有些斯文的样子。

田守业　（热情地）哟，范秀才！快请坐。家昌，上一壶酒，抓盘盐花生来……

范文举　（连连摆手）国难期间，诸事从简了，范某只是路过。

田守业　走都走拢了，还是喝几宵。

范文举　范某已经喝过了。

田家昌　喝过了？

范文举　范某走了二十里路，到柳荫镇去喝的。

田守业　（干笑）范秀才，你，你还舍得跑远路……

范文举　酒好不怕路远嘛，镇上的酒客都往那边跑。

田家昌　（递上那碗酒）这是我刚勾兑出来的酒，你尝一下，不见得比别人的难喝。（笑笑）范秀才，你说句公道话。

范文举　（勉强尝了一口）家昌贤侄，范某真的不敢恭维啊。（捂住嘴巴）唉，想不到堂堂龙泉镇居然找不到可以入口的酒，真乃我辈之不幸啊。（欲下）

田守业　范秀才留步。一品居的下酒菜……

范文举　酒客是来吃酒的，不是来吃菜的。真正的酒客是用龙门阵下酒的。你看范某喝了一辈子的酒，有几回是吃了菜的？

田守业　依范秀才的意思……

范文举　实在憋不住了，范某也会来勾二两回去，权且过瘾。

田家昌　　（不快）范秀才，你把田家烧酒说得也太惨了点。

范文举　　（意味深长地）惨的是我。

田守业　　我已经把孟怀风请回来了！

范文举　　（眼睛立刻一亮）好事，好事啊！

田家昌　　（咬牙切齿地）爸，你真的给他下矮桩了？

田守业　　（恼怒地）你懂个球！

范文举　　守业老哥摒弃前嫌，实乃龙泉镇一大幸事。孟怀风的手艺深得他老汉的真传……

田家昌　　哼！啥子真传不真传，哄人的！

范文举　　范某有事，先走一步。（回头）守业老哥，柳荫镇的欧老板托我问个话。你啥时候卖一品居，招呼一声。（下）

田守业　　（气得发抖）家昌，你竖起耳朵听一下，人家要吃我们一品居了！

　　　　　【田家昌来回走着。

田守业　　（缓缓地）孟怀风马上就要来一品居跟我谈条件了。

田家昌　　孟怀风又能酿得出啥子好酒来！他老汉不是当众承认孟家的酒不如田家吗？所以他才找了根麻绳抹喉吊颈死了！

田守业　　（跺脚）不要再提那件事了，不要再提了！

田家昌　　我说错了？官府也错了？

田守业　　可镇上的人现在都不来吃酒了，你说咋办？我不能让这份产业败在我的手上啊！

田家昌　　（神情一变）姓孟的回来了，桃花也该回来了……

田守业　　（阴沉地）人无远虑必有近忧啊。家昌，在这个时候把一品居交给孟怀风，我们就进退有余啊。你听懂没有？

田家昌　　爸，我要到县城去拜师学艺。我又不比哪个少儿滴脑水，我酿得出好酒的！

田守业　　好，我也是这个意思。孟怀风有天大的本事，一品居终究还是姓田。留得青山在，不怕没柴烧。

田家昌　　我记住了。田家不会输给孟家的。他孟怀风算哪把夜壶？（下）

　　　　　【田守业轻叹一口气，老态龙钟地环视陈旧不堪的酒馆。

　　　　　【江上轮船的汽笛声传来。

【孟怀风一脚踏了进来。他二十六七岁，帅气俊朗，一双眼睛颇富机智精明，自信、豪放之情溢于言表。但眼中仍有一丝忧郁。

田守业 （努力笑着）怀风来了，坐，坐，快请坐！

【孟怀风不理他，以一种胜利者的姿态扫看酒馆。

田守业 兵荒马乱的，还是回来的好……

【孟怀风依然不理他，看着窗外山坡上的桃林。

田守业 我把一品居和酿酒作坊托付给你来打点，我们田孟两家的恩怨也算是一笔勾销……

孟怀风 （转身，伸出三个指头）我有三个条件。第一，一品居这三个字太俗，要改成我家原来的字号天然居。

田守业 （为难地）这恐怕不妥当吧……

孟怀风 那我回来还有啥子意思呢？

田守业 （咬咬牙）我，我依你。

孟怀风 第二，还清债务之后，利润五五分成。

田守业 三七分成，你三我七。

孟怀风 笑话！（摆谱一笑）那你另请高明。

田守业 孟贤侄……

孟怀风 你这几年的状况我还不晓得？颐之时餐厅的老板惩罚伙计就是让他们喝酒。

田守业 喝酒？

孟怀风 喝田家烧酒啊，哈哈哈！

田守业 （一咬牙）四六分成，关门我也不让了。你四我六！

孟怀风 （目的已达到）好，我让你一成。第三，田家烧酒名声不好，从今往后我酿的酒叫作桃花酒！

田守业 为啥子叫桃花酒呢？

孟怀风 这个你就不要多问。我说完了。

【田守业望着"一品居"匾额，伤心感慨。

田守业 孟三斤，你有个好儿子！我答应你的条件。口说无凭，我们还是立个字据吧。

孟怀风　那当然。

田守业　（递一串钥匙）酒馆、作坊的钥匙……

　　　　【孟怀风接过手，不免感慨地掂了掂这串颇有意味的钥匙。

田守业　那、我走了……（走几步又回过头）你是不是在想，到头来，还是孟家的酒比
　　　　田家酿得好？

孟怀风　（淡淡一笑）你说呢？

田守业　家昌要是有你能干，我睡着都要笑醒，何至于丢老脸到这步田地呀……

　　　　【田守业心情复杂地看了看似笑非笑的孟怀风，蹒跚而去。

　　　　【孟怀风若有所思地看着他离去。随后，他信心十足地来回巡看酒馆，接着他
　　　　端起桌上那碗酒，以一种潇洒漂亮的姿势，朝"一品居"的匾额泼去。

孟怀风　哈哈哈！

　　　　【桃花不知什么时候已倚靠着门框了。肩上挎着一个包袱，嘴角带一丝笑意，
　　　　轻轻鼓了几下掌。她二十一二岁，长得俊俏动人，风情万种，说话举止带着戏
　　　　味，但绝不过分，恰到好处。

桃　花　好漂亮的身段，做工！

孟怀风　（惊喜地）桃花？你终于回来了！

桃　花　我答应过你，你回来我就回来。

孟怀风　（兴奋地）桃花你看！（晃动钥匙）我是这里的主人了！我回来了！桃花，我
　　　　们一起酿酒！

桃　花　（一笑）我还想唱戏呢！

孟怀风　常言说得好，没有君子，不养艺人。日本鬼子的飞机三天两头轰炸重庆，躲空
　　　　袭都来不及，哪里还有心思看戏？

桃　花　要不是戏班子散了，说不定我早就唱红重庆九门八码头了！

孟怀风　（一笑）幸好你没唱红。

桃　花　我还想唱戏，只要有戏班子路过，我就跟他们走。

孟怀风　（盯着她，笑）你敢！

桃　花　（嗔笑）你看我敢不敢？！

孟怀风　你们四季春戏班子到底是咋个散了的？

桃　花　说起来气死人！戏演到半夜还散不到场，他们逼着我们演些乱七八糟的戏，啥子《五更想郎》，啥子《十八摸》，啥子《和尚偷情》……

孟怀风　（急了）你演了？

桃　花　（恼火地）演？你想得出来哟！（忽然决定逗他）啊，我是演了。

孟怀风　（猛地抓住她）你居然……

桃　花　我不过是个戏子。有为戏子吃醋的吗？

孟怀风　（脱口而出）我就是要吃你的醋！

桃　花　（开心地大笑起来）……

孟怀风　桃花，你到底演没演嘛……

桃　花　（深情地）怀风，我以为你只晓得酿酒呢……

　　　　【孟怀风看着她。两人对视片刻。

桃　花　哪个乌龟王八蛋才演那些戏！结果场子遭砸了，行头也遭抢了烧了，还打伤了我们几个师兄弟。哪个惹得起那些丘八哟，还国民政府！日本人不去打，倒来欺负我们！

孟怀风　世道不好，没地方讲理呀……

桃　花　那你咋会想起回龙泉镇来酿酒呢？

孟怀风　桃花，我一直想回来，特别是在朝天门码头碰到你以后，我更坚定了回龙泉镇的决心。我要酿酒，我要为孟家争口气！

桃　花　怀风，我对镇上的事不太清楚，你们孟田两家到底是咋回事？你爸咋个会……

孟怀风　（用手势止住他）桃花，这些事你不晓得也好。我以后再慢慢跟你说。（盯着她）留下来吧，桃花。唱川戏的做生意多得很，有卖抄手的，有卖打药的，有卖香烟葵瓜子的……

桃　花　我好歹也算四季春的当家小旦嘛……

孟怀风　人走时气马走膘，你们戏文里也有这句话，秦琼还不是有卖马的时候啊。

桃　花　（凝视他）你真的喜欢酿酒？

孟怀风　（看了看周围）我从小在这里长大。我喜欢酿酒，就像我爷爷、我爸爸一样喜欢。桃花，留下来吧！留下来！

桃　花　怀风，我留下来。

孟怀风　（惊喜地）真的？

桃　花　（点头）真的！为了你我不走了。

孟怀风　（兴奋地抓住她的手）桃花！桃花！你会给我无穷的酿酒灵感！待到明年桃花
　　　　盛开的时候，我一定会让我们的桃花酒香飘龙泉镇！

　　　　【孟怀风无比兴奋地来回走着。忽然他看见一只耗子跑过。

孟怀风　耗子！耗子！

桃　花　不许叫耗子！

孟怀风　（不解）它本来就是耗子嘛……

桃　花　（认真地）叫灰八爷。

孟怀风　（笑笑）这有啥子讲究吗？

桃　花　（认真讲解）我们戏班子有很多讲究，是祖师爷传下来的，不能乱说的。比如
　　　　狐狸叫大仙爷，刺猬叫白五爷，长虫叫柳七爷，耗子就叫灰八爷。犯了忌要遭
　　　　罚钱的。

孟怀风　（不由得笑了）我改不过口了。

桃　花　那你就发不了财，真的！

孟怀风　（故作惊讶）啊呀！墙角那边又有一只耗子灰八爷……

　　　　【桃花嗔笑着捶打孟怀风。孟怀风开心地大笑。

　　　　【切光。

第二场

　　　　【天然居酒馆。半年之后。

　　　　【酒馆已收拾得有条不紊。匾额已换成天然居。匾额下面有一副对联：刘伶问
　　　　道谁家好，李白回言此处香。横批是：不醉不归。

　　　　【从撑开的窗户望出去，山坡上那片桃林正在盛开，煞是好看。

　　　　【柜台上放着一个古色古香的酒坛，坛口用红绸沙包盖着。旁边一字儿摆着土
　　　　瓦碟儿，盛着各式凉拌下酒菜。柜台前有一个小黑板，密密麻麻写着一些人名
　　　　和账目数字。靠墙处有三个大酒缸，均用红绸纱包盖着。

　　　　【幕启，桃花一边哼川戏一边擦拭碗碟。范文举坐在居中那张桌前，一边摇头
　　　　晃脑看一本线装书，一边津津有味地呷酒。另一张靠墙的桌子坐了三男一女四

个酒客，年纪四五十岁不等。楼上不时传来划拳声说话声，时高时低，听不大清楚。

范文举　好酒！好酒啊！好一壶桃花酒，胜过琼浆玉液！孟怀风的酒，桃花的五香豆腐干，堪称龙泉镇双绝。真的是珠联璧合呀！

桃　花　还铁壁合围哟！日本人的飞机昨天又来了，你们听到声音没有？

范文举　唉，重庆城被炸得好惨，死了好多人啊……范某这辈子就没过几天安身日子，生逢乱世啊。

桃　花　抓了那么多壮丁去打国仗，咋个还打不赢哟！

范文举　（示意楼上）要是在重庆城，你说这句话就脱不到爪爪，不说你是汉奸，就说你是共产党。

桃　花　（不惧）我又不是吓大的！二黑，二黑！

【二黑跑上。他十七八岁，一脸憨厚却不乏机灵。

二　黑　嘿嘿，上茅房去了。

桃　花　帮忙洗碗哈。（比画）你看我的手，哪里还做得起兰花指哟？

二　黑　（端碗碟）我来，我来。（下）

范文举　（呷酒）我从前有个朋友，跟你长得有点像，神态也像，说话的语气也有点……

桃　花　（一笑）范秀才的相好？

范文举　（哼唱川戏）"我王魁异乡游子，落拓青衫一秀才。"

桃　花　（顿有所悟）你唱的是《焚香记》！你是王魁，她是焦桂英。

　　　　（一笑）范秀才，你还是个负心郎呀？

范文举　（似被刺痛，同时很佩服）聪明！桃花，你硬是聪明得很。

桃　花　戏上有，世上才有嘛。

【孟怀风上，二黑跟在后面。

孟怀风　（意气风发地）朱幺爸十斤，张二婶五斤，廖表叔八斤，王麻子五斤。你这就给他们送去，酒钱我都收了。

二　黑　要得。（欲下）

孟怀风　二黑，我在投曲子的时候，你从门缝儿后面看清楚了吗？

二　黑　（尴尬地）我，我……

| 孟怀风 | （笑笑，拍他的肩）以后想看就进来看，不要鬼头鬼脑的。 |

【二黑不好意思地点头，下。

孟怀风　（春风满面地）范秀才，你喝好。诸位，慢慢喝啊。

【众酒客纷纷点头作答。

范文举　好酒啊！孟怀风，你为龙泉镇的人造福了！

酒客甲　我们龙泉镇的人就喜欢吃你的酒。

孟怀风　（高兴地）造福不敢说，我只希望一醉解千愁，三杯万事和。

女酒客　对了头的，对了头的哦。

孟怀风　陈二伯，你的两个儿子遭抓了壮丁，家里头的日子难得很呀。

酒客乙　（叹气）晓得是死是活哟，连个口信也没得，一年多了。

女酒客　听说又要来抓丁了，这回不晓得该哪些人背时了哟。

桃　花　裘老爷有七八个儿，咋不抓几个走呢？

范文举　喝酒喝酒，（呷一口）酒是好东西呀，一喝，黑世界变成了白世界。酒香十里春无价，醉买三杯梦也甜哪。

孟怀风　桃花，给大家满上，算我的！

众　人　谢了，谢了！

【桃花替各位斟酒。

范文举　（看匾额）天然居！客上天然居，居然天上客。好字号呀！

酒客甲　还是范秀才知书断字，你不说，我们还不晓得是天上客呢。

范文举　（马上得意）那不是吹！想当年范某若非一着不慎，获取功名还不是易如反掌之事！唉，时也，命也！

【随着一声咳嗽，田家昌走了进来。他手提一壶酒，神情傲慢阴沉。与从前相比，他少了一些土气。

孟怀风　家昌，好久不见你了！最近……

田家昌　（不理睬，径直走过来）好！范秀才在就对了！

桃　花　田家昌，你大套得很呀！孟怀风跟你打招呼，你理都不理？

田家昌　（装模作样）是吗？我没看见……

桃　花　你眼睛长到后脑勺去了!

田家昌　（似笑非笑）桃花,你从小时候起就不喜欢我。

桃　花　我就看不惯你那副德性!小时候就看不惯!

田家昌　（冷冷地笑了笑）桃花,我们以后再说。诸位,这是新出窖的酒,是我精心勾
　　　　兑出来的,大家尝一尝。

桃　花　较场比武吗?

田家昌　不怕不识货,就怕货比货。我的师父是县城有名的王大汉,全县哪个不晓得他?

孟怀风　（淡淡地）王大汉的酒只能是将就。

田家昌　（恼火地）将就?孟怀风,你的酒也好不到哪里去!人家是来看桃花的,不是
　　　　你的酒好!桃花长得乖嘛。

孟怀风　（淡然一笑）你说这话你就不懂酒。

　　　　【田家昌武断地倒掉范文举及其他数位酒客杯中的酒,然后一一斟满自己带来
　　　　的酒。

田家昌　范秀才,你是龙泉镇第一品酒师,人又正直。你说句公道话。

范文举　何必呢?何必呢?得罪人多不好哦。

田家昌　不存在。有哪句你就说哪句,我不怪你。这半年我是用了苦功的。

桃　花　范秀才,你就尝一下嘛,啰唆啥子呢?人家用了苦功的!

　　　　【孟怀风走到一边,看着山坡上的桃花。

范文举　既然如此,范某就秉公尝评了。

　　　　【范文举起身把另外三杯酒端到自己桌上,一看就很老练。

范文举　（看杯中酒）色泽不清亮,浑浊,失光。

　　　　【范文举将酒杯端在手里,离鼻一定距离先行初闻,用手扇风继续嗅闻,将酒
　　　　杯接近鼻孔进一步细闻。稍后,他端起另一杯酒。

范文举　（缓缓地）香不明显,有糊味……

田家昌　（不快）你说有糊味?

桃　花　老远就闻到了!

　　　　【范文举开始尝酒,先是饮得很少,随后又将酒吐出,再喝一口,吞下……

　　【另外几个酒客也学着范文举。

孟怀风　（看着坡上的桃花）白酒的基本口味有甜、酸、苦、辣、涩、咸，酒味的感官质量应该在优美香气的前提下具有调和的味道……

田家昌　（打断）我晓得，不要你来教！

孟怀风　（转过身）一般来说，甜在舌尖，苦在舌根，酸在舌边，咸在舌尖和舌边……

田家昌　（打断）不要说了！

孟怀风　最后放大饮量，评定酒的回味长短，尾子是否干净，是回甜还是后苦，有没有余香，刺不刺喉咙。

田家昌　你冲啥子壳子嘛，咬文嚼字的！

桃　花　田家昌，你谦虚点嘛！

范文举　（缓缓地）欠绵软，冲劲大，后味短有苦味，糙辣味，麻嘴。

田家昌　（恼羞成怒）范秀才，你不要张起嘴巴乱说！

范文举　田少爷，范某秉公评尝，何谓乱说？

田家昌　（狠狠地）范秀才，风吹两边倒，你耿直得很呀！

范文举　（欲起身又坐下）你——你好没道理……

田家昌　你说，孟怀风的酒又好在哪里？

范文举　你喝了就晓得了……

田家昌　我不喝！哪个龟儿子才喝！

桃　花　田家昌！你咋个说话这么没名堂哟！

范文举　你还是有进步，比半年前要好些了。（叹气）做人难哪。说老实话就是得罪人。

田家昌　孟怀风，你看到我做啥子！（抓住孟的衣襟）你欢喜了，得意了，满足了，是不是？

桃　花　（一把推开田）你抓他就抓出好酒来了？笑人得很！

孟怀风　（平静地）你师父王大汉的曲药过不了关，专门到重庆求教，恰好我也在场。他没跟你说起过？

田家昌　（绝望地）我师父跟你学？

孟怀风　（一笑）也谈不上，只是互相切磋。一曲，二火，三功夫。酿酒人都晓得，但不见得人人都晓得分寸。

【田家昌怔住了，看着孟怀风，脸上出现羞愧、嫉妒、恼怒、绝望的神情。

范文举　要说酿酒，你赶孟怀风差得玄远。你根本不是这块料。

田家昌　哈哈哈！孟怀风，你给你老汉长脸了！

孟怀风　（勾起往事）我就是要为孟家争口气！我回来就是要向龙泉镇的人证明，我们孟家的酒本来就比田家的好！

田家昌　（狠狠地）好，好，孟怀风，你得意，你霸道，你了不起！从今以后我他妈的不酿酒了！（抓起酒壶往外走，又回过头，咬牙切齿地）姓孟的你记住，这酒馆永远都姓田！叫天然居它也永远姓田！

【田家昌气冲冲下，随后听见酒壶碎裂声。

范文举　唉，我这张申公豹的嘴哟！言多必失，言多必失。

酒客甲　你说的都是老实话嘛，怕啥子嘛。怀风，你莫生气。

孟怀风　我不生气。我高兴得很！我为孟家争气了！

范文举　（倒掉杯中酒）补起，补起。田家昌把我的嘴巴弄苦了，怪不安逸。（起身）我去漱个口。

孟怀风　都补起，都补起。

女酒客　我们也去漱个嘴巴。

【范文举及众酒客均下。

桃　花　（提壶依次斟酒）你听到没有，这酒馆永远都姓田？

孟怀风　不会的，它不可能永远姓田！它本来就姓孟，也应该姓孟！

桃　花　依我看，干脆借点钱，各人开个酒馆，还是叫天然居，省得受气！

孟怀风　不一样啊。桃花，不一样！

桃　花　咋就不一样了嘛？

孟怀风　这个天然居本来就是我们孟家的！要是我们另外开一个天然居，别人会说这不是原来的天然居，孟家的后人没能耐，只会丢父辈祖宗的脸！

桃　花　可田家昌把话说得清清楚楚……

孟怀风　我从小在这里长大，熟悉这里的一切。爸爸告诉我，长大以后我就是这里的主人，他要我把孟家的手艺发扬光大。这些话我刻骨铭心……所以抗战爆发不久，我就放弃了学业到餐厅做事，等着回龙泉镇的这一天。我要赎回天然居，我要

　　　　讨回公道!

桃　花　可你现在是在帮田家的忙啊!

孟怀风　这不是帮忙,总有一天……

桃　花　就是帮忙!你想一辈子当丘二呀?!

孟怀风　桃花,你听我说……

桃　花　我不听!我不想当了戏子又当丘二!

　　　　【桃花快步下。

　　　　【孟怀风欲叫住她,却没有喊出口。他怔了片刻,扭头看着那块匾额。传来轮船汽笛声。

　　　　【范文举及几位酒客返回,各自落座。

范文举　唉,喝酒图个欢喜。都是范某的错,我不该说那么多话。唉,我喝了酒硬是话多哟。

　　　　【刘国龙上。他二十二三岁,结实强壮,性格粗放,声音洪亮,一看就知是干农活的好手。他的衣衫有些破旧,一张汗帕斜搭肩上。

刘国龙　孟哥,两碗桃花酒。(放钱在柜台上)

孟怀风　(端酒)来了。慢慢喝。

刘国龙　(把脚踏在椅子上)范秀才,干了!

范文举　(连连摆手)不敢,不敢。酒还是慢慢喝有味道些。

刘国龙　那不一定!(喝了两大口)

　　　　【孟怀风抓一把花生给他。

刘国龙　谢了,谢了!

女酒客　刘国龙,听说这回抓壮丁有你哦。

刘国龙　(又喝一大口)抓?稀球他抓?老子各人去!

孟怀风　你哥去年才遭抓了丁,今年……

刘国龙　我哥在武汉阵亡了!(喝一大口酒)老子要报仇!老子就偏不信小日本把中国拗得翻!

　　　　【众人不禁肃然。

孟怀风 （把钱还给刘）国龙兄弟，这顿酒我请了。（刘执意不肯）我说请了就请了！

女酒客 你走了，你妈老汉哪个来照顾？

刘国龙 我兄弟十七岁了，做活路没问题。万一我遭打死了，我兄弟就为他们养老送终。

孟怀风 只要宜昌打得好，日本人进不了三峡。

刘国龙 （端另一碗酒）管球得它进不进得来，反正老子这条命跟它狗日的日本人拼定了！

【刘国龙仰脖子把酒喝干。

刘国龙 安逸啊！（身子微晃，走了几步）孟哥，我老汉喜欢你的桃花酒，有喝不完剩下的……麻烦你——

孟怀风 （赶紧地）国龙兄弟你放心，只要我孟怀风还在，刘老伯就有喝的！

刘国龙 谢谢了！（抱拳）各位请了！打不死我还回来喝！

【刘国龙几步就跨出门外了。

范文举 壮哉，国龙！

孟怀风 刘国龙三兄弟从小感情就好。我记得刘国龙小的时候有一次遭裘家的恶狗咬伤了。他哥哥二话不说，当天晚上就去把那条狗掐死了，结果遭裘家毒打一顿。他哥吭都没吭一声。

范文举 （意味深长地）只为一个情字啊……

【马婆婆上。她五十来岁，一副媒婆打扮，声音有些尖，头上斜插一朵花，煞是有趣。

马婆婆 范秀才，这厢有礼了。（端起范的酒杯喝了一口）裘老爷……

范文举 （斜她一眼）马婆婆，你一口就给我扯干了。

马婆婆 （亲昵地碰了一下范）哎呀！喝你一口酒就惊叫唤了！小家八识的！

范文举 你、你把话说俗了……

马婆婆 裘老爷的五姨太生了，是个有夜壶嘴嘴的儿，请范秀才写副对子。

女酒客 生他妈那么多儿做啥子嘛！

马婆婆 多儿多福呀。孟老板，你的生意好哟！

孟怀风 （笑笑）将就，马马虎虎。

马婆婆 （乐了，拍打一下孟）哎呀，你还谦那么大个虚！上前天我到柳荫镇去给熊么妹说媒，欧老板埋怨你把生意抢了。

孟怀风　他也抢过龙泉镇的生意嘛。

【范文举慢慢从长衫里取出一副对联。

范文举　人生在世，不过是一副对联，不过是一杯水酒。

马婆婆　说些啥子话哟，前三十年我就听到过了，你说点新鲜的嘛。

范文举　生要喝，死要喝，喜要喝，悲也要喝。对联不也是这样吗？喜怒哀乐都要贴一
　　　　副对联。

马婆婆　（看对联）这个字硬是写得好哦，抻抻展展一个是一个的。裴老爷说，范秀才
　　　　五天的酒钱由他开了。

范文举　六天。马婆婆，你少说了一天。

马婆婆　六天六天，财迷兮兮的。（嗔了范一眼）马婆婆？我有你岁数大呀！好像不识
　　　　数样。（下）

酒客甲　范秀才，马婆婆对你有点意思哦。你还是盯到走看到来哟。

【众人不免笑了起来。

女酒客　马婆婆人前人后都说你的好，夸你有学问。

范文举　（不免得意）再来一壶桃花酒，我请诸位吃一杯！

孟怀风　（拿酒）范秀才难得欢喜一回。

范文举　那不是说！想当年范某寒窗苦读，四书五经倒背如流，一手八股文章做得硬是
　　　　得心应手，也曾有过匡世救国之抱负！（呷酒）唉，往事如烟，英雄气短，如
　　　　今却落得个"汉书下酒"的冷清境地。思量起来，不胜凄惶。（呷酒）

【静场片刻。

孟怀风　范秀才，以前听你说过，你有很多朋友故交都青云直上了。

范文举　是呀，他们好多都在重庆。

孟怀风　范秀才满腹才学可惜了。龙泉镇离重庆也不远嘛……

范文举　（眼睛一亮，惊讶地看着孟）你是说……

孟怀风　（笑笑）我是说……

范文举　唉，算了，看淡了。范某早就过了知天命的年纪了。咋个看咋个淡，不淡也不
　　　　行啊……

孟怀风　范秀才世外高人哪。

范文举　哪里哪里。范某一生只爱读书喝酒，做不做官无所谓。

酒客乙　你来当镇长，也比现在那个镇长好。

范文举　（受宠若惊）岂敢岂敢。唉，我是秤砣落水，浮不起来了。只是、只是范某位卑未敢忘忧国啊……（端酒杯）也罢，也罢，万事不如杯在手，百、百年几见月，月当头……

【孔连开上。他三十出头，提一个鸟笼，嘴上叼着一枝桃花，大模大样地走进来。

孔连开　三碟五香豆腐干，桃花酒——半斤。

孟怀风　豆腐干卖完了。有猪耳朵、卤心舌。

孔连开　卖完了？（从嘴上拿下那枝桃花在手里把玩着）我最喜欢吃五香豆腐干。喊桃花现做三碟。（四下看）桃花呢？

孟怀风　桃花从来不给哪个专门做菜。你孔连开也不例外。

孔连开　酒拿来。卤心舌一盘。

【孟怀风端酒上菜。

孔连开　（面无表情）孟怀风，我那十几亩地从明年起，不种高粱了。

孟怀风　（看着他）种啥子呢？

孔连开　哪样钱多就种哪样。

孟怀风　我全部收购你的高粱，价钱可以再谈。以前田家酿酒也是用你的高粱……

孔连开　地是我的，想变就变，我说了就算。

孟怀风　（大声地）你开个价吧。

孔连开　（呷酒）你出不起呀。

孟怀风　孔连开，你那十几亩地的高粱确实好，颗粒坚实、饱满、均匀、皮薄、无壳、无虫蛀，是酿酒的上等原料。可是……

孔连开　（打断）我们家是开丝绸铺的，淘神费力就置下那点田产。现如今抗战抵制日货，生意没得办法做了，只好在田产上打点主意。

孟怀风　你开个价。漫天要价，坐地还钱嘛。

孔连开　比原来的价钱多一倍。

女酒客　孔少爷，敲棒棒也不是你这样敲的嘛。

孔连开　关你屁事，死婆娘！

孟怀风　（咬牙思索）好，我出！

孔连开　（怪声一笑）可是有人愿意再高一点。

孟怀风　我也再高一点！

孔连开　有人说他反正要比你高一点。我跟钱又没得仇。

孟怀风　有人说？是哪个？

孔连开　田家昌。他说反正要……

孟怀风　（拍桌子）田家昌太没名堂了！

孔连开　（笑笑）他的话我倒不见得一定会听。

范文举　孔少爷，人到难处拉一把，胜似拜佛上西天。

孔连开　要我种高粱也不是不可以。但是我有个条件……

孟怀风　（铁青着脸）你说。

孔连开　（嬉皮笑脸）我要桃花唱《十八摸》给我听。

孟怀风　孔连开！你太没得名堂了！

孔连开　（若无其事地）不唱就算了，冒啥子火嘛。

　　　　【桃花上。

桃　花　（似笑非笑）姓孔的，你想听《十八摸》？

孔连开　（站起来，色眯眯地）想听，想听……

孟怀风　桃花，不准你唱！

孔连开　（眉飞色舞地念道）"一摸二摸摸到姐姐头发边，姐姐头发乌云盖青天……"

桃　花　我唱，但有个条件。

孟怀风　桃花，我不要他的高粱！

孔连开　你有啥子条件？

桃　花　我跟你赌一回！我输了，我唱《十八摸》；你输了，你乖乖种高粱。（抱拳）各位，拜托你们做个见证。

孔连开　（心虚）算了，赌啥子哟，万一人财两空了呢……

桃　花　呸！你是不是个男人？！缩头乌龟羞死你屋妈哟！

【众酒客哄笑不止。

孔连开 （被激怒）赌就赌！哪个怕哪个！

孟怀风 （拉住桃花）桃花，我不要他的高粱，我不要！

孔连开 赌不赌哟！赌不赌？

桃 花 （在行地）推牌九、猜单双、打丁八块、掷状元红、弹胡豆、打乱戳、掷骰子、划拳，随便哪样任你选任你挑！

孔连开 太复杂了，就划拳！一拳定输赢！我要你十八摸！摸痛，摸舒服！

孟怀风 （愤怒地）桃花！我不准你唱。

桃 花 我唱我的戏，又不丢你的脸，我还没有嫁给你！再说，为啥子一定是我输呢？

孟怀风 （转怒一笑）好，我相信你！

桃 花 这才像男人说的话！孔连开，伸手啊！

【桃花与孔连开划拳，几个回合之后……

桃 花 （出两根手指头）七巧巧！

孔连开 （出五根手指头）全部给我！

【孔连开愣住了。

女酒客 孔少爷输了！

【孔连开一把抓住桃花的那两根手指头，贪婪地盯着她。

孔连开 好阵仗的两根手指拇，把我弄得好痛！

桃 花 （甩开他的手）你婆娘才阵仗！

【孔连开退后几步，瘫然坐下。

孔连开 愿赌服输。桃花，你艺高人胆大。我耿直，我种高粱。

【孟怀风静静地看着桃花。桃花走到他面前，妩媚一笑。

桃 花 怀风，其实我害怕得很……我不晓得输了该咋办……（压低声音）其实我根本唱不来那出戏。

孟怀风 （深情地看着她）桃花，我晓得你是为了我好……

桃 花 （笑吟吟地）怀风，你咋个不坚决拦住我呢？万一我输了……

孟怀风 （笑吟吟地）我就用三倍的价钱买那些高粱。

【孔妻上，三十四五岁，泼辣、嘴快，虽算富裕人家，却不大修边幅，人没到声音先到了。

孔　妻　砍脑壳的酒鬼，打短命的死瘟丧，又跑起来灌马尿，你龟儿还管不管家里头的生意哦！

孔连开　（恼火地）你吼啥子嘛吼！我听得到！

孔　妻　老娘嫁给你就是要吼你，要管你！

孔连开　（有些惧内）回去再说，回去再说嘛……

孔　妻　（对孔）你那点花花肠子老娘还不晓得吗！人家长得乖生得好，你像只苍蝇想往上面爬……

孔连开　（恼怒）你再说老子打人了！

孔　妻　（挺起胸脯）你打，你打呀！（转身）孟怀风，你老汉卖马尿卖死了不够，你又接到起……

孟怀风　（触到痛处，愤然至极）孔连开！把你婆娘弄走！弄走啊！

【静场片刻。

孔连开　（推妻至门外）走，走，走，你个乌鸦嘴讨厌得很……

桃　花　孔连开，酒钱还没给！

孔连开　（伸头进来）我马上就来。（下）

女酒客　跪了搓衣板又来。

【众人欲笑，但似乎又笑不出来。

【孟怀风若有所思地看着匾额，神情显得有些落寞。

范文举　（呷酒）怀风老弟不必挂怀。说起来，范某平生也最讨厌那两个字。酒有很多好听的名字，比如欢伯、忘忧物、流霞、金波、红友……

桃　花　还有曲秀才、杜康、清酌！

范文举　酒中有趣，一般人哪里晓得个子丑寅卯？

孟怀风　（苦笑一下）叫马尿也好。桃花给我来一碗马尿。

【众人失笑。

范文举　气话，这是气话。

【"砰、砰"两声枪响，孟怀风和桃花大吃一惊，孟怀风迅速用身体遮挡住桃花！

【黄太辉提着盒子枪上，身后跟着两名持枪的随从。黄太辉四十来岁，面相凶恶，也有点滑稽，一身匪气，说一口丰都方言。

黄太辉 我的大名响当当的，乌龟山黄太辉黄司令就是我！

【持枪随从赶走所有酒客及范文举。

孟怀风 （迎上前）房司令大驾光临，有何指教？

黄太辉 老子坐不改名，行不改姓黄太辉！

孟怀风 啊，房司令今天……

黄太辉 黄！听球不懂嗦？菜籽花花绯黄的黄！

孟怀风 （明白了）听懂了，听懂了。黄司令有何指教？

黄太辉 指教？老子是抗日的，来要点钱做军饷！

桃 花 （不惧）抗日的？土匪就是土匪嘛！

黄太辉 （咧嘴一笑）咦？这个女娃子生得乖，说话也乖。老子就是土匪，你有啥子指教吗？

孟怀风 （努力笑笑）黄司令，前几天巴掌山的于司令也来过……

黄太辉 于老二算个啥子东西！（挥手）给老子找！有好多算好多！

【两个随从朝柜台走去。孟怀风拦住他们。

黄太辉 （用枪指着孟）你活得不耐烦了！想破坏抗战是不是？

孟怀风 本店生意清淡，没得油水……

黄太辉 没得油水老子灰都要抓几把走！

孟怀风 光天化日，朗朗乾坤，你们还有没得王法？

黄太辉 王法？（挥着枪）这个就是王法！

桃 花 算了！土匪就是抢东西嘛！给他们。

孟怀风 （咬牙切齿地）钱在抽屉里！

【两随从拉开抽屉，抓出零钱和包好的钱，放进备好的口袋。

黄太辉 （咧嘴一笑）我晓得你叫孟怀风。龙泉镇你最大方。（拍他的肩）我没抢你的钱，是你捐献的。（指着酒缸）听说你的酒好喝，干脆再捐一缸酒。

【他一挥手，两随从费力地把一个酒缸挪抬出门去了。黄太辉欲下，忽然回过头盯着桃花看。

黄太辉　（怪声一笑）这个女子还有点意思，还晓得土匪就是抢东西。后会有期，后会有期！（下）

【孟怀风伫立不动，悲愤之情油然而生。

孟怀风　左一个抗战，右一个抗战！是的，是的，抗战！打不赢我们就要当亡国奴！不但要遭小日本的欺负，还要遭二鬼子三鬼子的欺负！（略停）桃花，库存还有好多酒？

桃　花　大概一千斤。

孟怀风　桃花，我想把这一千斤酒捐给出川抗日的川军，我只想早点打败日本鬼子。

桃　花　（点头）怀风，以后我们每年都给抗战的军队捐一千斤酒，好不好？

孟怀风　好，好！只要是抗日的军队我们都捐，直到打败小日本为止！

【一声长长的汽笛。

【切光。

第二幕

【天然居酒馆。大半年之后。店内没什么明显的变化。只是记账的小黑板写的数字更多了。

【幕启，二黑在抹桌子。

【田家昌上，夹着一个公文包，一身西装革履，与从前判若两人。他神情得意地四下环视。

二　黑　哟，是田少爷啊？认不出来了。（连忙搬椅子）田少爷坐。

田家昌　（大大咧咧坐下）桃花呢？

二　黑　桃花姐在河边练嗓子呢。田少爷，我给你倒碗酒……

田家昌　不要。我说过，龟儿子才喝孟怀风酿的酒。

【田家昌掏出一包"小大英"牌香烟。叼上一支，示意二黑取一支。

田家昌　小大英牌香烟，整一支。

二　黑　（恭敬地）没学会，没学会。（掏出火柴替他点烟）

田家昌　（居高临下）二黑，想不想到县城去做事啊？

二　黑　那，那当然想哦……

田家昌　年轻人就是要出去混，那才叫有出息。

二　黑　是是是。

田家昌　县城就是县城，比龙泉镇闹热得多。我跟县上方方面面都很熟，比如说县党部，比如说侦缉队，熟得不得了。

二　黑　田少爷是吃得开的人，一看就晓得。

田家昌　（拿出一个信封塞到他手上）这大半年我在外头的时间多，对你照顾不够，这是一点小意思，你拿到起。

二　黑　（不安又有些喜悦）这、这哪个好呢……

田家昌　（意味深长地）二黑呀，关起门来说，你应该是我们田家请的人，你拿的是我们田家的钱嘛，是不是？

二　黑　（努力理解这句话）啊，是，是……

田家昌　我晓得，你想学酿酒。（拍他的肩）我把希望就放在你身上了。好生学，以后大有用处。

二　黑　（不安）田少爷，我……

田家昌　人，哪个不想浮上水？等你把这门手艺学到家了，我就把天然居——不，应该是一品居——交给你来打点。

二　黑　（惶恐地）我，我恐怕不得行……

田家昌　（阴沉地）二黑，我可以马上辞退你。

二　黑　田少爷……

田家昌　（似笑非笑）如今这世道，你也晓得，种田你恐怕四十岁都讨不起婆娘。

二　黑　（点头）是，晓得了，懂了……

田家昌　（满意地）这就对了。你记清楚，姓孟的不管对你好不好，到了最后都是我说了算。该听哪个的话，你的心头要有个打米碗。

二　黑　田少爷，我记住了。

田家昌　侦缉队有几个朋友要来，我先去接他们一下。（下）

　　　　【二黑赶忙把信封藏起来，又继续抹桌子、门窗。

【桃花轻声哼着川戏上。

桃　花　二黑，没听到你吊嗓子呢？来，唱几句给我听。

二　黑　（努力自然地）桃花姐，我、我是个砂锅喉咙，哪里唱得来戏嘛……

桃　花　我晓得你一门心思想学酿酒。

二　黑　（不大自在）嗯嗯……是，想学。孟大哥的手艺那么好，全县都是有名的……

桃　花　（笑笑）那你就好生跟到他学嘛。

【桃花挑帘进里面去了。二黑有些心神不定，愣了片刻，随后也下去了。

【田守业上。他显得病恹恹的，更加老态龙钟了，还不停地咳嗽。他看着这个酒馆，又看着那块匾，心中涌起若干滋味。

【孟怀风上，替他端来一杯酒和一把花生。

【田守业坐下，看着酒杯。

田守业　（不无真诚地）你辛苦了。

孟怀风　（意味深长地）田三叔，你尝尝我的桃花酒。

田守业　（抿一口，面呈苦状）桃花酒……味美醇和，名不虚传。

孟怀风　那为啥子不一饮而尽呢？

【田守业迟疑片刻，将酒一饮而尽，剧烈地咳嗽。

田守业　田家出了不肖的子孙，丢了先人的脸啊。孟家有你这样……

孟怀风　你今天来就是为了说这些？

田守业　（止住咳嗽）唉，家昌不学酿酒了，他丢了这份手艺。这酒馆、作坊我就拜托给你了……（孟不吭声,思考着）你要是甩手不干了,这份祖传的家业就完了……

孟怀风　祖传的家业？你倒是不提这个我心头还好受些！

田守业　当年……当年是我做得不对头，我不该跟你老汉斗气……

孟怀风　（打断）斗气？你说得太轻巧了！你是往死里整啊！

田守业　我、我没害死你爸，是他的脾气太刚烈了……

孟怀风　（痛苦地）不要说了！不要说了！

【孟怀风来回走着，情绪有些激动。

田守业　（叹口气）孟贤侄，老话说，冤家宜解不宜结啊。我专门到重庆城去请你回来，就表明了我的诚心诚意啊！

孟怀风　我确实想甩手不干了！

田守业　说实话，这一年多你已经为孟家争了光，争了气，也为孟家争回了脸面。这个酒馆只有你才有办法，家昌是个败家子，他只会糟蹋这份产业……（突然拉住孟的手，激动地）我求求你帮这个忙不要甩手不干了，我求求你！好歹你的爷爷跟家昌的爷爷是表兄弟啊！

【孟怀风不吭声。桃花这时出现在门帘后面看着他们。

田守业　我没几天好活了，你要不答应，我、我死也闭不上眼睛……

【孟怀风看着他。

桃　花　（走出来，冷冷地）这话你也说得出口？

田守业　（讨好地）桃花，你爹妈过世得早，他们在世的时候，也来喝过我的酒的……

桃　花　他们没给酒钱吗？

田守业　（近乎哭腔，扑通一声跪下）孟贤侄，我求你了，看在我这张老脸的份上……

【孟怀风看着他，有些怜悯，又有些得意和痛快。

田守业　（跪着）孟贤侄，我给你跪下了啊！

孟怀风　（似笑非笑）田三叔，你这是何必呢！

田守业　你不答应，我就不起来！

【孟怀风不忍，将他搀扶起来。

田守业　（看到希望）你答应了？

孟怀风　（盯着他）我答应你。

桃　花　怀风！

田守业　君子一言……

孟怀风　（咬牙切齿）快马一鞭！

桃　花　（恼火地）哎呀，硬是麻烦得很！

【桃花挑帘下。

田守业　谢谢你，孟贤侄，也谢谢桃花。（不敢久留）我，我回去了，屋里头还熬着药呢……

【田守业最后看了看酒馆，缓缓离去。脸上掠过一丝满意的笑容。

【孟怀风闭了闭眼睛，长长地出了一口气，抬头看着那块匾额。

【桃花上，有些不高兴的样子，拿起扫把扫地。

孟怀风　桃花。桃花？

桃　花　（用扫把使劲扫他的脚）让开，让开！

孟怀风　（温和地笑笑）桃花，生气了？

桃　花　（反话）没有啊，我没生气……

孟怀风　你生气的时候更好看，更乖。

桃　花　我没有生气，我哪敢生气哟……

孟怀风　桃花，你听我说嘛……

桃　花　有啥子好说的？你义气，你耿直，你讲信用，龙泉镇的人都晓得！

孟怀风　田守业给我跪下了，你看到的，他给我跪下了！

桃　花　你得意了？满足了？痛快了？安逸了？

孟怀风　是，我是很得意，是很痛快！我真想喝它三大碗酒啊！田守业，你也有今天！哈哈哈！

桃　花　可我觉得奇怪……

孟怀风　一点不奇怪！田家已经山穷水尽了。

桃　花　（认真地）田守业是不是怕我们另起炉灶开酒馆，就装出一副可怜巴巴的样子来求饶……

孟怀风　他是真的求饶了，真的！这个酒馆只有我们才有办法！

桃　花　可我们还是在帮他的忙…

孟怀风　桃花，你放心，等我们存够了钱，就可以买回天然居！桃花，你相信我。

桃　花　（充满柔情地看着他）……

孟怀风　（不解）咋了，桃花？

桃　花　怀风，你真的是一个好人。现在像你这样的人已经不多了。跟着你，我心里头踏实。

孟怀风　桃花，我……

桃 花　如果有一天，人家要赶我们走，我会跟你走遍千山万水，绝不后悔。只要有你在我身边，再艰难的世道我都能忍受……

孟怀风　桃花，世道总有变好的那一天。

桃 花　怀风……

孟怀风　桃花，等明年桃花盛开的时候，我一定把天然居买回来做我们的新房。到后年……

桃 花　后年？

孟怀风　到后年桃花盛开的时候，我们的娃儿就该出生了……

桃 花　（幸福地）哎呀怀风……

　　　　【传来轮船汽笛声。

　　　　【二黑上，怔怔地看着这一情景。

二 黑　（蒙住双眼）我没看，我没看……

桃 花　死二黑，走路没声音！

　　　　【桃花不免有些害羞，快步挑帘下。

　　　　【孟怀风情不自禁地笑了。二黑不解地看着他。

孟怀风　你看到我做啥子呢？

二 黑　（胆怯地）孟大哥，我，我想跟你学酿酒……收、收我当徒弟吧……

孟怀风　好，好啊。不过呢，我不收徒弟，我自己都还有好多问题没搞清楚，比如酿酒原料的化学成分之类的。

二 黑　孟大哥还是不肯教我，我晓得我笨……

孟怀风　二黑，不兴说这话。以后我酿酒的时候你跟着我，有啥子不懂的地方尽管问就是了。

二 黑　谢谢孟大哥！

　　　　【三男一女酒客上，各自坐下。

孟怀风　二黑，按老规矩给几位上酒端菜。（走过来）几位都是老主顾了，实在不好意思，酒和菜又涨了点价……

酒客甲　该涨、该涨。现在啥子都是见风长，你还算涨得少的。

孟怀风　实在没得办法，不好意思。

酒客乙　　重庆城的物价一天到黑都在涨，跟昆明、成都一样了。

女酒客　　我还听别个说，一千块一张的法币都要出世了，啷个得了哟！还要不要人活哦！

酒客丙　　唉，只有喝酒。喝麻了，啥子都不去想了。范秀才说这个叫借酒消愁。

孟怀风　　二黑，酒的分量要足。

酒客甲　　这个日子哪年哪月才到头哦！狗日的小日本还经打嘛！

女酒客　　你没听到刘国龙说呀，小日本的枪炮霸道得多，他的左眼睛就是遭小钢炮打爆的。

　　　　　【黄太辉忽然走了进来，两名侦缉队员随上。黄太辉身穿侦缉队便衣，斜挎手枪，神情得意。

孟怀风　　（冲口而出）黄太辉？！

一名侦缉队员　　乱喊啥子！他是我们县警察局侦缉队黄队长！

黄太辉　　孟怀风！我记得你的名字！我们又见面了，哈哈哈！

孟怀风　　黄队长有何贵干？

黄太辉　　（一脚踏在椅子上）本队长奉上峰命令，前往巴掌山缉拿匪首于老二，路过龙泉镇，特来拜访孟老弟！

孟怀风　　（淡淡一笑）不敢当。你现在都当队长了，穿官衣了，我还是这个样子，哪里担当得起你的拜访啊！

黄太辉　　（咧嘴一笑）乱世出妖怪——不不不，出英雄嘛！不过话说回来，我要谢谢你才是。

孟怀风　　不用了，用不着。

黄太辉　　那一次我从你这里抬走了一缸酒，回到山上一喝，天哪，简直好喝得要命！我就在想，万一哪天失了手，走了风，不就他妈的喝不成这样子好的好酒了吗？

孟怀风　　于是你就摇身一变……

黄太辉　　对头，我就……哈哈哈……我就……这个样子了！（夸张地看手表）公务在身，还要赶路，酒也喝不成了。

孟怀风　　那我就不留你们了，慢走啊！

黄太辉　　（不动）孟怀风，你是真的不懂还是装不懂哦！

　　　　　【孟怀风听懂了，转身抱来一个半大的酒缸。

孟怀风　如果不嫌麻烦的话……

黄太辉　不麻烦不麻烦。（对手下）快些接到！打烂了老子要捶你！

　　　　【两随从抬酒缸下。

　　　　【桃花出现在门帘后。

黄太辉　孟老弟,麻烦你跟田家昌说一声,我和弟兄们回来的时候,到他家头去喝一台酒。

孟怀风　（一怔）田家昌?

黄太辉　我和田家昌是好兄弟,他很上路。孟老弟,有啥子麻烦打声招呼,我帮你摆平。有空到侦缉队来耍!

　　　　【黄太辉转身就走了。

桃　花　（走出来,似笑非笑）你的网网还宽嘛,侦缉队都有熟人了。

孟怀风　（苦笑）熟人?门门门,整熟人!二黑,走,跟我到作坊里头去。

　　　　【孟怀风下,二黑跟下。

　　　　【孔连开上,他情绪低落,显得很落魄。

孔连开　（中气不足）一碟五香豆腐干,半斤桃花酒。（坐下）这个生意啷个做哟!跳楼价都没得人来买!

　　　　【桃花端酒上菜。

孔连开　只有把门关了来泡酒馆。我不信大家都不穿衣服裤儿了!

女酒客　孔少爷,你都喊遭不住了,我们这些就只有去跳河了。

孔连开　啥子少爷哦,都变成苦瓜了!何首乌,你说,这小日本哪阵才遭打得败?

酒客甲　要我说呀,只要肯打,小日本终究有倒霉的一天!

孔连开　好嘛,等嘛。（呷酒）我老汉有远见,还晓得置点田产。光开个丝绸店饿都饿死了!（呷酒）桃花,不晓得咋回事,我一看到你精神就来了,像吃了鸦片样。

桃　花　跟你婆娘去说这些!

孔连开　我婆娘?她连一个么脚指拇都赶不到你……

　　　　【桃花端一碗酒走过来,一下泼到孔连开的脸上。

桃　花　一张烂嘴巴!

　　　　【孔连开用手指揩着脸上的酒,然后放到口中吸吮。

孔连开　好酒！安逸……舒服……巴适……我就是想来喝酒……想看你……一看到你，我，我就醉了……

女酒客　桃花，再泼他一碗。

孔连开　（左看右看）这、这个叫啥子呢？死、死在花前下……范秀才，是啷个说的呢？咦？范文举又没来呀？

酒客乙　人家当了镇长，在镇公所办公事。

孔连开　他办……公事？范文举还办得来公事？

　　　　【田家昌上，神情有些傲慢自得。桃花扭头正好看到他，与之对视片刻。

田家昌　（主动笑了笑）桃花……

桃　花　（冷冷地）来了就坐嘛。

田家昌　桃花，我现在是……

桃　花　你是啥子跟我没关系。你来要钱的吧？

田家昌　（沉下脸）也不完全是。

桃　花　你以为天然居是钱庄，是银行啊？

田家昌　我听说生意很不错。

桃　花　听说？有进还有出，这你听说过的嘛。现在生意难做得很，不信你问孔连开，钱好不好赚？

孔连开　是倒是哟……那要看哪个人做。

桃　花　合同字据上写得清清楚楚四六分账，你倒好，想起想起就来拿钱，转个背你老汉又不认账……

田家昌　（打断）不谈钱行不行？

桃　花　我的《百家姓》没读头一个字，所以开口就是钱！你不安逸，把酒馆收回去就是了。

田家昌　好好的，我收回去做啥子？（示意地）桃花，我有话跟你说。

　　　　【桃花迟疑片刻，跟他走到一边去。

田家昌　桃花，我在县城给你找了一份工作。

桃　花　不稀罕。

田家昌　（顿了顿）你跟着孟怀风没前途，他一个酿酒的……

桃　花　　是没有钱可图，我图的是孟怀风这个人！

田家昌　　桃花，我如今在县里很吃得开……

桃　花　　你吃你的，关我啥子事？

田家昌　　你对我真的是一点意思也没有？

桃　花　　一点也没有。

田家昌　　（咬牙切齿地）桃花，你这么绝情，我算是对你死心了！好，太好了！

　　　　　【孟怀风走过来。

孟怀风　　家昌，穿得周吴郑王的，在哪里发财？

田家昌　　（立刻得意）在县府衙门当个小科长，打杂。

孟怀风　　前一阵你不是在学算命吗？

田家昌　　给一个贵人看了相，说准了，他一欢喜就把我提了一提，拔了一拔！

桃　花　　他是来要钱的。（下）

田家昌　　（公事公办）是这样的，县上派我来买三百斤桃花酒，你看……

孟怀风　　喝这么多？

田家昌　　前方吃紧，后方紧吃嘛，这你还不懂？

孟怀风　　我不懂。

田家昌　　不过，县里财政困难，暂时拿不出钱，你看是不是先赊账？

孟怀风　　先赊账？恐怕没得这个道理哟。再说，天然居现在急需现金做周转……

田家昌　　你不支持县上的工作？那就是不支持抗战！

孟怀风　　那你把我抓起来呀！（欲走）

田家昌　　孟怀风！

孟怀风　　你叫侦缉队的人抓我呀！

田家昌　　这个酒馆到底哪个说了算？

孟怀风　　问你老汉去！

田家昌　　（克制自己）我借行不行？我借！

孟怀风　　不行！

田家昌　我可以先预支红利!

孟怀风　合同字据上没有这一条!

【孟、田二人对视片刻。田家昌感到时机不成熟,决定采取守势。

田家昌　(努力笑笑)你就不肯通融一下,给自己留点余地?

孟怀风　赊账就是不行!我是生意人,我也想赚钱。

田家昌　好,我老汉没看错你。你就这样干下去。好,太好了,真他妈的好得不摆了!

【他扭头气冲冲下。

【孟怀风漠然地看着他离去。

酒客甲　唉,天然居有今天,全靠你和桃花,我们都是看到的。

孟怀风　(摆手)不说了,我不想说这个。

【刘国龙一脚踏进来。他左眼已瞎,戴着一个黑眼罩,下面仍穿一条军裤,裤脚挽得一高一低,一张脸帕斜搭在肩上。

刘国龙　(声音洪亮)一斤桃花酒!格老子的!我说打不死又回来喝,硬是就回来喝了!

【孟端酒上,又端一碟凉菜给他。

刘国龙　孟哥,(指菜)又关照我。

孟怀风　国龙,大难不死,必有后福。

刘国龙　(大笑两声)铲铲个福!还不是回来种田做活路!老子也划算了,弄死五个小日本,才整脱了一只眼睛!

孟怀风　你看这仗还要打好久?

刘国龙　(大口喝酒)难说!我们五十七旅奉命调守衡阳,旅长格老子临阵缩回万县做生意去了!你说还打得到好久?!我的眼睛就是在衡阳整脱的。那一仗打得才叫惨烈!

【静场片刻。

孔连开　抚恤金给得多吧?

刘国龙　球!(喝酒)抗战打了四年多,一天不晓得要死好多人,残废好多人,抚恤得过来吗?

酒客乙　活起回来就算命大了。

孔连开　你是不是遭打怕了哟?

刘国龙　（一口酒喷吐在地上）怕？你把话说俗了！老子啥时候虚过？啥时候怕过？（看了看地上）可惜了这口酒！

　　　　【范文举上。他一身中山服扣得严严实实的，挂一根文明棍，戴一双白手套，头发梳得光亮整齐，还戴了一副夹鼻眼镜。他现在是龙泉镇代理镇长，充满自负、不苟言笑的样子。他不轻不重地咳了两声。

　　　　【众人一齐扭头看他。

孔连开　哈哈！范秀才，你啷个鸡脚神戴眼镜——假装正神哟？

范文举　（严肃地）叫范镇长。家有家规，国有国法。

　　　　【静场片刻。

孟怀风　（似笑非笑）范……镇长，你好久没来了，还是老规矩吗？

范文举　（夸张地摇晃白手套）不不不，我只要一杯白开水。（略停）我戒酒了。

刘国龙　你戒酒，那我戒饭！

范文举　（不满地）嗯？（来回走了几步）我的代理镇长一职，是县党部正式任命的。前不久，我去了一趟重庆——陪都重庆，那是大后方的抗战中心，民族复兴根据地的中心。

刘国龙　是不是喝酒的中心？

范文举　（不满地瞟了刘一眼）我的一个很亲很亲的亲戚在国防部任职，官拜陆军上校。他喊我留在陪都重庆为党国效劳，弃文从军。（故意咳两声）我说，抗日不分地方，我还是回龙泉镇主持地方工作吧。你们猜他啷个说？

女酒客　啷个说的？快点说嘛！着急得很！

酒客丙　快点嘛！啰唆啥子嘛！

范文举　他说，委屈你了，委屈你了，大材小用了。

孟怀风　（淡淡一笑）是有点大材小用了。

范文举　（忽然兴奋起来）这就叫时势造英雄，天生我材必有用！（吟诵似的）大鹏一日同风起，扶摇直上九万里！

孔连开　高……实在是高……

范文举　为了报效党国，我戒酒了，坚决戒掉！

刘国龙　我看你现在就像在说酒话！

孔连开 戒酒？听你吹，尿罐都要飞……

范文举 （用力杵了杵文明棍）现在我要做一个重要决定，我要颁布一项禁酒令。孟怀风，对不起了！

【桃花上。

孟怀风 （一怔）禁酒令？你要禁酒？

范文举 我要把龙泉镇变成无酒镇！

桃　花 哟！认了半天我才认出是哪个来！这不是范秀才吗？

范文举 （不尴不尬）桃花，我如今是一镇之长了。（干咳两声）龙泉镇虽是后方，但离陪都重庆也不远，抗战的气氛却一点也不浓！这太不正常了！

桃　花 你说要怎么样才浓得起来？

范文举 我说过，天下兴亡，匹夫有责……

孟怀风 这是你说的吗？

范文举 （尴尬）我也是这个意思……我是说，龙泉镇的人长期沉迷于酒中，一天到黑喝得个二麻麻的，像啥子话嘛！这是间接妨碍抗战！

刘国龙 姓范的，你这话我不喜欢听！老子听起心头烦，烦得很！

【刘国龙一口喝干碗中的酒，径自大步走了出去。

范文举 （不大自在）你们看，你们看，喝酒乱性吧……

孟怀风 这么说你以前是假装喜欢喝酒哦？

范文举 （一怔）此一时，彼一时嘛。如今，我的满腹才学受到重视，党国又委以重任，我岂能庸庸碌碌，无所作为当一个酒鬼？

孟怀风 酒鬼？你是不是还想说马尿两个字？

范文举 （悻悻然）不至于，不至于。不过，本镇长还是奉劝大家以后改喝白开水。为了抗战，为了……

孟怀风 喝两杯白开水就把日本鬼子赶跑了？不要扯蛋了！

范文举 （语重心长地）酒这种东西，致疾败行，丧邦亡家，百害无益，所以历史上从周到清二十一个朝代，共发出禁酒诏令三百二十五则。

孟怀风 为了禁酒你倒是煞费苦心翻了几天书啊！

范文举 水为地险，酒为人险。酒之祸烈于水，而其亲人甚于水。朱熹、顾炎武这些大名人都写过关于喝酒乱性的书。（略停）喝酒误事，误大事啊！（觉得口干，顺手端起桌上的杯子喝了一口，顿觉无味，全部吐出）假酒！这是假酒！

孟怀风　你要的白开水！

【众人哄然大笑。

范文举　（恼羞成怒）好，好！新官上任三把火！堂堂一镇之长连酒都禁不了，还奢谈啥子党国重任？在陪都重庆，吃猪肉都是犯法的，你们晓不晓得！酒，本镇长禁定了！若有不从，以破坏抗战论处！

【静场。

孟怀风　（森然一笑）范文举，你不配谈酒，你根本不懂酒！

范文举　（一怔，欲言又止）……

孔连开　理他个球！老子想喝就喝！

孟怀风　（悲愤不已）好，好啊！我关门，我封店，我他妈的卖马尿！走，你们都走，我关门了！

【桃花提一壶酒，款款朝范文举走去，神情动人，似笑非笑，似醉非醉。

桃　花　范秀才，我支持你禁酒。桃花酒？桃花酒难喝得要命，它无色透明晶亮，气味芳香浓郁，（喝酒）醇和回甜，柔顺甘美，（喝酒）软绵、甜润、圆正、回味悠久、余香无穷，（喝酒）还可以开胃、健脾、祛劳、提神、活血、减肥、延年益寿、升官发财……

范文举　（惊讶得不知所措）桃、桃花……你，你也喝酒……

【这时，传来轮船汽笛声，悠远绵长。

桃　花　（喝酒）桃花坞里桃花庵，桃花庵里桃花仙。桃花仙人种桃树，又摘桃花换酒钱……（喝酒）酒醒只在花前坐，酒醉还来花下眠……

【桃花身体一晃，似欲摔倒。

范文举　（下意识做了一个要搀扶的动作）桃……

桃　花　（醉态优美，且醉且舞）禁了好，禁了好，人有悲欢离合——把酒问青天——劝君更尽一杯酒——一醉累月轻王侯——借酒消愁愁更愁——（喝酒）醉卧沙场君莫笑——（喝酒）东篱把酒黄昏后——浓睡不消残酒——（喝酒）——谢他酒朋诗侣——（喝酒，尖声喊道）借问酒家何处有！

【桃花踉跄摇晃，范文举一把抢过酒壶。

范文举　（脱口而出）给范某留一口！

【范文举情不自禁地抱着酒壶喝酒。

【孟怀风赶紧去搀扶住摇晃欲倒的桃花。

【桃花依偎在他胸前，因醉而显得更加娇美动人。

孟怀风　（轻声）桃花，桃花……

孔连开　哈哈！范镇长！黄泥巴掉到裤裆头了，不是屎……也是屎……

【众酒客笑了起来。

范文举　（窘迫）所以说呢……所以说酒害人呢……

女酒客　害你各人！

范文举　（沮丧地）可惜我两万字的禁酒令毁于一旦啊！（朝门口走去，忽回过头）我辜负了党国的重托，惭愧啊！

【范文举重重地顿了一下文明棍，下。

桃　花　（娇羞地）怀风，我喝酒了，喝那么多……好多人都在看……

孟怀风　你喝了酒更漂亮，明年的桃花会更红！

桃　花　明年？怀风，你还记得吗，明年？

孟怀风　记得！明年春暖花开的时候，我要用满山遍野的桃花为你做一件最美的嫁衣裳！

【汽笛声中暗转。

第三幕

第一场

【天然居酒馆。一年之后。正是即将春暖花开的时节。

【幕启，二黑把一罐酒抱上柜台。

二　黑　（自语地）人必得其精，水必得其甘，曲必得其时，高粱必得其实，器具必得其洁，缸必得其润，火必得其缓……

【孟怀风上，神情喜悦。

孟怀风　二黑！

二　黑　孟大哥……

孟怀风　二黑，要酿出好酒，不光是背一些口诀。关键是运用之妙，存乎一心。

二　黑　（连连点头）嗯，嗯……

孟怀风　我记录了一些资料，通风制曲记录，根霉生效记录，还有一些别的东西，都放在里屋抽屉，你拿去看看，有好处。

二　黑　（不安地）要得，要得……

孟怀风　（喜悦地）二黑，我和桃花要成亲了！

二　黑　（高兴地）啥时候？啥时候？

孟怀风　二月初八！二月初八！满山遍野都是桃花，美得简直不得了！

二　黑　（欢喜地）恭喜孟大哥，恭喜桃花姐！

　　　　【二黑忍不住笑出声来。

孟怀风　（笑了）二黑，我结婚你欢喜个啥子哟？

二　黑　我、我是替孟大哥欢喜……镇上的人都说……

孟怀风　都说什么？

二　黑　镇上的人都说，你和桃花姐郎才女貌，是天生的一对，地造的一双！

孟怀风　（高兴地）哈哈哈！你觉得呢？

二　黑　我也觉得是这样的……

孟怀风　（亲切地拍他）好哇，你也学得油嘴滑舌了！

二　黑　孟大哥，我去作坊看看。（下）

　　　　【孟怀风情绪颇佳地来回巡视酒馆，又抬头看着那块匾额。

　　　　【桃花上。

孟怀风　桃花，你看，（指着匾额）这块匾我一直带在身上，从离开龙泉镇那一天起，我就盼望有朝一日能挂回来，堂堂正正挂回来，永远挂在它该挂的地方！

桃　花　你真的要把天然居买回来？

孟怀风　是，为了公道，为了孟家的名誉！

桃　花　买得回来吗，这些？

孟怀风　　能，一定能！等田家昌来，我就跟他谈这件事。我相信……

　　　　　　【孟怀风忽然摇晃一下，一手按着头。

桃　花　　（关切地）怀风，你咋了？哪里不舒服？

孟怀风　　（笑笑）没事儿，你别担心。你招呼客人吧。（下）

　　　　　　【桃花目送他，又看了看那块匾，若有所思。

　　　　　　【范文举上。他仍穿从前那一袭长衫，腋下夹着那本线装书。不戴眼镜了。

桃　花　　哟，范镇长来了！

范文举　　（边点头边坐下）范秀才，还是范秀才。

　　　　　　【桃花端酒并替他斟上。

范文举　　（欠身）不敢。如今天然居名噪全县，桃花酒享誉山城……

桃　花　　（笑笑）范秀才又酸溜溜的了。

范文举　　习惯了，习惯了，习惯成自然。（桃花忍不住笑了起来）你、你笑啥子？

桃　花　　我又想起去年你当镇长的时候……

范文举　　（赶紧）代理镇长，不好意思，惭愧。

桃　花　　（忍住笑）范秀才，你慢慢喝。

范文举　　喝得慢，喝得慢。

桃　花　　（想到什么）呃，范秀才，问你一件事呢。

范文举　　（不安）哦？

桃　花　　怀风他爸到底是咋个死的？他总是不肯说，我也怕他伤心。

范文举　　（四下看看）不说也罢，我也记不大清楚了……

桃　花　　范秀才，说个大概嘛。这顿酒我请你喝。

范文举　　（沉吟片刻）孟怀风他老汉喝酒厉害，得了个外号孟三斤。（呷酒）平心而论，当时龙泉镇两大酿酒世家中，孟家确实比田家要强一点。开始的时候，两家还只是在酿造技术上较量比试。到了田守业这一辈，就不光只是比技术了。

桃　花　　那比啥子呢？

范文举　　（呷酒，沉思片刻）反正、反正田守业已经病死了，说一说也无妨。田守业不如孟三斤技术好，有点恼羞成怒了，于是就……就买通了官府……

桃　花　买通官府？

范文举　（呷酒）官府就勒令孟家停止酿酒。孟三斤气不过，趁着酒兴打了田守业一顿。这一打就打出了大麻烦。官府出面强迫孟三斤向田守业赔礼道歉，而且当众承认自己的酒不如田家。

桃　花　（睁大眼睛）还有这种事？

范文举　（呷酒）这且不说，官府还要治孟三斤酿造私酒的罪。

桃　花　官府太坏了，田家的人不要脸！

范文举　这个时候……（呷酒）这个时候田守业找到孟三斤，软硬兼施，逼迫孟三斤把酒馆、作坊低价卖给了他，还说这是为了救他，使他免遭官府治罪。

桃　花　（看着匾额）……

范文举　孟三斤一辈子刚烈正直，哪里受得了这个气？他羞愤不过就悬梁自尽了……

桃　花　（轻声）后来呢？

范文举　（呷酒）孟三斤留下一封遗书，要孟怀风好生学酿酒，为孟家争口气，一定要打败田家。那个时候，孟怀风才十七岁。后来他就离开龙泉镇到重庆去了。

桃　花　（看着匾额）原来是这么回事……

范文举　唉，我喝了酒硬是话多哟……

桃　花　（替他斟酒）范秀才，你的话一点也不多。

范文举　怀风回到龙泉镇，想把天然居的牌匾堂堂正正地挂在这里，重振孟家的声誉，这是应该的，他也做到了。孟三斤有这样一个儿子，九泉之下也可以瞑目了……

桃　花　（再次抬头看匾额）……

　　　　【孔连开上，落魄沮丧，摇晃着身体，像是喝醉了。

孔连开　酒，我要桃花酒……（坐下）拿酒来！

桃　花　（淡淡地）你喝了早酒吗？

孔连开　哈哈哈！从今以后，早酒都喝不成了！

　　　　【桃花端来一碗酒。

桃　花　戒酒了？

孔连开　（痛苦）戒酒？老子昨天晚上把十几亩地全部输了！（喝酒）输给了裘三少爷那个王八蛋了！

桃　花　（怔住了）真的呀？

孔连开　（大口喝酒）哈哈！干净了，输干净了！（大声吼道）富贵于我如浮云！只要有桃花酒喝，天塌下来我也无所谓！

　　　　【他大口喝酒，一气喝干，忽然捂住嘴巴，起身跑下去。接着就听到呕吐声。

范文举　喝酒不讲节制，终归要出事啊。

　　　　【孟怀风上。

孟怀风　孔连开的酒量一向不小，今天是咋回事？

桃　花　他把十几亩高粱地赌输了，输给裘三少爷了。

孟怀风　（一怔）裘三少爷？（来回走着）这个人不好打交道啊。

范文举　怀风，到时候我凭这张老脸去求他种高粱……

孟怀风　多谢范秀才。我孟怀风不想求人。

　　　　【孔连开上，神情虚弱。

孔连开　唉，吐不出来，心头难受得很……

孟怀风　（轻轻拍了他）你也是个聪明人，咋就那么糊涂啊？

孔连开　赌博害人呀……

　　　　【孔妻上，一把揪住丈夫。

孔　妻　（带哭腔）孔连开你个龟儿子死瘟丧，败家子，一晚上就输脱了十几亩地，老娘跟你拼了！

孔连开　（有气无力）拼嘛，随便你拼。

孔　妻　（哭了）老娘不想活了，不想活了……

孔连开　（无动于衷）我也不想活了，活起一点意思都没得……

孔　妻　（抹抹眼泪，变得温柔）连开……

孔连开　（茫然地）你在喊哪个？

孔　妻　（更加温柔）连开，我们回去，好生把丝绸店弄好。我存得有几个私房钱，饭还是有吃的，我二天也不凶你吼你了……

孔连开　（感动）素芬，你早点这样就好了……

孔　妻　（拉他朝外走）连开呀，我听说，冷酒伤肝，热酒伤肺……

孔连开 没得酒伤心呀！（回头）桃花，酒钱我明天拿来。

【孔连开夫妇下。

范文举 这个孔连开倒是懂点儿酒。

【三男一女酒客上。

桃 花 几位来了，请坐。二黑，端酒上菜。（下）

【二黑跑上，忙着端酒上菜。

孟怀风 你们几位都是天然居的老主顾，这顿酒我请了。

酒客甲 那哪个好哟。孟老板经常照顾我们，我们都不好意思来了。

孟怀风 喝酒图个高兴，大家聚在一起也是个缘分。范秀才的也请了。

范文举 （欠身）多谢。（咳了几声）怀风，当初还是你提醒我，我才鼓起勇气到重庆城去找我那个亲戚……

孟怀风 （不计较）那也是一条路。

范文举 说不上亲戚，他是我表叔的堂姐夫的外侄儿的幺姨妈的……的啥子呢？

孟怀风 （宽容地）反正是七弯八拐的亲戚。

范文举 （点头不已）是是是……他非要我出任镇长一职不可，说是造福桑梓。我推都推不脱，只好赶鸭子上架。（咳嗽）哪晓得没过多久，他就出了拐，说是通敌。他坐了牢，我下了台。（呷酒）宦海沉浮，官场凶险啊。

女酒客 范秀才，你是不是还在回味当镇长那几个月的幸福生活哟？

孟怀风 范秀才是达则兼济天下，穷则独善其身。

范文举 知我者，怀风也！（呷酒）往事如烟，南柯一梦啊。也罢，也罢，无官一身轻，还是酒中有趣，杯底天地宽。

【田家昌上，他西装革履，油头粉面，一副志得意满的样子。

田家昌 范秀才，你怎么就喜欢散布一些消极悲观的论调呢？多谈一谈抗战嘛！

孟怀风 家昌……

田家昌 （不理他）范秀才，以后要注意点！

范文举 田少爷，听说你当了县长的侄女婿，恭喜你啊……

田家昌 我太太的伯父——也就是新任县长，后天五十大寿，选来选去就选中了桃花酒。要得不多，八百斤。

孟怀风　　家昌，我先跟你说个事……

田家昌　　（傲慢地）县长是一县的父母官，你是不是该孝敬一下才对头哦！

孟怀风　　（决定直说）家昌，我跟你说个事，我想把天然居买下来。

田家昌　　（一怔）你说什么？

孟怀风　　我想把天然居买下来，你出个价吧！

田家昌　　（顿了顿）我没说要卖呀！

孟怀风　　家昌，你父亲过世了，你又不在龙泉镇，也不喜欢酿酒……

田家昌　　（打断）可我喜欢当老板啊！（指着匾额）这字号随便你改，但是老板永远是我！

孟怀风　　家昌，你听我说……

田家昌　　（忽然一笑）孟怀风，你很想买回天然居，很想为你们孟家争口气，很想在桃花面前证明你的能耐，是不是？可以啊！拿钱来，一千个大洋！

孟怀风　　（忍住怒火）你、你这是抢人啊！

田家昌　　我就抢人了！你打碗水来把我吞了？

孟怀风　　你何必把话说绝了！

田家昌　　（故意撩了撩衣服露出手枪）说绝了又怎么样？你咬我脑壳硬，咬我屁股臭！我田家昌今天也要出口恶气！

范文举　　田少爷，我说句公道话……

田家昌　　滚到旁边去！少他妈插嘴！

孟怀风　　田家昌！你不要仗势欺人！想当初你爸请我回来……

田家昌　　少废话！八百斤酒你给我准备好了，我明天来拿。孟怀风，你别傻了，你出多少钱我都不会把这酒馆卖给你。我怎么会成全你呢？

　　　　　【田家昌朝门口走去，又止步回头。

田家昌　　还有一件事，有人会来跟你说！（下）

孟怀风　　（悲愤交加，一拳砸在桌子上）活该！我活该啊！

　　　　　【传来轮船汽笛声

酒客乙　　这个田家昌嘚个越来越坏了哟！

女酒客　　人一当官就变坏嘛。

孟怀风　（苦涩地）我是自作自受！

【孟怀风下。二黑跟下。

范文举　（呷酒）各位，好生喝吧。千里搭凉棚，总有个尽头处。

酒客甲　范秀才，你啷个说些不吉利的话哟？

范文举　这辈子能喝到桃花酒，我们也算是有天大的口福了。

【几个酒客一齐看着他。

范文举　水，平淡无奇；高粱，实实在在。孟怀风把他的喜、怒、哀、乐、恨、爱融入其中，再把人世间的酸、甜、苦、辣当作曲子投放进去，按照生、旦、净、末、丑的方式加以勾兑，酿造出一杯充满人生百味的美酒，令人欲罢不能，欲喝还休啊……

女酒客　范秀才，你在说些啥子哟？我们听都听不懂。

范文举　（干呕一下）人世间还有啥子东西比酒更让人牵肠挂肚呢？

酒客乙　范秀才，你当镇长那几天，啷个心血来潮想起禁酒呢？

范文举　（呷酒，怪笑一声）我对酒是又爱又恨啊！当年，我到省城赶考，爱上了翠红院的春红。

女酒客　是个"野鸡"嗦？

范文举　青楼女子。我们一见倾心，互相爱慕，饮酒赋诗划拳猜字一直到深夜。她醉了，我也醉了，一觉睡过了头。等我跑到贡院考场，人早已散了。（呷酒）一醉除脱了功名，可惜了我十年寒窗苦读啊……

女酒客　那个……女的呢？

范文举　我没脸回家见老父老母，只好来到龙泉镇，成了一个流落他乡的酒客，如今已是乡音无改鬓毛衰了。

女酒客　（固执地）那个女的呢？

范文举　春红说一定会来找我的。（从线装书中取出一绺头发）这是她留给我的一缕青丝。（伤心哽咽）记得小苹初见，两重心字罗衣，琵琶弦上说相思……

【范文举趴在桌上大声哭了起来。

女酒客　一个婊子你也值得伤心抹泪的……

范文举　（止住哭声，抬头，羞愤地）你不懂感情！（自语地）春红不是那样绝情的人，她是有苦衷才没来找我的。（凄凉地笑了几声）如果不这样想，我这辈子还剩下些什么呢?

酒客丙　范秀才喝多了……

范文举　我是一个球莫名堂的人,连负心郎都做不成!

女酒客　(若有所思)春红?

　　　　【马婆婆上。

马婆婆　(高兴地)范秀才,裘老爷的七姨太……(纳闷地)咦,哪个在喊我的名字?

范文举　(蓦然一惊)春红?!

马婆婆　(一怔,茫然地)你晓得我叫春红?(随即不好意思地)喊得这样亲热做啥子嘛,别个听到了好笑人哟……

范文举　(茫然不知所措地看着她)你是……

马婆婆　(端起范的酒杯喝了一口)裘老爷的七姨太生了个儿,请你写副对子。

女酒客　(怪声一笑)裘老爷还能生儿?

马婆婆　(有盐有味)所以说这副对子不好写呢。老爷三少爷都欢喜得不得了,像捡到金元宝了样!

范文举　(回过神)裘家添人进口也是喜事,不管是儿子孙子。(拿出一副对联)横看成岭侧成峰,远近高低各不同。

酒客甲　横批呢?

女酒客　肉烂了反正在锅头。

　　　　【众人大笑。

马婆婆　酒钱都要多些。老爷说十天,三少爷说加十天,拢共二十天。

范文举　二十天的酒钱你都拿去吧。(见她惊讶)你的名字……好听。

马婆婆　(笑了)妈取的,妈取的。(对范做了个媚眼)不要喝醉了哟,喝醉了起不到床哈。(下)

酒客甲　是不是她哟?

女酒客　还怕不是!马婆婆年轻的时候就是当过妓女的,我晓得!

范文举　(恼怒地盯着他们)不准乱说!马婆婆哪点不好?你们说!

　　　　【众酒客一时无言以对。

【孟怀风和桃花上，在一旁看着他们。

范文举　怪头怪脑的！是又怎样不是又怎样？你们觉得很可笑吗？喝醉了有罪吗？人生在世，哪个不是二麻麻的？你们说，哪个不是？！

【众酒客呆呆地看着范。范不停地干呕。

酒客乙　算了，我们回去了……发酒疯就没得意思了。

【几个酒客纷纷起身站起来。

【孟怀风欲言又止。

酒客甲　怀风，我们……我们走了……你多保重。

【几个酒客对孟怀风点点头，默默离去。

桃　花　范秀才，我去给你做碗醒酒汤……

范文举　不用了，我清醒得很。

【刘国龙上，接着刘国虎跟上。刘国虎十八九岁，长得虎背熊腰，提一个包袱。

刘国龙　孟哥，拿两碗酒来！

孟怀风　国龙，你这是……

刘国龙　我兄弟，刘国虎！他要去当兵打小日本了，我来送他。

孟怀风　（一震）啊？你们家三兄弟……

【桃花端酒过来。刘国龙接过来。

刘国龙　来，兄弟，干了这碗酒你就上路！

刘国虎　（双手端酒）我要为大哥报仇，为你报仇！

刘国龙　好！好兄弟！给老子狠狠地打！

刘国虎　万一我遭打死了，下辈子我还做你的兄弟！

孟怀风　国虎，我敬你一碗！

刘国龙　家里有我，我照顾二老，我给他们养老送终。

刘国虎　那我就没话说了！二哥，孟哥，干了！

【三人碰碗，各自一饮而尽。

刘国虎　好酒啊！打球不死又回来喝！二哥，我先走了。

【刘国虎几大步就跨了出去。

范文举　壮哉，国虎！

刘国龙　打球不死又回来喝！好，是我兄弟说的话！（欲掏钱）

孟怀风　（按住他的手）这钱我绝对不收，绝对！

刘国龙　孟哥……

孟怀风　我应该向你们三兄弟表示敬意！

刘国龙　（点点头，朝门口走去，停下）我妈最舍不得国虎，昨晚一边纳鞋底一边哭。其实，我也舍不得我兄弟……可是国虎说，他一看到我这只瞎眼睛就再也坐不住了，他说不报这个仇他就不是我兄弟……

【静场片刻。

刘国龙　（使劲一挥手）他妈的我说这些干啥子！还是那句话，我就偏不信它小日本把中国撬得翻！

【刘国龙转身大步下。

孟怀风　（追了几步）有你们这样的三兄弟，中国就不会亡！

【长长的汽笛声摄人心魄。

范文举　怀风，我、我对不起你呀！

桃　花　范秀才，你是不是真的喝多了哦？

范文举　（声音哽咽）没有，没有喝多……现在是我一辈子最清醒的时候。当年……当年田守业贱价买下天然居，是、是我给他出的主意，我贪图他几个钱……我真是莫名堂啊……

桃　花　（惊愕无比）你……

孟怀风　（宽容大度）范秀才，我晓得这件事。田守业临死之前都告诉我了。

范文举　你、你已经晓得了？

孟怀风　事情都过去了，范秀才不必太过自责。

范文举　我……

孟怀风　不说了，一切都不用说了，一切尽在不言中。桃花，倒酒。来，我们喝一碗！

【桃花斟满三碗酒，三人各端一碗。

范文举　（意味深长地）怀风，你是海量。

孟怀风　（理会地）刀不能剪心愁。

范文举　锥不能解长结。

桃　花　线不能穿泪珠。

范文举　火不能销鬓雪。

孟怀风　不如饮此神圣杯。

范文举　万念千忧一时歇！

　　　　【三人互相致意，各自一饮而尽。

　　　　【范文举走到桌旁，拿起那本线装书，百感交集地望了望那块匾，缓缓走到门口，转过身，对着孟怀风和桃花深深地鞠了一躬，转身离去。

　　　　【孟怀风和桃花相对无言。

　　　　【二黑上，见状有些迟疑。

二　黑　（轻声地）孟大哥，饭高粱泡了十个钟头了要不要准备蒸？

孟怀风　再泡两个钟头，注意严格保温，泡水温度不低于 70 摄氏度。初蒸 25 至 30 分钟，闷水 15 至 20 分钟，闷水温度……（忽然觉得一切没意义）算了，算了！我还这么来劲干什么？

　　　　【田家昌一脚踏进来，身穿警察制服的黄太辉大摇大摆随上。

田家昌　八百斤酒准备好了没有？

黄太辉　孟老弟，我们又见面了。

孟怀风　黄队长……

黄太辉　不，我现在是县警察局的局长了！

孟怀风　你咋就升得那么快呀！

黄太辉　孟怀风，这八百斤酒我是非要不可。你不给我面子，那就不要怪本局长翻脸不认人！

桃　花　（不惧）那你就翻一回脸给我们看！

黄太辉　（欲怒，随即一笑）桃花，我不跟你翻脸，因为新任县长要请你去唱堂会。

田家昌　听到没有？我伯父要请你去唱堂会！

孟怀风　不行！桃花不唱堂会！

黄太辉　孟怀风，要酒你不给，要人你不放，你他妈的活得不耐烦了！

孟怀风　我他妈的是活得不耐烦了！

桃　花　堂会我去。

孟怀风　桃花，我不让你去。

桃　花　戏子就得唱戏，酿酒的就得酿酒。

孟怀风　酒，我可以不酿！

桃　花　怀风……

孟怀风　这两年我一直在为自己酿造苦酒，我以为……

桃　花　（打断）怀风，我晓得你的心思，你憋着一口气想做出点名堂来，你做出来了！你为孟家争了气，天然居生意兴隆，桃花酒享誉重庆城！怀风，你不能半途而废呀！

孟怀风　不，桃花，我以前太自私，总想争一口气，总想出一口恶气，总想挽回公道尊严。现在想起来太可笑了，太可悲了！国家都这样了，我还谈什么公道，谈什么尊严？！

桃　花　怀风，是我自私，我以前……

孟怀风　桃花，你别说了。

桃　花　为了天然居，我可以去唱堂会。怀风，你懂我的意思吗？

黄太辉　这就对了嘛，唱堂会又不是去打仗。你不要看我是绿林大学毕业的，我喜欢艺术得很哦！

孟怀风　你去我就砸了天然居！我砸了它！

　　　　【静场片刻。

田家昌　孟怀风，不要以为只有你才酿得出好酒。二黑，你过来。二黑是我的人，没想到吧？二黑，谢谢你的师父呀！

二　黑　（惶恐地）田、田少爷……我笨得很，还没、没学会……一辈子都学不会……

田家昌　（恼羞成怒）你、你个狗日的！老子过几天跟你算账！

二　黑　（跪在孟、桃面前）孟大哥，桃花姐，我对不起你们，我没良心，把酿酒的方子……都给了他……

孟怀风　（扶他起来）我们不怪你。酿酒之道，全凭用心。你还年轻，好好做人，好好酿酒，哪有一辈子都学不会的道理呢？

【二黑哭着跑下。

孟怀风　（冷笑）我现在才晓得田家为什么永远酿不出好酒来！

田家昌　可你永远是个丘二，一辈子都是！你比你老汉还惨，你想把天然居买回去？你做梦吧！我就是让它垮了烂了，也不会卖给你孟怀风！孟家永远斗不过田家！

【孟怀风脸色铁青，不禁身子摇晃了一下。桃花赶紧扶住他。

桃　花　田家昌，你比你老汉更不要脸！

黄太辉　（一拍桌子）听我说！明天上午 10 点我们来拿酒带人！孟怀风，少一斤酒我不关你进大牢我是王八蛋！桃花，你要是不去唱堂会，你就得罪了县长和警察局长，看你咋个混咋个活？！走！

【黄太辉气势汹汹地下。

【田家昌朝门口走去，止步，回过身。

田家昌　孟怀风，我跟你明说。我的伯父——也就是新任县长，看上了桃花，要娶她做姨太太。是我做的大媒。（下）

【孟怀风抓起桌上的碗狠狠地朝门口砸去。"咣当"一声碗破成数块。

【汽笛声响起。

孟怀风　（突然）二黑！二黑！

【二黑跑上。

二　黑　孟大哥……

孟怀风　把库存的酒全部拿出来，多找几个人，我们今天晚上就把酒送到高炮阵地上去，慰劳抗日将士！快去呀！

【二黑跑下。

桃　花　怀风……

孟怀风　一两酒也不给那些王八蛋喝！一两也不给！

【孟怀风说完，瘫然坐下。

桃　花　怀风，我晓得你心头难受……

孟怀风　是，我是很难受……

桃　花　怀风，我们可以重来，可以另开一个天然居……

孟怀风　（摇头）不是因为天然居，是因为你。

桃　花　因为我？

　　　　　【孟怀风轻轻抚摸她的头发。

孟怀风　（深情地）桃花，我没能让你过上好日子，你吃了很多苦，我心头难过死了，我也连累了你……

桃　花　（带哭腔）不兴这么说，不兴这么说……怀风，和你在一起我很开心，很快乐，我活得至少像一个人了……

孟怀风　我孟怀风堂堂七尺，竟然不能保护自己最心爱的女人，我真是没用啊！

桃　花　（要哭了）怀风，你别这么说……

孟怀风　我酿的啥子酒？一醉解千愁，三杯万事和。千愁解了吗？万事和了吗？都是苦酒啊！

桃　花　不，怀风，你酿的酒是世界上最美最香的酒！

孟怀风　（捧着她的脸）桃花，我这辈子能够和你在一起，是我最大的幸福，是前世修来的福分啊！

桃　花　（深情地）怀风，我很幸福，真的很幸福。就是现在死了，我也心甘情愿……

孟怀风　（激动）不要说死，桃花，不要说死。我们要活下去，我们还年轻啊！

桃　花　怀风，我听你的……

孟怀风　桃花，我们可以走。

桃　花　走？去哪里？

孟怀风　中国这么大，总有天空明朗的地方，总有老百姓不受欺负的地方！

桃　花　怀风，我跟你走，千山万水我跟你走，生生死死我跟你走！

　　　　　【两人深情地凝视对方。

　　　　　【二黑上。

二　黑　孟大哥，都准备好了。

孟怀风　现在几点？

二　黑　太阳马上落坡了。

孟怀风　我们立刻就走！

　　　　　【二黑跑下。

桃 花　怀风……

孟怀风　（笑笑）来回也就百十里路，要不了多久我就回来了。

桃 花　路上小心……我等你回来……

　　　　【孟怀风看了看桃花，转身往门口走。

桃 花　（欲哭）怀风……

　　　　【孟怀风猛地回身快步走过来，紧紧抱住桃花。

孟怀风　桃花，你咋了？不兴哭啊。

桃 花　（取下自己的护身符替他戴上）天老爷会保佑你平安回来的。

孟怀风　桃花，你等着我，我一定平安回来。

桃 花　怀风，你等一下。

　　　　【桃花转身去倒了两碗酒，递了一碗给他。

　　　　【音乐起。

孟怀风　（深情地）桃花，我敬你。

桃 花　（深情地）怀风，我敬你。

　　　　【两人轻轻碰碗，看着对方，慢慢喝完了碗里的酒。

孟怀风　（幸福地）真是好酒啊！

桃 花　（看着她）嫁给你，就等于嫁给了酒。

　　　　【两人先是会心地微笑，之后两人大笑起来。

桃 花　怀风，我等你回来……

孟怀风　（笑笑）傻丫头，我肯定要回来，我还有一件事没做呢。

桃 花　（深情地）你是说……

孟怀风　二月初八！无论在哪里，二月初八那天，我一定要用满山遍野的桃花为你做一
　　　　件最美的嫁衣裳！

　　　　【两人紧紧拥抱。

　　　　【响起汽笛声，竟有些刺耳。

　　　　【灯渐暗直至全灭。

第二场

【天然居酒馆。紧接前场，数小时之后。

【幕启，酒馆里空无一人。

【桃花焦急不安地上。她不停地来回走着，心急如焚。

桃　花　（自语）怀风怎么还不回来呢？都快九点了，会不会出什么事啊？

【桃花急得团团转，不知所措。忽然，她径直朝门口走去。刚要出门，她就一步一步退了回来。

【田家昌、黄太辉走了进来。

田家昌　桃花，去哪里？

【桃花看着他们，反而镇定下来。

桃　花　哪里都不去。

黄太辉　今天早上有人向我报告，孟怀风把所有的酒都搬走了。有这回事吗？

桃　花　有这回事。他把酒送到高炮阵地上去了，送给抗日将士们喝。

黄太辉　他晓不晓得那样做是要坐牢的？

桃　花　坐牢？支持抗日还要坐牢？

黄太辉　（恼怒不已）他违抗我的命令就要坐牢，我不管那么多！

桃　花　你们这种人也就是欺负老百姓一个比一个凶，没别的本事，有种的跟日本人去打呀！

田家昌　桃花，你这张利嘴我伯父肯定喜欢得不得了……

桃　花　去你妈的三十三！

田家昌　桃花，我劝你乖乖地嫁给我伯父。女人嘛，嫁个有钱有势的男人才是最要紧的哟……

【二黑的声音："桃花姐……"

桃　花　二黑？！

【二黑跑上，踉跄不止，扑通一声跪趴在桃花面前。他的头上缠着绷带。

二　黑　（哭着）桃花姐……

桃　花　（惊惧焦急）二黑！怀风呢怀风咋个没回来？你、你说话呀！

二　黑　（哭着）孟大哥……孟大哥……没了……

桃　花　（五雷轰顶似的）啊？

二　黑　（哭着）我们送完酒回来……在牛角沱那个地方……一颗日本人丢下的炸弹突然爆炸了……

　　　　【孟怀风的声音："桃花……"，紧接着响起一声猛烈的爆炸声。

二　黑　（哭着）孟大哥……孟大哥被炸成了碎片……（捧上带血的护身符）这是孟大哥剩下的东西……

桃　花　（颤抖着接过来）怀风，你说过要回来的啊……

　　　　【桃花站立不稳，几欲昏倒，碰到桌子。她扶住桌子，努力使自己不倒地，看着虚空，仿佛一座雕像。

　　　　【孟怀风的声音："二月初八！无论在哪里，二月初八那天，我一定要用满山遍野的桃花为你做一件最美的嫁衣裳！"

田家昌　（怔怔地）孟怀风死了？他死了？（一把抓住二黑）你说孟怀风遭炸死了，是不是？

二　黑　（哭着点头）……

田家昌　（突然狂笑不止）哈哈哈！炸死了好！好！好得很哪！天意，这真是他妈的天意啊！痛快！

黄太辉　那八百斤酒咋办？

田家昌　我伯父更爱美人。桃花，那就走吧。

　　　　【桃花一动不动。

田家昌　孟怀风死都死了，你还有啥子牵挂呢？安安心心做姨太太吧，往后我们就是亲戚了。

黄太辉　桃花，你好福气呀！比我的福气还好。

田家昌　走吧，我伯父肯定是望眼欲穿了……

桃　花　我走。

黄太辉　这就对头了嘛，人就是要会想。

田家昌　太好了，滑竿就在外头，我们现在就走。

桃　花　我要打扮一下。

田家昌 （惊喜地）应该的，应该的，我们等你就是了。

【桃花在川剧音乐声中朝楼上走去。

【众人看着她上楼。他们发现，桃花在进屋前的最后几步时，竟然用的是戏曲里的步法。

【随后，我们听见了桃花在吟唱川戏。

【桃花的声音："盼仙郎，心已碎！我与他伉俪情深，形影相随；早订下山盟海誓，生死不违……"

【楼下的人呆呆地听着。

【然后，他们一起望着从楼上下来的桃花。

【桃花一身戏装，扮相俊俏，显得光彩照人，惊艳绝伦。

【桃花用戏曲步法下楼来，合着川戏锣鼓，宛如天女下凡。

田家昌 桃、桃花，我们走吧……

桃　花 （戏腔）走？我是要走，可我并非跟你走！

田家昌 不跟我走你跟哪个走？

桃　花 （戏腔）我自然是跟孟怀风走！

【在川剧音乐锣鼓声中，桃花做着各种身段和亮相，做得很投入，很深情。

【灯光渐渐地熄灭，随后一束追光打在桃花身上。她在做了一个优美的亮相之后朝墙角冲了过去。锣鼓声陡然激烈起来。

桃　花 怀风，我来了……

【桃花冲过去，一头撞在酒缸上，酒缸发出一声令人惊悸的声音。桃花躺在地上，锣鼓声戛然而止。

【灯光变成深红色，随即舞台一片黑暗！

【一束追光打在一棵桃树上。桃树上的花蕾神奇地开成一朵一朵的桃花。也许是桃花化作了桃花魂让它们开放。

【接着，满世界的桃花都竞相开放，整个舞台成了桃花的海洋。深红色、粉红色的桃花纷纷扬扬，漫天飞舞。

【音乐声中，漫天飞舞的桃花越来越密集，摇曳多姿，仿佛在讲述一个美丽动人的传说……

【三声高亢悠扬的汽笛在高山之间回荡不已，大幕缓缓落下。

【剧终。

今夜有人敲门

（三幕话剧）

人物

庄 成　宋 丽　方 月　庄晓虹　庄旭东　夏中俊

时间

当代

第一幕

【这是一幢豪华别墅。

【庄成仰坐在大客厅中的一把老式红木椅上,一边看电视一边拿着一个新书包把玩。各式各样的书包堆满了椅子周围。方月坐在二楼楼梯口,慢条斯理地捻着一串佛珠。她坐的是轮椅。

【客厅灯亮着,窗外一片漆黑。天空下着密密细雨,雨声似乎越来越大,洒落在芭蕉叶上,传来很有节奏却有些莫名其妙的恐怖的声音。

【挂钟指向十点。

【忽然,庄成将头埋在书包下,轻声抽泣。

方　月　好大的雨啊。好多年都没有下过这样透彻的雨了。游泳池快灌满了吧? 庄成,你听到我说话了吗? 庄成! 你不要看电视了。

庄　成　(抬起头,脸上并无悲伤之情)电视真是个好玩意儿。

方　月　什么? 你说什么?

庄　成　我说电视是个好玩意儿!

方　月　当然啦,雨下得这样大,谁还想出去? 你说是不是?

庄　成　没错儿!

方　月　这下好啦,一场大雨把什么都冲干净了。我以前总能闻到一股臭味。是那种臭味,你知道吗?

庄　成　你别胡思乱想。

方　月　我年轻的时候才胡思乱想呢。

庄　成　(奇怪地一笑)那时候我不认识你。

方　月　是啊,那时候我只认识一个叫黑柱的小伙子。他带我到河边摸鱼。

庄　成　摸什么?

方　月　鱼,摸鱼! 一不小心,我们都掉到河里去了。我们笑啊游啊,你猜怎么着? 我就学会游泳了。

庄　成　他还教你扎猛子吧?

方　月　一个挺好的小伙子,全身是力气。

庄　成　该懂的他都懂吧？

方　月　他对什么都在行。庄成，你在听我讲吗？后来，我就迷上了游泳。我一口气儿能游五六十里地儿。

庄　成　你昨天说六七十里地儿。

方　月　昨天说什么？昨天怎么啦？

庄　成　后来你被游泳队看中啦。

方　月　我的命以前就是好。

庄　成　一切都是命啊。

方　月　那是我一生中最快乐的日子。训练，训练，除了训练还是训练。最单纯的日子就是最好的日子。电视里有游泳赛吗？有吗？有吗？

庄　成　早过了。

方　月　你就是不告诉我！

庄　成　用得着吗？你又不下来，干着急。

方　月　你总是欺负我，什么事儿都瞒着我。

庄　成　没有，我没有。

方　月　有！我根本什么也不知道，压根儿就不知道你们干了些什么……我什么都不知道！

庄　成　胡说！你胡说！你怎么可能……

方　月　别嚷嚷！小心你的心脏。医生说你不能激动。

庄　成　别拿医生来吓我。我不吃这一套。医生算得了什么！

方　月　你一向胆大包天……（警觉地）听，敲门了！她来了！

庄　成　你说谁来了？

方　月　她来了，你听敲门声！

庄　成　我没听见。

方　月　你听：当－当－当，当当当！

庄　成　你疯了！她的敲门声不是那样，是……见鬼！你在说什么？！

方　月　哦，是雨声，听错了。没有什么人来敲门，咱们家不是有门铃吗？

庄 成　她——怎么会来呢？不会来了。你听外面的雨声，好像全世界都在下雨。你刚才是在说那个医生吧？

方 月　我只是想起了今天是个特别的日子。

庄 成　你不是在说那个医生？好吧，就算不是吧。（奇怪地一笑）不是医生还能是谁呢？

方 月　医生不会来了，所有的人都不肯上这儿来。门铃自打装上那天起就没响过。

庄 成　孤独不算是罪过吧？

方 月　算起来，你得这该死的心脏病正好十三年了吧？一晃就十三年啦，好多东西都长大啦，你说是不是？

庄 成　你不说这个不行吗？！方月，你不要再说了！

方 月　（漠然地）我说什么了？我还能说什么呢？

　　　　【庄成长叹一声，将头埋入书包中，身子一滑，仆伏在地，旁边尽是新书包。他趴在地上用手指在书包上划着。

方 月　庄成，你在干什么？你又在看电视？你一看电视就不理我了。我说过，当年你爱上我只是因为我的大腿比别的女人漂亮。

庄 成　（喃喃地）游泳队的人大腿都很棒。

方 月　我常梦见自己变成了一只青蛙，做一只青蛙比做什么都强。你懂我的意思吗？

　　　　【门无声地开启了。庄旭东慢慢走到舞台中央。他神情怪异，穿着奇特也很豪华富丽。他走到父亲面前蹲下，一言不发地盯着老人，随后，他用书包盖住老人。

方 月　我是受了诗歌的诱骗才嫁给你的。你把艾青的诗当作你的诗送给我。教练一看就戳穿了你的把戏，可我听不进去。那时候的恋爱观跟现在的不一样。

庄 成　（喃喃地）一横，一竖，还有竖弯钩。

庄旭东　我给你买了十二打书包，放在过道之间。你不去看看？

庄 成　医生不会来了吧？

庄旭东　他陷入四角恋爱，鸡飞蛋打跳楼了。

庄 成　倒也解脱了。

庄旭东　我又替你找了一个医生，一个不打算恋爱的医生，明天一早就来。

方 月　我看教练只能单相思了，他不如你身手敏捷。你可真准呐，一个晚上就定了乾坤。

庄　成　你母亲的话让我脸红。

庄旭东　你还需要一个牙医。你晚上总是磨牙，像两件冷兵器碰到一块了。

庄　成　那是消化不良，跟牙医没有关系。

方　月　我只得转行到邮电局当接线员，孩子要不成了。我的教练伤心欲绝，送给我一本艾青诗选就跳进了游泳池，结果就游出了他一生中最好的成绩。现在想起来真让人难忘啊！

庄　成　是啊，最好的时光就是逝去的时光。

　　　　【他从书包堆里缓缓站起。

庄旭东　你还不去看看你的那些书包？

庄　成　游泳池里的水满出来了。

方　月　你在同谁讲话？

庄　成　旭东。旭东在楼下。

方　月　他？他又给你买了很多新书包，是吗？

庄　成　是的，很多新书包。

方　月　没用的，一点用也没有。他没带什么人回来吧？

庄　成　没呢，就他一个人。

方　月　我累了，要去休息了。这场雨是一个灾难啊。下吧，下吧，冲走这幢洋房才好哩。庄成，今天夜里肯定有人敲门，你惊醒着点。

　　　　【她转动轮椅消失了。

庄旭东　她是假装瘫痪。

庄　成　谁？你母亲？

庄旭东　那个自杀身亡的医生告诉我的。

庄　成　（自言自语地）装不装都一样。（朝门口走去）欺骗是人的生活方式。

　　　　【他缓缓开门走出，悄无声息。

　　　　【庄旭东坐在庄成坐过的红木椅上，两眼盯着屋顶，似乎在倾听外面的雨声。

　　　　【忽然，一阵激烈的打击乐起，一个身着绿色紧身衣的女郎走出，合着节拍跳起舞来。灯光色彩变幻不定。她的舞蹈语汇是追忆思念和祈求。

庄旭东　（梦游般地走来走去）晓虹？晓虹？（紧走几步，追着跳舞女郎看）你、你是谁？说呀，你是谁？你究竟是谁？（醉了似的）你走开，走开呀！我不想见到你，不想啊！

　　【庄旭东瘫然坐下，双手蒙头。

　　【音乐戛然而止。跳舞女郎已离去。

　　【庄旭东睁眼看着空荡荡的舞台。

　　【庄成上，双手各提着一个书包，显得很沉重。他一声不吭地把书包里的东西倒在地上，竟是些绿色的浮萍。

庄　成　（很投入地）一、二、三、四、五……

庄旭东　数什么？

庄　成　浮萍。

庄旭东　浮萍？你打哪儿弄来这些浮萍？

庄　成　游泳池呗。

庄旭东　（纳闷地）我怎么没看见？

庄　成　我碰巧看见了，也觉得奇怪。我站在大门口望出去，见游泳池绿光闪闪，一大片一大片的。我不知不觉走过去，雨也好像没下了。浮萍把游泳池围了一圈，像嵌上的绿色花边。我就把它们捞上来了。

庄旭东　可这附近既没有农田，也没有池塘。这些浮萍难道是从天上掉下来的？

庄　成　门外还有六个书包，都装满了浮萍。

庄旭东　好吧，我不想知道这些浮萍究竟从哪儿来。不过你得在宋丽回来之前打发掉这些玩意儿。她可不喜欢屋里乱七八糟的。你知道她的脾气，就是有一只蚊子飞过也会恶心作呕的。

庄　成　宋丽回来可以不从客厅走。

庄旭东　这也是她的家。她究竟是你的儿媳妇。

庄　成　我们一直反对你们结婚。她是个巫婆，她……

庄旭东　（打断）不要说了。你该刮胡子了，看上去挺脏的。

庄　成　好吧，一切都是她自作主张，一切都是她预谋的。

庄旭东　（烦躁地）说这些干吗？不要说了！

庄　成　今天是什么日子？

庄旭东　我不知道！

庄　成　你真的变坏了。

庄旭东　我什么都不想知道！

庄　成　（困惑地）你真像我年轻的时候，连手势都像。

　　　　【他开始剧烈咳嗽。

庄旭东　这屋里总有一股霉味，待在这里迟早会得肺结核！

庄　成　水，给我一杯水。

庄旭东　现在你又不知道从哪里弄来这一大堆浮萍，它使我想起母亲瘫痪的那个夜晚。
　　　　就是那天夜晚，你把上百只青蛙带到屋里，四处乱跳。

庄　成　我只需要喝水。

　　　　【庄旭东倒开水，庄成用水服药。

庄旭东　药片解决不了根本问题。

庄　成　你一回来我就犯病。你应该永远待在外面闯天地干事业。你是一个出色的生意
　　　　人。（意味深长地）我们会替你守着这房子，谁也别想闯进来。

庄旭东　（略带嘲讽）甚至连一只苍蝇吗？（关掉电视机）你不想坐到天亮吧？

庄　成　我早就想躺下了，都是这该死的电视机开着。

庄旭东　你可以一边吟诵唐诗一边入睡嘛，以前就是这样。

庄　成　有一天我发现有一首唐诗根本不是唐诗，无论从哪方面看都不像。从此我得了
　　　　失眠症。

庄旭东　什么时候发现的？

庄　成　十三年前的那个雨夜。

庄旭东　又是那个雨夜！天啊，不要再说了，我求你了行不行？！

庄　成　我得睡觉了，至少还可以睡上五个钟头。十三年来我一直睡在客厅。

庄旭东　也好。睡吧。

庄　成　关掉电视。灯也关了。

庄旭东　关了。

庄　成　你小时候关上灯总怕。

庄旭东　记不得了。

庄　成　你胆小，一只耗子就会让你号啕大哭。那时我们家耗子真多。我怀念有耗子满地跑的岁月。是耗子让我们父子俩紧紧地拥抱在一起。

庄旭东　过去了，都过去了。

庄　成　我们甚至没钱买耗子药。现在你可以在一夜之间开办一千家耗子药厂了吧？

庄旭东　别胡说，现在钱不好挣。

庄　成　其实，你可以开电视。没准儿会有一场足球赛。

庄旭东　我早就不看足球了。

庄　成　（渐渐入睡，开始轻微打呼噜。）当大地变得焦黄，绿色的雨从天而降。犹如国画中的泼墨手法，将万物重新描绘……

　　　　【庄成睡熟了。庄旭东盯视他良久，退后一步，他又侧耳倾听着。外面的雨声越来越大。

　　　　【宋丽无声无息地推门走进客厅，一不小心绊了一跤。庄成没被惊醒。宋丽把客厅的灯全部打开，这时我们看见她喝得醉醺醺的，全身湿透了。

　　　　【庄旭东似乎吓了一跳。

庄旭东　你走路怎么总是没声音！

宋　丽　我在月亮之上。

庄旭东　又喝得烂醉！

宋　丽　喝酒是一条出路，死亡是另一条出路！

庄旭东　小点儿声，别吵醒了他们。

宋　丽　吵醒？他们睡得着吗？十三年前他们的睡眠就被搞死了，还有你和我的睡眠！

庄旭东　（烦躁不安地）别说了宋丽，你别再说了！

宋　丽　（走近他）庄旭东，你的睡眠很好吗？（庄旭东躲闪着）很好吗？是不是？你说话呀，是不是？你是不是睡得很香很踏实，连梦都不会做一个，是不是？！

庄旭东　（退至坐下，绝望地看着她）我很累，我真的很累……

宋　丽　还记不记得今天是什么……

庄旭东　（猛地站起打断）不要再说了！崩溃了对谁都没有好处……

宋　丽　都是你们……是你们……

庄旭东　（打断）你以为你就是清白的吗？（双手抱头）都一样，都他妈的一样啊……

　　　　【静场片刻。

宋　丽　听，你听这雨声。像不像灾难来临前的那种声音？你听啊！

　　　　【两人静静地听着。

　　　　【雨声越来越密集，竟有些恐怖之感。

　　　　【灯光渐黑至熄灭。

第二幕

　　　　【景同前幕，当晚深夜时分。庄成依然半躺在红木椅子上酣睡。除了密集的雨声，什么也听不见。

　　　　【突然，敲门声陡然响起：当—当—当，当当当！庄成一下子惊跳起来，茫然四顾。但他随即又很快入睡并开始打呼噜。

　　　　【窗户被推开了，庄晓虹爬了进来。她十九岁，很漂亮，戴一副宽边墨镜，秀发披肩，充满青春活力。台上灯光渐亮。接着，夏中俊也爬了进来。他二十岁，长发披肩，手里拿了一把吉他。他是一个乐观的小伙子，而且不乏幽默感。

夏中俊　我们像做贼似的。这是你的家？

庄晓虹　别人是这样说的，你也听见了。

夏中俊　你像泉水一样——突然冒出来，他们会怎么看？

庄晓虹　这就是我的家呀！（环视）变化真大，跟从前完全不一样了。这是我的家吗？

　　　　【庄成醒了，惊恐茫然地望着庄晓虹。

庄晓虹　（惊喜地）爷爷！

　　　　【庄成猛地跳起来，向前紧走几步，突然停下，转身就走。

庄晓虹　爷爷，我是晓虹，庄晓虹！您不记得我了？

庄　成　（背对庄晓虹，嘴唇颤抖着，却说不出话来）……

庄晓虹　爷爷，您记起来了吗？我是庄晓虹，是您的孙女。我刚回来，究竟发生什么事了啊？

夏中俊　我来解释一下。我叫夏中俊，是庄晓虹的大学同学。我们利用暑假做社会实践，晓虹说要顺路回家看看。她说她是你的孙女，有十三年没回家了，也不知道当初是怎样离开家的。我们打听了很久才得知你们搬到这儿来了。外面下着大雨，我们是乘出租车来的。就这样。

【庄成瘫然坐下，望着虚空。

夏中俊　（淡淡一笑）人家好像不欢迎你。

庄晓虹　（困惑地）这究竟是怎么回事？我在做梦吗？

夏中俊　也许他上了年纪，有些糊涂了。

庄晓虹　（再次努力）十三年不见，您真的认不出我了？我长变了，长高了，发型和打扮也变了，声音也变了，可我还是您的孙女啊！

庄　成　你说十三年没回家？那你离家那一天是下雨还是天晴？

庄晓虹　（被问住了）我……记不得了。不过我给你们写过很多信。

庄　成　邮递员从没来过这里。

庄晓虹　（不可思议地）怎么可能呢？

庄　成　你凭什么说你叫庄晓虹呢？

庄晓虹　（愣了一下）凭什么……

夏中俊　晓虹，我们是闯入者。

庄晓虹　（生气地）爷爷！

夏中俊　晓虹，我们走吧，不会有什么结果的。（一笑）从一开始我就认为你在开玩笑，你平时喜欢开玩笑。也许这个城市有你的什么人，可不是在这儿。

庄晓虹　（半信半疑）我爷爷恐怕真老糊涂了。（又怀有希望）一切会好的。我突然回来，他们可能还不适应。

夏中俊　（善意讥笑）行了吧，人家把你看成了冒牌货，在暗中瞅着你哩，没叫警察已经是很宽容了。

庄晓虹　你也不相信我？

夏中俊　我信不信有什么用呢？从爬窗进屋我就觉得这一切都虚假得要命。（一笑）我去找旅馆，你爱在这儿待多久就待多久。

庄晓虹　（几乎吼起来）爷爷，你，你怎么不认我呢？这到底是怎么回事啊？！

　　【这时，庄旭东身穿睡衣，缓缓走下楼梯。他毫无表情，仿佛木乃伊似的。

庄晓虹　（紧跑几步）爸爸？！

　　【庄旭东与庄晓虹对视片刻。随后庄旭东转身欲往回走。

庄晓虹　爸爸！我是庄晓虹，你怎么不认我？

夏中俊　她说她是你的女儿。你认识她吗？

庄旭东　（止步）我曾经有过一个女儿，但我们把她丢失了。

庄晓虹　就是我呀！

庄旭东　凭什么？

庄晓虹　你叫庄旭东，我妈叫宋丽，爷爷叫庄成，奶奶叫方月。这还不够吗？

庄旭东　这能说明什么呢？

庄晓虹　（惊诧得说不出话来）……

夏中俊　晓虹，我觉得你像个小丑拼命表演，可没人为你鼓掌喝彩。你的家出了问题，很明显。

　　【方月坐着轮椅出现在楼梯口，但没人发现她。

庄晓虹　你刚才说"丢失"是什么意思？

庄旭东　我已经说得很清楚了。

庄晓虹　（茫然）很清楚？

庄旭东　看样子你不明白这里的一切。你去开门，走出去，从远处看看这幢造价三千万的别墅。（庄晓虹茫然无措地缓缓向外走）你熟悉这些吗？你跟这一切有什么关系？去看——去寻找——去辨认——去回忆。

　　【庄晓虹情不自禁地走了出去。

夏中俊　晓虹？晓虹！

庄　成　（长长地）唉！（干笑两声）我要睡了。外面还在下雨吧。浮萍。书包。打酱油，我要去打酱油……

　　【他渐渐入睡。

夏中俊　我们可以谈谈。

庄旭东　你弹吉他？（摸了摸吉他）你真会弹吉他？她告诉过你些什么？

夏中俊　她说她是你的女儿。

庄旭东　就这些？

夏中俊　当然不止这些。我看得出来这是一个大富豪的住宅，可那又怎么样？一切都像舞台布景。

庄旭东　你对这一切碰巧很感兴趣吧？

夏中俊　恰恰相反。

庄旭东　可你偏偏走进了这幢房子。

夏中俊　见鬼！我说了，是晓虹拉我进来的，她说这是她的家，她从没有说过她有这样一个家。我一直以为她是一个孤儿！

庄旭东　那你就应该阻止她的妄想。

夏中俊　妄想？我开始明白了。

庄旭东　你明白什么了？我没有什么女儿，她早就丢失了！

夏中俊　五年前？十年前？

庄旭东　不管多久以前！

夏中俊　但她现在回来了！

庄旭东　这里不欢迎任何人。这是一幢没有活人的豪华别墅！没有活人，你懂吗？！

夏中俊　你们抛弃了晓虹！所以庄晓虹找不到自己的家，你们根本不想认她！

　　　　【两人对视。庄旭东有些胆怯了。

庄旭东　（低声地）她丢失了，就像一百元钱丢在大街上，眨眼就无影无踪。

夏中俊　丢失了？

庄旭东　她喜欢到大街上看热闹。（看父亲）也许是他带她去的。那一天人真多。

庄　成　（梦呓似的）是啊，人真多。

庄旭东　她和她爷爷走散了，也许是在商场，也许是在步行街，反正是在人最多的地方。

夏中俊　你们没去找她？

庄旭东　我们四处寻找，甚至在电视上、报纸上登了寻人启事。后来，我们放弃了希望。也许，她本就不该属于我们。

夏中俊　本就不该属于你们？

庄　成　（哀求地）别问了，好吗？

夏中俊　她现在回来了。找到你们了！

庄旭东　我们……心已经死了。

夏中俊　可是晓虹明明是……

庄旭东　（打断）谁知道她是不是真的？假药、假钞、假奶粉比比皆是，这个世界给人的幻觉太多。有很多人都曾想冒名顶替！

　　　　【这时，宋丽身穿粉红色睡衣从楼梯的另一侧走下来。她的头发有些凌乱，脸色苍白。

宋　丽　那人是谁？（走近夏，逼视他）你是谁？警察？侦探？诈骗犯？

庄旭东　一个过路人。

宋　丽　（对夏）赶你的路去！

夏中俊　你是庄晓虹的母亲？

宋　丽　我讨厌这种腔调。这些年来我不得不忍受这种腔调。

夏中俊　你只要回答是或者不是。

宋　丽　你和他们聊上了，是吗？（指着庄旭东）他的外号叫庄十亿，全城都知道。他幻想有一天成为庄百亿。可现在我们的钱就花不完，怎么也花不完。我们挥金如土，我们喜欢这种生活方式。

夏中俊　我只想知道你是不是庄晓虹的母亲。

宋　丽　年轻人，这屋子里的人讨厌打破砂锅问到底。

夏中俊　是还是不是？

宋　丽　为什么不跟我跳一曲？探戈？伦巴？或者华尔兹？

夏中俊　如果不是，我们就告辞了。

宋　丽　（痛苦地）为什么？为什么是今天晚上来敲门？为什么？！

夏中俊　（止步，转过身）这么说，你是庄晓虹的妈妈？

宋　丽　（痛苦地挥着手）不要再问了！我告诉你，这个屋子里没人经得起追问！都在回避，都在撒谎，都在互相折磨！

　　　　【夏中俊——审视着他们。

　　　　【沉默。雨声。

【门推开了，庄晓虹神情怪异地走进来，头发、衣服已被淋湿，左手拿着一个胀鼓鼓的书包。

庄晓虹 （奇怪地一笑）啊，对不起，我走错门了。

夏中俊 （奔过去拉住她）晓虹！晓虹！

庄晓虹 我们不该来这里。这的确不是我对你谈起的那个家。

夏中俊 你看到什么了？

庄晓虹 一切陌生得要命。我找不到一丝一毫熟悉的印象，不管是人还是东西。

夏中俊 （指着宋）她是谁？

庄晓虹 （不看宋）我的家不足三十平方米。爸妈很疼我，爷爷奶奶更疼我。我们很穷，一台黑白电视机就算是家中最豪华的商品。有一次，我把一张十元钞票弄丢了，我们找呀找呀，怎么也找不着。可是没人指责我一句。（含泪笑了）后来你猜怎么着？我们全家人一起冲出屋外，在垃圾堆里找呀翻呀，终于找到了被我撕成碎片的十元钱。可是没人指责我一句。我们在垃圾堆前笑了，笑得那样开心那样真实。（略停）那年我六岁。

　　【静场良久。

夏中俊 我们走吧，晓虹。正如他们所说，你本不该属于这里。我们应该去寻找那间小屋。

庄晓虹 没有小屋了，一切都没有了。一切都只能保存在我的记忆和他们的记忆之中。（从书包里抓出浮萍撒向空中）"当大地变得焦黄，绿色的雨从天而降。犹如国画中的泼墨手法，将万物重新描绘。"

庄　成 （沙哑地）那是我的诗，我写的诗！

庄晓虹 （似看到希望）是呀爷爷，你最喜欢听我背诵你的诗！

庄　成 （怪笑一声）我的诗至少有三千人能背诵。

夏中俊 我们真该走了，打扰了人家一晚上。

庄晓虹 （绝望地一笑）小夏，我的脑子出了问题，我把什么都忘了，我不知道以前是梦还是现在是梦？外面的雨下得真大。

夏中俊 留在这儿干什么呢？我们来的时候就下着雨。

庄晓虹 我们可以借住一宿，就像住旅店一样。（对众人）行吗？

　　【众人不答。

庄晓虹 行吗？（彻底绝望）好，我们走。

【她拉着夏往外走。

方　月　（突然说话）好大的雨！这场雨会冲垮所有的防波堤。

庄晓虹　（惊呼）奶奶！（欲冲上左侧楼梯）奶奶！

方　月　别动！别上来，水位已超过警戒线了。

【灯光熄灭。

第三幕

【景同前幕，五分钟之后。雨声不断。庄成在红木椅上竟然睡着了，打着轻微的呼噜。庄旭东与宋丽在角落轻声说话。方月在左侧楼梯口，并不看所有的人。

方　月　天快亮了。我不知道雨还会不会下。

庄晓虹　会晴的，会晴的，奶奶，你的腿怎么瘫痪了？

方　月　这个人是你的男朋友？

夏中俊　我叫夏中俊。我是庄晓虹的大学同学。

庄晓虹　我去煮点东西给你吃？

方　月　天亮之前我从不吃东西。

庄晓虹　奶奶，这么说你认出我了？

方　月　（迟疑片刻）最美好的东西就是丢失了的东西。

庄晓虹　东西？我不懂。

方　月　丢失了的东西找回来就变得一点不美好了。还是让它永远丢失吧，我们也有个回忆纪念。

庄晓虹　可是你已经认出我了。

方　月　我没有证据。

庄晓虹　（一愣）证据？

夏中俊　（对虹）这下你终于该明白了吧。（对对方）我们路过这里，她说这是她的家，我们就进来了。现在看来这根本不是她的家，我们是不速之客。（一笑）两个可笑的不速之客。

方　月　一个有点意思的年轻人。

【庄晓虹突然跑上右侧楼梯。众人欲阻拦已晚。

庄旭东　你不要上去！

宋　丽　别上去啊！

庄　成　（惊坐起来）拦、拦住她……

方　月　防波堤就要垮了。我说过，今夜有人敲门。

【众人呆若木鸡。

方　月　十三年了！对于外面的世界来说，我们已经死去多年了。

庄　成　（哀求地）别说了，行吗？我们都想过平静的生活，我喜欢死气沉沉。我怎么
　　　　还不死啊……

方　月　（慢吞吞地）庄晓虹是我的亲孙女。

【众人均惊。

方　月　这些年来，我一直在等待这个机会。我愿意把真相告诉陌生人。

庄旭东　我们有过一个协议。在我们四个人中间有过一个协议。我们曾经发誓永远遵守
　　　　这个协议！

方　月　那是一个永远孤独的协议。

【方月缓缓从轮椅上起身站起。众人大惊失色。

庄　成　站起来了？你真的站起来了？

方　月　（慢慢走下楼梯）十三年前我发过誓永不下楼，我把自己困在轮椅上，想象自
　　　　己已经瘫痪不能动弹。这是我对自己的惩罚。

庄　成　（叹气）真相大白有什么好处呢？

方　月　（对夏）你想知道真相，是吗？

夏中俊　我无意介入这件往事。但我猜晓虹不愿意一辈子蒙在鼓里。

【这时，庄晓虹出现在右侧楼梯口，身上挂满新书包，手里拿着一沓照片，神
　　　　情出奇地平静严肃。

庄晓虹　一间精美无比的卧室贴满了我的照片。看样子你们在纪念我。谁布置的？

【较长的静场。

庄　成　（声音古怪）我们四个人用了整整三天时间。你还满意吗？

庄晓虹 （举示照片）这是我满月的照片，多逗！这是我一岁时照的，这是我三岁那年照的，五岁那年的，六岁那年的。这是我们祖孙三代的合影！（伤心地）可惜，往下就没有了，没有了……

【众人看着她。静场片刻。

庄晓虹 （将照片抛向空中）你们用不着纪念我。（将书包全放下）我不该回来。（提高声音）可我不知道我为什么突然就没了家？为什么？！谁能告诉我这究竟是为什么？！说话呀！（带哭腔）你们说话呀……

【密集的雨声。

方　月 （看着夏）你看，我们这个家过去可是一个非常和睦的家。我们很穷，那是一种令人绝望的穷，欲哭无泪呀！我们害怕再过那种穷日子，害怕啊！

夏中俊 （淡然一笑）谁都不愿意过穷日子。

方　月 后来，也就是二十世纪九十年代以来，我们的日子渐渐好了，看到了美好的前景。这时候，庄晓东做生意发了一笔财，一笔来路正当的横财。

庄旭东 （木然地）天赐良机！富贵逼人！

方　月 庄旭东就辞去公职做了个体户。不久，他在火车上遇到一个懂阴阳八卦的算命人。

庄旭东 他精通《周易》！

方　月 算命人告诉他，无论他赚了多少钱，庄晓虹都能在最短的时间内挥霍掉，或者说庄晓虹会挡财路，或者说是个败家子。（略停）我们全信了。从此以后，我们被突如其来的恐惧缠上了，害怕一夜醒来，所有的财富不翼而飞，又回到贫穷的过去。我们开始变得神经质，言谈举止变得怪模怪样。

庄　成 还有！还有一件事！

宋　丽 不要说了！

庄旭东 （痛苦地）说吧，说吧，都说了吧！

方　月 宋丽怀庄晓虹的时候食量特别大，一顿能吃下一只鸡和十个鸡蛋。算命先生说这就是预兆。问题还在于，庄晓虹还不到九个月就提前出生了，这让我们更加惊恐。算命先生说这就是不祥之兆。

宋　丽 （打断）不要再说了！（狠狠地）老太婆，你的话太多了！

方　月 我们开始吵架，无故发脾气，互相折磨。我们说些不着边际的话消磨时间。（看宋和儿子）你们再也不在一张床上睡觉了。我们也是。

庄旭东　说吧，说吧。

方　月　我们的饭量锐减，我们不招呼任何熟人朋友，我们神情痴呆郁郁寡欢。晓红从幼儿园回家是我们最难受的时候。最后，恐惧达到了顶峰，我们精神的防波堤终于崩溃了。

　　　　【长时间静场。

宋　丽　（突然指着庄父子）是他们！是他们的眼神召唤我们聚到一个看不见的角落！那天晚上就像今天晚上一样下着雨！

庄　成　我们都相信了算命先生的话，我们坚信不疑。

庄旭东　谁也逃不脱，谁也跑不掉！我们是那样的默契，那样的心照不宣！

四　人　（互相指着）是你！是你的暗示促使我们行动！

庄晓虹　（痛苦无比地）不要讲了，求求你们不要再讲了！我不听，我不要听！

方　月　于是，一切就像我们希望的那样，你走丢了，丢失了。为了我们的贪婪和恐惧，你必须被丢失。

庄晓虹　（悲伤地）天哪……

方　月　我们发誓永远不再提起这件事，宁可胡说八道或者相对无言。

庄旭东　我们守口如瓶，所以常做噩梦。

方　月　从那以后，财源滚滚而来，于是我们有了这幢别墅，有了想要的一切。（停顿）十三年了，我终于说了几句人话。

　　　　【静场。

庄晓虹　（念儿歌）"妈妈教我画图画，画完太阳画葵花。太阳就是共产党，葵花就是小娃娃。"

宋　丽　（陡然一震）晓虹！我的乖女儿！（欲走过去）

庄晓虹　别过来！（念儿歌）"小星星，亮晶晶，好像猫儿眨眼睛。东一个，西一个，东南西北数不清。"

庄旭东　（痛苦地）晓虹，别念了，你别再念了……

庄晓虹　（继续）"新年到，放鞭炮，噼噼啪啪真热闹。耍龙灯、踩高跷。包饺子、蒸年糕，奶奶笑得直揉眼，爷爷乐得胡子翘。"

　　　　【庄晓虹忽然缄默不语，神情凄然。

庄　成　（捂脸，嘤嘤哭起来）我、我乐不起来了，再也乐不起来了……我病魔缠身，很快就会死去，很快了……

庄晓东　三辆汽车，游泳池，网球场，都是你的。我是说我们也许根本就不再需要那些东西，真的，不需要了。

宋　丽　（声音沙哑）留下吧，晓虹，别走了。我们……我们需要你，真的需要你……

方　月　来，跟我上楼来。我才能使你成为合法的继承人。

庄晓虹　（不动）继承人？

方　月　房契，这幢房子的房契。我是以你的名义买的……

庄晓虹　在我被丢失之后吗？

方　月　（止步，侧过身）金钱使我们丧失了人最基本的东西，赎罪是我们唯一的出路。（上楼）唯一的出路……

夏中俊　晓虹，我该走了。祝贺你找到了家。

庄晓虹　家？你说这是我的家？

　　　【方月止步。众人一齐看着她。

　　　【雨声更密集了。

庄晓虹　（沉吟片刻）刚才我在外面寻找，忽然看到一面镜子。我从里面看见我自己，可越看越不像我，好像是看到了另外一个人。那个人跟我完全不一样，眼睛、鼻子、耳朵、嘴巴、脸，都不一样。忽然，那个人的脸变成了爸爸的脸，又变成了爷爷的脸。那是她的爸爸、她的爷爷，跟我没关系。我开始怀疑自己是冒名顶替。现在我全明白了，我确实是冒名顶替。那个会唱儿歌的庄晓虹才是真正的继承人，她才有权拥有这一切。可惜，她丢失了，回不来了，成了别人的一种记忆了！（略停）站在这里的我，只是被一对好心夫妇收养抚育长大的穷人的孩子。他们给了我真正的爱。我们走。

　　　【夏中俊拿起吉他，两人朝外走。

夏中俊　（把吉他放在窗下）把它留在这儿。将来人们考古的时候，怎么也想不通这里居然会有一把吉他。

宋　丽　晓虹，留下，别走。妈妈需要……

庄晓虹　（猛然转身略带哭腔）没有庄晓虹了！没有了！她死了！她的心已经死了！这里不是她的家！

庄旭东　（忽然）再唱一首儿歌行吗？

庄晓虹　（平静下来）让那些照片唱吧。

　　　　【庄晓虹爬出窗户，夏也爬了出去。随即传来他们二人开心爽朗的笑声，笑声
　　　　远去。

宋　丽　（笑得比哭还难看）哈哈哈……相见不如怀念！

庄旭东　（低沉地）钉死！把窗户钉死！所有的窗户都钉死！

庄　成　（含混不清）你们听过孙悟空借芭蕉扇的故事吗？

庄晓东　钉死，钉死！不让一只蚊子飞进来！

　　　　【庄旭东、宋丽找来木条，开始打窗户。锤子的声音由急而缓，最后变得沉重
　　　　不已。与此同时，楼上传来方月的声音。

方　月　庄成？庄成？看见了，游泳池里确实长满了浮萍，好绿的浮萍。也许是因为这
　　　　场雨，浮萍才发疯似的蔓延。别睡着，也别去死。对庄家的人来说，活着就是
　　　　最恰当的惩罚。（灯光渐暗）庄成，你在听我说话吗？你要是不搭理我，我永
　　　　远也不告诉你我一个猛子到底能扎多远。

　　　　【灯光全灭，只有沉重的锤子声粗缓地响着，如老牛喘息。

　　　　【幕落。剧终。

魂断东土岭

（两幕话剧）

人物

罗玉华	八路军某军分区参谋长
宫本武郎	被俘日军
田山嘉树	被俘日军
谷崎昌二	被俘日军
中野成吉	被俘日军
黑岛秋志	被俘日军
张排长	八路军某部排长
罗玉兰	罗玉华之妹，八路军医务人员

八路军战士若干名

第一幕

【幕启之前，枪炮声震耳欲聋。步枪、机枪、手榴弹、小钢炮等各种武器一齐开火，战况十分激烈。嘹亮的冲锋号响起，压倒了一切声音。八路军的"冲啊！杀啊！缴枪不杀！"的喊声在山谷中回荡，气壮山河。

【喊杀声渐渐远去，最后归于平静。

【幕启时，台上一片漆黑。突然，一道狭窄但明亮的光束照在田山嘉树身上，他左手吊着绷带，朝门口走去。这时，一个人影突然冲进光圈里，但看不清面目。这人猛然掐住田山嘉树的脖子，后者猝不及防。渐渐地，田山嘉树身体僵直，窒息而死。舞台上一片寂静。在寂静中，光圈转暗，直至全黑。

【片刻之后，土屋的灯光转亮。这间土屋现在临时作为战俘收容所。地铺一字排开。从窗户望去，可以看见起伏不定的丘陵。两名八路军战士持枪在窗外来回走着。

【现在，田山嘉树躺在地上，宫本武郎等四人站在尸体旁边，神情惊恐不安又有些愤然。忽然，谷崎昌二抬起头盯着宫本，中野成吉、黑岛秋志也跟着抬头看他。宫本发现自己成了注目对象，不由得有些恼怒。

宫　本　看着我干什么？一定是八路军干的！一定是！

谷　崎　（悲戚地）八路军为何偏偏要杀死田山？

中　野　我们都活不成了。我有预感，死亡的气息已经扑面而来。

黑　岛　（蹲下）田山君，你怎么就死了呢？（哽咽）昨天晚上你还在下棋呀。

宫　本　（平缓地）田山君死了，我很痛心。作为大日本帝国陆军十七步兵联队参谋长，他是很称职的。我会怀念他的。

【宫本武郎三十四五岁，身体魁梧，长得英俊却带有一种杀气，是一个极其自信的日本军人，肩配大佐军衔。在最后一战中，他的左脚受伤，走路有些瘸。

黑　岛　宫本大佐，他们为什么要杀死田山君？他们说过要优待俘虏的……

宫　本　不许你提那两个字！（仰头）耻辱啊，耻辱啊！我宫本武郎做梦也没想到有今天啊！（双手捂脸）真像一场梦。

【八路军张排长带着三名战士走进来。准备把田山的尸体抬出去。

谷　崎　请等一等。（替田山戴好军帽）田山君，你的魂灵会回到日本的。

【全体日俘对田山尸体鞠躬、敬礼。尸体被抬下。

宫　本　（歇斯底里）你们为什么要杀死他？我们已经没有武器放弃抵抗了！

张排长　（大声）你嚷嚷个啥！八路军不杀俘虏就不杀俘虏！

宫　本　我不信！

张排长　（轻蔑地）随你的便！

宫　本　我抗议！

张排长　（鄙夷地）哼！你少来这一套！（激愤地）我爹被日本鬼子活埋了，我媳妇被日本鬼子逼得投河自尽，都是你们这些狗强盗干的！要不是有政策，我把你们全宰了！

【张排长克制住情绪，狠狠地扫了众俘虏一眼，把腰中的盒子枪往后推了推，走下。八路军战士跟下，带上了门。

宫　本　（气急败坏）八格牙路！八格牙路！

【谷崎在墙角收拾散乱的围棋子。

谷　崎　（伤感不已）在陆军大学的时候，这副围棋就跟着田山君。他说，围棋是他的生命。如今，棋还在，人却死了，死得不明不白。

中　野　谷崎君，这副围棋就请你代为保管吧。

谷　崎　睹物思人，我怕承受不了这份痛苦。

中　野　拜托了。（迟疑地）我怀疑田山君是自杀殉国？

【众人怔了怔。

黑　岛　田山参谋长很坚强，不会自杀。

谷　崎　也许就是那些八路军干的。

中　野　可是他们没必要选择这种方式。

【众人不禁不寒而栗，互相看了看，各自低头不语。气氛有些紧张。

宫　本　不管怎么说，田山君已经死了。我们都要做好准备为天皇陛下捐躯。

黑　岛　（轻声呜咽）早知如此，不如同津村少尉一起战死……

【黑岛的话使众人陷入沉思。

中　野　（打破沉默）哎，你们还记得弘子姑娘吗？从秋田县来的那个，她的笑容真迷人啊……

宫　本　闭嘴！

中　野　（不理会）就像杨柳垂岸春水荡漾，她的大腿白得就像富士山的雪。我真想念弘子姑娘啊！

宫　本　中野少佐，你还有心思说这话！

中　野　（沉迷地）弘子对我体贴入微，情有独钟。我总比别人要多占用她的时间。她说，战争一结束就嫁给我。可如今我做了俘虏生死未卜，就算能活着回日本，弘子姑娘也绝不会嫁给一个做过俘虏的人啊！我也没脸见她，惭愧啊！（冲动地）宫本联队长，东土岭作战失利就是你的错！你葬送了十七联队的前程！

宫　本　（恼羞成怒）混蛋！不是我的错！

中　野　你为什么不采纳田山参谋长的意见！你刚愎自用一意孤行，我们都跟着你完蛋！你说话呀宫本君！我说得对吗？！

　　　　【宫本气得发抖，但他却意外地克制住情绪，一瘸一跛地走到铁窗前，双手抱头，一言不发。

　　　　【灯光转暗，直至全黑。

　　　　【与此同时，舞台右侧审讯室灯光迅速转亮。八路军某军分区参谋长罗玉华坐在桌前看材料。张排长站在一旁。

　　　　【罗玉华三十四岁，身着干净整洁的八路军军装，面容刚毅自信，却不乏儒雅气质。

张排长　罗参谋长，这帮日本俘虏把田山嘉树的死推在八路军头上，真是混蛋！你可要好好地审问他们。

罗玉华　（抬头，想着什么）果真是他？！

张排长　谁？

罗玉华　宫本武郎。

张排长　是宫本武郎干的？

罗玉华　没想到十七联队的指挥官真的是他！

张排长　东土岭这一仗打得真漂亮！罗参谋长简直是料事如神，我们打得解气又解恨！

罗玉华　这全靠同志们奋勇杀敌，同仇敌忾。日本法西斯就快完蛋了！

张排长　听战士们说，那个宫本武郎被俘虏以后，整天乱喊大叫，像被关在笼子里的野兽一样。

罗玉华　（笑了笑）张排长，不是像，是已经关在笼子里了。（略停）三天以后，我们将把这五名——现在是四名——被俘虏军官连同另外二十名被俘士兵移送到指定地点。我们必须调查清楚田山嘉树的死因，这关系到我军的政策和信誉。军分区首长指示我们迅速查清俘虏死亡案件，并呈交一份调查报告。

张排长　是！我明白了。

罗玉华　叫中野成吉。

张排长　是！

　　　　【张排长敬礼，下。

　　　　【罗玉华朝前走了几步，面对观众。

罗玉华　我叫罗玉华，一九二八年至一九三一年在日本东京帝国大学留学，机器制造专业。九一八事变后，我回到祖国，先去广州，后去汉口，怀着一腔热血想要报效衰弱的祖国。但是我的理想破灭了，到处是破败凋零、民不聊生。一九三六年初，我和几位志同道合的朋友一起到了延安，参加了中国工农红军，从此开始了军人生涯。

　　　　【一名八路军战士押中野成吉上。

战　士　报告！中野成吉押到！

　　　　【中野傲慢地打量罗玉华。中野二十八九岁，看上去温文尔雅，戴一副眼镜，却是个凶残成性但神经脆弱的军人。

　　　　【罗玉华冷眼逼视中野。中野终于避开罗的如电目光，略略低下头。

罗玉华　姓名、军阶？

中　野　（不理会）……

罗玉华　姓名、军阶！

中　野　第九混成旅团十七联队少佐中野成吉。

罗玉华　我负责调查田山嘉树死亡案件。

中　野　（冷冷地）对不起，我对田山君的死一无所知。

罗玉华　田山嘉树临死前那天晚上，你在干什么？

中　野　我没杀田山！

罗玉华　那天晚上你在干什么！

中　野　（看别处）……

罗玉华　你可以不回答。现在是一九四四年十月，你以为日本法西斯还能支撑多久？专横一时的东条内阁已在战争泥潭中被迫下台，而小矶内阁上台后无所适从。日本以小兵临大国，不能速胜便是败兆。你在华这么多年，难道还没有看清楚？

中　野　我没有杀田山，真的没有。（回忆）那天晚上，我在看书。后来，田山君与宫本联队长争吵起来。

　　　　【战俘收容所灯光渐亮，审讯室灯光暗。

　　　　【宫本武郎两手抓着铁窗棂，看着窗外。田山嘉树与谷崎昌二在下围棋，黑岛秋志坐在地上发呆。中野走过去睡在地铺上看书。

宫　本　东土岭。东土岭！难道我宫本武郎的军人生涯就断送在了东土岭？！我的十七联队不可能被击败呀！

黑　岛　（尊敬地）宫本大佐，您已经两天两夜没合眼了，休息吧。

宫　本　（仰头大笑）哈哈哈哈！（忽然痛苦地）睡不着。我一闭眼睛就看见十七联队溃不成军的情形。我辜负了我伯父宫本义雄中将的栽培呀！

中　野　事已至此，听天由命吧。

宫　本　（惨笑）你们居然有心思下棋？太好了，这就是帝国陆军的高尚优美气质！帝国陆军的精英！太好了！

田　山　（平缓地）谷崎君，您这一手棋过于急躁，打入过早，当然难逃厄运。围棋之道正如用兵，切忌意气用事。

　　　　【田山嘉树三十一二岁，面相温和，眼神机警有神。左手吊着绷带。他是一个只想在战争中击败对手的人，不考虑战争的性质。

谷　崎　田山君，您把棋道运用于战争，实在让我钦佩。（投子）我认输。

田　山　承让。您的棋也有过人之处。

中　野　谷崎中佐可不是愿意认输的人哪。

谷　崎　技不如人，无可奈何。

田　山　（叹息一声）只可惜战争不像下棋，输了可以重来。（起身）战争是用生命做赌注，而生命只有一次。宫本君，我说得对吗？

宫　本　你很悲观。

田　山　悲观得想死。

宫　本　我非常失望。（忽然大声地）我对你很失望！这不像帝国军人说的话！

田　山　现在还能说什么呢？我们已经做了八路军的俘虏，三天前就做了俘虏。

宫　本　可是作为帝国军人……

田　山　（打断）来华作战前，我老婆特地到浅草的庙里祈求观音菩萨保佑我。（凄然一笑）她还盼望着我立功凯旋呢。真是一场梦啊！

宫　本　我们还没有战败！我伯父宫本义雄中将说帝国陆军战无不胜！

田　山　（突然冲口而出）你伯父就是个蠢货！

宫　本　（大怒）你敢骂我伯父？！

田　山　你伯父就不该让你来统率十七联队！

宫　本　（气急败坏）你混蛋！

田　山　（激动而诚恳）十七联队在东土岭被全歼，你作为联队长应该负有不可推卸的责任！（立正）宫本大佐，这是我的肺腑之言啊！

宫　本　（脸色铁青）东土岭作战失败不是我的错！

田　山　（激动伤心）宫本君，你为何一定要固执己见啊？！

宫　本　谁也想不到八路军会从那样一个地方发起攻击！

田　山　八路军战无定法，这是产生过《孙子兵法》的国家。我提醒过你！

中　野　郁郁黄花，无非般若。请两位不必再争了。我们当中就只有你们二位受了伤，这已经很说明问题了。

田　山　（颓然坐下）对不起，宫本君。我们已没有争论的必要了。中国有句古话：胜者王，败者寇。

　　　　【宫本无言，转身走到窗前，单手抓住窗棂，情不自禁地摇头。

中　野　各位休息吧，很晚了。东京此刻也在黑暗中，而且正遭到轰炸。

谷　崎　我们还能睡上几个觉呢？

黑　岛　谷崎君，你是说八路军要杀掉我们？

谷　崎　为国捐躯，死有何惧？只可惜壮志未酬身先死啊！

黑　岛　（趴在床上，头埋在双手中）我不想死，真的不想死。我才二十六岁，父母还等着我回去呀……

　　　　【静场。

田　山　（平静地）宫本君，我听说指挥东土岭作战的八路军指挥官叫罗玉华。

宫　本　（蓦然一惊）罗玉华？

田　山　你说过，你有一个中国朋友叫罗玉华。

宫　本　（哈哈一笑）他在日本学的是机器制造，怎么可能带兵打仗呢？

田　山　难说，在中国这片土地上，什么事情都可能发生。

宫　本　（沉下脸）什么意思？

田　山　他有个妹妹叫罗玉兰是吧？

宫　本　（惊愕）你……

田　山　你经常在梦中呼唤这个名字。（感叹地）宫本君为情所困啊！

宫　本　（情不自禁地摸了摸上衣口袋）你听错了吧？（忽然恼羞成怒）田山，你戏弄我，侮辱我！罗玉华最多是个工程师，不可能是军人！

田　山　我没说一定就是他。

宫　本　（愤怒地）你绕来绕去还是在嘲笑我。混蛋！

田　山　唉，真是不可理喻。

宫　本　你侮辱我，侮辱十七联队！我的联队不可能败在一个工程师手里！（几乎是跳过来）混蛋！我要掐死你！

　　　　【宫本扑上去抓住田山，掐住他的脖子。田山单手奋力抗拒，与之扭打起来。其他三人赶紧相劝。

谷　崎　宫本大佐，你要掐死田山君也不是这个时候啊！

　　　　【两名八路军战士持枪冲上。

战　士　住手！住手！（拉枪栓）住手！

　　　　【宫本与田山各自放手，毫无表情地盯着对方。

战　士　闹什么闹！安静！

　　　　【灯光暗，直至全黑。

　　　　【静场片刻。审讯室灯光渐亮。

罗玉华　你是说，宫本有杀田山的嫌疑？

中　野　我不敢这样说。后来我就睡着了。第二天一大早才知道田山君死了。

罗玉华　谁最先发现田山死了？

中　野　谷崎昌二。他把我们叫醒了。

罗玉华　宫本不是两天两夜没睡觉吗？

中　野　他太疲倦了。我听见他打呼噜。

罗玉华　谈谈田山嘉树这个人。他和宫本常常争吵吗？

中　野　（扶扶眼镜）我是前年一月从早稻田大学应召来华的。没多久我发现田山参谋长和宫本联队长不大想到一块。

【舞台不定地带灯光亮。田山嘉树手抚战刀遥望远方。审讯室的灯光稍暗。

中　野　那是去年五月，我们联队刚刚完成扫荡任务。

田　山　中野少佐，你对这次扫荡有何感想？

中　野　宫本联队长说战果辉煌。

田　山　（摇头）夸大其词。

中　野　（走过去）总是有收获的吧？

田　山　（冷冷一笑）仗这样打下去，恐怕是没什么希望了。宫本联队长刚愎自用，关键时刻迟疑不决，贻误战机。

中　野　（怔了怔）这个……

田　山　你想过战败吗？

中　野　没有，从来没有。

田　山　（深沉地）想一想吧。

中　野　帝国军队不是在太平洋战场取得了重大战果吗？

田　山　胜利是有限的，可后果却是灾难性的。

中　野　啊？不明白。

田　山　对中国战场尚且没有能力解决，又在远东树立了一个无法战胜的对手。军部的决策者真是好大喜功，头脑发热！

【不定地带灯光转暗，审讯室灯光转亮。

中　野　（走回来）我承认，田山嘉树的话很有见地，他是一名优秀的军人，从那以后我跟他接触较多。但我和田山君怎么也成不了朋友。

罗玉华　为什么？

中　野　他——只跟谷崎谈得来，他们是陆军大学同班同学。有一次，他对谷崎谈到过一个笔记本。

罗玉华　笔记本？什么笔记本？

中　野　大概是田山君的日记，是我无意中听到的。

【不定地带灯光亮，田山坐在地上，用军用水壶喝酒。谷崎昌二走进不定地带。田山递水壶给他。

田　山　刚接到家中来信，哥哥在南太平洋瓜岛之战中阵亡。

谷　崎　（肃然）田山君请节哀。

【田山抓过水壶，一仰脖子喝完了壶中的酒，将水壶抛向远处。

田　山　（惨笑）好，好，哥哥死在南太平洋，弟弟死在华北战场。兄弟俩的灵魂可以相见了。

谷　崎　田山君何出此言？十七联队不会战败，你相信我。

田　山　（微醉）相信你？我现在连最高统帅部也不相信！一群疯子！蠢货！

谷　崎　（一惊）你喝多了！

田　山　（摸出一个笔记本）来华作战五年，我一直在写日记。我要根据这些真实的记录，写一本书，陈述最高统帅部在对华战争中的战略战术失误。

谷　崎　写一本书？

田　山　德国军事教官迈克尔的军事思想不能全部用在中国战场，在强调速战速决的同时，不能忽视持久战的作用，尤其是对中国这样一个大国。要知道，中国人很顽强。（略停）实际上——实际上这场战争从一开始就注定了我们要输。

谷　崎　（惊愕）胡说！为什么？为什么？

田　山　因为能胜任对中国长期持久战进行综合指导的人，最高统帅部和参谋本部没有合适的人选！

谷　崎　（倒吸一口冷气）如果如你所言，那就太可怕了……

田　山　所以我要写的这本书就是想引起最高统帅部的重视。现在用不上，将来一定用得上啊！

谷　崎　将来？（点头）是的，将来！

田　山　它会给我带来荣誉，带来地位！如果能活着回日本，我要做的第一件事就是完成这本书！

【不定地带灯光转暗。

罗玉华　（轻蔑地）一个十足的战争狂！

中　野　可惜……他死了。

罗玉华　宫本是否知道有那样一个笔记本？

中　野　我没有听到过联队长提起那个日记本。东土岭作战前，我听田山说，日记本丢了。田山又说，丢了没关系，一切都记在心里了。

罗玉华　你在早稻田念什么专业？

中　野　日本文学，我是个俳句作家。如果没有这场战争……（伤感地）没意思，说这些没用了。

罗玉华　你们像野兽一样闯进我们的家园，烧杀抢虐无恶不作！你们是这场战争的牺牲品，陪葬品！

中　野　（垂下头）如果能回日本，我想继续念书。（抬头，绝望悲哀）可我们是为了日本帝国的圣战啊！（凄凉一笑）可如今，东京天天遭到轰炸，帝国处于风雨飘摇之中。即使回到日本，又能做什么呢？天知道有什么命运等着我们！

【罗玉华示意押走中野。

罗玉华　记住：多行不义必自毙！带谷崎昌二！

【战士带中野下。

【罗玉华来回踱步，俄顷，他伫立不动，看着不定地带。音乐起。罗玉兰遥远的声音徐徐传来："哥哥，哥哥！"罗玉华单手揉了揉额头，陷入沉思。审讯室灯光暗。

【不定地带灯光亮。罗玉兰跑进不定地，手里拿了一本书，四下寻望。她十七八岁，身着日本学生装，天真美丽动人。

罗玉兰　哥？哥哥！

【罗玉华上，他看上去二十一二岁，身穿日本学生装，手里拿了一封信。

罗玉华　玉兰！

罗玉兰　（高兴地）哥哥！正在上课，我悄悄跑出来的。谁的信？

罗玉华　父亲来的。我就是为这事儿来找你。

罗玉兰　（看信）九一八事变?

罗玉华　（沉痛地）东三省被日本人侵占。玉兰，我要回国。

罗玉兰　回国?

罗玉华　昨天晚上我想了一整夜，决定退学回国。今天一大早我就去买了回国的船票。

罗玉兰　那我呢?

罗玉华　父亲的意思是让你留在日本继续学医，学成之后再回去。

罗玉兰　不，我跟你一道回去。

罗玉华　你听我说，玉兰。我……

罗玉兰　我也不愿意留在日本!

　　　　【宫本武郎走进不定带，他很年轻，身着学生装。

宫　本　谁不愿意留在日本?（礼貌地）罗先生，您好。

罗玉华　您好，宫本先生。

宫　本　罗小姐，刚才你说不愿意留在日本?

罗玉华　是我不愿留在日本。

宫　本　（惊讶）为什么? 日本不好吗?

罗玉华　宫本先生，小妹留在日本，请您多多关照。拜托了。

宫　本　罗先生放心。照顾好罗小姐是武郎义不容辞的职责。

罗玉华　多谢。

罗玉兰　（不满地）哥!

宫　本　罗先生，请以后叫我武郎，好吗?

罗玉华　（点头）武郎，希望你好好学医，听小妹说，你很有天赋。

宫　本　谢谢夸奖。

罗玉兰　我也要回国。

宫　本　（诚恳地）不行的，罗小姐，武郎不会让你走的，绝不。

罗玉兰　（娇嗔）你凭什么说这话?

宫　本　罗先生突然想回国，是不是因为日本出兵满洲?

罗玉兰　武郎！

罗玉华　是的，正是因为贵国军队侵占东北。

宫　本　真是太遗憾了。

罗玉华　日本政府恐怕是早有预谋。

宫　本　满洲有"东方巴尔干"之称。该地区四周有天然的屏障，自成一个战略根据地。退可保养国力、整顿兵马，待时机成熟，即可猛然跃起，越过天险，侵入中原……

罗玉兰　武郎！

罗玉华　所以侵占东北只是日本的第一步！

宫　本　日本的前进之路只有把满洲从中国本土分离出来，这是日本的重大国策……

罗玉华　强盗逻辑，十足的强盗逻辑！

宫　本　（不无恼火）罗先生，你怎么可以这样……

罗玉兰　（打断）武郎！你是学医的，怎么会说出这样的话来！

宫　本　这是我伯父宫本义雄告诉我的，他已被派遣去中国。

罗玉兰　这跟你有什么关系？你的志向是做一名外科医生！

宫　本　（欲言又止）我……

罗玉兰　（生气地）你让我失望。（欲走）

宫　本　（拦住她）对不起，罗小姐，我只是说说而已。你别生气。

罗玉兰　以后别说这些，好吗？

宫　本　（点点头）好，不说。罗先生，即使两国刀兵相见，我们之间的友谊却是永远不会变的，您说是吧？

罗玉华　我希望这样，更希望日本政府放弃侵略，悬崖勒马。

宫　本　其实，你回中国有什么意义呢？你能做些什么呢？

罗玉华　国家兴亡，匹夫有责！

　　　　【不定地带灯光暗。《我的家在东北松花江上》音乐起。审讯室灯光亮。

　　　　【八路军战士押谷崎昌二上。

战　士　报告！谷崎昌二押到。

　　　　【罗玉华走过来。音乐渐隐。

罗玉华　姓名、军阶?

谷　崎　（挺胸）第九混成旅团十七联队中佐谷崎昌二!

罗玉华　听口音是北海道人吧?

谷　崎　（一愣）是的，北海道。想不到您对日本这么熟悉。您是罗玉华先生吧?

罗玉华　我就是罗玉华。

谷　崎　田山君的话没错!

罗玉华　田山嘉树有一个日记本，你看过吗?

谷　崎　（顿了顿）看过，田山君给我看的。宫本联队长对这个日记本很有兴趣。

罗玉华　他从哪里知道有这样一个日记本?

谷　崎　不太清楚。

罗玉华　我们在田山嘉树身上没有发现任何笔记本。

谷　崎　东土岭作战前就丢了，田山君对我说过这件事。（忽然）宫本武郎对田山君一直耿耿于怀。他妒忌田山。

罗玉华　妒忌田山?

谷　崎　十七联队的所有军官都知道这一点。田山君的战术谋略总是高出宫本一筹，可宫本就是不承认。宫本做梦都想升任少将旅团长。田山君是他最有威胁的竞争者。（略停）东土岭作战之前，宫本很是得意。

　　　　【不定地带灯光转亮。审讯室灯光转弱。宫本站在不定地带抚刀望着远处。

　　　　【谷崎朝他走去。

谷　崎　联队长找我?

宫　本　谷崎中佐，刚才我伯父宫本义雄来电，东土岭扫荡作战之后，将升任我为第九混成旅团少将旅团长。

谷　崎　是吗? 恭喜你，宫本君!

宫　本　你是副联队长，我会向军部推荐你接替我的职务。

谷　崎　那——田山君和你一起调到第九旅团吗?

宫　本　还是做他的联队参谋长吧!

谷　崎　田山君很有才干啊。

宫　本　他确实比你有才干，可我不会把十七联队交给他。（踌躇满志）少将。中将。大将！只要这仗一直打下去，凭我的军事才华一定能当上大将，指挥一个方面军。我可以在最短的时间内消灭八路军主力，成为大日本帝国的英雄！

谷　崎　我们也跟着沾光啊！宫本君，关于东土岭作战计划是不是再商讨一下？我认为田山参谋长的建议可以考虑。八路军的战斗实力已经大大增强，东土岭一带的地形很复杂，我们不能分散兵力……

宫　本　田山怕八路军，我宫本武郎不怕！他的建议太谨慎，到了可笑的地步。大日本帝国陆军所向披靡，一往无前。而且八路军里还没有那样的指挥人才。谷崎中佐，你应该相信我而不是他。

谷　崎　可是田山参谋长……

宫　本　不要在我面前提他。田山嘉树，他总有一天要从十七联队消失。

【不定地带灯光暗。审讯室灯光转亮。谷崎走回来。

罗玉华　你所说的这一切，都在暗示宫本武郎杀死了田山嘉树。

谷　崎　我只是这样猜想。也许只有他才有理由杀死田山。

罗玉华　什么理由？

谷　崎　日记本，他对日记本很感兴趣，但是他不会承认。那天晚上宫本大打出手，声称要掐死田山。（略停）宫本以前学过医，想置人于死地太容易了。

罗玉华　已经做了俘虏，掐死田山还有什么意义？

谷　崎　（莫名其妙地感叹）是啊，有什么意义呢？

【罗玉华盯着谷崎片刻，挥了挥手，战士欲押谷崎下。

谷　崎　想不到八路军竟有你这样的人才。（摇头）田山君，你的话没错啊！

【罗玉华看着谷崎被押下。审讯室灯光转暗。战俘收容所灯光渐亮。

【宫本端坐于地，望着铁窗；中野漫不经心地看书；黑岛茫然地东张西望；谷崎若有所思地抚弄围棋子，发出单调刺耳的声音。

中　野　谷崎君，请你别把围棋弄得人心烦意乱的。我受不了这声音。

谷　崎　（激动地）你们就这么没良心？若能归国，我们如何向田山的父母交代！

中　野　人已死了，怎么交代都一样。

谷　崎　他死得不明不白。

中　野　会弄清楚的。（略停）唱支歌吧。黑岛，你起个音。

黑　岛　唱——什么呢？

谷　崎　"武士走天涯，刚勇更无前"吧？

黑　岛　（不情愿）还是——别唱了……

中　野　（吟诵）长刀木屐仰天笑，踏断八里山中岩。

谷　崎　（深情地）真怀念战争啊！现在连枪声炮声都听不到了，真闷呀。

中　野　（带哭腔，凄凉地）长刀木屐仰天笑，踏断八里山中岩……

宫　本　闭嘴！都给我闭嘴！

　　　　【灯光转暗。不定地带灯光亮。罗玉兰和宫本走来。音乐起。

宫　本　玉兰小姐，我真的想去中国。

罗玉兰　为什么？

宫　本　你这样美丽动人，你的家乡也一定很美吧？

罗玉兰　我的家乡在东北。冬天啊，窗上结满冰花，用嘴呵出一块儿光亮，就能看到外面雪枝悬冰，银山银岗，还有冻得飞跑的雪狐……

宫　本　雪狐？

罗玉兰　还有槐树，武郎，你见过槐树吗？它的落蕊像花又不是花，早晨起来，铺得满地都是。脚踏上去，声音也没有，气味也没有，只能感出一点点很细很柔软的触觉。

宫　本　啊，我一定要去中国的。玉兰小姐，等我们毕业了，一起去中国，好吗？

罗玉兰　你是去，我是回。

宫　本　我也可以说回呀！因为有了你，我也可以说回中国啊！

罗玉兰　那我们就选在冬天回去。

宫　本　去打雪狐？

罗玉兰　武郎，你打不着的！

　　　　【音乐消失，灯光暗。不定地带灯光再次转亮。罗玉兰提着一口箱子上，脚步匆匆。

罗玉兰　（停步回头）走开！你走开！

宫　本　（在后台）玉兰小姐，你等等，你不要走！

【罗玉兰转身欲走，宫本武郎追上。他身穿陆军士官制服。

宫　本　（拦住她）玉兰小姐，你听我解释……

罗玉兰　我讨厌你这身衣服！

宫　本　没征得你的同意，就报考了陆军士官学校，真对不起！

罗玉兰　你说过，你最大的愿望就是做全日本最好的外科医生！

宫　本　可天皇陛下现在需要的是战士！

罗玉兰　你要到我的国家去打仗、去杀人，是吧？

宫　本　天皇陛下说要建立大东亚共荣圈……

罗玉兰　我不要听！武郎，你要是端着枪踏上中国的土地，你就永远回不了日本，永远回不来了……

宫　本　（咬牙）为国尽忠，死而无憾！

罗玉兰　（震惊，绝望）好，好，你去吧！

宫　本　（拦住她）你的国家现在很乱，你回去干什么？留在日本吧，一切会好的。战争很快就会结束。

罗玉兰　（摇头）不必了。我不喜欢你的国家。

宫　本　可是——可是我现在已经是一名帝国军人了！我必须为我的祖国而战！我的伯父宫本义雄说，日本第一步就是解决满蒙问题，进而征服中国！

【罗玉兰抬手狠狠地打了宫本一耳光。宫本猝不及防，呆若木鸡。

罗玉兰　武郎，你为什么要这样？为什么？！

【她一把抱住宫本，轻声哭泣。宫本心情复杂地抚摸她的秀发。

罗玉兰　你是医生。医生的天职是救死扶伤，医治痛苦。而你现在却要拿起枪，去制造痛苦，去杀人。我心爱的人要去杀我的同胞！

宫　本　玉兰小姐……

罗玉兰　你别去，武郎，你不要去！

宫　本　（矛盾地）我、我向你保证……

罗玉兰　你能保证什么？

宫 本 （哑然）……

罗玉兰 你什么也保证不了。中国那么大，有四万万人，你们想征服是永远不可能的，那只是一场梦！

宫 本 能！我们一定能！

【罗玉兰脸色冷峻地看着他。

罗玉兰 你听着：当像我这样柔弱的女子也会毫不犹豫地奋起抗击侵略者的时候，你们的失败是注定不可避免的。你们的征服只是一场梦！

【宫本愣住了。罗玉兰提起箱子。

罗玉兰 武郎，雪狐你是打不着了，永远打不着。永远，永远……

【罗玉兰缓缓退出不定地带灯光区，隐入黑暗中。

宫 本 玉兰小姐！玉兰小姐！

【不定地带灯光暗。此时，舞台全黑。

罗玉兰 （画外音）武郎，我走了，永远不会再回来。

【战俘收容所，一束追光照射在宫本身上，他一动不动。

【门"吱"地一声开了，罗玉华走进来，一束追光照着他。

【宫本蓦然一惊，缓缓转身，看见了冷峻沉稳的罗玉华。宫本全身颤抖一下。二人对视，百感交集，心绪复杂。宫本终于略略低下头，看着自己破烂的军装。

宫 本 罗玉华，果然是你？！

罗玉华 宫本武郎，你终于还是来了。

宫 本 没想到是你的部队击败了我。

罗玉华 这是历史的必然，你早就应该想到。在这里见面，令人遗憾。

宫 本 可毕竟见面了。

罗玉华 那就准备接受审讯吧。

【静场片刻。

宫 本 （忽然）玉兰小姐呢？她一走就没有音讯，是不是也在八路军里？她在哪里？她现在在哪里？

罗玉华 （愤怒地）你永远没资格问起她！永远没有！

【二人对视。追光隐去。

【音乐起，持续到第二幕开始。

第二幕

【景同第一幕。审讯室灯光慢慢转亮。罗玉华一边踱步，一边盯着有些手足无措的黑岛秋志。

罗玉华　田山嘉树与宫本武郎只是在战术上有分歧，他们的私人关系并不坏。

黑　岛　是这样。他们还在一起唱歌呢！

罗玉华　说下去。

黑　岛　宫本联队长的歌唱得好，田山参谋长的琴弹得真不错。他们每次吵架争执之后，都要在一起唱歌。但是，分歧还是解决不了。

　　　　【不定地带灯光渐亮。田山坐在地上，看着远处。审讯室灯光渐暗。

黑　岛　（走过去）田山君，夜深了，请回去休息吧。

田　山　黑岛中尉，你想家吗？

黑　岛　想，想家。

田　山　要想就尽量想吧。也许以后就没有机会了。

黑　岛　（一怔）没有机会？

田　山　联队长制订的东土岭作战计划有致命的缺陷。我刚刚和他大吵一架，但是没有用。

黑　岛　十七联队总是能化险为夷。

田　山　这一次我有不祥的预感。联队长太刚愎自用了，完全听不进相反的意见。东土岭的地形很复杂，小林旅团长在那里也吃过八路军的苦头。这次扫荡凶多吉少啊！

　　　　【后台传来几声惨叫。

黑　岛　抓来几个老百姓，叫他们带路，可打死也不肯。中野少佐气坏了。

田　山　怎么能把希望寄托在中国老百姓身上呢？他们恨我们。（从衣兜里取出一张照片）黑岛君，你还没见过我太太和儿子吧？

黑 岛 （看相片）田山君真有福气啊。您太太真漂亮，儿子也漂亮。

田 山 （很高兴）是啊，我也这样认为。真想他们啊！

黑 岛 您儿子六岁了吧？

田 山 六岁三个月零十八天了。我希望他永远不要进军队。

黑 岛 田山参谋长是很优秀的帝国军人啊！

田 山 战争由我们这一代人来承担就够了。他们的任务是受教育，建设自己的国家。日本的前途就靠他们了。

黑 岛 田山君难道不想回国吗？战争一结束我们就可以回国啊！

【田山不答。后台又传来数声惨叫。

田 山 （吟道）力拔山兮气盖世，时不利兮骓不逝。骓不逝兮可奈何，虞兮虞兮奈若何！

黑 岛 田山君说的是什么？

田 山 （塞相片在他手中）黑岛君，如果你能归国，请代我照顾好他们母子俩。

黑 岛 这……

田 山 拜托了！我家在千叶县！

【这时，中野上。他用手绢擦拭战刀上的血迹，一脸兴奋。

中 野 我把他们全劈了，真惨，有一个还不到十五岁。生命短暂啊！

田 山 中野少佐，我们的任务是消灭中国军队，不是来杀平民的。

中 野 他们不肯为我们带路！我一见到血就兴奋，就发抖！越兴奋就越发抖，越发抖就越兴奋！杀人真是一件快乐无比的事啊！

田 山 中野少佐！

中 野 你只消用力，战刀就能划破他们的皮、他们的肉、他们的骨头！他们只来得及吭一声，肢体就掉在地上了。实际上是痛死的，不是杀死的。东土岭作战之后，我要换一把战刀。

田 山 （从中野的口袋里抓出一本书）松尾芭蕉？你也配读松尾芭蕉的书？

中 野 我在早稻田大学专门研究松尾芭蕉。怎么，田山参谋长想和我讨论禅宗？讨论俳句艺术？

田 山 "蛙跃古池内，静潴传清响。"这些诗句是你配念的吗？

中 野 我怎么就不配？你知道那些俳句是什么境界吗？幽深玄远……

田　山　可你刚才的做法是什么境界？

中　野　我们现在是帝国军人！

田　山　军人就应该以作战、消灭敌人为天职！征服，首先是心理上的征服！

中　野　我的事不要你管！

田　山　（讥讽）你真不该做军人。帝国陆军有了你们这些人，多半要坏事。你们就应
　　　　该在大学里好好待着！

中　野　田山君请你不要说了！我杀人是因为我害怕呀！我只能用杀人来平息心中的烦
　　　　躁和恐惧。我害怕有一天会被中国人杀掉，就像我杀他们一样！战争旷日持久，
　　　　我的心理无法承受下去了。你知道，帝国军队中已有不少士兵身穿"南无妙法
　　　　莲华经"背心，以求菩萨保佑啊！

　　　　【中野忽然放声大哭，随即跑下。

田　山　帝国陆军的士气低落到如此程度，岂有不败之理啊！黑岛，这就是预兆啊！

　　　　【田山拨动琴弦。宫本武郎上，神色飞扬。听到这低沉的琴声，不由得神情黯
　　　　然，但又立即打起精神。

宫　本　田山君，小林旅团长来电，命令我们明天出发，扫荡八路军主力。

田　山　联队长，唱首《旅秋》吧。

宫　本　为什么要唱《旅秋》？

田　山　请唱吧。

宫　本　不唱，我不唱这种伤感的歌。田山君，东土岭作战之后，我将升任少将旅团长，
　　　　你就是旅团参谋长了。

田　山　宫本君，就请您代我唱一次《旅秋》，好吗？拜托了！

　　　　【宫本拗不过，只好点点头。

宫　本　（唱）深秋之夜旅途中，独行心如焚。难舍难忘故乡土，高堂父母恩……

　　　　【不定地带灯光转暗。审讯室渐亮。

罗玉华　那么，谷崎昌二跟田山嘉树是貌合神离了？

黑　岛　（一惊）您怎么知道的？我是说像这种事情——其实十七联队很多人并不知道
　　　　他们的关系并不怎么好，他们只是陆大的同学……

罗玉华　说下去。

黑　岛　长官，我们真的能回日本吗？

罗玉华　作为俘虏，你们可以被遣送回日本。

黑　岛　（感激地）太好了，真想回家啊。我来华以前是矿工，回国之后还是干老本行吧。说真的，我不喜欢战争。

罗玉华　是日本军国主义把战争强加在中国人民头上的！也把日本人民绑上了疯狂的战车！（略停）接着说吧。

黑　岛　真正嫉妒田山君的是谷崎。他虽说是副联队长，可在十七联队里却没有地位。论勇往直前，他不如宫本大佐；论战略智慧，他赶不上田山中佐。可他是个有野心的人，他善于伪装。

罗玉华　你是说他跟田山根本不和？

黑　岛　他巴不得田山死！有一次田山参谋长到旅团部开会，只带了两名随从。在回来的路上，遇到了小股游击队的袭击。我们都听到了枪声。宫本大佐立刻命令我带人去接应，可谷崎却拉着我说了很多废话，故意装出很着急的样子，甚至还流了泪。等我带人出发赶到现场，田山君满身是血已经回到联队部了。两名随从也战死了。宫本大佐很生气，当即降了我的级。我本来是上尉。我的军衔低，不敢有一句顶撞的话。

罗玉华　田山有一个笔记本，你知道吗？

黑　岛　（怔了怔）……

罗玉华　怎么不说话！

黑　岛　我、我是从谷崎口中知道有那样一个笔记本的。

　　　　【不定地带灯光渐亮。谷崎手握酒瓶，身躯微晃。

黑　岛　东土岭作战前的一个晚上，他喝得醉醺醺的。

谷　崎　黑岛！黑岛！来，陪我喝酒……

黑　岛　（走过去）是谷崎君啊。

谷　崎　来——喝！

黑　岛　不敢。联队长有令……

谷　崎　怕什么！联队长的话又不是圣旨，我偏要喝！

黑　岛　谷崎君，有什么不愉快的事吗？

谷　崎　在十七联队，我有愉快的事吗？

黑　岛　　请别这样说啊。

谷　崎　　黑岛，你被降了级，心里怨谁呀？

黑　岛　　谁也不怨。

谷　崎　　我告诉你，是田山嘉树要求降你的级。他说你贻误战机，差点要了他的命。他想枪毙你，是我劝阻了他。

黑　岛　　（不大相信）是吗？

谷　崎　　田山有什么了不起？除了纸上谈兵，他能做什么！我和他是同学，最了解他！他有一个笔记本，把什么事都记在上面。他想将来跟十七联队算总账呢！宫本君很生气啊。

黑　岛　　笔记本？

谷　崎　　他在笔记本里对最高统帅部出言不逊。他怀疑这场圣战！

黑　岛　　不会吧！

谷　崎　　听说东土岭作战后，他要升任旅团参谋长。他凭什么啊！他哪点比我强？

黑　岛　　那联队长的人选……

谷　崎　　从师团部派人来。我真不明白宫本联队长是怎样想的！他们不是一直吵架不和吗？我要寻找机会，必须寻找机会！

　　　　　【不定地带灯光转暗。

罗玉华　　机会，什么机会？他找到了吗？

黑　岛　　（有些犹豫）不知道。我们在东土岭遭了埋伏，谷崎中佐表现得很勇敢。无奈，你们的士兵太顽强了。包围圈越来越小，谷崎中佐仰天长叹：天亡我也！（沮丧地）军人，谁不想在战场上获胜？

罗玉华　　非正义战争必然失败！事到如今，你们还没醒悟？

　　　　　【审讯室灯光转暗。战俘收容所灯光渐亮。宫本等人站的站着，坐的坐着，均是沮丧垂头。宫本来回踱步，犹如一头困兽。

中　野　　真想回家啊。没想到在万里之外的异国他乡成为俘虏，命运操在人家手里，除了等待别无选择。

黑　岛　　我不知道为什么要发生这场战争？我才二十六岁，今后的日子该怎样过啊。

中　野　　说起来，田山君倒是有福气。一死了之，一了百了，用不着承受活着的痛苦。

谷　崎　中野，你说这话不觉得惭愧吗！

中　野　掐死我，谁来掐死我？我他妈的也不想活了，谁来掐死我呀？！我真的受不了了！

宫　本　你们还是不是日本人？！还是不是日本军人？！我们必须坚强，要勇敢地面对现实！

谷　崎　宫本大佐说得对。我们不能给帝国军人丢脸，不能对不起战死的弟兄们！日本帝国永远不会衰落！我们还有希望，是吗？！

中　野　（苦笑）希望？谷崎君，没想到你现在居然兴奋起来了？很反常呀。

谷　崎　只要他们放我们回去，我第一个要求重返战场。手里有了枪，难道不是希望？

中　野　如果他们杀死我们呢？就像我们杀死他们的俘虏一样！

宫　本　大日本帝国军人之魂万古长存！

　　　　【战俘收容所灯光暗。审讯室灯光渐亮。罗玉华在桌旁踱步。

　　　　【八路军战士押宫本上。罗玉华逼视宫本。

罗玉华　姓名、军阶？

宫　本　（沉默片刻）宫本武郎，十七联队大佐联队长，（吼道）够了吧！

罗玉华　（平静地）你嚷什么？你现在是俘虏。

宫　本　（颤抖一下）我做梦也没想到有一天会成为你的——俘虏。要杀就请便吧，宫本武郎无话可说。

罗玉华　八路军不杀俘虏。

宫　本　（绝望）这比死还难受啊！

罗玉华　那是你和所有的侵华日军咎由自取！

宫　本　你——怎么会成为一名军人？

罗玉华　日本法西斯发动的这场战争迫使我弃笔从戎。在日本我对你说过，国家兴亡，匹夫有责。任何一个中国人都不甘心做亡国奴，都会以各种方式反抗任何外来侵略！

宫　本　可是……

罗玉华　宫本！过去，我们是朋友；现在，我们是敌人。我现在审讯你，应该是我向你提问题。

宫　本　（咬咬牙）我拒绝回答！

罗玉华　好，很好！

宫　本　（狰狞地）我真后悔为什么不在十三年前杀死你！那样的话，我今天就不会遭受这场屈辱啊！

罗玉华　日本军国主义灭亡是历史的必然！宫本，从你踏上中国这片土地时，你就应该想到迟早会有这一天！

宫　本　我不信！日本帝国不会战败！我对此深信不疑！

罗玉华　日本在其近代化的起步阶段就推行对外扩张，从刀尖上舔血吃……

宫　本　不听！我不想听！你不要跟我说这些！

罗玉华　你不听是因为你不敢正视现实，你不愿意看到日本军国主义怎样一步一步走向灭亡之路！

宫　本　大日本帝国需要战争，它能够征服东亚乃至世界！

罗玉华　宫本，你真是可悲到极点！日本侵略军在中国已经陷入无力自拔的泥潭，日军厌战情绪严重。连冈村宁次也承认，有时在八路军阵亡人员中发现了加入八路军一方作战阵亡的日本人。

宫　本　什么？你说什么？不可能的事！我不知道！

罗玉华　你当然不知道。你不愿正视现实，依然蒙在鼓里做你的战争梦！

宫　本　（显得沮丧）我承认，八路军士气甚为旺盛。（抬头看罗）东土岭之战真的是你指挥的？不可思议啊。

罗玉华　不可思议的是你居然那样刚愎自用、那样愚蠢！

宫　本　我愚蠢？！我分三路进发怎么能叫愚蠢！

罗玉华　宫本，你真应该继续学医。

宫　本　我的第一大队五百士兵被歼是我的部下无能。你让游击队先与第一大队接触，诱其深入峡谷，然后集中主力围歼，前阻后截，这是常规战术。我的部下太轻敌了。

罗玉华　可你把两个大队一千人合兵一处的时候，你犯了判断错误。你认为八路军主力已向东土岭以西退走，于是你下令迅速追击。实际上，沿途与你们交火的只是为数不多的游击队。

宫　本　（一愣）……

罗玉华　当你终于发现上当之后，朝南突围已经晚了。这个时候，你又犯了一个错误。你在东土岭滞留不前，因为前面有一条峡谷，你以为八路军会在那里埋伏。于是，你命令中野带三百人试探峡谷动静，结果安全通过。

宫　本　你是说我的联队都可以通过那个峡谷？那是伏击的好地带啊！

罗玉华　如果我们在那里伏击，你们就可以前后策应，我们的战果就不会那么大。

宫　本　你——你怎么知道我不会让全队迅速通过峡谷？

罗玉华　（冷冷一笑）跟你们打了这么多年的仗，还不了解你们？

宫　本　一失足成千古恨啊！

罗玉华　正当你惶惑不安摸不着虚实的时候，八路军主力从正面对你们发起攻击，迅速把你的主力压缩在东土岭附近的一条小山沟里。短短几十分钟你的士兵伤亡过半，已无斗志，乱成一团。

宫　本　如果中野能驰援我部，战斗不至于……

罗玉华　他自顾不暇，也遭到了沉重打击。

宫　本　如果我能始终合兵一处！如果我敢冒险通过峡谷！如果……

罗玉华　没有如果了，宫本！

宫　本　如果我能采纳田山参谋长的建议迅速撤回，也不至于全军覆没啊！

罗玉华　从九一八事变算起，日本法西斯在中国制造了多少骇人听闻的惨案、犯下了多少令人发指的罪行！八路军战士满腔悲愤，个个摩拳擦掌，发誓一定要打败日本法西斯！中国人民绝不做亡国奴！押下去。

【宫本垂头丧气地朝门口走去。忽然他回头。

宫　本　罗君！罗君，请你告诉我，玉兰小姐现在在哪里？我在中国已别无所求，请你告诉我呀！

罗玉华　（看着别处）……

宫　本　拜托了，罗君，请你无论如何告诉我她在哪里！（鞠躬）罗君，求你了！

罗玉华　（缓缓地）一九四三年五月，日寇对冀东根据地发动进攻，一位八路军医务人员因抢救伤员来不及撤退被抓住了。日寇逼迫她为侵略军治伤，她严词拒绝。因为能说一口流利的日语，她被送到了师团部。一个叫宫本义雄的师团长对她劝说无效，见她年轻美丽，便兽性大发，对她百般摧残，最后将她杀害。（略停）那位坚贞不屈的八路军医务人员就是我的妹妹。

宫　本　（因震惊痛苦而脸部扭曲，惨叫一声"啊"，双手抱头）混蛋！混蛋！宫本义雄你这个混蛋！我要杀死你———为什么？这是为什么！（从上衣口袋里取出一张有些发黄的照片）玉兰，玉兰！（他扑通一声跪在地上，双手置相片于地，对相片磕头）玉兰，玉兰……

罗玉华　（走过去，把一封信放在相片旁边）我妹妹给你的信。她让我寄到日本。

【音乐起。

罗玉兰　（后台）"武郎，请原谅我的不辞而别，我知道你会阻拦我，但我必须回国。我的国家正遭受你们的践踏，这是一个悲剧。永别了，武郎，如果有缘，我们来生再见吧……"

【宫本伏地垂头不起。

【灯光渐暗。

【战俘收容所渐亮。宫本盘腿坐在地上，背对观众；中野抱头沉思；黑岛呆呆地望着房顶；谷崎在屋里来回走动。

宫　本　（冷冷地）谁杀了田山？到底是谁杀了田山？自己站出来。

【静场，众人一齐看向宫本。

宫　本　谷崎，你说话。

谷　崎　（淡淡地）我为什么要杀田山？

宫　本　我就是想问你为什么要杀田山？

谷　崎　宫本，你看见了？

黑　岛　（起身）我看见了！

【众人一惊。这时，罗玉华带着两名八路军战士走进来，张排长也跟上。

罗玉华　今天，我们将把你们移送到八路军总部。谷崎，你说了很多谎话，把田山嘉树的笔记本交出来吧！

谷　崎　（沉默片刻）是我掐死了田山嘉树。

黑　岛　是他！那天晚上我一直没睡着，我亲眼看见他掐死了田山君。我不敢说，我害怕！

谷　崎　黑岛，你到死也只是个矿工，你只配挖煤！

【宫本起身走过来，狠狠地打了谷崎两耳光。

宫　本　混蛋！你是帝国军人的败类！

中　野　唉！谷崎，你这是何苦呢？

谷　崎　我佩服田山，但我更恨他，我嫉妒他！我们是同学，但他什么都比我强，什么都比我高出一筹。看了他的笔记本，我很震惊，很绝望，我想我这一辈子都赶不上他！我原以为我能在这场战争中超过他，出人头地。我想出人头地呀！可是直到东土岭作战，我也提不出更好的建议，只好附和他的作战计划。我不服这口气，可我没有机会。他跟我说过，若能活命，他要写一本关于战场得失的书。我想，纵然能活着回日本，他也比我强。他说，那本书一定会给他带来声誉和地位。我不能让他写，但只要他活着，我就永远没有出人头地的机会！我渴望军人的荣誉，渴望击败任何对手。有了我这样的人，日本帝国的下一场战争就能立于不败之地！所以，我就掐死了田山，掐死了我的好朋友田山嘉树。尽管他对这场战争持悲观怀疑态度，但他是最优秀的军人，比你们这些帝国军人蠢货要强一百倍！（掏出笔记本撕得粉碎）一百倍！

　　　　【静场片刻。

罗玉华　即使每一个日本侵略者都是田山嘉树，日本法西斯也摆脱不了失败灭亡的命运！四万万中国人民愤怒的波涛将把你们彻底淹没！

宫　本　（悲哀绝望地对谷崎）日本帝国有你这样的军人，岂能不败？

谷　崎　（疯狂地）不，我们不会战败！我们不能丧失信心！田山说过我们终有一天要卷土重来！

张排长　（大声吼道）王八羔子！来吧！来吧！

宫　本　（奇怪一笑）幸好，我看不到投降的那一天了。

　　　　【宫本忽然转身朝持枪的八路军战士冲去。后者本能地平端刺刀向前，宫本扑上去，刺刀洞穿他的胸膛，他抓住刺刀往自己身上猛一用力，沉闷地叫了一声。罗玉华严峻地看着他。

宫　本　（痛苦地）罗参谋长，我用我的死……祭奠……玉兰小姐……

俘虏们　宫本大佐！

宫　本　我应该……继续学医……对吧……

　　　　【宫本倒地而死。

　　　　【灯光渐暗，直至全灭。

　　　　【幕落。剧终。

脚要跟心走

（小剧场话剧）

人物

汤佳　女，二十七岁

安东　男，三十五岁

苏文　男，三十六岁

宋乔　女，三十二岁

导演　女，四十岁

舞者甲、乙、丙、丁

助理　女，二十来岁

时间

当代

地点

当代都市

【幕启之前，我们就听到 KTV 包房里传出的歌声，歌名叫《至少还有你》。

【幕启，这是一间 KTV 包房，灯光有些幽暗。汤佳手持麦克风正投入地唱着，四个舞者正在伴舞，他们是两男两女，都很年轻。

【安东背对观众看着窗外。突然，他紧退两步，站住了，定了定神。然后，他转过身来看着唱歌的汤佳，慢慢走过来。

安　东　（盯着她）完了。

汤　佳　怎么回事？谁完了？

安　东　我说我完了。

汤　佳　你什么完了？

安　东　我的意思是说，我一切都完了。

汤　佳　一切都完了？

安　东　我老婆好像有外遇。

汤　佳　（一怔，接着一笑）这话可不能瞎说的。

安　东　汤佳，我老婆偷人，你听清楚了吗？！

汤　佳　（斜了他一眼）说话难听死了，亏你还是我的领导！

安　东　领导？领导也是人嘛！难道……

汤　佳　（盯着他）她真的……真的那个了？这话不兴乱讲的。

安　东　我看见了！

汤　佳　看见了？

安　东　一分钟以前，我看见我老婆跟一个四十多岁的男人有说有笑地上了一辆奥迪 A8! 他搂着她的腰！

汤　佳　是不是看花眼了？

安　东　我老婆我看花眼？

汤　佳　都市的灯光是很迷离的。

安　东　我相信我看到的！

汤　佳　也许、也许是她的同学、朋友或者……

安　东　那个男人我在电视上见过，是本城著名的律师！

汤　佳　也许……

安　东　毫无疑问，我又多了一顶头衔。生活就是这样。你不能仇恨生活。

　　　　【安东坐下，双手捂住脸。

汤　佳　安东，这种事情……

　　　　【安东叼上一支烟，用芝宝打火机点燃香烟，深吸一口，动作自然帅气。

安　东　我依然是如此容易受伤害……

汤　佳　我是说——我的意思是说——你为什么要让我知道这种事情？

安　东　（抬头，看着她）……

　　　　【两人对视着。

汤佳的画外音　那一刻，看着他忧伤无助的眼睛，我心中的柔情油然而生。我几乎可以确定，我就是在那个时候真正爱上了这个男人。

宋乔的画外音　这个男人叫什么名字？

汤佳的画外音　我不能告诉你他的真名，就叫他安东尼好了。

宋乔的画外音　安东尼？

汤佳的画外音　爱情就这样悄悄降临。

宋乔的画外音　办公室恋情？

汤佳的画外音　随你怎么说。

安　东　汤佳，为什么这样看着我？

汤　佳　安东，我们……跳舞吧……

　　　　【两人轻轻搂在一起，在萨克斯管音乐中，他们缓缓跳着，显得很投入。他们感受着对方的气息。

汤　佳　会好的。

安　东　什么？

汤　佳　我说一切都会好的。

安　东　人只能生活在今天的房间里。

汤　佳　你可以不告诉我那种事儿。

安　东　我就想对你讲实话。

汤　佳　你会去问她吗?

安　东　当然不会。维特根斯坦在写完《逻辑哲学论》之后叹道，不可言说者，以沉默
　　　　对之。

汤　佳　我欣赏你的态度。

安　东　你很善解人意。

汤　佳　因为我也有老公。

安　东　（止步，盯着她）当我听说漂亮的女人嫁了人，我的胸口就隐隐作痛。

汤　佳　所以两年前你就故意不去参加我的婚礼?

安　东　（走到一旁坐下）是的。

汤　佳　现在还痛?

安　东　一直在痛。

汤　佳　可你作为上司缺席我的婚礼让我在同事面前很没面子……

安　东　可作为男人心如刀绞的是我! 那天晚上我失眠了，在电脑前一直坐到大天亮。
　　　　我祈祷婚礼的最后一道程序不要被执行，可它肯定被执行了……

汤　佳　它当然被执行了，而且很完美.……

安　东　不要说了汤佳! 我肝肠寸断……

　　　　【两人不动，凝视对方。

汤　佳　（深情地）安东，我爱你……

　　　　【安东走过来，激动地抱住她。他们热情地拥抱。

　　　　【灯光渐暗至熄灭。

　　　　【四个舞者出场，追光亮。他们合着音乐跳舞。汤佳和宋乔相对而坐。像是在
　　　　做一个访谈节目。汤佳的服饰有变化。宋乔在电脑上打字。

汤　佳　我们在那里一直待到天亮，说了很多很多的话，好像把前世今生要说的话都说
　　　　了。当然，该发生的都发生了，一切水到渠成。

宋　乔　就在那间 KTV 包房?

汤　佳　有什么不好吗?

宋　乔　干吗不去酒店?

汤　佳　当激情不可阻挡的时候，所有的地方都是天堂。

宋　乔　几乎完美的一夜情故事。

汤　佳　非常完美！

宋　乔　第二天太阳照常升起，仿佛什么也没发生过，生活仍在继续。

汤　佳　可我和安东尼是爱情，我们有爱情！

宋　乔　都什么年代了，你还在用这一类的词汇？看过《色戒》吧？男人都是易先生，就是梁朝伟演的那个……

汤　佳　（打断）宋乔，你是作家，但你不能嘲笑一切！

宋　乔　对不起，我绝无此意。请接着讲。

汤　佳　其实，我和安东尼平时就很谈得来，彼此都充满好感。我喜欢他的谈吐，喜欢他说话的声音，更喜欢他说话时的眼神。我的同事都知道我和安东尼的关系……

宋　乔　很暧昧，是吗？

汤　佳　（看着她）是的，很暧昧，甜蜜的暧昧，让人幸福的暧昧。我喜欢这种感觉，它令我充满期待！

宋　乔　捅破这层窗户纸，只是时间问题了。

汤　佳　更准确地说，是机缘问题。那天，正好是一位同事过生日，吃完饭大家就去唱歌。可能是多喝了几杯，大家唱了一会儿都纷纷离去，KTV 包房就只剩下我和安东尼了……

宋　乔　天赐良机！

汤　佳　在暧昧的灯光下，我预感到有什么事会发生……我脑海里掠过逃跑的念头，可我的身体却纹丝不动。生活的定义是脚要跟心走，可是我却在那里不停地唱歌……（唱歌）

宋　乔　于是就发生了那个故事。

汤　佳　一个令我心旌摇曳的故事……

　　　　【汤佳凝望虚空。

　　　　【音乐陡起，是那种摄人心魄的打击乐。

汤　佳　安东尼的臂膀宽阔有力，就像坚实的港湾。我枕着他的肩，胳膊像水草一样纠缠着他，而他的手指在我的背上温柔巡回，细细婆娑。那天晚上的芝华士让我醉眼迷离、身体柔软，可激情却在无边地燃烧……我飞翔，我颤抖地飞翔。一种从未有过的幸福猛烈地撞击着我，铺天盖地而来。我恍然有一种前世今生的幻觉，我觉得安东尼是我前世丢失的一块琥珀，凝聚着瞬间的永恒！于是，我热泪盈眶……

【音乐戛然而止。

宋　乔　一夜情也有令人感动的时候。

汤　佳　从此，我们的心中充满快乐，我们的生活充满甜蜜。我们每天发一百条信息诉说衷肠……

宋　乔　有没有被老公老婆发现？

汤　佳　情人都是地下工作者。

宋　乔　地下工作者也有被捕的时候……

汤　佳　那是因为粗心和大意。还有叛徒的出卖。

宋　乔　永远的地下工作者。

汤　佳　是啊，无间道。我和安东尼因此备受煎熬。我们曾经抱头痛哭……

【静场片刻。

宋　乔　你老公是做什么的？

汤　佳　（略停）他是一个好人，一个好得不能再好的人。

宋　乔　安东尼的妻子……

汤　佳　我对安东尼的妻子一无所知。我们从不谈论各自的家庭。

宋　乔　出路在哪里？

汤　佳　如果不能跟安东尼在一起，生活将会变得毫无意义。

宋　乔　出路在哪里？

汤　佳　死了都要爱！

宋　乔　我问出路在哪里！

汤　佳　（冲口而出）我们准备走！

宋　乔　往哪儿走？

汤　佳　离开这里，离开这个城市，到一个没人认识我们的地方去！我们决定了！

宋　乔　一个诗意的策划！就这样一走了之？那个男人愿意吗？

汤　佳　这个主意就是他提出来的！他说爱情应该阳光普照而不是偷偷摸摸，我也厌倦了偷情的生涯！

宋　乔　现在很多人都在偷。

汤　佳　可我们不愿意了！我们决心在阳光下把轰轰烈烈的爱情进行到底！

宋　乔　真的决定了？

汤　佳　（定了定神）决定了。三天以后我们就走，我们去私奔！

宋　乔　（淡淡一笑）私奔？

汤　佳　你为什么笑？

宋　乔　这个词很有趣。汤佳，你还年轻，我比你大几岁，我真的想告诉你，这个年代最不可靠的不是友谊，不是忠诚，而是爱情。

汤　佳　是吗？你是中了梁朝伟的毒。

宋　乔　私奔听上去更像是个笑话，是对遥远的田园牧歌的一种想象或者意淫。意淫，你懂吗？

汤　佳　我们只为爱情而活着。宋乔，谈话结束了。

宋　乔　没有什么爱情，只有婚姻，而婚姻就是一种妥协。男人的花言巧语对女人是致命的陷阱……

　　　　【这时，宋乔的手机响了。

宋　乔　（声音变得柔顺动听）喂，老公，我在说话呢。嗯，嗯，我抓紧时间回来。嗯，嗯……拜拜。

汤　佳　你不怕是陷阱吗？

宋　乔　我老公在家做了很多好吃的，给我过生日。

汤　佳　你妥协了？

宋　乔　是老公，而不是什么……

汤　佳　你也相信那种最不可靠的东西？

宋　乔　有些事情是有例外的。我和我老公的爱情有牢固的基础，源远流长。

汤　佳　你很自信。

宋　乔　（一笑）我就剩这点自信了。

汤　佳　我相信我和安东尼也是个例外。宋乔，对我还有什么忠告吗？

宋　乔　我理解并尊重你们的感情。谢谢你毫无保留的谈话，我会保守这个秘密。预祝
　　　　你们私奔成功！

　　　　【宋乔将笔记本电脑放进挎包，提起来，转身走了几步，停下。

宋　乔　汤佳，如果——如果事情不顺利，希望你能再接受我的访问。谢谢。

汤　佳　不会有那一天的。

宋　乔　但是我很期待。给我打电话。

　　　　【宋乔对她点点头，转身离去。

　　　　【汤佳目送宋乔离去，突然显得有些身心俱疲的样子。

　　　　【音乐陡起。四个舞者上场跳舞。

　　　　【汤佳看着他们跳舞。然后，她起身离去。

　　　　【音乐戛然而止。舞者做一个造型，像雕塑一般一动不动。

舞者甲　做人就做汤佳那样的人。

舞者乙　爱情就是女人的终极理想。

舞者丙　心理学家说，一见钟情只是自恋的反应。

舞者丁　眼部肌肤，正在悄悄泄露女人的秘密。

舞者乙　我们还是回到戏里去吧。

舞者甲　对，我们回到戏里去，不要跳出来。

舞者丙　唉，演员就是木偶。

　　　　【四个舞者像常人一样搬动场上的装置，使它看上去像是一个客厅。

　　　　【苏文拿着一个计算器边摁边上，很是专心致志的样子。

舞者甲　他就是汤佳的老公，名叫苏文。

舞者丙　苏文是我市某局的一位副处长。

　　　　【汤佳上，在另一侧走来走去。

舞者乙　汤佳想找个机会跟她老公讲明情况，可她实在不知道该怎样开口。

舞者丁　整整耗了两个钟头，汤佳依然不知所措。

　　　　【舞者列队依次下。

苏　文　（认真地）根据政府这个月公布的最新物价数据，在基本生活消费品，特别是

食品价格大涨的带动下，这个月的整体消费物价上升了3.95%，比上个月高0.7个百分点。（扭头看汤佳）什么都看涨啊。

汤　佳　（欲言又止）……

苏　文　具体地说，猪肉涨了28%，蔬菜涨了百分之……

汤　佳　苏文……

苏　文　等会儿，马上就完。大米涨了百分之……

汤　佳　苏文，我有话跟你说……

苏　文　老婆，我简单总结一下，综合起来的数据表明，这个月我们家的各项开支比上个月多出2.9个百分点。也就是说……

汤　佳　（打断）苏文，我不想听这些……

苏　文　（迅速地）啊，我晓得了，你饿了是不是？饭早就做好了，今天有你最喜欢吃的麻婆豆腐……

汤　佳　苏文！

苏　文　（一怔，憨憨地）怎么了，老婆，我话是不是太多了……

汤　佳　（盯着他，欲言又止）……

苏　文　是、是，昨天吃过麻婆豆腐了，今天应该换一换菜品……

汤　佳　（迅速但声音很小）我要跟你离婚……

苏　文　（似未听清楚）我知道什么东西重复了都不好，可是营养专家认为每天都应吃一点豆制品，这不但有利于……（猛然一激灵）你、你刚才说什么？

汤　佳　（盯着他，淡淡地）我爱上别人了。

苏　文　（怔怔地）什么……

汤　佳　我爱上别人了！

苏　文　（憨憨一笑）你、你逗我玩呢……你老逗我玩……

汤　佳　（竟带一点哭腔）谁逗你玩了？谁逗你玩了？我真的爱上了别人，他叫安东，他很爱我……

苏　文　（呆呆地看着她）安、安东……

汤　佳　我要离婚，我要跟安东走。你不同意我也要走，反正我决心已定！

苏　文　（喃喃地）安东……这个名字我听过，你说起过这个名字……安东，是的，就是这个名字……

汤 佳 （痛苦地）安东比你更懂得生活，也更懂得我。跟你在一起我觉得太沉闷、太平淡、太枯燥！我愿意过另外一种生活，精彩的生活，我的生活在别处！安东可以给我这一切！

苏 文 我、我让你受委屈了，我做得不好……

汤 佳 不是你做得不好……

苏 文 是我做得不好，我只知道上班下班，不求上进……

汤 佳 不是这个意思苏文，你没明白我的意思，我是说……

苏 文 我不抽烟不喝酒，也不看球赛，没什么朋友，只晓得柴米油盐没有幽默感，不会逗你开心，我连一个荤段子也讲不好……

汤 佳 谁要你讲荤段子了？！（换一种语气）苏文，我不是这个意思，你不要再说了。苏文，你是个好人。

苏 文 好人的意思就是莫名堂的人，大家都这么说。

汤 佳 你不是……

苏 文 我就是这样一个人嘛！大家都说这人没钱，没权势，也没什么能耐，但人是个好人……

汤 佳 你别这样说自己。

苏 文 （带哭腔）是这样吗，汤佳？

【二人对视片刻。

【汤佳走过去替他拭了拭眼泪。

苏 文 （感动地）我不怪你……

汤 佳 别说了……

苏 文 我真的不怪你……

汤 佳 不要再说了！

【这时，汤佳的手机响了，但她不接。

苏 文 是、是那个安东吧……接呀，你不接他会着急的，我，我回避一下……

汤 佳 站住！

苏 文 （止步）你接呀……

【汤佳接电话，苏文欲走，听到汤佳说话时，又站住了，背对着她。

汤　佳　（语气平静）嗯，嗯，知道了……没什么，我很好，你不要担心。就这样吧。拜拜。

【汤佳说"拜拜"时语气特别柔美。

【汤佳颓然坐下，呆看着虚空。

【苏文已走进里屋。

汤　佳　苏文，这件事全怪我，我不是一个好老婆，也不是一个好女人，可是我无可救药地爱上了安东，我控制不住自己！我知道我已经伤害了你，我对不起你。我、我很痛苦、很矛盾……苏文，你是个好男人，像你这样的好男人已经不多了……

【汤佳下意识地回头看，却不见苏文。她摇摇头，轻轻蒙住脸，沉浸在复杂难言的情绪之中。

【音乐起。

【苏文拿着一张公文纸慢慢走出来。

苏　文　汤佳……汤佳……

汤　佳　（抬头看他）……

苏　文　把这个给他……

汤　佳　（接过来）什么……

【音乐渐弱。

苏　文　你看有没有漏掉的……

汤　佳　（念）汤佳日常生活习惯……早上喜欢吃稀饭馒头，蒸蛋不要放葱花，有时喜欢吃一点肥肉，从不吃海鲜，只用舒美牌卫生巾……你、你这是干什么呀你这是？！

苏　文　还有，喜欢看韩剧，喜欢自驾游，讨厌男人上厕所抽烟，讨厌男人当面换衣服……

汤　佳　（带哭腔）别说了苏文…….

苏　文　都、都写在上面呢……那个、那个安东很细心吧……

汤　佳　你再说我要崩溃了……

苏　文　换个人来照顾你，开头恐怕还不太适应……你要将就点，别任性……

【汤佳突然放声大哭。

苏　文　（不知所措）我、我说错什么了……我不该多话，不该惹你生气，不该……

汤　佳　（哭着）苏文，你用脏话骂我吧，打我吧，我不是一个好女人……

苏　文　汤佳……

汤　佳　你骂呀！打呀！我心里难受死了，难受死了……

苏　文　（真诚地）汤佳，老婆是拿来疼爱的，怎么能打骂？

汤　佳　（怔怔地看着他，咬牙切齿地）苏文，你个死苏文，你真是没用啊你！你老婆要跟人跑了！

　　　　【静场片刻。二人对视。

苏　文　当初——当初你不顾父母反对嫁给我的时候，我就说过，我这辈子最大的愿望就是帮你达成你自己的心愿，不管付出什么代价。现在——现在你有了自己的心愿，有了你想要的幸福，我不会违背我的誓言，因为我爱你……

　　　　【汤佳盯着他，忽然转身捂住脸，哭着跑下。

苏　文　佳佳……

　　　　【苏文呆呆地目送她跑下，瘫然坐下，黯然神伤，悄悄抹了抹眼泪。

　　　　【这时，后台传来一阵喧闹声。苏文不禁一愣，扭头一看，只见四个舞者走了出来。

舞者丙　不会吧？不会吧？！这太搞笑了，怎么可能呢？

舞者丁　严重脱离生活，太假了！这他妈谁写的剧本？谁写的？

苏　文　你们几个怎么跑出来了？这时候不该你们出场。

舞者丁　谁写的剧本？一点才气都没有！我们实在是看不下去了！

舞者甲　是你们两个看不下去了。我们倒觉得不错。

舞者乙　是不错，编剧蛮拼的！

苏　文　怎么，有什么不妥吗？

舞者丙　不是不妥，而是相当不妥。你老婆有外遇了，你会是这种态度吗？

苏　文　（一怔）这、这是戏呀……你们搞混了吧？

舞者丁　天底下有苏文那样的男人吗？

舞者甲　我们倒希望有这样的男人。苏文多爱他老婆呀！

舞者乙　要是男人都像苏文那样，那该多好啊！这就叫男人的胸怀！

舞者丁　可这不真实！

舞者甲　真实？什么叫真实？你眼睛看到的就叫真实吗？

苏　文　生活中没准儿真有苏文那样的人。我相信编剧。

舞者乙　回到戏里去吧！戏还得往下演。

舞者丙　回不去了！

苏　文　我说几位，咱们还是接着往下演吧……

舞者丙　没法儿演了！老张，你老婆要是偷人……

苏　文　她敢？！（立即意识到什么）可我是在演戏，我是戏里的角色苏文啊！

舞者丙　这就对了嘛！就是呀！

舞者甲　回到戏里去吧！

舞者丙　编剧在哪里？必须改戏，否则我们不演了！

　　　　【导演快步走上。她三十多岁，拿着一支香烟，很有艺术家派头。后面跟着一位助手，端着烟灰缸。

导　演　不演就给我滚蛋！

　　　　【众人立刻闭嘴。

　　　　【导演在舞台正中坐下。

导　演　说说，你们想干吗？

舞者丙　我们是寻找编剧的剧中人……

导　演　所以就跳出来闹事儿？

舞者丙　导演，我们不是闹事儿，我们只是觉得苏文这个角色不符合生活，所以想寻找编剧……

导　演　好好在戏里给我待着！

舞者丙　我们要找编剧……

导　演　编剧？编剧把该说的话都写进剧本了。我认为这个戏很真实、很生活，抓住了事情的本质。演员就是木偶，让你怎么演你就怎么演。继续！

舞者丁　我们是木偶，那导演就是傻子！

导　演　你再说一遍。

舞者丁　导演就是傻子！我说了，怎么着？

导　演　你再说一遍！

舞者丁　这种戏你也敢排，不是傻子是什么！

导　演　有想法！不愧是"95后"的！

　　　　【导演抓过烟灰缸朝舞丁砸过去。

　　　　【舞者丁尖叫一声捂住额头，痛苦地蹲下来。

导　演　（晃了晃手中的烟灰缸）没砸呢。但是所有的人都相信你的反应是真实的。这
　　　　就是艺术！

　　　　【静场片刻。

舞者甲　导演，我们还是接着往下演吧……

舞者丙　可是苏文这个角色是不是太那个……

导　演　太哪个？太哪个？死样！

舞者丙　（拉导演的手）哎呀好姐姐，你就改一下戏嘛，好不好嘛？

全　体　好不好嘛？好不好嘛？

导　演　（笑笑）死样！好，看在咱们姐妹一场，就照你们的意思改一下！燕子！燕子！

　　　　【汤佳上。

汤　佳　怎么回事呀这是？

导　演　我们照她们的路子改一下。

汤　佳　改什么改啊？还要不要导演中心制了？

导　演　燕子，好姐妹，帮帮忙吧。回头我陪你去香港扫货。

汤　佳　得了得了，怎么改你说吧。

导　演　你还是坐在这儿。（对汤佳轻声说着什么，又转身对苏文）你进屋拿离婚协议书。

苏　文　拿什么？

导　演　离婚协议书。

苏　文　没有，没准备这个道具。

导　演　老张，你也跟着起哄，是吧？

苏　文　真的没准备。

导　演　你随便拿一张纸不就行了吗？臭男人！（对舞者）你们，一边看着去！

【其他人退到一旁看着。

【汤佳轻轻捂住脸，沉浸在复杂的情绪中。苏文拿一张公文笺走出来。

导　演　扔！把离婚协议书扔到她脸上！快扔！

【苏文的动作夸张有趣。

苏　文　贱人！我跟你离婚！

汤　佳　苏文，原谅我……

苏　文　呸！不要脸的东西！居然——居然——气死我了！气死我了！

汤　佳　苏文，你听我说……

导　演　不听！打！打她！

苏　文　（一耳光打过去）贱货！

导　演　再打！

苏　文　（再打）你这个贱人！我打死你！

导　演　对！打死她！打死她！

【苏文情急之下抓起一把水果刀，不知道该怎么做。

导　演　杀死她！就像武松杀死潘金莲一样！

苏　文　（用刀刺汤佳）杀死你！杀死你这个骚货贱人！杀死你！

【汤佳惨叫，表演被杀死倒地。

苏　文　（扔刀亮相）不可能！我不可能杀死老婆，这不真实，这不符合苏文的性格！

导　演　可她给你戴了绿帽子！

苏　文　戴十顶绿帽子苏文也不可能打他老婆，更不可能杀死他老婆，这是他的性格决定了的！性格，你们懂吗？！文学最重要的就是性格！性格就是命运，性格决定一切！

导　演　你跟我谈文学？接着往下演！

苏　文　演不下去了，我觉得别扭，除非把苏文的性格全改变了！除非剧本重写！

导　演　不可能！

苏　文　苏文无比疼爱老婆，这是戏里的规定情景！爱，有的时候就是一种放弃，这是很高的一种境界……

导　演　往下演！

苏　文　我都杀人了，还怎么演？！

导　演　这还不好演吗？该怎么演就怎么演！我要你的反应！

苏　文　（摇汤佳的身体）汤佳，你醒醒，你醒醒呀，我、我不是故意杀你的，我是被逼的啊，我好后悔呀老婆……

导　演　差不多就行了，别啰唆！注意，警察来了！

苏　文　（猛地站起来）不行，我得跑，我不想坐牢！

　　【接下来，导演叙述剧情发展，苏文根据叙述做出各种表演。

导　演　苏文在警察到来之前离开了家，开始了逃亡生涯。万水千山走遍，从冬走到春……

　　【四个舞者为苏文伴舞，哼唱着"三百六十五里路呀，越过春夏秋冬……"

导　演　苏文学会了易容术，隐姓埋名，四处漂泊，备尝人世艰辛，但是回家的打算始终在心头……

苏　文　我累了，我太累了，我累倒在山坡上……

导　演　燕子，搭两句词儿！

汤　佳　大哥，你咋睡在这儿啊？山里潮湿，会得病的呀。

导　演　不愧是国家一级演员！在一个冬日的黄昏，苏文遇到了一位勤劳善良的农妇——秀姑。患难见真情，两人之间慢慢产生了爱情……

苏　文　秀姑，我，我不是好人，我是杀人……

汤　佳　你是啥人俺不知道，俺只知道你对俺好。

苏　文　秀姑，你真好。山里的空气真新鲜啊……

导　演　苏文和秀姑结婚了，婚后的生活平静美满。二十年后，他们的女儿考上了那座城市的大学。临行前的夜晚，苏文辗转不眠，因为这个时候他已经知道，汤佳并没有死，至今还生活在那座城市，而且是单身。苏文会送女儿去那座城市吗？他能见到汤佳吗？请看电视连续剧《末路狂奔》续集《情天恨海燕归来》。

　　【静场片刻。

导　演　好看吗？有意思吗？可以这样改吗？这是对戏剧艺术的背叛！把刀捡起来。

　　　　【苏文走过去捡起地上的刀。

导　演　把刀放回去。放好。

　　　　【苏文照着做了。

导　演　这不是用刀就能解决所有问题的年代了。继续！

　　　　【导演扫视众人一眼，转身径自走下。

　　　　【汤佳与苏文对视。

苏　文　当初——当初你不顾父母反对嫁给我的时候，我就说过，我这辈子最大的愿望就是帮你达成你自己的心愿，不管付出什么代价。现在——现在你有了自己的心愿，有了你想要的幸福，我不会违背我的誓言，因为我爱你……

　　　　【汤佳盯着他，忽然转身捂住脸，哭着跑下。

苏　文　佳佳……

　　　　【苏文呆呆地目送她跑下，瘫然坐下，黯然神伤，悄悄抹了抹眼泪。起身缓缓走下。

　　　　【安东从另一侧上，迅速地收拾着东西。

　　　　【忽然，强烈的音乐起。四个舞者冲出来，剧烈地扭动身体，仿佛在尽情地宣泄什么。

　　　　【音乐陡然停止。四个舞者立刻犹如石像般不动。

　　　　【安东在他们中间穿行，忙着收拾行李。

舞者甲　安东回到了家中。

舞者乙　他飞快地收拾着行装，因为汤佳在机场等着他。

舞者丙　怎么，他们这就要去私奔？

舞者丁　人最容易以一种极端的方式去体验世界。

舞者甲　比如，高山跳水。

舞者乙　比如，极限滑雪。

舞者丙　比如，出轨。

舞者丁　比如，私奔。

【四个舞者以太空舞步下场。

【安东提着箱子，环视屋内，转身缓缓朝门口走去。

【宋乔正好回来了。安东不禁退后几步。

宋　乔　你要出差？

安　东　啊……我去……

宋　乔　你去哪里开会？

安　东　（冲口而出）机场……

宋　乔　机场？去机场开会？

安　东　（犹在梦中）我不确定要去哪里——我是说我不知道要去多久——我是说生活就是这样，不知道要干什么、会发生什么事……

【宋乔来回打量他，像不认识他似的。

【安东心里一阵发慌，显得神经质。

安　东　天气预报说……

宋　乔　你好像是要逃跑。

安　东　女性提包越来越重威胁健康！

宋　乔　我怎么事先没有一点察觉？

安　东　全球金融危机不断加剧！

宋　乔　我太大意了！

安　东　道琼斯指数持续下跌！

宋　乔　好女人惯出坏男人。

安　东　所以房地产持续低迷……

宋　乔　你走吧。

安　东　多头套牢走不了……

宋　乔　你走吧！

【安东猛然回过神来，长长地出了一口气。

安　东　是的宋乔，我要走。

宋　乔　（盯着他）和谁走？

安　东　这不重要。重要的是我要走。

宋　乔　（忽然一笑）没想到你这么有气质的人也搞婚外恋。

安　东　（盯着她）你也很有气质。

宋　乔　是吗？把你们的故事讲来我听听。我搜集素材。

　　　　【安东放下箱子，神情自若。

安　东　有很多事情是说不清楚的。语言与真实之间永远存在着一条巨大的鸿沟。

宋　乔　那我就不问了。什么时候去办手续？

安　东　只要跟她在一起，一切都不重要了。

宋　乔　对不起，我没听明白，你说"跟她在一起"是什么意思？

安　东　就是跟她在一起。

宋　乔　我还是不太明白……

安　东　我就想天天看见她，离开她我的生活将变得毫无意义。

宋　乔　这话听来耳熟。

安　东　人说恋爱中的人说话都一个腔调。

宋　乔　你做出一副一往情深的样子给谁看啊？！

安　东　他们连遣词造句都一样……

宋　乔　出路在哪里？

安　东　世上本来没有路……

宋　乔　我问出路在哪里！

安　东　我们可以走！离开这里……

宋　乔　（抢过话头）离开这里，到一个没人认识我们的地方去！

安　东　（惊讶地）你怎么知道？！

　　　　【宋乔大笑不止。

安　东　宋乔，你、你怎么了，没事儿吧？

宋　乔　（边笑边问）你们——你们是不是——是不是把这个叫作私奔啊……笑死我了，真的笑死我了……安东尼？哈哈哈！

安　东　没什么好笑的，我喜欢这个词儿。人一辈子总得干一件自己喜欢干的事情吧……

宋　乔　（仍然笑着）私奔……私奔……一个具有丰富传统文化内涵的词汇！才子佳人、风花雪月、琴棋书画、诗酒山水、吹拉弹唱……（突然神情一变）我呸！不过是一对狗男女！

安　东　（欲言又止）……

宋　乔　不过是为了贪得无厌的情欲！不过是各出一个物件儿满足对方！不过是一对穿着体面有文化的下流坯！爱情？别装蒜了！永恒的主题？那是因为性欲是永恒的！所有的两性关系都是建立在谎言和互相的错觉上！

　　　　【两人对视片刻。

　　　　【宋乔似乎有些疲惫，坐下，双手捂脸，情绪开始平静下来。

安　东　对不起，我和她不想伤害任何人……

宋　乔　（轻声地）你们——走吧。

安　东　宋乔，可能的话，原谅我吧……

宋　乔　（抬头，冷静地）你可以走了。

安　东　对不起，宋乔。

宋　乔　不，没这个必要。

安　东　我要离开了。

宋　乔　那就这样吧。

安　东　我将来会把这件事给儿子说清楚，不完全是让他原谅，而是请他理解。

宋　乔　随你的便。

安　东　所有的善后工作你找律师办吧。你认识很多律师。

宋　乔　我会的。

安　东　我取走了三分之一的存款。

宋　乔　知道了。

安　东　那、那我就走了。

　　　　【安东看了看低着头的宋乔，转身朝门口走去，刚要开门。

宋　乔　安东……

　　　　【安东止步转身看她。

宋　乔　我想抱你一下。

　　　　　【安东放下箱子，慢慢张开双臂。

　　　　　【宋乔走过去，两人互相拥抱了一下。

宋　乔　那个人是不是叫汤佳？

　　　　　【安东看了看她，没回答。宋乔转身往回走。于是，安东提起箱子毅然离去。

　　　　　【宋乔回过身，看着他的背影消失，显得六神无主，怅然若失。

　　　　　【宋乔找出一支烟点上，边抽边剧烈地咳嗽。她走到舞台一角，看着别处。

　　　　　【舞者上，跳舞。

舞者丙　你不该轻易放走你的爱情。

宋　乔　（一直看别处）爱情？哈哈哈！天底下怎么会有这种滑稽的字眼儿！

舞者丙　可他是你的老公！

宋　乔　老公？公家的公吧？

舞者丁　安东是你的丈夫……

宋　乔　一丈之内才是你的夫！

舞者甲　你恨安东吗？

宋　乔　镜子破了，碎片能映照出什么来？

舞者乙　你的老公就这样走了……

宋　乔　（打断）那又怎么样！天永远塌不下来，这个世界谁都离得开谁！爱比死更冷！

舞者乙　我开始佩服你了。

舞者丁　青春痘长在别人脸上，你当然……

舞者甲　女人有自己选择的权利！我佩服这种甩掉金老公的勇气。何况，安东也不是什么金老公！

舞者丙　什么勇气？最多是个无言的结局。

宋　乔　无所谓开始，无所谓结局。我只对生活本身充满热情。男人不过是生活的一部分——而已！

舞者丁　可是……

宋　乔　拜托！不要来烦我了！我拒绝从一而终！

舞者甲 （尖叫一声）哇塞！好经典耶！我给你跪了！

舞者丙 套用一句话，你对爱情的流失完全不作为。

宋 乔 （神情一变）不作为？你让我怎么去作为？！难道要我跪下来声泪俱下地哀求安东别离开我吗？难道要我语重心长地告诉他家庭的重要性吗？！我还没那么贱！

【四个舞者一齐看着她。

宋 乔 （语气缓和下来）安东是个已婚男人。他应该什么都懂，用不着谁去教他。既然要去追逐爱情鸟，我就给他一片天空。不就是天空吗？给他就是了。除了生命，我什么都可以给他。

舞者丁 不是说，要用生命去浇灌爱情之花吗？

宋 乔 （凄艳一笑）傻孩子，不要动不动就以命相搏。

舞者丁 可是古往今来……

宋 乔 （厉声打断）够了！烦死了，我烦死了！走开！

【四个舞者低着头，依次下场。

宋 乔 （看着虚空）生活就是这样，得学会接受，学会妥协，学会心平气和。男人，没你不行，有你也不行。（似笑非笑）白头宫女在，闲坐说玄宗。许多年之后，当我满头白发面对镜子的时候，我将会想起我丈夫安东带我去美术馆看画展的那个遥远的下午。那真是一个春光灿烂的日子啊，一切都是那样的年轻、美好……

【巨大的飞机轰鸣声淹没了整个舞台。但我们仍看见宋乔的嘴巴在动，还在说什么，只是听不到了。

【灯光渐暗直至熄灭。宋乔下。

【飞机轰鸣声震耳欲聋。

【灯光渐亮。这里已是候机大厅一角。有广播声催请乘客登机。

【汤佳和安东分别从两侧跑上，扔下旅行包，激动地扑向对方。

汤 佳 安东！

安 东 汤佳！

【两人在音乐声中忘情地拥抱。

汤 佳 （幸福地）轻点，安东，轻点，你抱痛我啦……

安　东　（激动无比）我要抱紧你，今生今世我都要抱紧你！

汤　佳　（盯着他）安东，我们……我们终于在一起了……

安　东　（盯着她）在一起了，我们在一起了……

汤　佳　我好幸福……这、这不是梦吧……

安　东　不是梦，佳佳，这是真的，这不是梦啊！从现在起，我们自由了，我们想怎么爱就怎么爱！

汤　佳　（宛若梦中）自由了，真正自由了……（带哭腔）我们自由了……

安　东　佳佳，你怎么了？

汤　佳　（泪光闪烁）安东，多少个日日夜夜……那些刻骨铭心的思念……

安　东　都过去了，佳佳，都过去了，我们的思念有了最完美的报答！从现在起，我们一刻也不分开，一刻也不！

汤　佳　安东，我爱你，我要跟你去私奔！

安　东　汤佳，我爱你，我要带你去私奔！

　　　　【巨大的飞机轰鸣声淹没了他们的声音。

　　　　【安东无比关爱地让汤佳坐下，自己也坐下。

　　　　【两人深情凝视对方。

汤　佳　我们去哪里？

安　东　任何地方！

汤　佳　是啊，任何地方！只要相爱，任何地方都是天堂！

安　东　你是说，我们去苏杭？

汤　佳　苏杭？我的爱人，为什么一定要是苏杭呢？

安　东　北京呢，北京怎么样？我现在就去买票……

汤　佳　北京？

安　东　对，北京。我们可以天天去故宫颐和园！

汤　佳　（一笑）你真是个孩子……

安　东　佳佳，你想去哪里？

汤　佳　（盯着他）你去哪儿我就去哪儿。

安　东　大连、青岛怎么样？我们去做海的儿女！

汤　佳　好啊，海上生明月的地方！

安　东　我知道了，其实你是想去上海！

汤　佳　喜欢，我都喜欢。只要和你在一起，我心中就充满了欢喜！

安　东　我也一样啊佳佳！任何地方都可以，只要有你！南京如何？

汤　佳　我喜欢！

安　东　昆明四季如春！

汤　佳　我喜欢春天！

安　东　深圳、广州呢？

汤　佳　我喜欢南方的温暖！

安　东　我们可以去的地方太多了！

汤　佳　是呀！天高任鸟飞！

安　东　（看着她）可是我们到底要去哪里？

汤　佳　任何地方！只要有你在的地方，我都愿意去，哪怕是穷山恶水！安东，你还不明白吗？

安　东　明白，我当然明白！我们到一个充满活力的城市去，开始新的生活！

汤　佳　无拘无束！自由自在！

安　东　然后我们去应聘找工作！

汤　佳　凭我们的能力和工作经验是没问题的！

安　东　我们还要去租房子！

汤　佳　一室一厅足够了，两人世界！

安　东　对，无比温馨的小屋，连你的呼吸我都能听到！

汤　佳　每天早上我都为心爱的人做早餐！

　　　　【他们开始表演虚拟的情景。

汤　佳　老公，吃早饭啦。

安　东　喂我。

汤　佳　好，喂你个小乖乖。来，先吃一口烤面包，再喝一口热牛奶，再吃一口煎鸡蛋。

安　东　哎呀，我吃饱了……

汤　佳　不嘛，我要你把爱一口一口地吃下去。

安　东　老婆，你真好！

汤　佳　当然啦，世上只有老婆好嘛。然后，你洗脸、刷牙，拿上公文包去上班。

安　东　老婆，我走啦。

汤　佳　等等。你看，领带系歪了。到了新单位，要跟同事领导处好关系……

安　东　这个我知道，我擅长这个。

汤　佳　不许和漂亮的女同事多说话。

安　东　这个，这个我再也不敢了，嘿嘿……

汤　佳　晚上等你回来吃饭。想吃什么我去超市买。

安　东　我就想吃你……

汤　佳　讨厌！好啦，别误了上班。华灯初上，我们一起吃了晚饭。

安　东　老婆，你做的饭真好吃，就是汤咸了一点点。

汤　佳　是吗？我没怎么放盐呐……

安　东　一般来说，汤基本上可以不放盐，追求的就是原汁原味。

汤　佳　（盯着他）你是说，原汁原味才好？

安　东　（意识到什么）那倒不见得。汤的做法跟生活一样丰富多彩。不过，你做的其他菜非常好吃。

汤　佳　（欣喜地）是吗？我以前没做过……我是说你真的喜欢吃吗？

安　东　喜欢，太喜欢了！你看，这个城市的夜景真美！

汤　佳　是啊，真美！我再也不害怕夜晚了，因为有你。

安　东　从前，每当夜晚来临的时候，我的心中就充满了思念和惆怅，黯然神伤。

汤　佳　我们在心中交换着孤独。

安　东　那些日子令人心碎又让人怀念不已。最好的岁月就是失去的岁月啊……

汤　佳　安东……

安　东　（情绪一变）我们看电视吧！

汤　佳　好，我们看电视！

【飞机起落的巨大轰鸣声淹没了舞台。

【两人做看电视的样子。舞台渐渐平静下来。

汤　佳　哎呀，我最喜欢看他主演的电视剧了！

安　东　谁呀？

汤　佳　就是那个……那个、那什么…….

安　东　什么名儿啊？

汤　佳　就是那个……这么熟悉的名字一下给忘了……就是那个……很出名啊，到处都是他的广告，叫、叫什么名字啊……

安　东　姚明？

汤　佳　姚明又不是演员！呃，我怎么忘了他的名字呢？就是那个、那个、那谁呀……

安　东　（一笑）算了，想起来再说吧。

汤　佳　（撒娇地）安东，我老了，记性不好了。

安　东　你永远不会老。

汤　佳　我真的老了嘛！

安　东　（看她）嗯，有点儿，确实老了……

汤　佳　（一怔）真的？

安　东　（一本正经地）真的，皱纹已经开始爬上你荒凉的额头……

汤　佳　不要嘛，你瞎说，我不老，我也不想老……

安　东　（抓握住她的手）别怕，佳佳，我和你在一起，我愿意陪着你一起慢慢变老，直到老得哪儿也去不了，这才是最浪漫的事啊……

【两人开心地笑了起来。

【音乐起。两人跳舞。

【飞机的轰鸣声再次淹没了他们的声音。随后，一切又都安静下来。

【两人凝视对方。

汤　佳　我很快乐……

安　东　我也很快乐……

汤　佳　其实……生活就是这样……

安　东　是啊，生活无非就是这样……

汤　佳　我们……我们究竟要去哪里？

安　东　我们需要好好想一想……我是说，我们会找到一个合适的地方……

汤　佳　应该有这样的地方。

安　东　一定有这样的地方。

汤　佳　在哪里呢？

　　　　【静场片刻。

安　东　你在想什么？

汤　佳　我在想那个地方。你呢？

安　东　我也在想那个地方。

　　　　【两人各自望着虚空。

　　　　【苏文和宋乔各自从舞台一侧走出来，站在光圈里。

汤　佳　苏文，你怎么在这儿？

苏　文　我想知道你去了哪里。你怎么还没走？

汤　佳　（略停）你还好吗？

苏　文　不好。

汤　佳　你回去吧。别、别忘了给那盆夏威夷竹浇点水……

苏　文　夏威夷竹死了。

汤　佳　死了？怎么会死呢？

苏　文　就是死了。你一走，它就死了。

宋　乔　你们怎么样了？

安　东　很好。

宋　乔　很好是什么意思？

安　东　就是很好的意思。

宋　乔　你们不是要私奔吗？这里有飞往全世界的航班。

安　东　我知道。我们是要走。我们要走。

汤　佳　苏文，你是不是恨我？

苏　文　不恨……

汤　佳　你恨，你肯定恨死我了……

苏　文　我只恨我自己。佳佳，出门在外，处处要多加小心。

汤　佳　我知道。

苏　文　天凉了，记得多加件衣服。

汤　佳　知道了……

苏　文　有个头痛脑热的，赶紧吃药。

汤　佳　嗯……

苏　文　有什么……有什么不顺心的事，多将就点儿，别使性子……

汤　佳　（略带哭腔）你、你还说这些干吗呀，我、我不会回来了……

苏　文　毕竟、毕竟你做过我老婆呀……

安　东　儿子咋样了？

宋　乔　他问我你去哪儿了。

安　东　我是说、我是说儿子在幼儿园乖不乖？

宋　乔　老师说他瘦了。

安　东　你要多关心他，别成天就是工作……

宋　乔　不工作有饭吃吗？我要让儿子改姓。

安　东　改姓？

宋　乔　跟我姓，姓宋！

安　东　随、随便吧……只要以后别跟他的继父姓就成……

宋　乔　这恐怕由不得你。

安　东　他是我儿子，我是他爸爸！

宋　乔　安东，你配吗？

汤　佳　你别这样想，苏文，我、我不是你的老婆了……

苏　文　结婚照还挂在墙上呢，一点灰尘也没有。

汤　佳　你是个好男人、好老公，没有珍惜你是我不好，我、我没那个福气……

苏　文　只要你过得好我就放心了。佳佳，你要多保重，外面、外面风大雨大。

汤　佳　你再娶一个吧，苏文。你一定能找到一个比我好一百倍的老婆。我真心祝福你。苏文，对不起……

苏　文　世界上没有比你好一百倍的老婆。佳佳，我想你……

安　东　宋乔，其实你是一个好女人。

宋　乔　我不接受你的夸奖。

安　东　不要恨我。

宋　乔　我已经不恨你了。

安　东　儿子就拜托给你了。你也多保重。

宋　乔　我会的。你怎么还不走？

安　东　我是要走，我真的要走。可是儿子让我魂牵梦绕，我无法忍受他将来管别的男人叫爸爸……

宋　乔　这很重要吗？你又听不见。

安　东　我能想象！

宋　乔　就是想象害了你！

安　东　宋乔……

宋　乔　你走吧。走吧。（带哭腔）走啊！

安　东　告诉儿子，将来，让他开着你的车去接他的女朋友。儿子要拿她当公主，为她开车门，为她关车门。然后，儿子走向驾驶座。这时候，如果女朋友侧过身体为他打开车门，这个姑娘就是儿子要娶的。记住了。

宋　乔　（看着他）我不会这样教育儿子的，因为我不喜欢你的生活方式！

安　东　宋乔……

宋　乔　（几乎要哭出来）你走，你走啊……

　　　　【追光暗。

　　　　【宋乔和苏文分别下场。

　　　　【飞机轰鸣声又一次响起，随后归于平静。

【汤佳和安东同时扭头看对方。

安　东　我们走吧。

汤　佳　好，我们走。

【但是两人未动。

安　东　我们去买票。

汤　佳　好，买票。

安　东　我们真的去买票啦。

汤　佳　我们真的去买票。

安　东　我们一定要去买票。

汤　佳　是的，一定。

安　东　我们一起去。

汤　佳　我们一起去。

安　东　售票窗口在那边。

汤　佳　我看见了在那边。

安　东　它离我们不远。

汤　佳　是的，很近。

安　东　我爱你。

汤　佳　我也爱你。

安　东　可我总觉得我们怎么也到不了那边！

汤　佳　因为我们的脚背叛了我们的心！

安　东　可我们是那样的相爱呀！这还不够吗？！

汤　佳　（凝视着他）……

安　东　（深情而痛苦地）不要这样看着我，不要啊！

汤　佳　安东，你不知道——你不知道我是多么地爱你……

安　东　汤佳，你是我生命中最爱的女人……

汤　佳　可是我将把你忘掉……

安　东　为什么——为什么激情之后一定是悲哀？！不，汤佳，我的生命中不能没有你！

汤　佳　（哭腔）我已经在忘掉你了！你看，我是怎样在忘掉你！看着我呀！看着我呀！看着我呀……

　　　　【飞机轰鸣声陡然响起，飞机似乎在他们头顶掠过。

　　　　【灯光渐暗至熄灭。

　　　　【两束追光分别打在两人身上。他们各自提着自己的旅行包。

　　　　【两人对望着。

　　　　【音乐起。

汤　佳　爱是不是很痛？

安　东　是，很痛。尤其是你看着我的时候。

汤　佳　可你昨天说爱是欢乐。

安　东　它是欢乐，也是伤痛……

汤　佳　是欢乐，也是伤痛……

　　　　【音乐声中，追光渐暗至熄灭。

　　　　【俄顷，灯光亮，舞台上空无一人，只有播音员催促旅客登机的声音在大厅里回荡……

　　　　【飞机再一次掠过上空。

　　　　【幕落。

　　　　【剧终。

调　查

（小剧场话剧）

人物

冯瓦莎　马杰克　路易斯　黄彼得　董玛丽

【三个人面对观众坐着，两女一男。女的一个叫冯瓦莎，一个叫董玛丽。男的叫黄彼得。两个调查人分别坐在两边，男的叫马杰克，女的叫路易斯。

马杰克　我们继续吧。

路易斯　好，我们继续。

马杰克　冯瓦莎同学，2016 年 6 月 13 日那天你做了些什么？

冯瓦莎　我已经说过了。

马杰克　请告诉我们，你做了些什么？

冯瓦莎　上午我在睡觉。

马杰克　哪天上午？

冯瓦莎　就是那天上午。

马杰克　是 2016 年 6 月 13 日那天上午吗？（冯点头）请回答是或者不是。

冯瓦莎　是。马老师，我想知道……

马杰克　那天上午你本来是想做什么？

冯瓦莎　本来？我本来是想逛街。好久没逛街了。

马杰克　你准备逛哪条街？

冯瓦莎　学校附近的商业步行街。

马杰克　你一个人吗？

冯瓦莎　什么一个人？

马杰克　我是说，你一个人逛街吗？

冯瓦莎　我朋友不想去。

马杰克　你朋友为什么不想去？

冯瓦莎　这个我也要解释吗？

马杰克　你需要解释所有的一切。

冯瓦莎　她叫苏珊娜。她失恋了，心情不好。她男朋友嫌她太瘦了。

马杰克　她胃口很差吗？

冯瓦莎　她特别能吃，标准的吃货。哈哈哈！她总是吃啊吃啊吃个不停！她的口头禅是：我吃故我在。

马杰克　但还是很瘦。你们在一个寝室吗？

冯瓦莎　她在另一个寝室。

马杰克　于是，你就一个人去逛街？

冯瓦莎　我没有去逛街呀。我在宿舍睡觉。

马杰克　你睡了多久？

冯瓦莎　直到我起床。

马杰克　我是问，几点起来的？

冯瓦莎　11 点半起来的。

马杰克　为什么要睡这么晚才起来？

冯瓦莎　那天是星期天。为什么要问这些？

马杰克　你只需要回答问题。

冯瓦莎　你们是不是在审问我？我觉得好像是在审问呃。

马杰克　当然不是。我们是在调查。请注意我的用词，调查。

冯瓦莎　调查？我对这个词有点怀疑。我几乎不相信这个词。

马杰克　然后你去了食堂，是吗？

冯瓦莎　是的。究竟发生了什么事？

马杰克　去的第几食堂？

冯瓦莎　第一食堂或者第二食堂，要不就是第三食堂？我记不得了。

董玛丽　她去的第五食堂，我看到的。

路易斯　董玛丽，现在不需要你说话。

马杰克　你是去的第五食堂吗？

冯瓦莎　董玛丽说是就是咯。

马杰克　你确定你是去的第五食堂吗？

冯瓦莎　那就确定吧。反正是去了食堂。

马杰克　你在那里待了多久？

冯瓦莎　一顿饭的时间。

马杰克　一顿饭的时间是多久？

冯瓦莎　马老师，你吃一顿饭需要多久？

马杰克　这要取决于我面前有多少个菜。时间是相对的，不是吗？你吃的什么？

冯瓦莎　我用五分钟吃了一碗猪肝米线。

马杰克　你吃猪肝米线的时候，有没有接电话或者打电话？

冯瓦莎　没有。我在刷微博，看心灵鸡汤。

马杰克　你有没有把猪肝米线吃完？

冯瓦莎　没有。

马杰克　为什么没有吃完？你在赶时间吗？

冯瓦莎　看了心灵鸡汤，你能吃完任何东西吗？

马杰克　冯瓦莎同学，你只需要回答问题，不需要反问。也就是说，实际上你还是在赶时间。为什么要赶时间呢？

冯瓦莎　我没有赶时间。我为什么要赶时间呢？

马杰克　你又在反问。

冯瓦莎　我不能反问吗？

马杰克　你只需要回答问题。

冯瓦莎　请问马老师，我是不是没有反问的权利？

马杰克　我说了，你只需要回答问题。

冯瓦莎　我不明白发生了什么事，我觉得莫名其妙。为什么要把我们叫到这里来？为什么要问这些？

马杰克　一会儿你就明白了。吃完米线之后，你去了哪里？

冯瓦莎　到处走走。

马杰克　到处是哪里？

冯瓦莎　就在学校转了转。平时我不大散步，我发现我们的校园挺美的，有山有水有帅哥。当然，山是假山，但是也很漂亮呀！

马杰克　你在散步的时候，有没有遇到过一个姓刘的同学？

冯瓦莎　刘什么？

马杰克　刘约翰。

冯瓦莎　刘约翰？没有，我不认识这个人。

马杰克　你确定不认识这个人吗？

冯瓦莎　当然确定。

马杰克　可是有人看到你们在一起说了很多话。顺便说一句，刘约翰是一个帅哥。

冯瓦莎　听名字有点像帅哥，可惜我不认识。

马杰克　你是不是坚持认为没有跟他说过话？

冯瓦莎　我坚持。

马杰克　需要我提醒你一下吗？

冯瓦莎　那再好不过了。

马杰克　你们是在图书馆左侧的小树林遇到的，时间是下午两点一刻。是刘约翰主动跟你打招呼的。想起来了吗？

冯瓦莎　你这么一说，我倒是有点印象了。是有一个人过来问路。

马杰克　问路？

冯瓦莎　他问十三教学楼怎么走，我告诉他一直朝前走，再往左拐就到了。他就叫刘约翰？帅得不太明显嘛。

马杰克　也就是说，五秒钟谈话就结束了？

冯瓦莎　谈话？你把这个叫作谈话？

马杰克　事实上，我们得知的版本不是你说的那样。冯瓦莎同学，你不介意我们来情景再现一下吧？

冯瓦莎　好啊。我喜欢追忆似水年华。

马杰克　嗨，美女！请问十三教学楼怎么走？

冯瓦莎　一直朝前走，再往左拐就到了。

马杰克　（回来）美女，我们好像在哪里见过？哎，美女，你别走啊！

冯瓦莎　你不觉得这太老套了吗？

马杰克　自我介绍一下，我叫……

冯瓦莎　打住。我对你的名字不感兴趣。

马杰克　这么高冷啊？你一个人在这儿干啥？想什么呢？

冯瓦莎　我在想，你为什么那么多废话。

马杰克　要不是下午英语考试，我一定跟你好好聊聊。美女，山不转水转，后会有期！（走回去）冯瓦莎同学，这段对话存在吗？

冯瓦莎　存在。马老师，我觉得你特会表演嘞！为什么不去演电影呢？

马杰克　刚才你为什么要否定这段对话的存在？

冯瓦莎　这种东西你也想知道？

马杰克　我想知道一切。你还没有回答我的问题。

冯瓦莎　我觉得这太无聊了，不值一提，我根本就忘了。这种垃圾对话每天都在各个高校上演，完全没有创意。

马杰克　问题是刘约翰马上就要去参加英语考试了！

冯瓦莎　我那天也要去参加英语考试。

马杰克　好！很好！我们开始接近问题的核心了。

冯瓦莎　问题的核心？马老师，这是什么意思？究竟发生了什么事？

马杰克　刘约翰走了之后，你去了哪里？

冯瓦莎　哪里也没去，就发了一会儿呆。

马杰克　只是发呆？

冯瓦莎　只是发呆。

马杰克　发呆的时候你在想什么？

冯瓦莎　看样子马老师没有发过呆。

马杰克　我是博士。我发呆的时候其实就是在思考。

冯瓦莎　我是本科。我发呆的时候其实就是在发呆。

马杰克　发完呆之后，你就去了十三教学楼参加英语考试，对吗？

冯瓦莎　进考场之前，我还接到一个快递通知，但是没有时间去拿。

马杰克　考试顺利吗？

冯瓦莎　非常顺利。

马杰克　可是有人就一点不顺利了。刘约翰在参加 2016 年 6 月 13 日下午的英语考试中作弊，被监考老师当场抓住。你一点也不惊讶？

冯瓦莎　这跟我有什么关系吗？我为什么要惊讶？

马杰克　作弊很正常，是吗？

冯瓦莎　帅得不明显也不能作弊啊！简直是丢帅哥们的脸！

马杰克　刘约翰后来说，那天如果不遇到你，他就不会作弊。

冯瓦莎　可以骂脏话吗？

马杰克　不可以。为什么要骂脏话？

冯瓦莎　后来说？后来跟谁说？

马杰克　这个我们一会儿要谈到。路老师，你来吧。谢谢。

路易斯　再自我介绍一下。我姓路，道路的路。名易斯，路易斯。我和马杰克老师负责调查这件事情。瓦莎——我这样喊你行吗？这样亲切一点。

冯瓦莎　可以啊！

路易斯　瓦莎，2016 年 6 月 12 日晚上，你在做什么呀？

冯瓦莎　复习英语，第二天要考试呀。

路易斯　几点到几点啊？

冯瓦莎　记不清楚啦，反正一晚上都在复习呀。

路易斯　你喜欢考试吗？

冯瓦莎　我有神经病吗？

路易斯　也就是说，你对考试是有抵触情绪的，是吗？

冯瓦莎　不管你抵不抵触，考试就在那里。

路易斯　我喜欢这个说法。瓦莎，你会不会在某个时候对考试发表一些看法或者意见？

冯瓦莎　我只是不喜欢标准化答案。孔子说，仁者爱人。孔子又说，克己复礼为仁。你说哪一个仁是对的？

路易斯　我们现在不讨论孔子。瓦莎，12 日晚上复习英语的时候，你有对即将到来的考试发表过看法吗？

冯瓦莎　发表看法？没有啊。

路易斯　你确定？

冯瓦莎　确定啊。

路易斯　董玛丽，2016 年 6 月 12 日晚上你在哪里？

董玛丽　我在宿舍。

路易斯　哪个宿舍？

董玛丽　506 宿舍。我跟冯瓦莎是室友。

路易斯　也就是说，你和冯瓦莎住在同一个宿舍？

董玛丽　是的。我们是同班同学。

路易斯　你在宿舍做什么？

董玛丽　准备英语考试。

路易斯　你在准备英语考试的时候，跟冯瓦莎有过交谈吗？

董玛丽　有。我们经常在一起说话。

路易斯　你们说了些什么？

董玛丽　想到什么说什么。

路易斯　想到什么说什么？也就是说，你们的关系很不错，是吗？

董玛丽　可以这么说。

路易斯　你们通常会说到什么话题？

董玛丽　话题很杂。比如说，化妆品，时装，男朋友，减肥，还有一些乱七八糟的八卦。也谈星座什么的。

路易斯　冯瓦莎喜欢说这些吗？

董玛丽　她主要是听。有时候也说两句。

路易斯　不谈学习吗？

董玛丽　也谈。冯瓦莎是我们班的学霸。

路易斯　对学霸这个名词你怎么看？

董玛丽　学霸就是学霸。怎么看都是学霸。

路易斯　那 12 日晚上冯瓦莎谈到考试了吗？

董玛丽　谈到什么？你是说……

路易斯　冯瓦莎有没有谈到考试的事？

董玛丽　一般来说都会谈到的。

路易斯　一般来说是指什么？

董玛丽　什么？什么是指什么？

路易斯　我是问，冯瓦莎到底有没有对考试发表过看法？

董玛丽　看法嘛，谁都有看法。我不知道你是指什么。

路易斯　董玛丽，当着冯瓦莎的面，你不好意思说吗？

董玛丽　哪有！我不知道你在问什么。

路易斯　我是问，那天晚上冯瓦莎说什么没有？

董玛丽　她说，如果明天下午没有考试，她想去一趟南山。

路易斯　为什么她要去南山？

董玛丽　大概因为那里有一家面馆的面超级好吃吧？

路易斯　还有呢？

董玛丽　还有一家火锅也挺好吃的。

路易斯　你是说，我们这里连一家好吃的火锅也找不到吗？还有呢？

董玛丽　还有一家鸡杂。

路易斯　我不是问这个。冯瓦莎还说了什么话？

董玛丽　她说，考试的报名费为什么那么贵？

路易斯　你觉得贵吗？

董玛丽　我也觉得……不贵呀……

路易斯　她还说什么了吗？

董玛丽　好像、好像没说什么了。

路易斯　好像？你再仔细想一想。想好了再说。想起来了吗？

董玛丽　对了，她说、她说考试没意思，她也想作弊！

路易斯　终于说到问题的核心了！

冯瓦莎　董玛丽，你的记性真好。

路易斯　董玛丽，你能不能描述一下当时的情形，给我们还原一下？瓦莎，你配合一下，好吗？

董玛丽　当时宿舍只有我们两个人，我们在准备英语考试。

路易斯　开始。瓦莎。瓦莎？

冯瓦莎　玛丽，你还在做真题呀？管用吗？

董玛丽　临时抱佛脚还是有点用的。

冯瓦莎　如果明天下午没有考试，我想去一趟南山。不知道那家面馆还在开没有？真希望它一直开下去。

董玛丽　我不明白你为什么那么喜欢吃小面。太令人震撼了！

冯瓦莎　那个小面的作料简直令人眼花缭乱！色香味俱全，还不贵！

董玛丽　瓦莎，你有没有觉得我瘦了一点？

冯瓦莎　嗯，瘦了。爱情就是能够帮助减肥哦。

董玛丽　讨厌！彼得说我瘦了好多，他真的很爱我。（翻看手机）你不觉得吗？

冯瓦莎　玛丽，你不觉得考试的报名费很贵吗？都可以吃几十碗小面了！跟你说话呢！你在看什么？看什么？

董玛丽　（拿着手机）你看，考试的答案都在网上兜卖了！你看这是标价。

冯瓦莎　不看。玛丽，你觉得这个考试还有意思吗？

董玛丽　想那么多干吗？

冯瓦莎　考什么考！我也想作弊！

董玛丽　当时的情况就是这样。

路易斯　很好。瓦莎，是这样的吗？

冯瓦莎　任何事情都不可能真正还原。但是我承认，那个话是我说的。

路易斯　可是瓦莎，你刚才为什么要否认你对考试发表过看法呢？

冯瓦莎　这叫看法吗？那不过是一种情绪。

路易斯　瓦莎，你为什么要否认？

冯瓦莎　你还记得很久之前在某一个地方说过的某一句话吗，路老师？

路易斯　我记得重要的话。

冯瓦莎　问题是，我没有作弊。我作弊了吗？

路易斯　监控录像显示，你确实没有作弊。而且你还考了一个相当不错的成绩，不是吗？

冯瓦莎　那还调什么查呀？怎么会调查我呢？我就不明白……

马杰克　我们关心的是，你为什么会说出那样的话。

冯瓦莎　当时的情况……

马杰克　董玛丽，你听到她说真想作弊的时候，你是什么感受？

董玛丽　我只觉得头脑一片空白，好像遭到什么奇怪的重击，又仿佛是……

马杰克　请用最少的词来表达。简洁就是力量。

董玛丽　震撼！

冯瓦莎　可怜的玛丽，你一天要被震撼几次啊？吃串烧烤你说震撼，看个破电影你说震撼，看到女生吃肥肉你也震撼！

黄彼得　一个学霸说她想作弊，这还不够震撼吗？！

马杰克　我们不必为一个动词做过多的纠缠。黄彼得，你听到那种说法的时候，你是什么反应？请用最简洁的词。

黄彼得　震撼。还是震撼！

马杰克　你是从哪里听到那种让你——嗯哼——的说法的？

黄彼得　她告诉我的。

马杰克　她是谁？请指着她说。

黄彼得　（指董）董玛丽。

马杰克　为什么你会从她那里听到？

黄彼得　董玛丽是我女朋友。但是我们不在同一个学院。

马杰克　你有没有把那种话在你所在的学院传播？

黄彼得　我只是发了一个朋友圈。

马杰克　有没有人点赞？

黄彼得　当然有！

马杰克　请用数据说话。

黄彼得　三十八个点赞。

马杰克　他们的中心思想是什么？

黄彼得　如果学霸都要作弊，我等情何以堪？

马杰克   你指名道姓了吗？

黄彼得   没有。我只说某学院某学霸。

马杰克   你是否认识冯瓦莎？

黄彼得   认识。

马杰克   在我们提到的人中，你还认识谁？

黄彼得   刘约翰。

马杰克   你是说，你认识刘约翰？

黄彼得   认识。他跟我是一个班。

马杰克   你们关系怎么样？

黄彼得   还可以。

马杰克   是还可以还是不可以？

黄彼得   还可以。

马杰克   我可不可以这样理解，刘约翰看到了你发在朋友圈的内容？

黄彼得   看到了。他有回应。

马杰克   刘约翰说什么了吗？

黄彼得   这个不好说。

马杰克   他到底说了什么？

黄彼得   他只说了两个字：卧槽！

马杰克   你认为这两个字表达了什么样的情绪？

黄彼得   不清楚，这种情绪指向不明确。

马杰克   你是否参加了这次考试？

黄彼得   没有，我英语不行。

马杰克   那为什么你会出现在十三教学楼附近？

黄彼得   我去接我女朋友参加考试。

马杰克   在你去接女朋友的路上，你看到了什么？

黄彼得   我从图书馆左侧绕过去的时候，看到了刘约翰跟冯瓦莎在说话。

马杰克　在图书馆左侧的小树林吗？

黄彼得　是的。

马杰克　你有没有跟他们打招呼？

黄彼得　没有。

马杰克　为什么没有？你认识他们。

黄彼得　我们不一定要跟所有认识的人打招呼。

马杰克　你有没有停下来看他们？

黄彼得　我只是边走边扭头看他们。

马杰克　然后呢？

黄彼得　然后我就朝前走，一会儿刘约翰就追上来了。

马杰克　你们说话了吗？

黄彼得　我跟刘约翰说，刚才那个女生就是我说的那个美女学霸。

马杰克　刘约翰有什么反应？

黄彼得　他大概愣了几秒钟。

马杰克　愣了几秒钟？

黄彼得　是，愣了几秒钟。

马杰克　我是问，他到底愣了几秒钟？

黄彼得　大概三到五秒钟。

马杰克　只是愣了三到五秒钟？没有说话，也没有什么表情吗？

黄彼得　刘约翰是我们班的表情帝。但是那天他确实没有什么表情，只是愣了几秒钟。然后，他就慢慢走进了十三教学楼。

路易斯　很显然，刘约翰的内心正经历着一场惊涛骇浪！

冯瓦莎　路老师，你是文学博士吧？

路易斯　不，我是心理学博士。刘约翰在想，学霸都想作弊，我怎么办？他陷入了无比的纠结，慢慢朝考场走去。

冯瓦莎　那句话有那么大的作用吗？我有那么大的影响力？

路易斯　当然，你是学霸嘛。

冯瓦莎　如果一个更厉害的学霸说，他真的想去吃屎呢？是不是有更多的人纠结要不要
　　　　去吃？

路易斯　人们有理智。

冯瓦莎　只有理智，没有思想吗？

路易斯　瓦莎，这充分说明你至今还没有意识到你那句话的严重性。

冯瓦莎　那只是一种虚拟语气，而且有具体的语境。

路易斯　虚拟语气更有煽动性，它令人充满想象。

冯瓦莎　照这么说，那个刘约翰作弊，责任要我来负啰？

路易斯　我们先不谈这个。马杰克老师和我认为，最重要的问题是你为什么会说出那种
　　　　话来。

冯瓦莎　我也就是说说而已，表达一下情绪。

路易斯　我们需要了解你的心路历程。话语是怎样在你嘴里出现和形成的？

冯瓦莎　我不清楚那种话为什么在那时候会从我嘴里说出来。也许有某种力量迫使它们
　　　　被说出口。

路易斯　某种力量？什么力量？

冯瓦莎　如果我能回答，我就能够解开宇宙之谜了。我想我做不到。

路易斯　瓦莎，你是想来一场苏格拉底式的对话吗？

冯瓦莎　我不知道我到底长大了没有，我觉得我们都还是孩子。

马杰克　你们都不是孩子了！冯瓦莎同学，据我们所知，你是一个品学兼优的学生，老
　　　　师们对你赞赏有加。想听听吗？

冯瓦莎　谢谢。

马杰克　冯瓦莎这个学生不错，很有想法，思路敏捷。

路易斯　颇有才华，智商情商都很高。

马杰克　热情真诚，乐于助人。还从不旷课，上课绝不会玩手机。

路易斯　下课的时候，她还帮我擦黑板。说真的，现在帮老师擦黑板的学生已经不多了。

马杰克　都是"95后"嘛，都以自我为主。

路易斯　冯瓦莎也是"95后"呀！我喜欢这个女孩儿，可惜下学期没有她的课了。

马杰克　听说她会保研。

路易斯　这样的学生不保研还保谁啊？

马杰克　以上这些是我们从你的任课老师那里了解到的，当然这只是其中的一部分。你的老师们对你都是赞不绝口，非常喜欢你。

冯瓦莎　过奖啦，怪不好意思的。我再次表示谢谢。

路易斯　所以瓦莎，我们对你说出那种话就更感到百思不得其解了。

马杰克　考什么考！我也想作弊！这话能从一个如此优秀的学生口中说出来吗？不合逻辑啊，也不符合人物性格。

冯瓦莎　当时的语境……

马杰克　不不不，我尊重逻辑。冯瓦莎同学……

路易斯　瓦莎，你对自己的英语水平有自信吗？

冯瓦莎　当然有。

路易斯　你确定自己能通过考试吗？

冯瓦莎　确定。

路易斯　董玛丽，考试前两天冯瓦莎有没有什么异常表现？

董玛丽　这个我不知道。

路易斯　你再好好回想一下。实话实说。

董玛丽　没有什么吧……就是平时她喜欢吃酸菜米线，我不明白那天她为什么要吃猪肝米线。

路易斯　你是说她从不吃猪肝米线吗？

董玛丽　至少我没有看到过。

路易斯　饮食结构改变意味着什么呢？从心理学上来说……

冯瓦莎　那天酸菜米线卖完了。这个你们可以到食堂去调查呀。

马杰克　还是不要纠缠外在因素，要寻找内部最深层的原因。

路易斯　好，这个思路是对的。瓦莎，考试前你受到过什么刺激吗？

冯瓦莎　刺激？你是指哪方面？

路易斯　任何方面。

冯瓦莎　12 日下午我去拿快递。结果快递员告诉我，我的快递丢了。我当时就……

路易斯　情绪失控？

冯瓦莎　我当时就乐了。丢了你还打电话让我去拿？你是猴子派来的……快递员吧？他说，他是在走程序。

路易斯　后来呢？

马杰克　问题的关键不在这里！

路易斯　那在哪里？

马杰克　你不该问这个。

路易斯　你是觉得我不会问问题吗？

马杰克　我不是这个意思。

路易斯　那你是什么意思？

马杰克　你没有问到点子上！

路易斯　你是说我问错了？

马杰克　后来？后来快递公司赔就是了！这也是个问题吗？

路易斯　这不是个问题吗？

马杰克　快递丢了，心情不好，于是就说想作弊。这中间有逻辑关系吗？我们要的是逻辑，不是情绪。

路易斯　情绪不重要吗？

马杰克　情绪重要，逻辑更重要！

路易斯　逻辑不能解决所有问题！

马杰克　但是它能解决重要问题！

路易斯　我不能说话了吗？

马杰克　我不是这个意思。

路易斯　你觉得我没有能力解决问题，是吗？

马杰克　你的能力有目共睹。三位同学，请你们先出去休息一下，喝口水。一会儿再叫你们进来。

　　　　【三人依次下场。

路易斯　马杰克，干嘛对我发火？

马杰克　路易斯，我们要抓住重点。

路易斯　我没有抓住重点吗？

马杰克　你抓住了重点，但是没有抓住本质。

路易斯　你说的本质是什么？

马杰克　那句话的真实含义，真实动机。那句话的信息量好大。

路易斯　也许吧，也许……

马杰克　也许？你说也许是什么意思？

路易斯　毕竟、毕竟她没有作弊……

马杰克　你怎么了？

路易斯　我是说……

马杰克　我们并不是在追究她有没有作弊。我们是在……

路易斯　这个我知道。马杰克，外面在下雨吗？

马杰克　路易斯，你怎么了？

路易斯　没什么……外面在下雨吗？

马杰克　你脸色不大好。

路易斯　应该是在下雨……

马杰克　什么？外面没有下雨，天气很好。

路易斯　你听到什么声音了吗？

马杰克　声音？什么声音？

路易斯　是笑声。你不熟悉吗？你把什么都忘记了。

马杰克　我知道，你喜欢那个瓦莎。

路易斯　年轻真好。

马杰克　你做学生的时候很像她。像极了。你也喜欢笑。

路易斯　你是说笑声吗？

马杰克　不只是笑声。一切都像。

路易斯　后来就不像了。其实那一次、那一次我很后悔。我是说那一年的春天……

马杰克　春天？哪一年春天？

路易斯　春天里的一张小抄。我本来不想那样做，可不知道怎么了，鬼使神差我竟然准
　　　　备了一张小抄。

马杰克　路易斯，你怎么了？怎么想起那个？

路易斯　我把它带到了考场。紧张，焦虑，脑子一片空白，什么也想不起来了。窗外桃
　　　　红柳绿，满眼春光……仿佛在梦中，我拿出了那张小抄……

马杰克　监考老师……

路易斯　监考老师……

马杰克　监考老师没收了那张小抄，你甚至没来得及看。

路易斯　他盯着我，眼睛里是愤怒……

马杰克　你早就博士毕业了。

路易斯　是鄙视……

马杰克　你现在是一个学者，副教授。

路易斯　是痛心……

马杰克　你将来前程似锦……

路易斯　正在那个时候，你路过教室。你看到我满脸通红。监考老师是你的师弟，你们
　　　　关系良好。你帮助我摆脱了困境。

马杰克　我什么也没做，我只是路过。该让她们进来了吧？

路易斯　为什么要帮我？

马杰克　路易斯，她们还在外面。

路易斯　那天晚上我请你吃饭。你说了很多话，但是没有喝酒。

马杰克　我没有喝吗？

路易斯　没有喝。

马杰克　路易斯，人应该学会遗忘。

路易斯　你肯定没喝。你控制住了吃饭的局势，但是没喝酒。我也没喝多少，只是一点
　　　　点，我没有醉，也没有失去感觉。马杰克，你说了很多话。

马杰克　我是说了很多话，我记得。但是我不明白我所说的东西。有时候，我无法理解
　　　　自己。

路易斯　我也无法理解我自己。我怎么能够在春光明媚的日子里干傻事？在小抄被没收
　　　　的那一刻，我觉得所有的花儿都枯萎了。这是一种残忍，我辜负了岁月静好的
　　　　春天。

马杰克　我想，她们在外面都等急了。我们还有更重要的事。

路易斯　马杰克，这些年你过得还好吗？

马杰克　还好。你呢？

路易斯　还好。我们在同一个学校都很难见面。上次听说你生病，我正在外地参加学术
　　　　研讨会，没有去看你。

马杰克　不算生病，只是做了一个可以忽略不计的手术。

路易斯　还是算生病。

马杰克　我们的身体总是会出现这样或那样的问题，甚至一个感冒都会让我们难受至极。
　　　　没有特效药，只能多喝水。谁没有生过病啊？我的一个朋友……

路易斯　她们一定等急了。

马杰克　我的一个朋友上个月患重感冒……

路易斯　马老师，人应该学会遗忘。她们还在外面等着。

马杰克　什么药都不管用……

路易斯　我们改天再谈重感冒，好吗？我们还有更重要的事。

马杰克　那就让她们进来吧。

　　　　【路易斯下。

马杰克　春天？哪一年春天？想象是由记忆和遗忘构成的。什么叫生活？我那位患重感
　　　　冒的朋友说，够得着的叫生活，够不着的叫远方。

　　　　【路易斯上，另外三人依次上，坐下。

马杰克　我跟路老师充分交换了意见。我们继续吧。

冯瓦莎　两位老师，我还有课。

马杰克　不着急，一会儿你就可以去上课。董玛丽同学，我帮路老师再问一遍，你确定
　　　　冯瓦莎在考试前没有异常表现吗？

董玛丽   应该没有。

马杰克   是没有还是应该没有？

董玛丽   没有。

马杰克   很好。也就是说，冯瓦莎对考试是有意见的。我是说，对任何考试都有意见，包括英语考试。

冯瓦莎   马老师，还讲逻辑吗？

马杰克   如果没有意见，为什么要说也想作弊？

冯瓦莎   但是我没有作弊。

马杰克   为什么要说那种话？你的英语并不差。

冯瓦莎   我只是表达情绪而已。

马杰克   作为一个大三学生，你了解自己吗？

冯瓦莎   我不知道。我是说……

马杰克   你真的不了解自己，是吗？

冯瓦莎   当我寻找我自己的时候，我从未找到过那个我所熟悉的人。我是说……

马杰克   你只管说，但是不负责任，是吗？

冯瓦莎   别人作弊，我要负什么责任？

马杰克   要知道，你是一个优秀的学生。你的一言一行……

冯瓦莎   每年英语考试都有人作弊，是不是都该我负责？

路易斯   瓦莎，你扯远了。

冯瓦莎   进考场之前，不是必须签一个诚信保证书吗？墙上不是还有横幅标语吗？可还有人要作弊……

路易斯   瓦莎，你扯得更远了。我们关心的是，你为什么要说那样的话？

冯瓦莎   我不说那样的话，是不是就没有人作弊了？

路易斯   我们不做这种无意义的假设。我们只是想知道，你说那种话的心路历程。

    【静场。

黄彼得   也许冯瓦莎只是说说而已，没有别的意思。

董玛丽   彼得，老毛病又犯了，是吧？

黄彼得　有时候我们也会说一些莫名其妙的话……

董玛丽　黄彼得，刹不住车了，是吧？

马杰克　如果一个成绩不好的学生说出那种话，我们不会感到特别意外。问题的关键在于，冯瓦莎是一个品学兼优的学生。这就让人深感不安了。

黄彼得　也许是……

董玛丽　彼得，你的也许很多吗？

马杰克　冯瓦莎同学，你对考试究竟持一种什么态度？

冯瓦莎　究竟？

马杰克　是，究竟。

冯瓦莎　我们不是一直在考试吗？从幼儿园就开始了。

马杰克　请正面回答问题。

冯瓦莎　人生就是由一场又一场的考试组成的。没有考试就没有人生。

马杰克　你还是没有回答我的问题。

冯瓦莎　我觉得已经回答了。

马杰克　你赞成考试吗？

冯瓦莎　没有考试我们的人生会完整吗？

马杰克　你是赞成考试的，你把考试当作人生的一个部分，可以这样理解吗？但是，在你的人生中如果有作弊，还会有完美的人生吗？

冯瓦莎　我说的是完整。我没有作弊……

马杰克　可是你想作弊，而且你把这个想法说出来了。

冯瓦莎　是的，我是说出来了。但是……

马杰克　为什么会说那样的话呢？要知道，你是一个品学兼优……

冯瓦莎　问题又回来了。

马杰克　是的，我的问题就在你身边，从未走远。

冯瓦莎　两位老师，我要怎么回答你们才满意？

马杰克　只要你讲实话，我们就满意。你没有必要讨好任何人。

冯瓦莎　我也没想过要讨好任何人。

路易斯　瓦莎，我们只是想了解你的真实想法。我知道，还有四十分钟你要上课了。你从不旷课。

冯瓦莎　（有些痛苦）我只是说说而已。

路易斯　动机呢？出于什么样的动机？

冯瓦莎　没有动机。

路易斯　怎么可能没有动机，瓦莎？任何行为都有动机。

冯瓦莎　我应该有什么动机？你们教教我。

马杰克　你是不是在暗示或者鼓励别人去作弊？

冯瓦莎　那样对我有什么好处？

马杰克　问得很好！损人不利己的事情你为什么要去做？你的动机是什么？

黄彼得　冯瓦莎没有暗示或者鼓励别人去作弊！

董玛丽　黄彼得，你在说什么？！

黄彼得　她没有那个意思！她不可能……

董玛丽　黄彼得，你的话太多了！

黄彼得　冯瓦莎，你被诱导了。你应该否认马老师的提问！

冯瓦莎　谢谢。我不需要你来提醒。

董玛丽　黄彼得，打脸了吧？人家根本不理你！叛徒不好当！

黄彼得　我确实在朋友圈里说有一个学霸想作弊，但是我没有指名道姓，更没有黑冯瓦莎的意思。

董玛丽　你是不是后悔了？

黄彼得　是，有点儿。我不该发那个朋友圈。我真是个多嘴的男人！

董玛丽　黄彼得，你这话是说给谁听的？

黄彼得　两位老师，我相信冯瓦莎那些话只是说说而已的……

马杰克　这么说，你很了解冯瓦莎咯？

黄彼得　我对她的了解基本上来自我的女朋友董玛丽。

马杰克　你觉得我们会相信你说的话吗？

黄彼得　我觉我应该了解冯瓦莎，因为我曾经喜欢过她！

董玛丽　准确地说是暗恋！

黄彼得　玛丽常常在我面前夸冯瓦莎，说她什么都好，脾气、性格、学习、为人处世。我和玛丽有时候在路上碰到冯瓦莎，她都笑着跟我们打招呼……

董玛丽　于是你就产生了幻觉，以为她喜欢你。

黄彼得　我没有产生幻觉……

董玛丽　那就是错觉！男生都这样，女生看他两眼，他就自作多情得一塌糊涂，以为自己瞬间变男神了！

黄彼得　我不是宋仲基……

马杰克　我们的话题正在跑偏。黄彼得，你接着说。

黄彼得　有一天晚上，我在路上碰到冯瓦莎，她刚从图书馆出来。我说，冯瓦莎你好。她说黄彼得你好。

马杰克　然后呢？

黄彼得　然后她问，这么晚了去哪里？

冯瓦莎　这么晚了去哪里？

黄彼得　玛丽想吃烧烤，我去给她买。

冯瓦莎　三号门那里有一家烧烤挺好吃的。快去吧。

黄彼得　你……你喜欢吃烧烤吗？

冯瓦莎　喜欢啊。

黄彼得　那、那我也给你买一点……

冯瓦莎　不用了，谢谢。晚饭后我就不吃东西了。

黄彼得　多好的习惯啊……玛丽为什么就没有这种好习惯呢……

冯瓦莎　做男朋友的应该迁就一下女生咯。

黄彼得　其实……其实我更愿意迁就你……

冯瓦莎　黄彼得，这种玩笑一点也不好笑。

黄彼得　我不是开玩笑，我是认真的……

冯瓦莎　打住！再说下去朋友就没得做了。

黄彼得　冯瓦莎，我一点希望也没有吗？我喜欢你，其实我喜欢的人是你……

冯瓦莎　烧烤在三号门。

黄彼得　为什么只谈烧烤呢？我们也可以谈谈诗和远方啊……

冯瓦莎　黄彼得，你没病吧？

马杰克　你给我们讲这个是什么意思？后来呢？

黄彼得　后来？后来董玛丽就来了。

董玛丽　彼得，在这儿干什么呢？发什么呆啊？

黄彼得　没、没有啊……

董玛丽　你买的烧烤呢？

黄彼得　三号门……

董玛丽　三号门在那边！

黄彼得　我马上去……

董玛丽　碰见谁了？

黄彼得　谁、谁也没碰见……

董玛丽　看着我的眼睛。

黄彼得　碰见、碰见刘约翰了……

董玛丽　看着我的大眼睛！

黄彼得　碰见辅导员了……

董玛丽　看着我愤怒的大眼睛！

黄彼得　你干什么呀玛丽？你的眼睛在路灯下确实特别大！

董玛丽　碰见冯瓦莎，这有什么不敢说的吗？

黄彼得　就是想让你猜嘛……

董玛丽　聊得挺欢的嘛，怪不得这么久买不来烧烤！

黄彼得　没聊什么呀，打了个招呼……

董玛丽　只是打招呼？

黄彼得　你以为呢？

董玛丽　恐怕还说了点别的吧？

黄彼得　你们不是好室友吗？

董玛丽　我们是好室友，但这并不意味着你可以乱表白！

黄彼得　我表白？我表白什么……我怎么可能……这太不靠谱了吧……

董玛丽　黄彼得，你太不自然了，心理素质怎么这么差？

黄彼得　我不自然？嘿！我不自然？我心理素质差？我黄彼得……

董玛丽　你喜欢冯瓦莎，你以为我不知道？我太知道了！

黄彼得　董玛丽，你怎么如此不自信？

董玛丽　冯瓦莎有什么好呢？她有什么好？！

黄彼得　是啊，她有什么好呢？你觉得她很优秀吗？

董玛丽　我也没觉得她有多优秀啊！

黄彼得　那不就完了？玛丽，自信一点，自信的人很性感！

董玛丽　我当然自信！但是自信的人也有敌人。冯瓦莎就是我最大的敌人！

黄彼得　敌人？

董玛丽　就是情敌！非要破坏我的含蓄！

黄彼得　玛丽，你把冯瓦莎当作敌人？

董玛丽　今天的事我就不追究了。黄彼得，你明白我的意思吗？

黄彼得　你的精神我总是吃不透。能否给一点暗示？

董玛丽　不准再跟冯瓦莎说一句话！

黄彼得　玛丽，这叫暗示吗？

董玛丽　这叫底线！非要破坏我的矜持！还诗和远方呢！

路易斯　请等一下。我们的调查正在变成一部言情剧。黄彼得，你给我们讲这个是想说明什么？

黄彼得　我不该发那个朋友圈，我是个多嘴的男人。我觉得冯瓦莎不可能鼓励别人作弊，她说那句话是无心的，她就是说说而已。

路易斯　什么意思？

黄彼得　玛丽，你太认真了。你不该把那句话当真，也不该……

董玛丽　也不该什么？

黄彼得　跟辅导员反映情况当然可以，但是她说的那句话……

董玛丽　我不该跟辅导员说，是吗？

黄彼得　我是说……

董玛丽　我男朋友被抢走了，我去跟谁说？

黄彼得　没有人要抢你的男朋友。玛丽，这件事……

董玛丽　我正当防卫！不可以吗？

黄彼得　可是你做过头了玛丽！我跟冯瓦莎没戏……

董玛丽　你想有什么戏？

黄彼得　我只是想……

董玛丽　你只是想来一个大反转是吗？

马杰克　黄彼得没有能力实现大反转。而且，大反转根本不存在！董玛丽，请问你参加了这一次的英语考试吗？

董玛丽　参加了。

马杰克　有没有通过考试？

董玛丽　通过了。

马杰克　考试前，你有没有想过作弊？

董玛丽　没有。

马杰克　考试之前你有把握通过考试吗？

董玛丽　把握不大。

马杰克　冯瓦莎的英语比你差吗？

董玛丽　不，她比我好很多。

马杰克　还是那个关键问题。冯瓦莎，你的英语成绩比董玛丽好很多，为什么你要说真想作弊的话？

冯瓦莎　当时的语境……

马杰克　董玛丽的英语没有你好，为什么她不说想作弊？

冯瓦莎　这个你要去问她。

马杰克　考试不能作弊，这个道理天经地义，连没读过书的人都知道。

冯瓦莎　问题是我没有作弊。我最后问一次，我作弊了吗？

马杰克　那你为什么要说你也想作弊？

黄彼得　马老师……

马杰克　请你不要说话。冯瓦莎，请你回答我的问题。

路易斯　瓦莎，马老师在问你话呢。

马杰克　请回答我的问题。

冯瓦莎　我是说过那样的话。我不该那样说，我错了。

马杰克　错是肯定错了，能够承认错误也是极好的。我们更关心的是，你为什么要说那样的话。

冯瓦莎　我错了，我以为在寝室说说没关系，但是我错了，我真的错了。

路易斯　瓦莎！

马杰克　你的意思是说，你的错误仅仅是不该在寝室说？那你想在哪里说呢？

冯瓦莎　我为什么要说那个话呢？我越拼命想我为什么要说那个话，我就越想不出个所以然来。

马杰克　好好想一想。

冯瓦莎　我一直在想。

马杰克　好好想，你是不是对考试有一种抵触情绪？你是不是反对考试？为什么反对考试？为什么会有作弊的念头？只要面对真实的内心……

冯瓦莎　我一直在想，考试之前，答案为什么会出现在网上。

马杰克　那不归我们管。那是公安机关的事。我们不允许作弊！

冯瓦莎　我也反对任何形式的作弊。人要有底线，要有羞耻感。

马杰克　可是你为什么要说你真的想作弊？

冯瓦莎　我为什么要说？我为什么要说？！

马杰克　是的，为什么要说？

冯瓦莎　我之所以说出那样的话，责任是不是真的在我？是我的责任吗？

马杰克　很好！你没有责任，终于开始说心里话了！

冯瓦莎　我说完了。

马杰克　继续。

冯瓦莎　我说我说完了。

马杰克　到最后，你认为你没有任何责任，是吗？

冯瓦莎　我的责任就是在考场遵守纪律。我做到了！

马杰克　你作为一个品学兼优的学生，考试之前……

冯瓦莎　考试之前，考试答案就在网上兜售了……

马杰克　那是公安机关管的事……

冯瓦莎　弱弱地问一句，我发泄一下，可以吗？！

　　　　【静场。

马杰克　你有没有想过买那个答案？

冯瓦莎　我可以不回答吗？

马杰克　不可以。你想过买那个答案吗？

冯瓦莎　没有。我英语不错。

马杰克　假如你英语不好……

冯瓦莎　这个假如不成立。

马杰克　实际上，你对考试还是有看法。

冯瓦莎　我没有那么宏观。

马杰克　那你为什么要说那句话？

冯瓦莎　如果答案事先兜售，考试还有什么意义？现代社会要讲公平。

马杰克　可是考试本身是好的。

冯瓦莎　这个我赞成。两位老师，我可以去上课了吗？

马杰克　你觉得你可以吗？

路易斯　瓦莎，少安毋躁。现在我们来说说刘约翰。刘约翰说，如果他那天不遇见你，他就不会作弊。对此你怎么看？

冯瓦莎　我不怎么看。那个刘约翰是个成年人，他知道自己在做什么。

路易斯　你真的认为你没有责任？

冯瓦莎　我真的认为我没有责任。

路易斯 根据他们刚才的描述，刘约翰在得知一个学霸都想作弊的时候，受到了很大的刺激。于是他在纠结……

冯瓦莎 你是说作弊的工具他随身携带？

路易斯 可以这样理解。也许他没有打算用那些工具，他只是带着。但是当他遇见你之后，他就决定冒险了。学霸尚且如此，我们还有什么理由坚守呢？

冯瓦莎 路老师，我记得我们刚才谈过这个问题。

路易斯 我们谈得还不够深入。

冯瓦莎 你是说，我是压垮骆驼的最后一根稻草咯？

路易斯 非常生动形象的比喻！

冯瓦莎 你是说，我不该出现在小树林？

路易斯 你可以出现在任何地方，如果你不说那句话的话。

冯瓦莎 那我成什么了？

路易斯 总算意识到你那句话的严重性了。

冯瓦莎 我现在走进了办公室，在座的人都会作弊吗？董玛丽亲耳听到我说那句话，但是她有作弊吗？

路易斯 瓦莎，那你觉得刘约翰为什么要作弊？

冯瓦莎 把他叫到这里来问吧。

路易斯 他不在学校。

冯瓦莎 不在学校是什么意思？

路易斯 刘约翰因为严重违反考场纪律，已经被校方开除了。

马杰克 这就是铁的纪律！

路易斯 这是刘约翰让我们转交给你的信。

冯瓦莎 我不看。

路易斯 是写给你的。看看吧。

冯瓦莎 我可以拒绝看吗？

路易斯 当然可以。刘约翰在信里表达了对你的……

冯瓦莎 我不想看，也不想听。

路易斯 作为一个大三学生，刘约翰确实不应该……

冯瓦莎　　大三？

路易斯　　是啊，眼看就要毕业了……

冯瓦莎　　作弊的责任确实不全在他！

路易斯　　说下去，瓦莎，说下去。

冯瓦莎　　说完了。

路易斯　　你是说，你也有相当的责任？作为一个品学兼优的学霸，你起到了不好的榜样
　　　　　作用，是吗？

冯瓦莎　　我是说，责任不全在学生。

路易斯　　学生作弊，责任不在学生那在谁呢？

冯瓦莎　　学生当然有不可推卸的责任。我是说，责任不全在学生！

路易斯　　不能把责任推给社会。

冯瓦莎　　推给社会？谁推给社会了？

马杰克　　冯瓦莎，你好像有话要说。

冯瓦莎　　我舅舅也是大学教授。有一次，他送给我一本书，他写的学术著作。我认真地
　　　　　拜读了舅舅的大作，却发现好多东西都是抄来的。我跟舅舅讲了，可我舅舅大
　　　　　发雷霆，并且矢口否认抄袭。我担心舅舅吃官司，他说打官司怕什么，打就打。
　　　　　他认为他不会输。

路易斯　　后来呢？

冯瓦莎　　没有后来。

路易斯　　怎么没有后来呢？

冯瓦莎　　后来我舅舅继续当教授、做博导、拿课题、得大奖。

路易斯　　打官司了吗？

冯瓦莎　　打了，不了了之。我现在都不好意思去我舅舅家玩儿了。我怕他又送我一本什
　　　　　么学术著作。

马杰克　　你舅舅的事情只是个别现象。但是我们今天不讨论这个。

冯瓦莎　　我舅舅那样做，他的学生如果作弊就不会有什么心理障碍了。

马杰克　　你说的有一部分道理。但是你不能为作弊的人开脱，也不能为想作弊的人开脱！

冯瓦莎　　我没有替任何人开脱！

马杰克 任何形式的作弊都是不被允许的！

冯瓦莎 我只是在思考学生作弊的真正原因。不应该思考吗？

马杰克 你思考的结果就是把责任推给你二舅？

冯瓦莎 我只有一个舅舅，没有二舅。

马杰克 大舅二舅都是你舅。

冯瓦莎 问题是我没有二舅。

马杰克 好吧。你把责任推给了你舅舅。

冯瓦莎 我舅舅负不起那么大的责任，而且我没有那么多的舅舅。

马杰克 说到底，你还是对自己说过的那句话没有真正的认识。你说那句话的导向就是错误的你知道吗？导向！

路易斯 马老师说到问题的实质了！

马杰克 学生作弊不认真自我反省，反倒把问题向外推！

冯瓦莎 我没有……

马杰克 你没有勇气承认错误，缺乏担当，总是为自己寻找借口，找各种理由替自己开脱。毕业以后，你们怎么去承担社会责任？怎么去报效国家？！

冯瓦莎 马老师，我想请问……

路易斯 瓦莎，你听马老师把话说完。

冯瓦莎 我只是想知道……

路易斯 瓦莎，你不想听结果吗？

冯瓦莎 结果？什么结果？

马杰克 根据我们的调查，综合各方面的情况，我们将向有关部门建议，暂时取消冯瓦莎同学的保研资格，以示警诫。

路易斯 瓦莎，你接受这个建议吗？

冯瓦莎 我没有理由接受。

路易斯 我们只是向有关部门建议。也许事情没有那么糟。

冯瓦莎 我可以去上课了吗？

马杰克 等等！我有一个故事要讲给你们听，也许你们听过，但是我还是要讲，因为这个故事本身是好的。在某一所中学，一个名叫杰西卡的女教师要求学生完成一项生物作业。她班里有二十八名学生从互联网上抄袭了一些现成的材料交上来。杰西卡认为他们剽窃他人的劳动成果，不但把他们的成绩判为零分，还警告他们面临留级的危险。家长们向学校施压，要求重新评判分数。杰西卡坚持己见，愤然辞职。

黄彼得　马老师，我们知道您的意思了。

马杰克　不，你们不一定知道。杰西卡的辞职引起了全市市民的强烈关注。而该校有一半的老师表示，如果学校满足了少数家长修改成绩的要求，他们也将辞职。他们认为，教育学生成为一名诚实的公民，远比通过一门生物课程重要。经过一番讨论和争辩，家长们同意了那些孩子们留级。这是小题大做吗？杰西卡做过分了吗？你们是不是觉得我们调查这件事做过分了？是不是？我们过分了吗？我们是不是小题大做？

路易斯　一个人可以失去财富，失去职业，失去机会，但是绝对不能失去信誉。不守信誉的人，我认为他在这个社会上将会举步维艰！作弊就是不守信誉，没有诚信，哪怕只是想作弊！

马杰克　诚信是一个人取信立足社会的根基。如果这个人缺失了诚信，也就缺失了建立在此基础上的一切美德。那么，他也只会危害社会，侵犯人类，当然就不可能成就一番事业了！

冯瓦莎　（打电话）苏珊，麻烦你帮我请个假，下午的课我可能去不了，我这边还有事。什么？听说老师生病了？知道了，谢谢。

路易斯　瓦莎，你请假干什么？

冯瓦莎　我对两位老师的话很感兴趣，我想请教两位老师关于诚信方面的……

路易斯　调查结束了，瓦莎。

冯瓦莎　能不能给我一点时间？

马杰克　冯瓦莎同学，你对结果不满意，是吗？

冯瓦莎　能不能给我一点时间？

马杰克　你对结果不满意，是吗？

冯瓦莎　真的不能给我一点时间吗？

路易斯　调查已经结束了，瓦莎。

冯瓦莎　保不保研不重要，我可以考。只要公平，我什么都愿意考。我想知道你们说的诚信究竟意味着什么……

马杰克　对不起，我们只负责调查和建议。三位同学可以离开这里了。谢谢。

冯瓦莎　问题解决了吗？解决了吗？

路易斯　瓦莎，学会接受，学会乐观面对……

冯瓦莎　路老师，我不喝鸡汤。我最烦鸡汤！我想请问……

马杰克　路老师，那我们走吧。你们把门关上就行了。

冯瓦莎　两位老师……

马杰克　请留步。不用送了。

　　　　【马杰克和路易斯下。

董玛丽　彼得，那我们走吧。

黄彼得　我们走。

董玛丽　瓦莎，我们、我们先走了。

　　　　【董玛丽下。

黄彼得　（止步）对不起，我向你道歉，也代玛丽向你道歉。她不该……

冯瓦莎　不要说了。我不怪玛丽。

黄彼得　她不是有意的，她只是……她没想到事情会这样……我也没想到……你跟玛丽还会是好朋友吗？

冯瓦莎　我们永远是同学。

黄彼得　你、你成绩好，考研没问题……那我先走了……

　　　　【黄彼得走了几步，突然走过来。

黄彼得　其实我真的好喜欢你！真的，我发誓……好好好，不说了，我发誓我再也不说这个话了！玛丽，玛丽等等我呀！

　　　　【冯瓦莎坐下，若有所思。手机响了。

冯瓦莎　（接电话）喂，苏珊，什么事？老师来上课了？不是生病了吗？带病坚持上课？好，我马上去。不不不，不用请假了，我这边已经完了。没什么事，真的没什么事，什么事儿也没有。你觉得会有什么事吗？你怎么会觉得有事？不说了，我挂了啊！你没听见吗？我说我挂了！

　　　　【灯暗。

　　　　【剧终。

大学的江湖

（小剧场话剧）

人物

乔　峰———K大学生

黄　蓉———K大学生

郭　靖———K大学生

令狐冲———K大学生

任盈盈———K大学生

小龙女———K大学生

杨　过———K大学生

阿　紫———K大学生

灭绝师太———K大老师

林平之———K大学生

蓝凤凰———K大食堂师傅

若干男女学生

时间

当代

地点

K大校园

（一）食堂

【乔峰和黄蓉拿着碗上。

乔　峰　什么？岳不群叫你考他的研究生？

黄　蓉　我还在纠结呢。岳老师……

乔　峰　那还不如考丘处机的。你不是说老丘的课上得不错吗？

黄　蓉　丘老师是搞韩国文学的，我不大有兴趣。

乔　峰　黄蓉，你不是说不想考研吗？

黄　蓉　所以才纠结嘛。

　　　　【几只苍蝇在飞。

黄　蓉　怎么那么多苍蝇啊？恶心死了！

乔　峰　K 大的食堂很成问题！

黄　蓉　算了乔峰，我没胃口了，走吧，中午就吃点水果得了。

乔　峰　等会儿。门咋还关着？已经到饭点儿了嘛，我看看。（敲窗）师傅，师傅！

　　　　【蓝凤凰上。

蓝凤凰　乔帮主啊？

乔　峰　哟！蓝凤凰！怎么还不开门呢？

蓝凤凰　饭菜都做好了，我们不敢开门。

乔　峰　不敢开门？什么情况？

蓝凤凰　这个不好说。

乔　峰　不好说就直说。

蓝凤凰　外面有苍蝇，怕飞进来。

乔　峰　哦，挺讲卫生的嘛。这么说，里面就没苍蝇了？

蓝凤凰　里面的苍蝇已经吃饱了。

　　　　【黄蓉非常夸张地发出呕吐声，手中的碗掉在地上了。接着，她身形一晃，几乎站立不稳。

乔　峰　（连忙搀扶住她）蓉儿，蓉儿，你咋啦？怎么回事？

【黄蓉不断发出呕吐声，一声比一声大。

乔　峰　（恼火地）蓝凤凰！你们要拿话来说！

蓝凤凰　乔帮主息怒，情况就是这么个情况，我说的都是实话。不管你信不信，反正我信了。（下）

【令狐冲和任盈盈上。

任盈盈　黄蓉，黄蓉，怎么回事？生病了吗？

乔　峰　不是生病……

令狐冲　（怪笑一声）当然不是生病。乔峰，你也太不小心了吧……

乔　峰　令狐冲，你瞎说什么！有几只苍蝇……

令狐冲　公苍蝇吧？女朋友恶心呕吐，你这个做男朋友的不至于把责任推到苍蝇身上……

黄　蓉　（努力地）任盈盈，管管你家令狐冲的大嘴巴！

任盈盈　（一掌逼退令狐冲）黄蓉，别理他。要不要去医院？

乔　峰　有这么夸张吗？

【黄蓉又呕吐起来。

【这时，郭靖上，在一旁默默地看着。

任盈盈　我看还是送医院吧，黄疸都快吐出来了。

乔　峰　没事儿，一会就好了。大学！大学的质量从何抓起？我看必须从食堂抓起！没有一个干净优美的用餐环境，同学们怎么可能安心学习？大学教育改革千头万绪，搞好食堂卫生是最基本的工作。当苍蝇在食堂肆无忌惮地狂飞乱舞的时候，你能想象一所大学是什么样子吗？

令狐冲　乔峰就是有家国情怀！站得高，尿得远！啊不——看得远！

【黄蓉呕吐更厉害了。

郭　靖　（走过来）老大，还是先救人吧……

乔　峰　救人？郭靖，你什么意思啊？

郭　靖　老大，你自己看嘛，她好像是受了内伤。

乔　峰　内伤？蓉儿没这么脆弱。

【这时，阿紫上，在一旁看着。

任盈盈　乔峰，天底下有你这样当男朋友的吗？我要是黄蓉，早一脚把你踹了！

令狐冲　盈盈，少管闲事！

乔　峰　郭靖，你把黄蓉送到校医院去，我随后就来。

任盈盈　你自己干嘛不去？

乔　峰　任盈盈，你哪来这么多废话！

郭　靖　老大，下午有丁春秋老师的课。

乔　峰　我叫人帮你请假。这老丁课上得不咋的，还就爱点个名。

　　　　【郭靖扶黄蓉下。

　　　　【任盈盈走过来突然点了乔峰的穴。

任盈盈　你凶什么凶？黄蓉，等我一下。

　　　　【任盈盈跑下。

乔　峰　（轻松解开穴位）在这所大学，只有任盈盈敢点我的穴。（一笑）令狐冲，她
　　　　是不是有点暗恋我哟？

令狐冲　你想太多了！

　　　　【两人笑起来。

令狐冲　（认真地）乔峰，你应该亲自送黄蓉去医院才对。

乔　峰　这种小事有郭靖就行了。他是我的好兄弟，做事很踏实的。

令狐冲　这种小事？这是小事吗？

乔　峰　这不是小事吗？

令狐冲　这真的是小事吗？

乔　峰　令狐冲，你别跟我争了。在我看来，苍蝇门事件才是大事。

令狐冲　怎么它就成门了？

乔　峰　这就是你是令狐冲我是乔峰的原因。我要好好思考一下，怎么对苍蝇门事件做
　　　　出积极有效迅速的反应。我打算以此为突破口……

　　　　【令狐冲的电话响了。

令狐冲　嗯嗯，好的，我马上来。任我行找我，我得走了。

乔　峰　（一笑）传说中的任教主找你，你当然得去。

令狐冲 （叹口气）因为他是盈盈的老爸。你还是去看看黄蓉。

【令狐冲下。

【乔峰来回走着，思考着什么。

阿　紫 乔峰……

乔　峰 （蓦然抬头）阿紫？

阿　紫 你女朋友好漂亮。

乔　峰 一般一般，全校第三。你有事吗？

阿　紫 课堂笔记我整理好了，给你。

乔　峰 课堂笔记？我要课堂笔记干吗？

阿　紫 人家用了两个晚上才整理好的……

乔　峰 你好认真啊。

阿　紫 人家还不是为了……你懂的。

乔　峰 你先拿着吧，期末考试再找你。

阿　紫 哦，那我就等。

乔　峰 还有事吗？

阿　紫 你好有思想哦，看问题总是那么犀利……

乔　峰 你先去忙吧，我还有事。

阿　紫 （依依不舍地）嗯，听你的，我走了。你别送啦。

乔　峰 我没送啊……（于心不忍）阿紫，改天我请你吃饭吧。

阿　紫 谢谢。我们都还是学生，应该把主要精力放在学习上才好。

乔　峰 那行，就这样吧。

【阿紫走了几步，又回过身来。

阿　紫 乔峰，你说的改天到底是哪一天啊？

【音乐起。

（二）校医院病房

【黄蓉半躺在床上玩手机。郭靖在一旁坐着，有点不自在。

黄　蓉　你说你叫……

郭　靖　郭靖，计算机学院的，跟老大一个班。

黄　蓉　想起来了，乔峰讲到过你。谢谢你啊，郭靖。

郭　靖　没……没事儿……

黄　蓉　听乔峰说，你是从内蒙古来的，是吗？

郭　靖　（点头）是呀，我们家是放牧的，没上大学的时候，天天骑马。

黄　蓉　（瞪大眼睛）天天骑马？真的呀！那多好玩啊！

郭　靖　（傻笑）呵呵呵，有啥好玩的嘛……

黄　蓉　你笑什么啊？

郭　靖　我、我没笑啊……

黄　蓉　你笑了，你就是笑了。

郭　靖　我们旗里的人都会骑马，三岁的小孩也会……

黄　蓉　（手机一扔）你上课去吧。

郭　靖　老大没让我走，我就不能走。

黄　蓉　你怕乔峰？

郭　靖　啊，不是。乔峰人很好，讲义气，特豪爽，能做大事，篮球也打得一级棒。他是我们班的老大。

黄　蓉　你们班上有没有喜欢他的女生？说话呀！

郭　靖　这个嘛……我不是很清楚……

黄　蓉　有几个？说说看嘛，我又不生气。

郭　靖　黄姑娘，我真的不清楚……应该没有吧……

黄　蓉　（抓起手机拨了号码）乔峰你死哪里去了？是不是又碰到那个想找你学打篮球的梅超风了？（撒娇）快点来看我嘛，我都闷死了……不来算了，不来算了！

　　　　【黄蓉把手机扔在地上。

　　　　【郭靖小心地把手机捡起来，放到她身边。

　　　　【黄蓉又把手机扔出去。

黄　蓉　不准捡！

【郭靖迟疑一下，还是把手机捡起来放到她身边。

郭　靖　医生说不要生气。

　　　　【郭靖坐下，拿出书来看，很认真。

　　　　【静场片刻。

黄　蓉　你暑假回家吗？

郭　靖　（似乎没听见）……

黄　蓉　问你话呢！

郭　靖　（看书）不回。夏天我妈和旗里的人带牲口去赶草场，家里没人。

黄　蓉　你爸爸呢？

郭　靖　去世了。

黄　蓉　啊，对不起。家里就没什么……亲戚了？

郭　靖　有的。有好多亲戚都住在江南，我只是小时候见过他们。我妈把他们叫作江南七怪。

　　　　【黄蓉默默地看着他。

郭　靖　我很想念他们……他们教会了我很多东西。（不好意思地）

　　　　我……我话太多了，在宿舍我不大说话的……

　　　　【郭靖的手机响了。

郭　靖　哦，哦，马上去。老大叫我去买哈克斯……

黄　蓉　（一笑）什么哈克斯呀？

郭　靖　就是哈克……斯嘛……

黄　蓉　你傻不傻呀，哈根达斯！

郭　靖　哦，哈根……达斯……

黄　蓉　我不吃！

郭　靖　老大说你最喜欢吃这个了。

　　　　【郭靖转身往外走，正碰上杨过和小龙女进来。

杨　过　听说你差点把黄疸都吐出来了，真是糟糕。这食堂的饭是不能吃了，我就基本上不在学校吃。怎么样，好点了吗？

黄　蓉　好点了。谢谢你，杨过。也谢谢你，小龙女。

杨　过　（掏出一张银行卡）这张卡里有几万块钱，我不会买东西，你自己随便买点什么，别替我省钱。密码是……

黄　蓉　杨过，这有点太夸张了吧？但我还是多谢你的好意。

杨　过　这么客气，黄蓉。我们是老乡嘛，又是中学同学，还一起考进来，虽说专业不一样。

黄　蓉　你听我说杨过……

杨　过　我爸说，在江湖上混……

黄　蓉　你把墨镜摘下来行不行啊？！这是大学，不是黑社会！

杨　过　（摘下墨镜）其实我是很阳光的。黄蓉，这卡你拿着。

黄　蓉　我不要。

杨　过　你必须要！

黄　蓉　我绝对不要！

杨　过　你不要不行！

黄　蓉　我要了才不行！

杨　过　黄蓉，你瞧不起我，你对我还是有偏见！

黄　蓉　我最烦的就是你这一点，上中学的时候你就这样。烦死了！

　　　　【静场。气氛有点尴尬。

小龙女　（轻言细语地）杨过，把卡收起来，好吗？

杨　过　不就是一点心意而已嘛。

小龙女　收起来。

　　　　【杨过收起银行卡。

小龙女　杨过，以后不要这个样子，这样很不好。黄蓉烦，我也很烦。

黄　蓉　小龙女，杨过这娃是个好娃……

杨　过　哎，对了，刚才那傻小子谁呀，没见过嘛。

黄　蓉　人家不傻，他叫郭靖，乔峰的同班同学。

杨　过　他怎么来了？

小龙女　乔峰叫他来的嘛。

杨　过　做老大的感觉真好!

小龙女　乔峰一向以 K 大为己任,在忙大事呢。

黄　蓉　是不是辩论大赛的事?

杨　过　对。乔峰准备以苍蝇门事件为契机,在全校搞一个辩论大赛,题目是,大学教育质量该不该从食堂抓起!

小龙女　乔峰很有想法。

杨　过　像劳德诺、陆大有他们都跟着起哄。

小龙女　这不叫起哄。

杨　过　还有,长期跷课的韦小宝居然也在 QQ 群上凑热闹。

小龙女　怎么叫凑热闹呢?

杨　过　还有那个林平之,成天抱着一本《葵花宝典》准备考研,一副苦大仇深的样子,也表示支持乔峰……

小龙女　这就叫人气,乔峰就是有影响力。大学就应该这么上。

杨　过　大学怎么上都没意思。

小龙女　混,当然就没意思。

杨　过　黄蓉你不知道吧,她读书成瘾了。不但要考研,还要考博,考博士后!

黄　蓉　怎么,不可以吗?

杨　过　博士后能拿几个银子?能挣几个大洋?女孩子嘛,生得好不如嫁得好。

小龙女　杨过,你不要老说这种话。

杨　过　我爸资产十几个亿,你还念什么书考什么研呐?等一毕业你就跟我回去享福……

　　　　【小龙女快步往外走。

　　　　【杨过连忙去拦住她。

小龙女　让开。

杨　过　你听我说小龙女……

小龙女　让开。

杨 过 打死我也不……

小龙女 让开！

【杨过只好让开。

小龙女 黄蓉，改天我再来看你。

【小龙女快步下。

杨 过 这怎么办？她生气了，她生气就是这个样子，一走了之。姐，帮我想想办法吧。没有小龙女我连死的心都有啊！

黄 蓉 去死啊，没人拦着你。长得还人模狗样的，说话怎么这么俗啊你！

杨 过 我、我……

黄 蓉 活该！你凭什么要替小龙女规定人生？你太强势霸道了！就因为你爸杨康资产有十几个亿吗？你太嚣张了你！

杨 过 没有啊……我很低调啊……

黄 蓉 臭毛病就是改不了！

杨 过 为了小龙女，我已经改了90%了，在她面前我没脾气。

黄 蓉 你知道小龙女最讨厌什么吗？

杨 过 （咬咬牙）我改，一定改，坚决改，痛下决心改。

黄 蓉 把墨镜戴上吧。

杨 过 啊？怎么又让我戴上？

黄 蓉 我最看不得你这怂人样！

杨 过 姐，我是不是很贱？

黄 蓉 你就是贱人一个！

杨 过 可是我真的太喜欢小龙女了，没有她，我就不能呼吸！我就是"一贱钟情"！姐，你有爱过吗？

【音乐起。

（三）校园一角

【乔峰和灭绝师太先后上。

乔 峰 灭绝师太，灭绝师太！

灭绝师太　（止步）乔峰，又是你。

乔　　峰　师太，辩论大赛的策划申请书您看了吗？

灭绝师太　看了。我认为学生的主要任务是学习……

乔　　峰　是的。但是学习的方法有很多种……

灭绝师太　乔峰，我听说黄蓉是你的女朋友……

乔　　峰　是的。怎么了？

灭绝师太　你为了自己的女朋友组织一场全校的辩论大赛，这恐怕有点……

乔　　峰　辩论大赛跟黄蓉是不是我女朋友没有关系！

灭绝师太　没有关系？我倒认为没有关系就好了。

乔　　峰　您这是什么意思啊？

灭绝师太　乔峰，你不能为了一片树叶而忘掉整个森林嘛。

乔　　峰　树叶？森林？灭绝师太，乔峰愚钝，请指点迷津。

灭绝师太　不说这个了。

乔　　峰　灭绝师太，大学生活的核心是什么？在我看来，最重要的就是论辩！其实就是一种通过问答的方式获得知识的途径。这就是大学文化！它刺激你一刻不停地进取创造。在这样的氛围之下，我们的个人进取精神才能强大起来，我们的人生才有希望！这是现代社会的精神，也是现代大学的精神！所以……

灭绝师太　怪不得阿紫……

乔　　峰　阿紫？

灭绝师太　怪不得阿紫同学夸你有思想。

乔　　峰　这么说，您同意支持这场辩论大赛？

灭绝师太　大学教育质量该不该从食堂抓起……

乔　　峰　师太，您认为呢？

灭绝师太　这是一个见仁见智的问题，很复杂。不过这个题目不合适。

乔　　峰　不合适？

灭绝师太　必须改。

乔　　峰　必须改？

灭绝师太　乔峰，你应该知道，这样的一个题目有点不伦不类，而且不严肃。

乔　　峰　师太，我一直很严肃。这个题目……

灭绝师太　不解释，不争论，不上火。

乔　　峰　可是我认为……

灭绝师太　这样吧，峨眉派正在开学术讨论会，我得去一下。你最好先征求你们洪七公院长的意见……

乔　　峰　就是东方不败校长叫我改我也不改！

灭绝师太　乔峰，这就不是解决问题的态度了。

乔　　峰　师太，我坚持我的意见。

灭绝师太　我本科的时候就像你一样有性格。念完了博士，别说性格，连脾气也没有了。抬头需要实力，低头需要勇气。OK？

乔　　峰　灭绝师太，灭绝……

　　　　　【灭绝师太下。

　　　　　【乔峰来回走着。

　　　　　【令狐冲打电话上。

令狐冲　你说什么？你在新东方给我报名学英语？盈盈你听我说，完全没必要，我的英语还不至于……行行行，见面再说。（扭头看见乔峰）乔峰？K大思想者！怎么样，辩论大赛能成吗？

乔　　峰　它能不成吗？

令狐冲　好！到时候我令狐冲一定去凑个热闹！

乔　　峰　你不来我就太寂寞了，独孤求败呀。

令狐冲　听说中文系的博导，铁掌水上漂裘千仞教授也要去？

乔　　峰　我请他做评委。还有机械工程学院的掌门人一阳指段正淳教授也答应去。

令狐冲　四大名捕呢？

乔　　峰　他们不在我的邀请之列。

令狐冲　我们的食堂是有很多问题，比如包子永远是馒头派来的卧底。但是我觉得大学教育质量还是应该从治理学术腐败抓起……

乔　　峰　华山论剑的时候再出招吧，现在我要去找洪七公。

令狐冲　乔峰……

乔　峰　有何指教？

令狐冲　黄蓉还在医院，你该去看看。

乔　峰　我让郭靖照顾她。怎么，有什么不妥吗？

令狐冲　我没有什么不妥，问题是你妥不妥？

乔　峰　我妥得很。你多虑了。

令狐冲　你真有气质！

乔　峰　（一笑）令狐冲，谢谢你，因为你让我明白了什么是杞人忧天。

令狐冲　二十一世纪唯一不变的真理就是：凡事都会改变。后会有期！

　　　　【乔峰看着他下。

　　　　【阿紫一瘸一拐地上。

乔　峰　阿紫？你怎么啦？

阿　紫　（楚楚可怜）我的脚崴了……哎哟，好痛啊……

乔　峰　（大步走过去搀扶她）不要紧吧？

阿　紫　（顺势靠着他）要紧的。

乔　峰　我扶你坐下吧。

阿　紫　不用了，这样就挺好。

乔　峰　要不要去医院？

阿　紫　乔峰，你看，天气多好啊！坐在草坪上看书，沐浴着温暖的阳光，遨游在知识的海洋里……

乔　峰　阿紫，对不起，我还有点事。

阿　紫　我晓得的，你要去找洪七公。

乔　峰　你咋知道？

阿　紫　乔峰，你的生活过得好有意义。大学就应该这样上。闪亮的青春！

乔　峰　阿紫，都是同学，你过奖了。我只是拒绝平庸。

阿　紫　拒绝平庸？你好有内涵哦！青春就是疯狂地奔跑，然后华丽地跌倒。

乔　峰　（一笑）我跌倒了吗？

阿　紫　不是这个意思，人家真的不是这个意思嘛。你为什么要这样问我？

乔　峰　脚还痛吗？

阿　紫　哎呀，又疼起来了。哎哟，真的好痛啊……

乔　峰　（看远处）虚竹，虚竹！（跑过去）你来帮一下忙，阿紫的脚崴了，你替我送
　　　　他到医院看看。（回头）虚竹来了，他是我的好兄弟。我还有事，对不起啊！

　　　　【乔峰快步下。

阿　紫　哎，乔峰，你为什么要这样问我？乔峰，乔峰……爱，又何必多问？问得太多，
　　　　只怕就不爱了。

　　　　【阿紫一跺脚，迅速朝相反方向跑下。她的脚没有任何问题。

　　　　【音乐起。

（四）校医院病房

　　　　【郭靖正用筷子练习夹苍蝇，动作敏捷迅猛。

　　　　【黄蓉上，怔怔地看着他，手里拿着一张处方。

黄　蓉　郭靖，你在干嘛呢？

郭　靖　（收起筷子）嘿嘿嘿……

黄　蓉　你拿筷子做什么？

郭　靖　练习……练习夹苍蝇……

　　　　【黄蓉本能地干呕一下。

郭　靖　对不起，我，我不该……

　　　　【黄蓉示意不要紧，坐下。

黄　蓉　薛神医说我还不能出院。

郭　靖　（脱口而出）那好啊。

黄　蓉　好什么好！我都快烦死了，你怎么说好呢？

郭　靖　我……我嘴笨嘛……

黄　蓉　他说我这次是史上最严重的胃痉挛。

郭　靖　史上？

黄　蓉　校医院史上！

郭　靖　哦!

　　　　　【郭靖拿出书看着。黄蓉来回走着。

　　　　　【传来苍蝇飞舞的声音。

　　　　　【黄蓉恐惧厌恶地望着空中。

　　　　　【郭靖放下书,拿出筷子,动作敏捷地追踪飞舞的苍蝇。

　　　　　【音乐起。

郭　靖　夹住了,你看,夹住了!

　　　　　【黄蓉目瞪口呆地看着他。

郭　靖　其实这并不难,只要肯用心练习。

　　　　　【郭靖转身去扔掉苍蝇。

黄　蓉　郭靖,谢谢你。

郭　靖　嘿嘿,不用谢。有你在,我就不能让苍蝇飞。

　　　　　【黄蓉笑了笑。

　　　　　【郭靖快步走回桌边,继续看书。

　　　　　【黄蓉坐在床上,抱着腿,似乎在想什么。

　　　　　【郭靖慢慢移开视线,呆呆地看着黄蓉的腿。

黄　蓉　(蓦地扭头)你看什么?

郭　靖　没……没看……

黄　蓉　你明明在看嘛。

郭　靖　真的没……没看什么……

黄　蓉　我的小腿很粗吗?

郭　靖　(不由自主起身)不粗。

黄　蓉　还说没看!

郭　靖　我,我是在看……

黄　蓉　在看什么?说呀,说呀,你在看什么?

郭　靖　(指了指黄蓉的白袜子)你袜子上的熊猫有点像那只功夫熊猫呃,越看越像。

【黄蓉哭笑不得，差点晕倒。

黄　蓉　郭靖，郭靖，你，你真是傻呀你，我看你一辈子也找不到女朋友。

郭　靖　（憨厚地笑笑）嘿嘿嘿……我，我上课去了……

【郭靖迅速收起书包，低头往外走，正与乔峰撞上。

郭　靖　老大。

乔　峰　去哪儿？

郭　靖　去上周伯通老师的选修课。（下）

乔　峰　我这个兄弟几乎从不逃课，连选修课也不逃。周伯通很喜欢他，追着要把自己
　　　　毕生的学问功力传授给他。两人像兄弟一样。

【乔峰走到床边坐下。黄蓉赌气地扭过头。

乔　峰　傻丫头，不理我呀？

【黄蓉再次扭过头去。

乔　峰　真不理我啊？

黄　蓉　你去忙啊，管我干什么呀！

乔　峰　多么忙不重要，为什么忙才重要。苍蝇门事件……

黄　蓉　不要跟我提苍蝇，恶心死了！

乔　峰　正因为你恶心，我才上心！我女朋友黄疸都吐出来了，我能无动于衷？

黄　蓉　（转头，看着他，柔声地）乔峰，其实也没这么严重。

乔　峰　必须上升到一个高度来看待这个问题！灭绝师太让我换一个辩论题目，我坚决
　　　　不同意！否则黄疸不是白吐了吗？

黄　蓉　（轻声地）白吐了就白吐了，我要的是你的关心。

乔　峰　搞辩论大赛就是我对你最大的关心！

黄　蓉　我感觉不到。你去忙你的大事，来医院做什么？

乔　峰　人关心什么，就决定了他成为什么样的人。如果你关心人类命运社会公正，你
　　　　就更可能成为领袖！

黄　蓉　乔峰，我是女生。

乔　峰　蓉儿，我发现苍蝇门事件之后你有点变了，这可不像黄药师的女儿。

黄　蓉　黄药师的女儿应该怎么样？风风火火，打打杀杀，神神叨叨，一天到晚在江湖
　　　　上瞎折腾？

乔　峰　那倒不是。

黄　蓉　就算是江湖儿女也伤不起！

乔　峰　这怎么就说到伤不起了呢？你听我说……

黄　蓉　就是伤不起嘛！

乔　峰　蓉儿，有些事情……

黄　蓉　你别说了，去忙你的吧。

乔　峰　去忙我的？那是忙我的吗？（手机响了）喂，我是乔峰。洪院长你好。行，我
　　　　这就过来。蓉儿，我走了，洪七公又找我谈辩论大赛的事。

黄　蓉　（漠然）再见。

乔　峰　蓉儿，我找时间来看你，好好养病。

　　　　【乔峰大步离去。

　　　　【黄蓉从床上下来，来回走着，神情寂寞。

黄　蓉　（打电话）傻姑，让我爸听电话。爸，我、我想退学……没有，没跟乔峰闹别
　　　　扭……就是想退学……我没哭……就是想退学嘛……

　　　　【她扭头，看见郭靖站在门口，连忙擦眼泪，挂断手机。

郭　靖　你、你咋啦？

黄　蓉　你怎么回来了？

郭　靖　周伯通老师临时去大学城开会了。你、你……

黄　蓉　我没事。

郭　靖　你、你哭了。

黄　蓉　谁哭了？人家没哭嘛。

郭　靖　没哭就好。在楼下碰到老大了，他让我多陪你说说话。

黄　蓉　（突然恼火地）说你个头啊！你三陪啊你！

郭　靖　老大说……

黄　蓉　老大说老大说！他说什么就是什么啊！你猪脑子啊你！

郭　靖　老大说，你肯定要发火的……

黄　蓉　我肯定没发火，我不发火，为什么要发火？我发火了吗？

郭　靖　嘿嘿，你没发火。老大说……

黄　蓉　不要说了！你走吧，我不要什么人来陪我！我没那么脆弱！

　　　　【郭靖看了看她，坐下，拿出书来看。

　　　　【黄蓉也看了看他，扭头看别处。

　　　　【静场片刻。

黄　蓉　（轻声地）我饿了。

郭　靖　（立即地）我去给你买吃的。你稍等一会儿。

黄　蓉　郭靖……

　　　　【郭靖回身站住。

黄　蓉　陪我去校园走走，好吗？

　　　　【音乐起。

（五）小树林

　　　　【令狐冲、任盈盈上。

任盈盈　我在新东方给你报了名学英语，你怎么一次也没去？

令狐冲　不想去，没劲。

任盈盈　你就是不想考研！

令狐冲　是的，就是不想考。

任盈盈　令狐冲，我爸的研究生你也不想考？

令狐冲　不想。

任盈盈　那你想干什么？

令狐冲　闯社会，笑傲江湖。

任盈盈　笑傲江湖？凭什么？

令狐冲　那么多人都去考研，竞争太激烈了，我不去凑热闹。

任盈盈　明明是傻，还说自己是逆向思维！

令狐冲　盈盈，咱不谈这些，好吗？你看天气不错。

任盈盈　你很聪明，天赋不低，我爸希望你读完他的研究生再出国深造，将来再回到这所学校做我爸的助手。

令狐冲　如果生活中一点未知数都没有，那明天还有什么意义？

任盈盈　你要什么未知数？

令狐冲　盈盈你听我说……

任盈盈　我爸说，出国至少也得去麻省普林斯顿吧，不过你的 GRE 得够分啊。我爸说，将来你申请去欧美留学，张三丰张真人的推荐信他都能帮你拿到……

令狐冲　任教主无所不能，谢谢。（忽然有些激动）可是我不明白，你们为什么要替我设计我自己的人生呢？

任盈盈　令狐冲，不要玩叛逆……

令狐冲　叛什么逆！我只求我的人生我做主。我只有一次人生！

任盈盈　是的，都只有一次人生。段誉，你们宿舍那个大理来的官二代，每学期挂三科的主，马上就要去美国留学了。

令狐冲　凌波微步呀！去吧，让他去破坏一下美国的教育质量。

任盈盈　还有那个周芷若，官二代加富二代，下星期就退学去英国。听说她已经把名字改成戴安娜了。

令狐冲　（一本正经）当一个人的女朋友改名叫戴安娜，你还怎么能送她一首《念奴娇》？

任盈盈　你是我的男朋友，你报考我爸的研究生不是天经地义吗？干吗要舍近求远呢？每个人都在寻求更好的生活……

令狐冲　但是我的人生不能被设计、被安排、被执行！

任盈盈　令狐冲，你一根筋哪你！江湖有多险恶你知道吗？

令狐冲　那就不活人了？人在江湖漂，哪能不挨刀？

任盈盈　这么说，你是铁定不考我爸的研究生了？

令狐冲　对不起，盈盈，请转告任教主……

任盈盈　不必了。既然如此，我们的关系也就到此为止吧。

　　　　【她转身要走。

令狐冲　盈盈，盈盈……

任盈盈　（止步）令狐冲，你不是不想考研，你其实是想考欧阳锋的研究生！

令狐冲　以前有过这想法，现在我谁的也不考。

任盈盈　欧阳锋跟我爸学术观点不合，关系很僵，这个你应该知道。

令狐冲　地球人都知道两位掌门人互相鄙视不买账。

任盈盈　我爸说，欧阳锋那套治学方法走火入魔了。

令狐冲　（脱口而出）你爸难道没有走火入魔吗？

任盈盈　（惊诧）你说什么？

令狐冲　对不起，你爸没有……我是说欧阳锋他……

任盈盈　但是你却想报考他的研究生，你置我和我爸于何地？！

令狐冲　盈盈，我绝对不会报考欧阳锋……

任盈盈　你爱考谁的考谁的，跟我没关系！

令狐冲　盈盈，有些事情……

任盈盈　令狐冲，你太让我失望了，你让我失望透了！

　　　　【任盈盈快步离去。

令狐冲　盈盈，盈盈……

　　　　【音乐起。

（六）甲乙两个餐馆

　　　　【乔峰、令狐冲、杨过在一个餐馆喝酒；黄蓉、任盈盈、小龙女在另一个餐馆吃饭。两个表演区用灯光隔开。

乔　峰　怎么啦令狐冲，情绪不大高嘛？

令狐冲　我有点儿喝高了。

杨　过　江湖人称北乔峰南令狐，这才哪儿到哪儿呐，怎么就高了呢？

乔　峰　酒不醉人人自醉嘛。

令狐冲　什么北乔峰南令狐，北乔峰南慕容！我不想掠人之美。

杨　过　慕容复能喝多少？喝两瓶啤酒就胡言乱语说一定要当 K 大的校长，因为他爷爷当过 K 大的校长。

乔　峰　精神可嘉。哎，杨过，你跟小龙女现在怎么样了？哎哎，墨镜摘下来，装什么装？

杨　过　　一言难尽啊！

任盈盈　　一言难尽？什么意思啊小龙女？不会是星座不合吧？

小龙女　　什么呀！我总觉得杨过没长大。

黄　蓉　　他们两个的星座是相合的。不过呢小龙女，作为天蝎座的你，快刀斩乱麻，解决情感困境的契机会在两周内出现。走过路过，不要错过哦！

小龙女　　（一笑）八婆，不愧是黄老邪的女儿。

任盈盈　　黄蓉，你别说小龙女。我看你跟那个郭靖……

黄　蓉　　（急了）我跟郭靖怎么了？什么事没有！他是乔峰的同学好朋友，只不过……

任盈盈　　你的脸都红了。

黄　蓉　　我的脸红了吗？你色盲吧？

小龙女　　红了也是辣椒辣红的。

黄　蓉　　小龙女，你太有才了！

杨　过　　为了小龙女，国我都不出了。问世间情为何物啊？

令狐冲　　干嘛不一起出去呢？

杨　过　　小龙女从小就跟她妈妈相依为命，她舍不得妈妈，不愿走太远。

令狐冲　　问世间情为何物，直叫不出国相许啊！

乔　峰　　来，为 K 大最后一个情圣，走一个！

　　　　　【三人喝酒。

黄　蓉　　真要是跟杨过分手，你怎么办？

小龙女　　不知道……一个人也是要过的……

任盈盈　　怎么办？凉拌！生活还要继续，难不成你上吊去？

黄　蓉　　你说得轻巧！让你跟令狐冲分手，你不哭才怪！

任盈盈　　什么都是浮云。

小龙女　　这话可不像你说的，盈盈。你是相信爱情的。

任盈盈　　我们为什么不喝点酒？

黄　蓉　　令狐冲很优秀。听说经管学院的岳灵珊就公开说，嫁人就嫁令狐冲。

任盈盈　　让岳灵珊去嫁好了！

小龙女　盈盈，话可不好这样说的。

黄　蓉　小龙女，你还不知道她？刀子嘴，豆腐心。

任盈盈　这个岳灵珊十八般兵器学哪样不好，偏偏要学剑（贱）！

小龙女　盈盈，你这张嘴呀。

任盈盈　令狐冲很优秀吗？

黄　蓉　你觉得呢？

任盈盈　又帅又有车的，那是象棋；有钱又有房的，那是银行；有责任心又有正义感的，那是奥特曼。又帅又有车，有钱又有房，有责任心又有正义感的，那是在银行里面下象棋的奥特曼！

乔　峰　你说什么？你不打算考任我行的研究生？为什么？

令狐冲　不为什么。来，喝酒！

杨　过　什么情况？

令狐冲　我说喝酒你听不见啊！

杨　过　我靠！你吼什么呀你！

令狐冲　我就吼了，你要怎么着？！

杨　过　信不信我今天废了你的武功！

令狐冲　你废不了我的武功我就打爆你的头！

　　　　【两人摆开架势。

乔　峰　（大哥风范）干什么？你俩要干什么？坐下。都给我坐下。

　　　　【两人听话地坐下。

乔　峰　两只愤怒的小鸟，且轮不到你们发火呢。来，干一个。都是K大江湖上的成名人物，干嘛像马仔一样动不动就打？稳重点嘛。干一个。

杨　过　敬你，冲哥。

令狐冲　敬你，杨过老弟。

乔　峰　洪七公找我谈了，支持搞辩论大赛，但是也不同意我的辩论题目。我相当郁闷。

杨　过　这个题目很有创意嘛。可要是他们一直不同意呢？

乔　峰　我就一直找他们。

杨　过　佩服！敬你一个。

乔　峰　课堂远远不能涵盖大学教育的全部。我要学会怎么表达自己的诉求，怎么说服别人，怎么调动同学来支持自己的主张，怎么把思想化为行动，由此……

令狐冲　由此锻炼培养自己的领导才能！对吧？

乔　峰　知我者，令狐冲也！大学生不关心大学的教育质量，将来能成为有理想、有责任、有行动能力的公民吗？你拿什么回馈社会？一张不痛不痒的文凭吗？

杨　过　受教育，受教育！怪不得小龙女说做人要做乔峰那样的人！

任盈盈　黄蓉，乔峰可是我们学校的风云人物啊，连保洁阿姨都认识他。

小龙女　典型的达人。

黄　蓉　（笑笑）那又怎样？现在满街都是达人。

任盈盈　不对呀亲，你对乔峰好像……怎么回事，出什么状况了？

黄　蓉　出状况怎样，不出状况又怎样？

任盈盈　难道莫非果真你想要换人了？

小龙女　你瞎说什么呀盈盈，难听死了。

任盈盈　那改一种说法。黄蓉，你要灭乔峰的灯，那我可要为乔峰留灯啦！

　　　　【三人大笑。

小龙女　现如今的女大学生怎么得了啊！盈盈，要是令狐冲听到你这话……

任盈盈　（一挥手）从现在起，读万卷书，行万里路，赚万贯钱，做万人迷，这就是我的追求！

黄　蓉　盈盈，你受什么刺激了吧？

任盈盈　我们为什么不喝点什么呢？

黄　蓉　喝就喝，谁怕谁呀！

乔　峰　我打算再找洪七公谈一次，如果不行……

令狐冲　乔峰，你再找洪七公谈十次都可以，但你最好还是关心一下黄蓉。

乔　峰　黄蓉会理解我的。

杨　过　令狐冲，你把话说明白一点嘛。

令狐冲　我说得还不够明白吗？乔峰又不二！

乔　峰　（一笑）你不就是说，最近黄蓉跟郭靖走得很近吗？是我让他们走近的，行了吧？对郭靖我绝对信任。倒是你，令狐兄弟，你自己的稀饭还没有吹冷哦。

令狐冲　喝酒喝酒！算了，关我啥事！

乔　峰　这次辩论大赛是我大学生活最重要的一件事！不办成这件事，我心有不甘啊，其他事情对我毫无意义。如果洪七公不答应，我就去找东方不败校长。我倒要看看，东方不败在江湖上是不是浪得虚名！

【音乐起。

（七）图书馆

【图书馆里人不多，但两个并在一起的座位没有了。

【阿紫坐在前排认真看书。林平之也在看书。

【黄蓉、郭靖上。郭靖有点不自在。

郭　靖　没位子了……不如走吧……

黄　蓉　（悄声地）哎，等一会儿，我想办法。

【阿紫抬头看着他们。

郭　靖　到二教楼去吧……

【黄蓉走到阿紫身旁。

黄　蓉　对不起，打扰一下，我可以坐这里吗？

【阿紫呆呆地看着她。

黄　蓉　（笑笑）同学，同学……

阿　紫　（如梦方醒）啊？有、有事吗？我、我……

黄　蓉　真不好意思，打扰你学习了。我是说……

阿　紫　你找我……是不是有话要跟我说……

黄　蓉　不是……我是说……（指了指座位）我可以坐这里吗？

阿　紫　（连连点头）可以的，可以的，为什么不可以呢？

黄　蓉　（坐下，把书包放在桌上）谢谢。

阿　紫　（有点不知所措）你、你是黄蓉吧……

黄　蓉　（有点诧异）你认识我？

阿　紫　外语学院的美女嘛。

黄　蓉　谢谢。你也很美呀。

　　　　【黄蓉走到另外一张桌前，碰了碰正在看书的林平之。

黄　蓉　（柔声地）帅哥同学，我那边有个位子，我们换个座位好不好？你看，那是个美女哦。我要是男的就不跟你换了。

林平之　（朝阿紫看了看）有这种好事？可是我要准备考研啊。

黄　蓉　没关系的，共同进步嘛。

林平之　我压力好大哦。

黄　蓉　有压力才有动力噻。走吧帅哥。

　　　　【黄蓉领着林平之走到阿紫旁边，拿起桌上的书包。

黄　蓉　请坐吧。谢谢啦。

　　　　【黄蓉走过去拉了拉一直在旁边看着的郭靖。两人一起坐在空出来的两个位子上。

　　　　【阿紫和林平之呆呆地看着他们。

林平之　（回过头）你好，美女。我是生命科学学院的林平之，认识你很高兴。

　　　　　【阿紫不理他，低头看书写字。

林平之　（茫然四顾）什么情况？算了，还是考研要紧，化悲痛为力量，书中自有黄金屋，书中自有颜如玉！

　　　　【郭靖专心致志地看书，黄蓉心不在焉地随手翻看一本书，四下看看，又看看郭靖，推了推他。

黄　蓉　（轻声地）郭靖，郭靖，跟我说几句话嘛。

　　　　【郭靖憨厚地笑笑，指了指周围，示意别影响了别人学习，随后又继续看书。

黄　蓉　（用书轻拍他的头）你这个笨蛋，笨蛋，笨死啦，笨死啦……

　　　　【郭靖傻笑着，本能地躲避着。

黄　蓉　你怎么那么笨啦郭靖，真真是气死我了你……

　　　　【郭靖一把紧紧地抓住她的手，深情地盯着她，也有点紧张激动。

黄　蓉　（瞪大眼睛）说话呀……说啊……

郭　靖　图书馆要关门了，我作业还没做完。

黄　蓉　（几近绝望地）我的个神呐！

　　　　【乔峰走进来，巡视着。林平之等同学纷纷向他点头致意。

　　　　【阿紫抬头看见了他，但没招呼他。

　　　　【乔峰最后走到黄蓉、郭靖面前，居高临下地看着他们。

郭　靖　（慢慢抬头，不由自主地起身）老大……

乔　峰　郭靖，你好用功啊。

黄　蓉　（蓦然抬头）乔峰，你来做什么？

乔　峰　蓉儿，你平时不大上自习的。

黄　蓉　现在我喜欢上自习了，有很多东西需要学习。

乔　峰　（一笑）这话可不像你说的。郭靖，你出去一下，我有话跟蓉儿说。

郭　靖　（要走）哦。

黄　蓉　别走。

乔　峰　郭靖，不听招呼了，是不是？

　　　　【郭靖欲走。

黄　蓉　别走，郭靖。

郭　靖　我、我……

黄　蓉　叫你别走就别走！

乔　峰　郭靖，我的话你都不听了吗？

黄　蓉　为什么一定要听你的话？

乔　峰　蓉儿，这是我跟兄弟之间的事，郭靖是我的兄弟……

黄　蓉　郭靖是我的男朋友。

　　　　【郭靖怔住了。

乔　峰　男朋友？（一笑）郭靖什么时候成了你的男朋友？

黄　蓉　现在。一秒钟之前。

乔　峰　那我呢？我是谁？

黄　蓉　前男友。

乔　峰　黄蓉，别开这种玩笑，也别说这种气话。

黄　蓉　我没开玩笑，也没说气话。我是认真的。

　　　　【乔峰这才认真地看了看他俩，觉得有些不可思议。

乔　峰　蓉儿，别搞笑了，我知道你喜欢恶搞……

黄　蓉　郭靖，我们走！

乔　峰　（拦住）且慢！

黄　蓉　我们走！

　　　　【乔峰一把抓住黄蓉的手。

乔　峰　怎么回事？到底怎么回事？发生什么了？

黄　蓉　放手。

乔　峰　蓉儿你听我说……

黄　蓉　我叫你放手啊！

乔　峰　（不放）黄蓉，我不会放的。

黄　蓉　你放开啊！

　　　　【郭靖走过来，去拿开乔峰的手。

郭　靖　（深沉地）老大，这是公共场所。

　　　　【两人在手劲上较力。出人意料的是，郭靖丝毫不落下风。

　　　　【黄蓉惊讶地看着郭靖。

乔　峰　降龙十八掌？好俊的身手！

　　　　【这时，令狐冲匆匆走进来，一见这个阵势不禁一愣。

令狐冲　武功好高啊！

乔　峰　什么事？

令狐冲　乔峰，东方不败找你。

乔　峰　谁？谁找我？

令狐冲　东方不败校长啊！你昏头了！

【乔峰一怔，随即松手。

乔　峰　在哪里？

令狐冲　东方不败亲自来找你，你居然不接电话！

乔　峰　进图书馆我调成震动了。

令狐冲　他在操场等你，快去吧。

乔　峰　（拍了拍郭靖的肩）你的内力雄厚，武功不在我之下。什么时候练的？

【他大步往外走。

郭　靖　老大……

【乔峰没回头，只是大气地摆摆手，径直走了出去。

令狐冲　终于发生了。

黄　蓉　你说什么？

令狐冲　（抒情地）年轻的时候我们轻易放弃，以为那只是一段感情。多年以后我们将会知道，那其实是一生。

黄　蓉　酸不拉唧的。你是在说你自己吧？靖哥哥，我们走。

【两人牵着手走了出去。

令狐冲　靖哥哥？靖哥哥？！这名字怪耳熟的！唉，江湖水深啊。一代大侠乔峰情断图书馆，情何以堪呐！

【音乐起。

（八）1513 教室

【小龙女独自一人在看书。杨过大摇大摆走进来。

杨　过　我一猜你准在教室用功。

小龙女　（抬头看了看他）来了……

杨　过　今天是周末呃！

小龙女　挺好的，教室清静。

杨　过　我们去看电影吧？

小龙女　不去了。

杨　过　要不去逛街，去购物？你想买什么我给你买。

小龙女　不用了，谢谢。

杨　过　那、那我们出去走走吧。

小龙女　我要看书。

　　　　【杨过有点郁闷，点上一支烟。

小龙女　这里不让抽烟的。

杨　过　我偏要抽！罚多少款我加倍给他！

　　　　【小龙女收拾书包要走。

杨　过　我不抽了，不抽了，行了吧？我不抽了，我还戒了！

　　　　【他掏出一包烟扔出窗外。

杨　过　你真的对考研做学问有那么大的兴趣？

小龙女　你认为我不行吗？

杨　过　我不是这个意思，我是说……

小龙女　你不用说了杨过，我知道你要说什么。

杨　过　（突然激动起来）小龙女，我喜欢你，我爱你！可我不明白你为什么一定要去考研？你想证明什么？你想证明给谁看？更何况证明这些没有任何意义！

　　　　【小龙女站起来，收拾书本。

　　　　【杨过情绪失控地冲过去，把书本狠狠地拂到地上。

杨　过　你不要考研好不好？我们家有的是钱……

小龙女　捡起来。

杨　过　像你这样的女孩子就应该住豪宅开名车……

小龙女　捡起来。

杨　过　你不要要性格，性格不能当饭吃！这个世界很现实，人人都想过好日子。这世界很浮躁，人人都是机会主义者。现在的女大学生不都这样吗？她们什么不敢做？！

小龙女　捡起来！

　　　　【杨过被震慑住了。他只好把书本一一捡起来，放在桌上。

　　　　【小龙女开始撕书本。

小龙女　杨过，你记住，不是所有的女大学生都像你说的那样。你要学会尊重人。

杨　过　我、我……

小龙女　我只想证明自己的价值，从没想过要证明给谁看。我该待在哪里不由你杨过来决定，那是我自己的事。我的性格就是我的命运我比你清楚，不需要你来做评判。我当然知道这个世界很现实也很浮躁，但这不应该成为你嚣张的理由！你太霸道，太强势，你确实过分了！

杨　过　小龙女，我、我……

小龙女　杨过，看来你是永远也长不大了。请你不要再来打扰我。

　　　　【小龙女背起书包，转身离去。

　　　　【杨过呆呆地看着她走了，瘫然坐在地上，看着一地的书页，双手抱头。

　　　　【音乐起。

（九）足球场

　　　　【乔峰、黄蓉与令狐冲、任盈盈各在一个表演区。

任盈盈　我只想最后问你一次，你到底考不考我爸的研究生？

令狐冲　我说过，不考。

任盈盈　令狐冲，你是不是得了神经病？

令狐冲　盈盈，求求你，我们不谈这个行吗？行吗？

任盈盈　除了这个，我什么都不谈！

令狐冲　除了这个，我什么都可以谈。

任盈盈　我怎么跟我爸交代？怎么跟我爸解释？

令狐冲　你就说我不求上进……

任盈盈　我爸不喜欢不求上进的人，我也不喜欢！

令狐冲　多谢任教主抬爱，令狐冲实在难以从命。

任盈盈　可是这到底为了什么呢？为了什么呢？

乔　峰　为什么，蓉儿，这是为什么？

黄　蓉　不为什么。

乔　峰　蓉儿……

黄　蓉　乔峰，以后请不要喊我蓉儿了，我叫黄蓉。

乔　峰　问题是怎么会弄成这样？！蓉儿，为了你……

黄　蓉　叫我黄蓉！

乔　峰　蓉儿……

【黄蓉转身就走。

乔　峰　黄蓉，你是苍蝇门事件的主角，我是为了你才组织这场辩论大赛的！

黄　蓉　（止步）谢谢。

乔　峰　昨天晚上……就是昨天晚上，东方不败校长和我在这操场走了八圈，400米的跑道，走了八圈！

黄　蓉　你倍感温暖，是不是？

乔　峰　不仅仅是温暖，更是激动！一校之长，为了一个辩论大赛的题目，居然找学生谈心，这确实让我有点激动。

黄　蓉　你确实有理由激动。

【她转身欲走。

乔　峰　令我喜出望外的是，东方不败同意了我的辩论题目！

黄　蓉　（止步）什么叫喜出望外？你解释一下，什么叫喜出望外？

乔　峰　我是说……

黄　蓉　到底什么叫喜出望外？

任盈盈　令狐冲，你是不是对我爸有看法？你说实话。

令狐冲　（迟疑片刻）没有，没有看法。

任盈盈　我觉得有。

令狐冲　这个真的没有。

任盈盈　这个你可以有。

令狐冲　这个我不敢有。

任盈盈　如果你对我爸没有看法，那我只能认为你想离开我。

令狐冲　不是那样的，盈盈……

任盈盈　那你为什么不考我爸的研究生？

令狐冲　盈盈，不考研我一样爱你！

任盈盈　爱我？我不信啊！谁都不信啊！

令狐冲　人生不一定非得……我、我不想成为考研一族。

任盈盈　令狐冲，你是不是心头还装着你那个小师妹岳灵珊？

乔　峰　你在讽刺我？

黄　蓉　没有，我干吗要讽刺你？

乔　峰　（走来走去）是的是的，东方不败同意了辩论题目，这当然让我喜出望外。我以为他会打官腔，居高临下地指责我，可是他没有！

黄　蓉　这就是你的喜出望外？

乔　峰　是的，是的，就是这样！

黄　蓉　明白了，这就是你的喜出望外。

乔　峰　大气，这就叫大气，这就叫亲和力，这就叫高屋建瓴！东方不败是我见过的最牛的校长！

黄　蓉　乔峰，祝贺你。

乔　峰　（兴奋地）东方不败说，大学教育质量从食堂抓起是一个有趣的思路，他欣赏这种思路。他还鼓励我们在教学内容、教育方法、评价方式等诸多方面进行大胆的讨论辩论。他说，先进的教育理念才是大学的立身之本。届时，他将亲临辩论现场！牛人，K大第一牛人！

　　　　【黄蓉转身要走。

乔　峰　蓉儿……黄蓉！

黄　蓉　乔峰，你很优秀，但我对你关心的事情不关心。

乔　峰　你关心什么？

黄　蓉　关心一个女生应该关心的事情。

乔　峰　人关心什么，就决定了他成为什么样的人。如果你只关心下一顿饭在哪里……

黄　蓉　我只想成为一个幸福快乐的女生。

令狐冲　盈盈，你说到哪里去了？

任盈盈　说到你心里去了。

令狐冲　我和岳灵珊是一所中学出来的，可是……

任盈盈　我和岳灵珊？说得多亲密呀！我和岳灵珊？！

令狐冲　盈盈，你要我怎么说嘛！你讲讲道理行不行啊？

任盈盈　嫌我不讲道理了是不是？岳灵珊讲道理，你去找她嘛！

令狐冲　盈盈……

任盈盈　岳灵珊讲道理，她又温柔又贤惠，江湖人称岳贤惠，你去找她去呀！怪不得不想考研究生！

令狐冲　盈盈，你、你怎么失去理智啊，你听我说……

任盈盈　我就是失去理智了！走，你走！你走呀！

令狐冲　盈盈……

任盈盈　我不想再看见你！走开，你走开！

令狐冲　盈盈，你听我说啊……

任盈盈　怎么，逼我动手吗？就算你练过独孤九剑，我也不怕你。（一个亮相）来吧！

令狐冲　（动情地）盈盈，我怎么可能跟你动手呢？

任盈盈　你记住，没有你，我爸照样能在他的领域一统江湖！

令狐冲　祝任教主好运！

　　　　【令狐冲快步下。

任盈盈　（目送他离去，声音哽咽）冲哥……

　　　　【她双手捂脸，朝相反方向跑下。

乔　峰　你不幸福、不快乐吗？

黄　蓉　五天前，我们在路上碰到过，是吗？

乔　峰　是的。当时我……

黄　蓉　当时我换了一个新发型，你有注意到吗？

乔　峰　新发型？什么新发型？跟现在……不一样吗？

黄　蓉　我多么希望你夸奖我几句，多么希望你表现出喜出望外的样子，可是你没有。

乔　峰　当时我……

黄　蓉　当时你很急，你说你要去校长办公室找东方不败。

乔　峰　当时确实很急，没注意到你……

黄　蓉　同学们都说我的发型很好看，很乖。我只是希望你表现出喜出望外的样子，没想到你的喜出望外是做给别人看的。

乔　峰　蓉儿……

黄　蓉　（带哭腔）别叫蓉儿，我是黄蓉，叫我黄蓉……

乔　峰　蓉儿，我爱你……忙完了辩论大赛的事，我一定好好陪你，好好爱你！

黄　蓉　（摇头）乔峰，从现在起……从现在起，我将把你忘记，我的心中从此只有郭靖……

　　　　【黄蓉退了几步，转身就走。

乔　峰　黄蓉，黄蓉……

　　　　【黄蓉止步回头，目光坚定不移。

　　　　【乔峰不敢再往前，沮丧地看着她离去。

　　　　【乔峰长啸一声，下。

　　　　【阿紫上，看着乔峰远去，深情无比。

　　　　【灭绝师太上。

灭绝师太　校长同意了乔峰的辩论题目。

阿　紫　我知道。我看着他和东方不败在操场走了八圈。

灭绝师太　乔峰是个好学生，像他这样的好学生如今越来越少了。阿紫，你现在可以去找乔峰了。

阿　紫　（摇头）我只是想远远地看着他。能跟乔峰生活在同一个时空，我知足了。

灭绝师太　将暗恋进行到底？

阿　紫　有什么不好吗？

灭绝师太　（叹气）当年在 K 大，我也这样暗恋着你的父亲。

阿　紫　我父亲知道吗？

灭绝师太　不知道，他当时只对九阳真经感兴趣。但是你妈妈知道，我们是好朋友，住同一个宿舍。她比我勇敢。

阿　紫　你恨我妈妈，是不是？

灭绝师太　傻丫头，有什么恨不恨的，都过去了。所以我想帮助你跟乔峰……

阿　紫　不用了，谢谢你。

灭绝师太　暗恋很苦，你懂的。

阿　紫　那、那你还爱我父亲吗？

灭绝师太　（沉吟片刻）我喜欢学生们给我取的外号灭绝师太。

阿　紫　对、对不起……

灭绝师太　为什么我爱的人总是爱我的朋友呢？

　　　　　【她长叹一口气，离去。

　　　　　【音乐起。

（十）小餐厅

　　　　　【乔峰和令狐冲在喝酒。

令狐冲　这么说，黄蓉真的离你而去了？别光顾喝酒，说话呀。

乔　峰　我能说什么？你想我说什么？

令狐冲　你应该用你那伟岸的身躯拦住她，不让她走。

乔　峰　（苦笑一下）我有这个想法，但是黄蓉站在那里，神情坚定。我觉得如果我冲过去，她会用打狗棒法对付我。

令狐冲　以你的武功……

乔　峰　武功不能解决所有的问题。记住，永远不要对女孩子动粗。我曾经在一怒之下打跑了我的前女友阿朱，我对此追悔莫及。

令狐冲　现在应该是前前女友了吧？

乔　峰　（深情地）人生若只如初见，何事秋风悲画扇。

令狐冲　堂堂乔大侠怎么变得这么小资？

乔　峰　人生总要小资一两回的。安慰我几句吧。

令狐冲　安慰？用什么体？

乔　峰　随便。淘宝体、咆哮体、凡客体、TVB体，都可以。

令狐冲　那我就用TVB体吧，这个我熟。听着啊。发生这种事，大家都不想的，感情的事呢，是不能强求的，所谓吉人自有天相，做人最要紧的就是开心，饿不饿，我给你煮碗面。

【乔峰淡淡地笑笑。

令狐冲　怎么样，好点了吗？

【乔峰揉了揉眼睛。

令狐冲　我曾经劝过你……

【乔峰用手势坚决地止住他说下去。

令狐冲　不会吧，搞得这么悲催？

乔　峰　（动情地）我真的是很爱黄蓉……真的，我非常爱他……

【令狐冲呆呆地看着他，仿佛不认识他似的。

乔　峰　为了辩论大赛，我失去了心爱的女朋友……

令狐冲　乔峰，你、你没事吧……

乔　峰　（猛地站起来）但是我觉得值了！作为一个男人，就应该以事业为重，以天下为己任，用自己的双肩担负起时代的责任，豪情万丈地干一番大事！只有这样才不会辜负我们所受的大学教育！否则，我们上大学干什么？！

【令狐冲真诚地为乔峰鼓掌。

【任盈盈悄悄上。

令狐冲　乔峰，我敬你一瓶！

乔　峰　令狐冲，我也敬你！也祝你跟盈盈言归于好！

令狐冲　谢谢！（一饮而尽）但是，那是不可能的了。

乔　峰　真的有这么严重？

令狐冲　你知道我为什么不愿意考任我行的研究生吗？

乔　峰　不知道。我觉得太奇怪了，都有点不近情理了。

令狐冲　（顿了顿）任我行练的是吸星大法！

乔　峰　吸星大法？把别人的功力吸收到自己的身上？

令狐冲　不错！

乔　峰　这种狠毒的功夫江湖上不是失传已久了吗？

令狐冲　早就重现江湖了！大规模地重现江湖了我的哥！

乔　峰　那江湖上不是血雨腥风了吗？怎么回事？任我行难道莫非未必然……

令狐冲　正是！

乔　峰　饭可以乱吃，酒可以乱喝，话不能乱说啊！

令狐冲　任我行这些年出版了几部个人专著，在学术界赢得了很高的地位。可是他的那些专著都涉嫌学术剽窃跟抄袭！

乔　峰　不会吧？任我行号称任教主，学术成就独步江湖……

令狐冲　我表哥小李飞刀……

乔　峰　等会儿。你表哥不是西门吹雪吗？

令狐冲　西门吹雪是我二表哥，小李飞刀是我大表哥……

乔　峰　怎么做表哥的都这么厉害！怪不得女生都喜欢自己的表哥！

令狐冲　我表哥小李飞刀在斯坦福大学做博士后，他的导师就是著名的华裔学者风清扬。

乔　峰　风清扬？！

令狐冲　我表哥小李飞刀说，任我行专著中的大部分观点跟数据，都来自风清扬的著作。他说，他可以用人格担保没说假话。而且，他把风清扬的书给我寄来了，让我比较一下。

乔　峰　出版时间呢？

令狐冲　风清扬的书比任我行的早三年。

乔　峰　真的是吸星大法呀？

令狐冲　你说，我能报考任我行的研究生吗？

乔　峰　是啊，是不能。

令狐冲　在这样的环境下，我怕自己也学会了吸星大法，堕落太容易了。一想到这些，我的心里……我的心里就充满了……充满了悲哀……

乔　峰　你当然有权利拒绝一切学术投机分子！

令狐冲　可要命的是，盈盈被蒙在鼓里，她以她父亲为最大骄傲！她爱她父亲，崇拜她父亲。你说，我能跟盈盈讲明真相吗？我敢吗？我忍心吗？我不怕得罪任我行，可我怕伤害了盈盈啊！

【任盈盈黯然离去。

乔　峰　要么忍，要么残忍。

令狐冲　我只能忍。我可以做到的只能是不同流合污。所以，我放弃了考研，选择离开。

乔　峰　　总得想办法把真相告诉盈盈。不然……

令狐冲　　我绝不那样做，即使以分手为代价，因为我爱盈盈！

乔　峰　　好一个性情中人！

令狐冲　　所以我不赞成你的辩论题目。从食堂抓起？你太能搞了。

乔　峰　　令狐兄弟，你不懂，你只看到表面。

令狐冲　　我只看到表面？

乔　峰　　关于大学，你知道些什么？

令狐冲　　你又知道些什么？

乔　峰　　所以，这才需要论辩！

令狐冲　　那就辩论大赛上见个高低！

乔　峰　　武林至尊，宝刀屠龙！

令狐冲　　倚天不出，谁与争锋？

　　　　　【两人各摆造型。

令狐冲　　来吧！

乔　峰　　来吧！

　　　　　【音乐起。

（十一）篮球场

　　　　　【令狐冲一个人在打篮球。

　　　　　【杨过路过这里，背着一个包。

令狐冲　　杨过，杨过！去哪里？

杨　过　　随便走一走。

令狐冲　　你的小龙女呢？

杨　过　　什么你的我的？她应该在图书馆用功。

令狐冲　　哦？还用功啊？你不是说你们家……

杨　过　　不，她要考研。

令狐冲　　你不是一直强烈反对她考研吗？

杨　过　过去是。但现在我力挺她考研。

令狐冲　哦？有什么说法吗？

杨　过　爱一个人，就要爱她的全部。

令狐冲　（夸张地）哎哟呃！说这么深刻一句话，我全身都起鸡皮疙瘩了……

杨　过　（深沉地）那是因为你还没有真正爱过。

令狐冲　（愣愣地看着他）……

杨　过　怎么了，令狐冲？

令狐冲　（回过神）没、没什么……

　　　　【他走到一旁，坐在球上看别处。

　　　　【杨过不解地看着他。

　　　　【这时，小龙女背着书包，低头走过。

杨　过　小龙女……

小龙女　（止步抬头看了看他，又继续走）……

杨　过　小龙女……

小龙女　（止步，但没看他）……

杨　过　这几天……我一直在找你……

小龙女　杨过，希望你不要再找我了，我跟你已无话可说。再见。

杨　过　请等一等！

　　　　【杨过从包里取出一样东西，那是小龙女撕掉的书本。现在，它们被杨过用透明胶一页一页地粘贴起来了，粘贴得很好。

　　　　【小龙女怔怔地看着。

杨　过　就算你不理我，看不起我，也请不要再把书撕掉了。

小龙女　（心有所动）……

杨　过　你静得下来，天生就是读书的料。你愿意读多久就读多久，五年，八年，十六年，我都等你。

小龙女　杨过，你是说……

杨　过　我也愿意跟着你一起读书。

小龙女　你真的是这么想的?

杨　过　是的,我希望自己能够长大。我还期待你自创一门学派。

小龙女　自创一门学派?

杨　过　名字我都想好了,就叫古墓派,好吗?

小龙女　古墓派? 我喜欢这个名字!

杨　过　喜欢就好。世界这么浮躁,江湖这么混乱,我们就潜心读书,管它春夏与秋冬。

　　　　【小龙女接过粘贴好的书本,很感动的样子。

小龙女　杨过,你、你为什么要这么做……

杨　过　因为懂得,所以爱你。

小龙女　过儿……

杨　过　小龙女……

　　　　【两人正要拥抱。

令狐冲　(走过来)哎哎哎哎,当我不存在,是不是?

小龙女　令狐冲,你怎么在这里啊?

令狐冲　小龙女,我希望十年之后江湖上掀起一股强大的古墓派旋风。我相当期待。

小龙女　一定会的!

令狐冲　杨过,从今以后你可以练一种功夫,叫黯然销魂等待功。

杨　过　等待也是一种幸福。走啦,走啦!

令狐冲　好一对神雕侠侣!

小龙女　(回身)令狐冲,你做什么了?

令狐冲　没做什么呀……怎么啦?

小龙女　任盈盈这两天一直在哭,边哭边在网上搜索风清扬的资料。

令狐冲　我、我不太清楚……

小龙女　盈盈还把她的 QQ 个性签名改了,叫我爱父亲我更爱真理。

　　　　【小龙女和杨过下。

　　　　【令狐冲呆呆地看着他们离去。然后,他开始投篮。

【任盈盈上。两人对视。

【任盈盈接过令狐冲递上的球，开始投篮。

令狐冲　　盈盈……

【任盈盈不说话，继续投篮。于是，两人默默地投篮。

【任盈盈拍着球想往前走，令狐冲防守她。任盈盈左晃右转，但无法突破……

【球掉地上了。盈盈扑进令狐冲怀里，两人紧紧拥抱。

【音乐起。

（十二）草坪上

【郭靖正在朗读《天龙八部》给黄蓉听。

郭　靖　　乔峰大声道："陛下，乔峰是契丹人，今日威迫陛下，成为契丹的大罪人，此后有何面目立于天地之间？"拾起地下的两截断箭，内功运处，双臂一回，扑地一声，插入了自己的心口。

黄　蓉　　天呐……

郭　靖　　耶律洪基"啊"的一声惊叫，纵马上前几步，但随即又勒马停步。虚竹和段誉只吓得魂飞魄散，双双抢近，齐叫："大哥，大哥！"却见两截断箭插正了心脏，乔峰双目紧闭，已然气绝。

【黄蓉起身，来回走着。

郭　靖　　蓉儿，怎么啦？哪里不舒服？

黄　蓉　　我恨金庸，他为什么要把乔峰写死？没有办法了吗？没有想象力了吗？

郭　靖　　（笑笑）蓉儿，这只是一部小说……

黄　蓉　　我不管！《天龙八部》最大的败笔就是写死了乔峰，我讨厌金庸这老头儿。英雄只有末路吗？套路，还是套路！

郭　靖　　金庸也许是……

黄　蓉　　（突然柔声地）念吧，靖哥哥，我想听你念。

郭　靖　　阿紫凝视着乔峰的尸体，怔怔地瞧了半晌，柔声说道："姐夫，这些都是坏人，你别理睬他们。只有阿紫才真正待你好。"说着俯身下去，将乔峰的尸体抱了起来。阿紫说："姐夫，你现在真的乖了，我抱着你，你也不推开我。是啊，要这样才好。"虚竹和段誉对望了一眼……

黄　蓉　　不念了，靖哥哥。（伤心地看着天空）我想吃哈根达斯了。

郭　靖　我去买。蓉儿，你坐在这里休息一下，哪儿也别去。

　　　　【郭靖快步走下。

　　　　【黄蓉拿起那本书，信手翻看着。

　　　　【乔峰拿着手机上，正要拨号，看见了黄蓉。

乔　峰　黄蓉，你在这儿干吗？

黄　蓉　（抬头，如梦如幻地）只有阿紫才真正待你好。

乔　峰　（一怔）你说什么？

黄　蓉　（回过神）哦，没什么……我在看书，《天龙八部》。

乔　峰　《天龙八部》？以前你是不看武侠小说的。我给你推荐《射雕英雄传》，你坚决不看。最近过得好吗？

黄　蓉　很好，谢谢。你呢？

乔　峰　我？还那样吧，忙得很。

黄　蓉　听靖哥哥说，你可以保研的。

乔　峰　算了，我已经跟中原丐帮股份有限公司签了合同，他们一直等着我去。哦，对了，明天的辩论大赛你来吗？

黄　蓉　我……我就不来了……我和靖哥哥要去做兼职……

乔　峰　其实，这个辩论大赛原本是为了你……（一挥手）算了，不来就不来吧。

　　　　【乔峰走了几步，猛然转过身，大步走到黄蓉面前，不由分说地抱了抱她，然后双手搂着她的肩。

乔　峰　丫头，多保重！

黄　蓉　谢谢你，乔峰。

　　　　【郭靖拿着雪糕跑上，看到了这一情景。

郭　靖　嘿嘿嘿，老大……

乔　峰　（坦然一笑）兄弟，你回来得正是时候。

　　　　【郭靖把一支雪糕递给黄蓉，另一支递给乔峰。

郭　靖　老大，这个给你。

乔　峰　我不吃这个，给黄蓉吧。来，郭靖，我跟你说两句话。

　　　　【乔峰把郭靖搂到一边。

乔　峰　兄弟，一辈子对黄蓉好，不然我一掌劈死你。

郭　靖　老大，我记住了。

乔　峰　黄蓉喜欢吃肥肉……

郭　靖　这个我知道。

乔　峰　你知道？

郭　靖　她点炒肉片的时候，实际上是想吃烧白。

乔　峰　知道就好。要多了解了解黄蓉……

郭　靖　（打断）乔峰你错了。女孩子需要的是被爱，而不是被了解。

乔　峰　（怔怔地看着他）……

郭　靖　老大，我说错了吗？

乔　峰　你没错，是我错了。黄蓉火眼金睛，你才最适合她。

郭　靖　对了，你昨天说要送我们一样礼物……

乔　峰　我从网上订购了一套《射雕英雄传》送给你们。

郭　靖　多谢啦，老大。

乔　峰　不说这些了。黄蓉，你们走吧。

黄　蓉　乔峰，你多保重。靖哥哥，我们走吧。

郭　靖　老大，我们走了。

乔　峰　走吧，走吧……

郭　靖　蓉儿，我们走。

　　　　【音乐起。

　　　　【乔峰目送他们离去。

　　　　【乔峰的神情有些落寞，也有些感伤。

　　　　【乔峰坐下，点上一支烟，深吸一口。

乔　峰　（自语地）我有点想阿紫了……

　　　　【音乐起。

　　　　【剧终。

小说

城市与老虎

第一章

潘金莲嫁给武松之后，日子就这么过着。

武松今天晚上草草地扒了两碗饭就离开桌子了，没有喝酒。潘金莲第一次发现丈夫脸色有些沉重，想走过去问一下，但是看到他站在门口望着屋外的暮色，山一般的身体一动不动，便低头开始收拾桌子。她以为丈夫想起了在外征战的岁月了。

武松平时不大讲跟着宋江在外征战那些故事，他知道潘金莲不喜欢打打杀杀的事情，而且武松从心里深处来说，是有点讨厌宋江的。至于武松为什么会讨厌宋江，这个我以后找时间再说，各位少安毋躁。

武松最喜欢讲的事情是喝酒。潘金莲也可以喝一点，所以她愿意听，还愿意提问，比如鲁智深和武松谁更能喝。武松的回答是如果他不去梁山泊，那么鲁智深就是梁山泊最能喝的人。

"李逵呢？"潘金莲知道这个人。

武松很直接地回答："李逵就是滥酒，有酒必喝，每喝必醉，醉了就乱来，哈哈哈！"

"叔叔，你当年真的喝了十八碗酒啊？"潘金莲虽然嫁给了武松，但她还是习惯叫他叔叔。要等到他们有了第一个孩子之后，她才改口。武松说自己都记不得到底是喝了二十碗还是十八碗，反正只多不少。

"那当年我做了菜，烫好了酒，等着叔叔回来一起喝，你怎么只喝了一碗呀？"潘金莲盯着他问，眼中有动人的春光。武松的脸红得跟鸡冠似的，一句话也说不出来，端起桌上的酒大口地喝。

现在，武松靠着门框，看着暮色沉沉，正想着那十八碗酒。今天上午，知县李达天把他叫到办公室，给他看了一份公文。公文是东平府发下来的，东平府的大印赫然在上，另外还有府尹陈文昭的私人印章。公文的大意是：武松当年在景阳冈到底是不是喝了十八碗酒？那只老虎真的是武松一个人打死的吗？这件事一定要一查到底，并将调查文书及证人证词一并呈交东平府，等等。

打虎这件事已经过去十来年了。当年就是李达天亲自给武松颁发的除暴安良嘉奖令，并且盛情挽留武松在清河县做了都头。武松把公文扔在桌上，坐下，看了看自己的一双铁拳。

夏天的知了不知疲倦地叫着。

李达天问道："武都头，你对此事有何看法？"

武松的一股热血冲上了脑门，但是他努力克制住了。他与李达天相识已经十来年了，关系一直处得不错。武松当年流浪在外，偶然凭着酒力打死了一只老虎，是李达天力排众议，保举他在清河县做了都头，吃上了皇粮，过上了一段无忧无虑的日子。一年前，武松征战归来，左臂受伤，不愿意跟着宋江去朝廷领赏受封，在杭州六和塔待了两个月，李达天闻讯之后，写信给他，再次盛情邀请他来清河县做都头。武松想都没有多想，立刻就启程回到了清河县。

武松尽量让自己的声音显得平和："李大人，酒喝了十八碗，老虎是我一个人打死的。"

李达天刚到清河县任知县的第二个月，就遇上了武松打虎这件事。那一年他刚满三十岁，很有些春风得意的感觉，认为天下事都是大有可为的。起初他也不大相信一个人能够赤手空拳打死一只老虎，但是当他看到英俊彪悍的武松的时候，他觉得这样一个人打死一只老虎简直是不容置疑的。而且他还有私心，当时清河县的治安状况不太好，如果让一个打虎猛人来管理治安，那些鸡鸣狗盗、聚众闹事、拦路抢劫之辈一定会闻风丧胆。尽管有人反对，李达天还是坚定不移地任命武松做了清河县的都头，并且声称万一出了事，所有的责任他一个人承担。

李达天面无表情地看着窗外："为什么一定要说喝了十八碗酒呢？你一个人打死了老虎，别的猎户会怎么想？"

武松："那些猎户可以做证，是我一个人打死的。"

李达天递给他一张状纸："你看看，这是那十二个猎户的证词，他们说不是你一个人打死的老虎，是你们齐心协力才把那只老虎……"

武松一把抓过那张状纸，看都不看就要撕掉。

李达天不动声色地："武都头不可造次！"

当年武松做了都头之后，清河县的治安状况立刻有了明显的好转，这个在《清河县县志》里有详细的记载。即使说不上是夜不闭户路不拾遗，但是大姑娘小媳妇晚上都敢出门了，这也是事实。甚至那些放高利贷的人都不敢逼人太甚，生怕武都头的那双铁拳落在自己头上。武松不仅仅是都头，更是一个爱打抱不平的人。如果有了民事纠纷或者因此引起了械斗，武松总是第一时间到达现场，抱着一坛酒，喝令当事人立刻住手，命令他们当场折断销毁手中的武器，然后让他们坐下来，一人一碗酒，喝了再说。武松的解决办法是，是非曲直到衙门去谈，但是任何人胆敢再行凶斗殴，哪怕是向对方吐口水，他都会把他们视为老虎。在场的人都明白武都头的意思。上个月清河县三多堂堂主陈虎强抢民女，将民女老父打成重伤。武松去三多堂拿人，岂料陈虎仗着人多势众，不但拒捕，还口出狂言让武松滚出清河县。武松的铁拳重重地砸在了陈虎的面门上，众手下看着堂主满脸是血，在地上折腾了几下就快奄奄一息了，吓得肝胆俱裂。

武松轻蔑地吐出两个字："鸟人！"

武松很快就在清河县赢得了巨大的声誉。那个时候，武松无论走到哪里，都会吸引到众多钦佩、喜欢和崇拜的目光。武都头成了清河县少女的梦中情人。花千树是清河县少女之一，她说嫁人就嫁武都头。花千树后来差点实现了自己的理想，她与武都头的故事成了清河县百姓经久不衰的谈论话题。

与此同时，由于果敢任用武松做都头，使清河县风清气正，老百姓安居乐业，李达天也赢得了清河百姓的普遍好感，他们庆幸遇到了李达天那样的好官，而李达天的官声也蒸蒸日上，东平府那些大大小小的官僚都知道了他的名字。

然而世事难料。我说世事难料的时候，各位可能都知道我要说什么，那我就简单地交代一下。武松出差两个月回来，他的哥哥武大郎已经死了，死因不清不楚。武松经过一番调查，发现所有的证据都指向了一个叫西门庆的人，而嫂嫂潘金莲似乎也牵扯其中。武松根本不愿意相信街坊邻居关于嫂嫂的传闻，也不敢去质问嫂嫂。武松坚定地认为，拥有一双明亮美丽眼睛的嫂嫂绝不会干出那样的事来。所以他把愤怒全部转向了西门庆。西门庆是清河县的首富，路子很野，黑道白道都吃得开。武松听说过这个人，但是没有见过。西门庆在狮子楼吃饭，武松就赶了过去。这个时候悲愤满腔的武松已经忘了自己身为都头的职责和大宋律法的约束，一心一意要打死西门庆。一个端菜的店小二替西门庆挨了武松雷霆万钧的一拳，改变了故事的走向，也改变了武松的命运。店小二死了，武松触犯了律法，被发配去了孟州。

这件事给了李达天的官场生涯一个沉重的打击。他经过一夜的思考之后，向东平府递交了一份辞呈，痛心疾首地检讨了自己的失察之责。辞呈写得情真意切、深刻动人。李达天是一个有抱负的人，但是年纪轻轻就因此断送了大好前程，一时间他万念俱灰，无比痛悔自己的草率行事。"我怎么会任用武松那样的粗人呢？"李达天反复地责问自己。

清河县的老百姓对武松充满了好感，认为武松杀人也是情有可原。他们不相信在清河县的大街小巷再也看不到武松那魁梧的身影了，顿时有些不知所措。全城百姓都在议论这件事。花千树在大街上号啕大哭，她向众人发誓，这辈子非武松不嫁。所有在场的人无不为之动容，唏嘘不已。

由此，老百姓对李达天也心存感激，是他把武松留在了清河县，让老百姓过上了一段安居乐业、无所畏惧的日子。他们认为，既然武松走了，那么李达天必须留下。所以他们不断地给东平府递交状纸，上万民书，由衷地赞扬李达天是一个好官清官，希望官府格外施恩，让李知县留在清河县。东平府尹陈文昭其实很欣赏李达天的才干，他也不愿意就此毁掉这个部下的前程，何况他也只是有失察之责。武松为哥哥报仇，打死的只是一个店小二，让清河县衙门多赔几两银子就是。所以，为什么不顺应一下民心呢？事情还得有人干，他决定把李达天保下来。至于西门庆，他觉得跟这种人还是保持距离为好。

李达天终于留在了清河县，降为县丞。李达天绝处逢生，悲喜交加。悲的是以后的仕途非常艰难，喜的是没有离开清河县。夜深人静，还在喝酒的李达天心中五味杂陈，家境贫寒的他苦读诗书，那一年在科举考试中脱颖而出，顺利地走上了仕途。他出任清河县知县的时候，没有把在乡下的妻儿接来。他想趁着年轻的时候好好干一番事业，上报朝廷，下为黎民。李达天看着酒杯，长长地叹了一口气，他想到了武松。要不是武松在清河县的杰出表现，老百姓可能就不会上万民书，自己的下场恐怕就很难说了。从这个意义上说，武松是自己的贵人。可武松打死人给自己带来巨大的麻烦，差点官职不保，这又该怎么解释呢？能不能说武松是自己的灾星呢？一直到酒喝完了，李达天也没有得出一个明确的结论。

武松默默地放下状纸，有些愤懑又有些委屈地看着李达天。李达天神情严肃，甚至有些冷漠，看着窗外。

武松："李大人，我没有造次，你是知道我酒量的。"

李达天："武都头，当年的情形你就记得那么清楚吗？"

李达天的语气里有一种寒意。

武松："店小二可以做证。他还劝我不要喝那么多……"

李达天提高声音："他劝你了吗？"

武松瞠目结舌。他不知道李达天为什么要这么说。他觉得李达天今天不像平时的李达天。李达天任命武松做都头的那一天，他们还一起喝过酒。武松当着他的面，连续喝了十八碗酒，以表示他对李达天的感谢之情。李达天看得热血沸腾，惊为天人。

李达天："昨天夜里，我派人四处寻找那个店小二，根本不见踪影。当地百姓说那个店小二早就外出谋生了，不知死活。那个酒店也已经关门歇业了！"

武松："李大人，我的酒量……"

李达天打断："你的酒量都是你一个人在说，没有证人，没有证据，你想说多少就是多少！"

武松终于吼起来了："李大人！我们难道没有一起喝过酒吗？！"

李达天盯着他："有吗？"

武松掀翻了桌子，大步走了出去。

第二章

我就是那个正在写《城市与老虎》的人，我叫崔流平。虽然我是中文系毕业，但我不是一个作家。我从来不认为中文系是培养作家的，你看看有几个大作家是学文学出身的？我当年报考中文系，目的真不是想当作家，只是觉得中文系可能好毕业。同学中有不少人在写诗，写得热火朝天，我也跟着写了几首。那个年代的大学生是有梦想的，以天下为己任，认为凭一己之力可以改变世界。写诗就是抒情言志。我把写的诗给了一个同学看，同学看了，问我有没有香烟。我赶紧递上一支"大前门"，准备洗耳恭听。同学狠狠地抽了几口，发出几声怪笑。诗不是这样写的，同学故意压低了嗓音，你不适合写诗。他把烟头弹向远处。临走的时候，他说，我在《诗刊》上发表了几首诗，你有空看看，模仿一下。我这位同学叫马思远，是我们年级的三大诗人之一，心高气傲，伶牙俐齿，才思敏捷，对所有的事情都不满，除了自己的诗。他同时又是一个情圣。我跟他关系一般，但是很多年以后我们却成了不错的朋友，只是往来并不密切，属于神交那种。以后我会不断地提到这个马思远。

我对马思远的话不以为然，也没觉得他是有意冒犯我，当然我也不可能去找《诗刊》来看。我们那个时候的大学生被称为"天之骄子"嘛，人人都牛逼哄哄的。我走进图书馆，找了一个偏僻的位置，一边看书，一边看漂亮的女同学。没有什么收获，今天晚上漂亮的女同学不知道跑哪去了。我翻开刚刚随便借来的书，是丹麦文学史家勃兰兑斯的名著《十九世纪文学主流》。这套书一共有六册，我借到的是第五册。我怎么会一来就借到第五册呢？前四册我都没有看过。翻开这本书，扉页上的几行引文就把我吸引住了：

> 给我们谈谈一八三〇年吧，
> 那电光闪闪的时代，
> 谈谈它的战斗，它的热力——

我必须说，我对这样的诗很感兴趣。我那时候还很年轻，对战斗热力那样的词汇充满想象。那天晚上我就一直在看这本书，直到图书馆关门。我似乎找到了努力的方向，诗就不要写了，倒不是因为同学说我不适合写诗，而是我认为诗的力量终究是不够的，尽管诗的地位在文学史里一直很高。做一个文学史家其实是很不错的，在回宿舍的路上，我心中满是喜悦。

所以，在构思《城市与老虎》的时候，我突然意识到我其实是想写小说的，或者说是一直想写小说。但是为什么到了现在才想起写小说呢？我想了十几个理由，但是都不够充分。我坐在电脑前，看着我敲打出来的汉字，一个声音似乎从很遥远的地方传来：你应该写小说。

大学毕业二十五年之后，我成了一个文化传播公司的老总。公司的规模不大，有二十个人左右。公司主要经营一些文化项目，包括商业演出等等。凭着我的各种关系，公司运转还算顺利，至少发得起工资。公司公关部有一个女孩叫王涵，大学毕业之后就到了公司。对了，我这个公司叫汉唐文化传播公司。名字取得很大，有某种欺骗性。但是一个只有二三十平方米的经营轮胎的小屋都可以叫轮胎世界，我为什么不能叫汉唐文化传播公司呢？王涵到公司的时候，只有二十三岁，她很聪明，颇有活力，做事很认真，也很靠谱，感觉比她的实际年龄要大一些。我在想，两三年后，她就可以取代现任的公关部主管吴敏。我对吴敏不是不满意，而是觉得王涵可能更合适。

有一天上午，我坐在办公室给我的朋友李峰打电话。昨天晚上我们一起喝酒，他好像喝多了一点，我想问问他怎么样了。李峰说现在酒也喝不得了，那方面也不行了，真是人生悲剧呀。我哈哈大笑，这个时候进来一个年轻人，我没有见过这个人。我跟李峰说一会儿再聊。

"你谁呀？怎么进来的？"我毫无表情地问。

年轻人："我是王涵的男朋友。"

我淡淡一笑："那你应该去找王涵。"

王涵居然有男朋友，面试的时候她可没有说过啊，这个问题我当面问过她的。我的意思是有没有男朋友不重要，重要的是要如实回答。只要是公司需要的人，有没有男朋友都可以进公司。

年轻人："我想让王涵辞职。"

我有些惊讶，但是一点也没有表现出来："那你找我干什么？我的公司来去自由。"

来去自由是假的，至少要提前半个月提出辞呈，这是规定。但是我不想跟他多说。我不喜欢眼前这个年轻人，我也不知道为什么。

年轻人："我跟她说了，她不愿意辞职。"

我说了，我不喜欢这个年轻人，脸上没有一点笑容。

"她为什么不愿意辞职？"我点上一支烟。

年轻人："我觉得王涵喜欢你，所以不愿意辞职。"

我反应非常迅速："你是在跟我开玩笑吗？"

我确实感觉到王涵好像喜欢我，这种感觉只有中年男人才能感觉得到。我虽然是公司的老总，但一般说来我没什么架子，对公司的女职员我都很客气，包括对保洁阿姨。我有时候还会跟女下属开开无伤大雅的玩笑，以显示我的亲和力。这个时候王涵通常会站在一边，无声地微笑着。等同事们都走了，王涵才慢慢地朝门口走去。快要到门口的时候，她会有些犹豫地停下来，然后转头看着我，笑笑，不说话。

我问她是不是有什么事。在公开场合下，我好像从来没有跟她开过玩笑，在她面前我一直是不苟言笑的。

王涵笑笑，露出一排洁白的牙齿：“你有点喜欢刘珊珊。”

刘珊珊是公司的财务总监，年龄比她大很多。

“瞎说。”

王涵略略低了低头：“我都看出来啦。”

我是学中文的，对语言文字多多少少有些敏感。大家注意一下，王涵并没有说“崔总有点喜欢刘珊珊”，而是说“你有点喜欢刘珊珊”，这是几个意思呢？一个刚刚入职不到两个月的职员，可以跟老总你呀你呀的说话吗？而且是说关于感情之类的话。在这种语境里用“你”，分明就是拉拢她跟我的距离，表示某种难以言说的亲近。而那句“我都看出来啦”更是意味深长，我相信你们一定会感觉得到。重点不是看出来啦，而是那个“我”字。这里就不仔细分析了，小说还得往下写。

我终于笑了笑：“小姑娘懂什么？”

王涵走到我的办公桌前，用餐巾纸擦拭桌上的灰尘，倒掉烟灰缸里的烟头，又把烟灰缸擦拭干净，顺便整理了一下凌乱的桌子。在快要做完这些事情的时候，她迅速地看了我一眼：“你脸都红啦，我又不会出去乱说的。”她撩了撩头发，对着我笑了笑，然后就走出去了。

年轻人：“我没有开玩笑，她就是喜欢你。”

我面无表情：“我老婆还喜欢汤姆·克鲁斯呢！”

其实我已经离婚了，我当然不可能跟这个戴着耳机的人讲。实际上公司的人都不知道我离婚了，除了刘珊珊。

年轻人似乎在做思想斗争。

我淡淡地：“小伙子，自信一点。”

年轻人涨红了脸：“我哪里比你差？你就是比我有钱嘛！”

我觉得再说下去已经没有意思了，而且难以掌控局面。

我义正词严地说：“你错了，我不是有钱人。既然这样，你把王涵带走，不用递交辞职报告了。就这样吧，我还有事。”

第二天中午，我在公司走廊里碰到了王涵。

"你怎么还没走？"

"我为什么要走？"

我沉下脸："我不希望那个人再来无理取闹。"

王涵："那个人已经不是我男朋友了。我现在是自由的。"

我看了她一眼，没说话，径直朝男厕所走去。

我的老同学马思远对此曾经有过一个评价：你选择去厕所，大有深意！我去！我只是想上厕所。马思远看问题的角度与众不同。

我正在构思《城市与老虎》，没有工夫去想王涵和她的男朋友。这些年我一直觉得我的生活过得很不真实，也不知道是为什么。只有当我构思并开始写这部小说的时候，我才感觉到我开始贴近生活了。我也有了自由发挥的空间了，可以海阔天空地瞎想，随心所欲地编造或者虚构。总之，我想怎么写就怎么写。只要写，生活就有意义。

"你应该写小说"这句话不是王涵说的。你们以为应该是她说的，但真不是。王涵不会说那句话。说那句话的人那个时候还没有进公司，那时候那个人在世界的哪个角落我根本不知道。也就是说，我那时候压根儿不知道她这个人的存在，就像她不知道我的存在一样。

所谓构思《城市与老虎》，其实也就是有一些零星的想法而已。小时候看《水浒传》特别喜欢武松，这一点我跟金圣叹一样。我觉得武松是个大英雄，想喝酒就喝酒，想打人就打人，想干掉谁就干掉谁，决不拖泥带水婆婆妈妈。男人就应该这样。长大以后再看《水浒传》，想法就不一样了。人们在经历了很多事之后，从前的想法往往会发生改变，甚至根本性的改变。特别是读了《金瓶梅》之后，我对武松竟然有了惋惜之感。我认为武松绝对不该杀潘金莲，而且也没有理由滥杀无辜。武松的前半生荡气回肠，那么平息下来之后，他真的能够过岁月静好的日子吗？阿伽门农统率希腊联军经过十年征战攻下了特洛伊，英雄凯旋，却没想到被妻子和妻子的情夫谋杀了。荷马史诗给了我触电般的灵感。所以我想重新塑造武松这个艺术形象，这个想法钻进了我的脑袋，一直出不来。

于是，我把《水浒传》和《金瓶梅》放在了床头，只要晚上没有饭局，我都会在临睡前翻一翻，还用红笔勾出我认为的重点。没想到这种勾重点的日子并没有持续多久，王涵就走进了我的生活，让我的生活变得有些丰富起来。

第三章

　　武松从衙门里走出来，几乎没有人跟他打招呼，这在以前是绝对不可能的。武松记得，衙门上上下下的人对自己非常热情，也非常尊重和佩服。武松就像明星一样在这个衙门里闪耀，即使打虎的壮举已经过去十年，他的光芒依然不减当年。武松还记得当年作为打虎英雄在清河县做巡回报告的情景，那是他一生中最忙的时候，做完一场报告，马不停蹄地赶往三十里之外的地方，那里的人们正翘首以盼打虎英雄的到来。在清河县，武松的名字无人不知。武松就是传奇的代名词。武松平时不大爱说话，那些日子武松觉得自己把一辈子的话好像都快要说完了。还有无数多的人请武松喝酒，都想一睹英雄的风采。我提到过的那个花千树追着武松，听完了他的每一场报告。花千树本来很胖，听完武松的所有报告之后，身材变得火辣动人，清河县的人无不惊叹。花千树一跃成为清河县十大美女之一，很多富家子弟纷纷上门提亲，但无一例外地都遭到了拒绝。在花千树心中，武松最重。按惯例，在每一场报告之后，武松跟听众有一个简短的交流互动。每一次都是花千树抢先提问："武松哥哥，请问你打虎的时候在想什么？"

　　武松喝了一口凉茶："打虎就打虎，没想啥。"

　　花千树："你打虎的动力是什么？"

　　武松："我不打它，它就要吃我。"

　　花千树："没有别的动力了？"

　　武松："还有酒。我吃了十八碗。酒长力气。"

　　花千树还想继续问，别人早已经表示不满了。虽然不提问了，但是花千树还是目不转睛地盯着武松看。我顺便介绍一下，花千树是花子虚的侄女，她疯狂爱上武松的那一年只有十七岁。

　　武松走到街面上，主动跟平时熟悉的人打招呼，奇怪的是那些熟人的表情都有点不自然，有点敷衍了事的意思。武松觉得今天的熟人们都很忙，行色匆匆的样子。他有点纳闷，不知道发生了什么。

　　武松突然想喝酒了，走进了一个路边酒铺。这个酒铺是何九叔的儿子开的。何九叔的儿子叫何况，三十多岁，黑黑的，很精明的样子。他看到武松走进来，赶紧迎上去，脸上堆满职业性的微笑。

　　"武都头来了，快快请坐。"

　　武松顿时觉得一阵温暖，今天终于有人对他笑了："拿好酒来，牛肉切两斤！"

　　酒肉很快就端上来了，武松大碗喝酒，大块吃肉。

何况并没有过来说话，只是站在门口，看着街面。

武松大声地："给我来十八碗酒！再切两斤牛肉！"

何况似乎没听见，只是看着街面。

武松一脚踩在凳子上："拿酒肉来！"

何况快步走过来："武都头，这是何必呢？酒没有了，牛肉管够。"

武松瞪着他："你再说一遍！"

何况挤出一点笑脸："武都头，你能吃十八碗酒？"

武松不相信刚刚听到的话。这个何况平时对他毕恭毕敬，生怕怠慢了他，武松也没在这里少花银子。今天这是怎么了？

武松努力克制住心头怒火："我不能吃十八碗酒？"

何况咬了咬牙："听说官府下文了，你吃十八碗酒是假的，大虫也不是你一个人打死的……"

武松："去把你爹叫来！何九叔知道究竟！"

何况："我爹老眼昏花，在屋里等死呢！"

武松："你不相信你爹？"

何况看着他，不说话。

潘金莲做好了饭菜，等着武松回家。她感到武松好像有心事，但是武松不说，她也不好问。昨天晚上一直到上床睡觉，武松都没有说话。潘金莲以为他是想起了他哥哥武大郎，或者是想起了西门庆。武松平时是根本不会提起这些事的，而且她感觉武松是很快乐的，只要有酒喝，武松就满心欢喜。潘金莲仔细地回忆了一下自己这几天的一言一行，觉得没有什么不妥之处。那为什么武松会整夜一言不发呢？潘金莲知道武松是非常爱自己的，昨天晚上虽然没有说话，但他是紧紧地抱着自己入睡的。所以，应该不是想起了武大郎或者西门庆。那还有什么事能让武松沉默不语呢？

去年武松从杭州回到清河县，这让潘金莲既惊恐又欢喜也很羞愧。她以为武松会继续追查武大郎的死因，并且凭着他的一双铁拳大开杀戒。更何况，他是剿灭方腊的大英雄，朝廷都给予了表彰，他的事迹广为流传。所以潘金莲感到了惊恐，觉得末日即将来临。但同时她的心中又有些欢喜，那种欢喜是很隐秘的。潘金莲第一眼见到武松的时候就爱上了他，觉得一个女人如果能够嫁给武松这样的人，就不枉来这人世间一趟了。可武松是自己丈夫的亲弟弟，怎么可能嫁给他啊？在那些日子里，潘金莲陷入了极端的忧郁，觉得生命毫无意义。不能跟自己最爱的人在一起，活着还有什么意思？武松被发配去了孟州，潘金莲悄悄地跟着走了三十多里地，她知道自己已经永远地失去了他，而且永远也见不到他了。现在武松要回来，虽然不可能嫁给他了，但至少这辈子还能见到他，也算是一种安慰，总比一辈子都见不到要好啊，无穷无尽的思念是很伤心又很伤身体的。可潘金莲又羞愧难当，既然这么爱武松，怎么又投入西门庆的怀抱，并且嫁给了西门庆做姨太太？尽管这里面有很多复杂的原因，但毕竟是嫁给了西门庆，这怎么也说不过去呀！在听说武松要回来的时候，潘金莲的内心无比煎熬，几乎夜夜失眠，泪水不断。她不知道该怎样面对武松。

武松回到清河县那天，潘金莲几乎快要窒息而死了。她心乱如麻，六神无主，一会儿莫名狂喜，一会儿沮丧得要哭。她觉得自己喘不过气来了，却突然大笑起来，接着就放声大哭，身体不知不觉地瘫倒在地上，眼睛直勾勾地看着屋顶，泪水再一次从眼角流淌出来。那一刻，潘金莲觉得自己已经死了。

所以，当西门庆进来的时候，潘金莲瘫倒在地上一动不动。西门庆看着她这个样子，立刻就明白是怎么回事了。

西门庆："你叔叔回来了。"

潘金莲盯着屋顶，像个死人一样。

西门庆突然笑了笑："武都头回来了。"

潘金莲眼睛都不眨一下，泪水默默地从眼角里渗出来。西门庆掏出一方白底蓝花的手帕，蹲下来替她擦拭眼泪。

西门庆："武都头回来了，但你还是我的老婆，我的五姨太。以前我不怕武松，现在我更没有理由怕他。"

其实西门庆内心深处还是有些发怵。虽然他现在比以前更富有，在清河县很有影响力，在东平府也有良好的人脉，但是武松如今已经不是从前的武松了。西门庆不知道武松为什么会选择回清河县，难道是他心中仇恨未消，回来继续复仇？所以西门庆在得知武松要回来的消息后，就迅速地组建了一支强悍的卫队，配备了最好的武器，以确保自己的生命安全。同时，他对李达天不听自己的劝告，一意孤行地去接武松回来表示了极大的愤怒。在李达天出发的头一天晚上，他派人打死了李达天府里的一条狗，以示惩戒。看着那条狗的尸体，西门庆忽然明白了李达天为什么一定要接武松回来，他一定是想借武松的威名来节制自己！但是对于李达天，西门庆倒是不怎么担心，真正让他忧虑的是武松。

西门庆拿起潘金莲的手："你还想着嫁给武都头？"

潘金莲缓缓地坐起来，拂开他的手，看着虚空不说话。

西门庆："你毕竟曾是他嫂嫂，有些事情也不必做得过分。大家都还要在清河县过营生，相安无事最好。"

潘金莲："你来做什么？"

西门庆笑笑："她们几个今天要过来吃酒，你也去吧。"

潘金莲："不去。"

西门庆把一锭银子放在桌上，让她去做几件新衣裳。还说，她们几个都没有，是专门给她的。

西门庆："老五，我对你是最巴心的。"

说着，西门庆抱住潘金莲，在她耳边轻轻说了一句什么。潘金莲奋力推开他。西门庆一下子来劲了，显得异常兴奋，一把抱起她就朝床边走去。潘金莲使劲挣扎，西门庆亢奋得像条狼，两眼通红，只管嘴里胡言乱语，疯狂地撕扯她的枣红裙子。

潘金莲挣脱出来，看着门外："我今天没有兴趣，你走。"

看着她神色坚定的样子，西门庆也没了兴致。临走的时候，西门庆意味深长地从头到脚打量着潘金莲，想说什么却没有说出来。

听到脚步声，潘金莲知道武松回来了，急忙迎出去："叔叔回来了，饭菜都好了。"

武松有些歉意地笑了笑："我吃过了。"

潘金莲有些失望地看着他。武松说吃过了还是可以再吃一点，潘金莲赶紧去端饭菜上桌，还拿来了酒。武松见了酒就很高兴，但是马上又想到刚才何况那副嘴脸，不由得又有些郁闷。

潘金莲："叔叔，是不是有什么憋屈的事？"

武松本来是什么都不想说的，他觉得所有的事情都应该让自己一个人来扛，他不愿意让潘金莲为自己担惊受怕。他曾经暗暗发誓要让她过安定无忧的日子，绝对不让任何人欺负她。为此，武松愿意随时付出性命。武松没有荒废武功，每天练武不止。但是，回清河县将近一年，武松收敛了自己的很多脾气，也不怎么吃酒使性子了。他知道现在不是在梁山泊，也不是随意喊打喊杀的岁月了。况且，他自己在衙门里做事，也算是公家人了。如果用现在的话来说，武松为了潘金莲，在各个方面都变得低调了。同时，潘金莲的柔情也使武松身上的野性在慢慢地消磨。

武松把昨天李达天的话转述给了潘金莲。潘金莲听了没说话，只是给武松斟酒。嫁给武松之后，潘金莲的性情改变了很多。她觉得自己是世上最幸福的女人，她知道珍惜。

武松："李达天让我承认是我记错了，没有吃十八碗酒，也不是我一个人打死的老虎。"

潘金莲问："跟谁承认？"

武松："跟街坊邻居，跟清河县的老百姓。我掀了他的桌子！"

潘金莲："李大人为什么要你承认？"

武松喝了一大口酒："他说是东平府的意思。"

潘金莲的心沉了一下。西门庆跟东平府尹陈文昭关系不错，这个她是知道的。难道是西门庆搞的鬼？

武松："东平府算什么鸟东西？当年我们攻打东平府的时候……"

潘金莲："叔叔，这个话可不能再说了。"

武松自知失言，低头喝酒。

潘金莲："说不定这件事有蹊跷。叔叔要小心了。"

武松也觉得这件事很奇怪，也很纳闷，但是他不想让她担心："他们改不了喝酒打虎的事。改得了吗？"

潘金莲并不特别关心改不改得了这件事，她关心的是平静幸福的生活不要被打搅。她对现在的生活心满意足，生怕有一天醒来这样的生活不翼而飞。但是，她还是觉得少了些什么。

潘金莲的脸红了："我想要个儿子……"

武松的脸也红了，他低头拼命喝酒。

李达天此刻也在喝酒。关于喝酒打虎这件事，虽然没有亲眼看到，但是他相信那绝对是真的，不容置疑。但是他不知道东平府下达那个公文的真正原因所在。为了这个武松，他也被折腾得筋疲力尽。

李达天破格重用武松，到武松被发配至孟州，以及他遭到降职的事情我们已经讲过了。武松到了孟州之后，结识施恩，醉打蒋门神，大闹飞云浦，杀张都监全家等等这些事，各位都在《水浒传》里读到了，我就不多讲了，主要是那些事跟李达天没有关系，没有牵连到他。虽说没有牵连到他，但是江湖时有一些武松的传闻，李达天听得心惊肉跳，只能夹着尾巴做人。再后来，又听说武松与一伙强人啸聚梁山泊，公然与朝廷作对，李达天吓得天天晚上睡不着觉，或者说，李达天在小说里就没有睡过觉，几乎精神失常。好在上面没有追究这些事，李达天如履薄冰地过了几年。待到朝廷派大军围剿梁山泊的时候，东平府一纸公文下来，李达天被削职为民，在街面上支起一个铺面，卖早点为生。

李达天从县太老爷到靠卖早点为生，角色转换的心路历程只有他自己知道。他觉得，所谓宦海生涯，无非就是一场游戏。游戏规则永远都是你的上司在制定。上司说游戏可以继续，那就继续。上司说游戏到此结束，不管你的兴致有多高，说结束就结束了，没有任何道理可讲。你越申诉，你东山再起的希望就越渺茫。值得欣慰的是，李达天的早点生意特别红火。人们奔走相告，成群结队地从四面八方赶来购买前任知县的早点。他们的脸上毫不隐瞒地显示出各种各样的表情，但总的表情是好奇、兴奋和同情。前任知县的早点给了他们无穷的想象空间，使他们的每一个早上充满了欢乐。当然，欢乐中也有某种唏嘘同情和人生无常的感叹。幸灾乐祸的人也有，但那不是主流，毕竟他们认为李达天是一个不错的好官。

一个阴雨天的早上，李达天正准备收摊子，一个年轻人大步走过来，抓起包子就吃起来。李达天抬头一看，原来是乔郓。这个乔郓就是《水浒传》里的那个郓哥，靠卖些时新水果为生。他本来姓乔，因为别人都叫他郓哥，倒忘了他本来姓什么了。我还是叫他乔郓吧。由于他跟武松的特殊关系，帮过武松，所以武松第一次在清河县做都头之后，就让他在自己手下做了一名捕快。乔郓虽然乖巧，但也只是乖巧而已，做捕快虽然尽心尽力，但也没有什么大出息。武松被发配去孟州，他也没有受到什么牵连。据说是西门庆帮他说了话，乔郓没有承认，也没有否认。以前他沿街叫卖水果的时候，西门庆对他还是有所关照的，所以帮他说句话也是可能的。乔郓现在二十多了，还没有讨到婆娘。听说他喜欢花千树，但是花千树正眼都不会看他一眼。

乔郓一口气把剩下的包子全吃完了，起身就要走。

李达天叫住他："乔郓，不给钱吗？"

乔郓停下，回头："你说什么？"

李达天："给钱。"

乔郓："我在办案，你要我给钱？"

李达天卖早点快两年了，官气已经消磨殆尽："乔捕快，吃饭给钱，天经地义嘛。"

乔郓笑笑："李大人，你觉得你还是知县大人吗？"

李达天："早就不是了，可是……"

乔郓打断："那你还敢找我要钱！小心我掀了你的摊子！"

李达天笑了笑，摇摇头，目送他扬长而去。李达天一开始就不喜欢这个人，当初如果不是武松执意请求，他是不会同意这个人做捕快的。他总觉得乔郓这个人身上有一种他非常不喜欢的东西，但是具体是什么东西他也说不大清楚。

李达天狠狠地喝下一口酒。世事难料，那伙声势浩大的梁山好汉居然接受了朝廷的招安，一夜之间由草寇变成了护国军，奉皇上的旨意前往江南征讨反叛者，并且大获全胜，生擒了这股反叛者的头目方腊。让李达天万万没有想到的是，武松在征讨中功勋卓著，就是他生擒了方腊。武松成了英雄，朝廷给予了表彰。

官复原职的公文到达清河县那天，李达天刚刚卖完了早点。还没有读完公文，李达天已经热泪盈眶，当街号啕大哭了一场。他看了看自己的铺面，把手中的碗狠狠地砸在地上，转身朝衙门飞奔而去。好事还没完，第二天中午时分，东平府的公文又到了，李达天由县丞升任知县，清河县又回到了他的手中。

李达天走出衙门，从旁边闪出一个人，扑通一下跪在他面前。李达天一看，当然就是乔郓了。

乔郓声泪俱下："李大人饶命，小人瞎了狗眼，罪该万死，小人再也不敢了，求大人饶了小人这一回，小人愿意给大人当牛做马……"

李达天淡淡一笑："我不会杀你。"

乔郓感激得五体投地了："多谢大人不杀之恩。从今以后，小人生是大人的人，死是大人的鬼，赴汤蹈火，肝脑涂地，万死不辞！"

李达天轻轻地说了一句："以后你就叫乔郓城吧。"

李达天又狠狠地喝了一口酒，眉头紧锁起来。东平府的公文里只是要求重新调查武松当年喝酒打虎的事，也没有说明具体原因，更没有要求需要什么样的结果。但是，李达天有一个老乡兼亲戚在东京做官，官不大，可消息灵通。几天前李达天接到他的一封信，信里说，朝廷有人对宋江、卢俊义等人有些不放心，近期可能会有动作。老乡嘱咐他小心谨慎，要认清形势。

李达天陷入了矛盾之中。他对武松爱恨交集，但不管怎样，不管武松身上有多少毛病，他都觉得武松是一个正直的人。所以，当初李达天得知武松在杭州六和塔休养，不愿跟着宋江去东京，对武松的敬佩之情就油然而生。没想到这个武夫的境界竟然比自己高出很多呀！他如果愿意回清河县，我还是让他做都头，管理治安。而且，对西门庆那样的人也可以有所节制。他还有一个隐秘的想法，他想让所有的人看看，我李达天最终是没有失察之过的。因此，李达天拒绝了西门庆的劝告，先写了一封言辞恳切的书信，然后满怀热情地去了杭州，亲自把武松接回来了。

可现在看来这一把还是赌输了。李达天喝完了最后一口酒，思路开始清晰了。不能再输了，我也输不起了。宋江、卢俊义如果有反意，武松难道就一定不会有吗？毕竟都是从梁山泊下来的。要先稳住武松，不能生乱。先褪去武松身上的光环，再一步一步往下走。

武松当然不知道个中究竟，潘金莲也不会知道。一场风暴就此掀起。大风起于青萍之末。

第四章

都市的灯光是很迷离的。夜幕降临，我正在构思《城市与老虎》，就接到王涵的信息，她说今天是她的生日，想请我吃饭。我第一感觉是想拒绝。但随后我又觉得是不是我想多了，人家只是想请你吃个饭，联络一下跟老板的感情，这是再正常不过的了。以前也有女下属请我吃饭嘛，怎么这一次就想那么多呢？我点上一支烟，无声地笑了笑。我本来想跟李峰打个电话，叫他一起去，可这家伙现在正陷入一场没有解药的异地恋，纠结得很。算了，下次再说啦。李峰是我的好朋友，我们认识二十多年了。他经营一家广告公司，做得还可以。他虽然是学物理的，但平时喜欢写点诗和散文。我的评价是，比很多中文系的人写得好很多。

　　王涵请我吃的是烧烤。现在的年轻人很喜欢吃这个。我已经是中年人了，平时不是很刻意养生，但对烧烤之类的玩意儿还是比较克制。我喝了一些啤酒。王涵有些怪我不给面子，吃得那么少。我说我其实已经吃过晚饭了。王涵问我是不是在养生，我笑了笑没说话。

　　王涵盯着我，笑笑："你养生干什么？"

　　我故意不理解她的意思："不干什么。"

　　王涵笑出声来了："你肯定想干什么。来，我敬老板一杯！"

　　我们碰杯。来这里吃烧烤的人很多，有些喧闹。

　　我借着酒意问她："你说我想干什么？"

　　王涵嗔了我一眼："明知故问！罚酒！"

　　王涵在摇曳的灯光下显得比白天漂亮了一些，也许还有啤酒的作用。王涵的眼睛、鼻子、嘴巴长得很精致，很耐看，但是不知怎么回事，从整体效果来看，却没有组合成一个美人。这是我白天观察的结论。但是今天晚上的王涵却令人意外地漂亮，我就突然想到了潘金莲。我想象中的潘金莲可能就是这个样子。我怎么会把王涵跟潘金莲联系在一起呢？我的潜意识里到底在想些什么？人有没有潜意识？潜意识既不能证实，也不能证伪，那么潜意识到底是什么呢？

　　王涵："想什么呢？"

　　我回过神来，冷不丁地问了一句："你男朋友怎么样？"

　　王涵神色坦然地："他那方面不行。"

　　我真有些尴尬："我、我不是问这个……"

　　王涵笑笑："你肯定是问这个。"

　　我不好意思地笑笑："我怎么会问这个呢？"

　　王涵："是啊大叔，你怎么会问这个呢？嘻嘻。"

　　我有点急了，"我怎么……算了，不纠缠这个了。"我点上一支烟，掩饰自己的尴尬，做出一副无所谓的样子，高深莫测地笑了笑，然后夹起一块烤肉，若无其事地咀嚼着。

　　王涵给我倒酒："大叔，说话。"

我竟然有点不快："大叔？谁是你大叔？我有那么老吗？"

王涵大笑："哈哈哈！生气了，他生气了，他生气了！"

必须承认，我就是在那个时候开始有点喜欢王涵了。她一定看过昆德拉的《生命中不能承受之轻》，特丽莎对托马斯就是这样说的，只不过王涵用的是生气，特丽莎用的是嫉妒，但是句型是一样的。最重要的是那个代词"他"非常有意思。明明说的那个人就在对面，可是王涵却用了第三人称，其中的那种感觉难以言说。只有在某个特定环境里，有人对你这样说过，你才可能理解那种心照不宣的暧昧滋味。

那天晚上当然什么也没有发生，但是发生也许是迟早的事。吃完之后，我和王涵沿着滨江路散步。我们的身体时而靠得很近，时而隔开半米远，但是都显得很自然。不久之后我问过王涵，那天晚上散步的时候你最希望我做什么。王涵的回答直言不讳，牵着我去开房。我当时确实想那样做，可我还是觉得那样做不好，我必须显得稳重一些。我们慢慢走着，也说了不少话。王涵是从老家考到我们这里来上大学的，学习成绩不错。因为喜欢这里，毕业之后她就留下了，汉唐文化公司是她工作的第一家公司。她的男朋友或者说前男友也在这里念大学，他们是在网上认识的。我问她是不是准备在这里安营扎寨了，她的神情有些茫然，看着江面上的夜行船，说不知道，先工作再说吧。关于她家里的情况她很少谈及，有时候我随便问问，她含糊其词，我也没留意。

一辆出租车慢慢从我们身边驶过，见我们无意搭车，就迅速离去了。这个时候，王涵轻轻地牵住了我的手，没有说话。我们就这样牵着手走了很长一段路，直到走到一个人多的广场才松开。

王涵轻轻地说："我回去了。"

我点点头："打车回去吧。"

王涵摇摇头："我坐地铁。"

她突然抱住我，在我脸上亲了一下，然后就消失在黑夜里。我回顾周围，并没有人注意到刚才这个情景。

我居然忘了跟她说生日快乐！

所以刘珊珊经常说我没心没肺。刘珊珊是我公司里的会计，或者说好听一点，就是财务总监。她是我的大学校友，不过比我低好多届。她其实完全可以不用出来上班的，因为她老公很有钱。但是她觉得女人应该有自己的事业，也应该有独立的精神。她说不想过早做黄脸婆，也讨厌跳广场舞。确实，刘珊珊看上去就是一个精明能干的职场女性，而且漂亮，性感，还能喝酒。

刘珊珊走进我的办公室，拿着一叠报表让我审核签字。我一边看报表一边跟她说话。

我没有看她："刘总，怎么这么严肃啊？这个月公司亏了吗？"

刘珊珊没有表情："公司没亏，怕你亏了。"

我当然知道她在说什么。这个世界就没有什么秘密可言，你跟任何人吃顿饭，全公司的人很快就知道了。你甚至不知道他们是怎么知道的，反正他们就是知道了。

我装作什么都不知道的样子："我有什么好亏的？"

刘珊珊："烧烤好吃吗？"

我夸张地看着她："这个你都知道了？路子很野嘛。"

刘珊珊："给你打了二十多个电话，发信息也不回。够专心致志嘛，不，是够专一。"

我笑笑："烧烤生意好，喧闹得很，我们……"

刘珊珊打断："别我们我们的，我对你们的事不感兴趣。"

各位已经看出来啦，我跟刘珊珊的关系不是普通关系。直截了当地说吧，我跟她是情人关系。但是这种情人关系又有点不大一样，也就是说跟传统意义上的情人关系有些不同。我跟刘珊珊约定，家庭为重，理性交往，以不影响破坏家庭为最高原则。两个人都是自由的，不得干涉对方的行为。一旦发现有过线的苗头，立即自动终止情人关系，对方不能以任何理由做无理纠缠。说实话，这几年我和刘珊珊都做得很好，从来没有发生过争执。其实，在商定这些原则的时候，我已经离婚了，所以这些条款主要是保护刘珊珊的。我必须承认，刘珊珊是一个好女人，当之无愧的贤妻良母。她的父母已经不在了，她对公婆是孝顺有加，非常贴心。可以这么说，如果她老公要想离婚，她的公婆一定会挺身而出，以死相逼，宁愿不要儿子，也不愿意失去儿媳。她六岁的女儿很有艺术天赋，她周末带着她辗转多个培训机构去学习各种技艺，回家后还精心辅导女儿练习。刘珊珊还做得一手好菜，她老公对她的厨艺赞不绝口，只要可以推托饭局，他一定会赶回家吃饭。令人惊奇的是，刘珊珊并没有成为黄脸婆，她很善于保养自己，所以三十八岁的刘珊珊出现在公众场合的时候，一定是光彩照人的。作为公司的财务总监，刘珊珊同样是无懈可击的。

我笑了笑："没有兴趣就不要说啦。吃顿饭而已嘛。"

刘珊珊露出甜美的笑容："好吧，吃顿饭而已。"

刘珊珊在我面前从来不会装笑。如果她笑了，那就是真的没事儿了。我特别喜欢看她笑。我离婚之后情绪十分糟糕，萎靡不振，表现得很堕落。刘珊珊以校友的身份来劝慰我，声音柔美，语言非常得体，绝对不是心灵鸡汤那种。当看到她第三次露出甜美的笑容时，我立刻决定振作起来，扬起生活的风帆。也就是从那个时候起，我们之间的私人谈话越来越多，越谈越觉得心灵相通，属于金风玉露一相逢那种，终至于发展成了情人关系。

我签完字，把报表递给她："找时间我请你吃烧烤。"

刘珊珊没有接报表，转身去把门关好，快步走过来，柔情似水地抱住我："我不吃烧烤，我要吃你。"

我轻声地："现在怎么行？"

刘珊珊吹气如兰："吃完饭我过来。你好久没有找我啦。"

我的身体为之一震。

刘珊珊转身边走边说："崔总，我走啦。谢谢你的签字。"

我点上一支烟，心里充满莫名其妙的幸福感。这个时候我的手机响了一下，是王涵发来的信息：我吃完饭去找你。还有一个亲亲的表情符号。

我一下子从椅子上站了起来！

怎么办呢？传统和当下哪个更重要？我难以抉择。我拿起手机犹豫了两秒钟，给王涵写了一条信息：我中午要出去一趟，回头再说。但是我最后没有发出去。跟刘珊珊说我中午要出去？刚才为什么不说？就算中午真的临时有事，听起来也像是在撒谎。我一筹莫展的时候，突然想起了我的好朋友李峰。

李峰曾经在喝酒的时候给我讲过一件事。他当年在南京上大学的时候结识了一对姐妹。这姐妹俩都在南大历史系读书，但不是一个年级。他先认识姐姐，后认识妹妹。李峰说妹妹好像有点喜欢他，但是他却有点喜欢姐姐，尽管姐姐早就有男朋友了。有一个周末，李峰约姐姐去别的学校跳舞，下午五点钟见面，随便吃点东西就去。顺便说一句，姐姐的男朋友不在南京。没想到下午四点半的时候，妹妹找到他的宿舍来了。解释一下，那个年代还没有手机。所以要么先写信，要么直接就来了。李峰的脑袋都大了，总不能说对不起，我要跟你姐姐出去跳舞，你自己玩儿吧。情急之下，李峰借口去卫生间，跑到隔壁房间，拿了几十块钱给一个关系良好的同学，请他务必请妹妹吃顿饭。这个同学是见过妹妹的，说一切包在他身上。五分钟之后，那个同学进来了，热情洋溢地拉走了一脸懵逼的妹妹。李峰让自己平静了一会儿，看了看手表，差三分钟就五点了。他赶紧跑下楼，姐姐已经在楼下门口了，顾盼多姿的样子。

李峰喝了一大口啤酒："我那个时候就是瞎折腾！根本没戏，就是瞎折腾！"

我阴阳怪气地说："不至于吧？"

李峰满怀惆怅地说："说起来都不好意思，跟姐姐连手都没有牵过。那时候是爱在心里呀，不像现在。哈哈哈！"

生活真的是阴差阳错。李峰说那个同学拿着自己的钱请妹妹吃饭，结果还吃出感情来了。大学毕业之后，他们两个结了婚，后来一起去了美国，并在那里定居。

"就长相而言，姐姐比妹妹漂亮得多。但就学习而言，妹妹比姐姐更有灵气。"李峰做了总结。

我给李峰打电话，简单说明了情况。李峰在电话里大笑，表示愿意解救兄弟伙于倒悬之中。

李峰很快就到了我的办公室。李峰比我小两三岁，也是四十好几的人了，但是看上去比实际年龄要小一些。他是一个比较招女孩子喜欢的大叔，或者说比较招某一类的女孩子喜欢的大叔。

刘珊珊进来的时候，李峰正在跟我大谈伍迪·艾伦的电影。

李峰："老伍说，我想归根结底，问题就在于我憎恨现实，真的。可是你知道，我们偏偏只有在现实里才能好好吃顿牛排餐……哎哟，刘总来了，刘总你好，好久不见啦。"

刘珊珊眼里飞快闪过一丝失望，随即泰然自若地："什么风把李总吹过来了？"

我们三个人一起吃过饭，所以他们认识。

李峰："好久也不见崔总了，今天刚好路过，有些事情也正好跟他聊聊，强强联手嘛，哈哈哈！"

刘珊珊笑容甜美地看了看我："李总是有实力的。崔总，那我就不打扰你们了。你们谈。"

我送刘珊珊到门口，她幽怨地恨了我一眼："崔总请留步。"

李峰摇了摇头，叹了一口气。

我问他："怎么了？"

李峰压低声音："值得吗？那个小姑娘有什么好？"

我苦笑一下，我也不知道我为什么要这样做，干脆明确地拒绝王涵不就行了吗？改个时间不可以吗？我真不知道我是怎么想的。

李峰的声音更低了："珊珊真的不错呃！"

我笑笑："你跟苏州怎么样了？"

李峰的异地恋情人是苏州人，我们就常常用地名来指代她。

李峰一脸幸福："不谈她。在办公室这种地方谈她是一种亵渎。"

正在这个时候，王涵进来了："崔总，有客人呀？"

我看见李峰的眼睛里闪现了一丝惊讶："小王啊，介绍一下，李总，我的好朋友。李总，这是公司的小王，王涵。"

李峰淡淡地："小王你好。"

王涵笑笑："李总好。"

我问王涵有什么事，她说公关部有人想辞职，她来汇报一下工作。我说现在有客人，明天再说吧。

王涵走了之后，李峰没说话，居然站在窗前看城市风景。

我点上一支烟："怎么，想苏州了？"

李峰感慨万千地："崔流平，你说这个城市里到底有多少漂亮的女孩子呀？"

我不接他的茬："行了，我晚上请你吃酒。"

李峰满怀深情地："你说，苏州的少女时代是什么样子啊？"

我淡淡地："不要亵渎你们苏州。"

李峰见我有些心乱如麻的样子，就说你的事情别怪我，是你喊我来的。王涵不错，好好培养。

李峰居然记住了王涵的名字。

李峰临走的时候说："你不是在写小说吗？"

我当然知道他的意思。写小说应该心平气和，不能浮躁。王涵的出现使我有些心动，这肯定不利于创作。况且已经有刘珊珊了，事情发展下去肯定会有麻烦。具体有什么麻烦我也不知道，我想最多就是心静不下来嘛。我这个年纪了，有什么静不下来的？

三天以后，王涵给我发信息，说她买了两张电影票，要请我看电影。在安慰了刘珊珊之后，我觉得一切都正常了。我甚至认为，王涵大胆地接近我，无非就是为了加薪升职。我是有原则的人，你有能耐我给你升职加薪，没有能耐就什么也别想。

电影讲的什么我一点也不感兴趣，电影就那么回事，看不看都无所谓。从电影的第一分钟开始，王涵就紧紧地握住我的手，我们就像情侣一样看电影。电影院真是一个谈情说爱的好去处，我发现观众们都在做自己想做的事。我突然明白了观众为什么喜欢看电影，因为不看也没有什么浪费，还有更重要的事情要做。结果是电影没看好，事情做得也不好，还浪费了电影票钱。现在的电影票价不低啊。

有些事情也不好说得太直白，总而言之，我像一个年轻人那样看了一场电影。这场电影看得我热血沸腾，高潮迭起。我从没有这样看过一部电影，因此它是一种全新的体验。王涵富于想象力的大胆和激情让我印象深刻。

走出电影院，我身心愉悦，觉得这个城市的夜晚是如此的美好动人，每一束灯光都是那么的温馨，再加一点点神秘的暧昧。王涵牵着我的手，紧紧地靠着我。我们像情侣那样漫步在城市的夜晚。

我以为王涵会提出去我的住处。我想，如果她提出的话，我一定会答应的。毕竟我没有任何理由拒绝她，我是单身，有什么理由拒绝呢？但是，我为什么不主动提出来呢？我在担心什么？

王涵笑笑："你累了，好好休息。我回去啦。"

我略显疲惫地刮了刮她的鼻子，轻轻地说："你太厉害啦。"

就这样，王涵进入了我的生活。她让我的生活变得明快起来，变得随时充满激情和放荡。随着我们之间的感情提升，我心中的隐忧也在加剧，甚至有一种不祥之感在慢慢生长。那段时间里，我的情绪不太稳定，我的《城市与老虎》进展缓慢，时断时续。但是我没有时间去多想，任凭激情欢乐把我带向任何地方。

第五章

武松去衙门了，潘金莲犹豫着要不要去找西门庆。她觉得一定是西门庆要陷害武松。可是就算找到他，又能说什么？难道跟他讲道理？他是讲道理的人吗？更何况，武松曾经对自己说过，不要求任何人。如果背着武松去找西门庆，她觉得无论如何都是自己犯贱。这一年来，她从没有见过西门庆，而且从内心深处来说，她也不想看到那个姓西门的人。

那一年，武松的钢刀离潘金莲的咽喉只有 0.01 厘米，她知道自己死定了，闭上眼睛，等待最后那一瞬间。然而，该发生的并没有发生，在凝固的空气中，潘金莲看到了武松最痛苦的眼神，铮铮铁汉的眼角流出了泪水，紧握钢刀的手青筋暴跳，钢牙仿佛咬碎了生铁，整个屋子好像在颤抖。

武松惨叫一声："哥哥……"

钢刀掉在了地上。这把发着寒光的钢刀后来杀了很多人，但是现在它静静地躺在地上，好像它永远也起不来了。

接下来是武松更为让人心悸的喊叫："嫂嫂啊……"

潘金莲真切地听到了自己的心碎裂的声音。她感到自己的灵魂正在离开身体，她想抓住却无能为力。她残存的意识告诉她，这个男人已经宽恕了自己。但是潘金莲觉得自己已经死了，她只能以这种死亡的方式去爱这个叫武松的男人。她知道只要自己的身体还在，就会有放浪淫荡的生活，但是那些所有的生活加起来，都是为了怀念那个丢掉钢刀的男人。人只要有怀念，就不会害怕生活了，哪怕那个怀念虚无缥缈。

潘金莲为自己居然产生了去找西门庆的念头而深感羞愧，她毫不留情地责骂自己犯贱。她认为世间一切都不可怕，最怕的就是犯贱。哪怕就是死，也绝对不能犯贱。

潘金莲理清了自己的思路之后，觉得心情舒畅无比。她想尽快怀上武松的孩子，为武家生下一儿半女。她相信这一天很快就会到来，因为武松昨天晚上的勇猛给了她强大的信心。自嫁给武松近一年来，这是他们的第二次。而他们的第一次以悲情告终，因为所有的爱恨情仇都涌上各自的心头，气氛凝重悲苦，他们大放悲声，最后抱头痛哭到天明。

武松刚到衙门，就听说城南地界因为斗殴出了命案，他抱起一坛酒就往外走，乔郓城叫住了他。

乔郓城："武都头且慢！"

武松看着这个年轻人，不免心生纳闷。以前，他总是叫自己恩人、恩公，或者武二爷，至少也是武大哥。现在居然叫武都头。

乔郓城脸上没什么表情："武都头，你且歇息片刻，我去城南。"

武松大声地："你去？你去行吗？"

乔郓城笑笑："我为什么就不行？"

想当初，是武松力保乔郓城做了捕快。乔郓城感激不尽，对武松言听计从，而且十分孝顺。武松也拿他当小兄弟看待，处处关照保护他。清河县的人都知道乔郓城有一个好大哥。武松被发配去孟州，他赶来为他送行，流泪不止。武松从杭州归来，乔郓城欢天喜地，设酒宴为恩人接风洗尘，当着众人的面，向武松叩了九个响头。这近一年来，他对武松也是尊崇有加，不敢有丝毫怠慢。三天前，他还请武松吃酒，以谢武松的再造之恩。

武松没有多想："你跟我一起去！"

这时候，李达天出现在他们后面："让乔郓城带人去城南。"

武松："李大人，我闲着没事……"

李达天："武都头，这十年乔郓城历练得十分出色，进步极大，已是清河县远近闻名的捕快了。"

武松："这个自然。"

李达天："所以，他为什么不行？以后，很多事情都让乔郓城去办，你可以多多歇息，毕竟他比你年轻嘛！我还准备提拔他做都头。还不快去？"

乔郓城："多谢李大人栽培！小的去了。"

乔郓城看都不看武松一眼，带人就走了。

武松看着远去的乔郓城："李大人，郓哥儿确实长大了……"

李达天打断："他现在叫乔郓城。那件事考虑得怎么样了？"

武松一愣："何事？"

李达天盯着他：“喝酒打虎的事。”

武松：“李大人，喝酒打虎咋可能是假的嘛？”

李达天：“没有说是假的。”

李达天很有耐心地跟他再次解释了那份公文里的意思，希望他全力配合。最后，李达天总结说：“武都头，一定是你的记忆发生了问题。”

武松有些郁闷，也有些恼怒，还有些着急。但是我说过，武松现在是吃皇粮的，脾气已经收敛了很多。毕竟，他有老婆，不能随意使性子。而李达天确实有恩于自己，他是讲义气的，不能翻脸不认人。武松的脸都憋红了。

李达天：“武都头，此一时彼一时。你要认清形势。”

武松是听不大明白这些话的真正含义的。但是李达天说话的语气和神情使他意识到，这不是开玩笑的。他突然觉得李达天有点像宋江，心情一下子变得恶劣起来。

武松：“李大人，你有恩于武松。可你要是再胡言乱语，小心武松这对拳头不认李大人了！”

李达天终于释怀了！贼寇就是贼寇，一日落草，终生不改贼性。朝廷对宋江卢俊义之辈加官晋爵，可他们还是贼性不改，试图谋反。这个武松，我虽然对他有恩，可是一有言语不合，他就以武力相威胁，这样的人迟早会闹出惊天大事来。而像武松这样的人，朝廷有过表彰，立过战功，身上有耀眼的光环，很有欺骗性。一旦铤而走险，后果更加凶险。朝廷是有眼光的，高瞻远瞩。为了不打草惊蛇，必须先去掉这些人的光环，剩下的事情就好办多了。李达天这个时候才真正读懂了公文背后的深刻用意。我不能再犯错了，把对武松的那点愧疚收起来吧。他今天可以用拳头示威，明天会不会用刀枪逞能呢？贼寇永远都是贼寇。

李达天不动声色：“武都头，你在威胁我？”

其实，武松刚刚说完那句话就有点后悔了，毕竟李达天是自己的恩人，对自己多有关照。

武松抱拳：“武松不敢。”

李达天语气稍缓：“武都头，现在不是去年你刚回来的时候了。有些事情正在发生变化，希望你能认清形势。”

武松不大理解认清形势的真正含义。他觉得不管什么形势，用拳头最后都能解决。

武松：“我去城南看看。”

李达天提高声音：“城南你就不用去了！武都头，你先回家，好好考虑一下我说的话。”

武松一脸困惑不解。

李达天："让乔郓城多做点事情。你好好歇息几天吧。"

潘金莲看到武松回来了，有些意外。武松说是李达天让他回家的，还让他好好考虑一下，这几天就不用去衙门了。

武松大声武气地："李达天在搞什么鬼？搞什么鸟事！有什么话就直说嘛！"

潘金莲小心翼翼地："叔叔，你是不是得罪了李大人？"

武松说没有得罪他，他是按照东平府的公文来办事的，可是李达天知道我喝酒打虎的事情是真的啊，凭什么要我说没有喝十八碗酒，老虎不是我一个人打死的！

"可是，"潘金莲不无担忧，"那天你掀了李大人的桌子呀。"

武松哼了一声："我气不过。"

潘金莲："可是叔叔那天回来闷闷不乐的，酒也没喝……"

武松看了看她，本来想说因为不愿意让她烦心，但是怎么也说不出口。武松这个人对沙场征战立功的事并不怎么在意，觉得那不过是仗着人多势众而已。他最得意的一件事就是一个人空手打死一只吊睛白额大虫，那是他最荣耀的事，一生都引以为傲。所以那天李达天对这件事的真实性的质疑使他很受伤，也很沮丧郁闷，觉得自己受了天大的委屈。生擒方腊算什么？远不如打死一只老虎！

潘金莲轻声地问："叔叔，你觉得这件事有没有其他人在搞鬼？"

武松站起来："吃酒吃酒，不管这个鸟事了！"

经过乔郓城的勘问调查，城南的命案已经清楚了。马东在西门庆的赌坊里作弊，被人发现，双方发生冲突。一个叫孔平的人失手打死了马东。孔平没有逃跑，很快就被捉拿归案，并对此事供认不讳。

乔郓城向李达天汇报了此案的经过及调查结果。

李达天："立刻将孔平关进死牢。待东平府审议后，秋后处斩吧。"

乔郓城有些为难的样子。李达天问他怎么回事。

乔郓城放低声音："他是西门庆的人。"

李达天心里一沉，看着乔郓城。李达天想，如果是武松，就不会这样说话了。但是现在能用武松吗？敢用吗？

李达天毫无表情地："西门庆的人又怎样？你不把事情调查清楚，跑来跟本大人胡说些什么！你就这样做捕快吗？出去！"

乔郓城拱手："多谢大人提点！"

李达天仰头闭着眼睛，轻轻地叹了一口气。官复原职之后，他把在乡下的老婆孩子接来了，一家人过得平静幸福。特别是他的儿子顺子，非常懂事勤奋，书念得很好，这让李达天觉得无比欣慰，他觉得自己有责任让老婆孩子平平安安，不再让他们担惊受怕了。

西门庆在自己府中巨大的厅堂里接见了前来拜访的乔郓城。这个曾经走街串巷的水果少年首先满怀深情地回顾了当年西门庆对自己的关照，又忆及十年前因为武松杀人案而替他仗义执言开脱责任的事，若不是西门大官人的一言九鼎，他至少不会在衙门里做事了，更不会有今天小小的一点成就。

西门庆大笑："哈哈哈！老子当年就看出你小子会有点出息！怎么样，老子没看走眼吧！"

乔郓城立刻跪下："多谢恩公栽培！"

西门庆一挥手："起来说话。"

乔郓城把关于城南命案的情况详细地做了汇报，包括李达天的前后表态，等等。

西门庆点点头："李达天还算识相。你知道这一次李达天为什么会识相吗？"

乔郓城："恩公的面子他不敢不买。"

十年过去了，西门庆开始发福了。仔细一看，他的气色不是太好。这也难怪，谁架得住几房姨太太的轮番上阵啊？更何况他这个人不知道节制，以为吃几副养生中药就能补起来。西门庆原本是有些武功的，这十来年武松不在清河县，他也就没了威胁，所以他的武功日渐荒废。但与此同时，他的财富却与日俱增，势力范围也逸出了清河县，在东平府都有相当的影响力。最近他得知了一点内部消息，简单点说就是武松的好日子不会太久了。西门庆很是兴奋，但是他深知武松的脾气和武功，要是这个天神发起脾气来，可能整个清河县都挡不住他。所以他不想轻举妄动，只是在暗中做一些准备工作，看看形势再说。西门庆是非常想扳倒武松这棵大树的，毕竟他的存在就是一种威胁，也让他很不自在。原以为他绝对不会再回来了，可是没想到这个天杀的居然杀了一个回马枪！这一年来西门庆郁闷得连房事都没有多大兴趣了，不知道这种日子什么时候是个头啊！天无绝人之路，没想到这么快就风云突变了。已经发福的西门庆比以前稳重了，他知道这件事得慢慢来，不宜操之过急。所以，他只是对乔郓城有所暗示，并没有明确表示武松的好日子到头了这个意思。

西门庆："面子只是一个方面。他李达天也要考虑他的前程了。"

乔郓城是个聪明人，不会多问，但他感觉得到可能有什么事要发生。凭着天生的直觉，他知道该怎么做了。当年的水果可不是白卖的，走街串巷接触过多少人，这使他练就了一双察言观色的眼睛。谁会理睬武大郎呢？乔郓城就会。因为他知道武大郎有一个了不起的亲弟弟！

乔郓城走了之后，西门庆端起养生中药若有所思地喝着。丫环来报，大娘子吴月娘前来问安。吴月娘的到来使西门庆想起了潘金莲，于是立刻变得无情无绪，叫吴月娘暂且回去，他另外找时间去看她。

西门庆以为武松当初重返清河县就是为了报仇雪恨，没想到武松提的第一个也是唯一的一个要求是，他要娶潘金莲！西门庆吃惊，所有的人都吃惊，整个清河县都炸开了！人们热情地议论着，想象着，意淫着。当天晚上，在李达天的陪同下，武松来到了西门庆府上。想象中的仇人相见分外眼红的情景并没有出现，场面异常平静。

西门庆："不行。这是不可能的。"

经历过数年的征战杀戮，武松变得比以前成熟稳重了。他坐下，看着西门庆，眼睛里是决不放弃的坚定。

西门庆的语气稍缓："金莲是我的老婆，我的五姨太。我是明媒正娶的。更何况，她曾经是你的嫂嫂。"

武松的神情开始凝重。他望着虚空，眼睛里似乎多了一丝杀气。

西门庆："武都头是衙门里的人，不会强抢民女吧？"

武松冷笑一声。

李达天赶紧打圆场："说笑了，说笑了。武都头是衙门里的人，自然有大宋律法约束，怎么可能做出这等事来？"

李达天专门去杭州接武松回来，表达了无比的诚意。所以，他应该陪武松来西门庆府上。不然，所有的诚意都付诸东流。他还是希望武松跟西门庆能够和平相处。他深知武松的脾气，如果事情不如人意，武松绝不会善罢甘休。李达天认为，如果武松能够讨回嫂嫂，那么两家的恩怨就会一笔勾销。他帮助了武松，那么武松一定会对他感激不尽，以后的事情就好办多了。在杭州的时候，他就隐隐约约感到武松愿意回清河县，跟他嫂嫂是有关系的。

武松："我哥哥的事情怎么说？总该有个了断吧！"

气氛似乎立刻变得紧张起来。

西门庆声音有些颤抖："武都头，你哥哥的事情官府十年前就有了结论，官府的判决书上也有李大人的大印在，你想怎么着？"

李达天有些尴尬，但是此刻也顾不得了："有话好说，有事好商量。二位请喝茶。"

武松："喝茶不如吃酒！西门庆，我跟你的事情必须有个了断。"

说到酒字，西门庆不由得立刻想起了武松打虎，醉打蒋门神，大闹飞云浦，怒杀张都监全家的一系列事情，冷汗直接就冒出来了。

西门庆："你这样说的话就让我很为难了，总该讲讲道理吧。"

实事求是地说，西门庆对潘金莲还是多少有些感情的。但是，抛开感情不说，如果武松真的抢走了潘金莲，那西门大官人的面子往哪儿搁？那不是成了天大的笑话了？西门庆绝对不肯丢这个面子，也丢不起这个面子。

武松："我就是跟你讲道理。我哥哥的事情如何了断？"

在来的路上，李达天一再嘱咐武松千万不要动怒，因为那无济于事，而且还会把事情搞得更糟。凡事好商量，也要做好从长计议的准备。但他同时表示，一定要帮武松的忙。武松答应有话好好说。

西门庆看着李达天，意思是你怎么不说话？

李达天干咳了几声："你看，武都头，你刚回到清河县，有好多事情等着你去料理。小潘的事情我们从长计议，好不好？总是有一个解决办法的。"

武松想了想，觉得李达天说得有道理，便起身往外走。然后他停下脚步，回过头："我娶定她了！"

西门庆每次想到这里的时候，心中难免恼怒加酸楚。如今，潘金莲已经嫁给武松快一年了，西门庆对武松的仇恨却与日俱增。他又想起那天晚上武松和李达天走了之后的情形。他在摔了五个茶杯之后，去了潘金莲的住处。潘金莲正在照镜子，梳理头发，脸有些微红。

西门庆："老五，是不是在准备嫁人了？"

潘金莲看着镜子里的自己，一言不发。

西门庆冷笑一声："你觉得武松会要你吗？"

潘金莲闭了闭眼睛。

西门庆双手按住她的肩："他不过是在向我示威而已。"

潘金莲幽幽地："我谁都不想嫁。"

西门庆："哈哈哈！这就对了！武松只是想扫我的面子，替他那个死鬼哥哥出口恶气！"

潘金莲的眼睛一下子红了，泪水悄悄地流出来了。这是她心头的痛，她永远都不想去回忆那噩梦般的过去。

西门庆："实话告诉你，武松今天晚上来找我了，他说要娶你。"

潘金莲一听这话，情不自禁地哭了，伤心透顶。

西门庆："哭什么？有什么好哭的？"

潘金莲趴在梳妆台上哭着，使劲摇着头。

西门庆："摇头就对了！老五，我跟你说，你别做梦了！我西门庆是什么人你还不知道吗？不可能的事！"

西门庆想到这里，心中一片苦涩。但随后他又兴奋起来，不管怎样，那个武松的好日子要到头了，这是一件值得高兴的事。他决定今天晚上去吴月娘那里过夜。

武松好像什么都忘了，一大早就出门准备去衙门，两个年轻捕快在门口拦住了他。

捕快甲："对不起，武都头，您不能出门。"

武松一愣："我不能出门？谁敢拦我？"

捕快乙："这是李大人的意思。您看，这里有公文。"

武松抓过来看了看，公文的意思很简单，武松不必去衙门，在家反思喝酒打虎的事，一切公务暂由乔郓城处理。

武松："城南那个命案……"

捕快甲："李大人说这不归您管。嫌犯孔平已经放了。"

武松："这么快就放了？"

捕快乙："武都头，孔平是西门庆的人。"

武松看着远处，他突然意识到有什么事情要发生。江湖流浪，沙场征战，这一切使武松对即将到来的危险有着充分的预判警觉能力。

第六章

李峰的异地恋人已经超过一个星期没有跟他联系了，这让他焦躁不安。他不知道为什么，也不知道发生了什么。他让我帮他分析一下究竟是什么情况。我认为是苏州的老公发现了什么，李峰觉得不大可能，她的保密工作一向做得很到位，三年了，一直没事。

我笑着说："时间越长就越危险嘛。一个疏忽大意，前功就尽弃了。或者说，就被捕了。"

李峰喝了一口酒："被捕之前应该发出信号嘛。"

我们哈哈大笑，碰杯喝酒。李峰虽然喜欢开玩笑，但其实他是一个用情很深的人，至少以前是。这些年经历了风风雨雨，他的性情似乎有些变化。以前他说起他爱过的女人，那个神情是认真的，深情的，绝不会说一句她们的坏话，更不会戏谑调侃，就算是对方主动抛弃了他，让他很受伤。但是现在，李峰有点不一样了。他虽然声称苏州是他生命中最爱的女人，但是他说苏州的坏话也是空前的多。所谓坏话，无非就是埋怨苏州对他不够好，而他对苏州却是一往情深。其实按照李峰的描述，苏州对他已经够好的了。他曾经像胡兰成夸张爱玲有女心一样来夸他的苏州。唉，生活会改变人，时间改变一切。

生活仍然要继续。有一天，我在办公室看资料，刘珊珊走进来。

刘珊珊似笑非笑："崔总好认真啊。"

我抬起头："珊珊，你今天好漂亮！"

当刘珊珊在没人的时候喊我崔总，我就知道她要说严肃的话了。所以我要尽力把气氛营造得轻松活泼一些。

果然，刘珊珊毫无表情地说："公司的人都在议论你跟王涵的事。"

我很淡定："都在？你确定？"

刘珊珊替我冲了一杯咖啡："王涵不适合你。"

我看着她："你以为我想娶她？"

刘珊珊笑了笑："你不至于那么蠢。但是，这个女孩绝对不适合你。请相信我。"

"有什么依据？"我故作镇定地搅拌咖啡，"说说看。"

刘珊珊："直觉。女人的直觉。"

女人的直觉确实是超一流的。没有根据，没有猜测，就是凭直觉就可以把握住生活的本质。

"好啦，我知道你的意思啦，"我略显不耐烦，"你去工作吧。"

刘珊珊轻轻地吻了我一下："你配得上更好的。"

刘珊珊这句话包含几个意思。她是更好的，我会找到更好的，但绝对不是王涵。我点上一支烟，陷入沉思。王涵确实让我有些凌乱。

三天前，也就是星期六，我和王涵吃完午饭，就照例去酒店开了房间。进了房间，王涵却没有像平时那样激情洋溢地投入我的怀抱，反而是静静地坐在沙发上，点上一支烟。

我从来不知道她会抽烟。我的心里有些不快。不是因为她抽烟，而是我居然不知道她抽烟，而她也从来没有告诉过我她会抽烟。她还会些什么呢？

"你会抽烟？"

王涵嗯了一声，动作娴熟地抽着。

我淡淡地笑笑："抽烟的女人有故事。"

王涵笑笑，没有说话。我觉得这是默认了。

我问了一个既蠢又土的问题："你男朋友不管吗？"

王涵毫无表情："没有男朋友，只有前男友。"

我不知道她有过几个前男友，但是我心里有些酸酸的，可这关我什么事啊？我又没有打算跟她结婚，有什么好吃醋的？

王涵又点上一支烟："我前男友结婚了。就今天。"

"结婚了？就是我见到过的那个人？"

　　王涵："不是。我高中时候的男朋友，初恋。"

　　我有些烦躁不安，却大声地："结就结嘛，谁都可以结婚！他结婚你就不活了？"

　　王涵："他是个渣男。"

　　我脑海里掠过很多乱七八糟的想象画面，让我变得更加烦躁："渣男你还这么上心！神经病啊！"

　　我看见王涵的眼睛里闪烁着泪花。我突然又想起了宋朝的潘金莲。不知道怎么回事，我最近看到年轻漂亮的女人的时候总是想起潘金莲！我不晓得是不是我正在写《城市与老虎》的缘故。我没有诽谤敌视的意思，而是充满了理解同情和怜惜。

　　王涵紧紧地抱住我大哭起来，伤心欲绝的样子让我同情心大增。在此时此刻的房间里，我们的心中充满了奇异的激情。王涵以她近乎疯狂的方式使我魂飞魄散，电击的感觉经久不息。

　　激情之后，我们各自平静地抽着烟。王涵语气平缓地讲了她的故事。她的那个前男友是一个帅哥，在高二的时候他们谈恋爱了。王涵的家境可以说是贫寒，但她觉得跟着男朋友就会有幸福。她常常不回家，跟家里谎称在学校补习功课。家里就是她妈妈在，还有一个不到十岁的弟弟。她父母在几年前就离婚了，她妈妈也没有再嫁。她妈妈在菜市场摆摊卖菜，非常辛苦，收入微薄。上高三那一年的春节，王涵发现男朋友移情别恋了，而且态度出奇地决绝，根本没有回心转意的余地。王涵跳河自尽，被一个好心人救了。大病一场之后，王涵对爱情彻底绝望了，同时发奋努力学习，居然考上大学了。

　　我轻轻地问："你家境不好，学费从哪里来？"

　　我预感到了故事的走向，所以才那么问。

　　王涵抽了一口烟，看了看我："我当然不会向家里要钱，家里也没有钱给我。我弟弟也要上学，他是男孩子，他将来才应该上大学。我妈妈最喜欢他了。"

　　王涵跟一个好心的老师借了钱，坐上火车就来到了这里，开始了她的大学生活。她在学校表现良好，学习努力，勤于思考，很热心班上的集体事务，善于跟人打交道，做过两年的班长。然而，借老师的钱一定要尽快还清，还有后面三年的学费在哪里？她是一个很懂事的女孩，不想让贫寒的家里更加贫寒，绝不向家里要一分钱。于是，王涵利用业余时间去打工。一个星期能够挣150块钱，可是这哪里够啊？生活费都不止这些。怎么办呢？

　　我打断她："别说了，我猜到了。"

　　王涵盯着我："你猜到什么？"

　　我心里有些隐隐作痛，但是我装得无所谓的样子，用调侃的语气把事情说得轻飘飘的："当茶花女呗，或者杜十娘。"

王涵不说话，又点上一支烟，手稍微有些颤抖。我也不说话，心里像有什么东西塌陷了似的。我觉得我的脸色一定很难看。我有一种想穿上衣服跑出去的冲动。

王涵："是不是看不起我了？"

我居然显得很镇定："没有。我为什么要看不起你？"

王涵："我明天还可以去上班吗？"

我笑笑："当然可以。你为什么要跟我说这个？"

王涵："走吧。"

她果断地下了床，迅速地穿好了衣服。

我说："你不说这些，我也不会知道。"

王涵靠着墙："崔流平，你是个好男人，我喜欢你。但是我不能骗你，我最恨欺骗。"

我的表情一定非常不自然，而且也很尴尬。我咬了咬嘴唇，欲言又止。我准备下床穿衣服。

王涵："你多躺一会儿，我先走了。这个酒店我来过很多次，我怕别人对你印象不好。"

说完，王涵就开门离去了。

那天下午，我一直躺在床上，直到华灯初上。我不知道自己在想些什么，脑海一片空白，又觉得很乱，香烟使我头昏脑涨。晚上九点多，我在街角吃了一碗面。老板是一个中年妇女，我久久地看着她。

我付钱的时候问她："生意好吗？"

她回答："不好。"

我说："不好你还是在做。"

她不知所以地看了看我，友善地笑了笑。我走了几步，又走回来，把一张百元钞票放在桌上转身就走了。

她冲着我喊："你、你干啥呢……"

在接下来的三天里，我没有看到王涵，我们也没有发信息打电话。我问吴敏王涵有没有来上班，吴敏说来了的呀，崔总找她？我说不用了，只是问问。吴敏哦了一声，好像什么都不知道。

现在，我正犹豫给不给王涵打电话，打电话说什么呢？发信息又说什么呢？我三天没有主动跟她联系，这不就说明问题了吗？那我还在犹豫些什么呢？

我不想去公司食堂吃饭，便去街上想买一个汉堡包吃。没想到在那里碰到了王涵。

我努力笑笑，装得什么事也没有的样子："你也喜欢吃汉堡包？"

王涵也笑笑："一般。"

"这几天怎么没有看到你？"我吃着汉堡包，"是不是在躲我？"

我都不相信这个话是我说出来的！我怎么会说出这样的话来？

王涵淡淡地："没有啊，上班很忙的。"

"那就好。"

王涵："崔总，你慢慢吃，我回去上班了。"

我点点头，认真吃着我的汉堡包。我的脑袋一片空白，什么也没想，只是机械地吃着食物。

下午我接打了十几个有关公司业务的电话，处理完各种事情之后，我打电话给李峰。我觉得必须跟李峰喝一次酒了。

我和李峰喝酒有一个基本的程序，就是每次喝酒都是首先畅谈国际国内形势，然后把话题转向文学艺术，包括戏剧和电影。这个话题让我们觉得自己是有情怀的人，在这个乌七八糟的世界里，我们还有某种坚守。当我们觉得我们的坚守显得有些滑稽的时候，我们就开始谈情感了。当然，我们有时候也谈一些别的事情，但都是浮光掠影地点到为止。所以我们的话题归纳起来就六个字：政治、艺术和情感。

现在已经到了第三个话题的中段了。

李峰略有些吃惊："你确定是真的？"

我点点头，慢慢喝酒。

李峰有些怅然地："结果，你喜欢的是只鸡。"

我说："罚酒！"

李峰哈哈一笑："我用词不当，粗鲁俗气。我认罚！"

他一口气喝了半瓶啤酒。我点上一支烟，也不知道该说些什么。

李峰："给茶花女提工资吧。"

我深深地吸了一口烟，吐出浓浓的烟雾，没有表态。

李峰："是不是无法面对？"

我喝酒："生活就是这样……"

李峰："人家也是迫不得已，你要理解。别想太多，你又不打算怎么着，干嘛这么伤神？"

我确实没想过要怎么着，可是我为什么还是有点难受呢？

李峰："所有美好的事物受到损害，我们都会黯然神伤。要不，让王涵去我那里上班？"

我看了看李峰，我没有看出他是在开玩笑。

李峰有些忧伤："其实苏州跟王涵又有多大的区别呢？"

李峰又开始说苏州的坏话了。他说苏州有过好几个情人，从三十岁开始就没有中断过，对他们她是一往情深。每每想到这里，他就心如刀割，难以释怀。

李峰总结道："可是我仍然非常爱她。她真的是一个好女人啊！"

我本来是想谈王涵，结果他把话题又扯到苏州那里了。

"你们现在怎么样了？"

李峰："能怎么样？前几天有信息，清汤寡水的，她说最近杂事缠身，心情不佳，无情无绪的，所以就懒得联系了。"

我笑笑："没有被发现就好。"

李峰离婚后，很快在网上认识了苏州，并且迅速坠入情网。他不相信见光死，勇敢地去了苏州，结果喜出望外。苏州现身了，按照李峰的描述，苏州"光彩照人"，有情有义，还知书达理。李峰那几天游遍苏州，身心俱悦。从此，李峰奔走于两城之间。以前有一篇小说叫《周渔的火车》，现在成了"李峰的动车"。当然，苏州偶尔也会来。我曾经问过李峰累不累，李峰说一个长途跋涉去通奸的男人，在动车上读萨特的《存在与虚无》，这是标准的现代人的生活方式，我乐此不疲。前段时间苏州家里有事，李峰才中断了他的常规旅行，心中闷闷不乐。

李峰："我不认为苏州家里真的有事。"

我不想就这个问题与他展开讨论，就问他最近有没有写诗。李峰说写了几首，感觉不大好。看来需要苏州旗帜鲜明地抛弃我，我才可能成为大诗人。诗人就是被抛弃或者等待被抛弃的人。我只好接着问他为什么不直接去苏州。他说，没有得到苏州的允许就去了，那是很不礼貌的行为。我必须承认，李峰这一点肯定讨女人喜欢。

李峰突然又说："叫那个王涵到我那里去吧，如果你无法面对。"

我说没有什么无法面对的，只是心里有些别扭。我忽然觉得王涵也许去李峰那里更合适，于是就说过两天再说吧，我问问她的意思。

半夜，我回到自己的家中，瘫坐在沙发上，抬头就看到了我和前妻的照片。离婚五年了，我一直没有把我们的结婚照取下来，我不知道是因为我懒得取下来还是因为还在想念前妻，反正照片就挂在墙上。前妻叫路嘉怡，是我的大学同班同学。她现在带着我女儿崔莺莺生活在加拿大。当然，路嘉怡现在有老公，我女儿也有一个继父了。平心而论，路嘉怡当年绝对算得上是美女，而且颇有诗才，是我们学校有名的三大女诗人之一。她的那首长诗《假如生活打垮了你》使她在学校一夜成名，好多同学都能背诵其中几段。

我不愿意追溯往事，是马思远的电话把我从绝望的回忆中捞了出来。马思远在电话里大声嚷嚷，让我的酒意醒了一半。

马思远："当过妓女又怎样？妓女比别人更脏吗？没有李香君，哪来侯方域？没有小凤仙，哪来老蔡锷？没有茶花女，哪来小仲马？我的意思是，娶了王涵，你就是大师了！你之所以成不了大师，就是因为你身上世俗的东西太多了！传统的重负把你压变形了！而你本来是有成为大师的潜能的！你为什么要写《城市与老虎》？为什么要对潘金莲倾注那么深的感情？你想说明什么？你想表达什么？别人的议论对你的生命就那么重要吗？你跟王涵结婚那天，我一定送上一首两千行的长诗为你们祝福！好了，我睡觉了。希望明天能够收到吃你喜酒的帖子。好好思考一下，崔流平，这是你成为大师最后的机会了！世界在改变，生活必须改变！"

不愧是诗人本色，永远激情洋溢。我还没来得及说一个字，他就把电话挂了，诗人永远都是自说自话。马思远大学毕业之后一直在市内一所大学任教，至今还是副教授。他不愿意去跟别人争抢教授的名额，他公开说职称是对他最大的侮辱蔑视和不尊重。

马思远的话有道理，但是对我不大合适。我真的没有想过要娶王涵，这不是大师不大师的问题。我也没觉得大师有什么了不起，甚至觉得大师这个说法都有点滑稽，大什么师！我只是有些别扭或者难受。我确实喜欢王涵，但并不爱她。喜欢和爱总的来说当然是有本质区别的。可王涵的事又让我有点心烦意乱，我不知道该怎么做。如果，我是说如果，如果王涵再约我去酒店，我真的不知道会不会答应她？那么，我会不会主动约她去酒店呢？不知道。

第七章

武松被限制在家里已经是第五天了。当然，如果武松想出去，谁也拦不住他。可是出去做什么呢？李达天已经明确告诉他，好好回忆反思一下喝酒打虎的事情，其他的事情统统由乔郓城负责处理。武松也闲散惯了，不去衙门也无所谓。他每天在家练武吃酒，只是心里有点憋得慌。但是武松从来没认真想过关于喝酒打虎的事。他觉得这是无法更改的事实。同时，他对目前的状况也有警惕。当年，宋江坐上梁山泊第一把交椅之后，第一件事就是把聚义厅改为忠义堂。那个时候谁都不知道宋江的真正目的是为接受招安做准备，所以谁都没有反对他那样做。自那以后，武松开始慢慢思考一些事情，不再像以前那样莽撞行事。李达天突然变脸，武松多多少少有些纳闷和警觉，但是不知道他的目的是什么。

武松不能出门，但是潘金莲可以。她每天都要出门买菜买酒，但是她发现，以前熟识的人对她的态度有了很大的变化，不再对她那么客气尊重了。以前，凭着武都头响亮的名声，潘金莲无论走到哪里，都会受到人们的羡慕和尊重。那个时候的武松是神一般的存在。

潘金莲在回家的路上，遇见了孟玉楼。

潘金莲低声地喊了一声"玉楼姐"。孟玉楼看着一身素朴的潘金莲，不禁摇摇头。她是西门庆的三姨太。

孟玉楼："五妹啊，你看你现在这个样子……"

潘金莲打断她："叫我名字吧。"

孟玉楼冷笑一声："你叫什么名字？"

潘金莲扭头就走。

孟玉楼冲着她大声地："你家男人在撒谎！他没有喝十八碗酒，也不是他一个人打死的老虎！叫他快快认了吧，免得麻烦！"

潘金莲没有停步，孟玉楼追上去。

孟玉楼："县志都要改了，你家男人充什么好汉！"

潘金莲停下脚步，慢慢回过头，盯着她。孟玉楼看到她的眼神，不禁有些胆怯，下意识地退了两步。潘金莲从嫁给武松的第一天起就暗自发誓，绝对不再跟西门庆一家有任何往来。但是，如果西门庆家的人要欺负她，她拼死也要反击。既然孟玉楼退后了，她也不想跟她纠缠不休。

潘金莲回到家，把孟玉楼说的话告诉了武松。

武松："免得麻烦？我会有什么麻烦？"

潘金莲一边择菜一边说："叔叔，好多熟识的人对我的态度都变了。我碰见何况，招呼他，他看都不看我。这到底是怎么回事呀？"

武松不说话，想着什么。在潘金莲出门买菜之后，那个我们见过的捕快乙悄悄地进门来，给武松讲了一些事情。捕快乙叫杜普，是武松信得过的人，私底下非常敬重武松，暗暗立志也要成为武松那样的好汉。他告诉武松，那个被孔平打死的马东是被冤枉的。马东是一个小财主，西门庆看中了他的两个铺面，想买下来，可是马东嫌西门庆的出价太低，没能谈成。马东有赌博的嗜好，虽然知道西门庆不好惹，但还是去了西门庆开设的赌坊。他说武都头一定会替他主持公道。

武松："你们怎么知道他说的话？"

杜普说："马东临死前说的。"

杜普继续讲，马东在赌坊被孔平诬陷作弊，两人争吵起来，互不相让，结果马东就被孔平打死了。据乔郓城勘察询问，马东作弊在先，动手也是马东先动手，所以孔平很快就放出来了。西门庆说，马东长期在他的赌坊作弊，讹走了他几百两银子，让马东家人拿话来说。马东的家人没有办法，只好用那两个铺面抵债了事，不敢声张。

武松听得血脉偾张，起身就要去找西门庆理论。杜普苦苦劝阻他，说已经结案，死无对证，况且马东的家人已经认账，铺面也抵债了，你去也没用啊！乔郓城现在深得李大人的信任，你的话他不会听的。

当年在梁山泊，武松是反对招安的。在骨子里武松不愿意受朝廷的管束，但是现在已经成了朝廷的人，武松也没有办法。他只是希望老百姓安居乐业，可是现在连这个也做不到。但是为了潘金莲，他只能忍，也愿意忍。

潘金莲："叔叔，你在想什么？"

武松回过神来，笑笑，摇摇头："不管他。看他们把我怎样。"

时间一天一天过去，李达天有些着急了。武松好像根本没有去想那个问题，完全没有去找他的意思。李达天觉得这样等下去不是个办法。可面对武松这样的人能有什么办法呢？毕竟朝廷并没有下达明确的指令，他现在还是打虎英雄。但是昨天东平府已经在催问调查进展了。别的都好办，关键是要武松的供词。有了供词，接下来的事情就顺理成章了。李达天反复思索权衡之后，决定亲自去找武松谈。

潘金莲给他们端上了茶水。

李达天笑笑："弟妹是愈发漂亮啦。"

潘金莲低了低眼睛："李大人说笑了。"

武松："我和李大人中午要吃酒，弄几个好菜。"

潘金莲点点头，道了万福，准备退下去。

李达天居然起身拱手："有劳弟妹了。"

潘金莲连忙回礼，低头退下。

武松："李大人找我何事？"

李达天并没有直接回答，而是谈起了他去杭州请武松回清河县的事。也就是说，李达天的谈话以叙旧开始。李达天的总体意思是他是非常爱惜人才的，对英雄也非常敬仰，当然也是力排众议担了风险的。而且他们合作很愉快，也很默契。他感谢武松对清河县所做出的贡献，并且希望继续这种愉快的合作，等等。

李达天意味深长地说："武都头，合作才是最重要的。"

李达天的话勾起了武松的回忆。有一点李达天是错的，那就是武松决定回清河县不只是因为李达天的盛情相邀，而是他激烈思考之后做出的决定。没有李达天的邀请，武松最终也是要回来的。

从发配去孟州的那一天开始，武松就在想念嫂嫂潘金莲。武松第一次见到嫂嫂的时候，就被嫂嫂的美貌所震撼。他认为天底下最美丽的女人就是潘金莲了。但是，潘金莲是他的亲嫂嫂，而他对哥哥的感情是无比深厚的，是哥哥把他抚养长大的。所以，武松把自己的情感死死地压在心里的最深处，无论如何不肯透露一星半点儿。那种痛苦压抑只有武松自己知道。他只有一个想法，一定要保护好哥哥嫂嫂，让他们安安稳稳地过日子。所以，他虽然有些怨恨嫂嫂，但是最终还是不忍心杀死嫂嫂。他始终不相信嫂嫂会亲手杀害哥哥。他跪在哥哥的坟前放声大哭，祈求哥哥原谅，我不能杀嫂嫂啊，无论如何也下不了手啊，嫂嫂就算是有罪，我也不能杀她啊。武松哭得昏天黑地，在悲痛伤心之中，他仿佛听到哥哥在说话，二郎，我不怪你，也不怪你嫂嫂，她是个好女人，你要好好保护她，原谅她，她受了太多的苦。武松像遭了雷击一般，瘫倒在坟前，看着四周，什么也没有，但是哥哥的话是那样的清晰。

但是潘金莲毕竟是自己的嫂嫂，就算不杀她，自己也不能怎么样啊。所以，在一拳打死了那个店小二之后，武松没有做任何申诉辩解，甘愿被发配孟州。他觉得自己应该而且必须受到惩罚，也更无法面对嫂嫂。他没有提任何要求就去了孟州，当然也就没机会见潘金莲最后一面。要很久以后他才知道，离开清河县那天，嫂嫂悄悄地跟在后面走了几十里路。

在随后的征战的岁月里，嫂嫂美丽的容颜始终在武松的脑海里出现。但是武松从未在那些生死兄弟面前吐露一个字，他觉得难以启齿。他不知道嫂嫂怎么样了，他没法儿打听，只任凭岁月流逝，尽情杀戮。在那些日子里，武松心硬如铁。

武松生擒方腊，左臂也受了重伤。梁山大军返回京城的路上，武松借口养伤，便留在了杭州六和塔。他不愿意去京城领受封赏，确实是因为他不喜欢宋江。但是，真正的原因是他想回清河县去。回清河县的念头始终在武松的心头，其他的都不重要了。

在六和塔的两个月里，武松每天都在做自我挣扎。回去，还是不回去，这是一个问题，一个令武松纠结矛盾痛苦的问题。嫂嫂还活着吗？是不是已经嫁给了那个西门庆？我回去做什么？我为什么要想回去？回去看一眼就走？永远离开？如果不走呢？留在那里做什么？我究竟是因为什么才想到要回去？

武松被这一系列问题搅得居然失眠了，就算喝了很多酒也睡不着。武松觉得睡不着是天底下最无可奈何的事情，怎么会睡不着呢？他试图把嫂嫂的身影从脑海里赶走，但是无济于事，越想赶走那个身影就越清晰动人。武松几乎快疯掉了！

正在这个时候，李达天来到了六和塔。两人痛饮了一整天，该说的都说了，不该说的没有说。在说了一大堆赞扬与崇拜的话之后，李达天正式邀请武松回清河县做都头，诚意十足。

武松很随意地问了一句，我哥哥的坟还在吗？李达天说在在在，有时候还看见你嫂嫂偷偷去上坟呢。哦，对不起，你嫂嫂已经不是你嫂嫂了。就在那一刻，武松决定回清河县了。是不是嫂嫂不重要，只要人还在清河县就行。武松那天晚上睡得特别踏实，特别香甜。收拾好行装之后，武松与李达天马不停蹄地回到了清河县。在到达清河县地界半个时辰之后，武松钢牙一咬，暗自发誓，就算天塌下来，也一定要娶潘金莲！

武松喝了一大口酒："李大人，武松愚钝，听不懂你的话。"

李达天笑笑："武都头，你是天神一般的人，何必在乎几碗酒嘛，是不是啊？"

武松认真地："可我就是吃了十八碗酒嘛。没有那十八碗酒，我还打不死那只大虫哩！"

李达天："那就对了！只要把酒的事情说清楚，打虎的事就迎刃而解了嘛！"

武松不解地看着他。

李达天顿了顿："武都头，我且问你，一个人平时敢不敢跟一只猛虎打？（武松摇摇头）对，不敢。但是，如果他喝醉了呢？喝醉了的人是什么都不怕的，对不对？"

武松："我没有喝醉！"

李达天："没有喝醉？没有喝醉你敢跟老虎打吗？"

武松急得面红耳赤。

李达天不紧不慢地："可是，一个喝醉了的人打得过一只猛虎吗？"

武松："我没有喝醉嘛……"

李达天："没有喝醉你敢跟老虎打？"

武松着急地："假如我喝醉了……"

李达天："假如你喝醉了，你打得过一只猛虎吗？"

武松都快急疯了："我是喝醉了，可是我又被老虎吓醒了……"

李达天："吓醒了你还敢跟老虎打？一个清醒的人会去跟老虎打架吗？跑都来不及啊！"

武松："我也不是完全清醒……"

李达天哈哈大笑："武都头，你相信你自己说的话吗？！"

武松确实被搞得有些糊涂了。他像一只被困住了的老虎，在屋里来回走着，焦躁不安。

李达天："武都头，我且问你，一个人能不能记住所有的事情？"

武松："你们读书人花花肠子多。我只相信我这对拳头！"

李达天觉得应该跟他摊牌了。

李达天："太平盛世，朗朗乾坤，靠拳头说话的日子已经过去了。你好好思量一下，你跟弟妹以后的日子怎么过。"

武松有些莫名其妙。

李达天："这样吧武都头，只要你承认在景阳冈只喝了十二碗酒，老虎是你跟其他猎户合力打死的，一切都好说。"

武松盯着他，咬牙切齿地："李大人，你在逼我说假话！"

李达天语重心长地："武都头，我是为了你好，你要理解本官的良苦用心。有些话我不能说得太明白。"

武松："李大人，是谁让你这么做的？"

李达天："东平府的公文我给你看了，这还用问吗？"

武松："可这是为了什么呢？"

李达天轻轻叹口气，做出沉思状。他在内心里反复告诫自己，绝不能心软。我不这样做，上司也会派别人来做，我的仕途就彻底完了。我不是已经想好了吗？怎么又犹豫了？

李达天："武都头，你承认了，你还是英雄，清河县的老百姓一样地尊重你，崇拜你。没有什么损失啊！大丈夫能伸能屈，胸怀坦荡，顶天立地嘛！"

武松不言语，只管吃酒。

李达天突然轻声而神秘地问道："武都头，最近你有没有宋江卢俊义的消息？"

武松惊讶地抬头看他："没有。公明哥哥怎么了？"

李达天笑笑："没什么，随便问问。你跟宋江关系很好吧？"

武松点点头。我说过，武松心里是不喜欢宋江的，但是梁山泊好汉是以义气著称于世的，所以武松在外人面前是绝对不会说宋江半个坏字的。梁山泊的很多事情是不足以跟外人道的。

李达天："你们还有联系吗？"

武松："联系现在倒不多。"

武松自从与宋江在杭州一别，从未有任何联系。宋江率梁山大军回京城后，也为武松向朝廷请了功的，武松也获得了嘉奖。武松知道这件事以后，本想托人带话给宋江以表示感谢，但是后来想想也就算了。刚才那句"联系现在倒不多"却在日后给武松带来了无穷的麻烦，当然这是后话。

李达天起身："武都头，该说的话本官已经说了，还望都头体谅本官的一片苦心，早做打算。我等着你来回话。"

武松一拱手："多谢李大人，武松决不说假话。"

李达天心中一片浩叹，也不想多说什么了。

武松觉得没什么话好回的，天天在家吃酒练武，早把这事忘了。

十天之后，武松被罢免了都头之职。这个消息是新任都头乔郓城带着人到武松家里宣布的。

乔郓城拱拱手，面无表情："职责所在，恕乔郓城无礼。"

武松大手一挥："乔都头不必客气，留下吃酒便是。"

乔郓城："公务在身，恕不奉陪了。"

武松叫住他："乔都头，城南一案……"

乔郓城没有回头："武二哥，按衙门的规矩，你现在是我的下属。我就不跟你多说了。告辞。"

武松并不介意生气。他本来就是个粗人，加之江湖上背信弃义的事情他见得多了，也就见惯不惊了。他只相信自己的一双拳头。别说这些平常稀松的人，就是在人才济济的梁山泊，他也从来没有怕过谁。

晚上，武松吃过酒之后觉得浑身痛快，到院子里打了一通拳之后大汗淋漓，冲洗之后准备上床歇息。他看到潘金莲有些欲言又止的样子，便笑着说不要紧，不做都头也好，当捕快也可以缉拿强盗恶人。潘金莲不搭话，只是羞红了脸，头低低的。武松不解其故，再三追问。可越是追问，潘金莲越是不说话，头埋得更低了。武松说我明天去找李达天，要他说个究竟。

潘金莲的声音低得几乎听不见："你有儿子了……"

武松听见了！武松愣了三秒钟，跳下床，来了一个原地后空翻，然后跑到院子里打起了他最得意的醉拳。这套醉拳曾经使他在江湖上声誉鹊起，威名远扬。

潘金莲靠着门框，头微微偏着，满含幸福的笑意看着武松。

第八章

本市演艺市场这一块蛋糕本来就不大，可是现在做这个的公司越来越多，好像他们觉得这很能挣钱似的。我的汉唐文化公司现在也感到了某种危机，虽不至于举步维艰，但是我也得努力了。我得想办法经营好我的汉唐文化公司。

马思远的女儿在纽约大学学的是戏剧导演和制作，回国以后在北京发展，按照马思远的说法，混得是"风生水起"。我想跟马思远聊一聊，看能不能请他女儿把北京的高品质的戏剧或者别的什么演出介绍到这里来。我想请马思远吃顿饭，可他说餐厅太俗，不适宜谈艺术，不如就到你的办公室聊，你的办公室还有点品位，就买点汉堡包之类的东西吃就可以了。我知道他不是客气，就约好了时间等他。

马思远斜躺在办公室的沙发上，跟我大谈诗歌艺术。他劝我多读一点艾略特、里尔克、庞德这些人的诗，不读怎么行嘛！现在的人都不读诗了，真是他妈的堕落啊！我笑笑，不想跟他讨论这个问题。接着，他又大谈现代主义电影，什么费里尼、伯格曼、安东尼奥尼什么的。最后，他对中国电影表达了他一贯的不屑。马思远的烟瘾很大，基本上是一支接一支地抽。整个办公室烟雾弥漫。

"纽约大学怎么样？"快接近中午了，我把话题扯到正题上来。

马思远吐出一口浓浓的烟雾："还行吧，也就那样了。"

我笑了笑："谦虚。你女儿上的可是名校啊！"

马思远又接上一支烟："哈哈哈！我已经跟我女儿说了，有什么好的项目给你推荐就是了，你也用不着说纽约大学是名校嘛。"

马思远就是这样一个人，直接得让你哭笑不得。

我说："纽约大学还是算名校。"

马思远："叫东西吃吧，我早饭都没有吃。"

我突发奇想，不如让王涵帮我们去买汉堡包，老么不联系也不是个办法，这个理由很充足。于是我给王涵发了信息，很快就收到了她的回复，说立刻就去。我也不晓得我为什么要这样做，恐怕还是想见一见她。另外，也想让马思远看看王涵。其实就是我的虚荣心在作怪，想表明一下我看人还是有眼光的。

马思远问我小说写得怎么样了，我说正在写，还算顺利。

马思远大声地："我欣赏你的想法。潘金莲为什么不能拥有自己美好的爱情呢？《水浒传》《金瓶梅》就是变态男人写的，特别恨女人的那种男人！几千年下来，还就是曹雪芹写出了女人的好！老曹懂女人，爱女人！"

我说："就怕……"

马思远打断："怕什么怕？有什么好怕的！写一个美好的潘金莲怎么着了？他写淫荡的潘金莲，我写美好的潘金莲，关他们什么事？！爱看不看！我还不想看他们写的垃圾呢！还他妈的创作！一辈子就是傻子一个，还他妈的创作？！连文学的门在哪里都不知道，还恬不知耻地谈创作！"

正在这个时候，王涵拿着两份麦当劳套餐进来了！有日子没有见到王涵了，我特意多看了看她，我发现她今天很漂亮。

王涵很自然地："崔总，这是您要的两份麦当劳。"

我看见马思远正盯着王涵，好像在想着什么。

我接过麦当劳："谢谢。你吃饭了吗？"

我有意把语气调整得自然温和亲切。

马思远："王晓燕？！"

我看见王涵的脸一下子红了。我又看看马思远，他正似笑非笑地看着王涵。我似乎明白了什么。

马思远："王晓燕，你来这里上班啦？"

王涵看了看我，笑笑，又迅速地看了看他："对不起，我不认识这位老板。崔总，我先走了。"

马思远："还记得《俄狄浦斯王》吗？"

王涵停下，回头道："老板，你是不是认错人了？"

马思远："我要跟你讲《俄狄浦斯王》，你说不用讲了，一切故事只有一个原本，那就是《俄狄浦斯王》。在福斯特酒店……"

我赶紧说："什么俄狄浦斯王，别瞎说。王涵，你去忙吧。"

王涵礼貌地点点头，转身离去。

马思远点上一支烟："她居然知道罗兰·巴特！"

我已经明白是怎么回事了，但不想说破："吃东西，吃东西。"

马思远："她就是你说的王涵？"

我点点头，拿起一个汉堡包，狠狠地咬了一口。

马思远："崔流平，你知道我在说什么吗？"

我只好说："大概知道吧……"

马思远居然双手抱头，发出一声叹息。然后，他拿起汉堡包，默默地吃了起来。

"老马，你不该让她下不了台。"

马思远第一次没有反驳我，点点头："也让你下不来台。"

马思远的话多多少少让我有所感动。这个人虽然是个毒舌，但他是有情怀的人。我不怪他不给面子，他就是这样一个人。马思远说知道俄狄浦斯王并不奇怪，但是知道罗兰·巴特就不容易了，而且还能说出他说的话，这让他对王涵有了尊重。临走的时候，马思远给了她两千元，比谈好的价格多了一倍。马思远很认真地希望王涵能够去报考他的研究生。他说他看到了王涵眼中有泪花。王涵居然给他鞠了一个躬。王涵走了之后，马思远给他的研究生发了一条信息，指责他们读书不用功。老马的研究生们也许永远也不知道，他们的导师为什么在一大清早会发出如此严厉的一条信息！

我想找王涵聊一聊，但是聊什么呢？为什么我想跟她聊一聊呢？我到底在想什么？难道是想让她回忆讲述不堪的过去吗？可是如果不跟她聊一聊或者把关系恢复到从前一样，我就显得很没有气质，心胸很狭隘，甚至还有点猥琐。

我决定先提王涵做公关部副经理，也很自然地给她涨工资。我把这个决定跟刘珊珊讲了，想看看她的态度。

刘珊珊："完全看不出来，王涵居然是……"

她没有把话说完。她知道没有必要把话说完。

我问她同不同意。刘珊珊知道我只是出于礼貌和特殊关系才这样问她的，她没有办法改变我的决定。

刘珊珊："你是做给马思远看的吗？"

我说这跟老马没有关系。

刘珊珊问："王涵怎么会把自己这么隐秘的事情告诉你？"

我说这是出于信任。刘珊珊嘲讽似的一笑，说你就折腾吧，转身准备走。我问她到底同不同意。

刘珊珊："工资照你的要求我发给她，但是我不同意。"

我问她为什么不同意。

刘珊珊："你同情得过来吗？"

刘珊珊确实聪明。我的确对王涵有同情，但是我不愿意承认。这种同情有点复杂，还夹杂着某种感情。

我说："珊珊，你对她有良好的直觉。"

刘珊珊走过来，在我耳边轻声说："这一次我就原谅你。你如果再跟她有什么事，我发誓一定要给你戴绿帽子。"

我对刘珊珊还是有感情的。既然她把话说得这么明确，这么通情达理，这么有力量，我就不要在王涵这件事情上纠结了。顺其自然吧，我要表现得大度大气一点，都什么年代了，我还一副老学究的嘴脸！

有一天，我去公司食堂吃饭，见王涵一个人若有所思地吃着，我就端着饭菜走到她对面坐下。我平时在公司吃饭都是端回办公室吃，不想让员工看见我难看的吃相。

王涵对我笑笑："崔总亲自来吃饭啦。"

我笑笑："你最近怎么样？"

王涵淡淡地一笑："挺好的。你呢？"

王涵的语气亲切自然，仿佛什么事也没有。毕竟是见过大场面的，阅人无数。我随即又觉得自己很不地道，怎么什么事情都往这上面扯！

我说："明天晚上我有一个饭局，你跟我去吧。"

王涵："是公司的业务饭局吗？"

我说当然是，你是公关部副经理，这是工作。她问吴敏呢？吴敏也可以去。我说吴敏就算了，她孩子太小，需要她照顾。

王涵说："那好吧。崔总，你慢慢吃，我吃完了。"

我本来想留她坐一会儿，可是在食堂这个环境又能说些什么呢？而且我已经决定不再纠缠那些乱七八糟的事情了，所以我就点点头，说你中午休息一会儿，就让她走了。

明天晚上那个饭局对我很重要。我准备引进一台高水准的演出，但是我必须先找到一家公司替我兜底，以防万一票房不理想导致我破产。那家公司的老板姓邹，我们以前有过愉快的合作。邹老板一向热心文化事业，不惜出钱出力。不过这一次我希望他出更多的资金，虽然他颇有实力，但我不知道他愿不愿意。

餐厅的雅间是吴敏预订的，环境相当不错，我很满意。在这方面的工作上，吴敏无可厚非。说是饭局，其实只有四个人，邹老板和他的女助手，我和王涵。谈事情不需要人多，人多就不是为了谈事情。

从我们见面握手开始，邹老板的眼睛基本上就没怎么离开过王涵。王涵的表现从容不迫，很是得体。女助手彬彬有礼，不过酒喝得很少，主要是替我们斟酒。邹老板一如既往地豪爽，说资金不是问题，不过最近摊子铺得有点开，一时半会儿拿不出那么多的现金。我说我们的合作是赚钱的，这个你应该知道啊。邹老板哈哈大笑，说那个都是小钱，我不在乎，跟你合作我是为了情怀！我是一个生意人，但我是一个有情怀的人！我有些尴尬，邹老板好像是拒绝了我。

王涵端起一杯红酒，笑笑："邹老板，我非常尊重有情怀的人。请允许我单独敬邹老板一杯。"

邹老板很开心的样子："王副经理的酒我是一定要喝的。"

两人碰杯，一饮而尽。

邹老板："爽快！我跟王副经理对脾气！我敬王副经理！"

两人又各自喝了满满一杯。

邹老板："我跟王副经理有点一见如故的感觉！"

我也觉得他们有点一见如故的感觉，不是因为邹老板那么说我才有那种感觉，而是我的直觉告诉我他们一见如故。

邹老板扭头看我："崔总，这么优秀的人才怎么还是个副经理呀？有点屈才哦！哈哈哈！"

我还没来得及解释，王涵就把话头抢过去了。

王涵笑笑："邹老板，你可别乱说哦。崔总对我是照顾有加，我到公司还不到半年，就升职做副经理了，我感谢都来不及呢。"

我端起酒杯："喝酒喝酒。邹老板的话我记下了。"

邹老板哈哈一笑："我只是那么一说。我觉得王副经理是一个很能干的人。"

我觉得邹老板说"能干"的时候加重了语气，好像别有深意。但是这个时候我没有去多想。

我说："邹老板，你看我们的合作……"

邹老板打断："今天不谈具体的事情，我们先把酒喝好，剩下来的事都好说！"

我知道今天恐怕是谈不成事情了："好，喝酒才是大事。我敬邹老板一个！"

邹老板笑笑，说不着急，慢慢喝。我要考考王副经理的酒量。崔总不介意吧？

在我跟邹老板的交往中，我没有发现他对女人有特别的兴趣。我们在一起谈的都是文学艺术之类的东西，他很有儒商的范儿，确实有点情怀。可今天晚上他好像有些反常，缠住王涵不放了。

我说："没有王副经理了，只有王经理。"

邹老板："小王，听到崔总的话了吗？"

王涵站起来："谢谢崔总！"

邹老板兴致大增："好！为了祝贺你升职，今天晚上由我买单！崔总你先别说话。王经理，你喝十杯红酒，我跟崔总的合作就敲定了，马上签合同！"

我赶紧说这不行，王经理喝不了这么多，这杯子太大了，这绝对不行，邹老板我们改时间再谈，成不成我们情义在。

王涵镇定自若："邹老板，签了合同我就喝。"

邹老板："喝了我就签。"

王涵："签了我就喝。"

邹老板扭头对助手："把合同拿出来，签！"

王涵："谢谢邹老板！"

我站起来想阻止她喝酒。

王涵："崔流平，你不要管这事。"

这是王涵第一次在公开场合叫我的名字。我只感到心里一阵乱七八糟的感动。

午夜时分，我回到了家中，一头瘫倒在巨大的沙发上。我的头疼得有点厉害，仿佛要炸了似的。我硬撑着坐起来，喝了一瓶矿泉水，然后拿出那份合同看。合同没有问题，那个鲜红的章非常醒目。

我记得王涵喝醉了。十大杯红酒喝下去，她几乎烂醉如泥。我想把她扶回去，邹老板拦住我，神情严肃。他让女助手先到车库去等着，然后把王涵扶到沙发上躺下。

邹老板说要跟我讲一个故事。

邹老板是在一个度假山庄认识王涵的。那时候王涵还在读大二。邹老板一眼就喜欢上了这个女孩。从那以后，他们的往来就越来越密切，但是王涵从来不允许邹老板把车开到学校来接她，说影响太坏。过了没多久，王涵就成了邹老板的情人。邹老板说王涵真是懂事又聪明，他们在一起非常快乐，从不吵架。邹老板跟老婆的关系就是工作关系，谈不上什么感情。他老婆很强势，两人各自做着各自的生意。唯一的联系就是他们有一个孩子。三个月之后，邹老板萌生了离婚的念头，他想娶王涵。他向老婆提出了离婚，老婆口头上答应了，但就是不去办理离婚手续，说太忙了，过一段时间再去。邹老板比王涵大二十岁，不知道她愿不愿意。王涵表示愿意，但是一定要把书读完。邹老板觉得没有必要再念书了，要王涵跟他一起打理生意。不知道为什么，王涵就是不同意。两人为了这件事情第一次吵了架。王涵的态度非常坚决，邹老板有些恼火。两个人为了这件事就不断地吵架。架吵多了，难免会在冲动中说一些难听的话，于是感情就开始有了裂痕。邹老板有一次喝多了，就失手打了王涵一巴掌，王涵哭着跑了出去。邹老板很后悔，到处找她，就是找不着，打电话也不接。在王涵失踪的那几天里，邹老板天天喝醉，还大哭了几场。他说他真的爱王涵。邹老板点上一根雪茄，摇摇头。他说后来才知道，在失踪的那几天里，王涵狠狠地报复了他。

我问："你怎么知道她报复你？"

邹老板："她自己说的。她就是这样一个人，坦率得让你惊讶。她说她去找了别的男人，其中一个是大学教授，好像姓马，记不大清楚了。她说我就是要报复你。"

会不会就是马思远？我当然不会跟邹老板说的。

邹老板很伤心痛苦，责问她为什么要这么做。王涵说她平生最讨厌男人打女人。小的时候，她就经常看到她爸爸打她妈妈。当时她就发誓，长大以后绝对不嫁打女人的男人，不管他有多少钱。王涵说她之所以回来跟他见面，就是想与他分手，把话说清楚。邹老板请她原谅自己的冲动，并且表示他也会原谅王涵去找别的男人这件事。王涵说老邹你是个好人，我喜欢你，但是我不会原谅你。至于我去找别的男人的事用不着你原谅。

我看着酒醉不醒的王涵，心中涌起了难以言说的复杂感情，竟然当着邹老板的面轻轻地捋了捋她搭下来的头发。

邹老板以不容争辩的语气跟我说，崔总你走吧，我今天晚上要跟王晓燕在一起。我认识她的时候她叫王晓燕。

我不知道该怎么说，我的头也胀痛得厉害，有点天旋地转的感觉，快支撑不住了。

邹老板说分手的时候我用最恶毒的字眼儿骂过她，她一句话都没有回骂我。那是我一辈子做得最没有名堂的事情。以前我应酬喝醉了，王晓燕总是很贴心地照顾我，从没有过嫌弃。对了崔总，下一次如果见到她，我希望是王经理。

我点点头，说邹老板放心，我知道了。我知道邹老板已经离婚并且又结婚了，新夫人很年轻，长得有点像王涵。邹老板是学理工科出身的。理工男并不都缺乏情商。

现在，我的头没那么疼了。不知道此刻王涵有没有醒过来？她明天会来上班吗？我又该怎么面对她？但是不管怎样，王涵帮了我，我对她还是心存感谢。

第九章

武松现在可以出门了。他到衙门去点卯，卯是点了，可是没有他什么事。武松想做点什么，乔郓城总是不让他去，说这是李大人的意思。武松盯着乔郓城，心中的怒气在慢慢升起。乔郓城看都不看他一眼，仿佛武松不存在一样。

杜普来报告，说城北有三个人抢东西，抢完东西大摇大摆往北山去了。武松一听就朝外走，乔郓城拦住他。

武松：“让开。”

乔郓城面无表情：“武二哥，你就不用去了，我们能解决。”

武松：“就凭你？”

乔郓城：“武二哥，你怎么这么跟我说话？”

武松：“你知道北山那些人是什么人吗？是一伙贼人，打家劫舍，什么事都敢干！”

乔郓城冷笑一声：“不就跟梁山贼人一样吗？”

武松一掌推了出去，乔郓城没有站稳，仰面倒在地上了。两个捕快赶紧把他扶起来。

武松不屑地：“就你这样子还敢去抓北山的贼人？”

乔郓城推开身边的捕快，对着武松吼道：“武松！你还有没有大宋王法了！”

武松瞪着他，眼里只有愤怒。杜普赶紧过来劝解武松，他生怕武松的铁拳砸到乔郓城身上闹出人命。他使劲把武松往外拉，可是他哪里拉得动武松？

武松大声地：“梁山军怎么就是贼人了？你说！”

李达天不失时机地赶来了：“梁山军当然不是贼人，可是梁山军中难免会有贼人！”

武松有些吃惊地看着李达天：“李大人，你这是……”

李达天口气强硬："现在不说这些。武松，你请回吧。"

武松狠狠地瞪了乔郓城一眼，大步走开了。

李达天敢说梁山军有贼人那句话是有原因的。他昨天接到京城那个老乡朋友的密信，梁山军的副头领卢俊义在回庐州的路上，死于淮河之中。有人密告卢俊义招兵买马，积草屯粮，意在造反。这件事不能声张，怕万一闹出个大动静来，所以卢俊义必须死于淮河。除掉了卢俊义这只猛兽，收拾宋江指日可待。

李达天倒吸一口冷气。暴风雨说来就来，没有什么道理可讲。李达天庆幸自己有京城那位朋友的劝告，否则后果肯定是灾难性的。他喝了一口酒，却又长叹一声。宋江卢俊义当初手握数十万重兵，尚且没有歹心，怎么可能在受了朝廷封赏之后再来起兵造反？更何况他们那些人现在天各一方，联络不便，手里的兵士寥寥无几，怎么可能叛逆朝廷？这是小孩子都能想明白的道理啊。但是卢俊义确实已经死掉了，宋江大概也快了。

武松心中郁闷，在大街上溜达。一些过路的人中有跟他打招呼的，也有平时打招呼而现在不打招呼的，武松也没有去多想。他现在想的是怎么去收拾北山那伙强人。

"武哥哥，武哥哥……"一个甜美熟悉的声音从他后面传来。

武松站住了，等着。他的脸有些发红，因为他知道是花千树。武松为什么会脸红呢？我说过，他们两个人的故事曾经是清河县的人们津津乐道的话题。

花千树："武哥哥，这一阵子没见着你，去哪里了？"

武松红着脸："在家，没去哪里……"

花千树："武哥哥，我想请你吃酒。"

武松很想狠狠地喝几大碗，但是他有些犹豫。

武松回到清河县的目的是想娶潘金莲，可是这个要求遭到西门庆的一口拒绝。武松有些恼怒，但是不好发作，李达天建议他从长计议。所以武松在离开西门庆家的时候撂下一句话"我娶定她了"，就转身离去了。接下来武松忙于衙门里的事，治安工作千头万绪，他重做都头，一定要做出一些成绩来，才对得起李达天的知遇之恩。娶潘金莲的事确实得从长计议，武松在闲暇之余一直在思考这件事。

有一天，武松在何况的酒馆里喝酒。这个时候，花千树走了进来。我说过，花千树爱上武松那年才十七岁，天天跟着武松去听他的打虎报告会。将近十年过去了，花千树现在更加美丽动人。有很多人上门提亲，花千树一律拒绝，声称非武松不嫁。提亲的人中还有乔郓城。武松重回清河县，花千树喜出望外。但是很快她就知道武松是为了嫂嫂才回来的，心中无比伤心。她曾经一厢情愿地以为武松是为了她才回来的。可花千树实在是放不下对武松的一往情深。

花千树："我来陪武都头喝两杯。"

武松扭头看她："你是？"

花千树一笑："我是花千树啊。武哥哥不记得啦？"

武松一下子就想起来了："是你呀？我都快要认不……"

武松请她坐下，又叫了两斤牛肉，两人就喝起来了。

武松："好多年不见，你嫁人了吧？"

花千树盯着他，不说话，眼里泪花闪烁。

武松一下子站起来："是不是你家男人欺负你？我去找他！"

花千树摇摇头。

武松："有什么难事你尽管说，我武松替你主持公道！"

花千树盯着他："武哥哥，我没有嫁人。我喜欢你，我一直等着你回来……"

武松的脸猛地一下红了，他不知所措，完全不知道该说什么好，坐也不是，站也不是，更不敢看她。

这时候，酒馆门口已经有不少人在看着他们了，还不断地交头接耳，脸上都是兴奋莫名的表情。

武松张口结舌："花、花妹妹，我、我、我……"

花千树柔情地看着武松："武哥哥……"

武松突然大步走到门口，双拳紧握，脸红得像五月的樱桃一样。看热闹的人赶紧散开走了。

何况："武都头，清河县的人都知道，花千树喜欢你呃！她说嫁人就嫁武都头！"

武松："你、你住口！"

武松把银子放在桌上，快步走出去了。花千树跟着也走了出去。武松回头看，只见花千树紧紧地跟着自己。路边的人像夹道欢迎似的看着他们。武松加快步伐，花千树紧追不舍。很多年之后，清河县的人们都还在津津有味地回想这道空前绝后的风景线。他们庆幸自己大饱了眼福。

武松回到自己的住处。花千树就站在门口，等着武松请她进屋。可是武松在屋里急得团团转，不知道该怎么办。接着，他听到了花千树的哭声。武松大汗淋漓，六神无主。花千树的哭声还在继续，武松只好把门打开，请她进屋。

花千树破涕为笑："武哥哥好。"

屋里乱得不成样子，地上全是酒缸。换下来的衣服已经散发出馊味了。墙上有很多蜘蛛网，还有被网住了的苍蝇蚊子。花千树用了不到一个时辰就把屋子收拾得干干净净，窗明几亮。武松呆呆地看着清清爽爽的屋子，仍然不知所措。

花千树揩了揩额头上的汗水："武哥哥，我明天来给你做饭。"

武松还没来得及说不用了，花千树嘻嘻地笑着就离开屋子走了。武松愣了片刻才回过神来，好像在做梦一样。

第二天武松从衙门回到住处，还没进屋就闻到了菜香和酒香。他不知道花千树是怎么进屋的。

武松："花、花妹妹，你、你这是何苦啊……"

花千树撩了撩头发："我不苦啊。"

武松看着桌子上的饭菜，突然觉得肚子饿了。他悄悄地扭过头吞了吞口水。

花千树："菜香不香？酒香不香？"

武松点点头："香。"

花千树："回家了，还跟个客人似的。坐下吃饭嘛。"

武松坐也不是，站也不是。

花千树走过来拉他坐下。武松的脸又红了。花千树替他斟满一碗酒。武松看到酒，这才稍微自然一点，端起就喝，脸就没有那么红了。

接下来的三天，花千树天天来给武松做饭打扫屋子。这件事传遍了清河县的大街小巷，人们兴奋地议论着，想象着。他们看着花千树提着菜篮子，幸福地走在大街上。

"又去给武都头做饭啊？"

"是啊，就是啊！"

"武都头喜欢你做的饭吗？"

"喜欢啊，喜欢得不得了呃！"

"嫁给武都头吧！"

"是呀！嫁人就嫁武都头！"

武松觉得这样下去不是个办法，他回来是为了娶潘金莲的，现在天天跟花千树在一起，这肯定是不行的。

趁着吃了几碗酒，武松打算跟她把话说清楚。还没开口，花千树先说话了。

花千树笑着："武哥哥，我今天晚上不回去了。"

武松瞠目结舌，一口气喝了三碗酒，汗水直淌。

花千树："吓着你了吧武哥哥？打虎英雄还怕一个小女子啊？"

武松确实在流汗，喝了三碗酒，他仍然觉得口渴难忍。摇曳的烛光下，花千树楚楚动人，身上散发出令武松难以自持的迷人味道。武松又喝下一碗酒，想克制住自己的身体冲动，可是越喝越觉得口渴难忍。二三十年的原始积累岂是几碗酒所能压抑得住的？武松满脸通红，呼吸急促，他重重地"啊"了一声，起身就往外走。

花千树紧紧地抱住了他魁梧的身体。她强烈地感觉到了武松在颤抖，自己的身体一热，软软地要瘫倒似的。武松意识到花千树的身体在往下滑，猛地转身用力地抱起了花千树……

花千树静静地躺着，脸上是无比幸福的微笑，心满意足地看着屋顶。她感觉自己像一朵在暴风雨中的花儿一样，任凭风吹雨打，仍然顽强盛开。

武松在院坝打拳。心乱如麻的武松感觉到自己前所未有的身体通泰，仿佛被一只无形的手打通了全身的血脉。尽管这样，武松的拳法此刻却凌乱不堪。如果武松不打拳，他会觉得无地自容。沉沉夜色遮住了他通红而羞愧的脸。武松终于打累了，他就这样躺在地上睡着了。

武松醒来的时候，花千树已经不知去向，桌上是她做好的早餐。武松默默地吃着花千树做的早餐，想着她说的话。

武松："花妹妹，我、我……"

花千树："武哥哥，你什么也不要说，我知道。"

武松："我、我……"

花千树："武哥哥，你记着清河县有一个人喜欢你就行了，她的名字叫花千树。记着了吗？"

武松吃完早饭就去衙门了。他发现路上的人全都在向他发出意义不明的笑意，他有些不自在，甚至有一种做贼心虚的感觉。正在这个时候，武松碰见了他多少年来朝思暮想的人！

武松当场就愣在那里，白痴似的看着潘金莲。潘金莲低头不敢抬头看，红红的脸与白色的裙钗交相辉映。

武松重回清河县之后，还没有见到过潘金莲。武松万万没想到他与嫂嫂在大街上相遇了，而且还是与花千树激情之后，周围还有那么多的人驻足观看！

武松不知所措，也不知道该怎样称呼潘金莲。所有的往事都涌上心头，所有的情感都在胸腔内激荡，所有的想象都与现在相悖。最后，一种巨大的羞愧压垮了武松。他扭头就走。

潘金莲低声却带着一丝哭腔："叔叔……"

武松猛地站住了！在外血腥厮杀的那些岁月里，如果不是这一声柔情似水的呼唤在脑海里挥之不去，武松早就疯狂如魔了。

武松大步走到潘金莲面前，单膝跪地："武松拜见嫂嫂！"

潘金莲泪如泉涌："叔叔请起……"

武松："嫂嫂，武松绝不会失言！"

　　时过境迁。现在花千树要请武松喝酒，武松难免脸红犹豫。他觉得自己对不住花千树，可是从那以后她就再也没有去找过武松了，武松也不知道她近来过得怎么样。可这一段时间的郁闷又使武松非常想喝酒了。

　　他们去了何况的酒馆。何况仍然是那副不冷不热的表情，端上酒菜之后就到里屋去了，临了回头看了看花千树。顺便说一句，何况虽然已经成家立业了，但是花千树依然是他的梦中情人。

　　花千树对武松的近况是有所耳闻的，知道他已经失去都头之职。我已经说过，花千树是花子虚的侄女，花千树叫他大伯。花子虚与西门庆关系密切，是结拜弟兄，只不过前两年死了。花千树的父亲花子非在清河县也算是有点名望的财主，对自己这个女儿是一点办法也没有，但是花子非又特别宠爱女儿。他大哥花子虚在清河县的名声不太好，所以他与大哥之间往来并不多。除了做生意之外，花子非平时都是在家参禅打坐，不问世事。

　　花千树："武哥哥，你有没有想过这件事的后果？"

　　武松："哪件事？"

　　花千树："就是喝酒打虎的事情啊！他们让你改口说……"

　　武松一笑："这件事啊，我还以为你是说不让我做都头的事。我咋能够改口呢？那是铁打的事实哩！"

　　花千树端起碗："武哥哥，我敬你！你要改口了，就不是我的武哥哥了！"

　　武松哈哈大笑，一饮而尽。

　　随后，花千树有些忧虑地看着武松。昨天，乔郓城找到花千树，让她给武松带话，如果再坚持十八碗酒和一个人打死老虎的说法，武松可能捕快都做不成了。花千树问他你自己为什么不去说？乔郓城阴阴地一笑，我去说不合适，毕竟他曾经是我的恩人嘛。花千树说，我去就合适？乔郓城说你去比我合适。看着乔郓城那张其实有些俊俏的脸，花千树突然感到一种厌恶。前几年，乔郓城曾经热情地追求过她，虽然遭到拒绝，但是仍然没有死心，至今还没有放弃。乔郓城劝她不要跟武松走得太近，以免惹麻烦。花千树问他为什么，乔郓城故作神秘地说听我的没错，有些话我只能讲到这里，你自己好好琢磨。我是为你好。

　　武松问她怎么不喝酒？花千树叫他防着点那个乔郓城。

　　武松夹起两片牛肉放进嘴里，钢牙咀嚼着："他能奈我何？"

　　花千树："如果他不让你做捕快了呢？"

　　武松一愣，不解地看着她。

　　花千树把乔郓城找她的事情简单地讲了一下，武松听了没说话，只是大口喝酒。

花千树："武哥哥，乔郓城这个人坏得很。"

武松点点头："他说了不算，还有李大人。"

武松忽然想起什么，看了看她。花千树似乎立刻就明白了武松在想什么。

花千树："武哥哥你放心，我没什么，我很好。"

武松红了一下脸，埋头吃酒。

花千树："倒是你，武哥哥，可千万要小心。"

几天之后，李达天跟武松进行了一次严肃或者说严厉的谈话。

李达天："武松，你现在不是都头了，所以我就叫你名字了。我已经等你很久了，你考虑得怎么样？"

武松看着他，没说话。

李达天："我对你已经是够客气了，要是换一个人我早就没耐心浪费口舌了。我最后说一遍，你要理解我的良苦用心。"

武松："李大人，当年是你亲自……"

李达天大声地打断："不要再提当年的事了！现在已经不是当年了！武松，你要认清形势啊！"

武松："李大人，你老说认清形势。现在是什么形势？你给我讲一讲，现在是什么形势？现在不是大宋朝了吗？"

李达天："武松，休得胡言！"

武松懊恼地："李大人，李大哥，我现在是越来越搞不懂你了！咋回事了嘛？"

李达天在心里反复告诫自己，绝对不要心软，否则后果不堪设想。自古以来被冤枉的人还少吗？我若袒护他，我将死无葬身之地啊！

李达天厉声地："武松！卢俊义已经死了，你知道吗？"

武松瞪大了眼睛。

李达天有些激动地："卢俊义不思悔改，妄图聚众谋反，已经被朝廷秘密处死了！"

武松的头好像炸了一样："不可能！"

李达天："武松！你也想造反吗？！"

虽然都在梁山泊，虽然一起征战，但是武松跟卢俊义并没有多大的交情。他只是觉得卢俊义为人不错，马上功夫十分了得，也有一些谋略。他甚至记不得有没有单独跟卢俊义喝过酒。但是卢俊义是一个低调谨慎的人，怎么会谋反呢？他是去京城受了朝廷封赏的人，怎么可能又起兵造反呢？

武松一拱手："武松不敢。武松绝无此意！"

李达天："本官谅你也不敢！"

武松："李大人，卢俊义卢头领真的想造反，被处死了吗？"

李达天："这种大事，本官敢乱说吗？"

武松沉默无语，心里有些烦躁。

李达天："这就是形势。武松，你明白吗？"

武松肯定不明白。

武松："李大人，我喝酒打虎跟卢俊义没有关系，那时候我还不认得卢俊义。"

李达天知道这个话是谈不下去了，但是他必须谈下去。时间已经拖得太久了，东平府早就表示不满了。

李达天换了一种语气："武松，本官这样跟你说吧。卢俊义被处决了，这说明一个什么问题呢？这说明，朝廷有人已经开始对你们当年那支梁山军不信任了。对不对？"

武松想说什么，李达天不允许他插话。

李达天："你听我说。既然不信任了，我们是不是该更谨慎一些，更低调一些？何必去招人嫉恨呢，你说是不是？卢俊义就是太张扬了，所以才招来杀身之祸啊！"

武松："卢俊义不张扬。"

李达天："以前也许不张扬，可是立了功、受了朝廷封赏之后，会不会骄傲自大、目中无人，于是就铤而走险了呢？人心难测啊！"

武松对此无话可说。

李达天："所以，你为什么一定要说喝了十八碗酒呢？为什么一定要说是你一个人打死的老虎呢？这多招人嫉恨啊武松，我们低调一点不好吗？"

武松："可是……"

李达天："卢俊义就是前车之鉴啊！教训惨痛啊！"

武松低头不语。

李达天："听说，弟妹已经有了身孕。你要是再出点什么事，谁来照顾弟妹呀？"

武松："我能出什么事？"

李达天："如果你做不了捕快，会是什么情况？"

武松一惊，乔郓城的话不是空穴来风啊。

李达天："做不了捕快，你们在清河县还能待下去吗？你要替弟妹着想呀。"

武松陷入了长久的沉默。

第十章

我引进的那台高水准演出确实质量很高，但是票房并不理想。我高估了本地人对艺术的热情和鉴赏水平，幸好有邹老板给我兜底，不然我有可能亏得一塌糊涂，甚至破产。

我提升王涵做公关部经理，没有人说什么，就是吴敏也心悦诚服。她说早就该让王涵做经理了，她愿意尽力协助王涵工作。女人知道进退总是一件好事。

这段时间我不断地想起那天晚上王涵喝酒的情形。她是本来就很能喝呢，还是因为见到了旧情人而感慨万千所以不顾一切地喝酒呢？我得不出答案，但是无论如何她帮了我。至于我走了之后发生了什么，那就不是我该管的事情了。王涵并不是第二天回公司的，而是两天以后才回来的。她回来之后，我只是问了问她恢复得怎么样，其他的我一概没问，她也什么都没说。

我准备了一个大红包，让人通知王涵到我的办公室来。这半个多月我忙得像龟孙子似的，几乎天天是半夜回家。虽然没有赚到什么钱，但总算没有大的亏损。我有些身心疲惫。

王涵敲门走进来，我起身走到沙发那边坐下。我不想坐在老板桌后面跟她讲话。

我用随意的口吻说："王涵，这段时间辛苦了。"

王涵笑笑："没什么，崔总才辛苦。"

我递过红包："这是公司的一点小意思，也算奖金，请收下。"

王涵接过来："这么多呀？咱们公司这次不是亏了吗？怎么给我这么多？"

我笑笑："也没亏多少，还承受得起。"

王涵看着红包："崔总，这有点太多了，我……"

我认真地说："你为公司做出了贡献，应该的。"

王涵低头看红包："崔总，要不，我请你吃饭吧……"

吃过晚饭，我和王涵沿着滨江路散步。吃饭的时候我们没有什么话题可谈，我就尽量找一些大众化的题目来说事儿。不是真的没有话说，而是有些话是不好说的，也不能问。现在，我们默默地走着。我几次想去牵她的手，可是终究还是缩回来了。我的心情很复杂，有些凌乱。滨江路很美，夜航船来来往往。我突然有一种感慨。看着日夜流淌不息的江水，我思绪万千。

王涵："崔总在想什么？"

我笑笑："没想什么……"

王涵："肯定想了。"

我说："王涵，我在想，你将来会嫁给一个什么样的男人呢……"

王涵看了看我，转身看着流淌的江水，沉默了片刻："我妈说，你一个年轻女孩子在外面，一定要小心，不要上男人的当，男人都不是好东西。她以为我还是……"

王涵没有说下去。灯光下，我看到她泪光盈盈。

一艘游船拉响了汽笛，游船上灯火辉煌。

我指着那艘游船："你猜，那艘船上有多少个博士？"

王涵破涕为笑："我哪知道呀？你这个问题好奇怪哦。"

我点上一支烟："猜一下嘛。"

王涵："就算猜了，也没办法证实啊。"

我说："就是嘛，就是嘛，没办法证实啊。"

王涵似乎听出了我话里的意思，看看我，又看看游船。

我说："王涵……"

王涵打断："崔流平，我想去你家。"

我和王涵一起回到了我家里。她牵着我的手，让我陪她参观我的家。对于王涵来说，我家已经足够宽大了。她久久地看着墙上我和前妻的合影。

王涵："你一个人怕不怕？好大的房子！"

我笑笑："就怕没有狐仙。"

王涵："谈谈你的夫人吧。"

我说我现在是单身，王涵说那就谈谈你的前夫人。她执意要我讲一讲我跟路嘉怡的故事，我也就给她简单地讲了讲。我说过，我跟前妻路嘉怡是大学同班同学，她很有诗才，在学校的时候就有"女才子"之称。那个时候我们都很穷，可是我们很快乐。为什么会快乐呢？因为我们有理想，我们有精神上的追求，我们不会因为世俗的诱惑而被诱惑。路嘉怡对生活的感悟比别人更加透彻清新，她身上的那种超凡脱俗的气质让人眼前一亮。那个时候还没有女神这种称呼，实际上，她就是中文系的女神。再加上她的那首长诗《假如生活打垮了你》在同学中间广为流传，她又成了才女的象征。青春、美丽、才华，她都占齐了！特别是她的那种高迈超脱的气质，更是独步中文系。

"那时候路嘉怡可是炙手可热啊！"我赞叹道。

王涵问："那你是怎么把她追到的呢？"

中文系每个周末都要举行舞会。几乎所有的男生都想跟路嘉怡跳一曲，但是敢于上前邀请她的人却寥寥无几。我胆子大，我认为同学之间跳个舞是很正常的，没有那么多讲究。于是在那个下雨的周末，我一口气跟她跳了八支曲子！我跟她大谈《红楼梦》，夸她像妙玉。路嘉怡笑了笑，说我还以为你只知道在球场奔跑呢，原来你读书不少嘛。接下来我说了一句决定成败的话，我说我肯定比你读得多。路嘉怡后来说，她就是因为这句话被我征服的！她说男人就是要有勇气。那个时候的恋爱就是这么真诚和纯粹。我们甚至还不知道对方的家庭情况就坠入了爱河。我们年轻，我们有理想，我们有爱，所有的奇迹我们都可以创造。那时候我们真的就是这么想的。就这样！

王涵低头想着什么，又抬头看看墙上的照片。我不想说得太多，我想尽快结束这样的谈话。

王涵问："后来呢？"

后来我们毕业了，我去了市广播电台，路嘉怡去了商报。我们毕业第二年就结婚了，然后有了一个女儿崔莺莺。生活平淡而宁静，就像普通家庭一样。我们在自己的工作单位里都是很称职的，有时候还会得到表彰什么的。但是生活的暗流从来就没有停止过流淌，就像岁月一样永远向前而你不觉得罢了。路嘉怡爱上了她的上司副主编，那是一个精明能干的男人。我在滨江路上走了二十个来回之后，天已经亮了，我决定同意离婚。

路嘉怡说："你是我一生中唯一真正爱过的男人。但是我不想一辈子跟你过没有盼头的穷日子，我想过有档次的优裕生活。我要跟他去加拿大，女儿我带走。别的我什么都不要，包括那点存款。请你原谅，也请你同意。"

这个世界上如果连超凡脱俗的路嘉怡都要追求优裕的物质生活而不惜一切代价，那我就没什么好说的了。生活打垮了她，当然也打垮了很多人。这个很正常，我不会责怪任何人。我受过高等教育，而且那个时候是精英教育，我当然不会死缠烂打，虽然我很伤心，但是我能接受生活给我的一切。很快我就在离婚协议书上签了字，并且祝她幸福。我们做不成夫妻，但是我们可以做朋友，没有必要搞得血雨腥风的。理解和宽容是很重要的，这个社会也非常缺这些。我最舍不得的其实是我女儿崔莺莺，但是她能够去加拿大读书生活，这也使我感到一丝慰藉。我不能为了一己之私而毁掉女儿的前程，只能忍痛割爱了。

长时间的沉默。

王涵："那么艰难的日子都过来了，为什么就不能在一起？"

我说："李宗盛和林忆莲也结了婚，但是他们最后也没能在一起。这就是生活。王涵，永远不要抱怨生活。"

王涵若有所思地点点头。

王涵："后来，你就没有再结过婚了？"

　　我很文艺地引用了一句诗："曾经沧海难为水，除却巫山不是云。"

　　中国古典诗词就是这点好处，它可以包含所有的意思而不需要具体的解释，而且还会帮你摆脱某些尴尬。

　　王涵扭头看了看卧室里的那间大床，站起来。我以为她要去那间卧室，没想到她说了一句让我有些意外的话："崔流平，我们去酒店吧。我不想在这里。"

　　我们去了酒店。我选择了一家五星级酒店。那一晚王涵无比疯狂，前所未有地疯狂。酒店服务台打来电话，请我们注意克制，以免影响到其他客人的休息。我不知道王涵为什么如此肆无忌惮。

　　有好些日子没有见到李峰了，不知道这家伙在忙些什么。我给他打电话，他说他正准备给我发信息。我们约好晚上喝酒。

　　李峰的气色看上去比前段时间好多了。我问是不是跟苏州又重归旧好了，李峰说什么事都瞒不住你。我说都写在脸上呢，有什么瞒不住瞒得住的！哈哈哈！李峰说我还是修炼不够啊，喜形于色，不适合做卧底。李峰说前些日子苏州的儿子学习成绩明显下滑，她很着急，一门心思都在上高二的儿子身上，明年就要高考了嘛，所以对他有些冷淡。

　　李峰喝了一口酒："这就是好女人，家庭爱情两不误。我就喜欢这样的女人。这才是真正的现代女性！"

　　我问苏州的儿子成绩怎么样？李峰说985可能没戏，211还是有希望的，我给他买了一大堆复习参考资料寄过去了。我大笑几声，说你这是视若己出啊！

　　李峰认真地："为什么不可以呢？"

　　我说："为什么不跟她结婚？"

　　李峰："你为什么不跟王涵结婚呢？"

　　我拿起一瓶啤酒慢慢地喝了一口。

　　我说我从来没有想过要跟她结婚，不过她是个好女孩。李峰说你这是陈词滥调，看过《今生今世》吗？你有点像那个胡兰成。我坚决不承认他的指控，我说胡兰成逮谁都结婚，可以尽情赞美每一个他遇到的女人。我可只结过一次婚。

　　李峰："王涵最近怎么样？"

　　我说："还那样吧。"

　　李峰抽着烟："我想写一篇文章，题目就叫《我们之不能成为大师》。你觉得呢？"

　　我苦笑一下："大师只是一个佛门称谓而已。"

　　李峰："李叔同不变成弘一法师，也许就成不了大师。"

　　我说："我有一个表哥喜欢一个夜总会的女孩，毅然离婚娶了她。结果我表哥多年以后还是一个小职员。我表哥可是北大毕业的哦。"

李峰笑了笑，没有说什么。

我问他："怎么不说话？"

李峰："把王涵的电话给我，行不行？"

我说没有问题啊，现在就给你。李峰把王涵的电话要去干什么，我没有问。但是我多多少少有那么一点奇怪的欣慰，我也不知道为什么。很多时候我们对于自己并不那么了解，甚至自己到底想要什么都不清楚，一辈子都不清楚。

日子就这么过着，不好也不坏，没有什么值得期盼的。以前对足球很有兴趣，总是在计算着世界杯还有多少时间开始。甚至欧洲杯也让我充满期待。现在都不关心这些了。

关于王涵的事我就再也没去多想了，就这么着吧。我们就像多年的好朋友，就是平时不联系，但是一说话就很熟悉的感觉，好像从来没有中断过联系。

直到有一天，王涵走进我的办公室，向我提出辞职。我问她什么原因要辞职，她笑了笑，拿出一张录取通知书，说她考上了研究生。

我说我还以为是你要跳槽到李峰那里去。王涵说李总给她打过好几次电话，还吃过两次饭，盛情邀请她去他的公司，但是她婉拒了。她说她跟李总现在是朋友了。

我看了看录取通知书，王涵考上了马思远所在的学校。

我说："恭喜你，王涵。"

第十一章

武松在吃饭的时候跟潘金莲说，他准备把喝十八碗酒改成喝十五碗，老虎呢是他和十几个猎户一起打死的。

潘金莲有些吃惊地看着他："叔叔，你真要这么说？"

武松故作轻松："大丈夫能伸能屈，他们让我咋说就咋说，没有什么大不了的。"

潘金莲："可是……"

武松："你放心好了，没事儿。"

潘金莲很是伤心，她知道武松是为了她才肯改口的。她想劝丈夫不要改口，但是又不知道该怎样说。她知道武松改口是很艰难的，但是他为了自己，宁愿让他变成一个笑话，潘金莲心中真是五味杂陈。潘金莲当然不知道改口的后果，她只希望一切不如意的事情早点过去。

武松吃完饭就到院坝坐着。他决定改口，确实是为了潘金莲。他知道他能够有今天的生活来之不易。西门庆拒绝他之后，武松非常烦躁郁闷，他甚至想过打进西门府，杀了西门庆，把潘金莲抢走。就是在这个时候，花千树进入了他的生活。可是在大街上遇到潘金莲，使武松暗自发誓一定要娶她，因为武松看到了嫂嫂眼中的期盼和泪水。

经过一番挣扎思考之后，武松再一次来到了西门庆府上。西门庆仍然表示绝对不可能答应武松。

武松毫无表情地："那我哥哥的事情怎么说？"

西门庆："官府不是早就有结论了吗？"

武松："别跟我扯官府。我哥哥就是你害死的，当年我已经调查得清清楚楚。如果不是有人替你挨了我那一拳，你今天还能坐在这里跟我说话吗？"

武大郎的死确实是西门庆的一块心病，特别是武松重回清河县之后，西门庆几乎夜不能寐，这个我已经讲过了。但是西门庆不想就这样露怯了。

西门庆："武都头，那你就再打我一拳。"

武松站起来："你以为我不敢吗？！"

西门庆当然知道这个天煞星是绝对敢的。

西门庆声音有些颤抖："你不想做都头了？"

武松冷笑一声："都头算个鸟！"

西门庆真的害怕了。

西门庆努力使自己镇定："武都头，你现在是衙门里的人，不能欺负百姓。"

武松："我打你一拳，就不是衙门里的人了。"

西门庆看了看周围。

武松："你是看你的那些保镖吗？叫他们一块儿进来吧。"

西门庆的那些保镖确实就在门外，就算西门庆呼唤他们，他们也不敢进来。武松的传奇故事他们早就听说过了，他们可不敢以身试拳。拿人钱财，也不敢替人消灾。

西门庆在清河县势大钱多，跟东平府也交往密切，但是毕竟天下第一凶神就在眼前，而且还是知县李达天请回来的都头，更因为武松战功卓著，受到嘉奖，所以西门庆不敢耍横，不愿意吃眼前亏。

西门庆笑笑："武都头说笑了。对了武都头，论起来我们现在还沾亲带故呢。"

武松："少扯！"

西门庆："花千树是花子虚的侄女，我跟花子虚是结拜兄弟，说起来武都头还是我的晚辈……"

武松的脸一下子红了："别扯那些没用的！"

西门庆："武都头如果愿意，我倒是有做这个大媒的心。"

武松心一横："那要看看我这双拳头愿不愿意！"

尽管武松说得铿锵有力，但是西门庆看出由于提到了花千树，武松眼里的杀气明显减少了许多。

西门庆："武都头，如果你要钱要粮，我可以给，给多少都可以。其他的就请武都头免开尊口。"

武松一时语塞。

西门庆拿出一张银票："武都头，如果你看看这上面的数目，也许你就不会拒绝了。不成敬意，请笑纳。"

武松："再多的钱也买不回我哥哥的命！"

西门庆有点恼火了："武都头，你逼人太甚了吧！"

武松脾气上来了："我就逼你了，怎么着？"

西门庆："我要去官府告你！"

武松一笑："我还没动手，你告我什么？"

西门庆知道这样谈下去是没有意义的，万一惹恼了这个凶神，说不定他会拧下自己的脑袋。但是他确实不愿意这样就认输放人。

西门庆："武都头，你想娶你嫂嫂，这是大逆不道啊！"

武松取下身上的佩刀放在桌上，盯着他："我武松杀人无数，还在乎这个吗？"

西门庆大声地："武松，就算我同意，你嫂嫂她同意吗？她愿意嫁给你吗？你有没有问过她？她愿意跟着你过穷日子吗？你能给她什么？你不怕别人笑话，你嫂嫂还要做人啊！"

武松无言以对。他确实没有问过潘金莲，也没有机会问。所有的这一切都是他自己在想，在决定。如果潘金莲没有这个意思呢？那岂不是闹了一场大笑话吗？

西门庆继续攻心战术："更何况，你说你要娶嫂嫂，可是你跟花千树做了什么？你以为我不知道吗？你以为街坊邻居，清河县的百姓都不知道吗？你这是要娶嫂嫂的样子吗？别说我不信，你嫂嫂她信吗？一回来就跟花千树搞在一起，还口口声声说要娶你嫂嫂，你这不是说笑话吗？武都头，别做梦了！"

武松的脸红得跟斗鸡似的。

西门庆："请回吧，我就不留你吃晚饭了。一会儿金莲她们几个要来吃饭玩耍呢！"

武松站起来，收了佩刀，大步走了出去。西门庆冷笑一声，看着他的背影做了一个不屑的手势。

武松低着头，穿过花园，要出门的时候，居然又遇到了潘金莲和她的丫环春梅。武松愣了一下，不知道该如何打招呼。其实武松还不知道，潘金莲并不住在这里，她是住在别院，离这里也不算远。

潘金莲轻声地："叔叔……"

武松点点头，转身要走。

潘金莲："叔叔哪里去？"

武松站住："我、我……"

潘金莲示意春梅先走。

武松低着头："嫂嫂……"

潘金莲声音更低了，甚至脸也红了："叔叔，若不追究大郎的事情，他定会同意的。"

武松一下子就明白了潘金莲所有的意思。

武松："谢谢嫂嫂。武松明白了！"

每当武松回想到这里的时候，都禁不住心中一热。西门庆的那些追问使武松都快绝望了，觉得自己回清河县完全是一厢情愿的冲动，所有的朝思暮想都是一个笑话。但是潘金莲在花园的那句话，让武松惊喜交加，热血沸腾，多年来的牵挂思念终于有了明确的答案。

武松记得那天出了花园之后，立刻直奔酒馆，欣喜若狂地大碗喝酒。何况在一旁不停地替他斟酒，态度恭顺。

何况："武都头一定是遇到大喜事了，这顿酒我请了。"

武松哈哈大笑："咋能让你请？"

何况的脸笑得稀烂："武都头给小的一个面子……"

武松扔过银子："不要你请，只管上酒！"

三天以后，武松第三次踏进西门府。西门庆正在跟他的保镖们训话。见到武松走进来，保镖们纷纷往后退，面露惧色。西门庆再次确定他养的这群保镖毫无用处。

武松笑笑："西门庆，咋样，让我跟他们玩一玩儿，活动一下筋骨？"

保镖们吓得直哆嗦。

西门庆："武都头说笑了。你们下去吧。"

武松说今天登门的意思还是为了潘金莲。如果没有结果，他一定还会来，直到有了明确的结果。

西门庆："武都头，那天我不是说得很清楚了吗？"

武松："清楚是清楚，但是我哥哥的事情不清楚。"

西门庆："官府不是已经……"

武松打断："不要把官府扯进来。这里只有我跟你的事。"

西门庆觉得武松变了，变得胸有成竹的样子。他不知道武松这几天做了什么事，或者说知道了些什么，显得很强硬。

西门庆顿了顿："武都头，你不能老拿你哥哥的事情来说。这件事已经过去十多年了，官府……"

武松再次打断："不要把官府扯进来。"

西门庆知道，只要武松回来就一定会重提武大郎的事，这是个大麻烦。这个事情不彻底解决，就没有安生的日子。

西门庆："武都头，你直截了当地说，你要我怎么做你才不提你哥哥的事情了？"

武松不言语，只是看着他。

西门庆已经猜到七八分了，肯定是为了潘金莲。他想发作，但是又不敢。这个天煞星真的要抢我的老婆！我西门庆以后在清河县怎么混？可如今的武松是不好惹的，当年他都敢杀我，现在就更不用说了。这种亡命徒是什么事情都做得出来的，王法对他没有用。这件事情如果再拖下去，说不定还会闹出更大的事情来。但是我西门庆怎么咽得下这口气？

西门庆淡淡地："武都头，我给你一万两银子，再加上我在河边的那座赌坊，我们就两清了。你看怎么样？"

武松还是不说话，看着他。

西门庆："武都头，我已经仁至义尽了，你也不能逼我太甚。"

武松毫无表情："我逼你了吗？"

西门庆："你到底要怎样？"

武松站起来："这样吧，我打你一拳，我们就两清了。"

西门庆真想跳起来跟他拼命，大不了一死。可是真要被打死了，我那些泼天的富贵怎么办？我那些如花似玉的女人谁来消受？请官府帮忙，可武松又没犯法，官府也不好出面管这种事情。打是打不过武松了，没有别的办法，那就只有忍痛割爱了！这件事必须做个彻底的了断！

西门庆："武松，金莲如果愿意跟你，我可以让她走。但是武大郎的事情必须做个了结！"

武松在屋里来回走着。西门庆答应了，他很高兴。但是他突然又有些犹豫。虽然他早就做出了决定，可真的到了这个时候，武松心里还是有些难过。他在纠结。

西门庆："武都头如果不愿意……"

武松脱口而出："我愿意！"

武松心里只求哥哥的在天之灵能够原谅他。

武松："怎么个了结法？"

西门庆要求武松写一个字据，潘金莲离开西门府，解除与西门庆的婚姻，武松从今以后不能以任何理由借武大郎的事情威胁或者要挟西门庆。武大郎的死因以官府的说法为最终结论，等等。

武松："我写！"

虽然解除了心头之患，西门庆还是难免伤心。毕竟他还是喜欢潘金莲的，否则当年他不会冒着生命危险搞出那么大的动静来。西门庆看着武松写字据，心里充满沮丧和仇恨，总有一天我要报复回来！

西门庆看了看写好的字据："三天以后你来接人。"

武松语气无比强硬："今天就走！"

西门庆："不行，我还有些话跟她说。"

武松："别说了，按手印吧！"

西门庆只好按了手印："明天吧，明天你来……"

武松大声地："你哪来这么多废话！"

武松按了手印，把字据往西门庆身上一扔，转身大步走了出去，头也不回。

西门庆拿着字据，一时忍不住，竟然号啕大哭起来。

武松走进潘金莲居住的院子，心情激动万分，单膝跪地："嫂嫂，武松来接你了！"

潘金莲出现了，她倚着门，面带微笑，眼中泪花闪烁。她知道，她真正的生命开始了！她为了这一天的到来，一直满怀绝望地等待，像做梦似的等待。她知道她可能永远也见不到武松了，但是她内心最深处依然期盼着某一天武松能够从天而降，把她接走。今天，这个最遥远的期盼终于实现了！

潘金莲跟着武松，走在清河县的大街上。几乎所有的人都跑出来观看着，议论着，指点着，赞美着，鄙夷着，想象着，意淫着，但是谁都不敢出大声，因为走在前面的是天神一般的打虎英雄武松！

武松的住处居然很干净！武松正在纳闷，潘金莲扑到他的怀里大哭起来，无比伤心地哭着，仿佛要把一生的屈辱痛苦委屈悔恨思念全部哭出来……

武松声音颤抖："嫂嫂，武松不会让你受苦了。"

当天晚上，潘金莲睡在里屋的硬板床上，宁静踏实；武松则睡在院坝的地上。地上有些凉，武松却热血沸腾。

坐在院坝的武松每每想到这里，总是心潮澎湃。他扭头看里屋，却看到潘金莲倚着门框，深情地看着自己。潘金莲已经开始显怀了，武松就要做父亲了。

武松走过来："我明天就去跟李达天说。"

潘金莲看着丈夫，没有说话。她知道，武松一定是承受了巨大的压力，而这个压力肯定是因为自己，不然他绝对不会改口的。在潘金莲看来，任何别的压力都不可能使武松屈服。

但是潘金莲此时此刻却不想阻拦武松。因为她想，就算不是打虎英雄，武松还是武松。有武松在，她就能安安稳稳过日子。

潘金莲轻声地："叔叔受委屈了。"

武松："没啥。"

武松看着潘金莲隆起的肚子。

潘金莲低头笑了笑："想要儿子还是丫头？"

武松红了红脸："儿子丫头都很好。"

第十二章

王涵已经辞职一个月了，我没有她的任何音讯，也没有跟她主动联系过。生活当然要继续。我让吴敏官复原职，她没有任何异议。一个单位要运转良好，像吴敏这样的人是不可或缺的。

刘珊珊并没有因为王涵的辞职而格外高兴。她知道我跟王涵是没有前途的，她更知道人性的弱点。她知道我会因为王涵的过去耿耿于怀，望而却步，仅仅是读过书的人的一点点感伤，或者身世之感而已。当然，这也是刘珊珊的气质所决定的。在气质这一块，刘珊珊拿捏得十分到位。

刘珊珊走进我的办公室的时候，依然光彩照人。我是说在她那个年龄来说光彩照人。

刘珊珊拿着几份文件之类的东西："这里需要你签字。"

我点点头，没说话，就把字签了。

刘珊珊在我耳边吹气如兰："我中午过来。"

我抓住她的手："我现在就要。"

刘珊珊轻轻地拍打我的脸："还开不开公司啦？"

这几年我觉得其实最对不起的人就是刘珊珊。我们虽然是情人，但是我们从来没有出去旅游过，更不用说去国外走一走了。而且我们也从来没有去过任何酒店。我们的空间就只是我的办公室。顺便说一句，我的办公室里还有一间小屋，里面有一张床，供我休息之用。当然，这个责任不在我。我说过，刘珊珊是一个贤妻良母，不是装的，是真的贤妻良母。她从来不会在外面过夜，再晚都要回家。她从来不要我送给她的礼物，说这不安全，不想让家里的人起任何疑心。相反，她送给我很多礼物，比如衬衫、皮带、围巾、领带、漂亮的烟盒，当然还有质地优良的内裤，等等。用胡兰成的话来说，刘珊珊是一个有"女心"的人。像刘珊珊这样有女心的人，现在真的是打着灯笼也很难找到了。

我接到马思远打来的电话，他说他在南山有一套房子，叫我去坐坐，他闷得无聊极了。"我等你。"说完他就挂了电话。这个马思远就是这么个脾气或者性格，他以为他的诗比我写得好就可以这样强势。看在同班同学的份上，他又比我大两岁，我就不跟他计较这些了，再说他也帮过我的忙，而且以后说不定还需要他帮忙。公司现在的状况还可以，也用不着我多操心，所以我就开车去了南山。各位别见怪，我只是说说而已。其实我跟马思远关系挺好的，毕竟相知甚深，也很谈得来。

在路上我突然想到，马思远会不会跟我谈王涵的事。哦，我忘了说，王涵考上研究生的事情我没有问过老马，老马也没有跟我说过，我只是猜想王涵考到了马思远门下，但是从来没有求证过。我也不想去求证，我觉得没有意义。

马思远在南山的这套房子并不宽，大概一百平方米吧，不过装修得颇有品位，很适合闲聊。只是到处都是烟缸，使屋子略显得有些零乱。精致的书架上有几本关于电影方面的书，好像是刚买的，特别醒目。另外还有一些乱七八糟的书，有点旧。

"没听说过你在南山有房子啊，"我点上一支烟，在沙发上坐下，"装修不错。"

马思远："好几年前买的，现在才装修。"

我看看书架："怎么，喜欢上电影了？"

马思远："你应该这样问，喜欢上外国电影了？"

马思远就是这样，他能够迅速掌握谈话的主动权和方向。他不喜欢回答问题，只想提问题。

我不想跟他争论这些无聊的问题："山上空气新鲜。"

马思远："纪录片！我觉得纪录片是一种伟大的片种！知道基斯洛夫斯基吗？东欧一个很牛逼的导演，以前拍纪录片，后来改拍故事片。他说，纪录片拍不到人们躲在屋里的哭泣，所以就拍故事片了。但是我觉得他有点强词夺理了。"

马思远见我对此没什么兴趣，就换了一个话题。他拿出一叠稿子给我，让我看看。

"《巴蛮子之谜》？"我随口念出来。

是纪录片的文案，很厚一叠。老马的字写得不错。我问他为什么不用电脑打字？

马思远吐出一口浓浓的烟雾："电脑没有力透纸背的感觉！"

我问："不写诗了？"

马思远："诗歌已经结束了它的历史使命！在这个时代，诗是最没有力量的！"

"这个是给谁写的？"

马思远："给谁写的？当然是给我自己写的！请问有哪一个导演能够拍这样的纪录片？一群没文化的东西！文化！这才是要命的！"

我就喜欢马思远天马行空似的说话，特立独行，用语言就可以建构一个完整的世界。

马思远说他已经运作了一部分资金，另一部分资金很快就能到位。我跟投资方说，这个片子赚不到钱我卖房子赔给你们，得奖倒在其次。

我问："你亲自做导演？"

马思远："你见过麦克阿瑟亲自端着卡宾枪往前冲吗？当然是我整体把握了！导演是我的一个小兄弟，我的打工仔。我坐在监视器前，我就是斯皮尔伯格！"

"哈哈哈！牛逼！"

马思远告诉我，他所在的学院刚刚申请到了一个电影学的硕士点，其中一个方向是纪录片拍摄。学院让他负责这个方向，招了几名研究生。学院拿不出更多的经费，但是学院的设备可以无条件地使用。院长是马思远的小师弟，对他是既崇拜又很关照。当然那个院长也是我的小师弟，我们有过一面之缘。

我知道，马思远正在接近今天闲聊的核心，那就是王涵。但是我不会主动提及这个的。我要看看老马是怎样涉及这个问题的。可是马思远并没有谈到招收研究生的问题，他只是大谈中外纪录片的比较，谈得很学术，很有见地。我甚至怀疑王涵是不是考到了他门下。

还是我忍不住了："招了几个研究生？"

马思远面不改色心不跳："两个，一男一女。女的你认识。"

我故作惊讶："我认识？"

马思远："崔流平，你丫就别装了，你怎么会不认识呢？就是王晓燕嘛。"

我说我真的不认识王晓燕，我只认识王涵。是王涵吗？

马思远笑笑："王晓燕这个名字更好听。其实，她真的没来找过我，面试的时候我才知道她来考试了。不过，王晓燕——不，现在应该叫王涵了，她真的还不错，笔试第一，面试也是第一。"

我说："她也许生错时代了，如果她生在古代……哈哈哈！"

马思远严肃地："崔流平，这就是你当不了作家的原因。当代就出不了李香君、小凤仙、茶花女了吗？"

我说不是这个意思，我是说当代出不了侯方域、蔡锷、小仲马了。

马思远："王涵做我的研究生，你有什么感想？"

我说："没有感想，好好培养。"

马思远："人生就是要追求戏剧性。没有戏剧性，那还叫什么人生？人生岂不是太无趣了？"

王涵报考研究生这件事一直瞒着我。她为什么要瞒着我呢？有什么好瞒的呢？我本来想提醒一下老马，不要一味地想做小仲马。但我觉得这会显得很小肚鸡肠，也很没有气质。

我说："人生本来就没什么趣。"

马思远一笑："玩悲观主义啊，哈哈哈！"

我觉得老马有些莫名的兴奋，也许跟与王涵意外重逢有关系。马思远从本质上来说是一个专业的悲观主义者，不会因为天气好而心情舒畅。

接下来的一段时间，我兢兢业业地工作。为了谈业务，我也没少喝酒。开一个跟文化沾边的公司特别累。我原来打算开一个火锅店，场地都看了，最后还是放不下身段抹不开脸面而作罢。我们这一代人毕竟还是有点情怀的，总是想把职业跟事业联系在一起，总是想有点追求，总是觉得应该有使命感。当然，你说是虚荣心或者别的什么也可以。生活就是这样，你还能怎么着？不过在业内我也有点小名气。那么多做商业演出的公司，我的汉唐文化公司属于能够赚钱的，这相当不容易了。这些年的打拼让我有些如鱼得水的感觉。跟商人谈合作的时候，我大谈人文价值、文化自信；跟文化人艺术家谈合作，我就大谈市场经济、商业运作，还顺便表达一下应该对纳税人尊重的正义感。谈什么不重要，在哪种场合知道谈什么才最重要。

李峰去了一趟苏州，回来的第二天非要请我喝酒。我看到李峰有些消瘦的样子，便不怀好意地笑了笑。

我说："这一趟吃饱喝足了吧？"

李峰："可以管半年了。"

我笑笑，吃菜喝酒。

李峰："你不信啊？"

我说："半年之后呢？"

李峰："再去咯。"

我说你累不累呀，一趟一趟的？

李峰："老崔，你要是有这样一个女人，你比我还要去得勤，真的。"

我问有没有可能跟她结婚。

李峰叹了一口气："我倒是想，可是她有具体困难。老公孩子都在苏州，父母、朋友，还有工作，也都在苏州，她一个人跑到这里来？很不现实，只存在理论上的可能性。但是她真的爱我。"

我也没什么好说的。每个人都有自己的生活。

李峰："你情绪不高啊。怎么，王涵没有跟你联系？"

我说："没有什么好联系的。"

虽然是好朋友，但是我不想费神讲那些事，觉得没有什么价值。甚至王涵考上研究生的事情我都没有给李峰讲，只说她辞职了。有什么好讲的？李峰说我情绪不高，其实不是，我是很困倦。中午刘珊珊在我的办公室一直待到下午上班才依依不舍地走了。我现在是一身轻，没有什么事情让我烦心。

李峰："我给她打过电话，希望她到我的公司来，可是她拒绝了。"

我问他想干什么？你不是有苏州吗？

李峰："苏州以前在网上交过两个男朋友，我一想到这个就妒火中烧，心如刀割。我想报复一下她！所以我才跟那个茶花女打电话，请她吃饭。你知道我想干什么。"

"干成了吗？"

李峰笑笑："没有我干不成的事。"

我发现我居然对此有点无动于衷了："感觉怎么样？"

李峰叹了一口气："年轻就是好啊！"

男女之间的事情永远也说不清楚，所以古今中外的经典文学作品大多讲的都是男人女人的故事。而且男女之间的事情永远也没有所有人都能接受的答案。

"但是我真的特别爱苏州，"李峰喝了一杯酒，"我觉得她是我生命中最重要的女人！唉，可她真的是很骚啊！"

这就是真正的人性。李峰具有浓烈的诗人性格，他不应该去学什么物理，开什么公司。

李峰突然有点激动："可我有什么资格谴责苏州？生命是她的！我没有资格对她的生命说三道四！"

一个男人爱一个女人到极点的时候，大概就是李峰现在这种表情。我无法描述给你们，但是你们可以想象。我看着李峰，忽然就想起了武松，可是我随即就笑了起来。李峰的样子跟我想象中的武松相去甚远，酒量不及武松的十分之一。

李峰认真地："你别笑，老崔。哪天如果你真正爱上一个女人，你就能理解我此刻的心情了。"

我说我没有笑你，我只是想起了别的事情，任何真诚的感情都值得尊重，嘲笑别人的感情是不道德的。

我说："我们为苏州干一杯。"

又过了一段时间，我在公司的食堂吃饭，低头想着我的小说。吴敏端着饭菜坐到了我对面。

吴敏："崔总，公司有两个人准备辞职。"

我说那就再招人吧，你准备一下。吴敏点点头。公司公关部和人事部是合在一起的。我问他们为什么要辞职，吴敏说不太清楚，可能是觉得上班太远吧。我不置可否。

吴敏："崔总，什么时候开始？"

我说："越快越好。公司最近好像有点暮气沉沉，需要一些新人来刺激一下。"

吴敏："公司的用人标准有没有变化？还是 211 学校以上吗？"

我推开面前的饭菜："什么 211、985？有能力就可以！汉唐文化公司需要的是真正有能力的人。"

吴敏："是，崔总。"

我点上一支烟："什么叫有能力的人？能说会写，有独立思考能力，有真正的创意能力，这就叫有能力的人！"

吴敏迅速用手机记下了我的话。

第十三章

武松一大早就来到了李达天的办公室。说起来李达天是很勤政的，这么早就上班看公文了。他抬起头，示意武松坐下，指指手里的公文，意思是我看完了再说。武松坐下，腰挺得很直，看着虚空。

李达天正在看的公文措辞严厉，指责李达天在对武松这件事情上办事不力，并且给出了最后的期限，否则一定撤职查办。李达天看得冷汗直冒。公文是昨天送达的，他已经看了二十遍。

李达天放下公文，看着武松，等着他开口。李达天心里已经做了决定，如果武松再固执己见，他就马上撕破脸皮，革除他的捕快之职，然后严加看管起来。可没想到，武松一开口就让他大喜过望。

武松："李大人，我、我确实记错了，我没有喝那么多酒，我只喝了、喝了十五碗……"

李达天兴奋地："等一等！"

李达天快步出门去叫了一个文书进来，吩咐他做好记录，然后要求武松重新说一遍。

武松顿了顿："李大人，我确实记错了，我、我没有喝那么多酒，我、我……"

李达天打断："等一等！你没有在哪里喝那么多酒？"

武松："在景阳冈，我没有喝那么多酒，只喝了十五碗……"

李达天："十五碗？有那么多吗？你再仔细回想一下。"

武松一愣："我已经减少了三碗……"

李达天打断："有十五碗吗？你再想一想，是不是记错了？"

武松看着他，想要发作，又努力克制住自己："李大人，你说，我喝了多少碗？"

李达天冷冷地："我又没看见，你自己说。"

武松咬了咬牙："那就十三碗吧！"

李达天毫无表情："八碗。"

武松："李大人，八碗还不够我漱口……"

李达天一拍桌子："武松！景阳冈的酒你想喝多少就喝多少吗？！现在都什么时候了！"

武松有些委屈地："江湖上的朋友知道我武松只能喝八碗酒，那不笑话死人了？"

李达天："喝多了才会死人的！"

武松闭着眼睛想着什么，轻轻叹了一口气。

李达天："写上，武松承认在景阳冈喝了八碗酒。"

武松一下子站起来："李大人！"

李达天有点心虚："武松，你要干什么？"

武松："十碗，行不行？至少十碗。十碗才刚刚有点意思。"

李达天的目的已经达到了，但是他故意在屋内来回走了几步，仿佛很不情愿的样子。武松心里想，不能再少了，十碗已经是底线了，不能再退让了。

李达天慢吞吞地："好吧，十碗。写上。"

武松脑子里一片空白，现在只想痛痛快快地喝它十八碗！

李达天："好，我们现在来说一说打虎的事情。对了武松，你夫人是不是快要生了？"

武松的心紧了一下，点点头。

李达天："那就简单直接一点。你自己说吧，是不是你一个人打死的老虎？"

武松平生最引以为傲的就是只身一人打死了一只猛虎，他觉得那比生擒方腊过瘾得多。现在要让他说老虎不是他一个人打死的，而是他跟 12 个猎户一起合力打死的老虎，武松实在是说不出口。说酒少喝几碗也就算了，可是这个怎么说啊！

武松沉默不语，呆呆地闭着眼睛。

潘金莲一直在等着武松回家。现在快到晌午时分了，还不见武松的身影，潘金莲有些着急忧虑了。武松的名字是跟打虎连在一起的，她做梦都没想到世界上还有人能够凭着拳头打死一只猛虎，让她更没有想到的是那个凭着拳头打死猛虎的人居然是自己的亲叔叔！当初虽然叔叔在自己面前克制礼貌甚至冷漠，但是只要一提到打虎的事，他立刻就显得兴奋得意，像个小孩一样，喜形于色，毫不掩饰。潘金莲从各种人的口中至少听过五十遍武松打虎的故事，而且一遍比一遍神奇。如今，要让武松亲口说猛虎不是他一个人打死的，这对他来说有多难，有多委屈。潘金莲想到这里，不禁伤心起来。武松打虎的故事家喻户晓，广为流传，早就是板上钉钉的事情，为什么要逼着武松改口呢？潘金莲不知道这是为什么，她现在只有伤心落泪。她隐隐约约感觉到安定平和的日子快要结束了。

武松还在受煎熬。他的讲述并没有让李达天满意，因为在他的讲述中，武松仍然是主角，别的猎户只是敲边鼓打下手。而且武松坚持说自己击打了老虎五十拳。

李达天："你打了五十拳？那别的猎户什么都没做咯？"

武松："他们本来就没……"

李达天打断："你说过，一分酒一分力气。你只喝了十碗，哪来的力气打五十拳？"

武松急了："我本来是喝了十八碗……"

李达天大声地："又来了，又来了！你刚刚不是说只喝了十碗吗？武松，你到底哪句话是真的？"

武松也提高声音："县志上不是记得很清楚吗？"

李达天的声音更大："县志我们可以改！"

武松涨红了脸："大宋朝没有律法了吗？"

他大步往外走，一脚踢飞了椅子。

李达天懵了片刻，立刻回过神来。武松这一走，打虎的事情什么时候才有想要的结论？今天必须要有一个结果。他厉声叫住武松，示意他回来坐下。

武松在跨出门口的那一瞬间，想起了潘金莲和她肚子里的孩子。他不想连累他们。大丈夫能屈能伸，何必太计较呢？反正公道自在人心，一个人打虎跟很多人打虎有多大的区别呢？等哪一天有空了，我再上景阳冈去打一只老虎，打给所有人看，也打给自己的儿子看。想到这里，武松居然有些兴奋。他被自己这个想法所感动了，激动了。于是，武松心里一阵轻松。

李达天："武松，这里不是梁山泊，不得任性胡来！"

武松没有吭声，坐下。他的脑海里闪现出当年在梁山泊大碗喝酒的一些场景，但又立即回到现实。他的胸口痛了一下。

李达天有所缓和："武松，那些猎户都有口供证词，你要不要看？"

李达天胸有成竹，他给每一个猎户发了十两银子，让他们集体做证是一起打死的老虎，如果敢翻供，银子收回，严惩不贷。他曾经给武松看，武松差点把供词撕掉。武松做过都头，知道有些供词是怎么来的，虽然他自己没有刑讯逼供，但是那并不意味着别人不那样干。所以武松表示不想看。

李达天："武松，你打了多少拳？"

武松没好气地："我一拳都没打。"

李达天："那怎么行？你肯定是打了的，不然怎么叫武松打虎呢？"

武松看着他："你也知道武松打虎？"

李达天知道自己说漏了嘴，但是他的本意是嘲讽调侃。

"老虎嘛，当然是大家伙儿一起打死的。"李达天顿了顿，继续说，"但是，这么多人的名字谁记得住呢？所以，官府决定找一个人出来做代表，本官看你年轻悍勇，就推荐你来做代表。这样有利于通报宣扬嘛。"

武松没有说什么。他本来就是一个粗人，只懂得江湖义气。现在清河县不是他心中的江湖，所以不讲义气也不奇怪。武松没有去想更多。此刻，他只想喝酒。李达天似乎看出了他的心思。

李达天："武松，我们尽快把这件事说清楚。说清楚了你就可以回家喝酒了。"

武松："李大人，你说我打了几拳就几拳，别啰唆了！"

李达天想了想，淡淡地说："这样吧，我们来帮着你回忆当年的情况，你看如何？"

武松："有劳李大人。"

李达天认真地做出回忆状："当年，你武松在景阳冈喝了十碗酒，然后就来到了山上。你走累了，酒性也上来了，就在一块青石上睡觉。没过多久，你被不远处的喧闹声吵醒了。你跌跌撞撞走过去一看，十几个猎户拿着刀叉正在与猛虎搏斗，喊杀声此起彼伏。是不是这样，武松？"

武松笑笑："李大人，你可以去编话本。"

李达天脸色一变："本官在说假话吗？"

武松有点口渴难耐的样子。

李达天继续回忆："猛虎很厉害，左冲右突，想冲出包围圈，却不小心滑倒在地。众猎户一拥而上，按住了猛虎，开始击打。这个时候，你武松跑过去，抓住猛虎的头打了几拳。然后，猎户们雨点般的拳头落在了猛虎的头上身上。猛虎，嗯，猛虎就一命呜呼了。是这样吗，武松？"

武松望着虚空，一言不发。

李达天提高声音："猎户们的力量大啊！这就是我们清河县的猎户！勇往直前，却虚怀若谷！"

屋里一下子显得非常安静。

武松似乎在回想什么。李达天盯着他，生怕他一跃而起，揪住自己的脑袋就是一拳。其实武松根本没有想打虎的事情，而是突然想起当年在柴进的庄上与宋江相识的事儿。他第一眼见到那个黑矮的宋江就不喜欢，觉得那个人有点说不出的感觉，不像江湖中人，也不像衙门里的人，表面上很重义气，其实有点阴。但是碍于柴进的情面，只得与他结拜为兄弟。后来，打下祝家庄，扈三娘被俘。武松亲眼看到宋江半夜去探望扈三娘，说了什么他不知道，但是宋江是捂着脸从那里出来的，脸色阴沉。没多久，在宋江的积极撮合下，扈三娘居然嫁给了王英。这个王矮虎有什么本事？在梁山泊根本就排不上号！武松认定宋江想娶扈三娘，但是遭到拒绝，宋江就利用权势，威逼利诱，迫使扈三娘下嫁王矮虎。武松认为那是一种报复。他们成亲的那天，梁山泊大摆筵席，武松去吃了几碗酒，觉得没味儿，就跟鲁智深和杨志他们到别的地方吃酒去了。武松吃着酒，突然明白为什么那个酒没味儿，原来是他想起了嫂嫂潘金莲，因为扈三娘长得有些像潘金莲，特别是扈三娘笑起来的时候。当然，在武松眼里，扈三娘远不如嫂嫂漂亮。所以，武松觉得宋江确实有点阴。但是，这种事情他是不能说的，即便是对好朋友鲁智深和杨志。毕竟宋江是梁山大头领，自己与他又是结拜兄弟，这种事情怎么好说出口呢？武松的猜测后来得到了某种证实。在征讨方腊的行军途中，武松悄悄地问过扈三娘，那天半夜宋江去她的房间做什么。扈三娘还没听完，眼泪就出来了。不过随后扈三娘说"嫁鸡随鸡，嫁狗随狗"，武松也就没有多说了。武松在那个时候就决定，等打完了这仗，就不跟宋江走了。

李达天："武松，武松？"

武松扭头看他，觉得打几拳已经没什么意思了。

李达天："武松，你打了十拳，怎么样？"

武松点点头。

李达天高兴地："这就对了嘛武松！十碗酒，十拳，这个好记。来，按个手印。"

按手印的时候，武松一直在想，有朝一日，一定要再去景阳冈打一只猛虎！

回到家中，武松面带笑容。潘金莲迎上去，想问，但是看到武松的笑容，不由得有些疑惑。

武松："我都依了他们胡说，这帮鸟人！"

潘金莲知道武松受了天大的委屈，现在就不想多问了，赶紧拿出饭菜和酒。武松大口喝着酒，似乎什么也没发生。武松越是这样，潘金莲就越是忧心忡忡。

就在武松在家喝酒的这个时候，清河县好像炸开了。人们半信半疑又怀着奇怪的兴奋奔走相告：当年武松只喝了十碗酒，猛虎不是他一个人打死的，他只打了十拳，是猎户们打死了老虎！人们发现自己受骗上当了，这么多年一直被蒙在鼓里。什么打虎英雄？打狗英雄还差不多！也有些人不信，可是官府的通告写得明明白白清清楚楚，这还有假吗？而且武松自己还按了手印！消息在迅速流传，武松的形象在这个喧闹的下午轰然倒塌，走下了神坛。

一些人聚集在何况的酒馆里，兴奋莫名，又有些沮丧，甚至还有些惆怅。毕竟他们是相信武松打虎的，为什么要揭穿真相呢？官府有没有搞错？

何况大声地："官府没有搞错，武松就是一个骗子！喝十八碗酒，谁看见了？一个人打虎，谁看见了？都是他一个人在说嘛！"

何况以前是崇拜武松的。但是他老爹何九叔对武松充满怨恨，因为武松逼迫他为武大郎之死做证。本来做证也没什么，他为此还多留了一个心眼儿，让自己进退有据。可是何九叔没有想到，武松后来犯事被发配去了孟州。何九叔虽然是被武松逼迫做证，但是他暗地里认为西门庆斗不过武松，所以就顺水推舟，帮助武松获得了证据。这一下就大大地得罪了西门庆。西门庆首先打断了他的三根肋骨，然后勒令他永远不能从事仵作之事。何九叔跪下求西门庆放他一条生路，允许他儿子开一个酒馆谋生，西门庆占四成干股。西门庆总算答应了。何九叔大病一场，从此萎靡不振，大部分时间都是卧床不起。武松重回清河县之后，曾经去看过何九叔。但是何九叔显得很冷淡，不敢对武松有所指望，更不敢指控西门庆。教训太惨痛了，而何九叔认定是武松给他带来了灾难。但是，何九叔不知道武松这一次在清河县能够待多久，所以他嘱咐何况对武松要客气，要热情。"两边都得罪不起，"何九叔对儿子说，"强龙不压地头蛇。可这强龙实在太强了，我们只须小心谨慎。"所以何况对武松表面上是客气得有点夸张，但骨子里是恨之入骨。武松常到他的酒馆吃酒，照顾他的生意，这一点何况是明白的。有钱赚何乐不为？但是那也改变不了什么。

有人问何况，武松常常到你这里来吃酒，你应该知道他的酒量如何。何况前些时候听说武松正在接受调查询问，估计他会有麻烦。现在官府的通告出来了，何况就更不怕了。

何况："武松是喜欢喝酒，但是他的酒量其实平常得很。他就是喜欢吹牛，喝一碗就说自己喝了两碗，喝了两碗就吹自己喝了五碗！没个准数！"

有人还是表示不信，何况就赌咒发誓说武松的酒量确实不行，还不如我何况！众人唏嘘不已，将信将疑地离去。

西门庆把官府的通告仔细看了三遍，然后哈哈大笑。他对一旁的三姨太孟玉楼说武松快要完了。孟玉楼说不见得，世事难料。

西门庆："你不懂。我懒得跟你说。"

孟玉楼当然不懂得这些，但是西门庆明白。武松重回清河县的时候那是多么的威风，打虎英雄和朝廷功臣这两道耀眼的光环使武松显得无所不能，是神一般的存在。现在，打虎英雄这道神光被活生生褪去，由此可见上面对武松已经强烈不满了。至于为什么不满，西门庆还不好猜测，但这绝对是一个非常明显的信号。西门庆想，梁山泊背景恐怕是原因之一，毕竟武松做过打家劫舍的强盗。两次盛情邀请并力挺武松的李达天，这一次却成了褪去武松光环的急先锋，说明上面的压力有多大。

"听说老五快生了。"孟玉楼在一旁说。

西门庆阴沉着脸："我跟你说过，不要老五老五的叫，她已经不是我的老五了，她现在是武松的老婆！"

每当提起这件事，西门庆都羞愤难当。以前都是我西门庆抢别人的老婆，现在居然自己的老婆被人抢了，还不敢吭声。虽然武大郎的事情了结了，但毕竟意难平啊！

孟玉楼赶紧抚慰道："别生气别生气，看把身子气坏了。对啦，町儿好久没见到你这个爹了，要不让他过来？"

町儿就是西门庆跟孟玉楼的儿子，叫西门町，今年七岁，是个调皮捣蛋的主儿。

西门庆想着什么，没有搭话。

孟玉楼笑笑："要不，把四妹也叫过来，一起吃酒欢喜？"

四妹就是西门庆的四姨太孙雪娥，现在正身怀六甲。

西门庆斜了她一眼："老四正怀着，吃什么酒？我今日要出门，改天再说吧。"

孟玉楼不高兴了："自从老五走了，成天哭丧着脸，姐妹们还要不要活了！"

西门庆不理她那一茬："老三，我跟你讲，让町儿好好念书，不要小小年纪就学得混世魔王的样子！"

孟玉楼撇着嘴："你儿子不学你学哪个？"

西门庆不想斗嘴，挥挥手："回去吧回去吧，改日叫町儿来见我。"

西门庆打算请李达天吃个饭，了解一下具体的情况。不管怎么说，西门庆在内心深处还是很怕武松的。现在报复的机会来了，但是西门庆还不敢轻举妄动，万一惹恼了那个天煞星，他不管三七二十一，拼了命先一顿拳头把自己打死了，那就太得不偿失了。所以必须稳扎稳打，看准机会再下狠手。这些年西门庆变得比以前成熟稳重了，虽然钱财多多，势力也大，但是不像从前那样逞强斗狠了。西门庆是清醒的，他相信武松打虎是真的，更不用说生擒方腊之类的事情。君子报仇，十年不晚！

三天以后，李达天找武松谈话。他告诉武松，有些老百姓不相信官府的通告，固执地认为老虎是武松一个人打死的。他要求武松配合官府，跟老百姓解释一下，澄清真相。李达天非常认真地表示，如果武松做得令官府满意，就可以官复原职继续做都头。武松没有多想就同意了。他当然不知道，配合官府做解释这个主意是西门庆想出来的。西门庆把这个主意连同五千两银子一起送给了李达天。

第十四章

本来我是准备亲自参加公司的面试的，但是那几天有些事情脱不开身，我就委托吴敏全权代表我主持招聘工作。我的公司没有设副总这个位置。我觉得我一个人就足够了，为什么要多开一个人的工资呢？李峰说没有副总就显不出你这个老总的派头来。我一笑置之，这些虚头巴脑的东西对我没什么意思。

我也不是真的脱不开身。我女儿崔莺莺大学毕业后在一家创业公司工作，认识了公司的一个加拿大小伙子巴特斯。巴特斯非常喜欢这个来自东方的女孩子，于是穷追猛打，各种献殷勤，各种关心体贴，各种搞笑搞怪，终于把我的女儿追到手，现在已经到了谈婚论嫁的阶段了。我前妻，也就是崔莺莺的妈妈路嘉怡不同意女儿嫁给外国人，说在加拿大的中国人有很多优秀的，为什么一定要嫁给外国人呢？崔莺莺不同意她妈妈的看法，于是就不断地给我打视频电话，请求我的声援。那个巴特斯也给我打视频电话，向我表达他对我女儿坚贞不屈的爱情。这个巴特斯说得一口流利的中文，卷舌不卷舌比我还搞得清楚。所以那几天我忙着接听电话，就没有去参加面试。毕竟是我女儿的大事，我不想因为一些小事分心。

我对女儿说，只要你想好了，老爸义无反顾地支持你。我对巴特斯说，好好爱我女儿，不然上帝一定会惩罚你。我对路嘉怡说，你不要多管闲事了，女儿的事情由她自己做主，你凭什么要干涉呢？你在加拿大生活了这么些年，难道连这个道理都不懂吗？路嘉怡说那个巴特斯就知道滑雪，哪里像一个过日子的人？再说，他的家境好像不太好，怕女儿以后受苦。我说我很鄙视你这种说法，受不受苦是女儿的事，你不用管这些。女儿有工作，能养活自己，怎么就会受苦了？路嘉怡说我跟你说不到一块儿，我说所以才离婚嘛。

吴敏跟我汇报说，这一次只招聘了两个人，一男一女，都是应届大学毕业生，有实习经历，素质很不错，但都不是985学校。我说那就行了，我也不是什么985毕业的。我说干脆今天晚上请他们吃顿火锅，好久没热闹了，就在猪圈火锅店，我也去。我都不知道我为什么会做出这样的决定，也许是我想吃火锅了？以前公司来了新人，当然大家要聚个餐，但是我一般都不会出席。很久以后我才知道，我这个决定是多么的重要而意义非凡，那是我一生中最重要的决定之一。当然，它的后果也将是显而易见的。

我到达猪圈火锅店的时候已经是六点半了，大家都在等着我。火锅已经在沸腾，期待着毛肚鸭肠。这是一个雅间，有两张桌子。刘珊珊的旁边空着，显然是为我留着的。大家纷纷起身，我赶紧示意他们坐下。我没有去刘珊珊那边，而是显得很随意地在另一张桌子前坐下。

我不是随意坐下来的。在走进这个雅间的时候，我第一眼就看到了正对着我的一个女生。她的衣着显得有些简单朴素，一条牛仔裤，一件白色的 T 恤衫，一头齐肩的秀发。脚上是一双运动鞋，没有穿袜子。只化了淡妆。我必须说我的审美很简单，我就喜欢这样的装束打扮。问题还不在于她的打扮，更在于她的气质。我不能说她的气质高傲，只能说她的气质摄人心魄，有点高冷，但不是冷漠，而是一种与生俱来的自信。在整个公司里，她显得独树一帜，也可以说是出类拔萃。她不是那种惊艳的美，但是你只要看她一眼，你就想再看一眼，接着你就不愿意移开视线了。我迅速地回想吴敏给我的招聘名单，那上面有七八个名字。我凭直觉认为她应该叫陆无双。随后就证明了这个女孩确实就叫陆无双。所以我不是随意坐下来的，我是因为陆无双才选择坐在这张桌子的。这样，我就跟陆无双相对而坐了。吴敏向我介绍了两位公司新人，我点点头，欢迎他们加入汉唐文化公司。我看见陆无双礼貌地对我笑了笑，我故作矜持地点头回应。至于那个新来的男生我就不介绍了，因为两个星期之后，我因为他写得糟糕的策划案训斥了他，他觉得怀才不遇而离开了公司。

吴敏请我讲几句话，我说不用了，火锅已经不耐烦了，边吃边聊吧。接下来就是他们给我敬酒，陆无双也跟着他们来敬我的酒。陆无双敬酒的时候，我问她是哪里人。

陆无双："湖南。"

我觉得她的声音很好听。接着我们就随意聊了聊日常琐事，当然我也没有忘记鼓励她加油什么的。

吃完火锅回到家里已经快十点了。我的手机这个时候响了一下，我一看，是陆无双发来的信息。我们在吃火锅的时候加了微信。陆无双的信息说：我已到。谢谢崔总。晚安。我无声地笑了笑，嗯，有礼貌。晚上酒喝得有点多，我简单洗漱一下就睡觉了。临睡前我给陆无双回了一条信息：好。

马思远在三峡地区拍他的纪录片《巴蛮子之谜》的时候，被一块巨大的木头击中膝盖，受了重伤。马思远在电话里说，老子为了纪录片差点残废了。我问手术成功吗？他说还不错，只是这条腿恐怕要成老寒腿，天阴下雨将来会有反应，我准备把手机上的天气预报退掉，节约几块钱，哈哈哈！我问他现在哪里。他说他在武汉做的手术，过一个星期就可以出院了。对了，是王涵在照顾我。她现在出去帮我买烟去了。我"哦"了一声。我说你还是少抽点烟，他说现在抽得少，王涵不准我抽烟，但是我喝酒她不敢管，哈哈哈！如果在抽烟跟喝酒之间只能选择一样，老马肯定选择喝酒。我听得出马思远很开心的样子。

两个星期之后，我去马思远家探望。老马拄着拐杖，在屋里来回走着。他夫人也是大学老师，在同一所学校，现在还没回家。我问片子怎么办？他说继续在拍，王涵去了，也把我的旨意带回去了，我下周就返回拍摄现场。这段时间拍摄就由王涵全权负责。

马思远："怎么，你不相信她？"

我说没有，你相信就行了。

昨天的电视新闻报道了《巴蛮子之谜》拍摄的情况，王涵作为助理导演在电视上侃侃而谈，当然也不遗余力地赞扬马思远的才学与魄力。她预言这将是中国最好的纪录片之一。看来马思远真的是教导有方，名师出高徒。

马思远："王涵对我的照顾非常贴心，是她让我有勇气面对伤残，我很感谢她。"

马思远说得很真诚。我很少看见他这样说话。

马思远："崔总，你我都是现代人，对有些事大可不必挂怀，没有什么是大不了的。人生是什么？就吃与色两个字！你还能找出另外两个合适的字吗？人生一世，吃色二字，不吃就干！"

我们都哈哈大笑起来。

马思远点上一支烟："说得文雅一点，人生必须有情怀。不管现实怎么样，没有情怀还他妈的活着干什么？去死吧！"

我很欣赏马思远永远的诗人性情。

我说："我挂什么怀？我只想看到一段师徒佳话。"

马思远："师徒佳话？嗯，我喜欢这个说法。必须是一段师徒佳话！不然，我就不会收她了。"

然后，马思远就当着我的面沉思起来。用戏剧表演的术语来说，这就叫当众孤独。

我看着他，点上一支烟。

马思远望着虚空："不行！三天以后我就返回拍摄现场，我必须尽快见到她！"

我很佩服老马身上的那股子劲，五十出头的老男人了，还搞得像年轻人一样冲动。

公司策划部的工作一直是软肋，他们写的策划案我总是不满意。很多时候都是我自己在写或者大幅度修改。我知道，现在有些大学生文字写作能力非常糟糕，更不用说真正有想象力的创意能力了。读图时代害了他们。他们不会读，不会写，更不会思考。陆无双的到来在一定程度上改变了策划部的现状。我看过她写的策划案，文字流畅，表达清楚简洁，有想象力，也有相当的创意能力。

有一天下午，我在看策划部负责人写的一个策划案，看得我鬼火直冒。这么一点事情也写不清楚！我打电话给吴敏，让她通知那个负责人马上到我办公室来。我放下电话，意识到我有点冲动。把他叫来干什么？批评一顿？以前批评还少吗？批评了又能怎么样？难道还撤他的职？

不一会儿，那个负责人来了。小伙子长得还挺精神的。

我沉下脸："这是你写的？"

小伙子看看，点头："嗯，是我写的……"

我在考虑怎么批评他。

小伙子："崔总，有什么问题吗？"

我只能说这个小伙子不够聪明，情商不及格。

我面无表情地："一年前你就这样写，一年后你还是这个水平。你有没有动过脑子啊？"

小伙子一脸懵逼："我、我怎么了……"

我把陆无双写的策划案给他："你看看别人是怎么写的！"

小伙子："我回去就看……"

我提高声音："现在就看！"

策划部的事情我管得太多太具体，所以宠坏了他们。随便什么都敢拿给我看，他们知道我自己会修改。

小伙子看完了："嗯嗯，写得不错……"

"比你怎么样？"

小伙子："崔总，我觉得差、差不多吧……"

我真的有点生气了："差不多？我看差很多！"

小伙子一脸不服气。

我说："人家刚刚大学毕业，还只是一个二本学校。你呢？年纪比别人大，还是 985 毕业的，做这个工作两年多了，还是部门负责人，你不觉得惭愧吗？"

我觉得我的语气有些严厉，而且有点激动。我也不知道为什么我会这样。

小伙子生硬地："那你让陆无双来做这个负责人嘛！"

我一股热血冲上来："对！我就是这个意思！"

接下来就简单了，小伙子主动辞职，我平静下来之后多给了他一个月的工资，然后他走人。

我给陆无双发了一条信息，说从今天起，你就是策划部的主管了。请不要推辞，谢谢。一分钟之后，陆无双回信息：如果我不愿意呢？我考虑了两分钟，回复她：要么同意，要么走人。一分钟之后，陆无双这样回答我：我走人。

我把手机扔在桌上。我没想到陆无双这么刚烈，真是有性格。那个小伙子已经辞职，我总不能去请他回来吧？那是不可能的事。策划部需要一个负责人，但是谁合适呢？

我点上一支烟。我那么训斥那个小伙子，其实是不满意他的工作能力，目的是想把他换下来。既然他选择辞职，那就更好了，因为我心里已经有了人选，所以我根本就不想劝小伙子留下来。我的人选就是陆无双。可她居然说我走人！她为什么要拒绝呢？为什么这么坚决？这个陆无双是一个很有主见的女孩子。

我有些烦躁，在办公室来回走着。我突然想到，当初见到王涵的时候怎么没有现在这种感觉？以前我一般不会准时到公司，可自从陆无双来了之后，我居然天天准时上班，有时候还会提前半个小时。我是希望偶然碰到她吗？我是老板，我可以叫任何人到我的办公室谈话，但是我从来没有让陆无双到我的办公室。我是想见到她？那为什么我没有叫她来办公室呢？那是名正言顺啊！

我不知不觉地走出了办公室，脑子里胡乱想着什么，猛抬头一看，我居然站在了策划部门口！有过路的员工向我打招呼。

我只好干咳了几声，让陆无双出来说话。陆无双正坐在电脑前打字，听到我喊她，起身就走出来。我为了避免面对面的尴尬，就慢慢走着跟她说话。

我居然这样开头说话："在打辞职报告啊？"

陆无双笑了笑，点点头。我发现她的牙齿很白。

我说："为什么要拒绝我？"

话一出口，我差点脸就红了。这句话的准确表达是"为什么拒绝我的任命"，而不是"为什么拒绝我"。那太容易产生歧义了。

陆无双淡淡地："崔总，我刚来公司不久，这样恐怕不大合适，也不大公平。"

我问她："是怕别人说闲话吗？"

陆无双："不怕。"

我说："是担心自己没有这个能力吗？"

陆无双："不担心。我有这个能力。"

我说汉唐文化公司是我的，谁有能力我最清楚，谁做部门负责人我说了算。

陆无双笑了笑，略带讥讽地："创始人嘛。"

我哈哈大笑起来。我觉得这应该是一个严肃的词儿。

陆无双笑笑："对我们这一代人来说不是。"

我说这样吧，晚上我请你吃饭，跟你谈一谈工作，一会儿我把时间地点发给你，请务必赏光哈。

陆无双点点头："谢谢崔总。"

整个下午，我都处于一种难以言说的喜悦之中。我站在窗前，俯瞰这座城市，觉得这是一个正在生长的城市，一个充满活力的城市。昨天晚上刚刚下了一场大雨，使这个城市清新可爱。

我选择了一家环境幽雅的中餐馆。我提前到了那里，要了一个包间，点了一些精致的菜肴，既有品位，又不至于显得铺张奢侈，还要了一瓶法国红葡萄酒，1993年的。我跟陆无双说的时间是晚上六点半，现在是六点二十五分。我走出包间，来到餐厅大门口。门口前有一个不算大的鱼池，色彩斑斓的锦鲤在悠闲地游弋。我心情愉快地看着它们，也不时地扭头看看四周。在六点二十八分的时候，我看到陆无双正在往餐厅赶来。她换了一条好看的裙子，上身穿着一件略微有点蓬松的白色T恤，头发很自然地披散着。可能是赶时间，她一路小跑着。这样，她的头发在傍晚的风中就飘逸起来，极其好看，像一只美丽的蝴蝶。

这只蝴蝶飞到了我面前，我看见她的唇上有一点湿漉漉的汗，亮晶晶的。

陆无双面带微笑，有些歉意地："我迟到了。"

我盯着她："没有。你提前了二十秒。"

第十五章

澄清喝酒打虎真相的报告说明会已经举行了三场，但是效果并没有让李达天完全满意，因为始终还是有人不相信武松所说的那些事情。他们的提问让武松张口结舌，欲言又止。

乔郓城向李达天报告，那几个不相信的人都是清河县的读书人，有几个还有点产业，对周围的人有一定的影响力。李达天问到底他们有几个人，乔郓城说很少，不超过十个。

李达天厉声地："有一个都不行！"

乔郓城说小人明天就去把他们拘起来，看他们还闹不闹。

李达天说："拘起来有什么用？他们心里是不相信的，放出去之后还会四处造谣滋事！"

乔郓城有点纳闷，不明白李达天到底是什么意思，是砍头呢还是一直不放出去？

乔郓城："小人愚钝，请大人明示。"

李达天语重心长地："不要动不动就想到杀人。现在还不是杀人的时候。要让他们感到害怕。"

乔郓城点点头，又说："大人，还有一个人很麻烦，就是那个花千树。她到处乱说话，影响很坏。"

李达天盯着他，脸上有愠色。他知道乔郓城喜欢花千树，这种事情怎么来麻烦我？你自己不知道想办法吗？

乔郓城读懂了李达天的表情："小人无能，请大人责罚。她、她是花子虚的侄女，花子虚跟西门大官人是结拜弟兄……"

李达天："花子虚不是死了吗？"

乔郓城："听说，花子虚很疼这个侄女，临死前拜托西门大官人照顾好花千树……西门大官人也发誓答应了……"

李达天当然知道这层关系和它的来龙去脉。前段时间由于西门庆的主动示好，李达天跟他已经捐弃前嫌，并且秘密结拜为兄弟。所以李达天现在并不担心西门庆干涉这件事。当然，乔郓城肯定不知道他们结拜的事。

李达天："你先警告花千树，不要乱说话。西门庆是大宋臣民，理应遵守大宋律法。你只管去做，本官自有分寸。"

乔郓城知道李达天跟西门庆以前有隔阂，也多多少少有点怕西门庆蛮横。但是现在李达天敢这么说，一定是有原因的。他表示一切都按照李大人的吩咐去做。

报告说明会结束后，武松回到家中。与前两次报告会完了回家不一样，这一次武松回来显得有些麻木疲倦，没有像前两次那样愤怒不满。潘金莲端上饭菜和酒。

潘金莲低声地："叔叔，今天回来得早些。"

武松喝了一大口酒："鲁秀才他们问了我好多问题，我、我回答不上来。李大人就说今天就早点散了。"

潘金莲点点头，替武松夹菜："别光顾着吃酒。"

武松："有百姓不相信我的话，我咋讲嘛？"

潘金莲幽幽地："也有人信，还不少。我买菜的时候听到别人议论，给我脸色哩。"

武松一下子站起来："哪个给你脸色？"

潘金莲给他夹菜："鲁秀才他们问了个啥？"

武松只好坐下来，吃酒："鲁秀才问我，是不是有人逼着我讲这些话？我咋回答嘛？"

潘金莲轻轻叹了一口气："还问了啥？"

武松摇摇头，似乎不想说。

潘金莲："鲁秀才是不是责怪你了？"

武松双手捂住脸，使劲拍打额头。潘金莲轻轻拿住他的手，放在自己的脸颊上，眼睛就红了。

武松心里难受，想安慰她几句，又不知道该怎样说，显得有些着急烦躁。他站起来，在屋里来回走着。最后，他突然说了这么一句话："敢弄死我的人还没生出来！"

潘金莲似乎看到了当年那个无所畏惧的武松。她心里稍微好受一点："叔叔，我再去给你烫酒。"

武松走到院坝，低沉地吼了一声，开始打拳。为了潘金莲和孩子，他能够忍受屈辱。他突然觉得自己这一生就是为了潘金莲，他做的所有事情都是为了能够跟潘金莲在一起。他想，如果真的把他惹急了，他照样会杀人的，然后带着潘金莲和孩子远走高飞。武松回到清河县这一年多，脾气确实改变了很多，跟在梁山泊的时候大相径庭。但是武松毕竟就是武松，与生俱来的野性和血性从未离开过他。只是平庸加平静幸福的现实生活使他的野性和血性隐藏起来了。武松发现，在潘金莲面前，他永远都不会发脾气。

武松又想到下午鲁秀才的责怪，鲁秀才说顶天立地的大英雄居然如此胆小怕事，如此软弱不堪，太让人失望了！这些话像刀子一样割裂着武松，但是他不能发作，只能忍。散会后，李达天拍着武松的肩膀，夸他表现不错，什么叫大英雄？敢于承认错误就叫大英雄嘛！武松紧咬嘴唇，不说话。

花千树在城北经营着一家花店，生意奇好。花千树当然知道别人不是来买花的，是来看她肚子有没有隆起，特别是那些浮浪子弟，用不怀好意的目光上下打量着她。虽然他们有些失望，没有看到他们想看到的，但是仍然徘徊在那里，尽情想象着。花千树叫他们不买花就趁早滚开，所以那些人就只好掏出银子胡乱买些花。但是到了第二天，他们又蜂拥而至。

这一天，花千树有了一个大胆的想法。她告诉在门前的人们，只要有人相信武松喝了十八碗酒，一个人打死了猛虎，她就送他一束花，或者让他吻一下她的手。这个消息立刻在清河县城炸开了锅。成百上千的人聚集在小小的花店前，兴奋异常地等待着亲吻花千树的手。对于他们来说，喝多少酒，谁打死的老虎都不重要了，重要的是花千树的手。

某甲："武松喝了十八碗酒，他一个人打死的老虎。我信！"

花千树立刻亮出雪白的手和胳膊。众人一片惊呼尖叫。某甲深深地吸了一口气，满怀深情地亲吻了一下花千树的手！此起彼伏的喝彩声响遍全城。

有人问："老董，香不香？"

某甲就是老董，像喝醉了一样："香，香得不得了！我到后面接着排队去！"

现场爆发出雷鸣般的掌声和笑声，气氛无比热闹刺激。

李达天对这件事大为恼怒，叫乔郓城立即前往城北花店，驱散百姓，把花千树带回衙门。

与此同时，武松也得知了这件事。潘金莲让武松赶紧去花店，劝住花妹妹。武松有些犹豫不决。

潘金莲："叔叔，你不去谁去？花妹妹有情有义，你一定要去劝住她。快去啊！"

乔郓城带着一帮捕快骑马赶到了花店现场，根本止不住沸腾的人群。他只得下令拘捕几个闹得最凶的人，才勉强控制住场面。随后，捕快们挥舞着闪亮的朴刀，驱赶着人们。一阵混乱之后，人们四散而逃，场面趋于平静了。

花千树突然大声喊道："明天再来啊！"

乔郓城走到她面前："花千树，你这又是何苦啊？"

花千树斜了他一眼："不关你的事！"

乔郓城已经不是当初的乔郓城了，但是他心里一直是喜欢花千树的。自从花千树跟武松闹出那段事情来之后，乔郓城恼怒万分，既恨花千树，更恨武松。他无数次劝自己对花千树死了那份心，可是脑海里总是浮现出花千树的倩影，怎么也赶不走。他曾经在夜深人静的时候发誓，这辈子无论如何也要得到花千树，哪怕一次也行！早上起来，乔郓城清醒了，自己现在是都头，在清河县他只能依靠两个人，西门庆和李达天。他的前程也只能依靠这两个人，其他的一切都可以置之不理。

乔郓城不动声色地："我奉李大人之命，要把你带回衙门。"

花千树："你敢？！"

乔郓城："花千树，你扰乱治安，破坏李大人的统一部署，造成不良影响，我必须带你回衙门。得罪了！"

他挥了挥手，两个捕快上前就架住花千树。

乔郓城："带走！"

"放开她！"武松大步赶到，声音很大。

乔郓城看到两个捕快不由自主地放开了手，心里一沉。不过，他很快就变了一张笑脸。

乔郓城："武二哥，我奉李大人之命带她回衙门。你是不是想阻拦？"

现在乔郓城敢直接叫武松武二哥了。

武松："你不能带走她。"

乔郓城："不是我要带走她，是李大人要我带走她。"

武松："李大人那里我去说。你回去吧。"

乔郓城沉下脸："武二哥，我是在办公务。"

武松有些不耐烦："别给我扯这些鸟公务。你走吧。"

已经散开的人群又慢慢聚过来了，在不远处看着。乔郓城不免有点恼火，他不想在这种场合丢脸，更不想在武松面前丢脸。

乔郓城："你知道花千树在做什么吗？"

武松："乔郓城，人你肯定带不走。我劝你赶紧回去。"

乔郓城真想拔出刀来砍死武松，但是他知道那是不可能完成的任务。他本来想让人去请李达天，可又一想，什么事都去麻烦李大人，我自己是不是太无能了？但是如果带不走花千树，怎么回去交差呢？必须跟武松较量一番，我才有主动权和发言权。

乔郓城直接叫名字了："武松，你现在是什么情况你不知道吗？你知不知道全城百姓怎么看你？你蒙骗百姓那么多年……"

花千树愤怒地："姓乔的！你撒泡尿照照，你是个什么东西！要不是武哥哥关照你，你还在卖梨呢！"

乔郓城恼羞成怒，竟然伸手想去拔刀。但就在那个时候，他清楚地看到了武松轻蔑的眼神，他只好把手缩回去了，同时大声命令属下带走花千树。

武松："谁敢动一下花千树我就打死谁！"

捕快不敢上前，乔郓城一把抓住花千树，转身就走。武松拿住乔郓城的手轻轻地一扬，乔郓城退后几步没有站稳，仰面倒在地上。捕快们不知所措，呆呆地站着不敢动。

武松："鸟人！"

乔郓城从地上爬起来，一边拔刀一边朝武松冲过来，口中骂着武松。武松一脚踢出去，乔郓城的身体就斜斜地飞了起来，然后重重地摔在地上。周围的人群中爆发出一阵哄笑。几个捕快上前把他扶起来。乔郓城抚着胸口，疼痛难忍，脸色惨白。

乔郓城指着武松："武松，你闯祸了！"

武松慢慢朝他走过去，捏紧拳头。

"武英雄且慢！"一个沙哑有力的声音响起。

武松不用回头就知道是那个鲁秀才，因为这个声音曾经使他感到羞愧。说话的人当然就是那个鲁秀才。鲁秀才五十岁的样子，清瘦，但很精神。他的名字叫鲁一本，年轻的时候考取了秀才功名，后来就沉溺于书法，不再追求功名。虽然他的书法造诣在清河县首屈一指，但由于没有功名，也只能开馆教书为生。前些年他被聘为《清河县志》的编撰，文字功夫颇得李达天赏识。而"武松打虎"一节正是鲁秀才所撰写，他引为平生得意之作。几天前李达天找他谈话，希望他修改县志上"武松打虎"那段文字，鲁秀才一口拒绝，拂袖而去，李达天很是灰头土脸，也有些恼怒。

武松没有继续往前走。其实武松不知道走到乔郓城面前该怎么办，是挥拳打死乔郓城，还是吓唬他一下？武松正在犹豫的时候，鲁秀才叫住了他。在这个时候鲁秀才还叫他一声"武英雄"，武松是很高兴的，也很感激。

鲁秀才沙哑的声音很洪亮："武英雄，你也是衙门中人，应该知道大宋律法。乔都头拔刀在先，武英雄脚踹在后，所幸没有更严重的后果。老夫恳劝两位息怒，各自回去，以免生出更大的麻烦，难以收拾。"

乔郓城知道今天是没有办法带走花千树了，自己虽然挨了一脚，丢了面子，但是回去也能交差了。更重要的是，他要借武松这一脚大做文章，除去后患。于是乔郓城决定就坡下驴，先忍下这口气。他毫无表情地看了看武松，又瞅了瞅鲁秀才，一句话没说，在几个捕快的搀扶下离开了。

鲁秀才的话其实是在帮武松解围，也暗示武松不可造次，以免更大的麻烦。他当众称武松为"武英雄"，也是在表达自己的立场看法。还有一层意思就是希望武松永远做一个大英雄。武松不可能理解得那么多，但是他很感谢鲁秀才。

武松一拱手："多谢鲁先生！"

鲁秀才只是微微点头，意味深长地看了看武松，转身离去。花千树走到武松面前。

花千树："谢谢武哥哥。"

武松的脸红了一下："以后不要这样了。"

花千树："武哥哥这个管不着。"

武松不知道该说什么好，他看着天空。

李达天果然非常震怒，打算立刻拘捕武松。但随后他冷静下来，觉得事情有些复杂棘手。先不说武松，就是花千树和鲁秀才也很难对付。鲁秀才毕竟是个读书人，在清河县也颇有威望，贸然处置恐怕百姓不服。花千树的事情他还没有去找西门庆，不知道他的意思。没有带花千树回衙门也好，免得生出意外的麻烦。关键还是武松。只要把武松的事情解决了，其他的事情就能迎刃而解。

"有多少人围观？"李达天问一旁站着的乔郓城。

乔郓城抚着胸口："大概过千人。"

李达天漠然地："他们都看到你拿刀冲向武松？"

乔郓城："是他先动手！"

李达天沉吟不语，良久，说："下次说明会，我不希望看到鲁秀才。你先下去吧。"

两个时辰之后，李达天出现在武松家里。潘金莲端上热茶，正要退下，李达天说："小潘，别走，你也来听听。"

潘金莲只好坐下，低着头。

李达天语气沉缓："武松，你阻挠公务，殴打办案捕快，已经触犯大宋律法。本官就是想保你也保不下来了。"

武松站起来："是乔郓城拿刀想砍我……"

李达天打断："此事本官已调查清楚，不必多言。有那么多围观者都可以做证，是你不让乔郓城带走花千树，并将乔郓城推倒在地。这你不否认吧？"

潘金莲起身："大人，这都怪奴家，是奴家让他去的。大人要责罚就责罚奴家吧。"

李达天淡淡一笑："小潘，你身怀六甲，本官怎么责罚你？"

武松："李大人，武松愿意受罚。"

李达天做出很为难的样子，在屋里来回走着。武松跟潘金莲对视了一眼，潘金莲一下子眼睛就红了，泪水在眼眶打转儿。

李达天叹了一口气："这事儿已经上报到东平府，难以挽回了。你呀你呀，你的脾气怎么还是那么暴躁啊？"

武松一拱手："李大人不必为难。武松愿意受任何责罚，任凭李大人处置！"

李达天不说话，紧锁眉头。

武松："李大人，武松现在就去大牢！"

潘金莲："叔叔，奴家跟你一起去！"

李达天觉得火候已经到了，语重心长地："武松，你的问题现在不是去坐牢，而是把喝酒打虎的事情说清楚，彻底地说清楚，不要让百姓心存疑虑。"

武松："李大人……"

李达天："其他的事本官可以向东平府替你陈情，请求宽大。"

武松和潘金莲几乎同时说道："多谢李大人！"

李达天暗暗松了一口气，语气有些亲切："武松啊，本官只能帮你到这里了，你不能再让本官为难了。"

武松："李大人放心，武松明白。"

李达天的语气更加亲切了："小潘啊，平时多劝劝你家夫君，他听你的。做人不能太固执，大丈夫能屈能伸嘛，是不是？你们能够有此姻缘也来之不易啊。小潘，妻贤夫祸少嘛。"

潘金莲低头说："奴家知道了。多谢大人指点。"

李达天觉得自己的目的已经达到，起身告辞。走到门口，仿佛想起什么："对了武松，那个鲁秀才的话你不要在意，他就是一个固执的人。固执的人没有好下场。"

乔郓城走进鲁秀才的学馆的时候，鲁秀才正在跟十来个学童讲"武松打虎"的故事：

"……只听一阵狂风吹来，从树林背后跳出来一只猛虎。武松大叫一声，翻身从青石上跳起来，抢起哨棒就打，却不料打在了一棵枯树上。武松只好跳开十步之外……"

乔郓城打断："然后十几个猎户冲上来，刀枪剑戟一起上，老虎就被打死了！"

鲁秀才愤怒地："胡说！胡说！"

乔郓城让学童们出去一会儿，然后瞪着鲁秀才："鲁秀才，你再讲这些，衙门就封你的馆！"

鲁秀才："封了我的馆，我还是要讲！要让孩子们知道真相！"

乔郓城一耳光就打了过去："这就是真相！"

鲁秀才捂住脸："狗才！你敢打我？！"

乔郓城一屁股坐在桌子上："打你？杀你我都敢！我今天是来警告你！武松讲事情的时候，你不准到现场，不然就拿你到衙门。另外，不准你四处胡言乱语。敢跟官府作对，你活腻了！"

鲁秀才大声地："就是武松一个人打死的老虎！"

乔郓城拔刀："你再说一遍！"

鲁秀才声嘶力竭地："就是武松一个人打死的老虎！"

乔郓城突然大笑几声："武松给了你什么好处，你这样帮他说话？"

鲁秀才："没给好处，我就是要说！"

乔郓城："武松自己都说了，老虎不是他一个人打死的，也没有喝那么多酒！你没有听见吗？"

鲁秀才："不是武松一个人打死的老虎，知县大人为什么要单独奖励武松一千贯钱？"

乔郓城恼怒地："武松自己都承认了！"

鲁秀才："武松撒谎！官府逼他撒谎！"

乔郓城一拳把鲁秀才打倒在地。

第十六章

　　刘珊珊对我迅速提拔陆无双并没有多大的异议。她说她也喜欢这个女孩子，才思敏捷，聪明但不耍小聪明，为人低调，话不多，很谦虚，也很沉稳。我笑笑，评价不低啊。刘珊珊说在食堂碰到过她几次，也算在一起吃过饭，聊得很顺畅。她跟我上大学的时候很像。

　　我说："你到底想说什么？"

　　刘珊珊很无辜的样子："就想说这些啊。你很有眼光。"

　　说着，她朝侧面看了看。陆无双跟一个同事在吃饭。这是在公司的食堂。我知道陆无双在那里，不过我故意视而不见的样子。

　　刘珊珊似笑非笑地："你们两个年龄不大合适吧……"

　　刘珊珊说得好像很无心，但是我知道她越是这样就越是很上心。她平时很难表现出强烈的情感。如果她老是谈论一个问题，那就说明她非常在意了。

　　我故作莫名惊诧："我们？你是说……"

　　刘珊珊轻声地："别装了崔总。你看她的眼神与众不同。我从来没有看到过你用那种眼神看过别人。"

　　我必须承认，女人的直觉通常来说是非常准确的。以前我跟王涵走得很近的时候，刘珊珊却并不怎么在意。现在，她表现得有些紧张。

　　我必须严肃地跟她说话："珊珊，你别瞎说。你是不是认为我会爱上所有我看到过的女生？"

　　我的语气暗含某种生气，这使得刘珊珊不好再说什么了。在这件事情上，我必须表现得强硬一些。

　　我很想找个人喝酒聊天，但是马思远在三峡拍片，李峰说过他最近要去一趟苏州，也不知道去没有。我的朋友不少，但是能够敞开心扉说几句肺腑之言的人不多。我给李峰发信息，问他走没有。李峰说他正想找人喝酒。我忽然想到把陆无双叫上一块去，但是随后我就否定了这个想法。

　　还是在那个大排档见面喝酒。我和李峰之所以常常来这里喝酒，不是因为这里的菜比别的地方好吃，而是已到中年的老板娘有几分姿色，屁股也很大。由于老板娘的老公看上去有些猥琐，我和李峰对老板娘的人生经常进行一番花枝招展的虚构，这对我们能够多喝一瓶啤酒大有好处。这个大排档叫杜四娘江湖菜。老板娘确实姓杜，据她说她在家中排行第四，以前叫杜四妹，岁月流逝之后就叫杜四娘了。

　　李峰今天看上去有些激动，一上来就直接喝了一瓶啤酒。那个时候杜四娘还没有开始上菜。

我问："好久去苏州？"

李峰一脸百感交集："明天。去还是不去，这是一个问题。"

我猜他跟苏州又出现了什么问题。

李峰说昨天晚上他跟苏州联系，这一次不是去苏州，而是去杭州。因为苏州有点事要去杭州出差，所以他们约定在杭州见面。结果在聊天的时候两人为了一点小事产生了误会，苏州一下子就生气了，不听李峰解释，单方面提出取消去杭州的行程，并且把退票的单子发给李峰看，态度异常坚决。

我问："什么误会？"

李峰苦笑一下："男女之间能有什么误会？"

我当然不好问得太具体。

我说："她退票了，你还去不去？"

李峰陷入沉思。这种事情我也不好发表看法。我给陆无双发了一条信息，问她在做什么。一分钟之后，她回信息说在宿舍看书，还附了一张看书的照片。当然，照片里没有她，只有书和台灯，等等。我仔细看着照片上每一个细节，我发现陆无双租的房子很小，床和书桌只有一步之遥。不知怎么了，我的心里突然疼了一下。我发信息说我在外面有应酬，你早点休息。陆无双回信息说知道了，你也早点休息，别喝太多。

上次跟陆无双吃饭，我们聊得很愉快，从大学到职场，从戏剧到电影，从文学到哲学……当然，话题并不深入，点到为止，但是整个聊天气氛非常好，仿佛我们认识很久了，没有"隔"的感觉。我知道她参加过大学的剧社，还是校园十大歌手之一，当然排名第十。我还知道，她跟上政治课的女老师关系良好，还常到那个老师家吃饭。老师是学中文的，不知道怎么回事改教马克思主义哲学了。她鼓励陆无双多读古典诗词，所以陆无双说她能够背很多唐诗宋词。快毕业的时候，老师希望陆无双报考她的研究生，但是陆无双婉拒了。我还知道陆无双的家在湖南，家境一般，当然也不是很差。她跟她妈妈像闺蜜一样，因为我们吃饭的时候她妈妈打电话给她，我从陆无双跟她妈妈说话的语气神态看出来她们像闺蜜。陆无双的爸爸是做什么工作的我不知道，因为她很少谈到她爸爸。当然，她不是出自单亲家庭。那次吃饭之后，我跟陆无双的关系说不清道不明，反正就是很默契的样子。平时只要我不主动发信息给她，她不会主动找我说话。但是我只要给她发信息，她一般很快就回复了。工作上的事情，她通常是用座机给我打电话。但是不知道怎么回事，我觉得陆无双有些忧郁。这种忧郁不是外在的。

李峰大声地："我决定了！"

我回过神来，发现他神情坚定。

李峰："我明天准时飞杭州，下榻我们预订好的酒店。她来，我当然喜出望外。她不来，我就在酒店看看书，写几首诗，捋一捋我跟苏州的情感发展史，做一个科学的评估。三天后，我回来跟你喝酒，还是在这里！"

我由衷地对他竖起了大拇指。

李峰："苏州不仁，我李峰不能无义！"

我顿时觉得李峰的形象高大了起来。不管结果如何，李峰的这个举动堪称佳话。如果在唐宋那个年代，这个故事一定会在长安汴京广为流传。

我端起杯子："阿峰，我敬你一杯！"

李峰一口干了："老崔，我有没有大师的风范？"

我说："开始有了！"

我们哈哈大笑。杜四娘见我们喝得高兴，就端了一盘毛豆角过来，说多谢两位帅哥长期的照顾，送一碟毛豆角给你们下酒。

李峰问："你老公呢？"

杜四娘笑笑："打牌去了。"

李峰意味深长地："你老公好有福气啊！"

杜四娘："女人嘛，有老公总比没老公好。他的牌打得好。"

一个阳光明媚的下午，我在公司办公室看陆无双写的一个策划案。我必须承认，她的策划案真的写得很不错。这是一个非常有逻辑、有想象力的女孩子，文字能力肯定是策划部成立以来最好的。我突然想到这么优秀的员工会在我这里待很久吗？

这个时候有人敲门。进来的是陆无双！难道是来辞职的？我起身走过去，请她坐。这是陆无双第一次进我的办公室。我很怕她提出辞职。陆无双没有坐，表情有些模糊不清。

陆无双："崔总，我想请两天假。"

幸好不是辞职。

我随口就说可以啊，没问题。但我立刻意识到有什么奇怪的地方。如果只是请假，那也用不着到我办公室来呀！发个信息或者打个电话就行了嘛，两天时间也不长啊。

陆无双对我笑笑。这个笑好像有点意味深长，也有一点点歉意的意思。反正我觉得她的笑跟平时不大一样。

我装作很随意地笑了笑："男朋友来了？"

陆无双点点头。

　　我继续装得无所谓的样子："好啊，陪男朋友好好玩儿。还是有不少地方不错的，网红打卡的地方也很多。"

　　说完这个话，我立刻就觉得这个阳光明媚的下午变得十分黯淡萧索了。我一直不敢问她有没有男朋友，我们在聊天吃饭的时候从不谈这个。我当时觉得她应该有，可我不愿意问。

　　陆无双："崔总，策划部的事情我已经安排好了，我过两天就回来。如果公司有急事，给我打电话。"

　　我点点头，心里空荡荡的，脑子一片空白。陆无双走的时候说了句什么我都没有听清楚。我瘫坐在沙发上，看着虚空。这个下午真的是糟透了！可是陆无双有没有男朋友跟我有什么关系啊？人家不该有吗？这可是人家的权利啊！那次吃饭，我特意要了一瓶1993年的葡萄酒，因为陆无双是1993年出生的。我点上一支烟，狠狠地抽了几口。

　　我起身坐回桌子前，看着巨大的老板桌，心绪茫然无措，什么也不想做。我从抽屉里拿出普鲁斯特的《追忆似水年华》中的第二册《在少女们身旁》，看了两页，实在是看不进去。平时我是很喜欢读普鲁斯特的。我从抽屉里拿出了《射雕英雄传》，看了两页，心绪慢慢平静下来。于是整个下午，我就跟着郭靖和黄蓉一起闯荡宋朝的江湖。

　　下班之后，我没有胃口，也不想开车，于是就步行回家。我步行回家的路上要经过市中心。我突然想起下午陆无双走的时候说了一句话，好像是说他们先在市中心逛逛之类。我看着灯火辉煌的市中心，暗暗地叹了一口气。我思无所依地走着，抬头看见了一家酒店。陆无双会住在这里吗？自此，我恨这里所有的酒店。我发誓，我终生绝不会在市中心的任何酒店入住！

　　回到家中，我从冰箱里拿了一听啤酒，斜躺在沙发上喝着，肚子一点也不饿。当把一听啤酒喝完的时候，我给刘珊珊发了一个信息，问她晚上有没有空，希望她到我这里来。

　　刘珊珊永远都是理智冷静的。一刻钟之后，她回信息说你是不是喝醉了？说好了不是晚上不发信息打电话吗？你是不是受什么刺激了？明天，明天中午好吗？我意识到我有点冲动，有点失去理智了。我回信息说确实喝得有点多，没事，我准备睡觉了，头疼得厉害。刘珊珊是一个心细如发的女人，情商很高。但是我尽量不想让她察觉到什么。我在屋里来回走着，也不知道在想些什么。我突然觉得有点饿了，也不想出去吃。我在冰箱里又找到几听啤酒，还有半袋干花生。于是我就坐在沙发上，喝啤酒吃花生，脑子一直乱哄哄的。后来不知怎么着，我就躺在沙发上睡着了，一夜无梦。

第二天中午吃过饭之后，刘珊珊果然来到我的办公室。我已经西装革履，精神抖擞了。我向她道歉，昨天晚上不该打扰她，并且说以后不会再发生类似的事情了。刘珊珊问我昨天晚上到底发生了什么事，我说什么事都没发生，就是跟朋友喝酒喝多了。刘珊珊似乎不相信，笑了笑。我说喝多了就想起你了。刘珊珊说那现在呢？我说我马上要出去谈一个事情。刘珊珊拉住我，这么急啊？我说真的很急，朋友已经在茶楼了。我摸了摸她的头发，说对不起，一会儿你把门关上就行了。

我来到大街上，无所事事地闲逛着。我肯定不讨厌刘珊珊，她一直做得很好。但是我不想让别人知道我跟刘珊珊过从甚密。准确地说就是不想让陆无双知道。为什么不想让陆无双知道呢？我也不清楚我的动机是什么，反正就是不想让陆无双知道。我拐进了一家书店。好久没有到过书店了。在我没有逛书店的这些年里，出版业迅猛发展，好像所有的人都在写书出书，而看书的人并没有同步增长。书店里的人并不多，还有一些是家长陪小孩来看书的，家长在一旁看手机。我随手拿起一本书瞎翻着，又不停地看时间。翻了几本书，好像没有什么购买的欲望，我就信步走出了书店。

我决定回公司。在路上，我接到陆无双的信息，她问我公司有没有什么事情。说真的，接到信息的那一刻，我真的好像听到了我的心脏在剧烈地跳动。她和男朋友在一起的时候怎么会给我发信息？她是真的关心公司的事情吗？她是想表达什么意思呢？我不想去多想。我给她回信息说，没什么事情，你好好玩儿。我没有说你们好好玩儿，而是用的单数，你。发完信息，我转身快步朝书店走去，其实那几本书我还是想买的，只是那个时候我情绪欠佳。现在我觉得天气开始好转，我要去把那几本书买回来！

两天以后的中午，我在食堂吃饭，边吃边看手机。我的余光好像看到我的左侧方有一个人也在吃饭。我慢慢扭头看，是陆无双。她回来了！我的心一阵宽慰。我犹豫片刻，在众目睽睽之下端着饭菜径直走到陆无双对面坐下，拿出一份策划案，像演戏似的指指点点，仿佛在跟陆无双谈工作。

我说："回来啦。"

陆无双点点头，脸微红了一下："嗯。"

我说："还好吧？"

陆无双低头吃饭："嗯。"

我说："走了？"

"嗯。"陆无双的声音低得几乎听不见。

我说："很好。"

陆无双抬头："啊？"

我说："策划案写得很好。"

陆无双无声地笑了。

我好想抱她一下。我站起来，推开眼前的饭碗，朝门口走去。然后，我像忽然想起什么似的，回头大声地："最后那一段还要改一改，要更宏大叙事一些！"

我想我的声音足够让食堂所有的人都能听见，包括正在埋头吃饭的刘珊珊。

我回到办公室，有些莫名其妙的欢喜。我点上一支烟，开始用纸巾抹拭桌子。我突然觉得有些饿了，才想起我根本没有吃什么东西。这时候，陆无双发来信息问：到底改不改呀？我笑了笑，给她回信息：一个字都不要改。

十分钟之后，快递小哥给我送来了汉堡包和鸡腿。我正在纳闷是谁帮我点的，陆无双发来信息：你中午都没怎么吃东西。快吃吧。我居然激动得强行给了快递小哥五十块钱！我坐下来，满心欢喜地吃着汉堡包和鸡腿。我顿时觉得这是世界上最好吃的一种食物。我给陆无双发信息说谢谢，我真的饿啦。陆无双回了一个微笑的表情。

李峰从杭州回来了。他给我打电话说晚上在杜四娘那里请我吃酒。我问故事很精彩吗？他说晚上再说。我到达杜四娘那里的时候，李峰已经点好了酒菜，一副满肚子故事的样子。

我笑了笑："兄弟，情绪很好，气色很差。"

李峰大笑："只要情绪好，气色差点又何妨！"

李峰真的飞去了杭州。这是一次前途不明的飞行。他与他的苏州失去了联系，也就是说苏州一直没有理他。李峰入住了预先订好的酒店，拿出了电脑和书，静静地坐在舒适的房间里。他不想出去，所以叫了外卖。李峰说他不知道为什么会来这里？是为了信守诺言，还是为了遏制不住的情欲？还是为了那份难得的情感？他说他坐在电脑前，平静地敲出了一行诗：我一口气飞到杭州，我累了……然后，他给苏州发了一条信息：我已到杭州。李峰把外卖吃了，一个人到西湖边去散步。他说他在散步的时候想起了朱自清的《荷塘月色》，然而，家里并没有熟睡的妻儿。李峰又说，他很希望在西湖边碰到一个现代白娘子。他说这是他一生中最凄惶的一次散步。苏州一直没有回复他。

我打断他："是不是铺垫得太多了？说结果吧。"

李峰说就在他绝望的那个时刻，苏州发来信息，说你去了，我当然要来。李峰差点落泪了，他说他知道苏州一定会来的。第二天一大早，他去机场接她。只有深情的拥抱，没有解释，没有责怪，一切和好如初，仿佛什么也没有发生过，苏州只是迟到了。

李峰满脸春光："接下来我们去了灵隐寺，去了西湖，但更多的时间我们是在酒店房间度过的。走的前一天，我们没有出过门。"

我说："没有下过床吧？"

李峰："一个意思。"

我笑笑："走的时候是不是有生离死别的感觉？"

李峰严肃起来："恰恰相反！以前分别的时候，我总是伤心感慨，几乎要流泪，心里很难受。可是这一次我们在杭州机场分别，我居然没什么感觉，也不怎么难受，我甚至希望她早点登机。"

我点上一支烟，没有说话，扭头看了看正在忙碌的杜四娘。

李峰："老崔，你说这是怎么回事？"

我笑笑："绚烂之极，归于平淡。"

李峰喝酒，似乎在想着什么。

我突然想到，如果我和陆无双有未来，我们会不会绚烂之极归于平淡？我立刻否定了这个想法。一切还没开始，怎么就想到这个了？

李峰认真地："老崔，我真的很爱她。我觉得她是上帝赐给我的最温暖的礼物。张佩芝是我生命中最重要的女人。我不能没有她。我无法想象没有她的生活我能不能忍受。"

我们口口声声说的苏州那个女人就叫张佩芝。

我不知道该怎样来接他的话。

我喝了半杯酒，用了一句最俗的话来回答："不在乎天长地久，只在乎曾经拥有。哈哈哈！"

李峰："这么俗？罚酒！"

李峰在别人眼里是一个浪荡子的形象，玩世不恭。但作为多年的好朋友，我知道他是一个性情中人，对心爱的女人用情很深。他说在这个浮华的世界里，唯有真心去爱女人，方才不会辜负我们的生命。

大学毕业十年之后，我们班搞了一个聚会。聚会搞得相当温暖煽情。待到同学们又要各奔东西的时候，聚会的组织者情感大爆发，放声大哭起来，使这次聚会的情感达到了高潮。那个组织者是我们班的女同学，平时是很内敛的。同学们满怀人生凄凉地踏上了各自的归程。后来，我们的聚会越来越多了，也有了手机微信之类，虽然天各一方，但是分别的时候就再也不会出现撕心裂肺的场面了。大家各自说一声再见多保重，就各自驾车一溜烟地走了，不带走一片云彩。其实，李峰说他这次在杭州分别没有那种撕心裂肺的感觉，原因就在于分别的次数多了，已经习以为常了。况且他们天天在微信上视频，好像从没有分别过，所以哪来的撕心裂肺？

这个时候，李峰的手机响了。他看了看号码，然后接电话。

李峰："嗯嗯，在外面喝酒，跟一个朋友……你还没休息？嗯，知道了。嗯，我也是……好的。拜拜。"

我肯定不是张佩芝打来的电话。

李峰云淡风轻地："体制内的艺术家，拉二胡的。十年前就认识，前段时间开什么会，居然偶遇了。打个电话问候一下。"

我笑笑："混艺术圈了？"

李峰略带讥嘲地笑了笑，喝了一口酒。

我笑了笑。他问我笑什么，我说没有笑什么。李峰说拉二胡的怎么能跟苏州相提并论？他说得不容置疑。

杜四娘送来了一碟毛豆角，希望我们喝得愉快。

李峰："你老公呢？"

杜四娘笑吟吟地："打牌去了。"

我说："哪天我们跟你老公打一场麻将，安排一下？"

杜四娘捂嘴笑了："你们打不过他的。"

过了几天，我出了一趟差，顺便去江边走了一下。江风吹着我有些凌乱的头发，我使劲抽着烟。我忽然想到了陆无双。本来我想过带她一起来，但是我觉得怎么说也有些草率鲁莽，所以就放弃了。

我低头离开的时候想，下次如果出差，我希望陆无双能够跟我一起去。

第十七章

西门庆早就知道花千树为了武松的所作所为，所以当李达天跟他谈起花千树的行为时，他并不惊讶。李达天严肃地提出希望西门庆管教一下花千树，不然武松喝酒打虎的事情很难澄清，官府也很难办。

李达天说："更何况，让武松亲自澄清打虎真相是您西门大官人提出来的。"

西门庆笑笑："一个丫头，能闹出什么大事来？你们把她抓进衙门教训一下就行了。"

李达天："大官人说笑了。没有大官人的首肯，我们哪里敢随便拿人，更不敢教训。"

西门庆跟花子虚是结拜兄弟，但是跟花子非并没有什么瓜葛，只是认识而已。那为什么西门庆这么护着花千树呢？花子虚有一个老婆叫李瓶儿，长得很漂亮。李瓶儿在一次宴会上见到过西门庆，立刻就喜欢上了这个风流倜傥的大官人。很快，他们两个人就勾搭成奸。花子虚碍于兄弟情面，不好翻脸，再加上他正被官司缠身，郁闷不已，所以没多久就病死了。临死之前，花子虚却拜托西门庆好好照看花千树，因为花子非曾经救过自己的命，他们兄弟俩素来没有更多的来往，花子非看不惯花子虚的所作所为。花子虚想报答弟弟的救命之恩，而花子非已经死在了他前面，所以他只能拜托西门庆照看侄女花千树。虽然花子虚兄弟不和，但是花千树很喜欢这个大伯，花子虚也非常疼爱这个侄女。花千树的很多脾气都随花子虚。另外，花子虚知道，凭他对西门庆的了解，自己死后西门庆一定会娶李瓶儿做姨太太，既然这样，又何必跟西门庆闹翻呢？而西门庆也觉得不管怎样，毕竟是自己对花子虚不义在先，况且花子虚忍气吞声没有跟自己闹翻，明面上又是结拜兄弟，所以就爽快地答应了花子虚的拜托。本来，西门庆对花千树是有非分之想的，可是新娶进门的李瓶儿非常讨他的喜欢，给了他极大的快乐和满足，所以他对花千树就渐渐地没了什么心思。后来李瓶儿因为生孩子难产死了，西门庆不免伤心，就对花千树更加没情没绪了。当然，西门庆在公开场合说过，花千树也是他的侄女，谁也不许欺负她。如今，花千树闹出那么大的动静来，如果自己放弃承诺，让官府抓她进衙门，那岂不是自己失了脸面，又落了个背信弃义的骂名吗？西门庆是很要面子的人。可是花千树居然喜欢上了自己的仇人武松，这让他十分恼怒。但西门庆又一想，如果因为花千树而再次得罪武松，惹火烧身不划算。武松虽然不是都头了，可他毕竟还在，并没有倒下。

西门庆笑了笑："李大人说哪里话？"

李达天拿起制作精良的盖碗喝了一口茶，慢慢放下，然后稍微凑近西门庆，换了一种语气："大哥，这里就我们两兄弟，说话不能随便一点吗？"

西门庆笑笑："兄弟，我一直都很随便啊。"

李达天："大哥，你到底想不想保花千树？"

西门庆："不想。可武松怎么办？"

李达天："小弟明白大哥的意思。"

西门庆："你们不要让那个丫头去现场嘛！"

李达天："那她在别的地方闹呢？"

西门庆："我跟她谈一谈就是。不要随便抓人。那个丫头性子烈得很，搞出大事情来就不好了。"

李达天点头："明白，大哥。"

西门庆："武松今天去哪里？"

李达天："城东。"

西门庆："那你还不赶紧去？"

武松在城东的澄清说明会已经快到尾声了。在场的人听得目瞪口呆，仿佛不认识武松了。

武松干咳了几声："……也就是说，当年我没有喝那么多酒，最多只喝了十碗……"

武松看到李达天站在人群中，表情阴沉地看着自己。

武松："都过去好多年了，哪个记得清楚喝了多少酒嘛？我们喝酒的人都有一个特点，喝酒的时候都不愿意多喝，喝完了每个人都说自己喝得最多，就喜欢说大话，是不是嘛？"

人群中爆发出哄笑声和议论声。

武松今天出门的时候，潘金莲跟他说早点回来，自己好像要生了。武松有些不想去了，但是潘金莲告诉他不要紧，快去快回就是了。所以武松今天说得特别流畅，不再遮遮掩掩的了。

武松："一个人怎么能打死一只猛虎？不可能的事嘛！我喝了酒，说大话吹牛嘛！是我和十几个猎户一起打死的老虎。他们比我勇敢。我只是在旁边打了十来拳，没起多大作用……"

人群中有一个人忍不住问了一句："那怎么到处都在说武松打虎呢？没有说其他人啊！"

武松愣了愣，冲口而出："本来就是……就是他们打死的嘛，我只是在旁边看……"

那个人不依不饶："武都头，你一会儿说打了十拳，一会儿说你在旁边看，以前你又说打了五七十拳，县志上也说你打了五七十拳，到底你打了多少拳？"

武松的脸一下子涨红了："我、我只打了十拳……"

那个人："你刚才又说你在旁边看！"

武松不知道该怎样说。人群又开始喧闹起来。

李达天大声地："乔郓城！把这个人带出去！带回衙门！"

乔郓城和两个捕快走过来，架起那个人就往外走，任凭那个人怎么挣扎都无济于事。那个人刚要说话，乔郓城一把捂住他的嘴。武松的表情有些痛苦自责，他低下头不忍看。

李达天大声地："本官知道这个人是鲁秀才的侄子，在城东经营两家商铺，自以为认识几个字就胡言乱语，妖言惑众！乔都头，查他这些年的税赋情况，一查到底！"

现场顿时鸦雀无声了。

李达天："现在这里没有武都头，只有武松！"

武松此刻的心情难以描述。他只想着早点赶回家，别的没时间多想，一切等以后再说吧。

李达天："武松，本官问你，当年在景阳冈，你到底喝了多少酒？如实回答！"

武松顿了顿："十碗。"

李达天："想清楚再回复本官，各位也听清楚了。你在景阳冈喝了多少酒？"

武松木然地："十碗。"

李达天："不是十八碗吗？"

武松："不是。我只喝了十碗。"

人群中有轻声议论。

李达天："好！本官再问你，是你一个人打死的老虎吗？"

武松的心颤抖了一下："不是。"

李达天："很好！那是谁打死的老虎？"

武松："十几个猎户打死的，我只在旁边打了十拳。"

李达天："很好！为什么县志上只说是你一个人打虎？"

武松迟疑片刻："那是县志乱说。我请求李大人修改县志。"

人群中没有一个人说话。人们默默地看着这位昔日的打虎英雄，不知道是该相信还是不该相信。这些年来他们一直以清河县有这么一位打虎英雄而自豪，而现在这位打虎英雄亲口说老虎不是他打死的，也没有喝那么多酒。打虎英雄成了骗子，撒谎者，吹牛大王。那十二个猎户坐在那里，昂首挺胸，仿佛十二个证明。

武松还没有回家，潘金莲已经快要临产了。她努力支撑着，慢慢向床边移动，肚子疼得她汗如雨下。她紧咬牙关，想找到一把剪刀，但是看不到剪刀。她想起生孩子要用热水，便慢慢回过身，朝厨房一步一步地走过去。但是她实在走不动了，一下子瘫倒在地上，大声地呻吟起来。

花千树在大街上闲逛了一个多时辰，两个捕快一直跟着她。

花千树："你们累不累呀？"

捕快毫无表情："不累。只要你不去城东，我们就不累。"

花千树："武松打虎的事情你们听说过吗？我给你们讲讲。"

捕快："你不要讲，我们也不要听。"

花千树："武松在景阳冈喝了十八碗酒之后……"

捕快打断："只喝了十碗，老虎也不是他一个人打死的。这是武松自己讲的。"

花千树一耳光打过去，捕快抓住她的手，花千树挣扎不脱。正在这个时候，捕快杜普跑来了，他着急地在花千树耳边说了几句话，花千树撒腿就往潘金莲家跑。两个捕快也跟着跑。

杜普大声地："我已经叫了接生婆了！"

花千树跑到潘金莲家的时候，潘金莲已经几乎昏死过去了，满地都是血。花千树把她抱到床上，吩咐两个捕快去烧水。潘金莲大声地呻吟，痛得不行，花千树急得团团转，幸好接生婆及时赶到了。

武松看着沉默的人群，自己也低下头。他知道，打虎英雄已经不存在了，生命中的高光时刻已经被抹掉。世上已无打虎英雄。武松觉得自己好像做了一场梦，喝酒打虎是上一辈子的事，或者是别人的事，自己只是梦到了打虎。武松开始怀疑自己的记忆是不是真的出了问题。喝酒打虎已经有些模糊了，但是武松对潘金莲的记忆却越来越清晰。他清楚地记得嫂嫂给自己量身定做衣服的时候，用手在自己身上比画着，口里衔着尺子的样子。嫂嫂衔着尺子，微微露出洁白的牙齿。

李达天："武松，本官再问你，以后若有人问起你喝酒打虎的事情，你怎么回答？"

武松顿了顿："就像今天这样回答。"

李达天："武松，你会反悔吗？"

武松："不会。"

李达天大声地："各位父老乡亲，你们都听到了吗？"

没有人回答。有人开始离去。有人在离去的时候，对武松投去了一丝鄙视不屑的眼光。

李达天对今天澄清说明会的效果相当满意。他坚定地认为，武松身上的神光已经褪去一大半了，没什么人会相信他了。他决定把澄清说明会上的情况编成一本小册子，人手一册，全部经费由衙门承担。再找几个文人编一出戏，戏名就叫《武松没打虎》，让戏班子逢年过节在清河县巡回演出，使武松没打虎这件事深入人心。如此一来，接下来的事情就好办了。

潘金莲在经受着巨大的生育痛苦，她痛苦的喊叫声让花千树心惊胆战，也让接生婆感到了前所未有的压力，几乎觉得自己的接生婆生涯今天就要结束了。大汗淋漓的潘金莲快要虚脱了，汗水和泪水交融在一起，嘴唇被自己咬出血了。但是潘金莲没有喊武松的名字，也没有咒骂任何人和东西，她只是痛得惨叫。那两个跟来的捕快在门外都不敢听下去了，只跑得远远的。

当武松跨进院子的时候，他听到了潘金莲最痛苦的一声惨叫，随后，婴儿洪亮的啼哭声响彻在屋里屋外。武松冲进屋内，看到了三个满身血污的女人。

接生婆抱着婴儿："恭喜武都头，贺喜武都头！"

武松看了新生儿子一眼，走到床边，一把抱起全身血汗湿透了的潘金莲，禁不住热泪盈眶。

武松："阿莲……"

潘金莲声若游丝："老武……"

花千树激动得要哭了："武哥哥，嫂子受苦了……"

接下来的一段时间里，花千树就住在武松家里，尽心尽力地照顾潘金莲。武松白天出去做澄清说明，晚上回来见到母子平安，一天的憋屈烟消云散。晚上，武松就睡在院坝。他仰望星空，尽力不去想白天的事，也不去想从前征战杀戮的惨烈。他只是望着星空，感到了前所未有的满足和幸福。

武松不做都头之后，每月的银两就少了一些。潘金莲是净身出户，只带了几件换洗衣裳和属于她的一点细软。这些日子大大小小的开销基本上都是靠花千树在支撑。花千树也不富裕，花店关着门，没有进项。潘金莲的奶水不够，儿子很能吃。于是武松就想去打点野味回来给潘金莲补一补。清河县附近只有北山有野兽出没，但是山上有强人。武松没有去多想，正好第二天没有澄清说明会，便带了朴刀和弓箭就朝北山去了。

潘金莲知道花千树跟武松的事情，但是她一点也不嫉妒。她对花千树充满好感和感激。她觉得花千树很勇敢，比自己勇敢一百倍。这次若不是她及时赶到，不知道会发生什么事。

花千树收拾好屋里屋外的事情，走到床边，轻轻抱起武松的儿子，亲个不停。

花千树："嫂子，给孩子取名儿没有？"

潘金莲笑笑："还没呢。你给取一个吧。"

花千树："不行不行，这哪儿行啊？还是武哥哥取吧。"

潘金莲充满幸福地："老武一个粗人，哪会取名字呀？"

花千树笑了："嫂子，你叫武哥哥老武？武哥哥不老啊。"

潘金莲红了一下脸："那怎么叫？还叫叔叔？"

花千树开心地大笑起来。潘金莲也笑了。

花千树："嫂子，武哥哥叫你阿莲，你就叫他阿武吧。"

潘金莲："阿武……"

花千树："就叫阿武，我跟武哥哥说。"

潘金莲："妹子，以后叫我姐姐，别叫嫂子啦，好不好？"

花千树点点头："姐姐。"

潘金莲："你就是我的亲妹妹。"

武松在北山忙碌了大半天，只捕获了一头梅花鹿。他扛着猎物往山下走，心中充满喜悦。

从密林中跳出三个人挡住了武松的去路。他们个个拿着刀，面目有些凶恶。他们就是在清河县抢劫财物的三兄弟，陈老大、陈老二、陈老三。这三兄弟武艺高强，清河县衙门束手无策。而且，他们还有一帮喽啰。

三兄弟并不说那些"此山是我开，此树是我栽"之类的套话废话，直接就要钱。

陈老三："一头梅花鹿五十两银子！交钱走人！"

武松放下猎物，掏出一锭银子："三位好汉，我这里只有这么多，请笑纳，行个方便。"

陈老二一把抓过银子："这点银子只能拿走一条腿。"

武松："三位好汉，我老婆刚生了孩子，打点野物给她补补身子。各位好汉给个方便，来日必当报答。"

陈老大："是个懂规矩的人。一条腿也可以补身子。"

武松沉下脸："一条腿不够。"

陈老三："那就回家拿银子！"

武松的血在往上冲："我今天必须全部拿回去。"

三兄弟愣了一下。

武松："你们就是陈氏三虎吧？"

陈老二："知道还敢说大话！找死啊！"

武松："官府正在缉拿你们。"

陈老三一刀就朝武松劈来。武松略微挪开，抓住他的手腕一抖，钢刀落地，同时一脚踢飞冲过来的陈老二。两个人一个捂住手腕，一个捂住胸口，面呈痛苦之色。

武松："我武松今天不拿你们，让我走。"

陈老大立马跪下，一拱手："好汉莫不是打虎英雄武松武都头？"

武松的心里一阵刺痛。

陈老大赶紧让两个兄弟过来拜见武松。三兄弟齐刷刷在武松面前跪下："拜见武都头！"

武松："我不做都头很久了。三位好汉起来说话。"

傍晚时分，武松扛着猎物回家了，猎物中多了两只兔子和五只山鸡。随武松回家的还有杜普。杜普烧得一手好菜。武松那天去做澄清说明，路上遇到杜普。武松叫他去家里帮忙看着，要是你嫂子有什么事情就立刻告诉花千树。杜普不好进屋，就在外面守着，听到潘金莲叫喊，就立即去找到了花千树，又去请接生婆。武松很感谢杜普，所以他叫杜普来家里，一是感谢他的帮忙，二是想借他的烧菜手艺做一顿好吃的给潘金莲和花千树，自己也想跟他好好吃几碗酒。

果然，杜普的手艺名不虚传，大家吃得很开心。武松跟杜普也喝了不少酒。

花千树："武哥哥，我姐以后还叫你叔叔啊？"

武松一下子脸红得不得了，只低头喝酒。

花千树："武哥哥，以后我姐就喊你阿武，好不好啊？"

武松一边点头一边喝酒，很不好意思。

潘金莲温柔地笑笑："阿武，你给儿子取个名儿吧。"

武松有点不知所措的样子："还是你、你来取吧……"

潘金莲笑了笑，声音柔和："阿武，是你儿子呃。"

武松低头吃酒，似乎在极力思索着。

武松："就叫……叫武十八……"

所有的人都明白这个名字的意义，气氛顿时有些压抑。大家都不说话。

潘金莲轻言细语地："阿武，武十八做儿子的小名儿，好不好？儿子的大名叫武树，你看行不？"

武松知道潘金莲的用意，她是为了感谢花千树。花千树也明白她的意思，不禁有些惊喜交加。

武松大声地："行，就叫武树！"

潘金莲抱起儿子，一边亲着一边说："儿子，你有名字啦。小名儿武十八，大名武树。知道了吧，知道了吧……"

武松把儿子抱过来，走到院坝，一手抱着儿子，一手开始打拳。此刻，武松的脸上绽放出平生未见的幸福欢喜的笑容。

杜普来到院坝，在一旁默默地看着武松打拳。在杜普的心中，武松永远是光芒四射的大英雄。但是杜普对现在的状况非常担忧和愤愤不平，可又不敢说，有些话他是不好启齿的。

武松："你咋了？有话跟我说？"

杜普摇摇头，眼中似乎有泪光。

武松笑笑："有话就直说。"

杜普回头看了看屋里，又犹豫了一下："武大哥，外面的人都在说你……说你……撒谎吹牛……"

武松略微停了一下，继续打拳。

杜普："他们说、说受骗了，这些年你一直在骗他们……"

武松停下来，看着儿子。花千树不失时机地走出来，接过孩子，说了一句"武哥哥就是打虎英雄"，就回屋了。

杜普告诉武松，官府正在印发一个小册子，几天之后老百姓就可以人手一册。小册子的内容就是武松在每一次的澄清说明会上说的话，而且官府还加了一些话，都是不实之词。

杜普忧心忡忡地："武大哥，到时候就没有人相信你了，还会说你的坏话……现在就有很多人在说你坏话了……"

武松："说我什么坏话？"

杜普声音很小："很难听……我不敢跟你说……"

武松在石墩上坐下，看着别处。这种结果他早就预料到了，但真的成为现实的时候，武松还是难受极了。

杜普带着一点哭腔："武大哥，咋会这样啊……"

武松紧咬牙关不说话。

杜普痛苦地："武大哥，你的、你的名誉已经完了啊……"

武松低沉地："我还是捕快。"

杜普："他们、他们为啥要那样对你？为啥逼着你说那样的话？他们到底想干啥？"

武松轻轻叹了口气，走过来拍拍杜普的肩膀："他们不能拿我咋样。他们弄不死我武松。"

杜普："可是……"

武松："杜普，我的好兄弟。尽心做好你的捕快。"

第十八章

有一天晚上，准确地说是半夜，我睡得正香，手机响了。我迷迷糊糊地接听电话，是马思远打来的。他没有任何寒暄之词，直截了当地说他想离婚。好久都没有马思远的消息了，这半夜三更的突然给你来这么一句。

我坐起来，点上一支烟，咳了两声，表示我在听。

马思远在电话里说："我有离婚的想法。我想改变我的生活。"

我淡淡地笑了一下："发生什么了吗？"

马思远："老崔！你别装了。你知道我在说什么。我想跟王涵结婚。"

马思远说他想离婚的时候，我就猜到是王涵。但是我现在对这些事情没有什么兴趣。

我说："好啊老马，恭喜你。"

马思远大笑起来："你就不劝我冷静冷静？"

我说："我干嘛要劝你冷静？你很冲动吗？"

马思远说了一句你继续睡吧，就挂了电话。这个电话并没有让我心中起一丝波澜。我甚至没有去想如果马思远跟王涵结婚了，我怎么跟马思远和王涵相处之类的事情。我只是在想，马思远是从哪里给我打的电话？当然这个问题无关紧要，所以我很快就睡着了。

前些天我在北京的一个朋友向我推荐了一个剧目，是一个喜剧，说肯定能赚钱。我不相信我们能有什么真正的喜剧，就婉言谢绝了。今天我坐在办公室里，又想到了那个喜剧。现在是演出淡季，人们需要笑声，哪怕是很勉强的笑声。我跟北京的朋友打电话，问那个喜剧可不可以来重庆演两场。朋友说没问题，具体事宜我们再谈。

我给邹老板打电话，希望他继续支持演艺事业。邹老板正在欧洲度假，他向我推荐了他的一个在云阳的朋友，说他可以赞助演出，无非就是演出冠一个"移动"或者"联通"的名字吧。这些事情我驾轻就熟，所以我决定去一趟云阳。

我在办公室来回走着。我在想要不要叫陆无双跟我一起去。如果她拒绝呢？那我就不去云阳了。这个时候我才明白，什么演艺事业不演艺事业，我运作这个项目其实就是为了跟陆无双一起出差。所谓宏大叙事，无非就是为了一点点私心，历史如此，现实也如此。

我给陆无双发了一个信息，请她到我办公室来一趟。五分钟之后，陆无双来了。我们在沙发上坐下，我给她冲了一杯咖啡。

陆无双双手接过咖啡："谢谢。"

我首先表扬了策划部在近期的良好表现，然后赞扬了陆无双的领导能力和个人优异的表现，最后我展望了汉唐文化公司明年可以预见的美好前景。

陆无双认真地听着，然后似笑非笑地："请说重点。"

我禁不住哈哈大笑起来。在我看来，陆无双真的是秀外慧中，十分聪颖。

我极力用平静随意的语气说："明天是周末。我们去出差，谈一个合作。你有时间吗？"

陆无双点点头："好，可以。"

我不知道我的声音有没有颤抖："明天一早就走。你住哪里？我开车去接你。"

陆无双笑笑："不用啦。你说个地方，我打车来。"

我选择周末去谈工作，主要是不想让刘珊珊知道。虽然她也不会怎么样，但我就是不愿意她知道。

第二天一早，我接上陆无双就上路了，要开好几个小时呢。陆无双从包里拿出面包牛奶之类的东西，问我吃早饭没有。我心里一阵温暖。我确实没有吃早饭，我是想开到某一个服务区去吃一碗米线或者小面之类。

陆无双："服务区的东西难吃死啦。"

我承认，服务区的东西确实不好吃。我一边开车一边看着陆无双喝牛奶，我突然觉得她好像一个小姑娘。陆无双很快吃完了，然后她把一个面包递到我嘴边。我迟疑片刻就咬了一口面包，含糊不清地说了一句"谢谢"，继续开车。她又让我喝牛奶。我说我自己来吧。

陆无双认真地："开车要注意安全。"

我只好让她喂我面包牛奶。我觉得今天的面包牛奶是我吃过的最好吃的一顿早餐。几年之后，每当我吃面包牛奶的时候，我都会想起这个在高速公路上奔驰的早晨！

我吃完早餐后，点上一支烟，兴致勃勃地驾车飞奔。我们没有怎么说话，气氛似乎有些尴尬，但属于很默契的尴尬，有些甜蜜的尴尬。我开了两个多小时，有点困倦了，原因是昨晚没有睡好觉，一直有些兴奋。我准备再点一支烟。

陆无双轻轻地："我来开吧。"

我有些诧异地扭头看她。

陆无双："前面快到服务区了，你休息一下。"

我把车开进服务区。我本来想问她到底行不行，又觉得不大礼貌。现在的大学生在校期间去学开车比较普遍，但是在驾校学会了开车就能在高速公路上开吗？看着陆无双沉稳的神情，我觉得她不是因为冲动才说"我来开吧"。我必须表现出气质和信任。

十分钟以后，陆无双动作娴熟地启动了车子，我觉得她不只是在驾校学过车。

车在高速公路上飞奔，平稳，舒展。

陆无双笑笑："我十五岁就会开车。还是手动挡的。"

我内心的紧张情绪立刻得到消解："十五岁？初中？"

陆无双："我妈是驾校的老师，她非要我学车。"

看来她妈妈是一个优秀的教练，而且很严格。

我们在中午时分到达县城。老冯在临江酒店等我们。

老冯热情地说："欢迎到来。秦总晚上请你们吃饭，她让我先安排你们住下，吃个午饭，休息一下。我姓冯。"

我说谢谢秦总，也谢谢老冯。午饭我们自己解决，现在都快两点了。老冯把我拉到一边，压低声音，问我开一间房还是两间房？老冯的脸上有一种莫名其妙的笑意。我说当然是两间房。小陆是汉唐文化公司策划部主管，她跟我一起来云阳出差。

我不想老冯和我们一起吃饭，也不想跟他多说什么，就让他去忙。他就去酒店帮我们开房间了。我和陆无双就去大街上找饭吃。陆无双没有来过这里，显得有些兴奋。我以前来过这里两次，所以我就带她去了一个有特色的小饭馆。陆无双吃得很开心，吃了两碗饭。我也饿了，吃了三碗饭。这期间，老冯发来信息，告诉我酒店房间的号码。

我问陆无双累不累。她说有一点点。我说那就回酒店休息，晚上还有饭局。我们就往回走。

陆无双："按理说，我们是来寻求他们合作的，应该是公司请他们吃饭。"

我笑笑："这就是邹老板的事情了。邹老板和他们关系良好。我跟邹老板也关系良好。"

我去前台拿了房卡，递给陆无双："好好休息一下。午安。"

我进了自己的房间，有些疲倦地斜躺在床上。陆无双就在隔壁，我想给她发个信息什么的，无奈确实很困了，手机拿在手上就睡着了。

醒来的时候已经是下午五点过了。我稍微整理了一下自己，情绪很好地给陆无双发了一条信息：起来啦。陆无双很快就回复我说已经起来啦。

我敲开陆无双的房间，发现房间整理得一丝不苟："你有没有休息一下呀？"

陆无双："休息了呀。"

我看到桌上有一本书，是毛姆的小说《月亮与六便士》。

我说："毛姆不错，他的文学成就被低估了。"

陆无双笑笑："看着玩儿。"

我问："喜欢高更？"

陆无双："嗯，喜欢。"

我心里掠过一丝醋意。我对那个法国印象派画家保罗·高更一向是钦佩有加的，他有一份受人尊敬的职业，有老婆孩子。可是在十九世纪后期的某一天，他突然出走了，抛弃了所有的一切，不顾世俗社会的种种议论，一个人跑到南太平洋的塔西提岛去画画了。他要超越生命，他要把生命的真谛表达在画布上。我从内心深处来说非常欣赏高更的生活方式，也希望自己能够有高更的勇气，或者说希望能够像高更一样生活。虽然心向往之，但是像我们这样的人是注定平庸无奇的，毫无办法。

其实世俗生活有什么不能抛弃的呢？但你就是没法抛弃，毫无办法。

我竭力搜索着记忆："嗯，弗吉尼亚·伍尔芙好像说过，读这本书就像一头撞在冰山上，令平庸的生活彻底地解体。"

陆无双笑笑："你读的书真多！"

我居然有点不好意思："碰巧我也读过这本书。"

我在想，以后少跟她谈论高更，或者根本不要提。

陆无双："你喜欢高更吗？"

我淡淡地："无所谓喜不喜欢，也就那样了。"

陆无双："我特别喜欢高更……"

我装作刚刚想起的样子打断她："哎呀，他们在等我们下去吃饭，你看现在都快六点啦。走吧。"

不知陆无双是有意还是无意的："我觉得高更……"

我再一次打断："高更有什么好谈的，吃饭吧。"

陆无双看着我，头微微一偏，忽然一笑："吃醋啦？"

我差点就脸红了，不知道该怎么说。

陆无双："人家都死了一百多年啦……"

我们到楼下包房的时候，秦总和两三个陪同人员已经等候在那里了，菜也基本上齐了。老冯也在场。一阵寒暄介绍之后，各自坐下。由于有邹老板这个共同的朋友，我们很快就变得熟悉和自然起来。

秦总端起酒杯讲了简短的开场白，无非就是欢迎我们的到来，希望我们有愉快的合作，也感谢邹老板的引荐，找个时间也请邹老板来聚一聚，我们公司虽然实力有限，但对文化事业一贯是热心支持的，等等。看得出来，秦总对这一类的套话驾轻就熟，运用自如。她四十岁出头，看上去精明能干，属于典型的职场中的美女领导。

接下来就是敬酒喝酒吃菜说无聊的话。老冯端起酒杯来敬酒，他说要敬崔总和崔总的小女朋友。我面带笑容地纠正他，老冯，我下午就跟你说过了，陆无双是汉唐文化公司策划部的主管，酒可以乱喝，话不可以乱说哦。大家都笑了。老冯也笑了，说反正我敬你们两个。老冯不愧是搞接待的，什么话都能接过去。于是大家你敬我，我敬你，饭局的气氛活跃热闹起来。陆无双不大喝酒，她落落大方地把杯中的红酒倒了一部分给我。

陆无双站起来，端起酒杯，很有礼貌地："请允许我借花献佛，敬大家。秦总，谢谢你。各位老师，谢谢你们。"

我本来想借此机会夸奖一下陆无双，但是觉得此时此刻的语言都是废话，而且有此地无银三百两的感觉，所以就没说话。

饭局结束之后，秦总说快过年了，张飞庙那边有灯会，问我们要不要去看看。我说当然可以啊。于是我们就坐船过江。张飞庙多年以前就搬迁到江对面了。我站在船边，看着浩渺的长江，突然想起了张飞的二哥关羽关云长。很多很多年前，关羽驾着一只小船单刀赴会去江东，抒写着青春与勇气。长江还是那个长江，只是再也没有英雄了。

陆无双轻声地问："你在想什么？"

陆无双就站在我身边。江风吹拂着她的脸，她的头发在夜晚的渔火中飞扬。

我说："时间。"

陆无双似乎明白我的意思，就没有多问。

上岸以后，我们就去看灯会。天底下的灯会在我看来都差不多，只是规模大小不同而已，灯会题材也以吉祥欢乐为最大主题。我想把合作的细节跟秦总再谈一谈，所以我就和秦总并排往前走，陆无双在后面跟着。由于喝了一点酒，也想把关系拉近一点，我在跟秦总说话的时候，会在适当的时候拍拍秦总的肩。当然，我也不只是谈合作细节，也顺便谈谈有关灯会的一些知识和趣事，这会让我们的谈话自然亲切。秦总表示一定会尽力支持我。我们留了电话，加了微信。

回到酒店的时候已经快 11 点了。我突然想起看灯会的时候有点冷落陆无双了，于是就歉意地笑笑，说有些细节需要跟秦总落实，灯会好看吗？

陆无双对我做了一个手势，好像是"八"的意思。

我有点不明白："这是什么意思？灯会好看？"

陆无双笑笑："你拍了她八次。"

我恍然大悟，哑然失笑："我、我只是……"

陆无双似笑非笑："不解释。晚安。"

陆无双进了自己的房间。我愣了片刻，只好也回到了房间。我在想我到底拍了几次，这个我确实记不得了，但是陆无双记得。我有些后悔，不该那么草率，或者轻浮。拍她干嘛呀？谈事就谈事嘛！我有些情绪不佳，赶紧去洗澡，然后躺在床上抽烟。陆无双睡了没有？她真的很介意我拍别人？是不是在跟我开玩笑？陆无双是有幽默感的，冷不丁说一句话会让你笑得不行。她是在调侃我？为什么要调侃我呢？调侃的背后是不是有别的意思？

我正在胡思乱想的时候，一件很狗血的事情发生了。虽然确实很狗血，但是确实是真的。我听到陆无双的尖叫声，声音中夹杂着恐惧。我跳下床，披上外套，就去敲陆无双的房门。陆无双把门打开，脸色惨白惊恐，指着桌子底下，说有蟑螂。

我看了看，没有看到蟑螂。我走过去，弯下腰仔细察看上下左右，确实看到一只蟑螂躲在床下。

我说没有蟑螂。在床下的蟑螂是不好打的，我怕陆无双因此睡不好觉，故意说没有蟑螂。但是陆无双坚持说她看到了，一定是躲在床下。她说她最害怕的就是蟑螂，只要有蟑螂在屋里，她是无论如何也睡不着觉的。这个我完全理解。于是我建议我们换一个房间，陆无双欣然同意。

换了房间之后，陆无双仍然心有余悸。我说这种酒店出现蟑螂是小概率的事，这个房间绝对不会有蟑螂，安心休息吧。我打算离开房间，突然心里一热，转过身大步走到陆无双面前。陆无双看着我，似乎是在期待什么。我轻轻把她揽在怀中，然后抚摸她的头发，在她额头上吻了一下："晚安，无双，明天见。我喜欢你。"

我不等她说话，快步走了出去，把门轻轻带上。我回到房间，坐在椅子上，双手捂住脸，我感到我的呼吸有些急促。我慢慢拿开手，望着虚空。我突然想起了琼瑶的那些小说。以前看的时候我不断地嘲笑，甚至有些恶心。但是我现在觉得琼瑶写得真好，非常真诚。我们因为缺乏真诚，所以误读了琼瑶。

第二天上午，我和陆无双去见了秦总，然后我们签了一份合同。秦总热情挽留我们吃了午饭再走，我说我们还得赶回去，谢谢秦总的盛情款待，演出的时候，请秦总一定要来。我说这句话的时候，故意看了看陆无双。

陆无双表情自然地："秦总请务必要来重庆，我们崔总一定会盛情款待。"

握手告辞之后，我们就去停车场。我轻轻牵住陆无双的手，她没有拒绝。我们就这样牵着手走向停车场。

陆无双忽然捏了一下我的手，笑笑："我刚才是不是说到你心坎儿里去了呀？"

我当然知道她在说什么，就笑笑，故意不接她的茬："你开还是我开呀？"

陆无双开车，我们穿过县城，飞奔在回去的路上。下午四五点钟我们到达了。我本来想请陆无双吃晚饭，但是马思远打来电话，说请我吃晚饭，要跟我谈一谈。陆无双开了这么长时间的车，我也希望她好好休息一下，就答应了老马。

我说："无双，好好休息一下。"

陆无双点点头："老头儿，少喝点酒。再见。"

我愣了一下，怎么叫我老头儿？我坐在车里，目送陆无双消失在我的视线之外。我点上一支烟，呆呆地坐着。我不想离开这里。陆无双就住在这个地方。

一个交警使劲敲我的车窗："不许在这里停车！快走！"

我问哪里可以停车。

交警："你说什么？"

我说："我是问，人生的车哪里可以停靠？"

交警准备开罚单，我只好一溜烟地开走了。我以前有个朋友大学中文系毕业就进了市交警大队。如果是他听到车主说那个话，一定会跟车主热烈交谈并成为朋友的。那个朋友后来好像离开了交警队，去了一个什么非物质文化遗产研究院做研究员去了。各有各的人生嘛。

马思远的纪录片拍完了，但是他现在不想谈他的纪录片，只想谈人生。马思远想谈的人生就是离婚，然后娶王涵。他在夸赞王涵的时候，用尽了汉语里最美好的词汇。

马思远兴奋莫名："怎么样，老崔？"

我哈哈一笑："老马，我可没资格指导你的人生。"

马思远："我不是让你指导。我是问你我这个决定怎么样？"

我说："婚姻大事自己做主，都解放那么多年了。"

马思远一口气喝了一瓶啤酒，抹了抹嘴巴，看着我："你别不好意思，你不就是跟王涵睡过吗？这有什么呀？全球化嘛！"

老马惊人的坦率让我有一点尴尬。我笑了笑，也拿起一瓶啤酒开始喝。喝了一半，我放下酒瓶："老马，这是你的事情，我没什么好说的。"

说真的，我是真的没什么好说的，甚至我都不愿意去想这个事情。我觉得老马你要娶王涵你娶就是了，不关我的事。我说过，各有各的生活嘛，自己的生活自己过。

马思远笑笑："这么说，你是支持我的？"

对于我来说，王涵现在什么都不是。我唯一的想法就是绝对不要让陆无双知道这件事。

我说："无所谓支不支持。嫂夫人那边你怎么说？"

马思远："我就坦率地跟她说清楚，不是没有爱了，而是我想过一种新的生活。我只有这一辈子。我不想临死的时候后悔我没做这个没做那个。生命是我的。"

我问："王涵愿意吗？"

马思远："她当然愿意。"

我实在是不想谈这个了："片子拍完了吗？"

马思远打开另一瓶酒："拍完了，正在做后期。绝对牛逼，绝对拿奖！"

这个我相信。马思远虽然是诗人出身，但是他的艺术感觉确实是超一流的。他的大局观，他的历史感，他对镜头语言的掌控运用，他对叙事的深刻理解，都是出类拔萃的，大师级的。

马思远："王涵跟着我学了不少东西。她现在都可以独当一面了。这丫头确实聪明好学。"

我问："你的腿怎么样了？"

马思远："恢复得还可以，只是走路走远了有些吃力。幸好没有砸到要害部位，不然生活就彻底没意义了，我可不想做纪录片界的司马迁，哈哈哈！"

我拿起一瓶酒："为生活干一瓶！"

马思远喝了大半瓶："老崔，以后见了王涵，是叫嫂子呢，还是叫嫂子呢？"

这次轮到我哈哈大笑了。我也不晓得我为什么会哈哈大笑，但是我确实是发自内心地大笑了。

我说："你娶了她，我就叫嫂子！"

第十九章

武松在清河县的名誉已经一落千丈了，这一点他自己也明显地感觉到了。他不愿意去跟人解释，解释也没人相信。衙门制作的小册子已经人手一册了，衙门的意图已经大见成效。武松没打虎这件事已经开始深入人心。

现在让李达天感到头疼的基本上只有两个人，花千树和鲁秀才。先不说花千树，就是那个鲁秀才怎么也不肯修改县志。本来也可以叫别的人来修改，但是效果肯定不如鲁秀才亲自来修改来得有意义。鲁秀才在清河县还是很有些名望的，也不能一味硬来。李达天有些纳闷，这个鲁秀才跟武松非亲非故，平素也没有什么往来，怎么就那么固执迂腐呢？怎么就那么不识时务呢？

李达天正在看请人编撰的"武松没打虎"的话本，他觉得写得一点也不好，没有力度，完全没有领会他的意思。话本在否定武松打虎这件事情上并不是那样的坚决，还有漏洞，力度也不够。鲁秀才本来应该是编撰话本的最佳人选，只可惜他执迷不悟。但是清河县有少数人还在犹豫，还在看鲁秀才的态度。鲁秀才的态度是非常关键的。所以当前的首要任务是要解决鲁秀才的问题。李达天让人叫乔郓城立刻过来。

李达天开门见山："鲁秀才的书馆还开着吗？"

乔郓城小心翼翼："回大人，关了两天，又让他继续开着了。"

李达天脸色一沉："既然关了，就不要让他再开了。"

乔郓城："小人明天就去办。"

李达天："清河县还有少数人持观望态度，还心存侥幸。他们认为衙门在撒谎！"

乔郓城："大人，不如把他扔到河里去……"

李达天："胡闹！官府也是需要民心的，你懂吗？"

乔郓城连连点头。

李达天："关掉他的书馆。总不能饿着肚子跟衙门作对吧？"

鲁秀才犹豫了一个时辰，决定去拜访武松。他与武松没有更多的交集，只是点头之交。他知道武松改口那样说，肯定有苦衷，但是他对武松还是感到痛心疾首。一个堂堂大英雄，七尺汉子，怎么能这样没有骨气？

武松对于鲁秀才深夜来访并不感到特别意外，实际上，武松还有些害怕鲁秀才，他知道鲁秀才对自己很失望。所以，武松对他很客气，很尊重。果然，鲁秀才不给武松留情面。

鲁秀才："武英雄，你让老夫失望了！"

武松的脸一下子红了，不知道该怎样回答。

鲁秀才接下来的一句话让武松无地自容："你老虎都不怕，还怕衙门吗？"

武松的脸有点挂不住了："秀才言重了。武松不怕衙门……"

鲁秀才打断："你不怕衙门？你喝不了十八碗酒吗？"

武松："我、我可能记错了……"

鲁秀才："老虎不是你一个人打死的？"

武松涨红了脸："不、不是……"

鲁秀才激动不已："那个醉打蒋门神、大闹飞云浦、力擒方腊的武松到哪里去了？魂兮归来吧，打虎英雄！"

武松仰天长叹，瘫坐在院坝地上。这个时候，屋里传出武十八的哭啼声。武松朝屋里看了一眼，起身想进屋。

鲁秀才大喝一声："武松休走！"

武松止步不前。

鲁秀才："你有儿子，老夫就没有吗？！"

武松转身走过来，一把抓住鲁秀才："我就进去看一眼！"

鲁秀才老泪纵横："去吧，去看一眼你儿子。你武松有了儿子，这是天大的喜事啊！"

武松有些痛苦地："你要我怎样？"

鲁秀才声音哽咽："清河县没有让人自豪的人物。一百年来就出了你这一个大英雄，你的打虎壮举在大江南北广为流传，清河百姓无不为之欢欣鼓舞，《清河县志》因此大放异彩。可万万没想到，你竟然亲口否认打虎的事实，自毁名誉。你让清河百姓情何以堪？你这个懦夫，胆小鬼，骗子，打狗英雄！"

鲁秀才声音颤抖，几乎快要说不出话来了。

武松一会儿热血冲顶，一会儿沮丧难过。他想立刻冲到县衙大闹一场，痛打李达天。但是他隐隐约约觉得自己没有那种豪气了。他想去，可是两腿不听使唤。

武松："秀才，我武松不是那样的人……"

鲁秀才朝门外走去："清河县已无英雄！"

武松颓然坐在地上，双手抱头，痛苦不堪。潘金莲走出来，在他身边蹲下，握住他的手，两眼湿润。

潘金莲轻声地："我都听到了……阿武，你受委屈了……"

潘金莲的眼睛在黑夜中明亮温暖。武松看着她的眼睛，心里就不那么难受了。

武松："我要教儿子武功。"

潘金莲："阿武，你的武功还不够好吗？"

武松似乎不大明白这句话的意思，但是他也没去多想。他只想着儿子长大了一定要教他武功，有了好的武功就不会受欺负了。

鲁秀才的书馆被县衙封了。他对前来封馆的乔郓城说他要见李大人。乔郓城告诉他，李大人没有闲工夫理会这件事情。

乔郓城："鲁秀才，你也不能在家里设馆教书。否则，我就要拿你去坐牢。"

鲁秀才："我可以离开清河县。"

乔郓城："你也不能走出清河县一步。"

鲁秀才悲愤莫名："我要去东平府告状！"

乔郓城笑笑："可以。如果你走得出清河县的话。"

没有了书馆，鲁秀才就没有生活来源了，这个他非常清楚。他也知道县衙为什么要封他的书馆。

乔郓城："鲁秀才，你何必要替武松说话呢？犯得着吗？"

鲁秀才一下子激动起来："武松打虎是人所共知的事情……"

乔郓城扬起拳头，鲁秀才赶紧抱住自己的头。

乔郓城："武松自己都承认了不是他一个人打的老虎，你偏偏还要帮他说话！你傻不傻啊？"

鲁秀才昂起头："我不傻！你们才傻！武松打虎已经广为流传好多年了，人所共知。你们现在居然想改过来，是我傻还是你们傻？你们想瞒天过海，岂不是徒增笑话吗？"

乔郓城摸了摸挎刀，脸色阴沉。

鲁秀才脾气上来了："有种你就把我杀了！"

乔郓城却没有发怒："昨天晚上你深夜去武松那里，他有没有告诉你，老虎是他一个人打死的？"

这正戳中鲁秀才的痛处。

乔郓城："有没有告诉你，他在景阳冈喝了十八碗酒？没有吧！"

鲁秀才哑口无言。昨天晚上从武松家出来，他就知道清河县再无英雄，武松已经不是从前的武松了。但是鲁秀才为什么还要替武松说话呢？其实鲁秀才坚持的是自己的信念，这跟武松已经没什么关系了。武松怎么说不重要，重要的是鲁秀才认定武松打虎是铁一般的事实，清河县必须有一个英雄。况且，《清河县志》关于武松打虎的记载是他亲自书写，那是他平生最有激情的一段文字，是他最为得意的一段文字。如果让他自己修改或者删掉那段文字，那就是打他的脸。

然而，鲁秀才亲耳听到过武松否认自己一个人打虎，亲耳听到过武松否认喝了十八碗酒。昨天晚上，在没有第三个人在场的情况下，武松居然不敢或者不愿意说真话，这让鲁秀才来了个透心凉。回到家中，鲁秀才喝了一夜的闷酒，长叹到天明。

乔郓城："鲁秀才，你是读书人，应该知道啥叫识时务者为俊杰。不用我来教你吧！"

鲁秀才不言语，紧闭眼睛。

乔郓城来回走着："鲁秀才，如果你能保证从今天起，不再替武松说话，我现在就可以恢复你的书馆。"

鲁秀才看着他。

乔郓城："咋样，鲁秀才？"

鲁秀才慢吞吞地："乔都头，你可是武松一手提携起来的，做人不能这样啊……"

乔郓城打断："那时候我不知道武松是那样的人！"

鲁秀才："你们为什么要这样做？清河县需要一个英雄！"

乔郓城："清河县不需要武松那样的英雄！他如果是英雄，那他就不会当众承认当年他撒了谎！有谁逼他那样说了吗？他武功那样好，有谁能逼他？"

鲁秀才再一次哑口无言。

乔郓城："武松打虎？有谁看到了？鲁秀才，你看到了吗？"

鲁秀才忽然说道："那当年李大人为什么要给武松颁发除暴安良的嘉奖令？为什么要任用他做都头？为什么要……"

话没说完，鲁秀才的脸上已经挨了重重的一耳光。乔郓城瞪了鲁秀才两眼，活动了一下手腕，带人扬长而去。鲁秀才捂住火辣辣的脸颊，老泪盈眶。

李达天在傍晚时分接到京城那个朋友的密札，说几天前梁山泊的大头领宋江已经被朝廷秘密处决。朝廷得知，虽然被加授武德大夫，楚州安抚使兼兵马大总管，宋江仍然对朝廷心怀不满，意欲起兵造反，并且密招润州都统制李逵前去谋划。朝廷当机立断，使出雷霆手段，也将李逵一同处决了。

李达天大惊失色，冷汗几乎湿透了官服。朋友在密札中还说，朝廷正在追查宋江集团的余孽，比如像吴用、花荣等等那些人，他们已经走投无路。他还告诫李达天，像武松那样的人不可再用了，要严密监视他的行动，还要调查他与宋江卢俊义的关系，有没有什么书信来往。像武松那样的人是非常危险的，他是有能力起兵造反的。大宋国泰民安已久，万不可掉以轻心。一旦武松之类的人动了兵戈，你李达天就是大宋的罪人。

李达天把这个密札看了三遍，立即就烧掉了。朋友的密札虽然不是朝廷下发的公文，但是也差不多是这个意思，有时候还更直接更明确。前几日李达天去东平府拜见陈文昭。陈文昭首先是赞许了部下对武松采取的一系列措施已经初见成效。然后，陈文昭暗示可以再加大力度，把各项措施落到实处。现在看来，陈文昭的意思与朝廷的意图是吻合的。李达天对于自己当年给武松颁发嘉奖令以及亲自去杭州请回武松继续做都头感到害怕，陈文昭表示以前的做法也没有错，那时候朝廷也是允许的。现在朝廷改变了想法，只要你领会了朝廷的意思，放开手脚好好干，干出点名堂来，成绩有目共睹，那么朝廷是知道你的忠心的。

那么，陈文昭说加大力度究竟是什么意思呢？李达天左思右想，还是不得要领。这种事情是不能直接问上司的，李达天当然知道这个规矩。把武松立即关进大牢？李达天觉得这不是陈文昭的意思。如果是这个意思，陈文昭还用绕圈子吗？武松不像宋江卢俊义，毕竟他手里没有兵权，现在连都头都不是了，应该说没有什么威胁了。可是陈文昭为什么还要说加大力度呢？这个力度朝哪个方向使呢？李达天认为，综合朋友密札和陈文昭的意思，现在应该加强对武松的监管，同时寻找机会抓住把柄置武松于死地。为以防万一，还是先不要过于激怒武松为妥，要先消耗他的煞气和锐气，就像现在这样。他已经当众承认不是他一个人打虎了，他也没有什么过激的行为。澄清说明报告会的效果很不错，应该继续下去。

第二天一早，李达天叫人把武松请到衙门。

李达天态度显得比较亲切："武松啊，孩子怎么样啊？我公务繁忙，也没时间去看看孩子。"

武松不禁有些感动："多谢李大人关心。孩子长得还好。"

说到儿子，武松的语气变得有些柔和。

李达天继续攻心："孩子长得像谁呀？像你还是小潘？"

武松咧嘴笑了，像个小孩儿，满心欢喜的样子，说不出话来。

李达天语重心长："你看，一家人在一起多好啊。家和万事兴嘛，是不是？打打杀杀的日子过去了，武松啊，要珍惜现在的生活，来之不易啊。"

武松连连点头。

李达天顿了顿："这段时间的澄清说明会你配合得很好，本官很高兴，也很欣慰。就应该这样嘛。"

武松不经意地叹了一口气，随即点点头，想说什么又没有说出来。

李达天："东平府又发公文下来，这个澄清说明会还要继续搞。武松，你看呢？"

武松站起来："不是已经搞了三十多场了嘛。"

李达天笑笑："你看你看，又冲动啦。"

武松只好坐下："李大人……"

李达天打断："职责所在，本官也没有办法呀。"

武松想拒绝，但是实在是难以开口。李达天的这种态度让武松没了脾气。

武松："李大人，我已经不是打虎英雄了……"

李达天："还不够，还不够。要让清河县的百姓都知道你不是打虎英雄嘛。"

武松心里一阵难受，但是他努力克制自己。

李达天突然问道："你现在跟宋江有没有来往？"

武松一愣："没有啊！"

李达天笑笑："你想不想你的宋公明哥哥呢？"

武松不喜欢宋江，这个我早就讲过。武松不知道李达天为什么会突然问起这个。梁山兄弟之间很讲义气，被称为生死兄弟，这是众所周知的。虽然武松不喜欢宋江，但是他不想破坏梁山兄弟的形象，不愿意说坏话。

武松："公明哥哥永远是我的大哥。"

李达天几乎要站起来了，一脸惊喜："哦？"

武松凭直觉意识到自己说错话了，但是错在哪里他不清楚。

李达天："是不是还想跟你公明哥哥在一起做点什么事？"

武松茫然地："做点什么事？"

李达天："是啊，做点什么事？永远的大哥嘛！"

武松："他现在不是在楚州做官吗？"

李达天："是啊，他手里有兵权。"

武松觉察到这是一个危险的话题，但是不清楚危险在哪里。他决定实话实说："他做他的官，跟我没有关系。"

李达天也意识到自己刚才过于兴奋了，似乎引起了武松的怀疑。虽然宋江已经被秘密处死，但是这件事并没有公开，所以李达天决定不提这件事。不过，"公明哥哥永远是我的大哥"这句话被李达天牢牢地记住了。

李达天随便地拉扯了几句闲话，以消除武松的疑心。最后他说澄清说明会两天之后继续进行，希望武松积极配合，还说过几天去看看武松的孩子。武松只好答应了。最后武松请求李达天给他一点事情做，不然闲得慌。李达天说现在你最重要的事情就是做好澄清说明会。

武松苦笑道："啥时候是个头啊？"

李达天："一直到老百姓相信武松没打虎。"

武松："他们已经不相信了……"

李达天："必须反复讲，再反复讲。"

在接下来的三个月中，武松马不停蹄地四处做澄清说明会。李达天命令乔郓城派人每次都押着鲁秀才去现场听讲。每天如此，武松已经疲惫不堪，内心也麻木了。老百姓的耳朵也已经听出茧了。李达天让官府给每个到场的百姓发放一钱银子，鼓励他们听下去。如果中途退场则没有银子可拿。到后来，鲁秀才也听得昏昏欲睡了。

武松打着哈欠："各位乡亲，我武松根本没有打过老虎，我说打了十拳那都是我瞎编的。我、我最怕的就是老虎，我、我一见老虎就害怕，我就跑……"

昏昏欲睡的听众突然爆发出了各种笑声，淹没了武松的声音。武松看着人们在笑，自己也咧嘴笑了，甚至有些得意。武松恍然觉得讲的不是自己的事情，而是别人的事。有时候讲着讲着，他就觉得自己确实不曾打过老虎。打虎只是他多年前做过的一个梦，他只是梦见自己打虎。

有一天，在又一次逗得听众大声嘲笑之后，武松在街上迎面碰到了西门庆。现在的西门庆已经不大惧怕武松了。武松看了他一眼，继续往前走。

西门庆大声地："武松！"

武松止步，但是没有回头。西门庆的几个保镖走过来，围住武松。然后，西门庆慢悠悠地走到他面前。

西门庆似笑非笑："武松，不认识我了？"

武松："认识。"

西门庆："认识还不打招呼？"

武松漠然地看了看他："西门大官人。"

西门庆本想放声大笑，但还是忍住了。他不确定武松身上还有没有血性，还会不会疯狂。他不想急于求成。

西门庆："武松，最近怎么样？还好吗？"

武松看着他，没有说话。

一个保镖吼道："大官人问你话！"

武松慢慢扭头盯着那个人。那个人不禁退后了两步。西门庆看出来武松并没有傻，身上还有血性。

西门庆："武松，有空到我府上喝茶叙旧。"

说完，西门庆带人扬长而去。武松继续往前走。路上已经没有人跟他打招呼了，人们似乎都在躲着他，绕道而行。还有人对他指指点点，悄声议论着什么。武松对此已经习以为常了。

武松走进何况的酒馆，居然看到了何九叔。何九叔看上去精神不错，正在喝酒。

武松主动打招呼："何九叔，好久不见！"

何九叔斜了他一眼，点点头，算是回答。武松并不介意，自己就坐到了他对面。

何九叔冷冷地："我不习惯跟别人一起喝酒。"

武松跟何九叔的渊源我曾经讲过，在施耐庵的小说《水浒传》里也有描述，我就不多说了。

武松："何九叔，身体咋样？"

何九叔："没死。"

武松："何况，拿酒来，我跟你爹……"

何况走过来，毫无惧色地："没有酒了！"

武松诧异地："酒馆没有酒？你开啥玩笑？"

何况面无表情："没跟你开玩笑。"

武松起身要去里屋看有没有酒，何况快步走过去拦住他。

武松："让开。"

何况："除非你打死我。"

武松伸手要推何况。

何九叔意味深长地："武松，现在已经不是你可以随便撒野的时候了！"

武松转头看着何九叔。何九叔旁若无人地喝着酒。

武松："何九叔，我想撒野的时候还是可以撒野的。"

何九叔轻蔑地一笑："你撒撒看。"

武松忽然想起了家中的儿子，于是就慢慢地走出了酒馆。

何况："爹……"

何九叔："不用怕。他再也翻不起浪了。"

西门庆白天看到武松的眼神，心里略有些不安。他把李达天叫到家里来吃酒。

酒酣耳热之际，李达天说："大官人放心，武松现在已经服服帖帖了，早没有脾气了。"

西门庆："不见得吧，李大人。"

李达天："兄弟，我跟你说，我已经拿住武松的命门了，一拿一个准儿。他不敢逞强斗狠了。"

西门庆："哦？"

李达天："他不是有个儿子吗？那就是他的命门。没想到武松那样一个粗人，居然有舐犊之情！"

西门庆若有所思。

李达天端起酒杯："兄弟，敬你一个。"

西门庆不理会他："潘金莲不是他的命门？"

李达天："也是。如果比起来，恐怕他儿子更是他的命门。"

西门庆："也就是说，如果动了他儿子，他就会拼命？"

李达天点点头。

西门庆一拍桌子："你不是说，武松服服帖帖没脾气了吗？！"

李达天一愣，随后一笑："兔子急了也会咬人嘛。"

两人哈哈大笑。

西门庆沉下脸："大哥，就算是兔子也不行。我要让武松变成一只老鼠！"

让武松服服帖帖没脾气，这个李达天觉得不是太难。但是要把武松变成一只老鼠，李达天还想不出什么有效的办法来。

西门庆："搜查武松的家，看他跟宋江有没有什么书信往来！"

李达天暗自吃惊，宋江被秘密处决这么绝密的消息西门庆都知道？看来这个人真的是手眼通天啊！

李达天故意装作思考的样子："嗯，有道理，是个好办法。"

西门庆："搜到最好，搜不到也可以试一试武松的反应，我们可以再作计较。"

李达天："如果武松反应激烈呢？"

西门庆看着他："那就跟他摊牌。宋江已经被处决了，武松必须夹着尾巴做人！"

就在武松去做澄清说明会的时候，乔郓城带人搜查了武松的家。当然，他们什么也不可能搜到。武松不会写信，更不可能给宋江写信。

潘金莲盯着乔郓城："郓哥儿，谁让你来的？"

乔郓城比较客气地："我是奉李大人之命前来做事的。嫂子，你问了三遍了。对了嫂子，我现在叫乔郓城，不要喊我郓哥儿了。"

潘金莲抱起儿子，在屋里来回走着。乔郓城出神地看着她，心里一阵惊叹，潘金莲还是那么美丽动人。小时候他就觉得潘金莲是清河县最漂亮的女人，现在自己长大了，愈发觉得潘金莲更漂亮更有韵味了。小时候乔郓城常常梦到潘金莲，但是他谁也不敢告诉。他当时接近武大郎，其实是为了多看两眼潘金莲。他向武大郎告密，真正的目的是不想让任何男人接近潘金莲。

潘金莲："我就喊你郓哥儿。"

乔郓城："嫂子咋喊都可以。"

对于潘金莲，乔郓城是不敢有任何哪怕是言词态度上的冒犯。虽然在内心深处他非常嫉恨武松，而武松现在的声誉也一落千丈了，但是他对武松仍然怀有深深的恐惧。更何况，他根本不知道西门庆现在对潘金莲的态度是什么，所以他甚至不敢在潘金莲面前大声说话。

潘金莲冷冷地："搜完了吗？搜完了就出去。"

乔郓城连连点头："嫂子，得罪了。"

潘金莲突然问道："你们到底想找什么？"

乔郓城当然不敢说出实情，但是他做出一副高深莫测的样子，想了想，意味深长地："嫂子，你多多保重。"

武松一脸疲惫地回到家中的时候，潘金莲正在考虑要不要跟他说搜查的事情。她担心武松听了发作起来，惹出麻烦。但是这么大一件事如果不说，她也觉得很不妥。武松的疲惫在见到儿子之后一扫而光。他抱起武十八走到院坝，在院坝里小跑着，看上去无比欢喜。

晚上，儿子睡着了，潘金莲睁着眼睛看着屋顶。武松问她怎么还不睡觉，潘金莲轻轻叹口气，说有件事不知道该不该跟你说，你听了可不能生气。武松答应不生气。潘金莲就把搜查的事情简单地跟武松讲了。武松一下子坐起来，在黑暗中瞪大眼睛。随后他开始穿衣服。

潘金莲："阿武，半夜三更你要去哪里？"

武松："乔郓城这小子越来越不像话了！"

潘金莲拉住他："你答应了不生气。"

武松："我去找他问个究竟！"

潘金莲急了："他说他是奉了李大人之命！"

武松的动作慢了下来，然后坐在床沿上，在黑暗中发愣。潘金莲点上油灯。油灯亮起来的时候，武松下意识地低了低头。

潘金莲："阿武，明天再说吧。"

武松嘟囔了一句："找啥东西呢？"

潘金莲："我也不晓得他们来找什么东西，问也不说。"

武松左思右想，怎么也想不出他们到底想找什么东西。

潘金莲："阿武，你有没有对别人说过什么？提起过什么？"

武松冥思苦想也想不出什么来："我能说什么？"

潘金莲："官府来搜查，不可能是为了银子吧？那点散碎银子他们也没有拿走。"

武松打了一个哈欠："随便他们，家里没啥东西可以拿。"

刚刚说完这句话，武松猛然想起了宋江！他想起前些日子李达天跟他谈起宋江的时候那副表情，总觉得有些怪怪的。可是宋江跟我有什么关系呢？他不是在楚州做官吗？由于武松不喜欢宋江，甚至有些讨厌，所以他就没去多想了。他觉得有些困，也就没有说什么了。

潘金莲轻声问："明天不去找那个乔郓城了吧？"

回答她的是一阵鼾声。

一连几天李达天都在等着武松前来质问为什么要搜查他家，可是武松居然没有来。不但没有来，武松还继续去做澄清说明会，这让李达天喜出望外。他再一次相信自己确实拿住了武松的命门。他觉得儿女情长英雄气短真的是其言不虚呀！武松已经不是当年的武松了，这是不争的事实。同时，李达天又有些失望。他想，如果武松前来质问或者发作起来，他就把宋江的事情拿出来压制武松，并且顺势解除他的捕快身份。但是武松居然忍气吞声了，当搜查不存在！宋江被秘密处决现在还没有公开，李达天也不便拿这个来说事儿。上面毕竟还没有下达捉拿宋江卢俊义余孽的命令。所以，他要等待机会。他也告诉西门庆要有耐心，对于武松那样的人不可操之过急，以免激出事变。

西门庆对武松的态度也有些纳闷，难道武松真的变了？真的变得小心翼翼或者胆怯了？对家中被无故搜查这样大的事情，武松竟然无动于衷？他到底在想什么？

李达天："大官人，你就放心吧，武松已经不是原来的武松了。他现在能做什么？"

西门庆将信将疑："为什么呢？"

李达天咧嘴一笑："我要是有一个像小潘那样漂亮销魂的老婆，我也不会到处争强斗狠了。哈哈哈！"

西门庆瞪着他。这是西门庆心中抹不去的恨与痛。

李达天赶紧拱手："得罪得罪。下官自罚一杯。"

西门庆："什么时候拿掉武松的捕快身份？"

李达天："只要有合适的机会，马上拿掉。"

李达天和西门庆都没有想到，那个合适的机会很快就到了。

第二十章

李峰告诉我，他现在跟那个艺术家走得很近。我问走得有多近，他笑了笑说能不能让他含蓄一点？

我说："你喜欢二胡？"

李峰说："我小时候拉过二胡。"

我和李峰在江边喝茶。我看着滚滚长江水，就想起了跟陆无双一起坐船横渡长江去张飞庙看灯会的情形。出差回来之后，我跟陆无双的关系似乎更近了一步。在私底下，她再也没有喊过我"崔总"，很多时候是没有称呼的，有时候会突然叫我"老头儿"。我表示不乐意这个称呼，可她说"就要喊，就要喊"，我也只能一笑置之，也会答应。在公众场合，陆无双从来不会表现出她跟我的关系很亲密，非常明白事理。有一次不知道因为什么事，我心情不大好，情绪有些失控，当着众人的面批评了她。陆无双表现得特别克制，点点头，表示接受批评。其实当时我可能是因为要让别人知道，尽管我很欣赏陆无双，但是我仍然可以批评她，那么你们就更应该注意了。当天中午，我在走廊上碰到从食堂出来的陆无双。我笑笑，说吃完啦。陆无双"嗯"了一声

我问："怎么啦？"

陆无双勉强笑笑："没什么呀……"

我说："你好像没有吃饭吧？"

陆无双："就是没吃。哼，当众对我发火！"

陆无双的眼睛有些湿润，可能再多说一句眼泪就掉下来了。我这才意识到我当众批评她是多么的弄巧成拙。我想解释，可是陆无双已经朝前走了。这个时候有人从食堂出来，向我打招呼。我只好悻悻地去了食堂。我心不在焉地吃着饭，给陆无双发信息，问她在做什么。陆无双回信息说正在看高更的传记。我无声地笑了笑，知道丫头不生我的气了。

李峰："你笑什么？"

我拿起茶碗喝茶，掩饰我的走神："没什么，我也拉过二胡。"

李峰说他跟二胡很早以前就认识，那个时候他们各自刚刚结婚没几年。我打断他，别二胡二胡的叫，说名字，说不定我知道。李峰说她叫沈茹芸。我居然真的听说过这个人，很不错的二胡演奏家呀！好像上过电视吧？那什么《二泉映月》？李峰说

上什么电视啊，人家都是去欧美演出，前不久才从比利时回来。

我问："你们很早就认识？"

李峰点点头："只是认识，当时住在同一条街嘛，上小学的时候经常碰到。我到外地上大学，她好像就搬走了。说真的，当时对她没什么感觉。"

我说："现在有感觉了？"

李峰沉默不语，点上一支烟，似乎显得很凝重。

我叫他有话直说。

李峰慢条斯理地："生活就是这样。"

这几乎是所有问题的标准答案。

李峰认真地："我爱苏州，但毕竟相隔遥远。"

对于李峰的生活，我没有权力去评判。每个人都有选择生活方式的权力。李峰心里很苦，他实在是喜欢苏州。他对爱情的追求其实是很古典的。他认为一辈子一心一意爱一个人是幸福的。他说，如果苏州能够嫁给他，他会用毕生的精力去爱她。但是现实生活往往不尽如人意。他说，苏州有老公，有儿子，工作稳定，在当地社会关系广泛，老公也很疼她。她不可能孤身一人跑来嫁给他。李峰说他完全理解苏州，没有一丝埋怨。

李峰突然一笑："有点像你跟刘珊珊。"

如果李峰不提到刘珊珊，我几乎都把她忘了。

我说："怎么能跟你和苏州相提并论？你跟苏州的故事可以写成《廊桥遗梦》的。我跟刘珊珊最多也就是《小城之春》，来了，走了，什么也没发生，只有云彩在天上。"

我是在故意淡化我跟刘珊珊的关系。一个时期以来，我很少跟刘珊珊说话，也几乎没有想起她。刘珊珊也很懂事，通情达理，基本上不再到我的办公室来了，有什么事情她就打电话。我也不想打扰她平静的生活。

李峰："怎么，跟刘珊珊闹矛盾了？"

我说："刘珊珊永远不会跟人闹矛盾。她是一个好女人。"

我说得轻描淡写，没有夹杂一丝情感的因素。李峰觉得有些奇怪，但是他也没有多问。我现在也不想跟他说陆无双，因为我不知道该从何说起。

李峰问我小说写得怎么样了。我说还算顺利。李峰问我会不会把武松写死。我说不知道，我想把他写死，但是怎么个死法还没想好。

那个喜剧终于上演了，但是效果一般。由于秦总的大力协助，我的公司总算是没有亏损。我有些郁闷，我搞了这么多年的商演，现在越来越不明白观众到底喜欢看什么。也许他们什么都不喜欢看。生活的压力太大，人们已经失去了笑的能力，失去了穿透现实生活迷雾的能力。现如今什么样的演出才能够激起人们的兴趣呢？看演出也许不是人们生活的一部分，人们的生活是由车子房子孩子组成的。我有点心灰意冷，觉得我的商演事业快要走到尽头了。如果我的公司破产了，或者经营不下去了，我能做什么呢？这么多年来我第一次想到这个问题。我说过，大学毕业二十五年之后我创建了汉唐文化公司。这些年来，我也经历了风风雨雨，起起落落，凭着毅力和运气，我的公司至今还屹立不倒。但是现在我已经感到有些力不从心了。市场低迷，人心枯寂，人们见面都不知道说些什么好，整个状况显得特别无趣。我大学毕业之后，在一所中等师范学校谋得了一个教职，一干就是八年。后来我靠着写了几篇文章，调进了一家艺术研究所，在那里混了十年。我的一个同学兼朋友在海南办文化公司，热情邀我南下，说副总的位置一直为我保留着。我犹豫了一个星期，说服我老婆路嘉怡，然后辞职去了南方。我在南方的那些日子里，路嘉怡顺理成章地喜欢上了别人。这个不怪她，我只是交代一句。副总的位置确实为我留着，我同学一诺千金。在海南待了三年，我有了一些原始积累。所以，当我的同学决定关掉公司移民澳洲的时候，我并不慌乱。我们喝了三顿大酒之后，各奔东西，他去了澳洲，我回到了老家。我不想急着找工作，当过副总的人是不愿意再去做别人的手下的，至少我是这样的人。在没有工作的那几年里，我喜欢上了舞台演出。不管是话剧歌剧，还是音乐剧，我都买票去看。我觉得看真人演出比看电影电视剧要令我愉快一些。

有一次看完一部话剧的演出，我看到观众自动起立，长时间鼓掌，不肯离去，我不禁略有些感动。在回家的路上，我想我为什么不可以搞一个什么文化公司，专门引进高水平的演出呢？这个想法让我有点兴奋。事业和兴趣合二为一嘛！回到家以后，我就开始写计划方案。天亮的时候，我的方案完成了。我睡了整整一天，醒来的时候觉得神清气爽。我决定开一个文化公司。两个月之后，我的汉唐文化公司成立了，我摇身一变成了一个文化商人。我原以为，离开海南之后，我不会再从事跟文化有关的事情，没想到命运就是这样顽强跟执着。

而现在，我觉得汉唐文化公司的前途已经有些渺茫了。但是，我只是感到了某种危机，并没有去深想。我现在想得更多的是陆无双。过几天就快到春节了，陆无双肯定要回湖南老家过年。想到要十来天见不到她，我心里不免惆怅。我给陆无双发了一个信息，问她中午想吃什么。她说还有一个策划案没有写完，就在食堂吃吧。我回复她，中午去吃汉堡包吧，策划案无条件靠后。

我们不喜欢到店里去吃，或者准确地说，我更喜欢开着车，在一个点餐的窗口旁停下，然后听陆无双用她带着湖南口音的普通话告诉工作人员，要两份足够两个人吃的汉堡包。之后，我们开着车到前面去等待。拿到之后，我们开车去滨江路找一个僻静的地方，坐在车内慢慢吃。

我说："车票买好没有？"

陆无双："嗯，买好了。"

我本来想开个玩笑，说是不是归心似箭了？但是我没有说出口，我觉得这样的玩笑没什么意思。

我说："我去送你。"

陆无双点点头："嗯。"

我看着长江水，心里一阵莫名的忧伤。

陆无双："你怎么不吃啊？"

我转过头，笑笑："没什么胃口。"

陆无双看着我："哎呀，十来天就回来啦。"

我笑笑，点点头，摸了摸她的头发。她的头发柔软有光泽，有一种淡淡的清香。

三天以后，我送陆无双去火车站。我右手拖着一个旅行小皮箱，左手牵着陆无双的手。我们来到了检票口。

我说："丫头，路上注意安全。"

陆无双："知道啦。"

我说："注意箱子，别光顾着看手机。"

陆无双："知道啦。还有什么要交代的呀？"

我笑笑："到了跟我说一声哈。"

陆无双："偏不说，让你急。"

我说："你妈妈会去接你不？"

陆无双："会啊。"

车站广播最后一次催促这一趟车的乘客赶紧上车。

陆无双："老头儿，你春节去哪儿玩呀？"

我神情黯然："哪儿也不去。"

陆无双接过小皮箱："那我走啦。"

我看着她，轻轻点点头。陆无双朝检票口走去，突然她迅速转身向我快步走来，轻轻抱住我，我们热烈接吻。然后，她低着头朝检票口走去。我看着她过了检票口，上了扶梯。在即将消失在我的视野之外的时候，陆无双回头向我招手示意。我呆呆地站着。我意识到旁边有不少人在看我，但我只是沉浸在离别的情绪中，无暇顾及他们。春节对于别人来说是团聚，对我却是离别。

春节期间我基本上哪儿也没去。当别人在看春晚的时候，我打了一夜的游戏。

初三之后，人们开始走亲访友。我继续写《城市与老虎》，闲暇的时候我翻一翻略萨的《胡利娅姨妈与作家》。晚上我一般都会喝两听啤酒，抽着烟，思无所依。陆无双说她妈妈有很多兄弟姐妹，过年的时候会不断地聚会吃饭。所以我很少给她发信息，以免她不方便。

大概是初四的晚上九点多吧，我正在喝啤酒，马思远居然来了。我有点意外，因为他一般有什么事都会先打电话。

马思远开门见山："我跟小万谈了，她说愿意离婚，但是有一个条件，她要跟王涵见个面谈一谈。"

马思远的夫人比他小七八岁，他一直就叫她小万。

我说："这叫什么条件？"

小万跟老马在同一所大学任教，专业不同，是教授。老马至今还是副教授。我知道老马有点担心，小万是马克思主义学院的教授，凭着她的学识和口才，王涵根本招架不住。

马思远："我想尽量避免她们见面。"

我笑了笑，没说话。

马思远拿起一听啤酒一口喝完。说真的，我不想跟他谈这些事，所以就问他纪录片现在怎么样了。马思远轻描淡写地说拿了很多奖，拿到手软了。然后他更加轻描淡写地说，他把导演的名字换成王涵了，他自己做艺术总监。

我有点吃惊："不至于吧！"

马思远："有什么不至于？为了爱情，有什么不至于？老崔，这么多年了，你还是一个字：俗！"

我说这毕竟是你的心血嘛。

马思远哈哈大笑："像《巴蛮子之谜》那样的纪录片，我一年就可以搞一个！我别的没有，就是他妈的有才气！"

如果是别的人在我面前这样说，我肯定要笑出声来。但是马思远说这话，我只能点头。

马思远："这就算给王涵的定亲礼物了，哈哈哈！"

"王涵怎么想？"我终于还是问了这么一句。

马思远好像很幸福的样子："她就盼着成亲的那一天了！"

我点上一支烟，若有所思的样子。

马思远似乎看出我的心思："我跟小万没问题，我也很爱她。但是我的生命更需要王涵。我必须有激情到八十岁！我有太多的题材要拍！央视已经有著名制片人跟我联系了，我准备辞职拍几部传世之作！"

这么多年来我早知道，马思远告诉你什么的时候，不是来征求你的意见，而是来告诉你结果。所以对此我不能说什么，我只是笑笑，说大学里待着也只是待着，憋闷得很。马思远说他比王涵大二十八岁，他知道王涵一定会给他注入强大的生命活力。

马思远说："生命是我的。我要把我的生命燃烧到最后一滴血！"

我调侃道："只要坚持补肾，生命就有活力。"

马思远认真地："我现在已经开始晨跑了。每周去游泳馆两次。我还准备戒酒戒烟。"

我笑着看他。

马思远的声音居然有些温柔："王涵不让我抽烟。酒可以少喝。"

我说："伪大师！"

马思远："伪大师也是大师。她是为我好。"

马思远走了之后，我在沙发上发呆。发过一阵呆之后，我觉得没有什么呆好发，生活就是生活。

到了初六的时候，我给李峰打电话，问他年过得怎么样？李峰说他去山上闭关了一个星期，刚刚回来。我问他喝茶还是喝酒？他说先喝茶，再喝酒。我们约好时间见面再聊。这个时候我收到陆无双的信息，她说她妈妈想让她带一百个土鸡蛋给她公司的老总，以求新年工作顺利。你说，带还是不带？我心里一阵莫名其妙的温暖，回复说带什么带呀，赶快回来吧。

我和李峰在江边茶楼喝茶。

"山中如何？"

李峰："云在青天水在瓶。"

我跟李峰在一起喝茶喝酒的时候，有时候会喜欢掉书袋子，说一些书面语。这让我们很愉快，很有些心领神会的意思。

李峰说："春节期间，苏州在家出色地扮演着贤妻良母的角色，做各种好吃的，老公儿子无不欢欣鼓舞。"

他的语气里有一种说不出来的惆怅。

我问沈茹芸呢？

李峰说："她跟她老公去东南亚旅游了。"

我说："所以你去山中修道了。"

李峰："这就是生活。"

我们默默地喝着茶，抽着烟。江上的游轮发出空洞的笛声。

我把马思远的事情简单地给李峰讲了。

李峰想确认一下："王涵？就是那个在你公司待过的王涵？"

我点点头。

李峰："老马有性格，我佩服。他是能改变自己生活的人。"

他点上一支烟，陷入沉思。

晚上我们还是去了杜四娘那里喝酒。我跟他讲了我跟陆无双的事情。最后我说了一句她比我小很多。

李峰问："小多少？"

我喝了一口酒，没说话。

李峰无声地笑了笑，拿起酒杯喝酒。我知道李峰的意思，他的意思大概是说我不现实，但是他不会直接说出来。

李峰："老崔，为什么我们总是陷入困境？"

我说我没有，是你陷入困境。我只是很喜欢陆无双，其他的事情根本还说不上。

李峰："我从来没有看到过你如此深情地描述一个女人。"

我没有回答。

李峰："在这个粗糙肤浅的社会里，深情是一种罪过。"

我笑笑："准备打悲情牌了吗？"

李峰把杜四娘叫过来："春节还没完就开始上班啦？"

杜四娘："离婚了，在家没事儿。"

我和李峰都有些吃惊。

李峰："你老公不是……"

杜四娘："春节前他打牌输了十几万元，我不能跟他过了！"

我问："你老公不是打牌打得挺好吗？怎么会输那么多？"

杜四娘："强中自有强中手。"

我和李峰差点笑出来了，但是看到她一脸悲戚的样子，就强忍住了。杜四娘没有说错什么。

李峰："四娘，干脆跟我过吧。"

李峰说得很认真，不像是开玩笑。

杜四娘笑了："我才不跟你们文化人过呢，酸唧唧的！"

李峰夸张地："你才是文化人。"

我们都笑了。

杜四娘笑笑："你们文化人就喜欢开玩笑。我去忙了。"

李峰喝了一口酒，回头看了看她的背影："其实，跟杜四娘过一辈子也没什么不好。"

我知道李峰的心情不大好，他说这个话也不是没有缘由的。他所深爱的女人张佩芝有老公孩子，正在其乐融融地过年。而声称非常爱李峰的沈茹芸正跟老公一起畅游东南亚。

"是啊，有什么不好呢？"我应和了一句。

李峰继续说："白天我忙我的，晚上没事就来看看四娘，也看看社会，帮忙端端菜，喝点不要钱的酒，然后一起回家，看她数钱记账，也是人生一大快事。更何况，四娘屁股那么大。"

我看着李峰一脸落寞的神情，也不晓得说什么好，只好端起酒杯："喝酒喝酒。"

李峰离婚之后的那几年，身边也有不少小姑娘，其中有一个还很喜欢他，主动约他吃饭看电影。但是李峰始终对那个小姑娘产生不了感情，两人若即若离，后来就渐行渐远了。我曾经无意识地问起那个小姑娘，李峰说她早已嫁人了，孩子恐怕都上幼儿园啦。李峰解释说我喜欢成熟的女人，岁月不静好，现世不安稳，但是我就想跟一个成熟的女人过日子。小姑娘将来可能会成为张佩芝，但是我等不及了。

李峰跟我碰杯："总是没有什么令人兴奋的好消息。且看新年吧，哈哈哈！"

春节总算过去了。空荡荡的城市一夜之间就恢复了往日的喧嚣与骚动。上班前一天，我去车站接陆无双。于万千期盼之后，陆无双终于出现在我面前。我快步迎上去，陆无双丢开小皮箱，我一把抱住她，什么话都说不出来。其实我们只是分开了十来天，但是对我来说好像过了半个世纪。我觉得陆无双越来越漂亮了，还穿着新衣服，一件款式新颖的宝蓝色风衣。

我问："土鸡蛋呢？"

陆无双一边使劲捶打我，一边开心地大笑起来。

在车上，我问陆无双想吃什么，陆无双毫不犹豫地说汉堡包。于是我们就开着车去窗口点餐，然后去另一个窗口等待拿餐，最后就到了江边僻静的地方美美地吃了起来。陆无双提出用鸡腿换我的薯条，我说不行的。陆无双就开心地来抢我的薯条。其实我一根薯条都没有吃，我知道她喜欢吃薯条，特地给她留着的。

晚上我们去看电影。看完电影之后，我和陆无双就到了我家。家里有些零乱，我赶紧收拾。陆无双也帮着收拾。可不一会儿，我看到陆无双已经蜷缩在沙发上睡着了，发出轻微的鼾声。坐了那么久的动车，到现在才歇息下来，肯定疲倦不堪。我把她轻轻抱起来放到床上，替她盖好被子，然后把空调开到合适的温度，以免她着凉。

　　我在外面的沙发上坐着抽烟，什么也没想。我觉得内心很平静，也许这就是我想要的生活。我心中非常幸福满足。

　　第二天早上，我准时坐在了办公桌前。新年第一天上班，我的心情非常好。尽管公司在新的一年里该怎么做我不知道，但是我心中还是充满了喜悦。这时候，刘珊珊进来了。

　　刘珊珊："崔总，新年好！"

　　我点点头："新年好。有什么好消息？"

　　刘珊珊笑笑："暂时还没有。年过得好吗？"

　　我说还可以，你呢？

　　刘珊珊："还行吧。对了崔总，你每年都要有一个新年讲话，你看安排在什么时候？"

　　我说不急，过几天再说，我要理一理思路。

　　刘珊珊轻轻地："过年也不发一个信息……"

　　我看看她，没有说话。

　　刘珊珊忽然想起什么："对了，陆无双还没回公司。"

　　我说她家里有事，明天到，跟我请假了。刘珊珊点点头，好像什么事都没有。她知不知道陆无双已经回来了？我不去多想这个问题，知不知道都一样。

　　是我特别让陆无双今天不要来上班。一来我想让她休息一下，二来她说她要回去收拾一下自己的房间。昨天晚上我和陆无双在一起了。我感觉特别好，她的头发很香，皮肤很温润。她让我感到了生命原始的力量。我沉浸其中，无力自拔，任凭生命激情之舟自由飘荡在欢乐的海洋上。她把我抱得那么紧，好像生怕我离开一秒钟。当我们准备再一次燃烧激情的时候，清晨的阳光已经照射进窗户了。

　　我委婉地提出请陆无双搬过来，可她说下个月她妈妈要来看她，我就没有再说什么了，心里难免有些惆怅忧伤。

　　陆无双："真的是我妈要来。你别瞎想啦。"

　　我有点不自然："我没有瞎想啊……-"

　　陆无双认真地："我跟他分手了，就是过年的时候。"

　　我不晓得该说什么，只是轻轻捧住她的手。

　　陆无双："跟你没关系的啦。"

　　我的心里很复杂，有万千思绪。我什么也说不出来，我只是暗暗发誓，一定要把公司做好。

　　刘珊珊看出我似乎不大想跟她说话，于是就说还有很多事要处理就走了。刘珊珊走了之后，我开始思考公司的未来。这一上午我打了五十多个电话，广泛联系各种朋友。在没有想好新的思路之前，我觉得还是要在商演上做文章，要了解市场，不要一厢情愿地认为自己是在从事跟艺术有关的工作，商演就是商演，商演就是要赚钱的。在这个城市，高雅的艺术能赚钱吗？我觉得要了解市场，就一定要了解大众心理，真正地了解大众心理。我做商演不应该是演给我看的，我喜欢没有用，要大众喜欢才是正道。大家喜欢才是真的好嘛。

　　我打电话问陆无双晚上想吃什么。她说想吃火锅。下班以后，我开车接她去南山。南山有很多火锅店是在半山腰的，颇有特色。陆无双没有来过南山，她看上去很开心。

　　我们一边吃火锅一边欣赏周围的风景。

　　我问："好不好吃？"

　　陆无双："好吃。风景更好吃。"

　　我说："三、四月份来最好，满山的花都开了。你都不知道是花香还是火锅香。"

　　陆无双哈哈大笑。

　　我问："怎么啦？"

　　陆无双看着我："还不知道老头儿这么抒情呢！"

　　我哑然失笑，随即严肃起来。

　　陆无双捶打我几下："怎么啦怎么啦？"

　　我说："丫头，能不能不喊老头儿啊？"

　　陆无双有些撒娇地："就喊，就喊。"

　　我只好点头称是。我拿她一点办法也没有。我觉得只要我能办到，她提的所有要求我都会答应。

　　陆无双："不喊老头儿喊什么呀？"

　　我也不知道该喊什么。准确地说，我知道我希望她喊什么，但是我确实说不出口。其实，她喊老头儿我也是满心欢喜的。那时候我根本不知道，两年以后要让她喊一声老头儿是多么的难！

　　我说："随便你怎么喊。"

　　这个时候，有人在叫我。我不用回头就知道是邹老板。我起身离开座位，陆无双也跟着站起来。

　　"邹老板好久不见了。"

　　邹老板端着酒杯，满面春风的样子："我跟几个朋友在那边，回头就看到崔总也在这里吃火锅。单我已经给你们买了。"

我客气地："那太不好意思了。谢谢。"

邹老板："这位是……"

我介绍道："这位是大名鼎鼎的邹老板，长期支持我们汉唐文化公司。她叫陆无双，我们公司策划部的主管。"

陆无双礼貌地："邹老板好。"

邹老板有些夸张地："这么年轻就做主管了啊？不错不错！我叫邹自力，喊老板太见外了。"

陆无双："邹总好。"

邹自力刻意打量了一下陆无双，再回过头问我："最近忙什么呢？也没你的消息。"

我说："正在策划一些项目，到时候还请邹总帮忙。"

邹自力笑了几声："我们长期合作嘛，钱不是问题。"

他扭头看陆无双。陆无双看着周围的风景。

邹自力："不耽误你们吃饭。有项目跟我说就行了。"

他临走的时候又看了看陆无双。

我和陆无双继续吃火锅。

我笑笑："邹老板看了你好几眼。"

陆无双看着我："老头儿，不要八卦。你不是喜欢吃郡花吗，怎么不吃呀？"

我一口气吃了三个郡花。

第二十一章

西门庆和李达天等待的机会很快就来了，而且非常合适。

乔郓城有一天晚上经过武松的家，下意识地朝这边望了望。他看到两个人正从武松家出来，有点鬼鬼祟祟的。他看不清那两个人长什么样子，便悄悄地跟上去。走到有光亮的地方，乔郓城努力看清了那两个人的脸，不禁吓了一跳，这不是北山的两个贼人吗？他们怎么会从武松家出来？

武松送走陈老大、陈老三之后，有些忐忑不安。北山两兄弟是专门来给武松送野兔、野猪的。上次在北山遇到武松，三兄弟被武松的武功和为人所折服，他们尊武松为大哥，表示过一段时间一定去拜访武松。后来他们也多多少少听到关于武松的事情，但是他们不信。为了不给武松添麻烦，两兄弟特意选择晚上去武松家。武松很感动，热情款待了北山两兄弟，喝了一场大酒。两兄弟也问起打虎的事情，武松不愿意多说，只是不停地喝酒。

陈老大："大哥，有啥难处尽管说，我们三兄弟就算肝脑涂地，也在所不辞！"

武松端起酒碗："我敬两位兄弟！武松没有难处！干了！"

陈老三："大哥，干脆入伙吧，你做我们的老大。我们天天大碗喝酒，大块吃肉，快活得很！"

这句话勾起了武松的回忆，在梁山泊胡吃海喝的日子像电影镜头一样掠过武松的脑海。武松长长地叹了一声，双手捂住脸，兀自摇头。两兄弟互相看了一眼，有点不知所措。

陈老三弱弱地："大哥，小弟说错了吗？"

武松喝了一大口酒，有些醉意的样子："兄弟，你没说错。可武松现在是衙门里的捕快，是衙门里的人了啊……"

两兄弟不知道该说什么好，有些尴尬地又互相看了一眼。武松呆呆地看着碗。这时候潘金莲从里屋出来，替他们斟酒。

潘金莲轻声地："两位兄弟，喝完了这碗酒，就回山上去吧。路上多加小心。"

乔郓城敏锐地意识到机会来了。他悄悄地跟着，心里有些紧张。他在考虑怎么办，要不要抓他们？突然，他发现自己跟丢了，那两个人不见了。他把刀抽出来，四下寻望。此时已经是子时，大街上早就没人了。乔郓城心想，如果那两个人跑了，就没有证据证明武松跟北山贼人勾结，口说无凭啊。一把刀无声地架在了乔郓城的脖子上，他惊出一身冷汗，刚要喊叫，嘴巴就被捂住了，随即又被踢了一脚，扑通一声跪在了地上。

陈老大低声地："出声就砍死你！"

一股热腾腾的尿液湿透了乔郓城的裤裆。

陈老大："为啥跟着我们？"

乔郓城吓得说不出话来。

陈老三："大哥，做了他，免得麻烦！"

乔郓城赶紧求饶："好汉饶命，好汉饶命……"

陈老大："你是官府的人？"

乔郓城摇头不止："不是不是……"

陈老三一脚将他踢翻在地："老子认得你！你是官府的狗！"

陈老大拔出刀，杀机毕现。

陈老三："大哥，我来吧！"

他抓住乔郓城的头发，刀对着他的胸口，正要捅进去。却不料武松赶来了。

武松："壮士且慢！"

两兄弟一愣，不知道武松何意。

绝境中的乔郓城大声地："武都头救我！"

情急之下，乔郓城居然喊出了"武都头"。武松本来并不想救乔郓城，觉得让两兄弟把他杀了也是一件好事，自己也安全了。但是他又觉得这不是英雄所为。所以，在陈老三举刀的那一刻，武松出来了。

武松有些夸张地冲着两兄弟："你们是何人？"

武松背对着乔郓城，给两兄弟使眼色，让他们快走。两兄弟终于明白武松的意思，一言不发地转身消失在黑夜之中。武松假装追了几步，然后大步走回来，扶起乔郓城。

武松："伤到哪里了？"

乔郓城在黑暗中看着武松："多谢武大哥。"

武松也看着乔郓城，有很多话想说，但是实在不知道该从何说起。他拍了拍乔郓城的肩膀，稍微用了一下力。乔郓城感到了武松的力量，却不敢吭一声。

第二天一大早，乔郓城就把昨天夜里发生的事情向李达天做了报告。李达天喜出望外，机会这么快就来了！

李达天："你确定那两个人就是北山贼人？"

乔郓城："千真万确，大人。我见过他们。"

他说着，摸了摸脖子。死里逃生令他心有余悸。

李达天兴奋地来回踱步："他们去武松家到底想干什么呢？"

李达天当即就去了西门庆府上，通报了这个情况。

西门庆狂笑几声："先抓起来，投进大牢！"

李达天："本官也这么想。可是万一武松不承认私通贼人呢？毕竟只有乔郓城看到，没有别的证据啊！"

西门庆："需要别的证据吗？"

李达天有些犹豫不决。

西门庆："李大人，你不是说，你拿住了武松的命门吗？怎么还这么怕他？"

李达天："我只是想拿得更稳妥，不想闹出什么事情来。现在国泰民安，人心思稳，本官必须顾全大局。"

西门庆盯着他。

李达天："朝廷为什么要秘密处决宋江卢俊义？就是担心激起民变。毕竟梁山泊贼人众多，虽说已经作鸟兽散，可一有什么风吹草动，难保他们不会啸聚山林，大动干戈。那时节，你我可担不起这个破坏安稳的责任啊！"

西门庆忽然笑了笑："李大人，有时候你的胆子太小。"

李达天喝了一口茶："武松的名气甚至比宋江卢俊义还大。我们把他关进大牢，这个要是传出去，真是非同小可啊。别说梁山泊，就是他二龙山那些喽啰也不会善罢甘休的。贼人就是贼人。大官人，你以为如何？"

西门庆沉下脸："我不管这些。先把武松关进大牢，至少十天半月！李大人，这是我最后的意思！"

好几天过去了，武松见没什么动静，心里稍微安定下来。但是他内心深处还是有一点后悔。他觉得那天晚上还是应该让两兄弟把乔郓城杀了，免得生出后患。陈氏兄弟来送东西是义气，武松也不可能拒之门外。如果胆小到不敢开门，无论如何武松是做不到的，毕竟他知道自己曾经跟陈氏兄弟基本上是一样的人。

澄清说明会继续在进行，还有三场就结束了，武松早就筋疲力尽了，但他还是咬牙坚持。他认为，完成了这个就不会有什么麻烦了，他可以继续做捕快，还可以好好照顾潘金莲母子。

做完最后一场说明会之后，武松感到前所未有的轻松。他买了一点熟牛肉，拖着沉重却有点急促的步子回到家中。潘金莲抱住他伤心地哭起来。武松抚摸着她的头发，笑笑，努力安慰她：

"没啥，做完了，我好好的。"

潘金莲哭着："阿武，你受委屈了……"

武松笑笑："没啥，就是不做打虎武松了嘛……"

武松夫妻一起吃饭。武松左手抱着武十八，右手端酒碗。潘金莲深情地看着父子俩。

武松："武十八，武十八，长大学不学武艺啊？"

武十八长得很健壮，但是眉眼却像潘金莲。

武松："来，喝口酒。"

武松真的要给儿子喝酒。潘金莲赶紧阻止他。

武松笑笑："没事儿，喝口酒嘛……"

潘金莲："不行，儿子这么小……"

这种温馨的时刻被打断了。李达天带着乔郓城等人来到了武松家。李达天神情严肃，乔郓城虽然略低着头，但看得出他有些幸灾乐祸，且很得意。武松预感到事情不妙。

李达天："大胆武松！你私通北山贼人，该当何罪？"

武松看了看李达天，又看看乔郓城，脸色有些难看。他让潘金莲把儿子抱进里屋去。

武松：“李大人，我没有。”

李达天：“还敢狡辩！”

武松：“谁看见了？”

乔郓城面无表情：“我看见了。”

武松的头快炸了，但是他清楚地知道这事绝对不能承认，否则一切都完了。

武松：“你看见了？我还看见你跟北山贼人在一起哩！”

乔郓城一惊，不敢往下说了，因为再说下去就会说出武松救他的事情，而这个事情他没有向李达天汇报，他只说他准备缉拿贼人，但是势单力薄，让贼人逃脱了。

乔郓城：“你胡说！你胡说！”

武松：“请李大人为武松做主！”

李达天明白这件事没有充分的证据，光凭乔郓城一人指控是很难做成铁案的。他的目的现在只是拿掉武松的捕快身份，以后的事情以后再说。

李达天：“武松，本官怎么替你做主？那天晚上有人看见两个北山贼人从你家出来！”

武松一口咬定：“没有！绝对没有！”

武松做过都头，知道证据的重要性。如果他们有别的证人，一定会叫来当面对质。现在看来他们没有别的证人，除了乔郓城。他断定乔郓城没有说出自己被救的事。

李达天：“武松，本官希望你没有私通北山贼人。跟我回衙门去说清楚吧。”

毕竟北山陈氏兄弟确实来过，武松心里还是不免有点心虚。所以他同意去衙门说清楚。但是潘金莲出来劝阻他不要去衙门，有什么事情就在这里说清楚。武松让她放心，他去说清楚就回来。武松之所以答应去衙门，还有一个原因是他不愿意让潘金莲看到他不那么英雄的一面。他准备去了衙门之后，向李达天赌咒发誓没有私通贼人，并且恳求李达天放他一马。这样的举动他当然不想让潘金莲看到。归根结底，武松是为潘金莲母子着想。

李达天见武松答应了，便和颜悦色地对潘金莲说：“小潘，你放心，本官不会为难武松的，也不会为难你和小武松的。”

李达天意味深长地对潘金莲笑笑，然后带着武松走了。这话武松听到了，所以他就没有再说什么。潘金莲目送他们出门，忽然感到一阵孤独和不安。她抱起武十八，努力不让自己哭出来。

当衙门大牢的门关上那一刻，李达天宣布武松已经不是捕快了，也就是说武松被衙门除名了。

武松愣住了：“我、我不是捕快了？”

李达天点点头。

武松："武松冤枉！李大人，武松冤枉！"

李达天："武松，你要好好配合官府的调查。没有证据，我们是不会把你请到这里来的。"

李达天走了。武松看着坚固的牢房，感到了一种前所未有的无助和恐惧。在孟州他坐过牢，但那个时候他年轻，孤身一人，什么都不怕，只凭拳头混社会找饭吃。可是现在他有老婆有儿子了，自己被关押在牢里，如何是好？而且，捕快的差事也丢了，就算出去了，又该怎么办？武松突然闪出一个念头：打出去！带着老婆儿子远走他乡！可是能够去哪里？不可能去找宋江卢俊义，好朋友杨志已经病死了，鲁智深也坐化了，梁山兄弟死伤大半，至今还活着的也早就不知去向了。武松望着牢顶，躁动的血性慢慢冷却下来。他靠着墙，蹲下来，看着紧锁的牢门。

鲁秀才一个人在喝闷酒。这段时间他被迫去听了几十场澄清说明会，他的神思已经有些恍惚了。开始的时候他觉得武松是被迫的，是在瞎讲，甚至是嘲讽调侃。可是后来武松一次比一次讲得生动流畅，一次比一次讲得有逻辑，鲁秀才开始相信武松的讲述了，毕竟自己并没有亲眼看到武松打虎，所有关于武松打虎的事情都是道听途说的。虽然鲁秀才认为清河县应该有一位英雄人物，但现在看来武松并不是合适的人选。想到这里，鲁秀才不禁悲从中来，也感到迷茫失措。

第二天上午，鲁秀才走进清河县衙门，找到李达天，要求修改县志。李达天以为自己听错了，又问了一遍。

鲁秀才："我要修改武松打虎。"

李达天真是喜出望外了。他立即叫人把乔郓城找来。

李达天："鲁秀才德高望重，从今天起，他的书馆可以招收学童了。"

乔郓城："是，李大人。"

李达天："鲁秀才修改县志这件事要让清河百姓知晓，越快越好，立刻去办。"

乔郓城："是，李大人。"

李达天："乔都头，给鲁秀才道个歉吧。"

乔郓城立刻明白了："鲁秀才，多有得罪，万望见谅。"

鲁秀才几乎被感动了："乔都头也是秉公执法，老朽无怨。"

乔郓城走了之后，鲁秀才开始磨墨。

鲁秀才："李大人，老朽不是为了书馆才修改县志的。"

李达天哦了一声。

鲁秀才："武松欺世盗名，贻笑大方。老朽有责任修正从前荒谬文字，以正视听，方不负圣人教诲。"

李达天点点头，长长地出了一口气。他看着面黄肌瘦的鲁秀才，不免心生怜悯。

李达天："鲁秀才这些日子受苦了。"

鲁秀才赶紧起身："哪里哪里。多谢李大人挂怀。老朽从前愚顽，让李大人费心了。"

李达天："鲁秀才修改完毕，就在县衙吃个便饭吧，本官请你喝酒。"

鲁秀才声音颤抖："不敢不敢。"

李达天："老先生自愿修改县志的事……"

鲁秀才："老朽一定逢人就讲，决不辜负大人的殷切期望。"

李达天："本官的意思是，老先生要公开做一个修改说明，就像武松那样。"

鲁秀才："一切遵从大人的意思办。"

西门庆得知武松被关进大牢之后，心里一阵狂喜。他一直惦记着潘金莲。吃过午饭，他就心急火燎地出了门，一个随从也没带。这么久以来，他第一次感到了安全。

潘金莲开门见到西门庆的时候，心里就明白了他的来意。她想关门已经来不及了。西门庆并不说话，在屋里屋外仔细地察看了一会儿。

西门庆："跟我回去吧。"

潘金莲看着屋外，一声不吭。

西门庆："你看看你过的是什么日子？何苦呢？"

潘金莲还是不说话，毫无表情。

西门庆站起来："武松犯事了，他回不来了！"

潘金莲："他在哪里？"

西门庆："他在县衙的大牢里。"

潘金莲："武松没有犯事。"

西门庆盯着潘金莲看了一会儿，觉得眼前这个人已经不像是以前的潘金莲了。但是他却觉得她越来越漂亮动人了，成熟的妇人味使他有些情不自禁。

西门庆："老五，我是看在过去我们夫妻一场的面上来找你的。你跟着武松没有前途，他现在已经是声名扫地，为人不齿了。"

潘金莲："我不信。"

西门庆："知道鲁秀才吗？他正在县衙修改武松打虎的记载。连鲁秀才那样死硬的人都看不起武松了，你还跟着他做什么？"

潘金莲的眼睛有些红了。

西门庆笑笑："鲁秀才说，他的书馆重新开张，第一课就是欺世盗名话武松。

小孩子都不相信武松打虎了，哈哈哈！"

潘金莲强忍着泪水。

西门庆："老五，你的儿子就是我的儿子，我会好好待他的。"

潘金莲："我儿子不是你儿子！"

西门庆的脸色沉下来："老五，你是知道我的脾气的。"

潘金莲："不要叫我老五，我听着恶心。"

西门庆火气冲上来，扬手就要打她。潘金莲站起来，盯着他，毫不畏惧。

潘金莲："你打，你打。"

西门庆："我不敢打你么？"

潘金莲："你敢打，我就叫武松打死你！"

西门庆恼羞成怒，正想一耳光打过去，听到这话只好忍住了。毕竟武松还在，人还没死。不管怎样，西门庆对武松始终有一种深深的恐惧。

西门庆换了一个语气："我咋舍得打你呀！"

说着，他一把抱住潘金莲，蛮横贪婪地撕扯她的衣裳。潘金莲奋力抗拒，大声喊叫。西门庆力气大，潘金莲渐渐不支，被扔到了床上。

西门庆的头突然被打了一拳。他吓得出了一身冷汗，以为是武松回来了！他跳起来一看，原来是杜普！

昨天晚上，杜普得知武松被关在县衙大牢，便悄悄去探望武松。武松告诉他，自己恐怕三两天出不去，让杜普去跟嫂子说一声，也拜托他照看一下她们母子俩。

临走的时候，武松说："谢谢兄弟。"

杜普一拱手："大哥客气。"

武松情绪低落地："兄弟，我已经不是捕快了……"

杜普强忍伤心："大哥请放心！"

杜普去衙门的路上，见武松家的大门半开着，有些疑惑，便直接走进来了。杜普不知道从哪里来的勇气，上前对着西门庆的后脑勺就是一拳！

西门庆怒火中烧，冲过去就是一耳光。杜普被打得两眼冒金星，但是他不要命地与西门庆厮打。杜普不是西门庆的对手，被西门庆打得满脸是血，最后被打出了门外。

西门庆关上门，正要回屋去，突然想起这个杜普好像跟武松走得很近，他一定会把这件事告诉武松的。西门庆头也不回地追了出去。

潘金莲不知所措，她不知道该怎么办。追出去不是，不追出去也不是。武十八尖锐的哭声让她清醒过来。她紧紧地抱住武十八，心中一片惨然。西门庆敢在大白天闯进来，说明武松恐怕有大麻烦了，一时半会儿回不来了，所以西门庆才那么嚣张。

西门庆在巷子的拐角处追上了杜普。他一脚踹倒杜普，按住他就是一阵猛击。有过路的人见到这个情形，吓得都不敢停步，匆匆离去。杜普已经奄奄一息。

杜普拼尽最后一口气说："武松会找你的……"

西门庆一惊，随即锁住他的喉咙，猛地用力，杜普头一偏，气息已断，死了。西门庆又狠狠地踢了尸体几脚，扬长而去。

西门庆回到府中，叫人通知乔郓城立刻来一趟。不一会儿，乔郓城跑来了。

西门庆："杜普借我银子不还，被我打死了。你看着办吧。"

乔郓城连连点头："是是是，小人明白。"

西门庆拿出二十两银子扔给他："尽快处理。不要给我惹麻烦。明白吗？"

乔郓城："李大人那里……"

西门庆不耐烦地："我去说。做好你的事！"

武松关在大牢里已经三天了。没有人理睬他，也没有人来问话。每天都是素食，武松饥肠辘辘，只觉得头昏眼花，浑身没有什么力气。武松由焦躁不安慢慢变得默默不语。眼看天又黑下来了，武松蜷缩在墙角，一动不动。

不知过了多久，武松在迷糊中似乎听到了喊杀声。刚开始他以为是自己在做梦，但是喊杀声却是那么真切，而且越来越近。他听到大牢里的脚步声很混乱急促，还有火光。武松奋力跳起来，抓住牢门往外看。刀剑碰撞声此起彼伏，还有人的惨叫声。

两个蒙面人串了过来，武松退了两步。锁被刀砍开了。

蒙面人急促地："大哥，我们来救你了！"

武松心一颤，听出是陈氏兄弟，寒毛一下子竖起来了。

蒙面人："大哥，快快跟我们走！"

武松："去哪里？"

蒙面人："上山！快走！"

武松热血冲顶，正要大步跨出牢门，突然他的脑海里掠过潘金莲母子在家等候的情形。武松犹豫了，他觉得自己的脸痉挛了一下。不能去当贼人，当了贼人她们母子怎么办？可是关在牢里又能做什么？更何况自己已经不是衙门里的人了！还是去做贼人吧，痛痛快快过一辈子，免得受这个窝囊气！

蒙面人："官军要来了！大哥快走！"

武松觉得自己的头都快炸了。他不知道该怎么办，但是他知道如果今天不走，以后就很难有机会走了。

武松跨出了牢门。他太想喝酒了，太想吃肉了！只要有酒喝，他什么都可以不管。

他现在只想大醉一场。可是他跨不出接下来的一步。他心中听到了武十八尖锐的哭声，想起了潘金莲柔弱无助的眼神。武松实在走不出去。

武松："两位兄弟，你们快走吧，别让官军抓住。我武松谢谢你们了，下辈子再做兄弟吧！"

陈氏兄弟互相看了一眼，失望之情溢于言表。

武松："快走啊我的好兄弟！"

陈氏兄弟无可奈何地"唉"了一声，转身冲了出去。

武松默默地看着他们离去，回身跨进牢房，把牢门轻轻关上，然后坐在墙角，等待着不可知的命运。有那么一瞬间，武松感到后悔，但随即他就坦然平静下来了。

没有多久，李达天带领官军到了县衙大牢。李达天最担心武松跑掉，但是这一幕并没有发生，他感到由衷的欣慰。看着武松坐在墙角，李达天知道武松不可能逃跑了。

李达天阴沉地："武松，你勾结北山贼人，该当何罪？"

武松："我没有。"

李达天："北山贼人劫狱，是你招来的吧！"

武松："我没有。我不知道。"

李达天："人赃俱获，你还有什么话可说？"

武松暗自说了一声"不好"，难道陈氏兄弟被官军捕获了？但是武松知道这个罪名他是担待不起的。

武松："他们劫狱，关武松什么事？"

李达天指着被损坏的牢门铁锁："这是怎么回事？"

武松顿了顿："贼人砍的，与我无关。"

李达天看着武松平静的面孔，更加相信自己的判断，但是他不想轻易地放过武松。

李达天："牢门开了，你为什么不跟他们走？"

武松抬起头："我只想李大人还我清白。我没有勾结北山贼人，也不想勾结北山贼人。"

李达天："但是北山贼人毕竟是来劫狱的，他们想救你出去。这个你脱不了干系！你待在这里，明天再说！"

武松想辩白，李达天已经转身走了。

武松大声地："求李大人给小人一碗酒吃！"

大牢过道传来李达天的声音："给武松一碗酒！"

武松心里一阵莫名其妙的感动。他望眼欲穿地等候在牢门前。他有点后悔，应该请求两碗酒。

李达天回到家中，心里甚是欣慰。北山贼人劫狱虽然是个大事情，所幸没有死人，武松也没有逃走，料想上面不会严厉追究，报告就容易写了。他断定武松已经被驯服了，他头上的传奇光环也已经黯淡无光了。鲁秀才亲自主动要求修改县志这件事在清河县已经广为人知，影响颇大。如果连鲁秀才都相信武松是欺世盗名的话，那还有谁会相信武松打虎呢？如今只剩下一个花千树还相信武松，但是那不足为虑。她跟武松有情，那就没什么奇怪了。当然，在这件事情上做做文章也不是不可以，后一步再说，先让西门庆去解决吧。

李达天想到西门庆，就想起他打死杜普的事情，心中难免有些恼怒。事情虽然已经摆平，李达天还是有些不快，毕竟杜普是衙门里的人。但是西门庆为这件事给他送了两千两银子，他也只好装聋作哑。李达天拿出五十两银子，以个人的名义让夫人段氏给杜普的老娘送去。

这时候，夫人段氏给他端上了酒菜。李达天跟夫人平时是没有什么话说的。段氏不识字，长相平平，甚至有些丑，但温顺贤惠，任劳任怨。李达天当年有济世报国之志，非常崇拜诸葛亮。据说诸葛亮娶了一个丑妻，他也效法诸葛亮，刻意娶了段氏。没想到段氏真的给他带来了好运，科举高中，官居七品县令，总的说来仕途是顺风顺水。

李达天"嗯"了一声，表示满意。他看着段氏的背影，难免心头有些遗憾和惆怅。他想起了潘金莲那曼妙的身姿，不禁暗自叹息。段氏端上烫好的酒，转身要回里屋。

李达天："陪我坐一会儿吧。"

段氏摇摇头："老爷喝吧，娃要醒了。"

她转身要走，但好像有什么话要说。李达天以为她要说杜普他娘的事情，就"嗯"了一声，示意她回里屋去。

段氏却开口问话了，声音很低："老爷，武松真的没有打过虎？"

李达天愣了一下，看着段氏。段氏却低着头回里屋去了。李达天知道，武松打虎的事情是他当年亲自讲给段氏听的，他记得自己讲得眉飞色舞，兴奋异常，甚至还添油加醋。李达天抓过酒壶，倒了满满一杯，一口就喝了下去，却被呛住了，连连咳嗽了几声。

李达天对着里屋说了一句话，声音不大不小："此一时，彼一时嘛！"

他知道段氏听不懂这个意思，但是他还是要说。他突然又想起了潘金莲。他觉得潘金莲肯定明白这个意思。李达天又喝了一杯酒，觉得潘金莲嫁给武松真是受委屈了，当初自己怎么会去帮着武松娶潘金莲呢？李达天一口气又喝了两杯，涨红了脸。

他陡然想起武松的那一句话"求李大人给小人一碗酒吃",不知怎么的,他感受到了一种异样的快感,全身几乎颤抖了一下。他想,不知道小潘如果听到这话是什么感觉?

李达天似乎有些醉了。恍惚间,他真的觉得武松没有打过虎,武松怎么可能打虎呢?怎么连我都相信了他的鬼话呢?他根本没有打虎,他就是吹牛,就是欺世盗名!所有人都被他骗了,武松是本朝以来最大的骗子!

第二十二章

马思远为了让王涵尽快出名,主动把《巴蛮子之谜》的编剧和导演的署名权都给了她,自己只做制片人。看着媒体对王涵铺天盖地的采访,马思远心满意足。

"这就是爱。"马思远对我说。

我笑了一下,不置可否。

马思远:"你有什么话尽管说。"

我淡淡地问了一句:"她就没有推辞一下?"

马思远反问道:"为什么要推辞一下呢?"

看着一往情深的老马,我多多少少有些感动。

我说:"你夫人万老师那边……"

马思远:"小万是个好女人,她答应离婚了。"

小万就是万老师,老马的原配夫人。她比老马小好几岁。我看着马思远,不知道该说什么好。他似乎看出我的疑虑,便说小万已经跟王涵谈过了,是在电话里谈的。接着,老马给我透露了她们的一部分谈话内容:

王涵:我爱马思远。

万老师:我也爱他。

王涵:你愿意为他死吗?

万老师:不愿意。生命是我的。

王涵:我愿意为他死。

万老师:好吧。你赢了。

马思远说三天之后他就搬到一家酒店去住。他有不少朋友,但是他说不想打扰他们。他说其实是朋友们对他的婚变持不同意见,他不愿意多解释。他笑着说小万说得对,生命是各人的。

马思远:"你最近怎么样?"

我说还可以吧。

马思远盯着我："你在恋爱。"

我笑笑："这你都看出来了！我倒是想好好谈一场恋爱。"

这个时候，万老师回来了。我还是像从前一样跟她打招呼。

我尽量自然一些："嫂子，好久不见啦。"

万老师有着良好的气质："流平，你长胖了。"

我说中年发福了嘛。

万老师："老马，中午吃什么？我去做几个下酒菜吧。"

我赶紧说我还有事，不打扰了。我是真的不想在这里吃饭，那可能是很尴尬的一顿饭。

万老师笑笑："是怕尴尬吧？"

我说怎么会？马思远哈哈大笑，说小万不但课上得好，厨艺也是一流的，就在这里吃吧。

我坚决地告辞了。我来到大街上，不知道去哪里吃饭。陆无双的妈妈来了，她们母女俩正在到处观光。我把车借给了陆无双，并且给她放假三天。这时候我接到陆无双发来的信息，要我推荐一家有特色的菜馆。我想了一下，就把我前不久去吃过的一家菜馆推荐给了她，我觉得那里还不错。不一会儿，陆无双又给我发信息，说她妈妈想请她女儿的领导吃饭。我感到一种从未有过的温暖，但是我可不敢去。我有点担心她妈妈看出什么来，也有点不好意思。陆无双说过，我比她妈妈还要大几岁。其实我知道我是做贼心虚。做贼当然心虚啦，不是吗？

我给陆无双回复了信息，我是这样写的：无双，谢谢你和你妈妈的邀请。我在开会，无法前往。你好好陪你妈妈多看看，并祝你们用餐愉快。

我知道陆无双的妈妈一定会看到这条信息的，所以我写得很官方，希望她妈妈没有看出什么破绽来。我有点饿了，就找了一家小饭馆吃了一碗牛肉面。我和陆无双现在每天至少在一起吃一顿饭。我觉得今天这碗牛肉面很难吃。

关于公司新的一年的发展思路和规划我还没有想好。现在市场不那么景气，什么生意都不大好做。汉唐文化公司虽然有点风雨飘摇，但是还能勉强支撑下去。我现在成天想的都是陆无双，对公司的发展不怎么上心。不瞒你说，我有五套房子和一些存款，万一公司倒闭了，我也有饭吃。所以我并不是特别焦虑。本来前几年市场挺不错的，不知道这几年怎么回事，一下子就低迷起来了。

李峰也觉得他的公司有点举步维艰，但是更让他感到头疼的是苏州和二胡两个女人的感情。他说，他一生中最爱的女人就是苏州，他甚至愿意跟她结婚。可是苏州有老公，这个我说过几次了，而且苏州跟她老公还有感情，她不可能离婚，虽然她也很爱李峰。更何况他们是异地恋，一年也见不到几次。当然可以视频，可是视频毕竟只是视频，解决不了更多的问题。二胡的出现使李峰对苏州的思念开始减少，毕竟在同一个城市，见面方便得多，交流也顺畅得多。李峰是一个讨女人喜欢的人，所以二胡很快就坠入情网。

李峰既幸福又苦恼地说："我们现在都开始吵架啦。"

我说："像真正的恋人那样吵架。为什么呢？"

李峰："她说我对她没有足够的关心。是的，有时候我不是秒回她的信息，因为那时候我正在回苏州的信息。二胡是一个细腻的女人。她的感觉很好。"

我喝了一口茶，笑笑："打字一定要快，思维要敏捷。"

李峰没有理会我的调侃："我现在觉得二胡也挺好。"

"要是在万恶的旧社会就好啦。"我说。

李峰明白我的意思，哈哈大笑了几声，随即陷入沉默。我知道李峰其实是很痛苦的，他很想找一个通情达理的女人结婚，过平常的日子。他喜欢看书，也很渴望红袖添香的那种感觉。但是这些都难以实现，因为他爱的两个女人都有老公。李峰颇有古典情怀，他曾经说他根本不是称职的商人，他的理想是做一个读书人，凭着几篇好文章做一个县官州官，造福一方百姓，就像白居易苏东坡那样。当然，理想归理想，现实归现实。

李峰点上一支烟："活了几十岁，不晓得人生到底是怎么回事。这不是我要的人生。"

话题有些沉重了。人生真正的意义何在，我也没有想清楚，我也不知道到底想不想得清楚，更不知道什么时候才能想得清楚。我只知道一个男人起码应该有责任感。

我说："晚上去大屁股那里喝酒吧。"

下午我去了一趟公司，打了几个电话。陆无双和她妈妈在外面玩，我给她发了一条信息，嘱咐她注意安全。陆无双回了一个笑脸。我赶到杜四娘那里的时候，看到李峰正在跟杜四娘说话，好像挺谈得来的样子。

喝酒的时候，我问李峰："你跟杜四娘在谈什么？"

李峰："谈生活。"

我回头看了看正在忙碌的杜四娘，觉得夜晚的杜四娘别有风韵。她也在朝这边看。

李峰："下午二胡跟我吵了一架。她要去西安演出，让我跟她一起去西安。我哪有时间嘛？"

时间肯定是有的，就看愿意给谁。

我问："她怎么说？"

李峰："她说我不够爱她。我都快五十岁出头的人了，跟着她跑到西安，找时间睡一觉，这算什么嘛？"

我点点头，做出一副思考的样子。

李峰说："我不去，她就跟我吵，她甚至还说，她那样爱我，我却这个样子，还不如回到老公身边，把这些事情跟老公坦白了。"

我脱口而出："卧槽！"

李峰大口喝着啤酒。

我说："艺术家嘛，有激情，好冲动。但也看得出来，沈茹芸对你充满感情。"

李峰："张佩芝就不会说出这样的混账话来！"

李峰的心里对苏州念念不忘。有比较，才有鉴别。其实，我从没有见过张佩芝和沈茹芸。关于她们两个的情况都是李峰讲给我听的。所有的讲述都是有立场的，有立场就有选择。

李峰："其实，她这是何必呢？偷情就是偷情，干吗搞得这么撕裂呢？偷情最需要安定团结，岁月静好。"

我不禁哑然失笑。很多事情经李峰的口讲出来，就脱俗清新，格外有意思。你想笑，但又觉得有些道理。

夜深了，我们意犹未尽地谈着跟生活有关和无关的事情。两个老男人在大排档感悟着操蛋的生活。

李峰去结账的时候，杜四娘居然不肯收钱。她说你们两位老师长期照顾生意，她应该请我们吃一顿以表心意。李峰并没有多加推辞就接受了杜四娘的好意。我们各自打车回去。我看见杜四娘一直目送李峰上车离去。

陆无双的妈妈回湖南了。吃饭的时候，我问她是不是舍不得。陆无双笑了笑，眼圈立刻有点红了。我赶紧转移话题，好不好玩儿？陆无双说就是人多。

陆无双突然想起什么："对了老头儿，我妈说我对你没礼貌。"

我啊了一声，问怎么回事。

陆无双说："那天你不是说在开会来不了吗？我妈让我给你回个信息，再邀请一次，以表诚意。我说'不来算了，我们自己吃'。也不回你的信息，我妈就觉得我没礼貌不懂事。"

我笑了笑，摸摸她的头发："就是嘛。"

陆无双说她妈妈觉得有点奇怪，为什么你们领导给员工回的信息那么客气？而且还把车借给你，给你三天假？

我看着她："你是怎么回答的？"

陆无双："我说我们领导是个好人啊。我妈不信，说哪里有这么好的领导啊？"

我笑了笑，说你妈妈是个明白人。但是我心里有些杂乱，我觉得她妈妈可能不止说这么多。

我问那家餐馆怎么样。陆无双说还不错，生意挺好的。我说下次你妈妈来，我请你们去吃火锅。陆无双笑笑，没说话。我说不愿意赏光啊？陆无双一边替我夹菜一边说，我妈怀疑你啦。我强作镇定，怀疑我什么？陆无双笑着说怀疑老头儿不安好心啦。我顺势说，确实不安好心，那我就向你求婚嫁给我。陆无双的脸一下子有点红了，说了一句"打你两下"，就用筷子在尖椒鸡里寻找鸡肉。

我看着她："无双，你愿意吗？"

陆无双："我妈不气死……"

我继续问她："你愿意吗？"

陆无双停下筷子，看着我，甜甜地笑笑，点点头。我心里一阵眩晕似的狂喜，心情前所未有地舒畅。外面下着雨，可我觉得天气比晴天还要好。

陆无双轻轻说了一句："我妈还不得气死……"

我对这句话已经不去多想了，我只感觉到一阵巨大的幸福。从这天起，我跟陆无双的关系更进了一步。

有一天我开车经过陆无双的母校，忽然心头一热，把车拐进了学校。我在校园里四处走着，想象着陆无双做学生时候的情景。这个地方陆无双来过吗？她是在这栋教学楼上课吗？她上体育课是什么样子？她吃得惯学校食堂的饭菜吗？本来我可以打电话问陆无双，但是此时此刻我更愿意去想象。这是一所普通的二本院校，我以前来过，觉得再平常不过了。可是由于陆无双在这里念过书，一切都有所不同了。这里的一切在我看来都显得莫名其妙地亲切和温馨。一只麻雀在地上觅食，陆无双见过这只麻雀吗？陆无双走过来，它会飞走吗？我用手机拍了很多照片。阳光照耀着陆无双念过的大学，我心里充满了温暖。

由于我和陆无双都要上班，所以我们中午一般都在食堂吃，晚饭我们就去外面了。周末呢，我去买菜，到陆无双的租赁屋，我们一起做饭。有时候也到我家去。老实说，陆无双的厨艺并不怎么出色，可是我觉得她做的菜特别好吃。吃饭的时候，她总是把脚放在我的腿上，像个小孩儿。有时候我们也喝一点酒。我们很聊得来，我没有觉得有什么代沟。有一次我们聊莎士比亚的《奥赛罗》，陆无双说这个剧写得简单了，是莎士比亚四大悲剧中写得最简单的，而且故事在逻辑上有些让人匪夷所思。

陆无双："完全就是一张手绢引发的血案。"

我上大学的时候读过这个剧本，还看过电影。但是现在都有点记不得了。那个时候倒没怎么觉得简单，因为是大文豪莎士比亚写的，所以就没去多想，更没有什么质疑。现在的年轻人说到莎士比亚的时候，已经没有我们当年那种诚惶诚恐的感觉了。

陆无双："奥赛罗的头脑太简单了，根本不需要伊阿古那样的天才恶棍来使坏。"

我说奥赛罗太爱苔丝德蒙娜了，嫉妒使他丧失了理智。

陆无双不同意我的说法："老头儿，只需要两三天就可以搞清楚事情的真相，怎么就杀人了？奥赛罗完全是靠脑补给妻子定罪的。如果是小说，肯定不能这样写。"

我看着她，心里把她想象成苔丝德蒙娜了。

陆无双："应该从文化、种族差异的角度去解读。一个黑人，一个白种女人，他们在文化上始终有隔阂，但是又不能坦诚面对这种差异。奥赛罗在心里终究是不相信妻子会真正爱他的，所以只要一挑拨，他心中嫉妒的恶魔就会跳出来，直到不可收拾。"

我承认，我没有想到这些。陆无双为什么会说这些？难道是在暗示我不要嫉妒高更吗？或者类似高更那样的人？陆无双常常有一些出人意料的见解，不管是文学也好，电影也好，生活也罢，这让我另眼相看，且心生欢喜。

有一天下午，李峰给我打电话，我还以为是他想喝酒了，结果他说刘珊珊给他打电话，想去他的公司，问我是怎么回事。我当然知道是怎么回事。世界上没有不透风的墙。我跟陆无双的事情公司很多人都知道了，当然我不会太顾忌这些。刘珊珊是个很理智的人，她不会直接来找我说这个，怕双方难堪。所以她通过给李峰打电话来告诉我，她知道了我们的事情，她要走。

我说："她根本不需要这份工作。她老公的生意做得风生水起，还缺那点工资？"

李峰在电话里说："我知道。你说，我怎么回答她？"

说真的，我对刘珊珊一直评价很高，但是我现在希望她离开。虽然我跟她好久都没有往来了，但是我毕竟觉得有些不自在。

我说："给她安排一个合适的职位，谢谢。"

李峰说："懂了。"

李峰真是我的好朋友。我同意之后，他把公司的财务总监派到我这里来，帮我处理业务，算是兼职，当然我会给她开工资的。我的公司业务比较清淡，所以新的财务总监并不太累，很快就适应了新的工作且十分胜任。

刘珊珊离开公司之前，我请她吃了一顿饭。我希望把吃饭的气氛搞得自然平常一些，不想说那些我不想回答的事情。

我说："听说你最近在练瑜伽，很有心得吧？"

刘珊珊："嗯，心得还说不上，但是挺有意思的。"

我说："印度文明还是有东西的。嗯，你吃菜。"

刘珊珊话题一转："我老公如果问我为什么换单位，你说，我该怎么说呢？"

我笑笑："你就说我工资给得低嘛。或者你老公根本不用知道这些。你觉得呢？"

其实这些问题对刘珊珊来说压根儿就不是什么问题。她想说的不是这个。

刘珊珊："流平，你真的想娶那个丫头？"

我用玩世不恭的语气说："我总得结婚啊，不然老了怎么办？"

刘珊珊："你觉得合不合适呢？她毕竟只有……"

我打断她："你觉得你跟你老公合不合适嘛？"

刘珊珊笑笑，给我夹菜："你这张嘴巴啊……吃菜。"

我说："珊珊，我们都这个年纪了，就不说这些了。我们是多年的好朋友了，应该互相理解才好。你说是不是？"

刘珊珊嗔道："还记得我们是多年的好朋友！"

我说："对了珊珊，你儿子去英国上中学的事情，你给我朋友打电话。有关事项你咨询他，没有问题，绝对留学专家。"

我把名字和电话号码发给了她。

刘珊珊："谢谢。"

我说："咨询费我已经付过了，你尽管去麻烦他。"

刘珊珊的眼圈有些红了，我装作没看见。

我说："你儿子去英国念书，你可以去伴读。"

刘珊珊："再说吧。"

吃完饭，刘珊珊希望我陪她散散步，我同意了。刚走了几步，我的电话响了，是李峰。

我接电话："什么？在哪里？哪家医院？"

我告诉刘珊珊，我的一个老同学生病了在医院，有点恼火，我得去看看。我把刘珊珊送上一辆出租车，挥手作别。然后，我点上一支烟，望着长江。很显然，那个电话是我叫李峰给我打的，没有什么老同学生病，只是想借故走开。我觉得就是把滨江路走十个来回，也没什么好说的，还搞得很伤感的样子，至少刘珊珊会这个样子。我并不讨厌刘珊珊，只是觉得我应该有我自己的生活了，跟她这样不明不白下去也不是个办法。她也应该有她自己的生活。我的脑海里突然蹦出欧阳修的两句词：渐行渐远渐无书，水阔鱼沉何处问。

北京的一个朋友跟我说，有个小剧场戏《我不是杜甫》不错，可以介绍来演几场。我听说过那个戏，但是我有点犹豫。我想先跟邹老板谈一下，看看他是否愿意赞助，帮我兜一个底。我对现在的演出市场越来越没有信心了。邹老板说没什么问题，找个时间具体聊一聊。

定好了时间地点，我和陆无双就一起去了。邹老板和他的助手已经在那里等候了。

邹老板："崔总，我们边吃边谈。上酒！"

助手给陆无双倒酒的时候，陆无双礼貌地："对不起，我不会喝酒。谢谢。"

邹老板大声地："那怎么行？不会喝酒怎么做策划部主管？满上满上！必须的！"

我觉得有点不对劲。邹老板以前还算是文雅的，怎么今天这么嚣张？还必须的！

陆无双客气地："邹老板，我真的不会喝酒。你们喝吧。"

邹老板看着我，意思是你怎么说。

我淡淡地："邹总，她确实不会喝酒，就不勉强了吧。我们喝。"

邹老板身子往后一仰："几十万元的事小菜一碟。出来就是喝点酒，开心一下，谈不谈都无所谓，主要是喝酒！"

上次在南山吃火锅，我就觉得他的眼神有点邪性，今天得到证实。如果陆无双不愿意喝酒，我肯定要支持她。

我说："邹总，我陪你喝。"

邹老板不理会我，把桌上的一大杯红酒推到陆无双面前："给个面子吧。"

陆无双起身，淡淡一笑："邹总言重了。我真的不会喝酒，抱歉了。"

我说："邹总，她真的不会喝酒……"

邹老板打断我："这样吧小陆。我只要你喝这一杯，喝了我明天就可以打款。"

我觉得邹老板有点过分了。我心头的火在慢慢升腾。陆无双看看我，有点为难的样子。我绝对不愿意让她为难。喝酒打款这样的段子都是几十年前的事了，怎么今天还在用？

我说："老邹，这是何必呢？我们喝就是了。"

邹老板似笑非笑地："那你喊她出来干什么？"

我故意不看邹老板，仿佛没有听到他的话，把头转向一边。

陆无双准备伸手去端酒杯。我看见她眼中有委屈的泪水。

我说："无双，你不会喝就不要喝，不想喝也不要喝。老邹，你今天怎么回事？"

邹老板："没怎么回事，就是喝个酒。小陆，喝酒。"

陆无双："我真的不会……"

一旁的助手大声地：“邹总叫你喝你就喝，哪来这么多废话！”

我站起来，端起陆无双面前那杯酒就朝那个助手脸上泼去。

我压低声音狠狠地：“你哪来这么多废话！你算什么东西？这里没你说话的份儿！出去！”

助手一边抹脸上的酒，一边看他的老板，好像要发火。邹老板示意他出去。助手只好悻悻地低头走出去了。我点上一支烟，往空中吐出浓浓的烟雾，面无表情。什么《我不是杜甫》，我不做这个了！我这个年纪了，也不想再委曲求全维持所有的关系了。

邹老板：“崔流平，有性格！”

我仍然不说话，看都不看他，只管抽烟。邹老板见我不理他，想说什么又没有说出来，看了看一桌子的菜，起身走了。我连眼睛都没有眨一下。

陆无双轻轻地：“流平，对不起……”

我笑了笑：“饿了吧？我们去吃麦当劳，好不好？”

我们在车上吃着麦当劳，看着江边的夜景，感受着阵阵江风。陆无双现在的心情好多了，大口大口地吃着，还抢我的薯条。

我告诉陆无双，我跟邹老板认识好多年了，他人不坏。这几年邹老板发了一点财，膨胀了，毛病也多了。

吃完麦当劳，我们沿着滨江路散步。

“还合作吗？”

我说：“无所谓。他如果来找我，那就合作。不来找我就算了。不说他了。”

陆无双牵着我的手，我紧紧地握着她的手，我们慢慢地走着。轮船的汽笛声在两岸回响。

“坐过轮船没有？”我问。

陆无双：“没有。”

我说：“从这里顺流东下，经过丰都、忠县、万州、云阳、奉节、巫山，然后是宜昌、沙市、汉口、九江、南京、南通，最后就到上海了。”

陆无双：“嗯，上海。”

第二十三章

武松在走出县衙大牢的那一刻，回头看了看，心中有一种说不出的遗憾和不舍。因为从今天起，武松就不是捕快了。他在一份早准备好了的文书上签了字，按了手印，同意自己不再是捕快了。文书里有很多内容，其中之一就是武松承认自己在喝酒打虎这件事情上说了大话撒了谎，影响非常坏。勾结北山贼人的事虽然没有最后结论，但是他保证不会有与他们在任何情况下有任何的瓜葛。在按下手印之后，他看到李达天长长地出了一口气，满意地点点头，甚至还露出了微笑。随后，李达天特地送了他一身百姓的衣裳

走在大街上，武松觉得阳光有些刺眼，下意识地抬手挡了挡。他看了看身上的衣裳，有些不大自在地苦笑了一下。接着他就感到了一阵轻松，终于没有什么烦心的事情了。他加快脚步朝家的方向走去。路人好像都在忙自己的事情，根本没有注意到武松走过他们的身边。

武松回家了，潘金莲喜出望外。武十八好几天没有看到爸爸了，虽然现在还不会说话，但是他发出了快乐的声音，张着小手要扑过去的样子。武松一把把儿子抱过来，所有的烦恼委屈失落沮丧痛苦统统忘到九霄云外去了。

油灯下，潘金莲还是有些忧心忡忡："不当捕快了，拿什么养孩子？"

武松站起来，在屋里来回走着："我有力气，我有的是力气，还怕找不到活儿干？"

他说着，挽起胳膊亮出肌肉给她看。潘金莲笑笑，没有说话。

武松自豪地："我有力气，饿不着你和儿子。"

潘金莲柔声地："嗯，歇息吧。"

武松一阵激动，吹了油灯，却突然想到了什么："明天叫杜普过来吃酒。"

潘金莲轻声地："杜普被人打死了。"

黑暗中，武松坐在床边，一动不动，看着黑暗。

西门庆一大早就起来了，显得很兴奋。床上的孟玉楼喊住他。

孟玉楼："一大早去哪里？"

西门庆："找李达天谈事。"

孟玉楼："你还是不死心。"

西门庆盯着她："我想把老五弄回来有错吗？"

孟玉楼："她的心早不在你这里了。"

西门庆恼怒地："老子不管！老子只要她人回来！"

孟玉楼跟了西门庆这么些年，知道他的脾气，但是她还是忍不住说了一句："是我给你生了一个儿子！"

西门庆沉下脸，盯着她："老三，你学学吴月娘，她就一句话都不说，什么事都不问。"

孟玉楼不敢再说话了。虽然西门庆很宠她，但是她知道西门庆还是最喜欢潘金莲。

昨天晚上鱼水之欢的时候，他又一次提起潘金莲，兴奋之情溢于言表。

西门庆开门见山地跟李达天提出要把潘金莲弄回家。李达天诧异地看着他。

西门庆："武松现在能奈我何？"

李达天笑笑："那你跟下官说这个是什么意思呢？"

西门庆："当初是李大人帮武松到我府上求情做媒，现在我也要李大人去找武松，把潘金莲要回来。"

李达天："这个恐怕不妥吧？"

李达天心里一阵窝火。好不容易基本上摆平了武松，现在西门庆又来节外生枝。李达天内心深处一直暗恋着潘金莲，这个只有他自己知道。虽然如今那样处置武松是上面的意思，但是李达天心里是有很大快感的，这正暗合了他的心思。他当初帮着武松娶潘金莲，固然是因为武松，但他觉得潘金莲跟着西门庆，自己是一点机会都没有。而潘金莲嫁了武松，无论如何他觉得自己总是有那么一点点机会的。所以，李达天认为潘金莲嫁武松总比跟着西门庆要好。

西门庆提高声音："有什么不妥，李大人？"

李达天一脸愁苦："大官人，你让下官为难了。如此，下官往后如何做人啊？"

西门庆把一张银票推到他面前。

李达天瞟了一眼银票，被上面的数字吓了一跳，但是他做出一副不为所动的样子，语重心长地："更何况，宋江卢俊义被处死的消息还没有公布，这说明什么？这说明朝廷还是担心梁山贼寇死灰复燃，到时候又搞得生灵涂炭，难以收拾啊！"

西门庆冷笑一声："李大人，你这是在推托我吧！"

李达天叹一口气："不敢。你我兄弟一场，奉劝老弟一句，凡事还是要以大局为重，不可为了男女之欲而坏了朝廷大事啊。"

西门庆："武松现在就是一条狗。"

李达天："就算是一条狗，他还是武松。"

西门庆："那我就自己来！"

他抓起桌上的银票，扬长而去。李达天目送西门庆出门，五个指头并拢，捏成拳头，显得痛心疾首的样子："小潘，小潘，我为你放弃了大把的银子啊！"

武松在清河县水码头扛了两天麻袋之后被告知明天不用来了。武松不解地看着这个老实巴交的王老板，问他是不是觉得工钱给多了。王老板连连摇头说不是不是。

武松："我可以少要工钱，你给个数。"

王老板很难为情地笑笑："武、武都头，你是明白人……"

武松有些惭愧地："我、我没有打过虎，但是我可以扛麻袋呀，我有力气。王老板，你给个数，我听你的。"

王老板重重地叹了一口气。

武松："有啥话你直说嘛。"

王老板看看周围，声音略低："这个码头的大老板是西门大官人……他不许我们……"

武松用手势止住他往下说。王老板低头叹气。

武松："王老板，我晚上来帮你扛货，行不行？"

王老板摇头："大官人不许我们雇你……他要知道了，我们就没有活路了……"

武松默默地拍了拍他，扭头就走。

王老板冲着他的背影："武都头，咋会这样啊？"

武松听到这话，只是稍微放慢了一下脚步，就继续往前走。武松回到家里，把挣来的散碎银子给了潘金莲。他没有告诉她码头上的事，怕她担心。潘金莲没有多问，只是问他累不累，说已经烧好了热水。

武松："阿莲，以后不用烧热水了，我洗冷水就行。"

潘金莲有点诧异地看着他。

武松压低声音："在梁山泊的时候，大冬天我都是洗冷水的，痛快得很哩。"

潘金莲的眼圈一下子红了。她知道武松挺喜欢洗热水澡的，以前他总是泡在热水里至少半个时辰，现在怎么突然就说洗冷水了呢？一定是不做捕快了，要为家里节省开支用度。

潘金莲："那咋行？"

武松笑笑："没事，以后我就洗冷水了。"

潘金莲还要说什么，武松一把就抱住了她。

武松确实是想节省家里的开支，同时他又暗暗告诫自己绝不能倒下，他想用洗冷水澡的方式来激励自己。武松心想，有老婆孩子在，天大的事情都要自己扛住。

接下来几天，武松走遍清河县城大街小巷，但是没有一个人敢雇他做工。武松开始有些绝望了。他拖着沉重的脚步低头走着，漫无目的，只觉得口干舌燥，多想来一碗酒解解渴。这时候，他经过鲁秀才的书馆。他停下来，朝里面望了望，好像听到鲁秀才正在讲武松没有打虎的事。武松似乎觉得鲁秀才正在讲别人的故事，转身就离开。

"武松！"

武松停下来，知道是鲁秀才在叫他。

鲁秀才走过来："我讲得不好吗？"

武松口渴至极，不想说话。

鲁秀才："我在撒谎吗？"

武松的面部都有些抽搐了："给我一碗酒喝……"

鲁秀才盯着他："你有没有撒过谎？"

武松一把把他拎起来："给我一碗酒啊！"

鲁秀才面无表情地："欺世盗名，不配吃酒！"

武松盯着他："总有一天……"

鲁秀才看着他离去，整理了一下衣襟，一脸不屑的样子。

时至中午，烈日当空，武松在街上漫无目的地走着，口渴得要命，而且还有点饿了。他走到树荫下，像狗一样张着嘴喘气。前两天下过雨，老树后面有一条小阴沟，小阴沟里有一点还没晒干的泥水。武松趴下，用舌头贪婪地舔吸着那点泥水。

"武哥哥……"

花千树站在武松后面，泪水盈眶。武松迅速地站起来，拍着身上的泥土，讪笑着。

花千树："武哥哥……"

武松："口渴了……"

花千树："武哥哥，都这个样子了，为啥不来找我？"

武松跟着花千树到了她的花店。花千树给武松打来两碗酒，武松几乎是扑过去把碗接过来，不歇气地喝光了两碗酒，然后长长地出了一口气，立刻显得满血复活的样子。花千树递给他一个苹果，武松正想吃，却好像想起了什么，就停下不吃了。

花千树："武哥哥，你吃。一会儿给嫂子和武树带几个回去。"

武松一口就咬掉了大半个苹果。花千树在一旁看着武松狼吞虎咽的样子，又是好笑又是心疼。她又递给他一个苹果。

花千树："武哥哥，慢慢吃。"

武松嗯嗯几声："妹子你放心，我能找到事情做。"

武松最近的遭遇花千树基本上都知道，她不知道为什么会这样，也没有什么办法能帮助武松。前段时间西门庆来找她，说是要帮她找婆家，说这也是花子虚当年所托。西门庆把本地的几个富家子弟都介绍给花千树，但是花千树根本就不愿意搭理他们，这让西门庆很是灰头土脸。他知道花千树心里只有武松。

西门庆："大侄女，你让我很生气。"

花千树还是颇有礼貌："西门叔叔，我的事情你就不要费心了。我不想嫁人，我谁都不嫁。"

在花千树面前，西门庆不知怎么回事，就是发不起火来。毕竟他跟花子虚是结拜兄弟，花子虚临死之前又拜托他照顾好花千树，这个我以前就讲过。西门庆也知道花千树性情刚烈，弄不好会出人命。西门庆是有点喜欢花千树的，但纵是他奸邪霸道，也不敢轻举妄动。

西门庆："大侄女说笑了。"

花千树扭头看门外。

西门庆笑笑："武松现在就是一条狗。"

花千树："你还有别的事吗？"

西门庆："武松在清河县休想找到事情做！"

西门庆还告诫花千树不要跟武松搅在一起，他说接下来武松还会倒大霉的，你等着吧！

花千树看着武松："武哥哥，你们离开清河县吧。"

武松回到家里，把花千树给的一点银子给了潘金莲。

潘金莲喜出望外："这么多？找到事情做了？"

武松把遇到花千树的事讲了，然后说："我们离开清河县吧。"

潘金莲略为沉思一下，点点头："去哪里？"

武松："凭着我一身的力气，到哪里都能找到事情做。"

当夜，他们就开始收拾东西。他们决定先去阳谷县，如果那里不行，就去东平府或者别的地方。

一大早李达天就接到东平府的公文，大意是说朝廷已经公开宣布宋江卢俊义图谋造反被处决的消息，严令各地密切关注宋江卢俊义残余党羽动向，不准他们流动，原地实施管控。李达天立即叫来乔郓城，命令他派人监视武松家，一有动静马上汇报。

所以，两天以后的清晨，武松一家带着行李出清河县城西门的时候，被守城军士拦住了。旁边还有七八个捕快。

乔郓城走过来："武松，这是要去哪里呀？"

武松："出城。"

乔郓城："出城去哪里？"

武松看了看他："去阳谷县。"

乔郓城冷冷地："不行。"

潘金莲："为什么不行？"

乔郓城换了一张笑脸："上面有令，我们只是执行。"

武松抬头看了看高高的城墙，又看看正在熟睡中的武十八，不知道该怎么办。

乔郓城："你们哪里都不许去。"

武松："为啥？"

乔郓城："为啥？你问我我问谁去？"

武松："行个方便吧……"

乔郓城哈哈大笑："行个方便？我为什么要给你行个方便？"

武松的脸色有些难看。

潘金莲："郓哥儿……"

乔郓城打断："我说过了，我叫乔郓城！"

潘金莲笑笑："对了，你现在是乔都头了。乔都头，我们没有犯法，为什么不让我们出城？"

乔郓城："朝廷法度，我身为清河县都头，岂敢徇私？"

乔郓城的声音有点大，武十八好像被惊醒了，大哭起来。潘金莲赶紧哄儿子。

武松终于忍不住了："乔郓城，你以为我出不去吗？"

乔郓城毫不示弱："你试试！"

武松捏紧了拳头，看了看那些守城兵士。

乔郓城："也许你能出去，可是你敢吗？"

如果是以前，武松早就耐不住性子了。可如今的武松已经几乎没有从前的脾气和血性了。但是残存的一点自尊使他不能就这样回去了，他必须有所表示。

武松："你以为我不敢吗？"

乔郓城冷笑一声："你就是不敢。你现在就是一条狗！"

武松挥起拳头，就要朝乔郓城面部打去。这个时候李达天带人赶到了。

"武松！不得造次行凶！"李达天大声喝道。

李达天看见武松挥拳，不由得暗自吃惊。看来朝廷的担心不无道理，武松这样的人终究是危险的。

武松的拳头在半空中停住了。

李达天厉声地："武松，你不要老婆儿子了！"

武松猛地冷静下来。其实这一拳要不要打出去，武松是有些犹豫的。按照以前他出拳的速度，李达天根本来不及制止他。但是在潘金莲面前骂他是一条狗，武松是难以忍受的。他觉得无论如何这一拳要打出去，哪怕坐牢也在所不惜。只是这一拳终究没有打出去。

武松："李大人，为什么不让我们走？"

李达天："去哪里？"

武松："阳谷县。"

李达天看看他，又看看潘金莲："武松，你不能走了。"

武松："李大人，清河县找不到活儿干，我们一家要吃饭。"

武松不愿意提西门庆的名字，他觉得憋屈丢人。以前他在西门庆面前是很强势的，根本不把西门庆放在眼里，甚至随时以武力威胁他。如今武力虽然还在，但是武松觉得武力好像没什么作用了，也没什么意义，西门庆似乎变得很强大了，并且无所不在。

李达天："武松，你还记得宋江卢俊义吗？"

武松脱口而出："记得。咋了？"

李达天："本官还记得你说过，你跟宋江关系不错，称兄道弟的，是不是？"

武松点点头。对宋江他不愿意多说。

李达天："宋江卢俊义不思悔改，辜负皇恩，在楚州庐州招兵买马，多方联络，聚众造反，已经被朝廷处决。宋江卢俊义党羽吴用花荣等人被赐自尽！"

这个消息对武松来说就是晴天霹雳！他完全不相信自己的耳朵，呆呆地看着李达天，冷汗布满额头。

李达天："武松，听清楚了吗？这是东平府的公文，你自己看吧！"

他把公文扔给武松。

武松接住公文，震惊悲愤忧伤一起涌上心头。他的头都快炸了。他没有看公文，只是呆呆地看着地上，身体似乎稍稍晃动了一下。武松确实不喜欢宋江，但他一直是很尊敬这位大哥的。从在柴进的庄园认识宋江开始，一直到一起征战沙场，到最后宋江替武松向朝廷请功，宋江对武松都是关爱有加的，武松当然记得这些。如今，宋江死了，而且是以谋反的罪名被处死的。公明哥哥怎么会谋反？上了梁山之后，他那么急迫地想要接受朝廷招安，似乎一天都不愿意待在梁山泊，对待前来征剿梁山泊的官军俘虏是那么的礼遇优厚，他的心一直是跟朝廷在一起的。征讨方腊死了那么多好兄弟，他也在所不惜，一定要为朝廷排忧解难，赢得天下太平。他和卢俊义怎么可能谋反？

李达天略带嘲讽地："阳谷县？是不是准备去楚州投奔你的公明哥哥啊？可惜晚了！"

武松抬起头来："我不会去投奔公明哥哥。"

即使在这个时候，武松也不愿意说宋江的一句坏话，而且还称他公明哥哥。他觉得落井下石是世界上最卑鄙的事情。只要在梁山待过，就绝不会做出那样的勾当。

李达天："不会吗？对了，那个李逵去楚州投奔宋江，带着他那两把板斧，也一起被处决了。"

武松拿着行李低头往回走，潘金莲抱着武十八跟着。武松现在的心情糟透了，什么也不想再听了。

"武松！"李达天叫住他。

武松在李达天叫住他的那一瞬间，突然有一种想杀人的冲动。他瞥了一眼捕快腰间的朴刀，有些热血沸腾的感觉。武十八不失时机地哭了起来，李达天刚才的声音太大了。

李达天："本官话还没说完。"

武松的热血开始冷却："李大人，请讲。"

李达天："宋江卢俊义被处决了，但是他们的死党还在。李俊、童威、童猛不知去向，他们真的是去了海外吗？阮小七还在石碣村，还有那个公孙胜到处云游。你觉得天下能太平吗？"

武松不想说话。

李达天："当然，还有你，梁山贼寇数一数二的悍将。"

武松："李大人，我不是贼寇！"

李达天："你现在不是贼寇。"

武松："我……"

李达天："武松，朝廷的意思很明确，你现在什么都不是了。明白吗？你明白朝廷的意思吗？"

武松不大明白朝廷的真正意思，但是他从李达天的语气中听出了一切都与从前不一样了的意思。

武松看着他。

李达天："从今天起，你不能离开清河县一步。若有违抗，按大宋律法，就地正法，绝不宽恕！"

武松看着他，眼中掠过一丝愤懑。

李达天："武松，不服吗？"

武松："我在清河县找不到事做，我一家要吃饭。"

李达天换了一种语气："武松，本官是为你好。你跟宋江是生死兄弟。大家都在想，宋江谋反被处决了，武松会怎么样？会不会铤而走险？会不会去找宋江卢俊义的余党？武松你想，你现在可以离开清河县吗？"

武松看着潘金莲怀中的儿子。

李达天："回去吧。官府马上会安排给你一些事情做。"

武松："多谢李大人。"

李达天面无表情地看着武松一家往回走。虽然抱着孩子，但是潘金莲曼妙的身姿让李达天遐想万千。他又看着武松魁梧雄壮的背影，心里涌出一些说不出的复杂感觉。他想，事到如今，武松是不会再谋反了。但是，西门庆为了夺回潘金莲，逼得武松走投无路，这就有点危险了。从内心深处来说，李达天是不希望西门庆夺回潘金莲的，那样的话，他是一点希望都没有了。相比之下，他宁愿潘金莲跟武松在一起。

这时候乔郓城凑过来："武松最听大人的话了……"

李达天忽然恼怒地骂道："狗日的你吓老子一跳！"

武松回到家中，想到宋江卢俊义被处死了，不禁悲从中来，怎么也忍不住，一下子就号啕大哭起来。潘金莲不知所措，她从来没有看到过武松哭，而且还哭得那么伤心，那么撕心裂肺。她以为武松根本就不会哭。

潘金莲抱住武松："阿武，阿武……"

武松哭得更厉害了。

当天晚上，武松一言不发地喝酒，差一点就醉死了。很久以后，潘金莲清楚地记得，那天晚上武松喝了二十三碗酒。

三天以后，武松奉官府之令去西山搬石头。一个月允许回一趟家。有一点微薄的酬劳。

第二十四章

好久没有马思远的消息了，不知道他的情况怎么样，也不知道他在酒店住得习不习惯。有一天晚上，我买了一些卤菜，带着一瓶好酒，去了他住的酒店。

没想到我在那里碰到了王涵。

王涵礼貌而矜持地："崔总，你好。"

我还没来得及回答，马思远就大声地问我带了什么好酒。我把酒递给他。

马思远："不错！是我喜欢的酒！"

王涵已经不是在我的公司做主管的王涵了。她现在是一副名导演的派头了，手里夹着一支香烟，发型也变了，看上去成熟有魅力，很有故事的样子。

王涵似笑非笑："崔总不见老啊，还是一副风度翩翩的样子。"

我吐出浓浓的烟雾："做了名导更会说话了。"

马思远："老崔！你这个酒是假酒！"

我"啊"了一声。

王涵："老马，崔总，我还有点事，先告辞了。"

王涵走的时候，马思远没有站起来。

我拿起酒瓶："假酒？不会吧？"

马思远："开玩笑的，酒很正宗。"

我有些歉意地："我该先打电话。"

马思远："你不来她也要走。"

老马的表情很正常，我看不出什么来，也不想多问。

"酒店住着还习惯吧？"

马思远："王涵现在在北京混。她专程回来是想说，她不能跟我结婚了。"

我心如止水地听着，把卤菜展开，找来两个杯子，倒上了酒。

马思远："她说，她爱上了央视的一个摄像兼制片人，姓邱。她说她跟老邱是生死之交。"

我说："你为她离了婚。"

马思远："离婚不是生死。"

我说："是我浅薄了。"

马思远："她和老邱正在筹备拍一部大型纪录片《黄河天下》。投资几个亿。"

马思远说"黄河天下"这四个字的时候用的是河南方言。我差点笑出声来了。但是马思远没有表情，甚至有些悲伤。

马思远："她现在玩得很大。"

我问："那个老邱你们是不是合作过？"

马思远："是。我跟他还是朋友。"

我听马思远谈起过老邱，对他颇为欣赏。

马思远："爱就是慈悲。让她去吧。"

我低头看着卤菜。我不知道老马此刻的表情，我不愿意抬头看他。

马思远："我真的很爱王涵。"

我不能一直看卤菜。我端起杯子："大师。"

我们碰了一下。马思远把半杯酒一饮而尽。

我笑笑："大师，这种酒不能这样喝的。"

马思远："人生的酒爱怎么喝就怎么喝。我不后悔。至少我为爱做过点什么。"

我想起了陆无双。我能为她做点什么呢？《我不是杜甫》我没有做，邹老板后来找过我，说那天喝多了，愿意继续合作。我说我没有兴趣了，以后再说吧。我到了这个年纪，就不愿意看别人的脸色了。

马思远："你走神了。"

我说："有点儿。"

马思远笑笑："是不是想起了你跟王涵的事？"

我说："不是。"

这个时候我的手机响了，是王涵发来的信息：我很爱老马，但是我不能嫁给他。帮我劝劝他，谢谢。我回复王涵：他很好，不用担心。

发完信息，我就把王涵删除了。

马思远："老崔，我真不介意。"

我说："真不是。"

马思远喝了一口酒："男人只有在满足之后才会思考问题。"

我笑笑，不置可否。

马思远："这酒不错。你别喝了，给我留着。"

我说："我那里还有，改天给你拿两瓶过来。"

马思远："我可能不住这里了。我也许要回到索尔薇格那里去。你读过易卜生的《培尔·金特》吗？"

我说没有读过。马思远说培尔·金特是一个浪荡子，但不是坏人。他爱索尔薇格，但是见了别的女人他也不要命地追逐。他四处漂泊，却要求索尔薇格永远等着他。当他在外面浪荡够了之后回到故乡，索尔薇格还在等她，没有辜负她的诺言。金特在索尔薇格忠贞不渝的爱情中，得到了拯救。

我当然知道马思远讲这个故事的用意。几乎所有的男人都想像培尔·金特那样漂泊浪荡，阅尽天下美色，精疲力竭之后回到故乡，还有一个美丽圣洁的女人在等他。这个女人就是男人最后最温馨的港湾。但是女人怎么想呢？这个我不知道。

星期五下午，我坐在办公室打电话，陆无双发来信息，问我晚上想吃什么，她下班之后去菜市场买。我知道菜市场就在她居住的小区旁边，但是我不愿意她太累，就说晚上出去吃。她就问我是不是觉得她做的菜不好吃。我赶紧说我最喜欢你做的菜，我是怕你累了，那我们就回家吃。在不知不觉中，我和陆无双都把她住的地方叫作家。

我在沙发上半躺着，翻着一本闲书。我看见陆无双在狭小的厨房忙碌着，一会儿择菜，一会儿切肉。陆无双说，周末她有足够的时间做菜，不让我插手。我突然想起两句诗，好像是白居易写的：君埋泉下泥销骨，我寄人间雪满头。我一下子坐起来，揉了揉湿润的眼睛，走到厨房，轻轻从后面抱住她，吻着她的头发。

陆无双轻声地："老头儿，怎么啦？"

我没有说话，我只想抓住这个注定会消失的瞬间。

吃完饭，我准备去洗碗。

陆无双："崔总，等一下。"

她走过来笑着帮我系上围裙。

我问她，我像不像一个宅男？陆无双在我额头上亲了一下，说像宅老头儿。

我洗碗的时候接到李峰的电话，喊我晚上去杜四娘那里喝酒。我问陆无双愿不愿意去。陆无双说要长胖啦。我说那就少吃一点嘛。

两个小时之后，我和陆无双到了那里。李峰已经点好了菜。我以前跟李峰简单讲过陆无双，所以不需要更多的介绍。李峰很礼貌地请陆无双入座。陆无双等我坐下之后才坐下。

李峰笑笑："老崔，你的眼睛不大对头呃。"

我明知故问似的"啊"了一声。

李峰："小陆，我跟崔总认识快三十年了，从来不知道他还会用如此温柔的眼光看人。"

陆无双笑了笑，又看看我，正要说话，她的手机响了。我知道这是她妈妈打来的电话。每个周末晚上，她妈妈都要跟女儿视频，这是惯例。陆无双到一旁去视频了。

我说："我们吃。她晚上吃得很少。"

李峰："老崔，我想结婚。我还是想结婚。"

我们默默地碰杯。

李峰："我昨天才从苏州回来。我有点累了。"

我点点头，表示理解。我不知道该怎样说。李峰曾经说过张佩芝是他一生中最爱的女人，他非常想跟她结婚。可是张佩芝虽然也同样爱他，但是她不可能离婚。她从小在苏州长大，父母兄弟姐妹同学亲戚都在苏州，儿子将来大学毕业也肯定回苏州，她不可能千里迢迢地嫁到外地来，尽管这里有她最爱的男人。

李峰："我专程为了她去过苏州二十一次，我有点跑不动了。"

我说："是沈茹芸让你跑不动了吧？"

李峰想了想："没有，跟她没有什么关系。"

我喝酒。听李峰说过，沈茹芸在二胡事业上春风得意，老公也很能挣钱，儿子天资出众，据说很快就要去康奈尔大学留学。她也不想离婚，但是她又说非常爱李峰。

我说："沈茹芸愿意跟你结婚吗？"

李峰："就算她愿意，我也不想娶她。我只想娶张佩芝。"

我只好喝酒。

李峰："但是我觉得最近我有点喜欢小沈了。她有一个做法让我很感动。"

李峰把自己大学毕业的论文手稿给她看。没想到小沈把这篇论文打印出来，装订成册，仔细认真地阅读，还做了心得笔记。

我说："细节很生动，感人肺腑。"

李峰猛地喝了大半瓶啤酒，长叹一声。

李峰："在我去苏州的这几天，她说由于太思念我，居然在半夜给我发信息，被她老公发现了。"

"卧槽！"

李峰："两口子大吵一架。小沈临危不惧，坚贞不屈，一口咬定只是精神出轨，并且对天发誓。她老公半信半疑，再加上我在苏州忙着，根本没时间回信息。她老公一直等到第二天下午，见我没有回复，料定奸情不存在，这件事才化险为夷。"

我笑笑："你应该把这些故事写成小说，很悬疑的。"

李峰："有没有人看？"

我说："惊魂十八小时。结尾是什么？"

李峰喝了一口酒："两个小时之前，小沈给我打电话，说她老公还是很在乎她，很爱她。她觉得我们这样下去不好，一点出路都没有。所以她决定离开我，做一个贤妻良母。"

我无话可说。

李峰："我表示尊重她的决定。二胡时代结束了。喝酒。"

我们默默地碰杯。

李峰毫无表情地："苏州时代也快要结束了。"

我下意识地看了看还在不远处视频的陆无双。

李峰："我不能无休止且毫无希望地奔跑。"

我觉得李峰"奔跑"这个词用得生动形象。

这个时候，杜四娘端着一盘蒜泥黄瓜走出来，她朝李峰这边看。李峰也在看她，对她笑了笑，是那种暧昧不清的笑。然后，杜四娘走过来，认真地说这顿酒她请了。我连忙说这不行。

李峰："让四娘请吧。"

我就没有再说什么了。我都记不得从什么时候起，李峰再也不说大屁股了，而改称杜四娘或者四娘。既然这样，我以后也不要再说大屁股了。本来我也认为那样指称别人不厚道。

我和陆无双决定步行回家。

我说："你只吃了一点点折耳根。"

陆无双点点头。

我说：“你好像不大开心。”

陆无双牵住我的手，把头靠在我肩上。

我问：“怎么啦？”

陆无双走了一段路，轻声地：“我妈要我回湖南。”

我握紧了她的手。

陆无双：“每个星期她都要我回湖南。”

我的脑海里想象出她妈妈跳楼的情景，然后一句诗跳出来：君生我未生，我生君已老。路边的霓虹灯毫无意义地闪烁着。

陆无双：“为什么一定要嫁人呢？”

我说：“我还没去过湖南。我想去看一看。”

陆无双没有说话，只是把我的手攥得更紧了。我知道她希望我去湖南，但是她不敢让我去她家。

我问：“折耳根好吃吗？”

陆无双：“我妈好像知道了什么……刚才我看她的眼睛都是肿的，一看就是哭的……”

我说：“公司最近也没什么事儿，你回家看看吧。”

陆无双：“再说吧。其实，我不想回湖南。”

陆无双说过，要不是父母在，她是不想回湖南的。她对湖南没有什么感情。

我牵着陆无双的手，慢慢走着。我不知道该说什么。

陆无双：“回湖南就是工作，嫁人。没有别的出路。”

陆无双有时候是有些忧郁的。她很少开怀大笑，对很多事情没有什么兴趣。她喜欢看书，也追剧，主要是美剧。我建议她写点什么，她说现在还不是时候。当学生的时候还喜欢唱歌，现在根本就不唱了。她很沉稳，很有主见，这跟她的年龄不大相符。但有时候她又很天真，像个少女一样。她说我就是少女呀。

陆无双：“做父母的，总是替子女写剧本，还要做导演，所有的剧情都必须按照他们的意愿来设定，从来不考虑演员怎么想。演员成了木偶。”

陆无双说得很平静，像是在说别人的事情。不过现在的孩子基本上就是木偶，这一点我是同意陆无双的说法的。但是在这个特殊的语境里，我不能鼓励陆无双不要做木偶。

不管有没有人听，江面上游船的汽笛声仍然在两岸之间回响。

路过一个大排档的时候，陆无双看了看那些意犹未尽的吃客。

我问：“是不是饿了？”

陆无双笑了："没有啊。你就想我长胖！回家啦！"

如果生活一直这样那就好了，我是完全能够接受的。没想到在没有任何预兆的情况下，我的前妻路嘉怡从加拿大回来了，而且是直接走进了我的办公室。那时候我也是刚刚到办公室坐下。我又不得不站起来了。

路嘉怡拖着一个大皮箱，戴着墨镜，所以我没能在那一刻看出岁月在她脸上的痕迹。

路嘉怡："崔流平，不认得我了？"

我故作平淡地："也不说一声，我去机场接你。"

路嘉怡在沙发上坐下。我走过去递给她一瓶矿泉水。

我问："怎么回来了？生意谈判？"

路嘉怡："想念祖国了。"

我笑笑："在国外想念祖国更有诗意，那叫赤子。"

路嘉怡摘下墨镜："这么多年还是这个德行。我离婚了。"

我对此并不惊讶。摘下墨镜，我看到路嘉怡确实见老了，但是气质风韵俱在。

我问："崔莺莺呢？"

路嘉怡："跟她老公去夏威夷度假了。"

我跟陆无双约好了中午去吃麦当劳。她知道路嘉怡来公司了吗？她会怎么想？我该怎么跟她说？

我问："你住哪个酒店？"

路嘉怡："我刚刚到，从机场就直接到你这里来了。先住你那里吧，过几天再说。"

我笑笑："这不好吧……"

路嘉怡："哪里不好？你以为我会怎么着你？"

我说："附近有酒店，老总是我朋友，你可以随便住。我买单。"

路嘉怡看了我一眼，拖起皮箱就往外走："酒店我还是住得起，不麻烦你了。"

我在公司楼下追上了路嘉怡。

我说："路嘉怡，我有女朋友了。住我那里不合适，希望理解。"

我是硬着头皮这样说的。说完我才意识到，这是我第一次在第三人面前直言不讳地说陆无双是我的女朋友。我也来不及去想我这样做对路嘉怡是不是合适。

路嘉怡淡淡地："确实不合适，对不起。"

她拖着大皮箱往前走了。

我赶了几步，冲着她的背影大声地："往前走，再往右拐就到了！你先倒倒时差！"

我点上一支烟，看看天空，叹了一口气。路嘉怡怎么突然就回来了？她回来做什么？怎么不事先打个招呼？女儿也不跟我说一声。这时候陆无双给我发来信息，说她中午想跟同事一起出去吃串串儿。难道她已经知道路嘉怡回来了？她借故走开，是不想让我为难？这丫头怎么这么通情达理？或者说，她生气了？我回复她，还是吃麦当劳吧。

说实话，这些年我跟路嘉怡很少联系。即使有联系，也都是为了崔莺莺的事情。就算是逢年过节什么的，也基本上就是发个信息问个好之类。到后来，逢年过节也不发信息了，各有各的生活嘛。再说，离婚的时候基本上把要说的话都说完了。这些年生活越来越不易，也越来越枯燥无趣，已经懒得去想从前那些事了。有太多的事情根本就经不起时间的清洗。

我们依然是在江边的车上吃麦当劳。我们坐在车的后排，陆无双把头靠在我的肩膀上吃着，看上去很依恋我。我想主动跟她说路嘉怡回国的事，却不知道如何开口。我也不晓得她愿不愿意听这些。但说真的，我没有讲述的欲望。

我问："最近在看什么书？"

陆无双："海明威。'在西高峰的近旁，有一具已经风干冻僵的豹子的尸体。豹子到这样高寒的地方来寻找什么，没有人作过解释。'"

这是海明威的著名短篇小说《乞力马扎罗的雪》的开篇。很多年前我读过，有点印象。陆无双背这两句是什么意思呢？她一定知道我前妻回来了。

我说："丫头，你的记忆力惊人。"

陆无双："我喜欢这样的句子。"

我问："海明威的长篇怎么样？"

陆无双："不大喜欢。他的短篇小说写得好。"

我大概同意陆无双的看法。

陆无双："你应该写小说。"

几年之后，我都还记得她说这句话的语气神情。她说得很自然，很认真，也有某种期望和信任。

我轻轻抚摸了一下她的头发："好。有机会我写。"

陆无双说中午没有吃成串串儿，几个同事说那就晚上去吃，吃完就去唱歌。我立刻就明白了她的意思，她在暗示我晚上就不要去她那里了。看来她肯定知道路嘉怡回来了。在这之前，陆无双总是推掉几乎所有的应酬聚会。如果非去不可，她也是早早就借故离开了，因为她知道我在等她。

我不带任何感情色彩地说："路嘉怡回来了，她住在酒店。我不知道她回来做什么。"

陆无双微笑着看看我，然后把头靠着我的肩膀："今天的薯条特别好吃。"

我把路嘉怡突然回国的事情在电话上跟李峰讲了，李峰说，她不会是回国想跟你复婚吧？我说我还真没想到这个，平时都没有联系。李峰说，你不是说她离婚了吗？我说，她不是也跟我离婚了吗？李峰说他正忙，不想管这事儿，过几天去四娘那里吃酒。我挂了电话，在办公室里来回走着。

离婚这么多年了，路嘉怡确实已经走出我的生活之外了。昨天早上看到她，我的感觉就像是见到一个熟人。我已经不恨她了，所有的恩怨情仇早就烟消云散。现实生活让我看破了很多东西，即使不是玩世不恭，也是相当无所谓了。

我在酒店服务台给路嘉怡打电话，叫她下来吃饭。这家酒店的菜做得很不错，我以前来这里吃过。我那位朋友不在，不过他给酒店经理打过电话。半个小时之后路嘉怡下来了。

"时差倒过来了吗？"

路嘉怡："请我吃饭？"

我说："是。你看，都是你喜欢吃的菜。我是说，你出国之前喜欢吃的菜。"

路嘉怡点上一支烟："谢谢。"

我说："你能不能把墨镜摘下来？"

路嘉怡摘下墨镜，四下看了看，皱了皱眉头："有点脏。"

我有点后悔请她吃饭。

我说："你这次来做什么？"

路嘉怡："来？我是回。我老家在这里。"

"老家还有你什么人吗？你爸妈后来不是跟你一起移民去加拿大了吗？"

路嘉怡："你知道什么叫故乡吗？"

我发现我居然忘记带烟了。我瞟了一眼桌上的万宝路。

路嘉怡示意地："抽吧。"

我只好抽了一支路嘉怡的烟。我本来想让吴敏给我拿两包天子香烟来，但是想想就算了，我不想多事。

路嘉怡："所谓故乡，就是那里还有你牵挂的人。"

我笑笑："卧槽！千万不要说是我。"

路嘉怡："为什么不能说是你？"

我正色道："路嘉怡，你有病吧？我都他妈的五十多岁了，你现在来跟我说这个！你还吃不吃饭啊？"

路嘉怡笑了："看把你吓得。"

我夹了一片烧白放进嘴里，只感觉到一阵畅快："你能吓我？"

路嘉怡："这种东西胆固醇很高，别吃这个。"

我看了看她，心里一阵莫名的烦躁，但是我极力克制住自己。

路嘉怡："这个年纪了，还是要注意养生……"

我打断她："你这次回来……"

路嘉怡也打断我："就是回来看看，顺便谈一下生意。"

我知道路嘉怡这次回来就是为了谈生意。前段时间跟女儿聊天，她说她妈妈正在做生意，关于医疗器材方面的，我就没有多问了。崔莺莺也没有说起她妈离婚的事。路嘉怡是不是真的离婚了我也不知道，也不想知道。

路嘉怡笑笑："你女朋友呢？多大了？怎么不喊来一起吃饭？我帮你把把关。"

我说："我什么时候需要你来把关了？"

路嘉怡："见个面总可以吧？"

我说："不可以，没必要。"

路嘉怡："崔流平，那么多年过去了，你还在生气呀？"

我心如止水地："路嘉怡，你想多了。"

路嘉怡放下筷子："我吃好了。谢谢。"

我回到办公室，靠在沙发上抽烟，什么也不愿意想，就这么半躺着。生活就是这样，有时候会让你毫无激情，哪怕是见到了失散多年的前妻。也许是平庸操蛋的生活教育了我，让我真正地理解了生活的本质意义。这个时候，邹老板居然不请自来了。

邹老板客气地："崔总在休息啊？"

我慢慢起身，语气不咸不淡："邹总？什么风把你吹来了？"

邹老板幽了一默："没有风我也会来呀。"

我指了指沙发，示意他坐。

邹老板："崔总，以后有什么项目我们要继续合作哦。上次那个事我确实考虑不周，实在是抱歉……"

我打断他："不提那个了。邹总有什么事吗？"

邹老板："没什么事，今天专门过来请你和陆主管吃饭。"

邹老板说"陆主管"的时候，我差点没有反应过来是谁。

我说："啊？不客气了，没有时间。谢谢。"

邹老板笑笑："崔总真的生我气了。"

我说："邹总，我为什么要生你的气？"

邹老板："崔总，桌子都订好了，今天晚上南滨路……"

我说："退了吧，真的没有时间。"

晚上我和陆无双要去看电影，我才不想吃这顿饭。就算不看电影，我也没心情跟他吃饭。有些事情就这么简单，我不愿意。我也不想做什么商演了。戏剧改变不了什么。更何况现在的戏剧不但改变不了什么，而且大多数是有害的。我不想做一个毫无操守的文化商人。

邹老板显得很随意地："那就请你和夫人一起……"

"你说什么？"我有些不解。

邹老板顿了顿："听说你夫人回国了……"

我止住他："我没有夫人回国。你说的是路嘉怡吧？"

我明白了，邹老板的生意做得很广泛，现在做起医疗器材来了，居然就知道了路嘉怡是我前妻。我以前跟他合作多次，从来没有对他说起过个人私事。信息社会没有隐私，无处可逃。

邹老板连忙点头："对对对，就是路总。"

我说："她是我前妻，我们现在没有联系。"

邹老板笑笑："一起吃顿饭总是可以的吧？俗话说……"

我打断他："饭就不吃了。你有什么事直接找她就行了。"

邹老板又把话题扯到我跟他合作的事情上来，大意是以后如果有什么商演项目，他愿意鼎力相助之类。我说公司还有一个会，合作的事以后再说吧。

邹老板于是就直接说明了他的来意："崔总，是这样的。我正在跟路总洽谈一个项目，关于医疗器材方面的。路总在国外有渠道，但是价格有些偏高。我希望路总给我一个可以接受的价格，所以……"

我笑笑："邹总，我不掺和这些事。"

邹老板："如果你肯出面，这个项目就更好谈了。"

我一愣："为什么？"

邹老板顿了顿："我看得出来，路总好像有跟你复婚的意思。"

第二十五章

武松在西山搬石头已经进入第三个月了。还有半个月，他就又可以回一趟家了。武松在西山的每一天都累得筋疲力尽。他要做的事情就是把百十来斤重的石头搬上山，然后让它滚落下来。再下山，又把石头搬上山。每天如此。武松的力气长了不少，但是每天都饿得不行。最让武松难受的是这里没有酒喝，这比死都还要难受一百倍。武松在山顶大声地喘着粗气，故意让自己处于缺氧状态，感觉就像喝醉了酒一样。

武松记得李达天跟他说过，去西山半年就可以回家了。所以武松只好咬牙坚持，而且也开始习惯了这种生活。他觉得每次回家，把辛苦挣来的散碎银子放到潘金莲手里的时候是最幸福的，所有的艰辛苦难都是值得的。

有人问起他关于打虎的事情，武松总是默默地看了那人一眼，倒下就睡。那人又问起他是怎么生擒方腊的，武松已经鼾声如雷了。那人有点生气，喊醒武松，叫他给大家伙讲一讲。武松揉着眼睛，茫然地看着一屋子的人，说那是我做的梦。

那人吼道："去你妈的武松！"

武松已经沉沉睡去。

潘金莲坐在油灯下替武十八缝补裤衩儿，她觉得头有些晕，接着就感到了饥饿。她赶紧放下裤衩儿，准备睡觉了。她站起来的时候听到了敲门声，心里一紧，武松回来了？可是还不到回来的时候啊。难道是西门庆？她看了看桌上的剪刀，然后把它揣进怀里，走到门口，问是谁？门外的人没有出声，只是又轻轻敲门。应该不是西门庆。西门庆不会轻轻敲门，他不会这样文雅。潘金莲把门打开，是李达天！李达天一身便服，神情有些紧张。

潘金莲："李大人？"

李达天侧身进来，随手把门关上。

潘金莲："李大人，你这是……"

李达天的声音有些颤抖："小潘，我来看看你……"

他快步走进里屋。潘金莲只好跟着走进去。油灯下，李达天的脸仿佛抹了胭脂，有些口干舌燥的感觉。潘金莲在油灯光亮之外站着。

潘金莲："李大人，这么晚了……"

李达天："小潘，这些日子过得好吗？"

潘金莲平静地："还好。"

李达天慢慢恢复了情绪："武松去西山，是东平府的意思，你不要怪我。"

潘金莲："他啥时候回来？"

李达天坐下："本来说是三个月，可东平府的意思还得在那里三个月。我跟东平府……"

潘金莲："你答应过他三个月就回来。李大人说话不算数吗？"

李达天做出很痛苦很无奈的表情。让武松去西山搬石头是李达天的主意，跟东平府没有关系。李达天这样做有两个目的，第一，彻底击垮武松的意志；第二，把潘金莲搞到手。

李达天："我正在跟东平府协商，让武松按时回来。"

潘金莲："多谢李大人。时辰不早了，李大人请回吧。"

李达天看着她："但是我不敢说协商有没有效果。武松当年参与过攻打东平府，官府有记录。"

潘金莲饿得头昏眼花，差点站不稳了。李达天顺势扶住潘金莲。李达天激动得全身发抖脸发烧，觉得自己快要爆炸了。潘金莲推开他，在桌旁坐下，清口水直流。

李达天："小潘，咋了？"

潘金莲："你请回吧。"

李达天掏出银票放在桌上："小潘，这是五十两银票。"

潘金莲看了看银票。

李达天："小潘，任何时候我都是关心你的。明天晚上我再来。我先走了。"

李达天摸了摸潘金莲的手，赶紧出门离去。潘金莲用尽最后的力气关了门，回到屋里舀了一瓢冷水喝下去，觉得稍微好受一些。然后她吹灭油灯上床，抱着武十八，强迫自己快快睡着。

看着西门庆走进来的时候，李达天心里发虚，以为昨天晚上的事情被他知道了。西门庆哈哈大笑，李达天有些害怕了。

西门庆兴奋地："我听说武松在西山被人打了！哈哈哈！"

"啊？"李达天不知所以。

西门庆："在西山的两个泼皮嫌武松饭量太大，揍了他一顿，武松居然没有还手！哈哈哈！"

李达天这才镇定下来："有这种事？"

西门庆："李大人，让武松去西山搬石头这一招很管用啊！"

李达天："这是东平府的意思。"

西门庆："就是你的意思！你还不敢承认啊？"

李达天："本官只是秉承东平府的意思做事而已。"

李达天知道西门庆想夺回潘金莲，万一他说漏嘴了呢？潘金莲肯定恨死自己了，那岂不是前功尽弃了吗？西门庆当然不知道李达天的心思，所以就没跟他争论这个了。西门庆确实很兴奋，泼皮都敢打武松，武松还有什么可怕的呢？

西门庆轻蔑地："武松就是一条狗。"

李达天笑笑："大官人，不可掉以轻心啊。"

西门庆："武松现在能奈我何？"

李达天："大官人还是少安毋躁，再看看吧。"

西门庆："那就让他再搬三个月的石头，如何？"

李达天："东平府也有这个意思。"

西门庆："那就说定了！"

李达天当然知道西门庆想利用这三个月干什么，于是装得忧心忡忡："大官人，小心驶得万年船。那武松……"

西门庆："你不愿帮我就算了，还说这些来吓唬我。武松都挨打了，我怕他什么！告辞！"

西门庆走了之后，李达天在屋里来回踱步，完全没有心思看公文。昨天晚上小潘并没有拒绝那张银票，也没有拒绝我今天晚上去她家，看来多年的梦想快要实现了。想到这里，李达天不禁热血沸腾，浮想联翩。他在办公室里来回走着，越走越快，直到感觉到头晕才停下来，大口喘着粗气。他感到自己的脸有些发烫，便去洗了一个冷水脸。他估摸着时辰，觉得这是他生命中最长的一个白天。

这个时候乔郓城来向他报告，有人发现北山贼寇在清河县城出现。李达天大吃一惊，贼寇怎么在这个节骨眼上出现？他们来干什么？

乔郓城："回大人，没有异常情况发生，贼寇已经离去。"

李达天暗自松了一口气。

乔郓城："大人，要不要加强巡夜？"

李达天故意想了想："暂时不必了吧？这样会让百姓惊恐。"

乔郓城："大人，武松家要不要派人守夜？"

李达天恨不得一脚踹过去："武松在西山搬石头，守什么守！滚！滚！滚啊！"

乔郓城滚出去之后，李达天大口喝了几口茶，让自己平静下来。可是他又一想，万一乔郓城立功心切，擅自派人或者亲自去武松家巡查呢？李达天立刻叫人通知乔郓城马上去西山，了解一下武松的近况，明天回来向他报告。他坐下来，拿起一份公文想看一看，但是看了半天也不知道上面写了些什么。他的脑海里只有潘金莲的各种身影。万一西门庆知道了这件事呢？李达天放下公文，看着窗外。知道了又怎么样？我搞的是武松的老婆，又不是你西门庆的！大不了以后少拿他家的银子罢了，就算丢了官我也在所不惜！

入夜之后，李达天仍然不能完全平静下来。他不停地问自己，这样做值得吗？有一瞬间他想放弃，为了一个妇人丢掉前程得不偿失啊！可是潘金莲不是一个寻常妇人，为了她一切都是值得的。李达天突然想起了武松，不由得有些惭愧。当年武松征战归来，居然不愿意去京城受封领赏，只想着回清河县娶潘金莲。粗人武松尚且能够如此，我李达天怎么这么瞻前顾后犹豫不决呢？

李达天对段氏说要去衙门处理一些事务，便出了门朝衙门方向而去。大街上已经空无一人，李达天还是觉得有些紧张。他去衙门换了一身便服，装作回家的样子，然后在一个拐角处朝相反方向走去。那是潘金莲家的方向。李达天觉得此刻的清河县城只有他一个人在走路。快到潘金莲家了，他做了一个深呼吸，咬紧牙关，鼓励自己往前走。他看见潘金莲家的附近一片寂静，所有的油灯已经熄灭。李达天低了低头，快步走到潘金莲家门口，轻轻敲门。刚一敲门，李达天就感到心惊肉跳，这个敲门声实在太响亮了！他听到了自己的心跳声。他急切地盼着开门，但是没有动静，一点动静都没有。李达天回头看了看周围，伸手去推门，希望门是虚掩着的，可那只是希望而已。他鼓足勇气再次轻轻敲门，脑海里却蹦出来一句诗：鸟宿池边树，僧敲月下门。他觉得敲比推更好。还是没有动静。李达天此时紧张到极点，沮丧之情也慢慢弥漫着他。他弯下腰来，想透过门缝看看里面油灯还有没有亮着。他使劲地寻找门缝，由于天黑，他只能把脸凑在门上，努力摸索着寻找。一片白色的东西似乎挡住了他的眼睛，他使劲地往前凑，可是越往前凑越什么也看不见。

李达天快要崩溃了，压低颤抖的声音："小潘，小潘，是我呀……"

他觉得这个声音只有自己能够听见。他双手趴在门上，头顶着门，睁开绝望的眼睛。那片白色的东西又挡住了他的视线。他伸手去摸那个白色的东西，觉得好像很熟悉。李达天慢慢把那个东西撕下来，借着微弱惨淡的月光一看，原来是昨天晚上他给潘金莲的那张五十两的银票。

李达天来到一个僻静处蹲下，不出声地痛哭了一场。

武松在西山确实挨了打。那个骂武松的人叫宋二，是清河县的一个泼皮，因与人打架捅伤了人，逃到临县被捉拿归案，发配到西山做苦力。他看不惯武松吃得很多，又听说武松根本没有打过虎，所以想欺负一下武松。那天晚上他把熟睡中的武松叫起来，要武松把多吃的食物吐出来。武松揉着眼睛，打着哈欠，一副困得要死的样子。

宋二："武松，你吃那么多干啥？"

武松懵懵懂懂地看着他。宋二见武松这个样子，胆子就更大了些，觉得武松没什么惹不得的。其他人在围观，也帮着宋二起哄，鼓动宋二揍武松。

宋二："武松，吐出来！"

武松："都变成屎了，咋吐嘛？"

武松说的是实话，但是宋二觉得武松在嘲弄他，旁人的笑声让宋二恼羞成怒。他扑过去照着武松的胸口就是一拳！武松居然就挨了这一拳。宋二只觉得自己的手腕发麻，便不管三七二十一，伸手就是一耳光打在武松的脸上！

　　宋二："去你妈的！"

　　武松毫无表情地看着宋二。这是武松生平第一次挨打，但是他没有还手，也没有发火。李达天警告过他，不管什么原因，不准在西山打人闹事，否则永远都别想回来。眼看就满三个月了，天大的事都必须忍气吞声，他要回家看老婆孩子。

　　一旁的人都愣住了，就算没有打过虎也应该还手啊！那么大的块头，七尺男儿，怎么忍得下这口气？宋二也暗自纳闷儿，觉得有些不可思议。

　　宋二也不想把事情闹得太大："妈的！睡觉！"

　　武松很快就睡着了。宋二听到武松的鼾声之后才闭上眼睛。他有点兴奋，过了好久才睡去。第二天，武松挨打的事情传遍了整个西山。

　　武松把又一块巨石搬上山之后，站在秋雨中发呆。对面不远处有一条小小的瀑布。水急速地倾泻下来，在石头上溅来溅去。几只鹭鸶站在那里，水冲下来，它们吃惊地跳起来躲避着，过了一会儿又飞到石头上去。

　　明天就可以回家了，武松心里充满了喜悦。一个时辰之后，武松的喜悦心情荡然无存。

　　乔郓城带着一纸公文和两个捕快来到西山，向武松传达了武松必须继续留在西山搬石头三个月的通知。这个消息对武松来说简直是晴天霹雳。

　　武松："我没有犯错……"

　　乔郓城："是的，我前几天来过，了解到你没有犯错。"

　　武松："李大人说三个月……"

　　乔郓城打断："宋江卢俊义的余党还没有肃清，你能回去吗？"

　　他把公文朝武松扔过去，转身就走。

　　武松："李大人说……"

　　乔郓城："李大人没工夫听你说！"

　　武松捡起公文，追了几步："乔都头……"

　　乔郓城停下，没有转身。

　　武松："乔都头，给我买碗酒喝。"

　　乔郓城扭头看了看武松，露出笑容："想喝酒了？"

　　武松连连点头。

　　乔郓城："你能喝几碗？"

　　武松欣喜过望："一碗，一碗就够了。"

　　乔郓城一笑："等着吧。"

　　武松："多谢乔都头，多谢乔都头……"

直到晚上收工，武松都没有看到乔郓城的身影。他朝山下看了一会儿，然后蹲下，捧起地上的积水喝了几口，揩了揩嘴巴，一脸落寞地缓缓下山。

靠着花千树的一点接济，潘金莲母子勉强度日。今天花千树带来不好的消息，武松这个月不能回家，而且在西山搬石头的时间被延长三个月。潘金莲呆呆地看着花千树，说不出话来。

花千树："嫂子别担心，武哥哥总有回来的时候。"

潘金莲点点头。她不知道武松不能回家跟她拒绝李达天有没有关系，她觉得应该有关系。她打算把这件事跟花千树讲一下，没想到花千树先告诉她了一件事情。花千树说自己打算嫁给鲁秀才。潘金莲大吃一惊，目瞪口呆地看着她。

花千树笑笑："我识得几个字，都是鲁秀才教的。"

潘金莲似乎要哭了，但是她忍住了。

花千树："嫂子，我只是打算，还没嫁呢。"

潘金莲幽幽地："妹子，你可要想好啊……"

花千树说，清河县的人现在不相信武哥哥打虎，而鲁秀才修改县志让人们完全相信了官府的说法。她嫁给鲁秀才就有机会劝说他重新修改县志。鲁秀才是清河县最有文化的人，德高望重，说话有人相信。听着听着，潘金莲不禁落下泪来。她说没有打虎就没有打虎吧，只要我们相信就行了。我只盼着阿武能够早点回来，平安回来，再苦的日子都能过。我的好妹子你不要作践自己，我和你武哥哥都会难受的。再说，县志哪里是鲁秀才想修改就能修改的？

花千树："就算修改不了，他可以讲给别人听啊。"

潘金莲抱住花千树，使劲摇头，流泪不止："不行啊妹子，我和你武哥哥都不同意。打虎的事情就不要再说了，没有用的。不打虎咱还是要过日子……"

花千树："嫂子，你别管我。"

花千树说自己并不怎样讨厌鲁秀才，觉得他很有学问。小时候老爹花子非送她去鲁秀才那里识字，鲁秀才还夸她聪明。那时候鲁秀才还不到四十岁的样子。虽然他后来修改了县志，我很失望，但是我觉得他是被迫的，以后一定有机会改过来。就算没办法修改，我可以让他自己写，写了给人看。

潘金莲："妹子，你、你这是何苦啊……"

花千树知道潘金莲不愿意别人在她面前提西门庆，所以她就没有说西门庆给他介绍了好几门亲事的事情。因为武松，花千树特别讨厌西门庆，就算介绍亲事也绝对不行。还有那个乔郓城，没事就往她的花店跑，在她面前说了很多武松的坏话，这令花千树非常反感。花千树宁愿嫁给鲁秀才，也不愿意跟西门庆、乔郓城有一丝瓜葛。在她内心深处，这辈子不能嫁给武松，一切都无所谓了。况且，如果嫁给鲁秀才，说不定还能帮武松做点什么。花千树的老爹觉得鲁秀才忠厚老实，有学问，曾经有过把花千树许配给他的意思，只是那时候花千树还小，没过几年他就撒手人寰了，这事儿也就算了。鲁秀才其实是很喜欢花千树的，花子非死了之后，花千树由花子虚照看。鲁秀才很不喜欢西门庆、花子虚那些人，也跟他们说不上话，根本就不是一路人，所以鲁秀才的心思也就慢慢淡了，但是他心里是一直惦记着花千树的，也一直没有婚娶。

花千树笑笑："嫂子，我不苦啊，又不是鲁秀才逼我的。"

潘金莲："妹子，等你武哥哥回来再说这事吧。"

武松在西山又搬了一个月的石头，他以为可以回家一趟了。但是管事的人告诉他，没有清河县衙门的公文，我们是不敢放你走的。武松默默地看着他，心里很沮丧。

管事的人："武松，我们确实没有接到衙门的公文。"

武松："我不是犯人。"

管事的人："我们确实没有接到公文。"

武松捏紧了拳头，又慢慢松开。想到不能回家看老婆孩子，武松一阵难过和烦躁。

管事的人："武松，你要打我？"

武松不说话。

管事的人："武松，你敢打我，你就只能永远待在这里了。"

晚上，武松睡不着觉，虽然困得要死，他还是睡不着。他一下子坐起来，呆呆地盯着墙。

宋二走过来推了他一把："武松，你他妈的吓老子一跳，坐起来干啥？半夜三更的！"

武松："他们不让我回家。"

宋二："关我鸟事！睡觉！"

武松一动不动。宋二有些恼怒，把其他人叫醒，准备收拾武松。宋二以前听说过武松打虎，但是后来他就不信了。前些日子他打了武松一耳光，武松没有还手，他就更相信武松打虎是吹牛了。他觉得这世上所有的事情都是吹牛吹出来的。

宋二一拳打在武松的背上，只听到一声骨折的声音，然后他就觉得自己的手腕一阵钻心痛。

宋二破口大骂："武松，你他妈的敢打我？！上！"

众人扑上去对武松拳打脚踢。武松护住头，任凭他们殴打。众人打了一会儿累了，定睛一看，武松还是一动不动地坐在床上，不由得有些心虚害怕了。他们不知道，武松心里难过，根本感觉不到肉体的痛苦。

第二天，管事的人把武松叫去，斥责他打折了宋二的手腕。武松没有吭声。

管事的人："武松，看来你还要在这里多待几个月了。"

武松："我没有打他，是他自己……"

管事的人："是他自己把自己的手腕打折了，是吗？"

武松："是。"

管事的人大笑："武松，这话你信吗？"

武松："我信。"

管事的人："你信没有用。武松，你就等着处罚吧！"

很快清河县衙门的公文到了，鉴于武松殴打宋二等人，将延长武松在西山的时间，为期一年。武松几乎崩溃了，什么话也说不出来。管事的人看到武松的眼圈红了。

武松在山下的时候碰到了宋二。宋二一脸得意坏笑，他告诉武松，管事的人让他休息几天。

宋二："武松，你要再使点劲，我就可以回家休息了。"

武松不理他，推着石头往山上走。宋二追上去。

宋二："武松，你告诉我，你到底有没有打过虎？"

武松不理会他。

宋二："你他妈的说话！"

说着，他一脚踹过去，踢在武松的屁股上。武松还是不理会他。宋二火了，扬起拳头要打，但是随后他显得犹豫不决，因为他看到了武松死神一般的眼神。宋二感到了一种前所未有的恐惧。

宋二放下拳头："你、你……"

武松默默地推着石头上山。宋二呆呆地看着武松的背影。宋二有些恍惚，他不清楚刚才看到的那种眼神是武松的还是他自己想象出来的？怎么会有这种可怕的眼神呢？

西门庆把一张三千两的银票放在桌上。

西门庆："武松在西山打人，一年都回不来了。"

潘金莲沉默无语。

西门庆："而且中途不许回家，以示惩罚。"

潘金莲毫无表情地："他死了没有？"

西门庆："死倒是没死，但跟死了也差不多了。"

潘金莲又不说话了。她的手上攥着一把锋利的剪刀。

西门庆："老五，跟我回去吧。你看你这几年过的啥日子？人生一世不就是图个快活吗？"

潘金莲："不要叫我老五。我是武松的妻子。"

西门庆："武松现在已经是一条狗了，他拿我是一点办法都没有。如果我高兴，我可以弄死他！你信不信？"

潘金莲："我信。"

西门庆一拳砸在桌上："我可以叫李达天发一道公文，永远不准武松回来！"

潘金莲毫无表情地看着门外。

西门庆恼火地："你这个婆娘咋就那么不晓得好歹！咋就听不懂人话呢？"

潘金莲："你说的是人话吗？"

西门庆耐着性子："武松回不来，你就只有饿死！"

潘金莲依然看着门外。

西门庆："这样吧，我可以让武松回来，但是你得跟我回去。老五，我这也算是有情有义了。咋样？"

潘金莲冷冷地："我永远不会再踏进西门府上一步。"

西门庆一巴掌重重地打过去，打得潘金莲两眼直冒金花。

西门庆："老子最后问一句，你到底跟不跟我回去？"

潘金莲："滚！"

西门庆对着潘金莲就是一顿劈头盖脸的痛打。潘金莲挥舞着剪刀跟西门庆拼命。她哪里是西门庆的对手，被西门庆一脚踢翻在地上，爬不起来了。武十八在一旁大哭不止。西门庆看着武十八，慢慢走过去，脸上是邪恶的笑。

潘金莲用尽最后的力气抓起地上的剪刀，在自己的脸上狠狠地划了一下，撕心裂肺地吼了一声，鲜血布满了整个面孔。

西门庆被吓住了。他抓起桌上的银票，扬长而去。

当花千树告诉鲁秀才她想嫁给他的时候，鲁秀才真的是惊呆了，半晌说不出一句话来。他疑心自己是不是听错了，或者说是自己的一种幻觉。他使劲掐自己的大腿，分明感到了疼痛。鲁秀才赶紧让孩童们放学回家温习功课。

鲁秀才声音颤抖兴奋："千树姑娘，老朽、老朽……"

花千树："你不是老朽，你不能说你是老朽。"

鲁秀才有点语无伦次："我、老朽、你……我是说、你、你我、我没本事，养不活你……"

花千树笑了笑："不要你养活。我只有一个条件。"

　　鲁秀才连忙地："你说，你说。"

　　花千树："修改县志，像以前那样写武松打虎。"

　　鲁秀才的笑容凝固了。

　　花千树："不行吗？"

　　鲁秀才："我不相信武松打过虎。"

　　花千树："你以前咋就相信？"

　　鲁秀才："以前是听人说，现在武松自己也说了没有打虎，官府也发了公文……"

　　花千树转身就走。

　　鲁秀才愣了一下，看着花千树那青春的身体，魂牵梦萦的身体，不由得有些冲动，觉得自己的热血在沸腾。他吞了一下口水，叫住花千树。

　　鲁秀才涨红了脸："我、我试试……"

　　花千树："不是试，是一定要！"

　　鲁秀才点头不止："慢慢来，慢慢来，从长计议。"

　　花千树觉得只要鲁秀才答应了，这件事就有机会，确实也急不得，但是从长计议不能没有时限。

　　花千树："鲁秀才，我可以嫁给你，但是我不爱你。如果你能修改县志，我可以爱你。"

　　鲁秀才激动万分："我明白，我明白！从今天起，我再也不给学童们讲武松没有打虎的事情了！"

　　花千树听了不禁悲喜交加。

第二十六章

　　那天邹老板说路嘉怡有跟我复婚的意思，我不禁哑然失笑。我跟邹老板说，你和路嘉怡做生意那是你们的事，跟我没有半毛钱的关系。你们能不能谈出一个双方都能接受的价格，那也是你们之间的事，我绝不可能参与其中。至于一起吃饭，那就完全不必了。邹老板只是笑了笑，没有多说话。也许他以为我在装腔作势，好让路嘉怡得到一个好价格。我也不想做什么解释了。

　　路嘉怡回来已经一个多星期了，没有听她说要走的意思，她也基本上不跟我联系。只是昨天她打电话给我，让我陪她去南滨路走一走，我婉言谢绝了，她也没说什么。我对路嘉怡没有深仇大恨，时过境迁，我早就已经淡然了。我甚至没有心情去回想过去的事情。我不认为我们之间还有什么共同的话题。生活就是必然有很多人跟你渐行渐远。

马思远从酒店搬回家了。不是马思远没有去处，是万老师以宽广的胸怀接纳了马思远的浪子回头。我陪着老马回家。今天是星期六。

马思远："我还是浪子。"

小万笑笑："老浪子。"

马思远："老浪子也是浪子。"

小万："是浪子也老了。"

我们都哈哈大笑。

马思远："你直接就说坏人变老了嘛。"

小万有点不屑："你算什么坏人？你还差得远。"

马思远："这话说得有水平，像我老婆说的！"

小万："打住！我不是你老婆，我们离婚了。"

马思远："那我是客人咯？"

小万："你当然是客人。"

马思远："万老师，弄几个菜，我跟老崔喝一杯。"

这种情况下，我也不好推辞。喝酒的时候，老马说有人说唐朝是中国文化的一次出走，但是我觉得几千年历史只出走一次是远远不够的。就是出走少了，我们的文化才显得那么僵硬凝固。

小万："老马，你任何时候都可以出走，这里永远是你的家。"

马思远端起酒杯："谢谢你。敬你一个。"

小万的话让我很感动，我的脑海里突然掠过路嘉怡的样子。

我端起酒杯："万老师，我也敬你一个。"

马思远："万老师，你这话说得太煽情了。不要这么煽情好不好？人生的意义就在于出走。没有出走就没有真正的人生。"

小万："流平，你觉得呢？"

我说："我没有老马想得那么深远。"

小万："我们已经无法再拥有一个唐朝了。"

听了这话，马思远一口喝下了半杯白酒，任凭白酒在胸中燃烧，不吃一口菜。

在回去的路上，陆无双给我发来信息：老头儿，晚上回家吃饭，我做了好吃的哟。我不禁自己笑了，觉得这嘈杂的世界变得十分美好动人。番茄炒鸡蛋，排骨炖汤，麻婆豆腐，蒜泥黄瓜，这些在我看来就是全世界最好吃的了。

菜端上来之后，陆无双拿出一瓶果酒，包装很好看。

我说："今天是什么日子呀，还有酒？"

陆无双打开包装，把酒倒上："我妈快递过来的。"

非常好喝的果酒。

我问："你妈妈还喝酒？"

陆无双说："我妈喝酒，还要抽烟，还要打麻将。你笑什么？"

我说没什么呀，烟还是少抽一点啦，对身体不好。陆无双说那你怎么还抽？

我说："我现在尽量在少抽。你没发现我回来之后一支烟都没有抽过吗？"

陆无双："发现啦！"

吃完饭，我和陆无双出去散步。

我问："你妈妈今天没有跟你视频？"

陆无双："下午就视频了，她晚上有个牌局。"

陆无双说到视频的时候，情绪有些低落。我知道她妈妈一定是又催她回湖南了。我牵着她的手，继续往前走。我想转移她的注意力。

我说："丫头，我们明天去吃火锅，好不好？"

陆无双："不好。"

我问为什么呀？陆无双说她就想在家里吃。说着，她把我的手更紧紧地抓住。很久以后我才知道，陆无双从那个时候起，就已经在开始跟我告别了。

我说："好好好，就在家里吃。"

第二天一早陆无双就起来了。

我说："丫头，你干嘛？"

陆无双："我去买菜呀。我一会儿给你带早点回来。"

陆无双出门之后，我点上一支烟。床头有陆无双的照片，我久久地凝视着照片里的陆无双，百感交集，眼睛不禁有些湿润了。

一个小时之后，陆无双回来了。

我说："丫头，买这么多菜呀？"

陆无双："老头儿，够我们吃一天啦。"

整整一天，我们没有出过门。

第二天我们一起去公司。以前我们快到公司的时候都是分头走，可是今天陆无双毫不顾忌这些，和我一起走进公司大门。

陆无双："崔……老头儿再见……"

陆无双对我笑笑，去了她的办公室。我到我的办公室不久，路嘉怡就来了。

路嘉怡开门见山："崔流平，你跟邹老板是老熟人啊？"

我点点头："是啊，怎么了？"

路嘉怡在沙发上坐下："我就直截了当地说吧。我跟邹老板在谈一个项目，你知道的。他希望我给他一个最优惠的价格。"

"那是你们之间的事。"

路嘉怡："你还没听他的条件呢。他说，如果我答应他最优惠的价格，他愿意给你三十万元的佣金。"

我不假思索地拒绝了："我不掺和你们的生意。"

路嘉怡："其实邹老板是想讨我的好。我们毕竟曾经是夫妻嘛。你说呢？"

说实话，我希望路嘉怡现在就离开。我实在是不愿意跟她说这些，包括生意。

我说："你跟邹老板说，我不稀罕那三十万元，他用不着讨谁的好。生意就是生意。"

路嘉怡："你这么严肃干嘛？对了，我听说你曾经冲冠一怒为红颜？"

我说："我只是泼了一杯酒在那个人的脸上而已。还有什么事吗？我很忙。"

路嘉怡没有想走的意思，点上一支烟，环视着我的办公室。

路嘉怡："你的办公室应该装修一下啦。"

我没有理会她。

路嘉怡："生意不好做吧？"

我说："现如今哪样事情好做？"

路嘉怡笑笑："那要看谁做啦。"

我真希望这个时候有谁给我打电话，哪怕是银行问我要不要贷款的电话也行。

路嘉怡："我可以给邹老板最优惠的价格，我可以让他给你两百万元佣金。"

我想起邹老板说的路嘉怡有复婚意思的话了。

我说："不必了。我还吃得起饭。"

路嘉怡："你考虑一下。"

我说："不用考虑了。"

路嘉怡："邹老板说了，你的生意做得很辛苦。"

我说："辛苦是我的辛苦。"

我站起来朝外走，实在是不想再说了。

路嘉怡："你去哪儿？"

"上厕所！"

路嘉怡："崔流平，我想跟你复婚。"

我扭头看了看她："我不想。"

路嘉怡："你再考虑一下。我有足够的时间。"

晚上陆无双的同事过生日，她就跟他们一起出去吃饭了。她本来不想去，我想跟李峰喝酒聊一些事，于是就劝她去了。我答应她十点钟之前回家。

晚上六点半我就跟李峰开始喝酒了。地点当然还是在杜四娘那里。我发现今天杜四娘穿得很得体，还化了淡妆，比以前好看很多。而且我还发现今天的顾客也比平常多。

李峰："路嘉怡想复婚？"

我说她是这么说的，还有复婚筹码。李峰笑笑，吃菜喝酒。

我问："你怎么看？"

李峰："有资金注入，听上去不错。问题在于，资本不能解决所有的问题。帮你解决问题了吗？"

我笑笑，喝酒。我突然觉得，喝酒聊这种事情很无聊。我压根儿就不想复婚，从任何角度来说我都不想，所以还有什么可聊的？而且，用钱来作为复婚的筹码，在我看来就更有点扯蛋了，甚至有些荒谬。

我说："所有的问题都只能自己解决。"

我们碰杯。

李峰："我们这个年龄了，大可不必强迫自己做不乐意的事情。时间就像白驹过隙，没多少好日子了。"

李峰好像有些感慨，也有些沮丧。他扭头看了看杜四娘。

李峰："你今天不喊我喝酒，我也会喊你喝酒。我刚刚从苏州回来。以后……以后再也用不着两地奔跑了。"

虽然我不看好他们天长地久，但我还是有点吃惊。

李峰说张佩芝有了新欢，他是从她的手机上发现的。

我说："你还看人家手机啊？"

李峰："不是。手机上自动显现出来的，她当时在卫生间。"

李峰说手机上有几条信息，他随便瞟了一眼，便看见一些很不文雅的字句。过来人谁不知道那是什么意思？信息量很大嘛。还用去猜测吗？

我喝酒，看着别处。我不忍心看到李峰伤心欲绝的样子。他说过，张佩芝是他一生中最爱的女人。以下是李峰跟张佩芝的对话，我只是做了记录：

李峰：能不能解释一下，这是什么意思？

张佩芝（沉默良久）：就是那个意思。

李峰：为什么？

张佩芝：不为什么。我无法忍受你两三个月才来一次苏州。

李峰（长时间停顿）：好。理解。

张佩芝：阿峰，我跟他只是逢场作戏，我最爱的男人是你。

李峰：谢谢。

张佩芝（哭泣）：阿峰，你不知道我有多难熬，我有多苦……

李峰：就那么熬不住吗？

张佩芝：原谅我，我马上把他拉黑……

李峰：不必了。他是本地人？

张佩芝：离我家三站路。

李峰：所以拉黑没有意义。

张佩芝：阿峰，我们很相爱，其他的都不重要。难道不是吗？你说话呀！你不说话我很难受……

李峰（默默流泪）……

张佩芝：生活就是这样。阿峰，我们要看开些。我爱你，这就足够了。我不会去喜欢别的男人。相信我。

李峰：说好的都不算了吗？

张佩芝（许久不说话）……

李峰：我走了。

张佩芝（一把抱住他）：阿峰，我不想失去你，永远都不想失去你。阿峰，我真的很爱你……

李峰：你已经失去我了。

张佩芝：好，好。你这次来，状态明显很差，这是从来没有过的事情。昨天晚上那么晚了你还在发信息，可不可以解释一下？

李峰（沉默）……

张佩芝：但是我没有追问你一句。我知道是怎么回事，可是我不愿意哪怕问一句。我能够理解，虽然我很痛苦伤心，但是我理解男人。你为什么就不能理解一下女人呢？我又不能嫁给你，你干嘛这么较真啊？

李峰（虚弱无力地）：不是你想的那样。我工作很累。

张佩芝：阿峰，我们在一起那么久了，我还不知道你？

李峰和张佩芝的对话远远不止这些。出于对朋友隐私的尊重，我只能记录到这里。李峰说他异常痛苦，他不敢想象张佩芝跟那个只有三站路距离的男人在一起的情形。只要一想起这个，他就肝肠寸断，流泪不止。

我问："后来呢？"

李峰："后来？我还能千里迢迢不辞辛苦地去苏州吗？"

李峰说，他把张佩芝给他买的价值不菲的鞋子留在了酒店，搭乘第二天的航班回来了。

李峰："对我来说，苏州太远了。"

李峰一口气喝完了一瓶啤酒，长叹一声。我也为之唏嘘不已。一对恋人就这样分手离别了，所谓情比金坚也只是一种比喻罢了。

李峰："她天天给我发信息，我没有什么心情回复。人生总是充满离别的。"

我本来想问他为什么不拉黑张佩芝，但是话到嘴边，我又咽回去了。那样问很不地道，也很残忍，更没必要。

这时，杜四娘走过来，很自然地坐在李峰身边。

杜四娘："又在讲张佩芝的故事啊？"

我看了看杜四娘。

李峰："所谓故事，就是过去的事。"

杜四娘："我再去给你们煮几瓶啤酒。"

我说："不用了四娘，我该回去了。"

李峰懂我，点点头："你先回去吧，我再喝一会儿。"

我到家的时候，陆无双已经在看美剧了。她朝我扑过来，身体吊在我身上。

陆无双："还差五分钟就十点啦，我以为老头儿不回家了！"

我笑笑："怎么会呢丫头？"

陆无双："就是以为嘛，就是以为嘛。"

我看到陆无双的眼睛有些晶莹闪烁，连忙紧紧地抱住她："不会的丫头，永远都不会的。怎么啦？"

陆无双揩了揩眼睛："没什么呀。"

陆无双给我放好了洗澡水。我坐在浴缸里，抽着烟，让温暖的水浸泡着我的全身。我闭上眼睛，心中无比幸福。

第二天早上，我刚刚走进办公室，李峰居然打电话来说他在楼下，有事跟我说。不一会儿他就到了。我猜可能跟杜四娘有关系。果然，我没有猜错。

李峰："老崔，我想跟杜四娘结婚。"

我故作惊讶："真的？"

李峰："是真的。昨天晚上我想了一夜，我很冷静。"

我们在沙发上坐下，各自点上一支烟。

我说："我赞成所有有爱情的婚姻。"

　　李峰："杜四娘其实就叫杜四凤。"

　　"四凤？好名字。"我深吸一口烟。

　　李峰："她其实是大专毕业，学旅游的。"

　　我说："学历不重要。"

　　李峰有点兴奋："老崔，你知不知道她女儿读书有多厉害？说出来吓你一跳！"

　　"啊？"

　　李峰："她女儿高中毕业就被斯坦福大学录取了！"

　　我说："确实吓我一跳！天才！"

　　李峰："确实是天才！你想，四娘一天到黑忙着做生意，她老爸是个赌棍，还是出老千的赌棍，跟她妈妈离了婚，根本没人管她呀！哈哈，她就斯坦福了！"

　　我说："没人管才斯坦福，有人管就国内三本了。"

　　我们感叹之余，对教育表达了种种忧虑。谈到最后，也只能摇头叹息。

　　我问："你想跟四娘结婚，跟斯坦福没有关系吧？"

　　李峰："一开始没有任何关系。现在斯坦福成了催化剂了。"

　　"沈茹芸呢？"

　　李峰陷入沉默。我望着虚空。

　　李峰："前几天，沈茹芸买了一件呢子大衣送给我，说我穿长一点的衣服好看些。"

　　"没错。"

　　李峰："可是她不可能离婚。我想靠岸了。"

　　我问："怎么跟她解释？"

　　李峰："没有想好。她是有老公的。"

　　怎么解释是李峰的事，我不想动这个脑筋。李峰总是能够让女人心平气和地接受他的解释。

　　李峰站起来："我回公司了。"

　　我送他到门口。

　　李峰："对了，你不用担心刘珊珊了。她好像跟我的副总关系良好，有说有笑有床局。"

　　我笑笑："那就好。"

　　快到中午的时候，陆无双给我发信息说想吃麦当劳了。于是我们买了麦当劳去江边，坐在车上吃。

　　陆无双："老头儿，以后你还会不会喜欢吃麦当劳呀？"

我心一紧："以后？"

陆无双："是啊，是以后啊。"

我看着陆无双，她也看着我，她的眼睛里有一种我深深为之着迷的东西。我心里一阵阵的痛。

我说："丫头，别吓我。"

陆无双依靠在我胸前，喂我薯条。我含着薯条，没有嚼。

陆无双："老头儿，那个《玩偶之家》你最好不要引进。"

《玩偶之家》是易卜生的名剧，在中国有很高的知名度。前几天有个北京的朋友给我推荐了这个剧。北京有剧团排演了这个戏，据他说效果很不错。我就准备把这个戏引进来。毕竟是世界名剧，应该有观众的。应该经常有经典名剧上演，这样观众才知道什么是真正的戏剧。

陆无双："一个十九世纪的戏，不一定能引起当代人的共鸣。"

我问："你看不看？"

陆无双："我敢说，现场一定会有哄笑声，但是易卜生不是一个有幽默感的剧作家。老头儿，时代不一样了。"

我承认陆无双说得有道理，但是我们这一代人对《玩偶之家》是有情结的。《玩偶之家》曾经如雷贯耳，声名显赫。

陆无双："现在的人不断在出走。女性主义的理论思想在大学里很有市场，娜拉早就不是她们心目中的英雄啦。"

听着陆无双的话，我的脑海里却在想象着。在我的想象中，娜拉变成了陆无双。陆无双无视丈夫的请求，也不顾三个孩子，毅然离家出走。那么，陆无双会遇到一个什么样的丈夫呢？我心里又是一阵一阵的难受。

陆无双："老头儿？老头儿？你在想什么呀？"

我回过神来："我找时间再看看剧本，都是二十多年前看过了，基本上都记不清楚了。"

陆无双："如果导演对剧本做一些调整，也许会好些。"

我说："不晓得有没有调整……"

我突然觉得为什么不去北京到现场看看演出效果呢？以我的审美判断力，是能够看得出究竟的。

我说："丫头，我们去北京看看吧。"

陆无双瞪大眼睛看着我。

我说："吃完我们就直接去机场，晚上看戏，明天就回来。车就停在机场。"

在飞机上，陆无双靠着我睡着了。傍晚时分，我们下了飞机，打车直奔剧场。在我上大学的那个年代，外国戏剧除了莎士比亚，大概就只知道易卜生了，或者说最熟悉易卜生了。我甚至有些激动地走进了剧场。

我问陆无双饿不饿？

陆无双："减肥。"

我说："还有十分钟，我去买点吃的。"

陆无双拉住我："不用啦，真的一点都不饿。"

上座率不错。我们坐在第十二排，是我朋友给我的票，他已经帮我预订好酒店房间了。戏演到一半的时候，我发现陆无双似乎睡着了，头轻轻倚着我。我想叫醒她，但是又希望她多休息一会儿。

这时候，观众席里发出了哄笑声。

陆无双惊醒了："啊？演完了？"

我轻声说："还没有。观众笑了。"

陆无双悄悄拧了一下我的胳膊，意思是"我没说错吧"。我轻轻拿住她的手，用赞许的眼神看了看她。

尽管中途有不少的观众离去，但留下来的观众还是起立对演出报以了热烈的掌声。

陆无双一边鼓掌一边轻声地："你看看观众。"

我环视了一下，没有发现什么特别的。

陆无双："大都是你这个年龄的观众，嘿嘿。"

我"哼"了一声，表示抗议。陆无双笑着推我往外走。

我们在酒店附近吃涮羊肉。

"怎么睡着啦？"

陆无双："看着看着就睡着了。"

我问："看不下去了？"

陆无双笑笑："有点儿，嘿嘿。"

我说："总的来说我觉得还可以。演员不错。"

陆无双："导演好像没有什么调整。"

我说："忠实于原著嘛。"

我知道陆无双是不希望我引进这个戏的，但是我觉得年龄大一点的观众也是观众，他们也会进剧场的。毕竟是经典剧目，有它的审美价值。

"丫头怎么不大吃呀？"

陆无双："减肥。"

我说："你哪里胖嘛？我觉得挺好的。"

陆无双捶了我一下："就希望人家长胖！"

陆无双说她不喜欢北京，所以我们第二天在酒店吃了早餐，哪里都没去，就直接去了机场。下午两三点钟，我们下飞机后，去停车场取了车。我把陆无双送回家，让她好好休息。陆无双说她睡一会儿去买菜，叫我晚上回家吃饭。

我问："不是要减肥吗？"

陆无双："在家里我就愿意吃。"

我刚走进办公室，就接到路嘉怡的信息，问我考虑得怎么样了。我随即回了一句：不考虑。我坐在沙发上，闭目养神。我在想要不要引进《玩偶之家》。这个挪威剧作家的作品真的就没人看了吗？

路嘉怡又发来信息：你真的不考虑吗？邹老板已经答应了。

我过了五分钟回复她：不考虑。

第二十七章

宋二这几天一直在想武松那个眼神。他越想越害怕，甚至不敢再看一眼武松。晚上他睁着眼睛不敢睡，一直等到武松鼾声如雷，他才敢合眼。刚一合眼就做噩梦，梦见武松满山遍野地追杀他。宋二大汗淋漓地醒来，他认定武松要杀他。

宋二向管事的人报告："武松要杀我。"

管事的人一愣："你不是打过武松吗？武松都不敢还手。"

宋二喃喃自语："武松要杀我，武松要杀我……"

管事的人："他敢？！"

宋二一把抓住他："武松要杀我，武松要杀我……"

管事的人看着宋二惊恐万状的眼神，相信了他的话。

李达天读着来自西山的报告。报告的核心内容就是武松可能会杀人，该如何处置请上司裁夺。武松可能杀人？杀了人不就更好吗？我可以让他在西山待一辈子，或者把他发配到永远也回不来的地方去！李达天不禁又想起了潘金莲把银票贴在门上的事，这让李达天感到了极大的羞辱。但是他无法恨潘金莲，怎么也恨不起来。在他心中，潘金莲永远是一尊神，也永远是他心中不能表达的痛。李达天轻轻叹了一口气，无限惆怅。如果武松一直不回来，我还有希望吗？反正武松回来，我是一点希望都没有了。

西门庆也早已知道武松在西山想杀人的事情。他很久以来放松的心情一下子紧张了起来。在他看来，只要武松想杀人，他是能够杀任何人的。于是他来找李达天，想看看他怎么应对。

李达天把报告给他看了。西门庆不言语。

李达天："大官人，你怎么看？"

西门庆还是不说话。

李达天笑笑："你不是说武松是条狗吗？"

西门庆沉下脸："疯狗也会咬人的。"

李达天知道西门庆内心深处是惧怕武松的。虽然现在武松的声誉早就一落千丈了，但是他的武功却没有废掉。

李达天："大官人的意思是……"

西门庆："就让武松在西山一直待着吧。还有，必须彻查武松想杀人的动机。他到底想杀谁？他还想干什么？"

李达天点点头："大官人言之有理。还请大官人在知府陈大人面前多多……"

西门庆一挥手："这个我自然晓得。你不必多虑。"

潘金莲脸上的伤口已经愈合了，但神奇的是只留下了淡淡的一道疤痕，不注意还不容易看出来。有了这道疤痕，潘金莲的妩媚中增加了一种凄艳之美。这道淡淡的疤痕仿佛在讲述潘金莲一生浓烈的故事。

潘金莲从小是吃过苦的，也做过丫鬟，对于针线活儿这类的事情她是很在行的。于是，她就去找一些缝缝补补的事情来做，挣点散碎银子以补贴家用。武松威震清河县的那些日子里，替老百姓做了不少好事，所以街坊邻居们对潘金莲也是同情照顾的。有些衣裳并不怎么破烂，也拿给她去补。但光是这些还远远不够，武十八现在很能吃，虽然只有两岁，但是食量惊人。潘金莲又去别人家当帮工，洗洗衣服做做饭，这样才能勉强维持生活。武松已经很久没有拿银子回来了，潘金莲不知道武松在西山的情况，甚至不知道武松的死活。幸好花千树打听到一点消息，告诉她武松还在西山，因为犯了什么事，不允许回家。

花千树："嫂子，你放心，武哥哥不会死的。"

潘金莲看着她，点点头，泪光闪烁。花千树拿出一点银两来，但是潘金莲坚决不要。

花千树："嫂子，这是我自己的，不是鲁秀才的。你先收着。"

潘金莲："妹子，你留着，我又多找了一家做帮工，够用了。"

花千树看着潘金莲疲惫的神情，不由得抱住她大哭起来。潘金莲连忙问她怎么回事。

花千树："鲁秀才还是不肯去修改县志……"

潘金莲抚摸她的头发："没事，不改就不改吧……"

花千树："改了武哥哥就能回来了……"

潘金莲惨然一笑："妹子，别逼鲁秀才了。"

花千树："鲁秀才太胆小了，我看不起他！"

鲁秀才其实并不胆小。当初他是非常欣赏武松的，而且坚信武松打虎的事情。后来的情况我已经讲过了，鲁秀才开始怀疑武松打虎的真实性。他反复细读官府发的公文告示，再加上武松无数次的澄清说明会，他相信了官府的说法，认定武松是欺世盗名，所以他亲自去修改了县志。花千树明确表示愿意嫁给他，但条件是要他修改县志，这让他无所适从。鲁秀才已经相信了武松是欺世盗名，怎么可以修改呢？可是花千树居然愿意嫁给他，这个巨大的惊喜使他血脉偾张。人生一大乐趣不就是抱得美人归吗？鲁秀才心想，就算不相信武松打虎，也可以试着去慢慢相信。鲁秀才的想法是，我可以不信，但是我可以让别人相信。

所以，鲁秀才在教学童们识文断字的时候，有意无意地开始替武松做一些模棱两可的辩护，这也是他答应花千树要做的事。没想到有一天乔郓城路过学馆，无意间听到了鲁秀才的辩护，尽管是含糊其词，但是乔郓城却听出了一些端倪，冲进去就是一顿暴打。

乔郓城大声地："鲁秀才，你好大的胆子！"

鲁秀才："我、我……"

乔郓城厉声地："你居然敢违抗官府禁令，该当何罪！"

鲁秀才："我、我没有说啥呀……"

乔郓城："走，跟我去见李大人！胆大包天了你！"

鲁秀才一番求饶，表示永远不会再讲混账话了，乔郓城这才放过了他。乔郓城警告鲁秀才，如果再犯，当场打死！鲁秀才被吓得差点尿了裤子，找了一个没人的地方大哭一场。他知道，如果不为武松说话，花千树绝对不会嫁给他。可是如果替武松说话，等着他的就是挨打甚至坐牢。他没有勇气跟花千树讲明这件事，只好一拖再拖，找各种理由敷衍搪塞花千树。不管怎样，鲁秀才是无比深爱着花千树的。

那个管事的人把衙门刚刚下达的公文给武松看。公文的大意是武松涉嫌杀人，必须严加看管。武松在西山的时间要根据需要延长，这期间不得回家。

武松一脸惊愕委屈："我没有杀人啊……"

管事的人名叫杨昆，我一直忘了说。这个人四十多岁，长得倒有些文静，没有一丝胡须。

杨昆："你涉嫌杀人。"

武松："我、我杀谁呀？"

杨昆："你想杀人。"

武松："我没想杀人。我想杀谁呀？"

杨昆淡淡地："是啊，你想杀谁？"

武松："我没想杀谁啊……"

杨昆："你想杀谁，我们咋知道？"

武松绝望地："杨大人，我没有想过要杀人……我只想回家。"

杨昆叫人把宋二带过来。

宋二指着武松："就是你！你想杀我！"

武松看着他，又看看杨昆，不知道发生了什么。

杨昆："宋二说，你想杀他。"

武松："兄弟，我啥时候说想杀你？"

宋二："武松，你就是想杀我！"

武松："宋二，你打过我，我没有还手。我啥时候说想杀你？"

宋二看看杨昆。杨昆面无表情。

宋二一边说一边比划着："那天在山上，你看着我。你的眼睛好吓人，好像两把钢刀飞过来，插在我胸口上。我满身是血，我痛得不得了，你在旁边大笑……"

武松下意识地摸了摸自己的眼睛。

宋二尖叫道："你不要动！大人，武松又想杀我！"

杨昆慢吞吞地："武松，你听明白了吗？宋二的意思是，你用眼神杀他。"

武松不知道该怎样辩解。他想起那天在山上的情形，当时自己确实有杀宋二的想法，但是他立刻控制住了自己。

杨昆："你的眼神已经清楚地表明，你有杀人的想法。不然宋二不会吓得晚上睡不着觉。"

武松："大人，我、我没有……"

杨昆打断："武松，你还想过杀谁？"

武松："我没想过……"

杨昆迅速地："只想过杀宋二？"

武松还没有来得及回答，宋二冲上来照着武松脸上就是一拳，接着又是一拳："你敢杀我？你敢杀我！"

武松退让着，脸上被打出了血。

杨昆："行了！来人，严加看管武松！"

从此，武松在山上搬石头的时候，有四个带刀的兵士在一旁监视。从那天起，武松开始沉默寡言，有时候几天都不说一句话。人们以为武松傻了。

三个月过去了，武松的头发开始白了。夕阳西下，他在喘气休息的那一刻，突然想起了宋江，不禁号啕大哭起来。他不知道自己为什么会哭，但就是想哭。是为了宋江的冤死而哭，还是后悔在柴进的庄上遇到宋江并且与之结拜为兄弟而哭，武松自己都不清楚。一种对宋江奇特的思念油然而生，在那一瞬间，他甚至想跟宋江一起去死。

几匹快马来到山脚下。从马上跳下几个兵士，大声问道武松在哪里？接着，他们朝山上跑去，径直来到武松面前。

领头的："武松上马，速回清河县！"

一路上，无论武松问什么，兵士们一概不回答。但不管怎样，骑在马上，武松还是很兴奋。他不知道发生了什么事，但是只要离开西山就好。他记得自己直接就上了马，连个手续都没有办，仿佛有什么天大的事情等着他快快回去。

确实有天大的事情。北山陈氏兄弟在这几个月里频频到清河县城抢劫商铺，抢劫财主家，闹得人心惶惶，整个清河县城处在惊恐之中。李达天令官军征剿陈氏兄弟，但是收效甚微。东平府尹陈文昭大怒，限期李达天剿灭贼寇，否则撤职查办。

李达天知道，单凭清河县的那点官军的力量是无法剿灭贼寇的。他向陈文昭请求让东平府增派官军，却被陈文昭骂了一个狗血喷头。太平盛世，如果东平府出动官军，势必惊动朝廷，这个事情就闹大了。别说李达天，就是陈文昭也要受到牵连，随便给你一个什么罪名，你都担待不起，这一辈子就完了。陈文昭的意思很明确，必须把社会影响降到最低，无论用什么办法以最快的速度剿灭贼寇，还老百姓一个太平盛世。

"否则，本官第一个治你李达天的罪！"陈文昭语气无比严厉。

李达天焦头烂额之际就想到了武松。他觉得可能只有武松能够帮他摆脱困境。可是武松愿意吗？万一他跟贼寇伙同一气那不是更糟？李达天想到这里，突然觉得自己对武松做得是不是有点过分了？可是不那样做又能怎么样？不是一样官位不保吗？过去的事情就不要提了，一个字也不要提，一切等剿灭了贼寇再说。

所以，当李达天在办公室见到武松的时候，满脸笑容地上前迎接了他。李达天本来想说"辛苦了"或者"受苦了"之类的话，但他觉得可能会引起武松不快的回忆，于是改口道："好快的马！拿酒食来！"

酒，熟牛肉，大小冷盘热盘，一起摆在了桌上。面对这一桌的酒菜，武松激动得不知所措。他伸手抓起半碗熟牛肉就朝嘴里塞，然后抱起酒坛狂喝不止。武松被呛住了，一边咳嗽一边流泪，但嘴巴仍然不停地大口嚼着。不到半个时辰，桌子上的酒菜几乎被武松一扫而光。武松大声地打着饱嗝，瘫坐在椅子上，眼神空洞，仿佛所有的屈辱痛苦都烟消云散了。

李达天叫武松跟他去后花园散步。李达天把陈氏三兄弟大闹清河县城的事情简单地讲了一下。

李达天："武松，知道本官想让你做什么了吗？"

武松这个时候才知道自己从西山被火速召回来的原因。他有些兴奋，只要能离开西山，做什么都可以。

李达天："武松，本官希望你为民除害！"

武松抱拳："大人放心，武松肝脑涂地，在所不辞！"

李达天语气沉缓地："武松，你可不能让本官失望啊。"

武松恨不得把心掏出来："大人请放心，武松绝不辜负大人的厚望！"

临上马的时候，武松一眼瞥见不远处的宋二，大声叫他过来。宋二过来了，见几个兵士对武松非常客气尊重，知道武松要走了。武松示意他在马前蹲下。宋二只好照办。武松一脚踏在宋二的肩膀上，宋二惨叫一声，肩胛骨断裂了。武松就势一脚踢翻宋二，策马飞奔而去。在那一刻武松想，无论如何也不能再回西山了。

李达天点点头。

武松见李达天似乎不放心："大人，不剿灭贼寇，武松誓不下山！"

李达天冷冷地："你还想上山入伙吗？"

武松吓出一身冷汗："武松不敢，武松不是这个意思。不剿灭贼寇，武松提头来见！"

过去的事情只字不提，武松仍然俯首听命，这让李达天颇感愉快得意。

李达天："武松，明天就出发。"

武松迟疑了一下："愿听李大人号令。"

李达天忽然想起什么："哦，对了，你还没有回家看看。这样吧，本官……"

武松："不必了李大人，明天就出发。"

李达天大声地："好！武松公忠体国，值得嘉奖！"

武松热血沸腾："多谢大人夸奖！"

李达天掏出十两银子放在武松手上："这是本官个人的一点意思，你且收下。"

武松感动得语无伦次："我、这个、大人……"

李达天语重心长地："收下吧。"

武松单膝跪地："谢大人！武松赴汤蹈火，在所不辞！"

潘金莲在见到武松的时候，以为是自己在做梦。

潘金莲："阿武，是你吗？阿武，阿武……"

武松紧紧地抱住她："是我，是我，我是武松……"

感受着武松的体温，潘金莲终于知道这不是梦，扑到武松怀里又伤心又幸福地大哭起来。

油灯下，武松看到了潘金莲脸上的疤痕。

潘金莲："不小心树枝划的……"

武松似乎要往外走："哪根树枝？我去砍了它！"

潘金莲急忙抱住他。

武松回家的时候已经是午夜了。直到天明，他们都没有合眼。无数次激情之后，他们现在静静地躺在床上。

武松："阿莲，我还有一个时辰就走。"

潘金莲沉默片刻："陈氏兄弟是好人。他们只抢大富人家。"

武松陷入沉默。

潘金莲："阿武，你准备斩尽杀绝吗？"

武松依然沉默不语。

潘金莲："你们是拜把子兄弟。他们去牢里救过你。"

武松内心矛盾痛苦。他知道，如果不斩尽杀绝，李达天一定会让他再回西山，他可能永远没有翻身出头的机会了，而且极有可能死在西山。但是对结拜兄弟大开杀戒，这大大有悖于江湖道义，更为江湖好汉所不齿。当年闯荡江湖，武松是以"义气"著称的。难道为了自己，就可以把结拜兄弟置于死地吗？当他得知李达天让他去剿灭陈氏兄弟的时候，他就陷入了两难境地。但是武松在李达天面前没有表现出丝毫的犹豫。

武松："阿莲，你愿意我再回西山吗？"

潘金莲不知道该如何回答。武松起身，抱起儿子武十八，在屋里来回走着。武十八已经会叫"爸爸"了。此刻正是清晨，武十八睁开眼睛就看到了爸爸，激动得手舞足蹈，不停地叫着"爸爸"，武松心花怒放，所有的烦恼烟消云散。

武松带着三百兵士朝北山进发。乔郓城和二十多名捕快也随之前往。乔郓城是来监视武松的，这是李达天交给他的任务。一旦发现有什么异常情况，立刻杀掉武松。乔郓城不清楚这一次武松被重新起用的内幕到底是什么，也不知道一旦剿灭了贼寇，武松会不会被重用。他早就得罪了武松，所以他觉得还是小心一点为好，犯不着在这种特殊情况下激怒武松。

"武大哥，这次就靠你了。"乔郓城率先示好。

武松看了看他，没有说话。但是武松心里是得意的。他觉得，乔郓城喊他"武大哥"，充分说明这次行动的重要性。如果搞砸了，一切都可能回到过去。想到这里，武松不禁有些莫名的兴奋，压抑很久的杀戮之心渐渐热起来了。

乔郓城见武松不理他，便拿了拿官腔："李大人非常重视这次征讨行动，特地派我来协助武大哥。"

武松还是不理他，只是看了他一眼。

乔郓城："李大人说……"

武松："李大人都跟我说了！加速前进！"

夕阳西下，厮杀开始了。虽然兵士们已经不相信武松打虎，但是看到武松矫健的身影和彪悍的杀戮，也不由得目瞪口呆，于是振作起精神投入了厮杀。

武松挥刀砍杀，无往不胜。他仿佛回到了梁山，回到了征讨方腊的江南战场。他热血沸腾，在杀戮中获得了无与伦比的快感，也宣泄着长久以来的屈辱和愤怒。

在远处的乔郓城看得肝胆俱裂，两腿发软。

陈氏三兄弟溃不成军，带着几十个喽啰逃进了一个巨大的山洞。这个山洞入口处很狭窄，易守难攻。这其实就是陈氏三兄弟的大本营。里面有很多抢来的粮食和绫罗绸缎之类的东西。

陈氏三兄弟非常沮丧。

陈老三气不打一处来："狗日的武松！当初真不该帮他！什么他妈的江湖好汉，他是朝廷的走狗！"

陈老大沉默不语。陈老二叹气不止。这时候，官军开始攻打山洞了，陈老三提刀去洞口督战。由于洞口狭小，仅容一人通过，所以官军进来一个就被杀死一个，根本没有办法攻进来。

陈老二："大哥，咋办？"

陈老大："我咋晓得咋办？睡觉，明天再说！"

陈老二："跟他们拼了！反正快活日子也过得差不多了！"

陈老大："拼了？我们拼得过武松吗？"

武松见官军伤亡增多，就下令停止攻击。有人建议用火攻，武松说那没用。武松曾经应陈氏三兄弟之邀来过这个山洞，里面极为宽敞，还有泉水，火攻根本无法奏效。武松本来想自己冲进去试一试，可是他竟然发现自己居然有些体力不支了，这在以前是不大可能的。武松突然意识到自己快四十岁了！

乔郓城走过来问武松为什么不进攻，武松指了指疲惫的官军。

乔郓城："要一鼓作气嘛。"

武松："乔都头，你去试试？"

乔郓城退了一步："我不是来打仗厮杀的。"

武松下令原地休息，准备吃饭。他抱着一坛酒走到一旁，一边喝酒一边想着什么。

第二天一早，武松下令继续攻击。但是官军仍然毫无办法。

武松走到洞口，大声地："陈老大，我是武松。我想跟你谈一谈，放我进去。"

没有回答。

武松："陈老大，武松职责在身，得罪了！"

洞内，陈老三坚决反对让武松进来。

陈老大："他要想进来，谁也拦不住。"

陈老三："我就不信！"

陈老大："没有必要拼个他死我们活的。老二，你说呢？"

陈老二沉默一会儿："听大哥的。"

陈老三拔刀就准备往外冲。

陈老大："老三！"

陈老三站住。陈老大走过去，端详着弟弟。

陈老大："老三，好好活着。"

他突然一拳击昏了陈老三，让他躺在地上。

陈老大："二弟，你和老三离开北山，到别的地方去吧。"

陈老二："大哥，你要干啥？"

陈老大："我要跟武松谈条件。老二，别拦我。"

武松进了山洞，没有带武器。

武松抱拳："兄弟，得罪了。"

陈老大："事到如今，我就不多说什么了。武松，我跟你去自首，你放了我的两个兄弟，他们离开北山，永远不再踏入清河县半步。"

武松看了看地上的陈老三，又看看陈老二，心里无比纠结。

陈老大："武大哥，你说话。"

武松沉默片刻："不行。"

陈老二挥刀冲过来："去你妈的武松！"

武松闪过，一脚踢飞陈老二。陈老二的身体重重地撞在坚硬的洞石上，惨叫一声死了。

陈老大眼珠都要爆裂出来了："武松，你要赶尽杀绝吗？"

武松毫无表情。

陈老大拔刀刺向武松。武松居然没有闪躲，陈老大的刀刺进了武松的左肩膀，鲜血迸出。陈老大一愣，他明白了武松的意思。

武松："兄弟，这是武松欠你们三兄弟的。"

陈老大："多谢武大哥。"

武松："来世再做兄弟吧！"

武松拔出肩膀上的刀，刺进了陈老大的心脏。一旁的喽啰们看得目瞪口呆。武松撕下陈老大的衣服，自己包扎伤口。他坐下来，呆呆地望着虚空。武松足足坐了半个时辰。

几个喽啰帮着把两具尸体抬到洞口。

武松满身是血地出了洞口，拖着两具尸体。官兵们一阵欢呼。

乔郓城："不是三兄弟吗？怎么只有两个？"

武松杀气腾腾地吼道："陈老三早就被杀了！"

乔郓城想往洞口那边去："我不信！"

武松："里面全是死人！"

但是，乔郓城还是进了山洞。不一会儿，乔郓城出来了。他确实没有看到陈老三，只看到几十具尸体。他胆子很小，草草地看了一下就出来了。当然，陈老三已经离去，这一切都是武松的安排。

武松一把抓住乔郓城："你看到什么了？你看到什么了！"

一个官军头目走过来，打了乔郓城一个耳光："妈的，你哪来那么多事？老子死了那么多兄弟，你还想咋样？要不是武大哥替我们拼命，不晓得还要死多少人！滚一边去！"

乔郓城不敢再说一句话，但是他觉得陈老三没有死。

武松率官军迅速剿灭贼寇、平息匪患的消息并没有在清河县传开，或者说一般百姓根本不知道官军是怎么打了胜仗的。事实上，起用武松是秘密进行的。李达天不想公开这件事，他不想自己打自己的脸，更不想前功尽弃。当初费了那么大的力气周折把武松拉下神坛，总不能又让他重新成为神吧？那官府的威信何在？

所以，尽管李达天对迅速剿灭北山贼寇很是兴奋欣慰，一块巨大的石头落地，但是他并不想公开论功行赏。他只是连夜向东平府呈交了剿灭贼寇大获全胜的报告。报告里只字不提武松，只略微提了一下乔郓城的名字，说他机警过人。一切都归功于东平府陈文昭大人的高瞻远瞩、雄才大略。

现在，最让李达天头疼的事情就是如何安置对待武松。昨天他亲自接见了一下武松。李达天没有多说什么，只是连说了三声："干得好"，没有提表彰的事，也没有提以后怎么办，甚至没有询问一下武松的伤势。他让武松回家休息几天再说。李达天从武松的眼中看出了期待和失望，但是他硬着头皮不表态。他从乔郓城和官军军官那里了解到，武松依然像传说中那样神勇。他觉得这是一件很可怕的事情。另外，关于陈老三是否被消灭存在着争议，因为谁都没有见过陈老三长什么样子，所以没办法下结论。武松坚决认定陈老三在乱军中被杀，官军军官也同意武松的说法。

不管怎样，如何安置武松是李达天眼下最头疼的事。

第二十八章

一个时期以来，我发现陆无双的厨艺有了长足的进步，我越来越喜欢吃她做的饭菜了。为此我推掉了绝大多数可有可无的饭局。我觉得那些饭局在生命中一点都不重要了。

"流平，你今天晚上吃了三碗饭啦！"陆无双瞪大了眼睛。

我很夸张痛苦地："你怎么可以做这么好吃的菜？"

陆无双哈哈大笑。

我问："是不是看了菜谱？"

"是。"陆无双把"是"字拖得很长。

我说："看菜谱管用吗？"

陆无双："没有悟性，看什么都不管用。"

"丫头，你可以去评国家一级厨师啦。"

我正准备去舀第四碗饭的时候，陆无双问："你……前妻还没走？"

我很随意地："没走。她想跟我复婚。"

陆无双："没有问你这个。"

我说："丫头，你问不问这个我都要跟你说。她想复婚，我不想。就这么简单。"

陆无双没有说话。我不想吃第四碗饭了。我默默地收拾桌子，然后去厨房洗碗。在我洗碗的时候，陆无双从后面轻轻抱住了我，把头放在我背上。

我的手不动了，水管里的水一直流着。我以为陆无双是因为路嘉怡想复婚而伤心，后来我才悟出来根本不是因为这个。

李峰走进我办公室的时候我大吃一惊，我看到他的左眼睛是肿的，好像是遭打了。

"是不是发生意外了？"

　　李峰笑笑："希望是个意外。两个陌生人冲进我的办公室，二话不说就打。打完了就走。"

　　我笑笑："情打。"

　　李峰无可奈何地笑笑。

　　"怎么样，恼火吗？"

　　李峰："还好。这种事情也不好报警。"

　　我问："发现什么了吗？"

　　李峰点点头："沈茹芸不如苏州善于管控情绪。她老公心细如发。所以我就挨了打。"

　　我情不自禁地长叹了一口气。

　　李峰："我没有跟她说，我担心事情变得不可收拾。"

　　我问："你不是认识她老公吗？"

　　李峰苦笑："幸好认识，不然也许会更惨。"

　　李峰是一个温和的人，很少大发脾气。他说他知道沈茹芸的老公在外面有人，还不止一个，但是他不想告诉她。他觉得这个世界无比荒谬不堪。

　　李峰："我真的打算跟沈茹芸分手。曾经沧海难为水，除却巫山不是云。虽然我跟张佩芝已经离别，但她在我生命中最风雨飘摇的时候给了我温暖，我永远感念她。世间已无张佩芝。"

　　我居然不敢看李峰的表情了。他的声音有点颤抖。

　　李峰："真的，世间已无张佩芝……"

　　我被他感染了："要是我们能够不辜负我们所爱的女人那该有多好啊……"

　　李峰一愣："老崔，你干嘛？"

　　我掩饰道："背台词啊。"

　　李峰话题一转："你小说写得怎么样了？"

　　我说："在写。我把你也写进去了。"

　　李峰哈哈一笑："朋友就是拿来当素材的！我最后的结局你准备怎么安排？孤独终老吗？"

　　我说："还没想好。"

　　李峰："你觉得我会怎么样？"

　　我笑了笑："我准备让你在小说中跟杜四娘结婚。"

　　李峰哈哈大笑："别人不信啊，读者要怀疑它的真实性。"

　　我说："相信的自然相信，不相信的怎么也不相信。不就觉得你们差距大吗？"

李峰若有所思。

我说："为什么灰姑娘的故事有那么多的人相信，他们的差距岂止是大呀？人们总是愿意相信他们愿意相信的。"

李峰点上一支烟："事实上，我确实打算跟四凤结婚。"

我端起茶杯，很认真地喝茶。

李峰："为什么不呢？我觉得她人挺好。差距大？你跟路嘉怡就没什么差距，大学同班同学，她还是著名的校园诗人，那又怎么样？还不是……"

我打断他："哎哎哎，说你，不要说别的。"

李峰："老崔你说，生活的真正意义是什么？"

我点上一支烟。

李峰没有等我回答："不管生活的真正意义是什么，我觉得我们现在的生活都毫无意义。我们现在这个叫生活吗？只是生物意义上的活着。后世的人会怎么看我们？后人会怎么描述我们？我告诉你老崔，他们会可怜我们，会嘲笑我们！"

我点点头，狠狠地抽了一口烟，恶狠狠地吐了出来。

李峰："我没有嵇康那么勇敢，但是我可以学阮籍呀！至少可以学学司马相如嘛！"

听了这话，我知道他准备娶杜四凤了。这个物理系毕业的高才生，也许终于找到了他生活的意义。

窗外的阳光很好，李峰的表情很平静。

快下班的时候，我接到北京那个朋友的电话，问我《玩偶之家》那个事情考虑得怎么样了。我说正在考虑，过几天就可以回话。朋友劝我抓紧点儿。

吃饭的时候，陆无双说："老头儿，你真的打算引进《玩偶之家》呀？"

我狼吞虎咽地吃着饭："嗯嗯，有点儿。"

陆无双："老头儿固执得很。看那个戏我打瞌睡啦。"

我说："但毕竟是经典。"

陆无双给我夹了很多菜："吃菜吃菜，固执的老头儿！"

我说："老了嘛，就是固执。"

陆无双推摇着我："哎呀哎呀，不老，你不老啦。"

"那你为什么总是喊我老头儿嘛？"

"就喜欢喊，就喜欢喊。"

我说："好好好，喊喊喊，喜欢就喊。"

陆无双："要是赔了钱，可别怪我没有提醒你哈。"

我说："不至于赔。最多就是不赚钱。"

陆无双双手支着下巴，看着我。

"怎么啦？"我有些奇怪。

陆无双："我看看你到底是什么人。"

我夸张地："一个有理想、有情怀的人！"

陆无双笑笑："一个有理想、有情怀、一意孤行的人。"

我笑笑，没有去多想陆无双说的话。我对《玩偶之家》充满了一种情结，这个来源于我在上个世纪八十年代所受的教育。那个时候，《玩偶之家》几乎就是戏剧的代名词。

第二天上午，我在办公室打电话，邹老板来了。他开门见山地问我是不是准备引进《玩偶之家》。我一愣，他怎么知道这个？

我说："只是在想这个事，没有决定。"

邹老板："崔总，有什么困难尽管说。"

我知道，如果这一次跟他合作，一定会把路嘉怡扯进来。

我说："谢谢。我还没想好。"

邹老板："崔总，就算你不跟路总复婚，我们也可以继续合作嘛。我们是老朋友啊。"

我说："我知道啊。谢谢你。"

我平生最不喜欢的就是讲条件做交易。所以，像我这种人在这个社会里是混不开的。

邹老板："崔总，明天是周末，我联系了一个五星级的农家乐，去那里钓钓鱼散散心，好吗？路总也去。"

我说："谢谢，明天有事情，我就不去了。"

邹老板的脸色有些难看了。

我点上一支烟，不想多说话。

邹老板："崔总，这是何必呢？"

我说："邹老板，我不可以有事吗？"

邹老板："推一推嘛，我都联系好了。"

我说："不必了，你们去吧。"

邹老板："你以前好像不是这个样子。"

邹老板的语气有些强硬，看来他非常想做成跟路嘉怡的这笔生意。可是你要做生意就做你的生意，把我扯进去干什么？

我淡淡一笑："我一直是我是的那种人。邹老板，我们合作过这么多年，你应该了解我。"

邹老板："这样吧，你这次引进那个戏，我给你兜底。明天去农家乐耍一天，行不行？"

我说："谢谢。但是我明天有事。"

邹老板面无表情："实话说吧，你是不是不想帮我？"

邹老板好像要跟我摊牌。我无所谓。

我说："这件事不能。"

邹老板盯着我，似乎在克制火气。

我直言不讳地："我不想跟路嘉怡复婚。"

邹老板提高声音："你就假装同意复婚，帮我把这单生意签下来，不行吗崔流平？"

"不行！"

邹老板："你这人怎么这样？有钱都不赚！"

我说："我不想赚这个钱。"

邹老板欲言又止，在沙发上坐下，似乎在想着什么。

"邹老板还有什么事吗？"

邹老板："崔流平，你知道这么多年你为什么发不起来吗？"

我说我知道。

邹老板："你不知道！"

我说："我还不知道我知不知道吗？"

邹老板："你不懂人情世故，只是一味清高，书生气十足，不知道利用人脉关系，不懂规则，有了机会不知道去抓住。我告诉你，生活就是个大圈子。圈子是什么？圈子是拿来混的，要靠混才能进这个圈子！"

我说："我不混圈子！"

邹老板："不混圈子你都是白混，瞎混！"

"我就瞎混了，怎么着啊！"我大声地嚷道。

邹老板："崔流平，你不帮我没什么，大不了我少挣几个钱嘛！像你这样的人，永远发不了财！"

邹老板走了，我动都没有动一下。我没有生气，反倒觉得一阵轻松爽快，总算不会有那些破事来烦我了。生活中像邹老板那样的人很多。生活就像一个球，你愿意怎么踢就怎么踢，你用屁股踢也可以。

我本来想在小说中替李峰寻找一个戏剧性的归宿，看破红尘，绚烂之极归于平淡，与杜四娘结婚。没想到那天李峰真的说他打算向杜四娘求婚。这就让我有点困惑了。是世上有，戏里才有呢？还是戏里有，世上才有？生活跟艺术哪个更真实？不管这些了，我不会把小说写成论文的。

陆无双为引进《玩偶之家》写了一个策划案。我看了，写得很好。在傍晚散步的时候，陆无双说："老头儿，我虽然写了这个策划案，但是我还是不赞成你引进这个戏。"

我说："策划案写得很好。"

陆无双："理论上策划案都可以写得很好。但文字跟现实还是有距离的。"

我们牵着手，在小区外面的公园漫步。我不想谈工作，也不想跟她谈关于跟邹老板拉爆的事情，那不值一提。

我说："嗯，我再考虑一下。"

陆无双："老头儿，我下个月要回一趟老家。"

我说："嗯，想家啦？"

陆无双："不是。回去当伴娘。"

我心头一紧："当伴娘？"

陆无双："我高中时候最好的朋友结婚，她想让我做她的伴娘。她说，我不回去当伴娘，她就不结婚。"

高中同学都结婚了，陆无双会怎么想呢？

我突然产生了一种冲动："丫头，我想跟你去湖南。"

陆无双使劲捏了捏我的手，停下，看着我，声音温和地："你去干什么呀？"

"我、我去你们家、求婚……"

陆无双盯着我。在柔和的灯光下，我看到她的眼睛里晶莹透亮，仿佛有泪光。

我说："丫头，怎么啦？"

陆无双摇摇头，在我的身上擦拭泪水。我轻轻抱着她。

我们继续往前走。

陆无双轻轻地："我妈会气死……她说了，如果你去，她会跳楼……我妈真的会那样做……"

我没有说话。我已经很知足了。陆无双肯定把我们的事跟她妈妈说了。但是那个时候我还不知道，我跟陆无双在一起的时间只剩下一个月了。

马思远把我叫到他家里，指着桌上的一堆手稿："没有通过审查。你信吗？"

我拿起来看。老马的钢笔字写得很漂亮。这是他写的几部纪录片的策划书和解说词。我曾经问过他，为什么不用电脑？老马说，电脑没有力透纸背的感觉。用钢笔写好之后，他才用电脑打出来。

我说："我信。"

马思远："纪录片不拍这些还能拍什么？"

书房里烟雾缭绕。两个老男人从过去谈到现在，又从现在谈到未来，心中充满忧伤和惆怅。

沉默良久之后，马思远说："我准备到西部去。我打算把余生抛掷在西部。我厌倦了现在的生活。"

我看着老马，发现这段时间他的白头发明显增多，昔日高亢激昂的脸上有了一种苍老颓唐的神情。

我说："老马，还是要注意身体。"

马思远："注意身体？那么好的身体拿来做什么？我最讨厌养生那一套！有什么生好养的？所有的养生都是他妈的苟且偷生！你活那么久干嘛？"

诗人永远是诗人，永远都保持着愤世嫉俗的激情。

马思远点上一支烟，抽了几口，缓缓地："老崔，我准备出走。"

我看着他，不知道该说什么好。我点点头。

马思远："我无法忍受这个生活，没有任何质量可言。我觉得这样活着很可耻。"

我知道马思远是认真的。他一直在跟平庸作斗争，他最不能忍受的就是平庸。他曾经说过，生命从生到死都应该是盛开的花朵，不然生命毫无意义。

我说："我们确实很可耻。"

马思远："我越来越能理解托尔斯泰晚年的出走。是的，我能理解。"

"嫂子呢？"我轻声问。

马思远沉默良久："小万是一个伟大的女人。她能理解我。"

我几乎要落泪了。我赶紧走到窗口，看着外面。

马思远："我们已经办了离婚手续。她把能给的钱都给了我。她说，要理解自己的丈夫，需要一个女人一生的时间。"

我看着窗外的山茶花在寂寞地怒放着。

马思远："我可能不回来了。"

我感到了一种离别的销魂。马思远叫我来，其实就是为了告别。但是，我不愿意把气氛搞得这么伤感。

我说："你是不是又看上哪个女的了？"

马思远毫无表情地："生命不息，恋爱不止。"

我淡淡地笑了一下。

马思远："现在没有，以后还不知道。"

我看着老马这个老男人，想从他脸上寻找所有的答案。

马思远："看着我干嘛？别那么暧昧。"

我们哈哈大笑。

马思远："歌德八十岁了，还在问乳房在哪里。我们就不可以问一问吗？老崔，我真的好想谈一场他妈的恋爱，就像少男少女那样去谈！但是这个世界糟透了，你就不能好好地谈一场恋爱！"

我想到了陆无双。

马思远："有人说我是看破了红尘。我才没看破呢！没有办法了才会看破红尘！我还有办法，我还有爱。我要用爱去抵抗这个恶的世界！"

三天后，我去火车站送马思远，但是没有看到他。他跟我说了具体的车次时间，但就是没有看到他。我明白了，马思远肯定是提前走了，他不愿意有任何人送他。

"老崔，好好爱你的陆无双。如果你不爱她，我就去爱。"

我说："嗯，我知道。"

马思远："老崔，你人不错，很有才华，但是可惜了。你应该有更大的作为。"

在月台上，我想着马思远的话。一列又一列的火车驶出了站台，奔向远方。我抽了三支烟之后，走出了火车站。后来我才知道，马思远去了贵州。

第二十九章

武松在家已经待了十来天了，官府对他的安排没有任何指示。武松就这么在家待着，伤势也渐渐地好了。潘金莲发现这次武松回来之后有些变化，比以前的话少多了，还有就是经常一个人发呆。更重要的是，他绝口不提剿灭陈老大的事情。

潘金莲："陈老三也被杀了？"

这个话问过十几遍了，她没有得到明确的答案。

武松不敢看她，也不说话。由于官府封锁消息，潘金莲也不知道到底是谁杀了陈氏兄弟。武松不是不敢说，而是怕说了之后，潘金莲看不起他，毕竟陈氏兄弟对自己有恩。

潘金莲："阿武……"

武松："我没有杀陈老三，也没有杀陈老大陈老二。"

这基本上是武松平生第一次撒谎。他把头埋得很低，生怕潘金莲看出来他在撒谎。武松确实羞愧难当，但是不杀他们，他就要回西山继续搬石头。他只是希望陈老三带着残部走得越远越好。

潘金莲相信了武松的话。

潘金莲："阿武，你这次回来好像变了……"

武松："我对不起他们。毕竟是我带人去的……"

武松心里百味杂陈。杀了陈氏两兄弟，他心中不好受，但是他心里又隐约盼着官府对他网开一面，甚至能让他重回衙门做一个捕快。放走陈老三，是他最后的良心使然。但是，如果官府还是要他回西山呢？武松心中掠过一丝阴影。他看看潘金莲，又看看在一旁玩耍的武十八。

李达天确实正在为怎么安排武松而大伤脑筋。武松这次立了功，可以说是将功赎罪。如果再让他回西山，李达天担心武松不从，惹出麻烦。听官军汇报描述，武松一如既往地彪悍。万一他发作起来，岂不是前功尽弃？可是既然武松早就不是打虎英雄了，这次剿灭贼寇的立功受奖名单中又没有武松，那怎么对待安排这个人呢？另外，时间久了，老百姓总会知道这次武松是立了大功的，多多少少会知道一些的。到时候怎么解释呢？

李达天叫来乔郓城。

李达天："那个陈老三到底有没有被打死？"

乔郓城："回大人，没有看到他的尸体。"

李达天："你见过陈老三？"

乔郓城："没有。可是……"

李达天："那就是在乱军中被杀死了。"

乔郓城："大人，会不会是武松有意放了陈老三一马？"

李达天毫无表情地："本官的话你听不明白吗？"

乔郓城立刻跪下："小人明白。可是……"

李达天："关杰已经说了，陈老三死于乱军之中！"

李达天说的关杰就是打乔郓城耳光的那个官军军官。这个关杰有一个大名鼎鼎的父亲，就是梁山泊的大刀关胜！关胜曾经随梁山军征剿方腊立功，归来后被朝廷授封为大名府正兵马总管。老关非常希望二儿子关杰能够子承父业，半年前就把他送到了清河县做了一个小小的千总。天赐良机，在递呈东平府的报告中，关杰率部一举剿灭北山贼寇，战功卓著。如今，关杰已经升任东平府兵马都统制了。李达天当然知道个中利害，陈老三怎么能不死于乱军之中呢？况且，这对李达天也相当有利。

乔郓城并不知道关杰是谁："可是小人觉得……"

李达天恼火地一耳光扇过去："你觉得？你有什么资格觉得？！不听招呼了是

不是！"

乔郓城捂着脸点头不止。

李达天："本官跟你最后说一遍，陈老三已经死于乱军之中！"

乔郓城："是是是，陈老三已经死于乱军之中。"

李达天："滚！"

关杰上任之前，找李达天和西门庆谈过话。他的意思是清河县绝对不能再出事了，武松可以留在清河县。

李达天："关统制，武松可以留在清河县，可是……"

关杰打断："至于如何安排这个人，那是李大人的事。"

西门庆："万一武松……"

关杰打断："他敢？！"

西门庆："关统制，武松在梁山泊做过贼寇……"

关杰勃然大怒："住口！本官这个兵马都统制是吃素的吗？"

关杰发火是有原因的。他老爹关胜不管怎么说也是在梁山泊当过贼寇的，与宋江卢俊义也称过兄道过弟。关杰最怕别人提起这档子事。虽然老爹的情况跟武松不一样，但毕竟都在梁山泊大块吃过肉大碗喝过酒的。

西门庆还没有被人喊过"住口"，心里特别不爽。但是在这个前程不可限量的年轻都统制面前，他也只能忍气吞声。

西门庆笑笑："依统制大人的意思，武松该如何安排？"

关杰："李大人，这是你的事。"

李达天连忙拱手："全凭统制大人指点。"

关杰以一种轻描淡写的口气说道："给武松一个闲差，严加看管。万一有什么乱子，武松也可以效力嘛。"

李达天心领神会："统制大人高见！"

李达天来回踱步，还是拿不定主意。虽说给武松一个闲差是个不错的主意，但是那样的话，武松就留在了家里，那么这辈子就别再惦记潘金莲了。所以，李达天犹豫不决。

武松已经知道花千树打算嫁给鲁秀才的原因，所以当他在路上碰到花千树的时候，不知道该说什么好。花千树很久没有见到武松了，她看到武松的头上已经有白头发了，人也似乎老了一头，不禁伤心落泪了。

花千树："武哥哥……"

武松还是不知道说什么好。

花千树："武哥哥，你受苦了……"

武松结结巴巴地："没、没有，好着呢……"

武松本想问鲁秀才的事，可是他实在是张不开嘴。花千树并不知道武松带人剿灭北山贼寇的事。

花千树："武哥哥，还、还回西山不？"

武松也不知道该怎么回答："嗯、呃……"

花千树："武哥哥，嫂子很难，十八也需要你，你又没有犯法，凭啥还要去西山？"

武松："我、我……"

花千树突然发现武松变了，跟以前不大一样了。她当然不知道武松在西山吃了多少苦，经历了些什么，是怎么熬过来的，但是她确实发现武松身上的英武之气似乎少了很多。

花千树："咋了武哥哥？"

武松："没啥，我还好……"

花千树："武哥哥，你有点变了。"

花千树的直言不讳让武松有些难堪，也多多少少唤醒了他沉睡的意志。正在这个时候，乔郓城走过来了。

乔郓城有些傲慢地看着武松："李大人叫你去一趟衙门。"

武松愣了一下，看了看花千树，转身走了。乔郓城看着武松的背影："你们在说什么？"

花千树："你管得着吗？"

她扭头就走。

乔郓城："离他远一点！"

花千树："你离我远一点！"

乔郓城："听说你打算嫁给鲁秀才，有这回事吗？"

花千树止步，慢慢转过身："有这回事。"

乔郓城不屑地一笑："鲁秀才？我踩死这个老东西就像踩死一只蚂蚁一样。你信不信？"

花千树："你试试。"

乔郓城："没人敢帮你，武松也不敢。"

花千树："那你就试试。"

乔郓城突然有些激动："花千树，我一个堂堂的清河县都头，难道还配不上你吗？！"

花千树轻蔑地："你不配。"

乔郓城想发火，又觉得不妥，他努力控制住自己的情绪："我可以让你吃香的喝辣的，保证你一辈子荣华富贵！"

花千树冷冷一笑。

乔郓城："你笑啥？我能做到！"

花千树转身要走。

乔郓城脱口而出："我也可以承认武松打虎！"

花千树扭头打量着他。

乔郓城看看周围，压低声音："真的，我可以承认他打过老虎。只要你嫁给我，我啥都可以承认。"

花千树："不需要你承认。"

看着走远的花千树，乔郓城感到一阵奇怪的口渴，费力地咽着口水。他拔出刀，把路边的一棵小树拦腰砍断。

李达天看着武松，他想从武松的表情里探测些什么。他最后认定，潘金莲没有把那件事告诉武松。李达天心里有一种奇异的欣慰。想到这里，他竟然有些兴奋。

李达天略带微笑地："武松，对以后有什么想法？"

武松："全凭大人裁夺。"

李达天点点头："西山那边呈报，你在那里表现良好。还是回西山吧，但是不用搬石头了。"

武松不吭声，但是表情有些郁闷。

李达天："西山那边会给你安排一个合适的事情做。"

武松鼓起勇气："李大人，你说过，我只在西山……"

李达天打断："本官是说过你只在那边待一段时间，可是东平府认为时间太短了，我没有办法。"

武松的语气像是在求告："李大人说话要算数啊……"

李达天："本官没有办法呀。"

武松一下子站起来，满脸通红，但又慢慢坐下。李达天多少还是有些心虚地看着他，但是表情却很坚决的样子。武松想起了花千树的话，不由得再次涨红了脸。武松心中有些惭愧。

李达天："就这样吧，你明天就回西山。"

武松不动，也不吭声。

李达天看着他："怎么？"

武松还是不说话，只是愣愣地看着虚空。

李达天拉长声音："武……松？"

武松慢慢扭头："大人，小人到底犯了啥法？"

李达天语气稍缓："这是东平府的意思，本官毫无办法。"

李达天想，武松居然敢这么问，看来他是不想回西山了。如果硬要他回西山，会有什么后果呢？

武松："请大人开恩，小人确实不想回西山。"

李达天："那怎么可以？"

武松听了很绝望。他是死也不想再回去了。

武松："求大人开恩！"

李达天："不行。"

武松突然想到了陈老三，他决定不顾一切了。

武松："大人，有人说陈老三没死，这是咋回事？"

李达天脸色一变："胡说！陈老三死于乱军之中，这是不容置疑的事实！"

武松："小人听外面的人说，陈老三没死，说不定哪天要回来血洗清河县……"

李达天拍桌子："一派胡言！"

武松不明白李达天为什么那样坚信陈老三已经死了，更不知道关杰已经升任都统制了，但是他觉得陈老三可以帮他不去西山。

武松："外面的人说，万一陈老三没死……"

李达天压低声音："那你的罪过就大了！"

武松："是是是，可是……"

李达天打断："武松！休得胡言乱语！"

由于乔郓城坚称陈老三没有死，李达天心里是有些害怕的。但是全部剿灭贼寇的报告早就递交东平府，所以只能相信陈老三已死。关杰临走之前也说过，武松这个人可以控制使用，其实就是暗示他，万一陈老三没死，还得靠武松去摆平。

武松扑通一声居然跪在李达天面前："求大人开恩，小人死也不回西山，死也不回！"

李达天也觉得武松变了，他可以跪在你面前，也可以装疯卖傻地主动提起陈老三以示威胁。这个武松开始动脑子了。

李达天扶起武松那一刻，武松有些感动，甚至有点受宠若惊。而李达天扶起武松的那一刻，也决定把武松留在清河县了。毕竟比起得到潘金莲来说，保住官位更重要。欺骗上司终究是要吃苦头的。万一陈老三真的没死呢？不怕一万就怕万一。

李达天语重心长地："武松，本官可以为你向东平府求情，但是你要听话，要懂事，绝对不能给本官找麻烦。"

武松几乎眼含泪花："小人一切都听大人的。"

李达天若有所思地点点头："武松啊——坐坐坐，你坐。"

武松一拱手："不敢。"

李达天："叫你坐你就坐嘛！"

"是，大人。"武松坐下，身子笔挺。

李达天似笑非笑地："武松啊，你对本官是不是多有不满啊？"

武松几乎是跳起来了："大人对武松恩重如山，小人哪里敢对大人有一点不满？大人言重了！"

李达天看着武松诚惶诚恐的脸，突然想起几年前他去杭州请武松回清河县的事。那时候的武松英姿勃发，犹如天神一般，举手投足无不显示出狂野彪悍的力量。李达天想到这里，不禁哑然失笑，竟微微地叹了一口气。

李达天："武松，从今以后，你要老老实实做人，少说话，不要让本官为难。"

武松点头不止。

李达天来回走了几步："这样吧，本官先给你找一个事情做。"

武松心怀感激："多谢大人！"

李达天："你现在不可能再回衙门了，就做一个临时的协捕吧。你看咋样？"

武松："协捕？"

李达天："协助捕快做些事情。"

武松一阵激动。

李达天："记住，是协助捕快做事情。平时不用去衙门，有事的时候再去。去了也不要逞强，叫你做什么就做什么，一切都要听从乔都头的指令。总之，不许给本官惹麻烦，否则你就回西山。"

武松满口答应。只要不回西山，武松觉得一切都可以接受，包括每个月只有微薄的银两。

李达天最后总结道："武松，你好自为之。"

武松回到家里，欢天喜地地把留在清河县做协捕的消息告诉了潘金莲。潘金莲喜极而泣。

从此，武松过上了安定的生活。虽然清苦了一点，但比起在西山的日子，还是要好得多。

武松几乎每天都要去衙门口去转一转，希望有什么事能叫他。他只能在衙门口附近转悠，不敢走进衙门。但是从来没有人叫他，也几乎没人跟他打招呼。有一次，武松见到乔郓城带着几个捕快急匆匆从衙门出来，赶紧快步迎上去，满怀期待。可是乔郓城看了他一眼，仿佛不认识似的，扬长而去。武松紧跟了几步，又停下来，有些落寞地咬了咬嘴唇，四下看了看，低头往家走。

武松回到家中，显得很疲惫的样子。武十八跑过来，武松一下子把儿子抱起来，走到院坝。

武松："十八，从今天起，我们开始学打拳。"

武十八很兴奋，还没等武松开始教，就自己胡乱打起一套拳来。武十八常常看到武松在院坝打拳，不知不觉地就记住了一些。武松看了惊喜万分，觉得儿子是练武的好材料。

但是潘金莲不愿意儿子习武，她觉得儿子应该读书识字。

武松："为啥？"

潘金莲："阿武，清河县谁打得过你？"

武松很得意："哼！"

潘金莲幽幽地："可又咋样？"

潘金莲有些淡淡的忧愁，她不敢看武松的表情，更不忍心说伤害他的话。武松似乎明白她的意思，涨红了脸，有一股热血冲上来，但是随即就压下去了。

武松："我、我可以保护你和十八……"

潘金莲轻轻地："让十八念书吧。"

武松不吭声，随后又点点头。但是说到念书，家里哪有闲钱供十八去学馆呀？潘金莲是识得些字的，她说她先教十八识几个字，以后的事情以后再说吧。

武松："打拳还是要学的。"

潘金莲没有说什么，只是看着在院坝里活蹦乱跳的武十八。

在接下来的日子里，潘金莲教武十八识字，她欣喜地发现儿子很聪明，认字很快，记性也很好。她所认得的那些字已经不够教了。潘金莲既欣慰又犯愁。

武松每天还是去衙门口转转，没什么事情就回家了。回到家里有些无所事事，于是就教武十八打拳。教了一段时间，武松发现儿子只是喜欢打拳，但是并没有什么天赋，这让武松有些失望。

但是武松还是颇有耐心地教导儿子，不厌其烦地讲解，做示范。武松想起自己小时候跟着庙里的一个老和尚学打拳，开始的时候也是不得要领，笨手笨脚，以至于老和尚只有摇头叹息，甚至有了放弃的念头。可是武松却没有放弃的打算，每天勤学苦练，仔细琢磨。老和尚见状，便对武松重新投入了热情。几年之后的一个早上，武松突然觉得自己身轻如燕，神清气爽，所有的招式变得无比流畅，而且力量刚猛。

老和尚微微一笑："会打拳了。"

武松辞别老和尚那天，老和尚问他为什么学打拳。

武松："徒儿要打遍天下。"

老和尚黯然不语。

武松："徒儿不行吗？"

老和尚："你是天伤星下凡，老衲已无法节制于你。"

武松听不懂，但是也不想问。

老和尚："你杀气太重，老衲恐你伤及无辜。这是老衲的罪过。老衲六十年的修行毁于一旦了。"

武松不知道老和尚到底在说什么。

老和尚长叹一声："武松，能少杀几个人就少杀几个人吧！"

武松跪别老和尚下山。在半山腰的时候，他似乎听到老和尚的声音，他只听到杭州六和塔几个字什么的。

所以武松虽然有些着急沮丧，但是他还是相信总有一天儿子能像自己一样会打拳。武松对未来充满信心。他甚至觉得儿子将来一定比自己更会打拳。

花千树建议潘金莲把武十八送到鲁秀才的学馆去念书。潘金莲有些迟疑。她听说鲁秀才的学馆涨了学费，担心付不起。

花千树："学费我去跟他谈。武十八需要念书。"

潘金莲不同意。由于鲁秀才最终还是不敢坚持讲武松打虎，花千树很失望，嫁给他的事情也就不了了之了。如今花千树为了学费去找鲁秀才，说不定又会谈到这个事情。潘金莲内心是矛盾的，她不愿意看到花千树嫁给鲁秀才。她曾经暗示过武松，让花千树搬过来一起住，但是武松坚决不答应。

花千树："嫂子，武十八叫什么名字？叫武树。武树就是我儿子。我儿子的事情我当然要管。"

鲁秀才对于武十八来学馆念书有些犹豫。

"你怕啥？"花千树盯着他。

鲁秀才有些为难的样子。武十八是武松的儿子，身份有点特殊，有可能给他带来麻烦。

花千树："鲁秀才，瞧你那点出息！"

花千树转身就走。鲁秀才迟疑片刻，叫住她。

鲁秀才："不是不想教他，我是觉得……"

花千树打断："别说了！好好教。教得好我就嫁给你，教不好什么也别想！"

鲁秀才一阵激动莫名。

花千树："没有学费哈！"

鲁秀才："啊？没学费？"

花千树："你要收我的学费吗？"

鲁秀才尴尬地笑笑："子曰……"

花千树："谁曰都没用！你教还是不教？"

鲁秀才觉得教武十八识字念书总比讲武松打虎要容易一些，也不犯忌，于是就连连点头答应了。从此，武十八就天天到学馆跟着鲁秀才识字念书了。

没有过多久，鲁秀才发现武十八是一个非常聪明的孩子，识字比同伴快，记性比同伴好，字也写得比同伴有章法，是块读书的料。鲁秀才渐渐喜欢上武十八了。

鲁秀才："武树，长大了想做啥？"

武十八："打拳，像爹爹一样。"

鲁秀才愣了一下，摇摇头，轻轻叹了一口气。

鲁秀才："万般皆下品，唯有读书高。"

武十八没有听懂，但是他点了点头。武十八点头，这让鲁秀才感到有些欣慰。鲁秀才暗暗决定好好培养武十八，把自己平生所学尽皆传授给他，为清河县培养出第一个状元！

潘金莲惊奇地发现武十八认识的字已经比自己多了，而且时常拿着一本书看，看得很认真，好像看得懂似的。但是让她有些不解的是，每当武松回家叫他练打拳的时候，他总是很快放下书，跟着武松去了院坝，非常认真地学打拳。儿子到底喜不喜欢念书呢？从内心深处来说，潘金莲是希望儿子做一个读书人的。

潘金莲："阿武，如果没有千树妹妹，十八念不成书的。"

武松："嗯。"

潘金莲："十八没有交过学费，都是千树妹妹……"

武松："我知道。就练一会儿。"

潘金莲压低声音："阿武，十八的书念得好，千树要兑现诺言嫁给鲁秀才了……"

武松呆了片刻，大步走到院坝中间，大声地："十八，来，爹爹教你打醉拳！来呀！来呀！"

花千树确实打算嫁给鲁秀才了。这几个月下来，花千树看到鲁秀才对武十八关心有加，尽心尽力，还主动给他开小灶。花千树问到武十八的学业的时候，鲁秀才两眼放光，兴奋地夸赞武十八天资聪慧，是块读书的料，将来一定有一个锦绣前程。

花千树看到鲁秀才的兴奋之情溢于言表，知道他没有说假话。

鲁秀才感慨万千："没想到武松的儿子这么会念书啊！"

十天之后，花千树就真的嫁给了鲁秀才。这件事全清河县的人没有一个人知道。花千树把自己关在屋里想了三天，武十八渐渐长大了，喜欢念书识字，武松从西山回来了，就住在清河县城里，如果愿意，每天都能看到他。跟嫂子很谈得来，亲如姐妹。花千树觉得没有什么遗憾了，她觉得自己很幸福。花千树不想让别人知道，其实最主要的是不想让武松知道自己嫁人了。当然以后都会知道，但是那已经是以后了。花千树把花店所有的花都扎成花环，放满了自己的屋子，她自己从头到脚也挂满了花环。她为自己斟满了酒，想象着与武松成亲的情形，开心地笑着，哭着，把满满的一大杯酒喝了下去。酒劲儿上来了，全身是花的花千树躺在地上就睡着了。这个夜晚，花千树睡得很香很甜。她做了一个梦，她梦到自己真的嫁给了武松。

第二天晚上夜深人静的时候，天空下着小雨，花千树敲开了鲁秀才家的门。

"老鲁，我来了。"

三个月之后，武松和潘金莲才知道花千树嫁给了鲁秀才。很快，清河县城的人都知道了，当然也包括乔郓城。

第三十章

马思远去了贵州。这个城市并不因为马思远走了而停止它的喧嚣与骚动，每个人似乎都在为了自己的生存而忙碌，没有心思想生存以外的事情。

我决定主动找路嘉怡谈一谈。我打电话给她，说我在茶楼等她，但是路嘉怡坚持要我去宾馆。我犹豫了一秒钟就答应了。半个小时之后我到了她下榻的房间。

路嘉怡笑笑："你终于肯来宾馆找我了。请坐。"

我在沙发上坐下，点上一支烟。

路嘉怡："喝什么茶？"

我晃了晃手中的农夫山泉。

路嘉怡："今天来找我有几个意思？"

我说："路嘉怡，我说过，你要跟邹老板做生意就做，不要把我扯进来。"

路嘉怡："就这个事吗？"

我点点头。

路嘉怡："邹老板无非是想多赚几个钱。我跟他已经谈好了我们双方都能接受的价格。"

　　路嘉怡的语气轻描淡写，仿佛是不值一提的事情。我有点恼火，想说早他妈这样不就得了吗之类的话，但是我没有心情说这些，或者说我不愿意多说话。

　　我说："那就好。"

　　路嘉怡："当然，我还是多赚了两百万元。"

　　我看了看她。她虽然是我前妻，我们还共同有一个女儿，但我现在觉得她对我来说非常陌生。我们似乎不在一个世界里。

　　路嘉怡："如果不是因为你，我还可以多赚两百万元。"

　　我并不想对此负责："那是你的事。我说过了，不要把我扯进去。我很烦。"

　　路嘉怡："不管怎么说，你毕竟是我前夫嘛。对前夫的朋友我总是手下留情的。"

　　我说："你完全没有必要那样做。"

　　路嘉怡："可是我已经那样做了。"

　　听上去好像有要挟的意思，我有些不快。

　　我说："这么多年了，你说话还是这个样子吗？"

　　路嘉怡："你的那个公司值多少钱？"

　　我没有明白她的意思。

　　路嘉怡："我是问，如果算市值，你那个公司值多少钱？"

　　这个问题我还没有想过，但是肯定值不了几个钱。

　　路嘉怡："不管值多少钱，我买了。"

　　我说："路嘉怡，你一向看不起我做的事，从来就是这样。我做任何事情你都不屑一顾，从结婚开始你就这样。"

　　路嘉怡："嗯哼！"

　　我说："我的公司值一块钱，但是我不会卖给你。"

　　我站起来，不想跟她说话了。

　　路嘉怡忽然柔声地："流平，跟我去加拿大吧。"

　　我看着她："我为什么要跟你去加拿大？"

　　我把"跟你"两个字说得比较重。

　　路嘉怡："跟我去加拿大吧，我们一家就可以团聚了。"

　　不说就算了，一说就往事涌上心头。当年路嘉怡抛下女儿和我，跟着那个男人去了加拿大。我又当爹又当妈地把女儿崔莺莺拉扯大，其中的酸甜苦辣咸我也不想说了。女儿长大了，这个时候路嘉怡开始来关心女儿了。虽然我舍不得女儿，可是为了她的前程，我还是同意了她去加拿大上大学。好多年过去了，崔莺莺现在也已经结婚嫁人了，路嘉怡这个时候给你来一个什么"可以团聚"，真的是让我无语了。

路嘉怡："我已经离婚了。现在单身。"

这是意料中的事，我什么都不想多问。

路嘉怡眼圈有点红了："你去加拿大，我养你。也算是我对你的补偿吧……"

我说："谢谢你。但是我不愿意。"

路嘉怡："你可以做你想做的任何事情，种花，养鸟，看书，写作，追剧，滑雪，下围棋，研究《易经》，什么都可以。"

我看了她一眼，这一刻我发现她有点沧桑。

路嘉怡："如果你愿意，我可以让你经营一个小公司玩玩儿。"

我说："路嘉怡，我不可能跟你复婚。如果有时间，我可以去看看女儿，但不是现在。"

路嘉怡点上一支烟："你就那么舍不得那个小姑娘吗？"

我说："跟她没有任何关系。"

路嘉怡："我不信。"

我说："你的行程定了，我去送你。我走了。"

"崔流平……"

我在门口转过身来："别再说了。再说连朋友都没得做了。"

外面的阳光有些刺眼，我戴上墨镜，走在大街上。我无法描述我的心情，我就这么走着。这些年生活过得简单粗糙，我的心已经不那么易感了……

这个时候，突然冒出几个人来，有扛摄像机的，有手持话筒的，他们拦住我的去路。

手持话筒的："请问，你幸福吗？"

我没有说话，只是看着他们，仿佛没有听懂问话。

手持话筒的："打扰一下，请问你感到幸福吗？"

我沉默了三秒钟："你们打扰我了。"

我扬长而去。

李峰跟我说，他向杜四凤求婚，杜四凤哭了。

我说："是因为感动吗？"

李峰说不是，她觉得我在开玩笑，是在嘲弄讽刺她。

我看着眼前的盖碗茶，没有说话。

李峰："老崔，她为什么不肯接受？"

我说："你不够诚恳呗。"

李峰很冤枉似的："我诚恳啊，我非常诚恳！真的！"

我说："你怎么诚恳的？"

李峰："我在电话上跟她说……"

我打断他："在电话上求婚？唉，理工男就是理工男。"

李峰回过神来，笑了笑："是有点草率了。"

我说："太草率了，太不严肃了。"

李峰狠狠地抽了一口烟："我觉得四凤的哭声很好听，很动人。我的心都被她融化了。"

我看着这个老男人，一时半会儿找不到合适的话。不管怎么说，我不能去调侃一个深情的人。我莫名其妙地叹了一口气。

李峰神情有些无奈："沈茹芸不愿意分手。她知道我挨打了，还是不愿意分手。她说她恨她老公。"

我能说什么呢？

李峰："我已经三天没有理她了。信息不回，电话不接。"

我说："这不是个办法。"

李峰："她说她跟她老公早就没有爱情了，之所以没离婚，就是怕影响孩子。她说她对生活很绝望，而我的出现让她重新燃起了生活的欲望，我是她的救命稻草。"

我双手捂着脸，轻轻地搓揉着，表示我对此无能为力。

李峰："可是谁是我的救命稻草呢？"

我问："她知道你跟杜四凤的事吗？"

李峰："不知道。我不想跟她说，也说不清楚。"

我慢慢喝着茶。

李峰："你觉得我应该跟她坦率地说清楚？"

我说："为什么不呢？"

李峰苦笑一下，不置可否。

陆无双下个星期回湖南，机票已经买好了。晚上吃饭的时候，陆无双问我会不会想她。

我说："有没有请假？没请假老头儿要扣你的工资哦。"

陆无双笑着使劲捶打我。

我说："丫头，我看看机票。"

陆无双把手机给我。我看到的是往返机票。

我说："晚上我吃什么呢？"

陆无双："哎呀，来回就三天，老头儿将就吃啦。"

洗碗的时候，我打碎了一只碗。收拾好之后，我和陆无双出去散步。我们在一起的时候，我几乎不谈别人的事情。

我问："丫头，你小时候是什么样子呀？"

陆无双："就是你看到的样子呀。"

我看过陆无双小时候的照片。我记得有一张是站在椅子上唱歌的照片，乖得我直接想把她从椅子上抱下来。

我说："小时候有没有什么记忆深刻的事？"

陆无双牵着我的手，没有说话。

"怎么啦丫头？"

陆无双笑笑："没什么呀……"

我说："讲一讲嘛，我喜欢听。"

陆无双："没什么好讲的呀，都是一些鸡毛蒜皮的事啦。"

我说："鸡毛蒜皮的事我也喜欢听。"

于是，陆无双讲了一件事。陆无双说，小时候都是妈妈送她去上学。有一次她妈妈有事，就改由她爸爸送。他爸爸把车开到离学校门口大概有三百米的地方就停下来了，让她自己走。陆无双非常希望爸爸送她到校门口，但是她爸爸坚决不肯。陆无双含着泪水下车，一个人走到了学校。

我问："为什么呢？"

陆无双轻轻地："不知道。我爸并不是干部。"

为什么这件事成了陆无双记忆深刻的事情呢？她讲这个事是想表达什么呢？不管怎么说，我有些心疼，我也不愿意勾起陆无双不愉快的回忆。

我说："你们家谁开车开得最好？"

陆无双："当然是我妈啦。我开车的动作都跟我妈一模一样。"

我把话题成功地转移开了。陆无双的脸上有笑意了。

"我开车在你们家能排第几？"

"第四，哈哈哈！"

我说："啊？丫头比我开得好呀？好好好，第四就第四，好歹也是前四，哈哈哈！"

陆无双开心地笑了，紧紧地牵着我的手。我们继续往前走。陆无双喜欢看美剧，我向她请教了很多关于美剧的知识。

周末快下班的时候，沈茹芸走进了我的办公室。我有些吃惊。我们虽然吃饭的时候见过两次，但是毕竟不大熟。

沈茹芸："崔总，要下班啦？"

我说："嗯嗯，快了。好久没见到沈老师了。沈老师有什么事吗？请坐请坐。"

沈茹芸坐下，笑笑："崔总，你是一个耿直的人，我也很耿直。我就直截了当地问了，李峰是不是另外有人了？"

我故作惊讶茫然的样子。我必须在最短的时间内决定是否讲真话。我不是怕讲真话，而是不知道在这个场合里该不该讲真话。

我说："外面有人？李峰身体有那么好吗？"

我决定把事情朝喜剧化方面引导。

沈茹芸似笑非笑地看了我一眼："你们是好朋友，他的事情你肯定知道。"

我笑了笑："听上去好像不对哎，一个男人知道另一个男人的所有事情。"

沈茹芸顿了顿："崔总，你是在帮朋友打掩护。"

我说："那我能得到什么好处？沈老师，这又是何必呢？"

说真的，我非常不喜欢这种谈话。

沈茹芸："我爱李峰。"

我看到她的眼中有泪光，但是我无能为力。我也不能说那些伤害她的话。

沈茹芸："请崔总转告李峰，我非常爱他。"

她站起来，好像要走。

我说："沈老师，我不知道发生了什么事。但是如果发生了就一定有原因，有时候我们并不一定了解我们所爱的人。也许放手是一种出路。"

她看着我，似乎在琢磨我的话里的意思。

我说："放手是一种高贵的品质。"

我说这话的时候突然想起了陆无双。我的心疼了一下。

沈茹芸："我懂了。"

我默默地看着她。

沈茹芸："请你告诉李峰，我希望他接我的电话。"

我说："你还是没懂。"

沈茹芸："就接一次电话。"

我说："所以你根本没有懂。"

沈茹芸："崔总，你根本不懂女人。更不懂恋爱中的女人。"

我本来想说"我最不懂恋爱中的结了婚的女人"，但是我觉得这会伤害她。

所以，我说："确实不懂。我也不愿意牵涉到别人的情感事务中去。沈老师，每个人有每个人的生活。"

我几乎可以肯定地说，沈茹芸是怀恨离去的。这我没有办法，我不希望频频出面为他们的事情做调解。更何况，如果要调解，也应该是李峰找我而不是沈茹芸。问题是，有什么好调解的呢？

终于，《玩偶之家》演出的事情敲定了，时间是下个星期的周末。公司上上下下就开始为这件事忙碌起来了，宣传、营销各部门更是加班加点地做事情。让我有点头疼的是我至今还没找到赞助商。我跟几个企业家谈过，可是他们似乎对这件事没什么兴趣。我当然不可能去找邹老板。但是我又想，这是一部名剧，凭着它一百来年在中国的名气影响，就算是走市场卖票，也不可能亏到哪里去。随着人们物质生活的大幅度提高，对精神生活品质的追求也应该相应地提高嘛。所以我并不是特别着急。

陆无双对我的固执无可奈何。

吃饭的时候，陆无双突然把筷子放在桌上，盯着我。

我说：“怎么啦丫头？”

陆无双：“老头儿，你怎么那么固执啊？”

我看着她，笑笑。陆无双生气的样子特别可爱。

陆无双：“不吃了。”

陆无双平时几乎没有跟我生过气。

我起来牵着她的手，到沙发前坐下，把她轻轻揽在怀里：“丫头，原谅老头儿的固执。我做《玩偶之家》也是一种情怀。就算亏那就亏吧。”

陆无双看着我，不说话。

我说：“丫头，让我赌一把。输了，我认。”

陆无双还是不说话。她轻轻捋了捋我的头发，然后看着阳台。陆无双不是一个特别喜欢说话的人。她仿佛有很多心事，但是从不轻易吐露。这是她最迷人的地方，也可能是最致命的地方。我承认，虽然我们在一起有很长时间了，但是我觉得还是对她缺乏足够的了解。

“丫头，吃饭吧。”我轻轻说。

陆无双摇摇头，仍然看着阳台外面。看着有些忧伤的陆无双，我差一点就要放弃《玩偶之家》了。只要她再说一句，我可能真的就要放弃了。但是她没有说，她只是看着外面。

我说：“丫头，你在想什么？”

陆无双转过头来，笑笑：“没想什么呀。老头儿，我明天要走啦。”

天色已经暗下来了。陆无双是明天一早的飞机，所以我们决定不出去散步了，外面也开始下雨了。

　　我们坐在沙发上，听着摄人心魄的雨声。外面的雨越来越大，我们感觉屋里也潮湿起来。一道闪电划过粉红色的窗帘，动人心魄的雷声接踵而至，仿佛在屋顶上空爆炸。

　　这一夜的雨几乎没有停过，雷声也伴随着雨声到天明。

　　手机闹钟在雨过天晴之后响了。

　　陆无双抱着我的脖子，慵懒地："崔流平，我不想起来嘛，我想再睡一会儿嘛……"

　　吃过早饭，我们就去机场。车是陆无双在开。我看看车窗外的风景，又看看开车的陆无双，心中有说不出的滋味。

　　"怎么啦，老头儿？"

　　我笑笑："你们那里没有什么恶作剧吧？"

　　陆无双："恶作剧？"

　　我说："就是闹洞房，伴娘也难以幸免的那种。"

　　陆无双："怎么会？不可能。"

　　我说："我看到报道，有些地方闹洞房……"

　　陆无双："哎呀哎呀，不会的，不可能的，老头儿真啰唆。"

　　我说："做伴娘很可怕。"

　　陆无双腾出右手打了我一下。

　　我说："后天晚上几点到？"

　　陆无双："九点二十的飞机，大概十一点到吧。"

　　我说："好。回来我们去吃火锅。"

　　陆无双用方言回答："要得。"

　　陆无双牵着我的手，来到登机口。

　　陆无双："老头儿，我走啦。"

　　我点点头，紧紧地盯着她。

　　陆无双在我耳边轻轻说："老头儿，丫头后天就回来啦，不许哭，这么多人看着呢。"

　　我说："哪里哭了嘛……"

　　陆无双："就是哭了嘛，你还不承认。"

　　陆无双紧紧地拥抱我。我也使劲地抱着她。

　　陆无双："老头儿，登机口都没人啦，我真走啦。"

　　陆无双过了安检，即将消失在我的视线之外。我目不转睛地盯着那边，看不到她了。

忽然，陆无双从安检处旁边冒出来，朝我挥手："崔流平，家里灯没有关！"

我朝她挥挥手，表示知道了。我再搜寻陆无双的时候，陆无双已经不在我的视线之内了。

我在登机口附近逗留了半个小时之后，驾车回市区。一路上我头脑一片空白，思无所依。那个时候我还不知道，那是我最后一次见到陆无双。

第三十一章

武松做协捕已经三个月了。这三个月里，武松没有参加任何一次捕快的行动。但是武松还是坚持每天都到衙门外等候。昨天一早，武松刚刚走到衙门外，就见到乔郓城带着几个捕快急匆匆从衙门里出来。虽然武松曾遭到数次拒绝，但他还是跟着他们往前走。没有人理会他，武松居然有些小激动，总算没有人赶他走了。这个时候队伍停了下来。乔郓城慢慢走到武松面前。他盯着武松，毫无表情。武松与他对视片刻，然后扭头看别处，似乎不敢看乔郓城的眼睛。乔郓城在他面前来回踱步，不说话，神情严厉。他在考验武松的意志。

武松声音有些低："乔、乔都头……"

乔郓城没有搭理武松，仍然来回踱步。

武松脸上挤出笑意："乔都头，你们去哪里？"

乔郓城慢慢停下来，盯着他："武松，这是你该问的吗？"

武松："我、我……"

乔郓城厉声地："我什么我！以后没事不要到衙门口来转悠！"

武松："我……"

乔郓城："你耳朵聋了没听见吗？有事再叫你！"

武松想到这里，心里不免有些愤愤不平，当初没有我，你乔郓城还在卖梨呢！

武松在衙门口转了转，准备回家了。路过何况的酒馆，他很想进去喝酒，可是身上一文钱也没有。武松朝里面看了看，吞了一下口水，正要继续往前走，何况走了出来。何况看了看他，像是不认得他似的。武松走了几步，停下来。

武松笑笑："何老板，先赊我一碗酒吃……"

何况慢慢伸出手，意思是拿钱来。

武松忽然想起什么："你爹何九叔呢？好久没看到他了。"

何况咬牙切齿地盯着他："死了！"

武松有些呆呆地看着他，不知道说什么。他转身要走。

何况："武松！"

武松以为他要说何九叔的事情。

何况有些鄙夷地："你咋混得这么惨？"

武松的脸红了一下。他下意识地直了直腰。

何况一脸坏笑："你晓不晓得，花千树嫁给鲁秀才了？"

武松："啥……啥时候的事……"

何况坏笑一下："啥时候的事？都要生娃了，哈哈哈！"

武松呆呆地看着他。

何况淫邪地："鲁秀才老牛吃嫩草，够他喝一壶的，哈哈哈！"

武松有些口吃："你、你不要、乱讲……"

何况变脸："乱讲又咋样？你要打我？来，你打！"

武松："我、我打你作甚……"

何况："老子谅你也不敢打！武松，你以为还是从前吗？"

武松涨红了脸，慢慢捏紧拳头。

何况夸张地："哎呀，真要打我呀？街坊邻居们快来看啊，武松要打人啦，快来看啊，快来看啊！打死人了，打死人了！"

武松心里一阵发慌，一句话不说，赶紧大步开溜了。

武松回到家里，把花千树的事情跟潘金莲说了，潘金莲只是幽幽地叹了一口气。

潘金莲："怪不得鲁秀才对十八那么尽心尽力，学费也不收。"

武松不言语，脸有些微红。

乔郓城跟几个捕快喝酒的时候，看到花千树和鲁秀才从酒馆前经过。几个捕快挤眉弄眼地轻声说着什么。乔郓城追问他们，这才知道花千树已经嫁给了鲁秀才。乔郓城心里一阵莫名的酸楚，夹起一个鸭脑壳使劲嚼着，鸭骨头被嚼得山响，几个捕快莫名其妙地看着他。

乔郓城："看什么看！喝酒！"

乔郓城已经过了三十岁了，还没有结婚。他无父无母，也没有人催他娶妻生子。他喜欢花千树。虽然屡遭花千树严词拒绝，但是他一直不死心，总觉得自己有机会。也有人给他提亲，但是乔郓城都一口回绝，他心里只有花千树。本来他以为武松已经不是当年的武松了，他就可以大张旗鼓地追求花千树了，可是万万没想到花千树真的就嫁给了那个鲁秀才！乔郓城心中一阵绞痛，忽然就想，花千树为什么会嫁给鲁秀才呢？

从此，乔郓城每天只要没什么事，都会到鲁秀才的书馆去转一转。他开始注意到，鲁秀才对武松的儿子武十八特别上心，经常表扬夸奖他。难道这孩子是花千树跟武松生的？乔郓城计算了一下时间，好像不应该是。可是鲁秀才怎么会对武松的儿子那么关心呢？乔郓城曾经私下问过书馆的其他孩子，得知鲁秀才确实没有在书馆讲过武松打虎的事情。

乔郓城把鲁秀才叫出来："武松的儿子怎么在这里？"

鲁秀才："他到了上学的年纪了。"

乔郓城冷冷地："你对他好像特别好。"

鲁秀才："他的书念得特别好。"

乔郓城："交学费了吗？"

鲁秀才点点头。

乔郓城："他交得起学费吗？"

鲁秀才愣愣地看着他。

乔郓城："我问你武松交得起学费吗！"

鲁秀才："你去问武松……"

乔郓城一下子火了，一巴掌打过去，接着就是一阵拳打脚踢，把鲁秀才打翻在地："我在问你话，你叫老子去问武松！"

鲁秀才双手抱头，躲避着。

武十八冲出来："你在干啥！不许打先生！"

乔郓城一愣，恼羞成怒地扬手就要打武十八。武十八退后几步，摆了一个迎战的姿势，无所畏惧。

乔郓城大怒，正要上前打武十八，却突然意识到这是武松的儿子。如果揍了这个小孩，不管怎么说，武松一定会报复的。武松现在敢报复吗？他不敢。可是万一他敢呢？万一他不要命了呢？乔郓城还是有点心虚。他决定忍下这口气，以后再说。

鲁秀才在地上躺着，看得热泪盈眶。

武十八下学回家，把乔郓城打鲁秀才的事情给父母讲了。潘金莲很生气，也很伤心。武松默默不语。

武十八："他还想打我哩！"

潘金莲一下子抱过武十八，看看是不是受伤了。武松站起来，在屋里来回走着。他想发火，可是觉得喉咙里有什么卡住似的，说不出话来。

武十八："妈妈，没啥，他不敢打我！我不怕他！"

武松牵着武十八的手："我们去练打拳。"

潘金莲想阻止他们，可又找不到什么理由。潘金莲呆呆地坐着，不知道该做什么好。

武松轻声地问儿子："乔郓城是不是打了你？"

武十八："没有，他不敢！"

武松点点头，准备教儿子打一套新的拳法。

武十八："爹，他打我，你敢不敢揍他？"

武松最怕儿子问这句话。他不知道该如何回答。武松仿佛没听见，开始打拳。

武松："十八，好生看着。"

武松认真地打拳。这套拳就是当年武松威震江湖的醉拳。武松打着打着，一种自豪感油然而生。这套拳武松使过无数次，但是他觉得今天打得是最酣畅淋漓的一次。

武十八使劲鼓起掌来。

武松觉得有满腹的话要跟儿子说，他擦了擦额头的汗水，却猛然感到有些头晕，差点没站稳。他在石凳子上坐下，不停地流着虚汗，心里一阵发慌。

武十八："爹，你有没有打过老虎？"

武松有些心慌地看着儿子，也有些神情恍惚。

武十八："爹，你到底有没有打过老虎嘛？"

武松："别听人瞎说！"

李达天对武松这一个时期以来的表现感到满意，但又觉得武松成天在衙门口晃悠不是个事儿，于是他决定把武松安排到东门去扫大街。

李达天："怎么样？"

武松有些迟疑。

李达天："可以多点银两补贴家用。"

武松："武松听凭大人差遣。"

李达天："你去东门找老孙头，他给你安排事情做。"

武松："是，大人。"

看着武松走出去，李达天愣了片刻。随后，一种莫名其妙的快感充溢着他全身。

时间过得很快，武松在东门扫大街已经一个多月了。对于这个新的工作，武松很满意。他有时候甚至还去南门帮着别人扫大街。他说反正闲着也是闲着。

一天，西门庆从南门回城，看到武松正低头扫大街。他让随从原地等待，慢慢走到武松面前。武松是先看到西门庆的脚，再抬头看到西门庆的。

两人对视片刻。西门庆似笑非笑。武松没有什么表情，低头继续扫地。

西门庆："武松，这是你扫地的地方吗？"

武松不言语，只管扫地。

西门庆："武松，你想去哪里就去哪里吗？"

武松停止扫地，看他。

西门庆："回答我的话，你想去哪里就去哪里吗？"

武松声音不大："反正没事……"

西门庆打断："没事就可以乱走吗？乱走就有事！"

武松："不会的……"

西门庆："回东门去！听见没有？不许来南门扫地！"

武松站着不动。

西门庆："还想要这个差事吗？"

武松不吭声。西门庆一脚踹过去，武松退了两步。

西门庆："滚到东门去！"

武松默默地朝东门方向走去。

西门庆看着武松的背影，突然意识到是把潘金莲抢回来的时候了！虽然西门庆有很多女人，但是对潘金莲他是有感情的。当然，最重要的还是面子问题。当年，武松当着全清河县人的面，把潘金莲从自己家里强行娶走，这是西门庆一生中最最屈辱不堪的事情。他无时无刻不想着把面子挣回来。现在，西门庆认为时机已经成熟。他要当着全清河县人的面，把潘金莲抢回来，风风光光地用八抬大轿把潘金莲重新娶回家。

李达天："大官人，这、这又是何必呢？"

西门庆阴沉着脸。

李达天勉强笑笑："大官人，这个年纪了，何必嘛？何必给自己惹麻烦嘛……"

西门庆冷笑一声："武松能给我惹什么麻烦？"

李达天故意做出一副忧心忡忡的样子。

西门庆大声地："李大人，你怕他？"

李达天若有所思地看着外面。

西门庆："我主意已定，你不要阻拦我，你还要帮我！"

李达天迟疑地："这个、这个……"

西门庆："武松听你的话，你知道该咋做。"

李达天看着已经发福的西门庆，不说话。

西门庆拿出一张银票放在桌子上："李大人，我们是兄弟。"

李达天看着银票上的数字，不由得心跳加速。他看着银票，想着潘金莲。唉，不管潘金莲是跟着武松还是跟着西门庆，我都没有什么机会了。别再去想了，让她去吧，她的男人不是我。李达天想到这里，竟有些伤感，眼睛也有些湿润。他深深地叹了一口气，轻轻摇了摇头，闭着眼睛。

李达天意味深长地："一寸相思一寸灰啊……"

三天以后，李达天找武松谈了一次话。看着神情严肃的李达天，武松有些发怵。

李达天："武松啊，看来本官很难保你了啊。"

武松心一紧："咋了李大人……"

李达天来回走着，尽量营造一个他所需要的谈话氛围。

武松越发紧张害怕了。李达天轻轻却有些夸张地叹气。

武松："大、大人……"

李达天大声地："唉！"

武松声音都有点颤抖了："大人，有、有啥你就说……"

李达天慢慢回到座位上，喝了一口茶，又叹了一口气。

李达天："武松，一失足成千古恨啊！"

武松呆呆地看着他。

李达天："东平府发来文书，要彻底追查宋江卢俊义的余孽，把他们送到西山，永远不许回来！"

武松肝胆欲裂，一句话都说不出来。李达天看着武松，揣度他现在的心情和想法。

武松弱弱地："大人，啥、啥叫余孽……"

李达天简明扼要："就是剩下来的孽种、坏人。"

武松着急地："我、我……"

李达天痛心疾首："武松啊，当年你怎么会跟着宋江卢俊义上梁山造反啊？"

武松语无伦次："我、我、他们……上梁山……"

李达天夸张地"唉"了一声，这让武松心惊肉跳。

李达天："武松，准备回西山吧。"

武松几乎要哭了："大人，我没有做错啥呀……"

李达天低沉地："来人！"

武松扑通一下跪下来："大人救我，大人救我啊……"

李达天挥了挥手，示意进来的两个捕快出去。

李达天："武松，你知道上面为什么要这么做吗？"

武松呆呆地望着他。

李达天："上面怕你闹事啊！"

武松冤枉地："我没有啊，我没有闹事啊……"

李达天："你现在是没有，可是谁能保证你以后会不会闹事？如果你以后遇到了你不能接受的事情，谁能保证你不会闹事？"

武松："大人，大人，只要不让我回西山，啥事情我都可以接受，我发誓！"

李达天做出一副不相信的表情看着他。

武松跪着往前两步："大人，小人发誓，只要不回西山，别人打我左脸，我把右脸给他。大人，小人说话算数！"

李达天来回走着，做出思索的样子。武松眼巴巴地望着他。

李达天停下，长叹一声："武松！本官这一辈子就搭在你的身上了！"

武松向李达天叩头不止。

李达天："武松，我可以救你。但是，如果你敢闹事，我立刻把你送你回西山，然后向东平府请罪。武松，你听明白了吗？"

武松叩头谢恩："小人明白，小人明白。多谢李大人开恩！"

李达天意味深长地："武松，本官会一直看着你。"

在回家的路上，武松一直低头走路，也没有人注意到他。但是他心里还是蛮愉快的，终于可以不去西山了，这个问题终于解决了。武松抬头看了看天，觉得天气挺好。武松有些奇怪，怎么自己一点也不想喝酒了？按理说，今天应该好好地喝一顿酒啊！武松放慢脚步，想起了自己年轻的时候。他想来想去，就是觉得喝酒误事，喝酒误了自己的一生。如果不喝酒，那该多好啊！

武松快要到家的时候，看到家门口有很多人。武松赶紧走过去，众人立刻闪开让武松进屋，脸上的表情各有不同，但总的表情是兴奋好奇，还有不明不白的笑意。

武松看到院坝里站着乔郓城和七八个捕快，心里一紧，不知道发生了什么事。

乔郓城大声地："武松，你回来得正好。西门大官人命令我们来接五姨太回府。"

这句话犹如晴天霹雳击中了武松。

乔郓城："武松，你没有听明白吗？"

武松确实没有听明白，他仿佛在梦中："你、你说啥？"

乔郓城："我们奉西门大官人之命来接五姨太回府！"

武松一股热血冲上头顶："你们敢？！"

九把朴刀一齐对准了武松。

武松狂怒不止："阿莲是我的老婆，我的老婆！"

他转身想进屋，却发现房门关着，推不开："阿莲，阿莲……"

里面没有声音。

武松一拳砸开了门，只见潘金莲端坐在桌前，手里攥着一把锋利的剪刀，看着虚空。武松一把抱住她。

潘金莲："阿武……"

潘金莲的泪水一下子涌了出来。武松转身就往外走。潘金莲抱住他不让他出去。

乔郓城和两个捕快走进来。

乔郓城："五姨太，西门大官人正等着你呢。"

潘金莲抓起剪刀，愤怒地盯着乔郓城："滚出去！"

乔郓城："五姨太……"

武松上前卡住他的脖子，怒目而视。

乔郓城涨红了脸，吃力地："你、你要、闹事吗……"

一听见"闹事"两个字，武松情不自禁地松开了手。李达天那些严厉的话在他耳边响起，犹如重锤在他心里击打。

乔郓城："五姨太，请吧！"

围观的人已经挤到院坝来了，兴奋地议论着，期待着。

潘金莲平静地："除非我死。"

武松听了这话，羞愧难当，同时心中的怒火又开始慢慢升起。

乔郓城笑笑："五姨太，这又是何必呢……"

武松："你再说一声五姨太，我拧断你的脖子！"

乔郓城反应非常快："哟荷！武松，你胆大包天啊！又想闹事去西山了啊？！"

武松心里一紧。

乔郓城嚣张蛮横地："武松，你来弄死我，你来弄死我呀！"

武松有些不知所措。

乔郓城更加肆无忌惮："狗日的！你想翻天啊！老子现在就去禀报李大人，今天就让你去西山！"

看到武松不敢吭声，乔郓城愈发猖狂，一把抓住武松的衣襟，恶狠狠地："想去西山不？想去西山不？！"

武松看着他，不吭声。

潘金莲看着如此嚣张跋扈的乔郓城，又看看一言不发的武松，心里一下子就明白了很多。

乔郓城："李大人跟你说的那些话，你记住没有？我问你，你记住没有！说话！"

武松不说话。

乔郓城走到潘金莲面前："五姨太，请吧。"

潘金莲还是那句话："除非我死。"

乔郓城突然大声地："带五姨太出门！"

几个捕快上前，架着潘金莲就往外走。潘金莲挣扎着，但无济于事。武松痛苦得几乎全身抽搐。

院坝围观的人们发出刺耳的惊叹声和唏嘘声。

就在潘金莲即将被架出院坝的时候，武松大喊着冲过来挡在门口，扭曲的脸很难看，仿佛死神一般。

乔郓城："武松滚开！"

武松低着头，一动不动。

一个捕快拔出朴刀威胁着要砍武松。武松一拳打在他的胸口上，捕快惨叫一声，身体朝后飞了出去，然后重重地摔在地上。围观者发出尖叫声，纷纷后退。

乔郓城："武松！你闯祸了！"

武松低着头，直冒冷汗。

乔郓城觉得今天可能带不走潘金莲了。武松打伤了捕快，这件事要尽快向西门庆和李达天汇报。于是，他让人把受伤的捕快抬走。出门之前，他阴沉地盯着武松。

乔郓城："武松，你就等着去西山吧！"

武松搀扶着潘金莲回到屋里，两人都久久不说话，就那么坐着。潘金莲看着武松，突然发现丈夫老了一头。

潘金莲："阿武，李大人要你去西山？"

武松点点头，把李达天跟他说的话讲了一遍。讲完之后，两个人又陷入了沉默。

良久，潘金莲："阿武，要好好照顾十八。好好念书，不要再学打拳了。"

武松不明白她的话，只是点点头。

西门庆听完乔郓城的汇报后，脸上居然浮起了笑意。他叫来管家，吩咐派人去打扫潘金莲住过的院子，而且还要张灯结彩。

管家不解："大官人喜从何来？"

西门庆："这个你到时候就知道了。"

西门庆随后就去找李达天。李达天正在考虑如何处置武松。

西门庆："还用考虑吗？直接叫他滚到西山去！"

李达天："大官人，我跟你说过，武松死也不愿意去西山。"

西门庆哈哈大笑："那也由不得他了！"

李达天："我还是有点担心武松会铤而走险……"

西门庆打断："老李，你怎么这么胆小怕事呀？我跟你说，武松现在早就是一条狗了！"

李达天：“可是他现在还敢打伤捕快！”

西门庆：“那是因为那个捕快拿刀想砍他。我敢说现在武松的肠子都悔青了！”

李达天看着他。

西门庆自信满满："李大人，你现在下一道文书叫武松去西山，他肯定跪在你面前求你。"

李达天似笑非笑，没有表态。

西门庆："武松最怕去西山。"

李达天听说武松打伤捕快非常震怒，同时也不免有些忧心忡忡，这么多年了，武松好像并没有被彻底驯服。可是为什么他又会跪在我面前乞求我不要让他去西山呢？他是怕我李达天还是怕去西山呢？

西门庆几乎是命令似的吩咐李达天："立刻下一道文书，叫武松滚到西山去。"

想着那张无法拒绝的银票，又想到武松终究是个隐患，李达天终于下定了决心。

第二天一早，在焦虑和害怕中度过了一夜的武松等来了一份措辞严厉的文书。文书申斥武松屡教不改、作恶多端，实难宽免。在接到文书一个时辰之内，由乔郓城等一众捕快押解去西山。如敢反抗不从，后果自负，等等。

这是意料中的事，武松无话可说。

乔郓城冷冷地："愣着干什么？上路吧！"

潘金莲想去收拾一下东西，乔郓城拦住她，说任何东西都不能带。

武松："我想见一下李大人……"

乔郓城："李大人正在写请罪书，没工夫见你。"

武松彻底绝望了。他一把抓住乔郓城，带着哀求的眼光看着他。乔郓城转过头去。

武松快要哭出来了："乔都头，帮我说句好话吧，求你了，我不想去西山……"

乔郓城："说句好话？武松，你把我手下的人打断了三根肋骨，你让我帮你说好话？李大人气得差点吐血！"

武松跪下："乔都头，求你了！"

潘金莲："阿武，起来。"

武松哭了："我不能去西山。我去了西山，你和十八咋办啊？"

潘金莲："阿武，不要哭。"

武松带着哭腔："乔都头，乔都头，昨天的事情你看到的，是那个人想拿刀砍我……"

乔郓城："我什么都没看见。"

武松几乎要崩溃了："西门庆要抢我老婆……"

乔郓城："武松，谁抢谁的老婆？"

潘金莲："阿武，起来说话。"

乔郓城："啰唆什么？上路吧！"

武松有些歇斯底里了："我不去西山，我不去西山！我死也不去西山啊……"

乔郓城一巴掌打在武松脸上。武松似乎被打清醒了。他捂着脸，安静下来。

乔郓城："上路！"

武松看着潘金莲，潘金莲面无表情。

武松低着头，慢慢朝外走。

潘金莲叫住乔郓城，在他耳边说了几句话。乔郓城愣了一下，随后吩咐几个捕快在门外守着，自己快步走了出去。

屋里只剩下武松和潘金莲。

昨天晚上，因为不知道会有什么大难临头，他们把武十八送到了花千树那里。临走时，潘金莲给花千树和鲁秀才深深地鞠了一个躬。

武松低声地："我答应过李大人不闹事……"

潘金莲嗯了一声，良久，慢慢说道："阿武，十八要念书，不要再学打拳了。"

武松迟疑片刻，点点头。

潘金莲似乎有千言万语要说，但是又不知道该怎么说。她的眼圈红红的，很是伤心的样子。

潘金莲："阿武，你要好好的……"

武松又点点头。

潘金莲："本来，我还想给你生一个女儿的……"

潘金莲的眼泪流下来了，但是脸上却是笑容。武松不懂得潘金莲的意思。

潘金莲："阿武，谢谢你。"

武松："阿莲，我可以去西山。等乔郓城回来我就走。"

武松说完这话，觉得有些纳闷："乔郓城怎么走了？"

潘金莲："阿武，活下去，死也要活下去。"

武松使劲点点头。

外面传来喜庆的喇叭声和唢呐声。

潘金莲站起来："阿武，我要走了。"

武松不解，愣愣地看着她。

潘金莲哭了："阿武，抱抱我……"

武松紧紧地抱住她："阿莲，不是你要走，是我要走了……"

潘金莲不说话，闭着眼睛享受着武松的拥抱。

武松："阿莲，我会回来的，我一定要回来。你和十八等着我，我死也要回来。"

潘金莲"哇"地一声哭出声来，哭得很伤心，简直是放声大哭。

武松："咋了阿莲……我、我……"

潘金莲哭着："阿武，不要恨我，不要恨我……"

武松不知怎么的，也跟着哭起来。武松想起了这些年的各种遭遇各种屈辱，一阵难过伤心，竟然也号啕大哭起来。

潘金莲哭着："阿武，我走了，你不要恨我……好好抚养十八，好好念书，不要再学打拳了……"

武松两眼红红的，茫然地看着她。

西门庆出现在了两个人的面前。

西门庆："老五，走吧。"

武松似乎明白了什么！但是他一句话也说不出来。

潘金莲止住哭泣，替武松擦干眼泪，对武松笑了笑。这是潘金莲对武松，对全世界做出的最后一次最妩媚动人的微笑。然后，潘金莲面无表情地走出了屋子。

武松："西门大官人……"

潘金莲停下了脚步，想回头看武松，但是终于还是没有回头。她不愿意看到武松猥琐的表情，但是她依然爱着这个男人，一点也不怨他。潘金莲知道，如果不是为了她，武松不会是现在的武松。她不愿意看到武松受苦受难，所以她跟乔郓城说，只要不让武松去西山，她答应西门庆的条件。潘金莲明白，事到如今，只能这样了，她跟武松的好日子到头了。很久以前，潘金莲就预感到迟早有这么一天。

西门庆居高临下地看着武松，眼里尽是蔑视和嘲笑："武松，你要干什么？"

武松感到了一种前所未有的耻辱，他两眼冒金花，却什么也说不出来，只觉得浑身没有一点力气。

西门庆："我要用八抬大轿接老五回去。怎么，你不服呀？"

武松一股热血冲上来，可是他觉得全身乏力。

西门庆："过几天来我府上喝杯喜酒，哈哈哈！"

西门庆扬长而去。

武松想追出去，可两腿好像有千斤重。他奋力走了几步，突然感到一阵眩晕，脚下一软，倒在了地上。

武松瞪大眼睛看着天空，仿佛觉得天要压下来了。

乔郓城走过来："武松，你不用去西山了。"

武松张大嘴巴，什么也说不出来。

乔郓城："武松，你记住，在清河县，西门大官人说了算。你什么都不是，你就是一条狗。"

武松的眼睛一动不动。这时候，他听到了外面的唢呐声和欢快的喇叭声。接着就是人声鼎沸，好像全城的人都出来看热闹了。

第三十二章

我再三犹豫，最后还是决定把沈茹芸去公司找我的事情告诉了李峰。我以为李峰会一笑置之，没想到他竟然勃然大怒。

李峰站起来，狠狠地把烟头砸在地上："她他妈的神经病呀！找什么找？有什么好找的？还嫌事情不够大啊！神经病！"

我左手夹着一支烟，右手端着盖碗茶，细细地品味着绿茶。我不知道李峰为什么会发那么大的火，我猜测沈的老公可能又去找了李峰。

我笑笑："我成告密者了。"

李峰语气有些激动："昨天她老公去找我。你知道我跟她老公是认识的。她老公说，虽然在外面有女人，但是他还是爱他老婆的。他警告我不要再乱来了，不然大家面子上都不好看！"

李峰点上一支烟，让自己平静下来。我看了看手机，陆无双应该落地了。这时候，陆无双发来信息：到了。我妈来接我。老头儿开开心心的。我回了信息：丫头快去快回。注意安全。

李峰情绪平稳了："老崔，我要娶杜四凤。"

我问："当面求婚了？"

李峰点点头："四凤同意了。"

我脑海里迅速闪过李叔同和胡兰成的样子。当初是李峰推荐我看《今生今世》的。

我笑笑："我一定来喝喜酒。"

李峰："老崔，你看不看好我和四凤？"

我说："凡是被看好的最后都没有什么好下场。"

《玩偶之家》马上就要上演了，这几天公司上上下下都在忙着这一件事情。当然，营销其实早就开始了。数据显示戏票销售情况不大好。我心里一沉，但还是抱有一线希望。

晚上我在屋里抽烟。我本来想给陆无双发个信息，可又担心她不方便，况且要做伴娘也可能很忙，所以我就没有发信息。我把易卜生的《玩偶之家》找出来翻了一下，看着看着，我的心情开始有些紧张了。这样的戏剧故事能让当代人接受吗？人们现在还会关心娜拉的命运吗？也许人们会认为这样的故事根本就不成立？我不能确定。当时陆无双也有这样的担忧，也表达了很多次她的担忧，可是为什么我听不进去呢？我们还一起去看过这个戏，陆无双都差点睡着了，可我还是固执己见。为什么我那么固执呢？也许，处于幸福状态下的人们很偏执，认为一切都是好的，不会去想糟糕的事情。我又点上一支烟，这毕竟是经典，不至于很惨吧？外面下雨了，我躺在沙发上，听着无边的雨声，突然有一种写诗的冲动。已经好多年没有写过诗了。这么些年就没有过写诗的冲动，或者说早就忘了诗的存在了。这不是写诗的年代，于是我打消了写诗的冲动。写诗不如喝酒，我给自己倒了一杯红葡萄酒。

　　第二天上午，吴敏给我带来了更坏的消息，迄今为止只卖出去 187 张票！吴敏都好像要哭了。

　　我笑笑："天塌不下来，别哭。"

　　吴敏揉了揉眼睛，点点头。我突然发现吴敏这个揉眼睛的动作特别美，打动了我。

　　吴敏："崔总，我让我的大学同学来看戏吧……"

　　我突然很强硬地："吴敏，不必去求观众。告诉大家，都不必去求人来买票。"

　　就在那一刻，我已经抱定了输个精光的决心。生得光荣，输得悲惨。戏剧需要悲壮的场面。

　　吴敏："崔总……"

　　我说："谢谢你，吴敏。也谢谢大家这段时间的努力付出。"

　　吴敏犹豫了一下："崔总，不管怎样，我都愿意跟着你。"

　　她说完，看了我一眼，转身走出办公室。

　　我想跟几个平时往来不多有实力的朋友打电话，请他们出手帮忙买些票，但我实在是拉不下脸来，而且有点可笑。

　　第二天下午五点多的时候，我给陆无双发了一个信息，问她有没有动身去机场，但是没有收到回信。我煮了一包方便面吃，然后又给陆无双发信息，问她去机场没有。还是没有回答。我没有多想，打开电脑，看了一部希区柯克的老电影《西北偏北》，然后出门去机场。陆无双是十一点左右到。

　　在去机场的路上，刘珊珊给我打电话，问我《玩偶之家》的票卖得怎么样。我说还可以。她问我需要帮忙吗？我说谢谢你，就不麻烦你了。她说她全家要去看，已经买了票。我说谢谢。我跟刘珊珊已经好久没有联系了，她怎么会在这个时候给我打电话？而且关心票卖得怎么样，谁告诉她票房的情况不妙？

刘珊珊："流平，最近怎么样？"

我说："还行吧。你呢？"

刘珊珊："还那样。流平，有事多联系。"

我说："好的。珊珊，我在开车，挂了啊。"

陆无双乘坐的航班准点到达机场。我打电话给她，电话居然关机。我等了十分钟，再次给她打电话，仍然关机。我觉得情况有些蹊跷，难道她忘了开机？我发信息问她到了没有，还是没有回应。我有点慌了，这是怎么回事？没有乘坐这个航班？那应该告诉我呀！

我在接机处等了一个小时，打了三十多个电话，都是关机。我觉得我在冒冷汗。接机处空了，然后又热闹起来，又空了，又热闹起来了……陆无双一直没有出现。

夜里快三点钟的时候，我回到家中。我脑袋一片空白，也疲倦得要命。我衣服都没脱就直接躺在床上，只觉得头痛欲裂，什么也想不起来。我一支烟都没有抽完就睡着了。

第二天上午，我坐在办公室发呆。陆无双的手机一直是关机状态，也没有给我发任何信息。可能陆无双出什么事了，但是会出什么事呢？我浏览了所有的新闻报道，没有任何线索可寻。

吴敏敲门进来汇报票房的情况，我也没有怎么听清楚，只是记得她说情况不乐观。

我说："知道了。你去忙吧。"

吴敏："崔总，你怎么了？"

我毫无表情地："没什么。"

吴敏："你在冒虚汗……"

我抹了抹额头，是冷汗："没什么，亏就亏吧。"

吴敏关切地："崔总，要不要去医院？"

我说："吴敏，你去忙吧。"

吴敏走出去后，我在办公室来回走着。我没有去想票房的事情，我在想陆无双到底出了什么事，为什么一点音讯都没有？这不符合常理呀！手机掉了？可是她记得我的手机号码呀。难道就这样人间蒸发？到底是怎么回事呢？

《玩偶之家》马上就要上演了，各种事情多得不得了。这个时候我才想起确实应该招一两个副总。我只好全力以赴投入各种事务中去，只是偶尔会想起陆无双。

一整天过去了，没有陆无双的任何消息。她的手机永远处于关机状态。半夜，我在家独自喝着啤酒，突然我不寒而栗，莫非陆无双遭到了什么不测？！我一下子站起来，把手中的一罐啤酒狠狠地砸在地上。我迅速地否定了这个可怕的想法。不会的，绝对不会！怎么可能呢？我刚才查了查各种新闻，没有报道哪个地方因为闹洞房而导致伴娘出事的消息。媒体是很喜欢报道这类消息的。那到底是因为什么没有一点消息呢？我又开了一罐啤酒，一口气喝了一半。难道是因为她想离开我？不会吧？没有任何征兆啊！陆无双走的时候还说后天就回来了，怎么看也不像是在说谎呀！依陆无双的性格，如果她打算离开我，她一定不会采取这种玩"失踪"的方法。以我对陆无双的了解，她一定会非常坦诚地跟我谈离开的事。而且，她确实没有必要一走了之。

接下来的两天，我忙得不可开交，尽是一些关于演出的让我无比头疼的事情。凭着多年的经验，那些事情都基本上解决了。我累得像一条狗直喘粗气。

《玩偶之家》的演出非常成功，我却遭到了从业以来最惨的票房失败。坐在空荡荡的剧场里，我有些悲愤莫名。我仿佛听到陆无双在说，老头儿，不听我的劝吧，怎么办呀？可是陆无双去哪里了啊？怎么会没人来看经典大师的戏呀？我怎么办？我能怎么办？说好的要回来，怎么一点音讯都没有啊？她到底去哪里了呢？陆无双现在正在做什么呢？她知道我已经失败了吗？这里的戏剧土壤依然那么贫瘠，可是能怪观众吗？能怪易卜生吗？

半夜时分，我坐在电脑前，把我在北环的两套房子挂在了网上。我现在还不知道这次具体亏了多少，但是数目肯定不小。我希望能卖个好价钱，毕竟房子的地段还不错。

路嘉怡准备回加拿大了。她给我打电话说已经订好了机票。她说想跟我见一面，一起吃顿饭。我说我很忙，你走的时候我去送你。她在电话里停顿了一分钟，然后说行。

我开车送路嘉怡去机场。一路上我不大说话。

路嘉怡："听说你这次亏得很惨。"

我没有回答。

路嘉怡："倾家荡产了吧？"

我说："不至于。"

路嘉怡点上一支烟："你任何时候都可以到加拿大来。"

我没有说话，直视前方。

路嘉怡："那个叫陆无双的小姑娘走了吧？"

我还是不说话。

路嘉怡："流平，不是我说你，你有时候……"

我打断："那就不要说。"

路嘉怡："你太不现实了。这是你的致命缺点。"

我居然笑了笑："诗和远方还是要要的。"

路嘉怡："切！"

我没有理会她的鄙夷。

车开进了机场的停车场。

我说："路嘉怡，我就不进去了。抱歉。"

路嘉怡："理解。"

有时候路嘉怡还是通情达理的。

路嘉怡："前几天邹老板从外地回来，航班误点厉害。他看到你在接机处徘徊。他不想打扰你，因为你看上去痛苦焦虑。"

我没有说话，点上一支烟。

路嘉怡提着箱子走了几步，停下："流平，抱抱我。"

我看着她，莫名地笑了笑，准备把烟灭掉。

路嘉怡："不要灭掉烟！"

我愣了一下。

路嘉怡："当年在学校，你第一次抱我的时候，手里就一直拿着烟！就是因为跟着你，我才学会抽烟的。"

我心有所动，却苦笑一下："抽烟是一种恶习。"

我走过去，紧紧地抱了抱路嘉怡："一路平安。"

我看见路嘉怡的泪水在眼眶里打转儿，我不知道该说什么，也不愿意说什么，只是迅速转身，朝我的车子走去，然后扭头显得很随意的样子对她挥了挥手，意思是你走吧。

路嘉怡走了。我在车上抽烟。我有一种想哭的感觉。操蛋的人生。操蛋的一切！

很快，买家出现了。很快，我跟买家谈好了双方都能接受的价格。十天之后，当我拿到那笔卖房巨款的时候，我知道我已经永远失去了陆无双。

两个星期之后，我跟李峰在一起喝茶。

李峰："你瘦了。房子卖了吗？"

我说："卖了，钱也赔了。两套房子只剩下一万三千元。"

李峰："这么快？"

我说："我不愿意拖欠任何人。"

李峰："我下个月结婚，你就不用送红包了。"

我说："我不是还有一万三千元吗？"

我们哈哈大笑。

　　李峰轻声问道："还是没有消息呀？"

　　我摇摇头，黯然神伤。

　　李峰自言自语似的："这么久了……"

　　我看着虚空，什么也说不出来。

　　李峰："这到底是怎么回事呢？不应该呀……"

　　我单手捂着一只眼睛，没说话。

　　午后的太阳暖洋洋的，两个男人陷入无可表达之中。这个时候，杜四凤来了。她拉开椅子坐下。

　　李峰："老崔，这是……"

　　杜四凤："都是老熟人了，不用介绍啦。"

　　我对她点点头，挤出一丝笑意。

　　杜四凤："我听李峰说了，我觉得她恐怕是嫁人了。"

　　杜四凤的话让我心惊肉跳。我淡淡一笑，没有说话。

　　杜四凤："哎呀，还笑呢，眼睛都红了。"

　　李峰："我们家四凤说话就这么直。四凤，老崔是文化人，你说话能不能讲究一下呀？"

　　杜四凤笑笑："对文化人就是要直接点！"

　　我说："你女儿才是文化人，斯坦福大学的。"

　　杜四凤笑起来很好看："她是她，我是我。老崔，走了就走了，人家小姑娘凭什么要跟你一直在一起嘛？你多大，她多大？人家不结婚生子呀？人家也有人家的前途，人家也有人家的生活，你说是不是嘛？虽说你是单身……"

　　李峰打断："四凤，怎么说话的？"

　　杜四凤："好好好，我瞎说的，哈哈哈！"

　　杜四凤的性格挺好的。我开始佩服李峰的眼光和选择了。我个人认为，他们两个是很配的，或者说是绝配。所谓婚姻无所谓好不好，最重要的是合不合适。不然呢？

　　周末下午，我来到陆无双曾经居住的小区。小区的保安居然跟我打招呼。我尽量让自己平静，慢慢地走着。这时候下起了小雨，我犹豫了一会儿，来到陆无双住的地方。门紧锁着。我有钥匙。我看看周围，没有人。我打开房门，走进去。屋里的一切跟两个月前一模一样，卧室里的灯确实没有关。我看着空荡荡的卧室，不愿意关灯。我在布满灰尘的沙发上坐下，点上一支烟，默默地感受着莫名的伤感与惆怅。空间还是这个空间，只是时间不一样了。时间永远在流逝，空间的意义跟着就发生了变化。人是生活在时间里，而时间不可逆转。

我在沙发上抽了五支烟之后，缓缓站起来，觉得有点头晕。我走到卧室门口，最后一次看着卧室里所有的一切。我承认我潸然泪下了。我把手放在开关上，然后闭上眼睛，把灯灭了。

"崔流平，家里灯没有关。"一个遥远的声音传来。

在电梯里，一个中年妇女盯着我看。

中年妇女："你是607的那个房客吧？"

我认出她是房东，点点头："需要补多少钱？"

房东："不租了？"

我点点头。

房东："屋里的那些东西呢？"

我说："不要了。"

房东诧异地："都不要了？"

我停了一会儿，摇摇头："都不要了。"

房东："里面好像有不少的好东西……"

我说："不要了。"

在小区门口，我把该付的钱给了房东，房东很满意，转身之前说了一句："下次再来呀！"

我回头看了看烟雨中的小区，觉得很美。只有门卫室在雨中看上去有些忧伤。

我决定关闭我的汉唐文化公司。不是因为这次亏本，我就是不想干了。我说过我早就不想干了。说实话，我也没有心情再做下去了。我到工商局去注销了我的公司，把该交的费交了。公司租用的几个房间也退租了。当然，我给员工也发了遣散费，虽然不多，但我问心无愧。吴敏哭了，她不要遣散费。在我苦口婆心的劝说下，她还是收了。这么有情有义的员工让我很感动。我请吴敏吃了一顿饭。

吴敏："崔总……"

我说："没有崔总了。叫我老崔吧。"

吴敏："崔总，可以东山再起呀。这次虽然亏了……"

我轻轻打断她："吴敏，我不是亏不起。我就是不想做了，真的，我有些心灰意冷。我什么都不想做了。"

吴敏看着我。我点上一支烟。

吴敏低声地："我知道，如果陆无双在，你不会这样。"

我没有反驳，只是抽烟。

我把吴敏推荐到李峰的公司去了。吴敏本来不想去，她说她能找到工作，但是她听说我跟李峰是好朋友，就爽快地答应了。她说，如果能从你的好朋友口中知道你的情况，我也心满意足了。

走出包间的时候，吴敏问：

"崔总，以后你做什么呢？"

我笑笑说："不知道。继续活下去吧。"

我确实不知道自己要做什么。昏睡两天之后，我去参加了李峰的婚礼。看到李峰幸福的那个样子，我多夹了几筷子桌上的菜。我跟另一桌的刘珊珊打了个招呼，正要走出宴会厅的时候，碰到几个熟人，他们热情邀我一起打麻将，我谎称有事婉拒了。刚走到外面，我就看到沈茹芸了。她像电视剧中的女主人公一样在徘徊。我不想说什么，就装作没看见准备离开。

沈茹芸："老崔！"

我停下，点点头。

沈茹芸："李峰都没有请我。"

我说："李峰是对的。"

沈茹芸："只见新人笑，哪管旧人哭……"

我差点笑出声来，但是我表情很严肃。我尊重所有的真情实感。美好的感情永远都是人类最珍贵的品质。

我说："沈老师，爱就是慈悲。回去吧。"

我点头离去。我不知道她最后有没有进去，但是我希望她没有。我本来想说"放手就是慈悲"，结果不晓得怎么就说成"爱就是慈悲"了。

当天晚上，我就坐上一列绿皮火车去贵州了。万老师给了我一个语焉不详的地址，她说是两个月前马思远给她的，马思远现在不用手机了。在贵阳住了一晚上，第二天我上了一辆长途汽车。五个小时之后，我在一个偏僻的县城下车。我把地址给一个当地人看，当地人说他也不晓得这个地方在哪里。问了几个人，他们的回答都差不多。

我在街上随便吃了一点东西，就找到一家旅馆住下。我没有多想，就决定不找马思远了。每个人有每个人的生活。对于一个不愿意被打搅的人，干嘛要去找呢？

我愉快地踏上了回程的绿皮火车。我对绿皮火车情有独钟，小时候我最喜欢坐火车。我买了硬卧票。听着火车在铁轨上发出动人的声音，我感到惬意极了，仿佛优美的催眠曲……

陆无双回家以后，由于太忙，手机乱扔在一边，结果被她妈妈或者别的什么人看到了。手机里的内容让她妈妈无比震惊。她妈妈知道了女儿在重庆的生活。无论如何也不能让女儿去重庆了。如果再跟崔流平有一点联系，她妈妈说她就跳楼，说到做到……

火车的汽笛声在山间回响。我微微一惊，睁开眼睛，刚刚好像做了一个梦。我看着车窗外，也不知道到底有没有做梦，我一时难以分清梦与现实。

尾声

武松做了一个梦，梦见自己打死了一只老虎。醒来之后，武松兴奋得不得了，他觉得自己真的能够打死老虎。可是别人都不相信啊！武松有点泄气，甚至不知道自己到底能不能够打死老虎。他掐了一下大腿，却感觉不到疼痛。武松迷惑了，他不知道自己到底是在梦里打过老虎，还是在现实里打过老虎。如果没有打过老虎，为什么会做打虎的梦呢？

武松想着想着就来到了大街上。大街上空无一人。武松出了北门，就朝北山走。太阳落山的时候，武松走到了密林深处。他觉得有点饿了，这时候他看到一块青石。武松走过去，躺在青石上休息。天快黑了，一阵山风吹来，武松只觉得全身惬意，迷迷糊糊地睡过去了……

山风中夹杂着一丝杀气，武松似乎觉得有什么东西朝自己走来。他睁开眼睛一看，吓得出了一身冷汗，一只老虎正站在面前。武松"啊"了一声，猛地跳起来，拔腿就跑。老虎紧追不舍，把武松扑倒在地。武松就势翻了一个滚儿，一跃而起，揪住老虎的头就打。老虎狂啸着，武松也吼叫着……

两天以后，几个猎户在密林深处发现了武松的尸体。地上全是人的脚印和老虎的脚印，而老虎不知所踪。

当武松被老虎咬死的消息在清河县传得沸沸扬扬的时候，潘金莲一脚踢开凳子，把自己吊在了房梁之上。

在花千树的精心照料抚育之下，武十八茁壮成长。在鲁秀才暴毙十年之后，武十八终于成了清河县衙门的文书。人们都说，武十八的字比鲁秀才写得还要好。那个时候，李达天已经升任东平府尹了，乔郓城做了清河县县令。对了，我忘了说，花千树和乔郓城，还有武十八成了一家人。后来武十八就没有人叫他武十八了，人们都叫他武树。

一年前我关闭了汉唐文化公司，彻底成为一个社会闲人。当然，我的温饱还是没有什么问题的。我的小说《城市与老虎》一直在写，中间有很长一段时间搁笔了，现如今我又重新提笔。我写得很慢，不想写的时候就不写，反正又没有人催我。不过，

　　我得告诉你们，《城市与老虎》马上就要写完了。

　　对于我来说，现在所有的时光都叫闲暇时光。